AF761471

मानसरोवर

भाग-3

प्रेमचंद

ट्रू साइन

प्रकाशक : ट्रू साइन पब्लिशिंग हाउस

पता : SY.N0.21/2 & 21/3, सोननहल्ली,
कृष्णराजपुरल, बेंगलुरु, कर्नाटक – 560049, भारत

ईमेल: books@truesign.in

वेबसाइट: www.truesign.in

मानसरोवर भाग-3

प्रेमचंद

ISBN: 978-93-90852-83-3

संस्करण: 2022

प्रेमचंद जी का जीवन परिचय

प्रेमचंद का जन्म ३१ जुलाई १८८० को वाराणसी के निकट लमही गाँव में हुआ था। उनकी माता का नाम आनन्दी देवी था तथा पिता मुंशी अजायबराय लमही में डाकमुंशी थे। उनकी शिक्षा का आरंभ उर्दू, फारसी से हुआ और जीवनयापन का अध्यापन से पढ़ने का शौक उन्हें बचपन से ही लग गया। 13 साल की उम्र में ही उन्होंने तिलिस्म-ए-होशरुबा को पढ़ लिया और उन्होंने उर्दू के मशहूर रचनाकार रतननाथ 'शरसार', मिर्ज़ा हादी रुस्वा और मौलाना शरर के उपन्यासों से परिचय प्राप्त कर लिया था। १८९८ में मैट्रिक की परीक्षा उत्तीर्ण करने के बाद वे एक स्थानीय विद्यालय में शिक्षक के रूप में नियुक्त हो गए। नौकरी के साथ ही उन्होंने अपनी पढ़ाई जारी रखी। १९१० में उन्होंने अंग्रेजी, दर्शन, फारसी और इतिहास से इंटर पास किया और १९१९ में बी.ए. पास करने के बाद शिक्षा विभाग के इंस्पेक्टर पद पर नियुक्त हो गए थे। सात वर्ष की अवस्था में उनकी माता तथा चौदह वर्ष की अवस्था में पिता का देहान्त हो जाने के कारण उनका प्रारंभिक जीवन संघर्षमय रहा। उनका पहला विवाह उन दिनों की परंपरा के अनुसार पंद्रह साल की उम्र में हुआ जो सफल नहीं रहा। १९०६ में उनका दूसरा विवाह शिवरानी देवी से हुआ जो बाल-विधवा थीं। वे सुशिक्षित महिला थीं जिन्होंने कुछ कहानियाँ और प्रेमचंद घर में शीर्षक पुस्तक भी लिखी। उनकी तीन संताने हुईं-श्रीपत राय, अमृत राय और कमला देवी श्रीवास्तव। १८९८ में मैट्रिक की परीक्षा उत्तीर्ण करने के बाद वे एक स्थानीय विद्यालय में शिक्षक नियुक्त हो गए। नौकरी के साथ ही उन्होंने पढ़ाई जारी रखी। १९१० में उन्होंने अंग्रेजी, दर्शन, फारसी और इतिहास विषयसहित इंटर पास किया। १९१९ में बी.ए पास करने के बाद वे शिक्षा विभाग के इंस्पेक्टर पद पर नियुक्त हुए।

१९२१ ई. में असहयोग आंदोलन के दौरान महात्मा गाँधी के सरकारी नौकरी छोड़ने के आह्वान पर स्कूल इंस्पेक्टर पद से त्यागपत्र दे दिया। इसके बाद उन्होंने लेखन को अपना व्यवसाय बना लिया। मर्यादा, माधुरी आदि पत्रिकाओं में वे संपादक पद पर कार्यरत रहे। इसी दौरान उन्होंने प्रवासीलाल के साथ मिलकर सरस्वती प्रेस भी खरीदा तथा हंस और जागरण निकाला। प्रेस उनके लिए व्यावसायिक रूप से लाभप्रद सिद्ध नहीं हुआ। १९३३ ई. में अपने ऋण को पटाने के लिए उन्होंने मोहनलाल भवनानी के सिनेटोन कंपनी में कहानी लेखक के रूप में काम करने का प्रस्ताव स्वीकार कर लिया। फिल्म नगरी प्रेमचंद को रास नहीं आई। वे एक वर्ष का अनुबंध भी पूरा नहीं कर सके और दो महीने का वेतन छोड़कर बनारस लौट आए। उनका स्वास्थ्य निरंतर बिगड़ता गया। लम्बी बीमारी के बाद ८ अक्टूबर १९३६ को उनका निधन हो गया। वे आर्य समाज से प्रभावित रहे जो उस समय का बहुत बड़ा धार्मिक और सामाजिक आंदोलन हुआ करता था। उन्होंने विधवा-विवाह का समर्थन किया और १९०६ में

दूसरा विवाह अपनी प्रगतिशील परंपरा के अनुरूप बाल-विधवा शिवरानी देवी से किया। उनकी तीन संताने हुईं- श्रीपत राय, अमृत राय और कमला देवी श्रीवास्तव। १९१० में उनकी रचना सोज़े-वतन (राष्ट्र का विलाप) के लिए हमीरपुर के जिला कलेक्टर ने तलब किया और उन पर जनता को भड़काने का आरोप लगाया। सोजे-वतन की सभी प्रतियाँ जब्त कर नष्ट कर दी गईं। कलेक्टर ने नवाबराय को हिदायत दी कि अब वे कुछ भी नहीं लिखेंगे, यदि लिखा तो जेल भेज दिया जाएगा। इस समय तक प्रेमचंद, धनपत राय नाम से लिखते थे। उर्दू में प्रकाशित होने वाली ज़माना पत्रिका के सम्पादक और उनके अजीज दोस्त मुंशी दयानारायण निगम ने उन्हें प्रेमचंद नाम से लिखने की सलाह दी। इसके बाद वे प्रेमचन्द के नाम से लिखने लगे। उन्होंने आरंभिक लेखन ज़माना पत्रिका में ही किया। जीवन के अंतिम दिनों में वे गंभीर रूप से बीमार पड़े। उनका उपन्यास मंगलसूत्र पूरा नहीं हो सका और लम्बी बीमारी के बाद ८ अक्टूबर १९३६ को उनका निधन हो गया। उनका अंतिम उपन्यास मंगल सूत्र था जो उनके पुत्र अमृत ने पूरा किया था।

साहित्यिक जीवन

प्रेमचंद के साहित्यिक जीवन का आरंभ १९०१ से हुआ थ | आरंभ में वे नवाब राय के नाम से उर्दू में लिखते थे। प्रेमचंद के लेख पहली रचना के अनुसार उनकी पहली रचना अपने मामा पर लिखा व्यंग्य थी, जो अब अनुपलब्ध है। उनका पहला उपलब्ध लेखन उर्दू उपन्यास 'असरारे मआबिद' है जो धारावाहिक रूप में प्रकाशित हुआ। इसका हिंदी रूपांतरण देवस्थान रहस्य नाम से हुआ। प्रेमचंद का दूसरा उपन्यास 'हमखुर्मा व हमसवाब' है जिसका हिंदी रूपांतरण 'प्रेमा' नाम से १९०७ में प्रकाशित हुआ। १९०८ ई. में उनका पहला कहानी संग्रह सोज़े-वतन प्रकाशित हुआ। देशभक्ति की भावना से ओतप्रोत इस संग्रह को अंग्रेज़ सरकार ने प्रतिबंधित कर दिया और इसकी सभी प्रतियाँ जब्त कर लीं और इसके लेखक नवाब राय को भविष्य में लेखन न करने की चेतावनी दी। इसके कारण उन्हें नाम बदलकर लिखना पड़ा। 'प्रेमचंद' नाम से उनकी पहली कहानी बड़े घर की बेटी ज़माना पत्रिका के दिसम्बर १९१० के अंक में प्रकाशित हुई।

१९१५ ई. में उस समय की प्रसिद्ध हिंदी मासिक पत्रिका सरस्वती के दिसम्बर अंक में पहली बार उनकी कहानी सौत नाम से प्रकाशित हुई। १९१८ ई. में उनका पहला हिंदी उपन्यास सेवासदन प्रकाशित हुआ। इसकी अत्यधिक लोकप्रियता ने प्रेमचंद को उर्दू से हिंदी का कथाकार बना दिया। हालाँकि उनकी लगभग सभी रचनाएँ हिंदी और उर्दू दोनों भाषाओं में प्रकाशित होती रहीं। उन्होंने लगभग ३०० कहानियाँ तथा डेढ़ दर्जन उपन्यास लिखे।

१९२१ में असहयोग आंदोलन के दौरान सरकारी नौकरी से त्यागपत्र देने के बाद वे पूरी तरह साहित्य सृजन में लग गए। उन्होंने कुछ महीने मर्यादा नामक पत्रिका का संपादन किया। इसके बाद उन्होंने लगभग छह वर्षों तक हिंदी पत्रिका माधुरी का संपादन किया। उन्होंने १९३० में बनारस से अपना मासिक पत्र हंस का प्रकाशन शुरू किया। १९३२ ई. में उन्होंने हिंदी साप्ताहिक पत्र जागरण का प्रकाशन आरंभ किया। उन्होंने लखनऊ में १९३६ में अखिल

भारतीय प्रगतिशील लेखक संघ के सम्मेलन की अध्यक्षता की। उन्होंने मोहन दयाराम भवनानी की अजंता सिनेटोन कंपनी में कथा-लेखक की नौकरी भी की। १९३४ में प्रदर्शित फिल्म मजदूर की कहानी उन्होंने ही लिखी थी।

मरणोपरांत उनकी कहानियाँ "मानसरोवर" नाम से ८ खंडों में प्रकाशित हुईं।

रचनाएँ

बहुमुखी प्रतिभासंपन्न प्रेमचंद ने उपन्यास, कहानी, नाटक, समीक्षा, लेख, सम्पादकीय, संस्मरण आदि अनेक विधाओं में साहित्य की सृष्टि की। उनकी ख्याति कथाकार के तौर पर हुई और अपने जीवन काल में ही वे 'उपन्यास सम्राट' की उपाधि से सम्मानित हुए।

-प्रकाशक

अनुक्रमणिका

विश्वास

उन दिनों मिस जोशी बंबई सभ्य-समाज की राधिका थी। थी तो वह एक छोटी-सी कन्या-पाठशाला की अध्यापिका पर उसका ठाट-बाट, मान-सम्मान बढ़ी-बड़ी धन-रानियों को भी लज्जित करता था। वह एक बड़े महल में रहती थी, जो किसी जमाने में सतारा के महाराज का निवास-स्थान था। वहाँ सारे दिन नगर के रईसों, राजाओं, राज-कर्मचारियों का तांता लगा रहता था। वह सारे प्रांत के धन और कीर्ति के उपासकों की देवी थी। अगर किसी को खिताब का खब्त था तो वह जिस जोशी की खुशामद करता था। किसी को अपने या अपने संबंधी के लिए कोई खास ओहदा दिलाने की घुन थी तो वह मिस जोशी की आराधना करता था। सरकारी इमारतों के ठेके, नमक, शराब, अफीम आदि सरकारी चीजों के ठेके, लोहे-लकड़ी, कल-पुरजे आदि के ठेके सब मिस जोशी ही के हाथ में थे। जो कुछ कहती थी वही करती थी जो कुछ होता था उसी के हाथों होता था। जिस वक्त वह अपने अरबी घोड़ों की फिटन पर सैर करने निकलती तो रईसों की सवारियों आप ही आप रास्ते से हट जाती थीं, बड़े-बड़े दुकानदार खड़े हो हो कर सलाम करने लगते थे। वह रूपवती थी, लेकिन नगर में उससे बढ़कर रूपवती रमणियाँ भी थी, वह सुशिक्षित, वाक्चतुर थी, गाने में निपुण, हंसती तो अनोखी छवि से, बोलती तो निराली छटा से, ताकती तो बांकी चितवन से, लेकिन इन गुणों में उसका एकाधिपत्य न था। उसकी प्रतिष्ठा, शक्ति और कीर्ति का कुछ और ही रहस्य था। सारा नगर ही नहीं, सारे प्रांत का बच्चा-बच्चा जानता था कि बम्बई के गवर्नर मिस्टर जौहरी मिस जोशी के बिना दामों के गुलाम हैं। वह थियेटरों में, दावतों में, जलसों में मिस जोशी के साथ साये की भांति रहते है और कभी-कभी उनकी मोटर रात के सन्नाटे में मिस जोशी के मकान से निकलती हुई लोगों को दिखायी देती है। इस प्रेम में वासना की मात्रा अधिक है या भक्ति की, यह कोई नहीं जानता। लेकिन मिस्टर जौहरी विवाहित हैं और मिस जोशी विधवा, इसलिए जो लोग उनके प्रेम को कलुषित कहते हैं, वे उन पर कोई अत्याचार नहीं करते।

बम्बई की व्यवस्थापिका-सभा ने अनाज पर कर लगा दिया था और जनता की ओर से उसका विरोध करने के लिए एक विराट सभा हो रही थी। सभी नगरों से प्रजा के प्रतिनिधि उसमें सम्मिलित होते के लिए हजारों की संख्या में आये थे। मिस जोशी के विशाल भवन के सामने, चौड़े मैदान में हरी-हरी घास पर बम्बई की जनता अपनी फरियाद सुनाने के लिए जमा थी। अभी तक सभापति न आये थे, इसलिए लोग बैठे गपशप कर रहे थे। कोई कर्मचारियों पर आक्षेप करता था, कोई देश की स्थिति पर, कोई अपनी दीनता पर-अगर हम लोगों में अकड़ने का जरा भी सामर्थ्य होता तो मजाल थी कि यह कर लगा दिया जाता, अधिकारियों का घर से बाहर निकलना मुश्किल हो जाता। हमारा जरूरत से ज्यादा सीधापन हमें अधिकारियों के हाथों का

खिलौना बनाये हुए है। वे जानते हैं कि इन्हें जितना दबाते जाओ, उतना दबते जायेंगे सिर नहीं उठा सकते। सरकार ने भी उपद्रव की आशंका से सशस्त्र पुलिस बुला ली। उस मैदान के चारों कोनों पर सिपाहियों के दल डेरे डाले पड़े थे। उनके अफसर, घोड़ों पर सवार, हाथ में हंटर लिए, जनता के बीच में निश्शंक भाव से घोड़े दौड़ाते फिरते थे, मानो साफ मैदान है। मिस जोशी के ऊंचे बरामदे में नगर के सभी बड़े-बड़े रईस और राज्याधिकारी तमाशा देखने के लिए बैठे हुए थे। मिस जोशी मेहमानों का आदर- सत्कार कर रही थी और मिस्टर जौहरी, आराम-कुर्सी पर लेटे, इस जन-समूह को घृणा और भय की दृष्टि से देख रहे थे।

सहसा सभापति महाशय आप्टे एक किराये के ताँगे पर आते दिखाई दिये। चारों तरफ हलचल मच गई। लोग उठ-उठकर उनका स्वागत करने दौड़े और उन्हें लाकर मंच पर बैठा दिया। आप्टे की अवस्था 30-35 वर्ष से अधिक न थी। दुबले- पतले आदमी थे, मुख पर चिन्ता का गाढ़ा रंग चढ़ा हुआ, बाल भी पक चले थे, पर मुख पर सरल हास्य की रेखा झलक रही थी। वह एक सफेद मोटा कुरता पहने हुए थे, न पाँव में जूते थे, न सिर पर टोपी। इस अर्द्धनग्न, दुर्बल, निस्तेज प्राणी में न-जाने कौन-सा जादू था कि समस्त जनता उसकी पूजा करती थी, उसके पैरों पर सिर रगड़ती थी। इस एक प्राणी के हाथों में इतनी शक्ति थी कि वह क्षणमात्र में सारी मिलों को बंद करा सकता था, शहर का सारा कारोबार मिटा सकता था। अधिकारियों को उसके भय से नींद न आती थी, रात को सोते-सोते चौंक पड़ते थे। उससे ज्यादा भयंकर जन्तु अधिकारियों की दृष्टि में दूसरा न था। यह प्रचंड शासन-शक्ति उस एक हड्डी के आदमी से थर-थर कांपती थी, क्योंकि उस हड्डी में एक पवित्र, निष्कलंक, बलवान और दिव्य आत्मा का निवास था।

2

आप्टे ने मंच पर खड़े होकर पहले जनता को शान्त-चित्त रहने और अहिंसा-व्रत पालन करने का आदेश दिया। फिर देश की राजनीतिक स्थिति का वर्णन करने लगे। सहसा उनकी दृष्टि सामने मिस जोशी के बरामदे की ओर गई, तो उनका प्रजा-दु:ख-पीड़ित हृदय तिलमिला उठा। यहाँ अगणित प्राणी अपनी विपत्ति की फरियाद सुनाने कि लिए जमा थे और वहाँ मेजों पर चाय, मेवे, फल, बर्फ और शराब की रेल-पेल थी। वे लोग इन अभागों को देख हँसते और तालियाँ बजाते थे। जीवन में पहली बार आप्टे की जबान काबू से बाहर हो गई। मेघ की भांति गरज कर बोले-

"इधर तो हमारे भाई दाने-दाने को मोहताज हो रहे हैं, उधर अनाज पर कर लगाया जा रहा है, केवल इसलिए कि राज्य-कर्मचारियों की हलुवा-पूरी में कमी न हो। हम जो देश के राजा हैं, जो छाती फाड़कर धरती से धन निकालते हैं, भूखों मरते हैं और वे लोग, जिन्हें हमने अपने सुख और शान्ति की व्यवस्था करने के लिए रखा है, हमारे स्वामी बने हुए शराब की बोतलें उड़ाते हैं। कितनी अनोखी बात है कि स्वामी भूखों मरे और सेवक शराब उड़ाए, मेवे खाए और इटली और स्पेन की मिठाइयां चखे, यह किसका अपराध है? क्या सेवकों का? नहीं, कदापि नहीं, हमारा ही अपराध है कि हमने अपने सेवकों को इतना अधिकार दे रखा है। आज हम उच्च स्वर

से कह देना चाहते हैं कि हम यह क्रूर और कुटिल व्यवहार नहीं सह सकते। यह हमारे लिए असह्य है कि हम और हमारे बाल-बच्चे दानों को तरसे और कर्मचारी लोग, विलास में डूबे हुए हमारे करुण-क्रंदन की जरा भी परवाह न करते हुए विहार करें। यह असह्य है कि हमारे घरों में चूल्हे न जले और कर्मचारी लोग थियेटरों में ऐश करें, नाच-रंग की महफ़िल सजा, दावतें उड़ा, वेश्याओं पर कंचन की वर्षा करें। संसार में ऐसा और कौन देश होगा, जहाँ प्रजा तो भूखों मरती हो और प्रधान कर्मचारी अपनी प्रेम-क्रीड़ाओं में मग्न हो, जहाँ स्त्रियाँ गलियों में ठोकरें खाती फिरती हों और अध्यापिकाओं का वेश धारण करने वाली वेश्याएँ आमोद-प्रमोद के नशे में चूर हों...।"

3

एकाएक सशस्त्र सिपाहियों के दल में हलचल मच गई। उनका अफसर हुक्म दे रहा था-सभा भंग कर दो, नेताओं को पकड़ लो, कोई न जाने पाए। यह विद्रोहात्मक व्याख्यान है।

मिस्टर जौहरी ने पुलिस के अफसर को इशारे से बुलाकर कहा- और किसी को गिरफ्तार करने की जरूरत नहीं। आप्टे ही को पकड़ो। वही हमारा शत्रु है।

पुलिस ने डंडे चलाने शुरू किए और कई सिपाहियों के साथ जाकर अफ़सर ने आप्टे को गिरफ्तार कर लिया।

जनता ने त्यौरियां बदलीं। अपने प्यारे नेता को यों गिरफ्तार होते देखकर उनका धैर्य हाथ से जाता रहा।

लेकिन उसी वक्त आप्टे की ललकार सुनाई दी- तुमने अहिंसा-व्रत लिया है और अगर किसी ने उस व्रत को तोड़ा, तो उसका दोष मेरे सिर होगा। मैं तुमसे सविनय अनुरोध करता हूँ कि अपने-अपने घर जाओ। अधिकारियों ने वही किया, जो हम समझते थे। इस सभा से हमारा जो उद्देश्य था, वह पूरा हो गया। हम यहाँ बलवा करने नहीं, केवल संसार की नैतिक सहानुभूति प्राप्त करने के लिए जमा हुए थे और हमारा उद्देश्य पूरा हो गया।

एक क्षण में सभा भंग हो गई और आप्टे पुलिस की हवालात में भेज दिये गए।

4

मिस्टर जौहरी ने कहा- 'बच्चा बहुत दिनों के बाद पंजे में आए हैं। राजद्रोह का मुकदमा चलाकर कम-से-कम 10 साल के लिए अंडमान भेज दूंगा।'

मिस जोशी- 'इससे क्या फायदा?'

'क्यों? उनको अपने किए की सजा मिल जाएगी।'

'लेकिन सोचिए, हमें उसका कितना मूल्य देना पड़ेगा। अभी जिस बात को गिने-गिनाए लोग जानते हैं, वह सारे संसार में फैलेगी और हम कहीं मुँह दिखाने लायक न रहेंगे। आप अखबारों के संवाददाताओं की जबान तो नहीं बंद सकते।'

'कुछ भी हो, मैं इसे जेल में सड़ाना चाहता हूँ। कुछ दिनों के लिए तो चैन की नींद नसीब होगी। बदनामी से तो डरना ही व्यर्थ है। हम प्रान्त के सारे समाचार पत्रों को अपने सदाचार का राग अलापने के लिए मोल ले सकते हैं। हम प्रत्येक लाँछन को झूठा साबित कर सकते हैं। आप्टे पर मिथ्या दोषारोपण का अपराध लगा सकते हैं।'

'मैं इससे सहज उपाय बतला सकती हूँ।' आप आप्टे को मेरे हाथ में छोड़ दीजिए। मैं उससे मिलूंगी और उन यंत्रों से, जिनका प्रयोग करने में हमारी जाति सिद्धहस्त है, उसके आंतरिक भावों और विचारों की थाह लेकर आपके सामने रख दूंगी। मैं ऐसे प्रमाण खोज निकालना चाहती हूँ जिनके उत्तर में उसे मुँह खोलने का साहस न हो और संसार की सहानुभूति उसके बदले हमारे साथ हो। चारों ओर से यही आवाज आए कि यह कपटी और धूर्त था और सरकार ने उसके साथ वही व्यवहार किया है, जो होना चाहिए। मुझे विश्वास है कि वह षड्यंत्रकारियों का मुखिया है और मैं इसे सिद्ध कर देना चाहती हूँ। मैं उसे जनता की दृष्टि में देवता नहीं बनाना चाहती, उसको राक्षस के रूप में दिखाना चाहती हूँ।'

'यह काम इतना आसान नहीं है, जितना तुमने समझ रखा है। आप्टे राजनीति में बड़ा चतुर है।'

'ऐसा कोई पुरुष नहीं है, जिस पर युवती अपनी मोहिनी न डाल सके।'

'अगर तुम्हें विश्वास है कि तुम यह काम पूरा कर दिखाओगी, तो मुझे कोई आपत्ति नहीं है। मैं तो केवल उसे दण्ड देना चाहता हूँ।'

'तो हुक्म दे दीजिए कि वह इसी वक्त छोड़ दिया जाए।'

'जनता कहीं यह तो न समझेगी कि सरकार डर गई?'

'नहीं, मेरे खयाल में तो जनता पर इस व्यवहार का बहुत अच्छा असर पड़ेगा। लोग समझेंगे कि सरकार ने जन-मत का सम्मान किया है।'

'लेकिन तुम्हें उसके घर जाते लोग देखेंगे, तो मन में क्या कहेंगे?'

'नकाब डालकर जाऊंगी, किसी को कानों-कान खबर न होगी।'

'मुझे तो अब भी भय है कि वह तुम्हें सन्देह की दृष्टि से देखेगा और तुम्हारे पंजे में न आएगा, लेकिन तुम्हारी इच्छा है तो आजमा कर देखो।'

यह कहकर मिस्टर जौहरी ने मिस जोशी को प्रेममय नेत्रों से देखा, हाथ मिलाया और चले गए।

आकाश पर तारे निकले हुए थे, चैत की शीतल, सुखद वायु चल रही थी। सामने के चौड़े मैदान में सन्नाटा छाया हुआ था, लेकिन मिस जोशी को ऐसा मालूम हुआ, मानो आप्टे मंच पर खड़ा बोल रहा है। उसका शान्त, सौम्य, विषाद-मय स्वरूप उसकी आँखों में समाया हुआ था।

5

प्रातःकाल मिस जोशी अपने भवन से निकलीं, लेकिन उसके वस्त्र बहुत साधारण थे और आभूषण के नाम शरीर पर एक धागा भी न था। अलंकार-विहीन होकर उसकी छवि स्वच्छ, निर्मल जल की भांति और भी बिखर गई थी। उसने सड़क पर आकर एक ताँगा लिया और चली।

आप्टे का मकान गरीबों के एक दूर के मुहल्ले में था। ताँगे वाला मकान का पता जानता था। कोई दिक्कत न हुई। मिस जोशी जब मकान के द्वार पर पहुँची, तो न जाने क्यों उनका दिन धड़क रहा था। उसने काँपते हुए हाथों से कुण्डी खटखटायी। एक अधेड़ औरत ने निकलकर द्वार खोल दिया। मिस जोशी उस घर की सादगी देखकर दंग रह गई। एक किनारे चारपाई पड़ी हुई थी। एक टूटी आलमारी में कुछ किताबें रखी हुई थीं। फर्श पर लिखने का डेस्क था और एक रस्सी की अलगनी पर कपड़े लटक रहे थे। कमरे में दूसरे हिस्से में एक लोहे का चूल्हा था और खाने के बरतन पड़े हुए थे। एक लम्बा-तगड़ा आदमी, जो उसी अधेड़ औरत का पति था, बैठा एक टूटे ताले की मरम्मत कर रहा था और एक पाँच- छह वर्ष का तेजस्वी बालक आप्टे की पीठ पर चढ़ने के लिए उनके गले में हाथ डाल रहा था। आप्टे इसी लोहार के साथ उसी के घर में रहते थे। समाचार पत्रों में लेख लिखकर जो कुछ मिलता, उसे दे देते और इस भांति गृह-प्रबंध की चिन्ताओं से छुट्टी पाकर जीवन व्यतीत करते थे।

मिस जोशी को देखकर आप्टे जरा चौंके, फिर खड़े होकर उनका स्वागत किया और सोचने लगे कि कहीं बिठाएं। अपनी दरिद्रता पर आज उन्हें जितनी लज्जा आई, उतनी और कभी न आई थी। मिस जोशी उनका असमंजस देखकर चारपाई पर बैठ गईं और जरा रुखाई से बोलीं- मैं बिना बुलाए आपके यहाँ आने के लिए क्षमा माँगती हूँ, किन्तु काम ऐसा जरूरी था कि मेरे आए बिना पूरा न हो सकता था। क्या मैं एक मिनट के लिए आपसे एकान्त में मिल सकती हूँ?

आप्टे ने जगन्नाथ की ओर देखकर कमरे से बाहर चले जाने का इशारा किया। उसकी स्त्री भी बाहर चली गई। केवल बालक रह गया। वह मिस जोशी की ओर बार-बार उत्सुक आँखों से देखता था, मानो पूछ रहा हो कि तुम आप्टे दादा की कौन हो?

मिस जोशी ने चारपाई से उतरकर जमीन पर बैठते हुए कहा- 'आप कुछ अनुमान कर सकते हैं कि मैं इस वक्त क्यों आई हूँ?'

आप्टे ने झेंपते हुए कहा- 'आपकी कृपा के सिवा और क्या कारण हो सकता है।'

मिस जोशी- 'नहीं, संसार इतना उदार नहीं हो सकता कि आप जिसे गालियाँ दें वह आपको धन्यवाद दे। आपको याद है कि कल आपने अपने व्याख्यान में मुझ पर क्या-क्या आक्षेप किए

थे? मैं आपसे जोर देकर कहती हूँ कि ये आक्षेप करके आपने मुझ पर घोर अत्याचार किया है। आप जैसे सहृदय, शीलवान विद्वान् आदमी से मुझे ऐसी आशा न थी। मैं अबला हूँ मेरी रक्षा करने वाला कोई नहीं है। क्या आपको उचित था कि एक अबला पर मिथ्यारोपण करें? अगर मैं पुरुष होती तो आपसे ड्यूल खेलने का आग्रह करती। अबला हूँ इसलिए आपकी सज्जनता को स्पर्श करना ही मेरे हाथ में है। आपने मुझ पर जो लाँछन लगाए हैं, वे सर्वथा निर्मूल हैं।'

आप्टे ने दृढ़ता से कहा- 'अनुमान तो बाहरी प्रमाणों से ही किया जाता है।'

मिस जोशी- 'बाहरी प्रमाणों से आप किसी के अन्तस्तल की बात नहीं जान सकते।'

आप्टे- 'जिसका भीतर-बाहर एक न हो, उसे देखकर भ्रम में पड़ जाना स्वाभाविक है।'

मिस्र जोशी- हां-हां, तो वह आपका भ्रम है और मैं चाहती हूँ कि आप उस कलंक को मिटा दें, जो आपने मुझ पर लगाया है। आप इसके लिए प्रायश्चित्त जरूर करेंगे?'

आप्टे- 'अगर न करूँ तो मुझसे बड़ा दुरात्मा संसार में न होगा।'

मिस जोशी- 'आप मुझ पर विश्वास करते हैं?'

आप्टे- 'मैंने आज तक किसी रमणी पर अविश्वास नहीं किया।'

मिस जोशी- 'क्या आपको यह सन्देह हो रहा है कि मैं आपके साथ कौशल कर रही हूँ?'

आप्टे ने मिस जोशी की ओर अपने सहृदय, सजल, सरल नेत्रों से देखकर कहा- 'बाईजी, मैं गँवार और अशिष्ट प्राणी हूँ लेकिन नारी-जाति के लिए मेरे हृदय में जो आदर है, वह उस श्रद्धा से कम नहीं है, जो मुझे देवताओं पर है। मैंने अपनी माता का मुख नहीं देखा, यह भी नहीं जानता कि मेरा पिता कौन था, किन्तु जिस देवी के दया-वृक्ष की छाया में मेरा पालन-पोषण हुआ, उनकी प्रेम-मूर्ति आज तक मेरी आँखों के सामने है और नारी के प्रति मेरी भक्ति को सजीव रखे हुए है। मैं उन शब्दों को मुँह से निकालने के लिए अत्यन्त दु:खी और लज्जित हूँ जो आवेश में निकल गए, और मैं आज ही समाचार पत्रों में खेद प्रकट करके आपसे क्षमा की प्रार्थना करूंगा।'

मिस जोशी को अब तक अधिकांश स्वार्थी आदमियों ही से सामना पड़ा था, जिनके चिकने-चुपड़े शब्दों में मतलब छिपा होता था। आप्टे के सरल विश्वास पर उसका चित्त आनंद से गदगद हो गया। शायद वह गंगा में खड़ी होकर अपने अन्य मित्रों से यह कहती, तो उसके फैशनेबुल मिलने वालों में से किसी को उस पर विश्वास न आता। सब मुँह के सामने तो हाँ-हाँ करते, पर बाहर निकलते ही उसका मजाक उड़ाना शुरू करते। उन कपटी मित्रों के सम्मुख यह आदमी था, जिसके एक-एक शब्द में सच्चाई झलक रही थी, जिसके शब्द उसके के अन्तस्तल से निकलते हुए मालूम होते थे।

आप्टे उसे चुप देखकर किसी और ही चिंता में पड़े हुए थे। उन्हें भय हो रहा था, अब मैं चाहे कितनी क्षमा मांगूं मिस जोशी के सामने कितनी सफाइयाँ पेश करूँ, मेरे आरोपों का असर कभी न मिटेगा।

इस भाव ने अज्ञात रूप से उन्हें अपने विषय की गुप्त बातें कहने की प्रेरणा की, जो उन्हें उसकी दृष्टि में लघु बना दें, जिससे वह भी उन्हें नीच समझने लगे, उसको सन्तोष हो जाए कि यह भी कलुषित आत्मा है। बोले- 'जन्म से अभागा हूँ। माता-पिता का मुँह ही देखना नसीब न हुआ, जिस दयाशील महिला ने मुझे आश्रय दिया था, वह भी मुझे 13 वर्ष की अवस्था में अनाथ छोड़कर परलोक सिधार गई। उस समय मेरे सिर पर जो कुछ बीती, उसे याद करके इतनी लज्जा आती है कि किसी को मुँह न दिखाऊँ। मैंने धोबी का काम किया, मोची का काम किया, घोड़े की साईसी की, एक होटल में बरतन-माँजता रहा, यहाँ तक कि कितनी ही बार क्षुधा से आकुल होकर भीख भी माँगी। मजदूरी करने को बुरा नहीं समझता, आज भी मजदूरी ही करता हूँ। भीख माँगना भी किसी-किसी दशा में क्षम्य है, लेकिन मैंने उस अवस्था में ऐसे-ऐसे कर्म किए, जिन्हें कहते लज्जा आती है-चोरी की, विश्वासघात किया, यहाँ तक कि चोरी के अपराध में कैद की सजा भी पाईं।'

मिस जोशी ने सजल-नयन होकर कहा- 'आप यह सब बातें मुझसे क्यों कह रहे हैं? मैं इनका उल्लेख करके आपको कितना बदनाम कर सकती हूँ इसका आपको भय नहीं है?'

आप्टे ने हँसकर कहा- 'नहीं, आपसे मुझे यह भय नहीं है।'

मिस जोशी- 'अगर मैं आपसे बदला लेना चाहूं, तो?'

आप्टे- 'जब मैं अपने अपराध पर लज्जित होकर आपसे क्षमा माँग रहा हूँ। तो मेरा अपराध रहा ही कहाँ जिसका आप मुझसे बदला लेंगी? इससे तो मुझे भय होता है कि आपने मुझे क्षमा नहीं किया। लेकिन यदि मैंने आपसे क्षमा न माँगी होती, तो भी मुझसे बदला न ले सकतीं। बदला लेने वाले की आँखें यों सजल नहीं हो जाया करतीं। मैं आपको कपट करने के अयोग्य समझता हूँ। आप यदि कपट करना चाहतीं, तो यहाँ कभी न आतीं।'

मिस जोशी- 'मैं आपका भेद लेने ही के लिए आई हूँ।'

आप्टे- 'तो शौक से लीजिए। मैं बतला चुका हूँ कि मैंने चोरी के अपराध में कैद की सजा पाई थी। नासिक के जेल में रखा गया था। मेरा शरीर दुर्बल था, जेल की कड़ी मेहनत न हो सकती थी और अधिकारी लोग मुझे काम-चोर समझकर बेतों से मारते थे। आखिर एक दिन मैं रात को जेल से भाग खड़ा हुआ।'

जिस जोशी- 'आप तो छिपे रुस्तम निकले!'

आप्टे- 'ऐसा भागा कि किसी को खबर न हुई। आज तक मेरे नाम वारंट जारी है और 500 रु. इनाम भी है।'

मिस जोशी- 'तब तो मैं आपको जरूर ही पकड़ा दूँगी।'

आप्टे- 'तो फिर मैं आपको अपना असल नाम भी बतलाए देता हूँ। मेरा नाम दामोदर मोदी है। यह नाम तो पुलिस से बचने के लिए रख छोड़ा है।'

बालक अब तक तक चुपचाप बैठा हुआ था। मिस जोशी के मुँह से पकड़वाने की बात सुनकर वह सजग हो गया। उन्हें डाँटकर बोला- 'हमारे दादा को कौन पकलेगा?'

मिस जोशी- 'सिपाही, और कौन?'

बालक- 'हम सिपाही को मालेंगे।'

यह कहकर वह एक कोने से अपने खेलने का डंडा उठा लाया और आप्टे के पास वीरोचित भाव से खड़ा हो गया, मानो सिपाहियों से उनकी रक्षा कर रहा है।

जिस जोशी- 'आपका रक्षक तो बड़ा बहादुर मालूम होता है।'

आप्टे- 'इसकी भी एक कथा है। साल-भर होते हैं, यह लड़का खो गया था। मुझे रास्ते में मिला। मैं पता-पूछता इसे यहाँ लाया। उसी दिन से इन लोगों से मेरा इतना प्रेम हो गया कि मैं इनके साथ रहने लगा।'

मिस जोशी- 'आप कुछ अनुमान कर सकते हैं कि आपका वृत्तान्त सुनकर मैं आपको क्या समझ रही हूँ?'

आप्टे- 'यही, जो मैं वास्तव में हूँ- नीच, कमीना, धूर्त...।'

मिस्र जोशी- 'नहीं, आप मुझ पर फिर अन्याय कर रहे हैं। पहला अन्याय तो क्षमा कर सकती हूं, पर यह अन्याय क्षमा नहीं कर सकती। इतनी प्रतिकूल दशाओं में पड़कर भी जिसका हृदय इतना पवित्र, इतना निष्कपट, इतना सहृदय हो, वह आदमी नहीं देवता है। भगवन्, आपने मुझ पर जो आक्षेप किए, वह सत्य हैं। मैं आपके अनुमान से कहीं ज्यादा भ्रष्ट हूँ। मैं इस योग्य भी नहीं हूँ कि आपकी ओर ताक सकूँ। आपने अपने हृदय की विशालता दिखाकर मेरा असली स्वरूप मेरे सामने प्रकट कर दिया। मुझे क्षमा कीजिए, मुझ पर दया कीजिए।'

यह कहते-कहते वह उनके पैरों पर गिर पड़ी। आप्टे ने उसे उठा लिया और बोले- 'मिस जोशी, ईश्वर के लिए मुझे लज्जित न करो।'

मिस जोशी ने गदगद कण्ठ से कहा- 'आप इन दुष्टों के हाथ से मेरा उद्धार कीजिए। मुझे इस योग्य बनाइए कि आपकी विश्वासपात्र बन सकूँ। ईश्वर साक्षी है कि मुझे कभी-कभी अपनी दशा पर कितना दुःख होता है। मैं बार-बार चेष्टा करती हूँ कि अपनी दशा सुधारी, इस विलासिता के जाल को तोड़ दूँ जो मेरी आत्मा को चारों तरफ से जकड़े हुए है, पर दुर्बल आत्मा अपने निश्चय पर स्थिर नहीं रहती। मेरा पालन-पोषण जिस ढंग से हुआ, उनका यह परिणाम होना स्वाभाविक-सा मालूम होता है। मेरी उच्च शिक्षा ने गृहिणी-जीवन से मेरे मन में घृणा पैदा कर दी। मुझे किसी पुरुष के अधीन रहने का विचार अस्वाभाविक जान पड़ता था। मैं गृहिणी की जिम्मेदारियों और चिन्ताओं को अपनी मानसिक स्वाधीनता के लिए विष-तुल्य समझती थी। मैं तर्क बुद्धि से अपने स्त्रीत्व को मिटा देना चाहती थी, मैं पुरुषों की भांति स्वतंत्र रहना चाहती थी। क्यों किसी की पाबंद होकर रहूँ? क्यों अपनी इच्छाओं को किसी व्यक्ति के सांचे में ढालू? क्यों किसी को यह कहने का अधिकार दूँ कि तुमने यह क्यों किया, वह क्यों किया? दाम्पत्य मेरी

निगाह में तुच्छ वस्तु थी। अपने माता-पिता पर आलोचना करना मेरे लिए उचित नहीं, ईश्वर उन्हें सद्गति दे, उनकी राय किसी बात पर न मिलती थी। पिता विद्वान् थे, माता के लिए 'काला अक्षर भैंस बराबर' था। उनमें रात-दिन वाद-विवाद होता रहता था। पिताजी ऐसी स्त्री से विवाह हो जाना अपने जीवन का सबसे बड़ा दुर्भाग्य समझते थे। वह यह कहते कभी न थकते थे कि तुम मेरे पाँव की बेड़ी बन गईं, नहीं तो मैं न जाने कहीं उड़कर पहुँचा होता। उनके विचार में सारा दोष माताजी की अशिक्षा के सिर था। वह अपनी एकमात्र पुत्री को मूर्ख माता के संसर्ग से दूर रखना चाहते थे। माता कभी मुझसे कुछ कहतीं, तो पिताजी उन पर टूट पड़ते- 'तुमसे कितनी बार कह चुका कि लड़की को डांटो मत, यह स्वयं अपना भला- बुरा सोच सकती है, तुम्हारे डाँटने से उसके आत्मसम्मान को कितना धक्का लगेगा, यह तुम नहीं जान सकती। आखिर माताजी ने निराश होकर मुझे मेरे हाल पर छोड़ दिया और कदाचित् इसी शोक में चल बसी। अपने घर की अशांति देखकर मुझे विवाह से और भी घृणा हो गई। सबसे बढ़ा असर मुझ पर मेरे कॉलेज की लेडी प्रिंसिपल का हुआ, जो स्वयं अविवाहिता थीं। मेरा तो अब यह विचार है कि युवकों की शिक्षा का भार केवल आदर्श चरित्रों पर रखना चाहिए। विलास में रत, कॉलेजों के शौकीन प्रोफेसर विद्यार्थियों पर कोई अच्छा असर नहीं डाल सकते। मैं इस वक्त ऐसी बातें आपसे कह रही हूँ, पर अभी घर जाकर यह सब भूल जाऊंगी। मैं जिस संसार में हूँ, उसकी जलवायु ही दूषित है। वहाँ सभी कीचड़ में लथपथ देखना चाहते हैं, मेरे विलासासक्त रहने में ही उनका स्वार्थ है। आप वह पहले आदमी हैं, जिसने मुझ पर विश्वास किया है, जिसने मुझसे निष्कपट व्यवहार किया है। ईश्वर के लिए अब मुझे भूल न जाइयेगा।'

आप्टे ने मिस जोशी की ओर वेदना-पूर्ण दृष्टि से देखकर कहा- 'अगर मैं आपकी कुछ सेवा कर सकूँ, तो यह मेरे लिए सौभाग्य की बात होगा। मिस जोशी! हम सब मिट्ठी के पुतले हैं, कोई निर्दोष नहीं। मनुष्य बिगड़ता है, तो परिस्थितियों से या पूर्व संस्कारों से। परिस्थितियों का त्याग करने से ही से बच सकता है, संस्कारों से गिरने वाले मनुष्य का मार्ग इससे कहीं कठिन है। आपकी आत्मा सुन्दर और पवित्र है, केवल परिस्थितियों ने उसे कुहरे की भांति ढँक लिया है। अब विवेक का सूर्य उदय हो गया है, ईश्वर ने चाहा तो कुहरा भी छट जाएगा। लेकिन सबसे पहले उन परिस्थितियों का त्याग करने को तैयार हो जाइए।'

आप्टे ने चुभती हुई निगाहों से देखकर कहा- 'वैद्य, रोगी को जबरदस्ती दवा दिलाता है।'

मिस जोशी- 'मैं सब कुछ करूँगी। मैं कड़वी-से-कड़वी दवा पिऊंगी। यदि आप पिलाएंगे। कल आप मेरे घर आने की कृपा करेंगे, शाम को?'

आप्टे- 'अवश्य आऊंगा।'

मिस जोशी ने विदा लेते हुए कहा- 'भूलिएगा नहीं, मैं आपकी राह देखती रहूँगी। अपने रक्षक को भी लाइएगा।'

यह कहकर उसने बालक को गोद में उठाया और उसे गले से लगाकर बाहर निकल आई।

गर्व के मारे उसके पाँव जमीन पर न पड़ते थे। मालूम होता था, हवा में उड़ी जा रही है। प्यास से तड़पते हुए मनुष्य को नदी का तट नजर आने लगा था।

6

दूसरे दिन प्रात:काल मिस जोशी ने मेहमानों के नाम दावती कार्ड भेजे और उत्सव मनाने की तैयारियाँ करने लगी। मिस्टर आप्टे के सम्मान में पार्टी दी जा रही थी। मिस्टर जौहरी ने कार्ड देखा तो मुस्कराए। अब महाशय इस जाल से बचकर कहां जाएंगे? मिस जोशी ने उन्हें फंसाने की यह अच्छी तरकीब निकाली। इस काम में निपुण मालूम होती है। मैंने समझा था, आप्टे चालाक आदमी होगा, मगर इन आंदोलनकारी विद्रोहियों को बकवास करने से सिवा और क्या सूझ सकती है।

चार ही बजे से मेहमान लोग आने लगे। नगर के बड़े-बड़े अधिकारी, बड़े- बड़े व्यापारी, बढ़े-बड़े विद्वान्, प्रधान समाचार पत्रों के सम्पादक, अपनी-अपनी महिलाओं के साथ आने लगे । मिस जोशी ने आज अपने अच्छे-से-अच्छे वस्त्र और आभूषण निकाले थे। जिधर जाती थी, मालूम होता था, अरुण प्रकाश की छटा चली आ रही है। भवन में चारों तरफ से सुगन्ध की लपटें आ रही थी और मधुर संगीत की ध्वनि हवा में गूंज रही थी।

पाँच बजते-बजते मिस्टर जौहरी आ पहुँचे और मिस जोशी से हाथ मिलाते हुए मुस्कराकर बोले- 'जी चाहता है, तुम्हारे हाथ चूम लूँ। अब मुझे विश्वास हो गया कि यह महाशय तुम्हारे पंजे से नहीं निकल सकते।'

मिसेस पेटिट बोलीं- 'मिस जोशी दिलों का शिकार करने ही के लिए बनाई गई हैं।'

मिस्टर सोराबजी- मैंने सुना है, आप्टे बिलकुल गँवार-सा आदमी है।'

मिस्टर भरूचा- 'किसी में यूनिवर्सिटी में शिक्षा ही नहीं पाई, सभ्यता कहीं से आती।'

मिसेज भरूचा- 'आज उसे खूब बनाना चाहिए।'

महन्त वीरभद्र दाढ़ी के भीतर से बोले- 'मैंने सुना है, नास्तिक है। वर्णाश्रम- धर्म का पालन नहीं करता।'

मिस जोशी- 'नास्तिक तो मैं भी हूँ। ईश्वर पर मेरा भी विश्वास नहीं है।'

महन्त- 'आप नास्तिक हों, पर आप कितने ही नास्तिकों को आस्तिक बना देती हैं।'

मिस्टर जौहरी- 'आपने लाख पते की बात कही महन्त जी।'

मिसेज भरूचा- 'क्यों महन्त जी, आपको मिस जोशी ही ने आस्तिक बनाया है क्या?'

सहसा आप्टे लोहार के बालक की उँगली पकड़े हुए भवन में दाखिल हुए। यह पूरे फैशनेबुल रईस बने हुए थे। बालक भी किसी रईस का लड़का मालूम होता था। आज आप्टे को देखकर लोगों को विदित हुआ कि यह कितना सुंदर, सजीला आदमी है। मुख से शौर्य टपक रहा था,

पोर-पोर से शिष्टता झलकती थी। मालूम होता था, यह इसी समाज में पला है। लोग देख रहे थे कि वह कहीं चूके और तालियाँ बजाएं, कहीं फिसले और कहकहे लगाएँ पर आप्टे मंजे हुए खिलाड़ी की भांति, जो कदम उठाता था, वह सधा हुआ, जो हाथ दिखलाता था, वह जमा हुआ। लोग उसे पहले तुच्छ समझते थे, अब उससे ईर्ष्या करने लगे, उस पर फबतियां उड़ानी शुरू कीं। लेकिन आप्टे इस कला में भी एक ही निकला। बात मुँह से निकली और उसने जवाब दिया, पर उसके जवाब में मालिन्य या कटुता का लेश भी न होता था। उसका एक-एक शब्द सरल, स्वच्छ, चित्त को प्रसन्न करने वाले भावों में डूबा होता था। मिस जोशी उसकी वाक्-चातुरी पर फूल उठती थी।

सोराबजी- 'आपने किस यूनिवर्सिटी में शिक्षा पाई थी?'

आप्टे-'यूनिवर्सिटी में शिक्षा पाई होती, तो आज मैं भी शिक्षा विभाग का अध्यक्ष न होता।'

मिसेज भरूचा- 'मैं तो आपको भयंकर जन्तु समझती थी।'

आप्टे ने मुस्कुराकर कहा- 'आपने मुझे महिलाओं के सामने न देखा होगा। सहसा मिस जोशी अपने सोने के कमरे में गई और अपने सारे वस्त्राभूषण उतार फेंके। उसके मुख से शुभ्र संकल्प का तेज निकल रहा था। नेत्रों से दबी ज्योति प्रस्फुटित हो रही थीं, मानो किसी देवता ने उसे वरदान दिया हो। उसने सजे हुए कमरे को घृणा के नेत्रों से देखा, अपने आभूषणों को पैरों से ठुकरा दिया और एक मोटी साफ साड़ी पहनकर बाहर निकली। आज प्रात:काल ही उसने एक साड़ी मँगा ली थी।

उसे इस नये वेश में देखकर सब लोग चकित हो गए। यह कायापलट कैसी? सहसा किसी की आँखों को विश्वास न आया, किन्तु मिस्टर जौहरी बगलें बजाने लगे। मिस जोशी ने इसे फंसाने के लिए यह कोई नया स्वाँग रचा है।

'मित्रों! आपको याद है, परसों महाशय आप्टे ने मुझे कितनी गालियाँ दी थीं। यह महाशय खड़े हैं। आज मैं इन्हें उस दुर्व्यवहार का दंड देना चाहती हूँ। मैं कल इनके मकान पर जाकर उनके जीवन के सारे गुप्त रहस्यों को जान-आई। यह जो जनता की भीड़ में गरजते फिरते हैं, मेरे एक ही निशाने में गिर पड़े। मैं उन रहस्यों को खोलने में अब विलम्ब न करूँगी, आप लोग अधीर हो रहे होंगे। मैंने जो कुछ देखा, वह इतना भयंकर है कि उसका वृत्तान्त सुनकर शायद आप लोगों को मूर्च्छा आ जाएगी। अब मुझे लेश मात्र भी सन्देह नहीं है कि यह महाशय पक्के विद्रोही हैं।'

मिस्टर जौहरी ने ताली बजायी और तालियों से हाल गूंज उठा।

मिस जोशी- 'लेकिन राज के द्रोही नहीं, अन्याय के द्रोही, दमन के द्रोही, अभिमान के द्रोही...

चारों ओर सन्नाटा छा गया। लोग विस्मित होकर एक दूसरे की ओर ताकने लगे। मिस जोशी- 'महाशय आप्टे ने गुप्त रूप से शस्त्र जमा किए हैं और गुप्त रूप से हत्याएँ की हैं..

मिस्टर जौहरी ने तालियां बजायी और तालियों से दौंगड़ा फिर बरस गया। मिस जोशी- 'लेकिन किसकी हत्या? दु:ख की, दरिद्रता की, प्रजा के कष्टों की, हठधर्मी की और अपने स्वार्थ की।'

चारों ओर फिर सन्नाटा छा गया और लोग चकित हो-होकर एक-दूसरे की ओर ताकने लगे, मानों उन्हें अपने कानों पर विश्वास नहीं है।

मिस जोशी- 'महाराज आप्टे ने गुप्त रूप से डकैतियाँ की हैं और कर रहे हैं।'

अबकी किसी ने ताली न बजायी, लोग सुनना चाहते थे कि देखें आगे क्या कहती है।

उन्होंने मुझ पर भी हाथ साफ किया है, मेरा सब कुछ अपहरण कर लिया है, यहाँ तक कि अब मैं निराधार हूँ और उनके चरणों के सिवाय मेरे लिए और कोई आश्रय नहीं है। प्राणाधार! इस अबला को अपने चरणों में स्थान दो, उसे डूबने से बचाओ। मैं जानती हूँ तुम मुझे निराश न करोगे।'

यह कहते-कहते वह जाकर आप्टे के चरणों पर गिर पड़ी। सारी मंडली स्तंभित रह गई।

7

एक सप्ताह गुजर चुका था। आप्टे पुलिस की हिरासत में थे। उन पर अभियोग चलाने की तैयारियां हो रही थीं। सारे प्रांत में हलचल मची हुई थी। नगर में रोज सभाएँ होती थीं, पुलिस रोज दस-पाँच आदमियों को पकड़ती थी। समाचार पत्रों में जोरों के साथ वाद-विवाद हो रहा था।

रात के नौ बज गए थे। मिस्टर जौहरी राज-भवन में मेज़ पर बैठे हुए सोच रहे थे कि मिस जोशी को क्यों कर वापस लाएं? उसी दिन से उनकी छाती पर साँप लोट रहा था। उसकी सूरत एक क्षण के लिए आँखों से न उतरती थी।

वह सोच रहे थे, इसने मेरे साथ ऐसी दगा की? मैंने इसके लिए क्या कुछ न किया? इसकी कौन-सी इच्छा थी, जो मैंने पूरी नहीं की और इसी ने मुझसे बेवफाई की। नहीं, कभी नहीं, मैं इसके बगैर जिंदा नहीं रह सकता। दुनिया चाहे मुझे बदनाम करे, हत्यारा कहे, चाहे मुझे पद से हाथ धोना पड़े, लेकिन आप्टे को न छोड़ूंगा। इस रोड़े को रास्ते से हटा दूँगा, इस कांटे को पहलू से निकाल बाहर करूंगा।

सहसा कमरे का द्वार खुला और मिस जोशी ने प्रवेश किया। मिस्टर जौहरी हकबकाकर कुरसी पर से उठ खड़े और यह सोचकर कि शायद मिस जोशी उधर से निराश होकर मेरे पास आई हैं। कुछ रूखे, लेकिन नम्र भाव से बोले- 'आओ बाला, तुम्हारी याद में बैठा था। तुम कितनी ही बेवफाई करो, पर तुम्हारी याद मेरे दिल से नहीं निकल सकती।'

मिस जोशी- 'आप केवल जबान से कहते हैं।'

मिस्टर जौहरी- 'क्या दिल चीरकर दिखा दूँ?'

मिस जोशी- 'प्रेम प्रतिकार नहीं करता, प्रेम से दुराग्रह नहीं होता। आप मेरे खून के प्यासे हो रहे हैं, उस पर भी आप कहते हैं, मैं तुम्हारी याद करता हूँ। आपने मेरे स्वामी को हिरासत में डाल रखा है, यह प्रेम है! आखिर आप मुझसे क्या चाहते हैं? अगर आप समझ रहे हों कि इन सख्तियों से डरकर मैं आपकी शरण आ जाऊंगी, तो आपका श्रम है। आपको अख्तियार है कि आप्टे को काले पानी भेज दें, फांसी पर चढ़ा दें, लेकिन इसका मुझ पर कोई असर न होगा। वह मेरे स्वामी हैं, मैं उनको अपना स्वामी समझती हूँ। उन्होंने अपनी विशाल उदारता से मेरा उद्धार किया। आप मुझे विषय के फंदे में फंसाते थे, मेरी आत्मा को कलुषित करते थे। कभी आपको यह खयाल आया कि इसकी आत्मा पर क्या बीत रही होगी? आप मुझे आत्मा शून्य समझते थे। इस देव पुरुष ने अपनी निर्मल स्वच्छ आत्मा के आकर्षण से मुझे पहली ही मुलाकात में खींच लिया। मैं उसकी हो गई और मरते दम तक उसी की रहूँगी। उस मार्ग से अब आप मुझे नहीं हटा सकते। मुझे एक सच्ची आत्मा की जरूरत थी, वह मुझे मिल आई। उसे पाकर अब तीनों लोक की सम्पदा मेरी आँखों में तुच्छ है। मैं उनके वियोग मैं चाहे प्राण दे दूँ पर आपके काम नहीं आ सकती।'

मिस्टर जौहरी- 'मिस जोशी! प्रेम उदार नहीं होता, क्षमाशील नहीं होता। मेरे लिए तुम सर्वस्व हो, जब तक मैं समझता हूँ कि तुम मेरी हो। अगर तुम मेरी नहीं हो सकती, तो मुझे इसकी क्या चिन्ता हो सकती है कि तुम किस दशा में हो?'

मिस जोशी- 'यह आपका अन्तिम निश्चय है?'

मिस्टर जौहरी- 'अगर मैं कह दूँ कि हां, तो?'

मिस जोशी ने सीने से पिस्तौल निकालकर कहा- 'तो पहले आपकी लाश जमीन पर फड़कती होगी और आपके बाद मेरी। बोलिए, यह आपका अन्तिम निश्चय है?'

यह कहकर मिस जोशी ने जौहरी की तरफ पिस्तौल सीधा किया। जौहरी कुर्सी से उठ खड़े हुए और मुस्कराकर बोले- 'क्या तुम मेरे लिए कभी इतना साहस कर सकती थीं? कदापि नहीं। अब मुझे विश्वास हो गया कि मैं तुम्हें नहीं पा सकता। जाओ, तुम्हारा आप्टे तुम्हें मुबारक हो। उस पर से अभियोग उठा लिया जाएगा। पवित्र प्रेम ही में यह साहस है। अब मुझे विश्वास हो गया कि तुम्हारा प्रेम पवित्र है। अगर कोई पुराना पापी भविष्यवाणी कर सकता है तो मैं कहता हूँ वह दिन दूर नहीं है, जब तुम इस भवन की स्वामिनी होगी। आप्टे ने प्रेम के क्षेत्र में नहीं, राजनीति के क्षेत्र में भी परास्त कर दिया। सच्चा एक आदमी एक मुलाकात में ही जीवन को बदल सकता है, आत्मा को जगा सकता है और अज्ञान को मिटाकर प्रकाश की ज्योति फैला सकता है, यह आज सिद्ध हो गया।

□□□

नरक का मार्ग

रात 'भक्तमाल' पढ़ते-पढ़ते न जाने कब नींद आ गई। कैसे-कैसे महात्मा थे, जिनके लिए भगवत्-प्रेम ही सब कुछ था, इसी में मगन रहते थे। ऐसी भक्ति बड़ी तपस्या से मिलती है। क्या मैं वह तपस्या नहीं कर सकती? इस जीवन में और कौन- सा सुख रखा है? आभूषणों से जिसे प्रेम हो वह जाने, यहाँ तो इनको देखकर आँखें फूटती हैं, धन-दौलत पर जो प्राण देता हो, वह जाने, यहाँ तो इसका नाम सुनकर ज्वर-सा चढ़ आता है। कल पगली सुशीला ने कितनी उमंगों से मेरा श्रृंगार किया था, कितने प्रेम से बालों में फूल लगाए थे। कितना मना करती रही, न मानी। आखिर वही हुआ, जिसका मुझे भय था। जितनी देर उसके साथ हँसी थी, उससे कहीं ज्यादा रोयी। संसार में ऐसी भी कोई स्त्री है, जिसका पति उसका श्रृंगार देखकर सिर से पाँव तक जल उठे? कौन ऐसी स्त्री है, जो अपने पति के मुँह से ये शब्द सुने- तुम मेरा परलोक बिगाडोगी, और कुछ नहीं, तुम्हारे रंग-ढंग कहे देते हैं- और उसका दिल विष खा जाने को न चाहे। भगवान्! संसार में ऐसे भी मनुष्य हैं! आखिर मैं नीचे चली गई और 'भक्तमाल' पढ़ने लगी। अब वृन्दावन-बिहारी ही की सेवा करूंगी, उन्हीं को अपना श्रृंगार दिखाऊंगी। वह तो देखकर न जलेंगे, वह तो मेरे मन का हाल जानते हैं।

2

भगवान्! मैं अपने मन को कैसे समझाऊँ! तुम अंतर्यामी हो, तुम मेरे रोम-रोम का हाल जानते हो। मैं चाहती हूँ कि उन्हें अपना इष्ट समझूँ, उनके चरणों की सेवा करूँ, उनके इशारे पर चलूँ, उन्हें मेरी किसी बात से, किसी व्यवहार से नाममात्र भी दु:ख न हो। वह निर्दोष हैं, जो कुछ मेरे भाग्य में था, वह हुआ। न उनका दोष है, न माता-पिता का। सारा दोष मेरे नसीब ही का है। लेकिन यह सब जानते हुए भी जब उन्हें आते देखती हूँ तो मेरा दिल बैठ जाता है, मुँह पर मुर्दनी-सी छा जाती है, सिर भारी हो जाता है, जी चाहता है, उनकी सूरत न देखूँ। बात तक करने को जी नहीं चाहता। कदाचित् शत्रु को भी देखकर किसी का मन इतना क्लांत न होता होगा। उनके आने के समय दिल में धड़कन-सी होने लगती है। दो-एक दिन के लिए कहीं चले जाते हैं, तो दिल पर से एक बोझ-सा उठ जाता है। हंसती भी हूँ, बोलती भी हूँ, जीवन में कुछ आनन्द आने लगता है, लेकिन उनके आने का समाचार पाते ही फिर चारों ओर अंधकार!

चित्त की ऐसी दशा क्यों है, यह मैं नहीं कह सकती। मुझे तो ऐसा जान पड़ता है कि पूर्व-जन्म में हम दोनों में बैर था। उसी वैर का बदला लेने के लिए इन्होंने मुझसे विवाह किया है। वही पुराने संस्कार हमारे मन में बने हुए हैं, नहीं तो वह मुझे देख-देखकर क्यों जलते और मैं उनकी सूरत से क्यों घृणा करती? विवाह करने का तो यह मतलब नहीं हुआ करता।

मैं अपने घर इससे कहीं सुखी थी। कदाचित् मैं जीवनपर्यंत अपने घर आनन्द से रह सकती थी। लेकिन इस लोक-प्रथा का बुरा हो, जो अभागिनी कन्याओं को किसी-न-किसी पुरुष के गले बाँध देना अनिवार्य समझती है। वह क्या जानता है कि कितनी युवतियाँ उसके नाम को रो रही हैं, अभिलाषाओं से लहराते हुए कितने कोमल हृदय उसके पैरों तले रौंदे जा रहे हैं? युवती के लिए पति कैसी-कैसी मधुर कल्पनाओं का स्रोत होता है। पुरुष में जो उत्तम है, श्रेष्ठ है, दर्शनीय है, उसकी सजीव मूर्ति इस शब्द के ध्यान में आते ही उसकी नजरों के सामने आकर खड़ी हो जाती है। लेकिन मेरे लिए यह शब्द क्या है? हृदय में उठने वाला शूल, कलेजे में खटकने वाला काँटा, आँखों में गड़ने वाली किरकिरी, अन्त-करण को बेधने वाला व्यंग्य-बाण!

सुशीला को हमेशा हंसते देखती हूँ। वह कभी अपनी दरिद्रता का गिला नहीं करती। गहने नहीं हैं, कपड़े नहीं हैं, भाड़े के नन्हे-से मकान में रहती है। अपने हाथों घर का सारा काम-काज करती है, फिर भी उसे रोते नहीं देखती। अगर अपने बस की बात होती, तो आज अपने धन को उसकी दरिद्रता से बदल लेती । अपने पति देव को मुस्कराते हुए घर में आते देखकर उसका सारा दु:ख-दारिद्र छू-मंतर हो जाता है, छाती गज-भर की हो जाती है। उनके प्रेमालिंगन में वह सुख है, जिस पर तीनों लोक का धन न्यौछावर कर दूँ।

3

आज मुझसे जब्त न हो सका। मैंने पूछा- तुमने मुझसे किस लिए विवाह किया था? यह प्रश्न महीनों से मेरे मन में उठता था, पर मन को रोकती चली आती थी। आज प्याला छलक पड़ा। यह प्रश्न सुनकर कुछ बौखला-से गए, बगलें झाँकने लगे, खीसें निकालकर बोले- घर सँभालने के लिए, गृहस्थी का भार उठाने के लिए, और नहीं क्या भोग-विलास के लिए?

घरनी के बिना यह घर आपको भूत का डेरा-सा मालूम होता था। नौकर- चाकर घर की सम्पत्ति उड़ाए देते थे। जो चीज जहाँ पड़ी रहती थी, वहीं पड़ी रहती थी, कोई उसको देखने वाला न था।

तो अब मालूम हुआ कि मैं इस घर की चौकसी करने के लिए लायी गई हूँ। मुझे इस घर की रक्षा करनी चाहिए और अपने को धन्य समझना चाहिए कि यह सारी सम्पत्ति मेरी है। मुख्य वस्तु सम्पत्ति है, मैं तो केवल चौकीदारिन हूँ। ऐसे घर में आज ही आग लग जाये! अब तक तो मैं अनजाने में घर की चौकसी करती थी। जितना वह चाहते हैं, उतना न सही, पर अपनी बुद्धि के अनुसार अवश्य करती थी। आज से किसी चीज को भूलकर भी छूने की कसम आती हूँ। यह मैं जानती हूँ कि कोई पुरूष घर की चौकसी के लिए विवाह नहीं करता और इन महाशय ने चिढ़ कर यह बात मुझसे कही। लेकिन सुशीला ठीक कहती है, इन्हें स्त्री के बिना घर सूना लगता होगा, उसी तरह जैसे पिंजरे में चिड़िया को न देखकर पिंजरा सूना लगता है। यह है हम स्त्रियों का भाग्य!

4

मालूम नहीं, इन्हें मुझ पर इतना सन्देह क्यों होता है। जबसे नसीब इस घर में लाया है, इन्हें बराबर सन्देह-मूलक कटाक्ष करते देखती हूँ। क्या कारण है? जरा बाल गुंथ कर बैठी और यह

ओठ चबाने लगे। कहीं जाती नहीं, कहीं आती नहीं, किसी से बोलती नहीं, फिर भी इतना सन्देह! यह अपमान असह्य है। क्या मुझे अपनी आबरू प्यारी नहीं? यह मुझे इतनी छिछोरी क्यों समझते हैं, इन्हें मुझ पर सन्देह करते लज्जा भी नहीं आती? काना आदमी किसी को हँसते देखता है, तो समझता है लोग उसी पर हँस रहे हैं। शायद इन्हें भी वही वहम हो गया है कि मैं इन्हें चिढ़ाती हूँ। अपने अधिकार के बाहर कोई काम कर बैठने से कदाचित् हमारे चित्त की यही वृत्ति हो जाती है। भिक्षुक राजा की गद्दी पर बैठकर चैन की नींद नहीं सो सकता। उसे अपने चारों तरफ शत्रु-ही-शत्रु दिखाई देंगे। मैं समझती हूं सभी शादी करने वाले बुड्ढों का यही हाल है।

आज सुशीला के कहने से मैं ठाकुर की झाँकी देखने जा रही थी। अब यह साधारण बुद्धि का आदमी भी समझ सकता है कि फूहड़ बहू बनकर बाहर निकलना अपनी हँसी उड़ाना है, लेकिन आप उसी वक्त न जाने किधर से टपक पड़े और मेरी ओर तिरस्कारपूर्ण नेत्रों से देखकर बोले- कहीं की तैयारी है?

मैंने कह दिया- जरा ठाकुरजी की झाँकी देखने जाती हूँ। इतना सुनते ही त्यौरियां चढ़ाकर बोले- तुम्हारे जाने की कुछ जरूरत नहीं। जो स्त्री अपने पति की सेवा नहीं कर सकती, उसे देवताओं के दर्शन से पुण्य के बदले पाप होता है। मुझसे उड़ने चली हो। मैं औरतों की नस-नस पहचानता हूँ।

ऐसा क्रोध आया कि बस, अब क्या कहूँ। उसी दम कपड़े बदल डाले और प्रण कर लिया कि अब कभी दर्शन करने न जाऊंगी। इस अविश्वास का भी कुछ ठिकाना है! न जाने क्या सोचकर रुक गई। उनकी बात का जवाब तो यही था कि उसी क्षण घर से चल खड़ी होती, फिर देखती मेरा क्या कर लेते!

इन्हें मेरे उदास और विमन रहने पर आश्चर्य होता है। मुझे मन में कृतघ्न समझते हैं। अपनी समझ में इन्होंने मेरे साथ विवाह करके शायद मुझ पर बड़ा एहसान किया है। इतनी बड़ी जायदाद और इतनी विशाल सम्पत्ति की स्वामिनी होकर मुझे फूले न समाना चाहिए था, आठों पहर इनका यशगान करते रहना चाहिए था। मैं यह सब कुछ न करके उलटे और मुँह लटकाए रहती हूँ। कभी- कभी मुझे बेचारे पर दया आती है। यह नहीं समझते कि नारी-जीवन में कोई ऐसी वस्तु भी है, जिसे खोकर उसकी आंखों में स्वर्ग भी नरक-तुल्य हो जाता है।

5

तीन दिन से बीमार हैं डॉक्टर कहते हैं, बचने की कोई आशा नहीं, निमोनिया हो गया है। पर मुझे न जाने क्यों इसका गम नहीं है। मैं इतनी वज्र हृदय कभी न थी। न जाने वह मेरी कोमलता कहां चली गई। किसी बीमार की सूरत देखकर मेरा हृदय करुणा से चंचल हो जाता था, मैं किसी का रोना नहीं सुन सकती थी। वही मैं हूँ कि आज तीन दिन से उन्हें अपने बगल के कमरे में पड़े कराहते सुनती हूँ और एक बार भी उन्हें देखने न गयी, आँखों में आँसू आने का जिक्र ही क्या? मुझे ऐसा मालूम होता है, इनसे मेरा कोई नाता ही नहीं। मुझे चाहे कोई पिशाचिनी कहे, चाहे

कुलटा, पर मुझे तो यह कहने में लेश मात्र भी संकोच नहीं है कि इनकी बीमारी से मुझे एक प्रकार का ईर्ष्यापूर्ण आनन्द आ रहा है।

इन्होंने मुझे यहाँ कारावास दे रखा था- इसे विवाह का पवित्र नाम नहीं देना चाहती- यह कारावास ही है। मैं इतनी उदार नहीं हूँ कि जिसने मुझे कैद में डाल रखा हो, उसकी पूजा करें, जो मुझे लात से मारे, उसके पैरों को चूमूं। मुझे तो मालूम हो रहा है, ईश्वर इन्हें इस पाप का दण्ड दे रहे हैं। मैं निस्संकोच होकर कहती हूँ कि मेरा इनसे विवाह नहीं हुआ। स्त्री किसी के गले बाँध दिये जाने से ही उसकी विवाहिता नहीं हो जाती। यही संयोग विवाह का पद पा सकता है, जिसमें कम-से-कम एक बार तो हृदय प्रेम से पुलकित हो जाये! सुनती हूँ महाशय अपने कमरे में पड़े-पड़े मुझे कोसा करते हैं, अपनी बीमारी का सारा बुखार मुझ पर निकालते हैं, लेकिन यहाँ इसकी परवाह नहीं। जिसका जी चाहे जायदाद ले, धन ले, मुझे इसकी जरूरत नहीं!

6

आज तीन महीने हुए, मैं विधवा हो गई। कम-से-कम लोग यही कहते हैं। जिसका जो जी चाहे कहे, पर मैं अपने को जो कुछ समझती हूँ वह समझती हूँ। मैंने चूड़ियाँ नहीं तोड़ी, क्यों तोड़ू, माँग में सिंदूर पहले भी न डालती थी, अब भी नहीं डालती। बूढ़े बाबा का क्रिया-कर्म उनके सुपुत्र ने किया, मैं पास न फटकी। घर में मुझ पर मनमानी आलोचनाएँ होती हैं, कोई मेरे गुँथे हुए बालों को देखकर नाक सिकोड़ता है। कोई मेरे आभूषणों पर आँखें मटकाता है, यहाँ इसकी चिन्ता नहीं। इन्हें चिढ़ाने को मैं भी रंग-बिरंगी साड़ियाँ पहनती हूँ और भी बनती-संवरती हूँ। मुझे जरा भी दुःख नहीं है। मैं तो कैद से छूट गई।

इधर कई दिन बाद सुशीला के घर गयी । छोटा-सा मकान है, कोई सजावट न सामान, चारपाइयाँ तक नहीं, पर सुशीला कितने आनन्द से रहती है। उसका उल्लास देखकर मेरे मन में भी भांति-भांति की कल्पनाएँ उठने लगती हैं- उन्हें कुत्सित क्यों कहूँ जब मेरा मन उन्हें कुत्सित नहीं समझता। इनके जीवन में कितना उत्साह है, आँखें मुस्कुराती रहती हैं, ओठों पर मधुर हास्य खेलता रहता है, बातों में प्रेम का स्रोत बहता हुआ जान पड़ता है। इस आनन्द से, चाहे वह कितना ही क्षणिक हो, जीवन सफल हो जाता है। फिर उसे भूल नहीं सकता, उसकी स्मृति अन्त तक के लिए काफी हो जाती है, इस मिजराब की चोट हृदय के तारों को अनन्तकाल तक मधुर स्वरों से कम्पित रख सकती है।

एक दिन मैंने सुशीला से कहा- अगर तेरे पतिदेव कहीं परदेश चले जायें, तो तू रोते-रोते मर जायेगी?

सुशीला गम्भीर भाव से बोली- नहीं बहन, मरूंगी नहीं, उनकी याद मुझे सदैव प्रफुल्लित करती रहेगी, चाहे उन्हें परदेश में बरसों लग जाएं।

मैं यही प्रेम चाहती हूँ। इसी चोट के लिए मेरा मन तड़पता रहता है। मैं भी ऐसी ही स्मृति चाहती हूँ जिससे दिल के तार सदैव बजते रहें, जिसका नशा नित्य छाया रहे।

7

रात रोते-रोते हिचकियाँ बँध गई। न जाने क्यों दिल भर-भर आता था। अपना जीवन सामने एक बीहड़ मैदान की भांति फैला हुआ मालूम होता था, जहाँ बगुलों के सिवा हरियाली का नाम नहीं। घर फाड़े खाता था, चित्त ऐसा चंचल हो रहा था कि कहीं उड़ जाऊं। आजकल भक्ति के ग्रंथों की ओर ताकने को जी नहीं चाहता, कहीं सैर करने जाने की इच्छा नहीं होती। क्या चाहती हूँ यह मैं स्वयं नहीं जानती। लेकिन मैं जो नहीं जानती, यह मेरा एक-एक रोम जानता है। मैं अपनी भावनाओं की सजीव मूर्ति हूं मेरा एक-एक अंग मेरी आंतरिक वेदना का आर्तनाद हो रहा है।

मेरे चित्त की चंचलता उस अन्तिम दशा को पहुँच गयी है, जब मनुष्य को निन्दा की न लज्जा रहती है और न भय। जिन लोभी, स्वार्थी माता-पिता ने मुझे कुएँ में ढकेला, जिस पाषाण-हृदय प्राणी ने मेरी माँग में सिन्दूर डालने का स्वाँग किया, उनके प्रति मेरे मन में बार-बार दुष्कामनाएँ उठती हैं। मैं उन्हें लज्जित करना चाहती हूँ। मैं अपने मुँह में कालिख लगाकर उनके मुख में कालिख लगाना चाहती हूँ। मैं अपने प्राण देकर उन्हें प्राणदंड दिलाना चाहती हूँ। मेरा नारीतत्त्व लुप्त हो गया है, मेरे हृदय में प्रचण्ड ज्वाला उठी हुई है।

घर के सारे आदमी सो रहे थे। मैं चुपके-से नीचे उतरी, द्वार खोला और घर से निकली, जैसे कोई प्राणी गर्मी से व्याकुल होकर घर से निकले और किसी खुली हुई जगह की ओर दौड़े। उस मकान में मेरा दम घुट रहा था।

सड़क पर सन्नाटा था। दुकानें बंद हो चुकी थीं। सहसा एक बुढ़िया आती हुई दिखाई दी। मैं डरी कि कहीं चुड़ैल न हो। बुढ़िया ने मेरे समीप आकर मुझे सिर से पाँव तक देखा और बोली- किसकी राह देख रही हो?

मैंने चिढ़ कर कहा- मौत की।

बुढ़िया- तुम्हारे नसीब में तो अभी जिन्दगी के बड़े-बड़े सुख भोगने लिखे हैं। अंधेरी रात गुजर गई, आसमान पर सुबह की रोशनी नजर आ रही है।

मैंने हँसकर कहा- अँधेरे में भी तुम्हारी आँखें इतनी तेज हैं कि नसीब की लिखावट पढ़ लेती हैं?

बुढ़िया- आंखों से नहीं पढ़ती बेटा, अक्ल से पढ़ती हूँ। धूप में चूड़े नहीं सफेद किए हैं। तुम्हारे बुरे दिन गये और अच्छे दिन आ रहे हैं। हँसों मत बेटा, यही काम करते इतनी उम्र गुजर गई। इसी बुढ़िया की बदौलत जो नदी में कूदने जा रही थीं, वे आज फूलों की सेज पर सो रही हैं, जो जहर का प्याला पीने को तैयार थीं, वे आज दूध की कुल्लियाँ कर रही हैं। इसीलिए इतनी रात गये निकलती हूँ कि अपने हाथों किसी अभागिनी का उद्धार हो सके, तो करूँ। किसी से कुछ नहीं माँगती, भगवान् का दिया सब कुछ घर में हैं, केवल यही इच्छा है कि अपने से जहाँ तक हो सके, दूसरों का उपकार करूँ। जिन्हें धन की इच्छा है उन्हें धन, जिन्हें सन्तान की इच्छा है उन्हें सन्तान, बस और क्या कहूँ वह मन्त्र बता देती हूँ कि जिसकी जो इच्छा हो, वह पूरी हो जाये।

मैंने कहा- मुझे न धन चाहिए, न सन्तान। मेरी मनोकामना तुम्हारे बस की बात नहीं।

बुढ़िया हँसी- बेटी, जो तुम चाहती हो, वह मैं जानती हूँ। तुम वह चीज चाहती हो, जो संसार में होते हुए स्वर्ग की है, जो देवताओं के वरदान से भी ज्यादा आनन्दप्रद है, जो आकाश-कुसुम है, गूलर का फूल है और अमावस का चाँद है। लेकिन मेरे मन्त्र में वह शक्ति है, जो भाग्य को भी सँवार सकती है। तुम प्रेम की प्यासी हो। मैं तुम्हें उस नाव पर बैठा सकती हूँ जो प्रेम के सागर में, प्रेम की तरंगों पर क्रीड़ा करती हुई तुम्हें पार उतार दे।

मैंने उत्कंठित होकर पूछा- माता, तुम्हारा घर कहाँ है?

बुढ़िया- बहुत नजदीक है बेटी। तुम चलो तो मैं अपनी आंखों पर बैठाकर ले चलूँ।

मुझे ऐसा मालूम हुआ कि यह कोई आकाश की देवी है। मैं उसके पीछे-पीछे चल पड़ी।

आह! वह बुढ़िया, जिसे मैं आकाश की देवी समझती थी, नरक की डायन निकली। मेरा सर्वनाश हो गया। मैं अमृत खोजती थी, विष मिला। निर्मल स्वच्छ प्रेम की प्यासी थी, गंदे विषाक्त नाले में गिर पड़ी। वह वस्तु न मिलनी थी, न मिली। मैं सुशीला का-सा सुख चाहती थी, कुलटाओं की विषय-वासना नहीं। लेकिन जीवन-पथ में एक बार उलटी राह चलकर फिर सीधे मार्ग पर आना कठिन है।

लेकिन मेरे अध:पतन का अपराध मेरे सिर नहीं। मेरे माता-पिता और उस बूढ़े पर हैं, जो मेरा स्वामी बनना चाहता था। मैं यह पंक्तियाँ न लिखती, लेकिन इस विचार से लिख रही हूँ कि मेरी आत्म-कथा पढ़कर लोगों की आँखें खुले। मैं फिर कहती हूँ अब भी अपनी बालिकाओं के लिए मत देखो धन, मत देखो जायदाद, मत देखो कुलीनता, केवल वर देखो। अगर उसके लिए जोड़ का वर नहीं पा सकते, तो लड़की को कुंवारी रख छोड़ो, जहर देकर मार डालो, गला घोंट डालो, पर किसी बूढ़े खूसट से मत ब्याह करो। स्त्री सब कुछ सह सकती है, दारुण- से-दारुण दु:ख, बड़े-से-बड़ा संकट, अगर नहीं सह सकती, तो अपने यौवन काल की उमंगों का कुचला जाना।

रही मैं, मेरे लिए अब इस जीवन में कोई आशा नहीं। इस अधम दशा को भी उस दशा में न बदलूंगी, जिससे निकलकर आयी हूँ।

□□□

स्त्री और पुरुष

विपिन बाबू के लिए स्त्री ही संसार की सबसे सुंदर वस्तु थी। वह कवि थे और उनकी कविता के लिए स्त्रियों के रूप और यौवन की प्रशंसा ही सबसे चित्ताकर्षक विषय था। उनकी दृष्टि में स्त्री, जगत् में व्याप्त कोमलता, और अलंकार की सजीव प्रतिमा थी। जबान पर स्त्री का नाम आते ही आँखें जगमगा उठती थीं, कान खड़े हो जाते थे, मानों किसी रसिक ने गान की आवाज सुन ली हो। जब से होश सँभाला, तभी से उन्होंने उस सुन्दरी की कल्पना करनी शुरू की, जो उनके हृदय की रानी होगी, इसमें उषा की प्रफुल्लता होगी, पुष्प की कोमलता, कुन्दन की चमक, वसन्त की छवि, कोयल की ध्वनि- वह कवि वर्णित सभी उपमाओं से विभूषित होगी। यह उस कल्पित मूर्ति के उपासक थे, कविताओं में उसका गुण गाते, मित्रों से उनकी चर्चा करते, नित्य उसी के खयाल में मस्त रहते थे। वह दिन भी समीप आ गया था, अब उनकी आशाएँ हरे-हरे पत्तों से लहराएगी, उनकी मुरादें, पूरी होंगी। कॉलेज की अन्तिम परीक्षा समाप्त हो गई थी और विवाह के संदेशे आने लगे थे।

2

विवाह तय हो गया। विपिन बाबू ने कन्या को देखने का बहुत आग्रह किया, लेकिन जब उनके मामू ने विश्वास दिलाया कि लड़की बहुत ही रूपवती है, मैंने उसे अपनी आँखों से देखा है, तब वह राजी हो गए। धूमधाम से बारात निकली और विवाह का मुहूर्त आया। वधू आभूषणों से सजी हुई मण्डप में आयी, तो विपिन को उसके हाथ-पाँव नजर आए। कितनी सुंदर उँगलियाँ थीं, मानो दीप शिखाएँ हों, अंगों की शोभा कितनी मनोहारिणी थी। विपिन फूले न समाए। दूसरे दिन वधू विदा हुई, तो वह उसके दर्शनों के लिए इतने अधीर हुए कि ज्यों ही रास्ते में कहारों ने पालकी रखकर मुँह-हाथ धोना शुरू किया, आप चुपके से वधू के पास जा पहुँचे। वह घूंघट हटाए, पालकी से सिर निकाले बाहर झाँक रही थी। विपिन की निगाह उस पर पड़ गई। घृणा, क्रोध, और निराशा की एक लहर-सी उन पर दौड़ गई। यह वह परम सुंदरी रमणी न थी, जिसकी उन्होंने कल्पना की थी, जिसकी वह बरसों से कल्पना कर रहे थे- यह एक चौड़े मुँह, चिपटी नाक और फूले हुए गालों वाली कुरूपा स्त्री थी। रंग गोरा था, पर उसमें लाली के बदले सफेदी थी, और फिर रंग कैसा ही सुन्दर हो, रूप की कमी नहीं पूरी कर सकता। विपिन का सारा उत्साह ठण्डा पड़ गया- हां, इसे मेरे ही गले पड़ना था। क्या इसके लिए समस्त संसार में और कोई न मिलता था? उन्हें अपने मामू पर क्रोध आया, जिसने वधू की तारीफ के पुल बाँध दिए थे। अगर इस वक्त वह मिल जाते, तो विपिन उनकी ऐसी खबर लेता कि वह भी याद करते।

जब कहारों ने पालकी उठायी, तो विपिन मन में सोचने लगा, इस स्त्री के साथ मैं कैसे बोलूंगा, कैसे इसके साथ जीवन काटूंगा। इसकी ओर तो ताकने ही से घृणा होती है। ऐसी कुरूपा स्त्रियाँ भी संसार में हैं, इसका मुझे अब तक पता न था। क्या मुंह ईश्वर ने बनाया है, क्या आँखें हैं। मैं और सारे ऐबों की ओर से आँखें बन्द कर लेता, लेकिन यह चौड़ा-सा मुँह! भगवान्! क्या तुम्हें मुझ पर यह वज्रपात करना था?

3

विपिन को अपना जीवन नरक-सा जान पड़ता था। वह अपने मामू से लड़ा, ससुर को एक लम्बा फर्रा लिखकर फटकारा, माँ-जाप से हुज्जत की और जब इसमें शान्ति न हुई, तो कहीं भाग जाने की बात सोचने लगा। आशा पर उसे दया अवश्य आती थी, वह अपने को समझाता कि इसमें उस बेचारी का क्या दोष है, उसने जबरदस्ती तो मुझसे विवाह किया नहीं। लेकिन यह दया और यह विचार उस घृणा को न जीते सकता था, जो आशा को देखते ही उसके रोम-रोम में व्याप्त हो जाती थी। आशा अपने अच्छे-से-अच्छे कपड़े पहनती, तरह-तरह से बाल सँवारती, घंटों आइने के सामने खड़ी होकर अपना श्रृंगार करती, लेकिन विपिन को यह शुतुरगमजे से मालूम होते। वह दिल से चाहती थी कि इन्हें प्रसन्न करूँ, उनकी सेवा करने के लिए अवसर खोजा करती थी, लेकिन विपिन उससे भागा-भागा फिरता था। अगर कभी भेंट हो भी जाती, तो कुछ ऐसी जली-कटी बातें कहने लगता कि आशा रोती हुई वहाँ से चली जाती।

सबसे बुरी बात यह थी कि उसका चरित्र भ्रष्ट होने लगा। वह यह भूल जाने की चेष्टा करने लगा कि मेरा विवाह हो गया है। कई-कई दिनों तक आशा को उसके दर्शन भी न होते। वह उसके कहकहों की आवाजें बाहर से आती हुई सुनती, झरोखे से देखती कि वह दोस्तों के गले में हाथ डाले सैर करने जा रहे हैं, और तड़प कर रह जाती।

एक दिन खाना खाते समय उसने कहा- 'अब तो आपके दर्शन ही नहीं होते। क्या मेरे कारण घर छोड़ दीजिएगा?'

विपिन ने मुँह फेरकर कहा- 'घर ही पर तो रहता हूँ। आजकल जरा नौकरी की तलाश है, इसलिए दौड़-धूप ज्यादा करता हूँ।'

आशा- 'किसी डॉक्टर से मेरी सूरत क्यों नहीं बनवा देते! सुनती हूँ आजकल सूरत बनानेवाला डॉक्टर पैदा हुए हैं।'

विपिन- 'क्यों नाहक में चिढ़ाती हो, यहाँ तुम्हें किसने बुलाया था?'

आशा- 'आखिर इस मर्ज की दवा कौन करेगा?'

विपिन- 'इस मर्ज की दवा नहीं है। जो काम ईश्वर से न करते बना, उसे आदमी क्या बना सकता है?'

आशा- 'यह तो तुम्हीं सोचो कि ईश्वर की भूल के लिए मुझे दण्ड दे रहे हो। संसार में कौन ऐसा आदमी है, जिसे अच्छी सूरत बुरी लगती हो, लेकिन तुमने किसी मर्द को केवल रूपहीन

होने के कारण कुंवारा रहते देखा है? रूपहीन लड़कियाँ भी माँ-बाप के घर नहीं बैठी रहतीं। किसी-न-किसी तरह उनका निर्वाह हो ही जाता है, उनका पति उन पर प्राण न देता हो, लेकिन दूध की मक्खी नहीं समझता।

विपिन ने झुंझलाकर कहा- 'क्यों नाहक सिर खाती हो, मैं तुमसे बहस तो नहीं कर रहा हूँ। दिल पर जब्त नहीं किया जा सकता, और न दलीलों का उस पर कोई असर पड़ सकता है। मैं तुम्हें कुछ कहता नहीं हूँ फिर तुम क्यों मुझसे हुज्जत करती हो?

आशा यह झिड़की सुनकर चली गई। उसे मालूम हो गया कि इन्होंने मेरी ओर से सदा के लिए हृदय कठोर कर लिया है।

4

विपिन तो रोज सैर-सपाटे करते, कभी-कभी रात-रात गायब रहते। इधर आशा चिन्ता और नैराश्य से घुलते-घुलते बीमार पड़ गई। लेकिन विपिन भूलकर भी उसे देखने न आता, सेवा करना तो दूर रहा। इतना ही नहीं, वह दिल में मानता था कि यह मर जाती तो गला छूटता, अबकी खूब देखभाल कर अपनी पसंद का विवाह करता।

अब वह और भी खेल खेला। पहले आशा से कुछ दबता था, कम-से-कम उसे यह डर लगा रहता था कि कोई मेरी चाल-ढाल पर निगाह रखने वाला भी है। अब वह डर छूट गया। कुवासनाओं में ऐसा लिप्त हो गया कि मर्दाने कमरे में ही जमघट होने लगे। लेकिन विषय-भोग में धन ही का सर्वनाश नहीं होता, इससे कहीं अधिक बुद्धि और बल का सर्वनाश होता है। विपिन का चेहरा पीला पड़ने लगा, देह भी क्षीण होने लगी, पसलियों की हड्डियां निकल आयीं, आंखों के इर्द-गिर्द गढ़े पड़ गए। अब वह पहले से कहीं ज्यादा शौक करता, नित्य तेल लगता, बाल बनाता, कपड़े बदलता, किन्तु मुख पर कांति न थी, रंग-रोगन से क्या हो सकता।

एक दिन आशा बरामदे में चारपाई पर लेटी हुई थी। इधर हफ्तों से उसने विपिन को न देखा था। उन्हें देखने की इच्छा हुई। उसे भय था कि वह न आएँगे, फिर भी मन को न रोक सकी। विपिन को बुला भेजा। विपिन को भी उस पर कुछ दया आ गई। आकर सामने खड़े हो गए। आशा ने उनके मुँह की ओर देखा, तो चौंक पड़ी। वह इतने दुर्बल हो गए थे कि पहचानना मुश्किल था। बोली- 'तुम भी बीमार हो क्या? तुम तो मुझसे भी ज्यादा घुल गए हो?'

विपिन- ' उँह, जिन्दगी में रखा ही क्या है, जिसके लिए जीने की फिक्र करूँ!

आशा- 'जीने की फिक्र न करने से कोई इतना दुबला नहीं हो जाता। तुम अपनी कोई दवा क्यों नहीं करते?'

यह कहकर उसने विपिन का दाहिना हाथ पकड़कर अपनी चारपाई पर बैठा लिया। विपिन ने भी हाथ छुड़ाने की चेष्टा न की। उसके स्वभाव में इस समय एक विचित्र नम्रता थी, जो आशा ने कभी न देखी थी। बातों से भी निराशा टपकती थी। अक्खड़पन या क्रोध की गंध भी न थी। आशा को ऐसा मालूम हुआ कि उसकी आँखों में आँसू भरे हुए हैं।

विपिन चारपाई पर बैठते हुए बोले- 'मेरी दवा अब मौत करेगी। मैं तुम्हें जलाने के लिए नहीं कहता। ईश्वर जानता है, मैं तुम्हें चोट नहीं पहुँचाना चाहता। मैं अब ज्यादा दिनों तक न जिंदा रहूंगा। मुझे किसी भयंकर रोग के लक्षण दिखाई दे रहे हैं। डॉक्टरों ने भी यही कहा है। मुझे इसका खेद है कि मेरे हाथों तुम्हें कष्ट पहुंचा, पर क्षमा करना। कभी-कभी बैठे-बैठे मेरा दिल डूब जाता है, मूर्च्छा-सी आ जाती है।

यह कहते-कहते एकाएक वह काँप उठे। सारी देह में सनसनी-सी दौड़ गयी। मूर्छित होकर चारपाई पर गिर पड़े और हाथ-पैर पटकने लगे। मुँह से फिचकुर निकलने लगा। सारी देह पसीने से तर हो गई।

आशा का सारा रोग हवा हो गया। वह महीनों से बिस्तर न छोड़ सकी थी। पर इस समय उसके शिथिल अंगों में विचित्र स्फूर्ति दौड़ गई। उसने तेजी से उठकर विपिन को अच्छी तरह लिटा दिया और उसके मुख पर पानी के छींट देने लगी। महरी भी दौड़ी आयी और पंखा झलने लगी। बाहर खबर हुई, मित्रों ने दौड़कर डॉक्टर को बुलाया। बहुत यत्न करने पर भी विपिन ने आँखें न खोलीं। संध्या होते-होते उनका मुँह टेढ़ा हो गया और बायां अंग शून्य पड़ गया। हिलना तो दूर रहा, मुँह से बात निकलना भी मुश्किल हो गयी। यह मूर्छा न थी, फालिज था।

5

फालिज के भयंकर रोग में रोगी की सेवा करना आसान काम नहीं। उस पर आशा महीनों से बीमार थी। लेकिन इस रोग के सामने यह अपना रोग भूल गई। पन्द्रह दिनों तक विपिन की हालत बहुत नाजुक रही। आशा दिन-के-दिन और रात-की- रात उनके पास बैठी रहती। उनके लिए पथ्य बनाना, उन्हें गोद में सँभालकर दवा पिलाना, उनके जरा-जरा से इशारे को समझना उसी-जैसी धैर्यशाली स्त्री का काम था। अपना सिर दर्द से फटा करता, ज्वर से देह तपा करती, पर इसकी उसे जरा भी परवाह न थी।

पन्द्रह दिनों के बाद विपिन की हालत कुछ सँभली। उनका दाहिना पैर तो लुंज हो गया था, पर तोतली भाषा में कुछ बोलने लगे थे। सबसे बुरी गति उनके सुंदर मुख की हुई थी। वह इतना टेढ़ा हो गया था, जैसे कोई रबर के खिलौने को खींचकर बढ़ा दे। बटरी की मदद से जरा देर के लिए बैठ या खड़े तो हो जाते थे, लेकिन चलने-फिरने की ताकत न थी।

एक दिन लेटे-लेटे उन्हें क्या जाने, क्या खयाल आया। आइना उठाकर अपना मुँह देखने लगे। ऐसा कुरूप आदमी उन्होंने कभी न देखा था। आहिस्ता से बोले- 'आशा, ईश्वर ने मुझे गुरूर की सजा दे दी। वास्तव में यह उसी बुराई का बदला है, जो मैंने तुम्हारे साथ की। अब तुम अगर मेरा मुँह देखकर घृणा से मुँह फेर लो, तो मुझे तुमसे जरा भी शिकायत न होगी। मैं चाहता हूँ कि तुम मुझसे उस दुर्व्यवहार का बदला लो, जो मैंने तुम्हारे साथ किया है।'

आशा ने पति की ओर कोमल भाव से देखकर कहा- 'मैं तो आपको अब भी उसी निगाह से देखती हूँ। मुझे तो आप में कोई अन्तर नहीं दिखाई देता।'

विपिन- 'वाह, बंदर का-सा मुँह हो गया है, तुम कहती हो कोई अंतर ही नहीं। मैं तो अब कभी बाहर न निकलूंगा। ईश्वर ने मुझे सचमुच दंड दिया।'

6

बहुत यत्न किए गए पर विपिन का मुँह न सीधा हुआ। मुख का बायाँ भाग इतना टेढ़ा हो गया था कि चेहरा देखकर डर लगता था। हां, पैरों में इतनी शक्ति आ गई कि अब वह चलने-फिरने लगे।

आशा ने पति की बीमारी में देवी की मनौती की थी। आज उसी पूजा का उत्सव था। मुहल्ले की स्त्रियाँ बनाव-श्रृंगार किए जमा थीं गाना-बजाना हो रहा था।

एक सहेली ने पूछा- 'क्यों आशा, अब तो तुम्हें उनका मुँह जरा भी अच्छा न लगता होगा।'

आशा ने गंभीर होकर कहा- 'मुझे तो पहले से कहीं अच्छा मालूम होता है।'

'चलो, बातें बनाती हो। '

'नहीं बहन, सच कहती हूँ रूप के बदले मुझे उनकी आत्मा मिल आई, जो रूप से कहीं बढ़कर है।'

विपिन कमरे में बैठे हुए थे। कई मित्र जमा थे। ताश हो रहा था।

कमरे में एक खिड़की थी, जो आँगन में खुलती थी। इस वक्त वह बंद थी। एक मित्र ने चुपके से उसे खोल दिया। और शीशे में झाँककर विपिन से कहा- 'आज तो तुम्हारे यहाँ परियों का अच्छा जमघट है।'

विपिन- 'बंद कर दो।'

अजी, जरा देखो तो, कैसी-कैसी सूरतें हैं! तुम्हें इन सबों में कौन-सी सबसे अच्छी मालूम होती है?'

विपिन ने उड़ती हुई नजरों से देखकर कहा- 'मुझे तो वही स्त्री सबसे अच्छी मालूम होती है, जो थाल में फूल रख रही है।'

'वाह री आपकी निगाह! क्या सूरत के साथ तुम्हारी निगाह भी बिगड़ गई? मुझे तो वह सबसे बदसूरत मालूम होती है।''

'इसलिए कि उनकी सूरत देखते हो और मैं उसकी आत्मा देखता हूँ।'

'अच्छा, यही मिसिज विपिन है।',

'जी हां, यह वही देवी हैं।'

□□□

उद्धार

हिन्दू, समाज की वैवाहिक प्रथा इतनी दूषित, इतनी चिन्ताजनक, इतनी भयंकर हो गई है कि कुछ समझ में नहीं आता, उसका सुधार क्यों कर हो! बिरले ही ऐसे माता-पिता होंगे, जिनके सात पुत्रों के बाद भी एक कन्या उत्पन्न हो जाये, तो वह सहर्ष उसका स्वागत करें। कन्या का जन्म होते ही उसके विवाह की चिन्ता सिर पर सवार हो जाती है और आदमी उसी में डुबकियाँ खाने लगता है। अवस्था इतनी निराशामय और भयानक हो गई है कि ऐसे माता-पिताओं की कमी नहीं है, जो कन्या की मृत्यु पर हृदय से प्रसन्न होते हैं, मानो सिर से बाधा टली। इसका कारण केवल यही है कि दहेज की दर, दिन दूनी-रात चौगुनी, पावस-काल के जल-वेग के समान बढ़ती चली जा रही है। जहाँ दहेज की सैकड़ों में बातें होती थी, वहाँ अब हजारों तक नौबत पहुँच गई है। अभी बहुत दिन नहीं गुजरे कि एक या दो हजार रुपये दहेज केवल बड़े घरों की बात थी, छोटी-मोटी शादियाँ पाँच सौ से एक हजार तक तय हो जाती थी, पर अब मामूली-मामूली विवाह भी तीन-चार हजार के नीचे नहीं तय होते। खर्च का तो यह हाल है और शिक्षित समाज की निर्धनता और दरिद्रता दिनों-दिन बढ़ती जाती है। इसका अन्त क्या होगा, ईश्वर ही जाने। बेटे एक दर्जन भी हों, तो माता-पिता को चिन्ता नहीं होती। वह अपने ऊपर उनके विवाह-भार को अनिवार्य नहीं समझता, यह उसके लिए 'कम्पलसरी' विषय नहीं, 'ऑप्शनल' है। होगा तो कर देंगे, नहीं, कह देंगे-बेटा, खाओ कमाओ, समाई हो तो विवाह कर लेना। बेटों की कुचरित्रता कलंक की बात नहीं समझी जाती। लेकिन कन्या का विवाह तो करना ही पड़ेगा, उससे भागकर कहाँ जाएंगे? अगर विवाह में विलम्ब आ और कन्या के पाँव कहीं ऊँचे-नीचे पड़ गए, तो फिर कुटुम्ब की नाक कट जाएगी। वह पतित हो गया, टाट-बाहर कर दिया गया। अगर वह इस दुर्घटना को सज्जनता के साथ गुप्त रख सका, तब तो कोई बात नहीं, उसको कलंकित करने का किसी को साहस नहीं, लेकिन अभाग्यवश यदि वह उसे छिपा न सका, भंडा-फोड़ हो गया, तो फिर माता-पिता के लिए, भाई-बंधुओं के लिए संसार में मुँह दिखाने को स्थान नहीं रहता। कोई अपमान इससे दुस्सह, कोई विपत्ति इससे भीषण नहीं। किसी भी व्याधि की इससे भयंकर कल्पना नहीं की जा सकती।

लुत्फ़ तो यह है कि जो लोग बेटियों के विवाह की कठिनाइयों को भोग चुके होते हैं, वही अपने बेटों के विवाह के अवसर पर बिलकुल भूल जाते हैं कि हमें कितनी ठोकरें खानी पड़ी थीं, जरा भी सहानुभूति नहीं प्रकट करते, बल्कि कन्या के विवाह में जो तावान उठाया था, उसे चक्रवृद्धि ब्याज के साथ बेटे के विवाह में वसूल करने पर कटिबद्ध हो जाते हैं। कितने ही माता-पिता इसी चिन्ता में घुल-घुलकर अकाल मृत्यु को प्राप्त हो जाते हैं, कोई संन्यास ग्रहण कर लेता, कोई बूढ़े के गले कन्या को मढ़कर अपना गला छुड़ाता है, पात्र-कुपात्र के विचार करने का मौका कहाँ ठेलमठेल है।

मुंशी गुलजारीलाल ऐसे ही हतभागे पिताओं में थे। यों उनकी स्थिति बुरी न थी, दो-ढाई सौ-रुपये महीने वकालत से पीट लेते थे, पर खानदानी आदमी थे। उदार हृदय, बहुत किफायत करने पर भी माकूल बचत न हो सकती थी। संबंधियों का आदर-सत्कार न करें तो नहीं बनता, मित्रों की खातिरदारी न करें तो नहीं बनता, फिर ईश्वर के दिये हुए दो-तीन पुत्र थे, उनका पालन-पोषण, शिक्षण का भार था, क्या करते! पहली कन्या का विवाह उन्होंने अपना हैसियत के अनुसार अच्छी तरह किया, पर दूसरी पुत्री का विवाह टेढ़ी खीर हो गया था। यह आवश्यक था कि विवाह अच्छे घराने में हो, अन्यथा लोग हंसेगे और अच्छे घराने के लिए कम-से-कम पाँच हजार का खर्चा था। उधर पुत्री सयानी होती जाती थी। वही अनाज जो लड़के खाते थे, वह भी खाती थी, लेकिन लड़कों को देखो तो जैसे सूखे का रोग लगा हो और लड़की शुक्ल-पक्ष का चाँद हो रही थी। बहुत दौड़- धूप करने पर बेचारे को एक लड़का मिला। बाप आबकारी विभाग में 400 रुपये का नौकर था, लड़का भी सुशिक्षित। स्त्री से आकर बोले, लड़का तो मिला और घर- बार भी काटने योग्य नहीं, पर कठिनाई यही है कि लड़का कहता है, मैं अपना विवाह ही न करूंगा। बाप ने कितना समझाया, मैंने कितना समझाया, औरों ने समझाया, पर वह टस-से-मस नहीं होता। कहता है, मैं कभी विवाह न करूंगा। समझ में नहीं आता, विवाह से क्यों इतनी घृणा करता है। कोई कारण नहीं बतलाता। बस, यही कहता है, मेरी इच्छा। माँ-बाप का इकलौता लड़का है, उनकी परम इच्छा है कि इसका विवाह हो जाये, पर करें क्या? यों उन्होंने फल-दान तो रख लिया है, पर मुझसे कह दिया है कि लड़का स्वभाव का हठीला है, अगर न मानेगा तो फल-दान आपको लौटा दिया जायेगा।

स्त्री ने कहा- तुमने लड़के को एकान्त में बुलाकर पूछा नहीं?

गुलजारीलाल- बुलाया था। बैठा रोता रहा, फिर उठकर चला गया। तुमसे क्या कहूँ उसके पैरों पर गिर पड़ा, लेकिन बिना कुछ कहे उठकर चला गया।

स्त्री- देखो, इस लड़की के पीछे क्या-क्या झेलना पड़ता है।

गुलजारीलाल- कुछ नहीं, आजकल के लौंडे सैलानी होते हैं। अंग्रेजी पुस्तकों में पढ़ते हैं कि विलायत में कितने ही लोग अविवाहित रहना ही पसन्द करते हैं। बस, यही सनक सवार हो जाती है कि निर्द्वन्द्व रहने में ही जीवन का सुख और शान्ति है। जितनी मुसीबतें हैं, यह सब विवाह ही में है। मैं भी कॉलेज में था, तब सोचा करता था कि अकेला रहूँगा और मजे से सैर-सपाटा करूंगा।

स्त्री- है तो वास्तव में बात यही। विवाह ही तो सारी मुसीबतों की जड़ है। तुमने विवाह न किया होता, तो क्यों ये चिन्ताएँ होतीं? मैं भी कुंवारी रहती तो चैन करती।

2

इसके एक महीना बाद मुंशी गुलजारीलाल के पास वर ने यह पत्र लिखा--

'पूज्यवर',

सादर प्रणाम।

मैं आज बहुत असमंजस में पड़ कर यह पत्र लिखने का साहस कर रहा हूँ। इस धृष्टता को क्षमा कीजिएगा।

आपके जाने के बाद से मेरे पिताजी और माताजी, दोनों मुझ पर विवाह करने के लिए नाना प्रकार से दबाव डाल रहे हैं। माताजी रोती हैं, पिताजी नाराज होते-हैं। वह समझते हैं कि मैं केवल अपनी जिद के कारण विवाह से भागता हूँ। कदाचित उन्हें यह भी संदेह हो रहा है कि मेरा चरित्र भ्रष्ट हो गया है। मैं वास्तविक कारण बताते हुए डरता हूँ कि इन लोगों को दु:ख होगा और आश्चर्य नहीं कि शोक में उनके प्राणों पर ही बन जाये। इसलिए अब तक मैंने जो बात गुप्त रखी थी, यह आज विवश होकर आपसे प्रकट करता हूं और आपसे आग्रह निवेदन करता हूँ कि आप इसे गोपनीय समझें और किसी दशा में भी उन लोगों के कानों में इसकी भनक न पड़ने दीजिएगा। जो होना है, यह तो होगा ही, पहले ही से क्यों उन्हें शोक में डुबाये। मुझे महीनों से यह अनुभव हो रहा है कि मैं क्षय- रोग से ग्रसित हूं। उसके सभी लक्षण प्रकट होते जाते हैं। डॉक्टरों की भी यही राय है। यहाँ सबसे अनुभवी जो दो डॉक्टर हैं, उन दोनों ही से मैंने अपनी आरोग्य-परीक्षा करायी और दोनों ही ने स्पष्ट कहा कि तुम्हें सिल है। अगर माता-पिता से यह बात कह दूँ तो वह रो-रोकर मर जाएँगे। जब यह निश्चय है कि मैं संसार में थोड़े ही दिनों का मेहमान हूं तो मेरे लिए विवाह की कल्पना करना भी पाप है। संभव है कि मैं विशेष प्रयत्न करके साल-दो-साल जीवित रहूँ पर यह दशा और भी भयंकर होगी, क्योंकि अगर कोई संतान हुई तो वह भी मेरे संस्कार से अकाल मृत्यु पाएगी और कदाचित् स्त्री को भी इसी रोग-राक्षस का भक्षण बनना पड़े। मेरे अविवाहित रहने से जो बीतेगी, मुझ ही पर बीतेगी। विवाहित हो जाने से मेरे साथ और भी कई जीवों का नाश हो जाएगा। इसलिए आपसे मेरी प्रार्थना है कि मुझे इस बंधन में डालने के लिए आग्रह न कीजिए, अन्यथा आपको पछताना पड़ेगा।

सेवक,
हजारी लाल।

पत्र पढ़कर गुलजारीलाल ने स्त्री की ओर देखा और बोले- इस पत्र के विचार में तुम्हारा क्या विचार है।

स्त्री- मुझे तो ऐसा मालूम होता है कि उसने बहाना रचा है।

गुलजारीलाल- बस-बस, ठीक यही मेरा भी विचार है। उसने समझा है कि बीमारी का बहाना कर लूंगा तो लोग आप ही हट जाएँगे। असल में बीमारी कुछ नहीं। मैंने तो देखा ही था, चेहरा चमक रहा था, बीमार का मुँह छिपा नहीं रहता।

स्त्री- राम का नाम लेकर विवाह करो, कोई किसी का भाग्य थोड़े ही पढ़े बैठा है।

गुलजारीलाल- यही तो मैं भी सोच रहा हूँ।

स्त्री- न हो, किसी डॉक्टर को लड़के को दिखाओ। कहीं सचमुच यह बीमारी हो, तो बेचारी अम्बा कहीं की न रहे।

गुलजारीलाल- तुम भी पागल हुई हो क्या? सब हीले-हवाले हैं। इन छोकरों के दिल का हाल मैं खूब जानता हूँ। सोचता होगा, अभी सैर-सपाटा कर रहा हूँ, विवाह हो जायेगा तो यह गुलछर्रे कैसे उड़ेंगे।

स्त्री -तो शुभ मुहूर्त देखकर लग्न भिजवाने की तैयारी करो।

3

हजारीलाल बड़े धर्म-संकट में था। उसके पैरों में जबरदस्ती विवाह की बेड़ी डाली जा रही थी और वह कुछ न कर सकता था। उसने ससुर को अपना कच्चा चिट्ठा भिजवाया मगर किसी ने उसकी बातों पर विश्वास न किया। माँ-बाप से अपनी बीमारी का हाल कहने का उसे साहस न होता था। न जाने उनके दिल पर क्या गुजरे, व जाने क्या कर बैठें? कभी सोचता, किसी डॉक्टर की शहादत लेकर ससुर के पास भेज दूँ, मगर फिर ध्यान आता, यदि उन लोगों को उस पर भी विश्वास न आया, तो? आजकल डॉक्टरों से सनद ले लेना कौन-सा मुश्किल काम है। सोचेंगे, किसी डॉक्टर को कुछ दे-दिलाकर ले लिया होगा। शादी के लिए तो इतना आग्रह हो रहा था, उधर डॉक्टरों ने स्पष्ट कह दिया था कि अगर तुमने शादी की, तो तुम्हारा जीवन-सूत्र और भी निर्बल हो जायेगा। महीनों की जगह दिनों में वारा-न्यारा हो जाने की सम्भावना है।

लग्न आ चुकी थी। विवाह की तैयारियाँ हो रही थी। मेहमान आते-जाते थे और हजारीलाल घर से भागा-भागा फिरता था। कहाँ चला जाऊं? विवाह की कल्पना ही से उसके प्राण सूखे जाते थे। आह! उस अबला की क्या गति होगी? जब उसे यह बात मालूम होगी, तो वह मुझे अपने मन में क्या कहेगी? कौन इस पाप का प्रायश्चित्त करेगा? नहीं, उस अबला पर घोर अत्याचार न करूंगा, उसे वैधव्य की आग में न जलाऊ। मेरी जिंदगी ही क्या, आज न मरा, कल मरूंगा, कल नहीं तो परसों, तो क्यों न आज ही मर जाऊँ? आज ही जीवन का और उसके साथ सारी चिन्ताओं का, सारी विपत्तियों का अन्त कर दूँ। पिताजी रोएंगे, अम्मा प्राण त्याग देंगी, लेकिन एक बालिका का जीवन तो सफल हो जायेगा, मेरे बाद कोई अभागा अनाथ तो न होगा।

क्यों न चलकर पिताजी से कह दूँ? यह एक-दो दिन दु:खी रहेंगे, अम्मा जी दो-एक रोज शोक से निराहार रह जाएँगी, कोई चिन्ता कहीं। अगर माता-पिता के इतने कष्ट से एक युवती की प्राण रक्षा हो जाये, तो क्या छोटी बात है।

यह सोचकर वह धीरे से उठा और आकर पिता के सामने खड़ा हो गया।

रात के दस बज गए थे। बाबू दरबारी लाल चारपाई पर लेटे हुए हुक्का पी रहे थे। आज उन्हें सारा दिन दौड़ते गुजरा था। शामियाना तय किया, बाजे वालों को बयाना दिया, आतिशबाजी, फुलवारी आदि का प्रबंध किया, घंटों ब्राह्मणों के साथ सिर मारते रहे, इस वक्त जरा कमर सीधी कर रहे थे कि सहसा हजारी लाल को सामने देखकर चौंक पड़े। उसका उतरा हुआ चेहरा, सजल आँखें और कुंठित मुख देखा, तो चिन्तित होकर बोले- क्यों लालू तबीयत तो अच्छी है न? कुछ उदास मालूम होते हो।

हजारी लाल- मैं आपसे कुछ कहना चाहता हूँ। पर भय होता है कि कहीं आप अप्रसन्न न हों।

दरबारी लाल- समझ गया, वही पुरानी बात है न? उसके सिवा कोई दूसरी बात हो तो शौक से कहो।

हजारी लाल- खेद है कि मैं उसी विषय में कुछ कहना चाहता हूँ।

दरबारी लाल- यही कहना चाहते हो न कि मुझे इस बंधन में न डालिए। मैं इसके अयोग्य हूँ। मैं यह भार सह नहीं सकता, यह बेड़ी मेरी गर्दन को तोड़ देगी, आदि-आदि या और कोई नई बात?

हजारी लाल- जी नहीं, नई बात है। मैं आपकी आज्ञा पालन करने के लिए सब प्रकार से तैयार हूँ, पर एक ऐसी बात है, -जिसे मैंने अब तक छिपाया था, उसे भी प्रकट कर देना चाहता हूँ। इसके बाद आप जो कुछ निश्चय करेंगे, उसे मैं शिरोधार्य करूंगा।

दरबारी लाल - कहो, क्या कहते हो?

हजारीलाल ने बड़े विनीत शब्दों में अपना आशय कहा, डॉक्टरों की राय भी बयान की और अन्त में बोला- ऐसी दशा में मुझे फ्टी आशा है कि आप मुझे विवाह करने के लिए बाध्य न करेंगे ।

दरबारी लाल ने पुत्र के मुख की ओर गौर से देखा, कहीं जर्दी का नाम न था, इस कथन पर विश्वास न आया, पर अपना अविश्वास छिपाने और अपना हार्दिक शोक प्रकट करने के लिए वह कई मिनट तक गहरी चिंता में मग्न रहे। इसके बाद पीड़ित कंठ से बोले- बेटा, इस दशा में तो विवाह करना और भी आवश्यक है। ईश्वर न करे कि हम बुरा दिन देखने के लिए जीते रहें, पर विवाह हो जाने से तुम्हारी कोई निशानी तो रह जायेगी। ईश्वर ने कोई औलाद दे दी, तो यही हमारे बुढ़ापे की लाठी होगी, उसी का मुँह देख-देखकर दिल को समझाएंगे, जीवन का कुछ आधार तो होगा। फिर आगे क्या होगा, यह कौन कह सकता है? डॉक्टर भी कर्म-रेखा तो नहीं पढ़े होते, ईश्वर की लीला अपरम्पार है, डॉक्टर उसे नहीं समझ सकते। तुम निश्चिन्त होकर बैठो, हम जो कुछ करते हैं, करने दो। भगवान् चाहेंगे तो सब कल्याण ही होगा।

हजारीलाल वे इसका कोई उत्तर न दिया! आँखें डबडबा आयी, कंठावरोध के कारण तक न खोल सका। चुपके, से आकर अपने कमरे में लेट रहा।

तीन दिन और गुजर गए, पर हजारीलाल कुछ निश्चय न कर सका। विवाह की तैयारियाँ पूरी हो गयी थीं। आँगन में मंडप पड़ गया था, डाल, गहने संदूक में रखे जा चुके थे। मैत्रेयी की पूजा हो चुकी थी और द्वार पर बाजों का शोर मचा हुआ था। मुहल्ले के लड़के जमा होकर बाजा सुनते थे और उल्लास में इधर-उधर दौड़ते थे।

संध्या हो गई थी। बारात आज रात की गाड़ी से जाने वाली थी। बारातियों ने अपने वस्त्राभूषण पहनने शुरू किए। कोई नाई से बाल बनवाना चाहता था और चाहता था कि खेत ऐसा साफ हो जाये, मानो यहाँ बाल कभी थे ही नहीं, बूढ़े अपने पके बाल उखाड़कर जवान बनने की चेष्टा

कर रहे थे। तेल, साबुन, उबटन की धूम मची हुई थी और हजारीलाल बगीचे में एक वृक्ष के नीचे उदास बैठा हुआ सोच रहा था, क्या करूँ!

अंतिम निश्चय की घड़ी सिर पर खड़ी थी। अब एक क्षण भी विलम्ब करने का मौका न था। अपनी वेदना किससे कहे, कोई सुनने वाला न था।

उसने सोचा, हमारे माता-पिता कितने अदूरदर्शी हैं, अपनी उमंग में इन्हें इतना भी नहीं सूझता कि वधू पर क्या गुजरेगी। वधू के माता-पिता भी इतने अंधे हो रहे हैं कि देखकर भी नहीं देखते, जानकर नहीं जानते।

क्या यह विवाह है? कदापि नहीं। यह तो लड़की को कुएँ में डालना है, भाड़ में झोंकना है, कुंद छुरे से रेतना है। कोई यातना इतनी दुस्सह, इतनी हृदयविदारक नहीं हो सकती जितनी वैधव्य। और ये लोग जान-बूझकर अपनी पुत्री को वैधव्य के अग्नि-कुण्ड में डाल देते हैं। यह माता-पिता हैं? कदापि नहीं। यह लड़की के शत्रु हैं, कसाई हैं, बधिक हैं, हत्यारे हैं। क्या इनके लिए कोई दण्ड नहीं? जो जान-बूझकर अपनी प्रिय सन्तान के खून से अपने हाथ रंगते हैं, उनके लिए कोई दण्ड नहीं? समाज भी उन्हें दण्ड नहीं देता, कोई कुछ नहीं कहता, हाय!

यह सोचकर हजारीलाल उठा और एक ओर चुपचाप चल दिया। उसके मुख पर तेज छाया हुआ था। उसने आत्मबलिदान से इस कष्ट का निवारण करने का दृढ़ संकल्प कर लिया था। उसे मृत्यु का लेश मात्र भी भय न था। वह उस दशा को पहुँच गया था, जब सारी आशाएँ मृत्यु पर ही अवलंबित हो जाती हैं। उस दिन से फिर किसी ने हजारीलाल की सूरत नहीं देखी। मालूम नहीं, जमीन खा गई या आसमान। नदियों में जाल डाले गए, कुओं में बाँस पड़ गए, पुलिस में हुलिया गया, समाचार-पत्रों में विज्ञप्ति निकाली गई, पर कहीं पता न चला।

कई हफ्तों के बाद, छावनी रेलवे स्टेशन से एक मील पश्चिम की ओर सड़क पर कुछ हड्डियाँ मिलीं। लोगों को अनुमान हुआ कि हजारीलाल ने गाड़ी के नीचे दबकर जान दी, पर निश्चित रूप से कुछ न मालूम हुआ।

4

भादों का महीना था और तीज का दिन। घरों में सफाई हो रही थी। सौभाग्यवती रमणियां सोलहों -श्रृंगार किए गंगा-स्नान करने जा रही थी। अम्बा स्नान करके लौट आयी थी और तुलसी के कच्चे चबूतरे के सामने खड़ी वंदना कर रही थी। पति गृह में उसकी यह पहली ही तीज थी, बड़ी उमंगों से व्रत रखा था। सहसा उसके पति ने अंदर आकर उसे सहास नेत्रों से देखा और बोला- मुंशी दरबारी लाल तुम्हारे कौन होते हैं, यह उनके यहाँ से तुम्हारे लिए तीज पठौनी आयी है। अभी डाकिया दे गया है।

यह कहकर उसने एक पार्सल चारपाई पर रख दिया। दरबारी-लाल का नाम सुनते ही अम्बा की आँखें सजल हो गई। वह लपकी हुई आयी और पार्सल को हाथ में लेकर देखने लगी, पर उसकी हिम्मत न पड़ी कि उसे खोले। पिछली स्मृतियाँ जीवित हो गईं, हृदय में हजारीलाल के

प्रति श्रद्धा का एक उद्गार-सा उठ पड़ा। आह! यह उसी देवात्मा के आत्म-बलिदान का पुनीत फल है कि मुझे यह दिन देखना नसीब हुआ। ईश्वर सद्गति दें। वह आदमी नहीं, देवता थे, जिसने मेरे कल्याण के निमित्त अपने प्राण तक समर्पण कर दिए।

पति ने पूछा- दरबारी लाल तुम्हारे चाचा हैं?

अम्बा- हां।

पति- इस पत्र में हजारीलाल का नाम लिखा है, यह कौन है?

अम्बा- यह मुंशी दरबारी लाल के बेटे हैं।

पति- तुम्हारे चचेरे भाई?

अम्बा- नहीं, मेरे परम दयालु उद्धारक, जीवनदाता, मुझे अथाह जल में डूबने से बचाने वाले, मुझे सौभाग्य का वरदान देने वाले।

पति ने इस भाव से कहा, मानो कोई भूली हुई बात याद आ गई हो- अहा? मैं समझ गया। वास्तव में वह मनुष्य नहीं, देवता थे।

□□□

निर्वासन

परशुराम- वहीं-वहीं, वहीं दालान में ठहरो!

मर्यादा- क्यों, क्या मुझमें कुछ छूत लग गई?

परशुराम-पहले यह बताओ कि तुम इतने दिनों कहां रहीं, किसके साथ रहीं, किस तरह रहीं और फिर यहाँ किसके साथ आयीं? तब, तब विचार देखी जायेगी!

मर्यादा- क्या इन बातों के पूछने का यही वक्त है, फिर अवसर न मिलेगा?

परशुराम- हाँ यही वक्त है। तुम स्नान करके नदी से तो मेरे साथ ही निकली थीं। मेरे पीछे-पीछे कुछ देर तक आयी थीं, मैं पीछे फिर-फिरकर तुम्हें देखता जाता था, फिर एकाएक तुम कहीं गायब हो गईं?

मर्यादा-तुमने देखा नहीं, नागा साधुओं का एक दल सामने से आ गया। सब आदमी इधर-उधर दौड़ने लगे। मैं भी धक्के में पड़कर जाने किधर चली गयी। जरा भीड़ कम हुई तो तुम्हें ढूँढ़ने लगी। बासू का नाम ले-लेकर पुकारने लगी, पर तुम न दिखाई दिए।

परशुराम- अच्छा तब?

मर्यादा- तब मैं एक किनारे बैठकर रोने लगी। कुछ सूझ ही न पड़ता कि कहां जाऊँ, किससे कहूँ? आदमियों से डर लगता था। संध्या तक वहीं बैठी रोती रही।

परशुराम- इतना तूल क्यों देती हो? वहाँ से फिर कहां गईं?

मर्यादा- संध्या को एक युवक ने आकर मुझसे आ, तुम्हारे घर के लोग खो तो नहीं गए हैं?

मैंने कहा- हाँ। तब उसने तुम्हारा नाम, पता, ठिकाना पूछा। उसने सब एक किताब पर लिख लिया और मुझसे बोला- मेरे साथ आओ, मैं तुम्हें तुम्हारे घर भेज भेज दूंगा।

परशुराम- वह कौन आदमी था?

मर्यादा- वहाँ की सेवा-समिति का स्वयंसेवक था।

परशुराम - तुम उसके साथ हो लीं?

मर्यादा- और क्या करती? वह मुझे समिति के कार्यालय में ले गया। वहाँ एक शामियाने में एक लम्बी दाढ़ी वाला मनुष्य बैठा हुआ कुछ लिख रहा था। वही उन सेवकों का अध्यक्ष था। और भी कितने ही सेवक वहाँ खड़े थे। उसने मेरा पता-ठिकाना रजिस्टर में लिखकर मुझे एक अलग शामियाने में भेज दिया जहाँ और भी कितनी खोई हुई स्त्रियाँ बैठी हुई थीं।

परशुराम- तुमने उसी वक्त अध्यक्ष से क्यों न कहा कि मुझे पहुँचा दीजिए?

मर्यादा- मैंने एक बार नहीं, सैकड़ों बार कहा, लेकिन वह यही कहते रहे, जब तक मेला खत्म न हो जाये और सब खोई हुई स्त्रियाँ एकत्र न हो जाएं, मैं भेजने का प्रबंध नहीं कर सकता। मेरे पास न इतने आदमी हैं, न इतना धन।

परशुराम- धन की तुम्हें क्या कमी थी? कोई सोने की चीज बेच देतीं, तो काफी रुपये मिल जाते।

मर्यादा- आदमी तो नहीं थे।

परशुराम- तुमने यह कहा था कि खर्च की कुछ चिन्ता न कीजिए, मैं अपना गहना बेचकर अदा कर दूंगी?

मर्यादा- नहीं, यह तो मैंने नहीं कहा।

परशुराम - तुम्हें, उस दशा में भी गहने इतने प्रिय थे?

मर्यादा- और सब स्त्रियाँ कहने लगीं, घबराई क्यों जाती हो? यहाँ किसी बात का डर नहीं है। हम सभी जल्द-से-जल्द घर पहुँचना चाहती हैं, मगर क्या करें? तब मैं भी चुप हो रही।

परशुराम - और सब स्त्रियां कुएँ में गिर पड़ती, तो तुम भी गिर पड़तीं।

मर्यादा -जानती तो थी कि यह लोग धर्म के नाते मेरी रक्षा कर रहे हैं, कोई मेरे नौकर या मजूर नहीं हैं, फिर आग्रह किस मुँह से करती? यह बात भी है कि बहुत-सी स्त्रियों को वहाँ देखकर मुझे कुछ तसल्ली हो गयी।

परशुराम- हाँ, इससे बढ़कर सुकून की और क्या बात हो सकती थी? अच्छा, यहाँ कितने दिन तसल्ली का आनन्द उठाती रहीं? मेला तो दूसरे ही दिन उठ गया होगा?

मर्यादा- रात-भर मैं स्त्रियों के साथ उसी शामियाने में रही।

परशुराम- अच्छा, तुमने मुझे तार क्यों न दिलवा दिया?

मर्यादा- मैंने समझा, जब यह लोग पहुँचाने को कहते ही हैं तो तार क्यों दूँ।

परशुराम- खैर, रात को तुम वहीं रहीं। युवक बार-बार भीतर आते-जाते रहे होंगे?

मर्यादा- केवल एक बार एक सेवक भोजन के लिए अंदर आया था, जब हम सबों ने खाने से इनकार कर दिया, तो वह चला गया और फिर से कोई न आया। मैं रात-भर जागती ही रही।

परशुराम- यह मैं कभी न मानूँगा कि इतने युवक वहाँ थे और कोई अंदर न गया होगा। समिति के युवक आकाश के देवता नहीं होते। खैर, वह दाढ़ी वाला अध्यक्ष तो जरूर ही देख-भाल करने गया होगा?

मर्यादा- हाँ, वह आते थे, पर द्वार पर से पूछ-पूछकर लौट जाते थे। हाँ, जब एक महिला के पेट में दर्द होने लगा था, तो दो-तीन बार दवाएँ पिलाने आये थे।

परशुराम- निकली न वही बात! मैं इन धूर्तों की नस-नस पहचानता हूँ। विशेषकर तिलक-मालाधारी दढ़ियलों को मैं गुरुघंटाल ही समझता हूँ। तो यह महाशय कई बार दवाएँ देने गए? क्यों, तुम्हारे पेट में तो दर्द नहीं होने लगा था?

मर्यादा- तुम एक साधु पुरुष पर व्यर्थ आक्षेप कर रहे हो। वह बेचारे एक तो मेरे बाप के बराबर थे, दूसरे आँखें नीची किए रहने के सिवाय कभी किसी पर सीधी निगाह नहीं करते थे।

परशुराम- हाँ, वहाँ सब देवता-ही- देवता जमा थे। खैर, तुम रात-भर यहाँ रहीं। दूसरे दिन क्या हुआ?

मर्यादा- दूसरे दिन भी वहीं रही। एक स्वयंसेवक हम सब स्त्रियों को साथ में लेकर मुख्य-मुख्य पवित्र स्थानों का दर्शन कराने गया। दोपहर को लौटकर सबों ने भोजन किया।

परशुराम- तो वहाँ तुमने सैर-सपाटा भी खूब किया, कोई कष्ट न होने पाया। भोजन के बाद गाना-बजाना हुआ होगा?

मर्यादा- गाना-बजाना तो नहीं, हां, सब अपना-अपना दुखड़ा रोती रहीं। शाम तक मेला उठ गया, तो दो सेवक हम लोगों को लेकर स्टेशन पर आये।

परशुराम- मगर तुम तो आज सातवें दिन आ रही हो और वह भी अकेली।

मर्यादा- स्टेशन पर एक दुर्घटना हो गई।

परशुराम- हां, यह तो मैं समझ ही रहा था। क्या दुर्घटना हुई..?

मर्यादा- जब सेवक टिकट लेने जा रहा था, तो एक आदमी ने आकर उससे कहा, यहाँ गोपीनाथ की धर्मशाला में एक बाबूजी ठहरे हुए हैं। उनकी स्त्री खो गई है, उनका भला-सा नाम है। गोरे-गोरे, लम्बे-से खूबसूरत आदमी हैं। लखनऊ में मकान है, झवाई टोले में। तुम्हारा हुलिया उसने ऐसा ठीक बयान किया कि मुझे उस पर विश्वास आ गया। मैं सामने आकर बोली, तुम बाबूजी को जानते हो? वह हंसकर बोला, जानता नहीं हूँ तो तुम्हें तलाश क्यों करता फिरता हूँ। तुम्हारा ब्रह्मा रो-रोकर हलकान हो रहा है। सब औरतें कहने लगीं, चली जाओ, तुम्हारे स्वामीजी घबरा रहे होंगे। स्वयंसेवक ने उससे दो-चार बातें पूछकर मुझे उसके साथ कर दिया। मुझे क्या मालूम था कि मैं किसी नरपिशाच के हाथों पड़ी जाती हूँ। दिल में खुशी थी कि अब बाबू को देखूँगी, तुम्हारे दर्शन करूंगी। शायद इसी उत्सुकता ने मुझे असावधान कर दिया।

परशुराम- तुम उस आदमी के साथ चल दी? वह कौन था?

मर्यादा- क्या बतलाऊँ कौन था? मैं तो समझती हूँ कोई दलाल था।

परशुराम- तुम्हें यह भी न सूझी कि उससे कहती, जाकर बाबूजी को भेज दो?

मर्यादा- जब बुरे दिन आते हैं तो बुद्धि भी तो भ्रष्ट हो जाती है।

परशुराम- कोई आ रहा है।

मर्यादा- मैं गुसलखाने में छिपी जाती हूँ।

परशुराम- आओ भाभी, क्या अभी सोयी नहीं, दस तो बज गए होंगे।

भाभी- वासुदेव को देखने को जी चाहता था भैया, क्या सो गया?

परशुराम- हाँ, वह तो अभी रोते-रोते सो गया है।

भाभी- कुछ मर्यादा का पता मिला? अब पता मिले तो भी तुम्हारे किस काम की? घर से निकली हुई त्रिया, थान छूटी हुई घोड़ी है, जिसका कुछ भरोसा नहीं।

परशुराम- कहाँ से कहाँ मैं उसे लेकर नहाने गया।

भाभी- होनहार है भैया, होनहार! अच्छा, तो मैं जाती हूँ।

मर्यादा-(बाहर आकर) होनहार नहीं है, तुम्हारी चाल है। वासुदेव को प्यार करने के बहाने तुम इस घर पर अधिकार जमाना चाहती हो।

परशुराम- बको मत! वह दलाल तुम्हें कहां ले गया?

मर्यादा- स्वामी, यह न पूछिए। मुझे कहते लज्जा आती है।

परशुराम- यहाँ आते तो और भी लज्जा आनी चाहिए थी।

मर्यादा- मैं परमात्मा को साक्षी देती हूँ कि मैंने उसे अपने अंग को स्पर्श नहीं करने दिया।

परशुराम- उसका हुलिया बयान कर सकती हो?

मर्यादा- सांवला-सा, छोटे डील का आदमी था। नीचा कुरता पहने हुए था।

परशुराम- गले में ताबीज भी थी?

मर्यादा- हाँ, थी तो।

परशुराम- वह धर्मशाला का मेहतर था। मैंने उससे तुम्हारे गुम हो जाने की चर्चा की थी। उस दुष्ट ने उसका वह स्वाँग रचा।

मर्यादा- मुझे तो वह कोई ब्राह्मण मालूम होता था।

परशुराम- नहीं, मेहतर था। वह तुम्हें अपने घर ले गया?

मर्यादा- हां, उसने मुझे ताँगे पर बैठाया और एक तंग गली में, एक छोटे- से मकान के अन्दर ले जाकर बोला, तुम यहीं बैठो, तुम्हारे बाबूजी यही आएँगे। जब मुझे विदित हुआ कि मुझे धोखा दिया गया। रोने लगी। वह आदमी थोड़ी देर के बाद चला गया और एक बुढ़िया आकर मुझे भांति-भांति के प्रलोभन देने लगी।

सारी रात रोकर काटी। दूसरे दिन दोनों फिर मुझे समझाने लगे कि रो-रोकर जान दे दोगी, मगर यहाँ कोई तुम्हारी मदद को न आएगा। तुम्हारा एक घर छूट गया। हम तुम्हें उससे कहीं अच्छा घर देंगे, जहाँ तुम सोने के कौर खाओगी और सोने से लद जाओगी। जब मैंने देखा कि यहाँ से किसी तरह नहीं निकल सकती, तो मैंने कौशल करने का निश्चय किया।

परशुराम- खैर, सुन चुका। मैं तुम्हारा ही कहना मान लेता हूँ कि तुमने अपने सतीत्व की रक्षा की, पर मेरा हृदय तुमसे घृणा करता है, तुम मेरे लिए फिर वह नहीं हो सकती, जो पहले थी। इस घर में तुम्हारे लिए स्थान नहीं है।

मर्यादा- स्वामीजी, यह अन्याय न कीजिए, मैं आपकी वही स्त्री हूँ जो पहले थी। सोचिए, मेरी क्या दशा होगी?

परशुराम- मैं यह सब सोच चुका हूं, और निश्चय कर चुका। आज छह दिन से यही सोच रहा हूँ। तुम जानती हो कि मुझे समाज का भय नहीं है। छूत विचार को मैंने पहले ही तिलांजलि दे दी, देवी-देवताओं को पहले ही विदा कर चुका, पर जिस स्त्री पर दूसरी निगाह पड़ चुकीं, जो एक सप्ताह तक न-जाने कहीं और किस दशा में रही, उसे अंगीकार करना मेरे लिए असम्भव है। अगर यह अन्याय है, तो ईश्वर की ओर से है, मेरा दोष नहीं।

मर्यादा- मेरी विवशता पर आपको जरा भी दया नहीं आती?

परशुराम- जहाँ घृणा है, वहाँ दया नहीं? मैं अब भी तुम्हारा भरण-पोषण करने को तैयार हूँ। जब तक जिऊंगा, तुम्हें अन्न-वस्त्र का कष्ट न होगा। पर अब तुम मेरी स्त्री नहीं हो सकती।

मर्यादा- मैं अपने पुत्र का मुँह न देखूँ अगर किसी ने मुझे स्पर्श भी किया हो।

परशुराम- तुम्हारा किसी अन्य पुरुष के साथ क्षण-भर भी एकान्त में रहना तुम्हारे पतिव्रत को नष्ट करने के लिए बहुत है। यह विचित्र बंधन है, रहे तो जन्म-जन्मांतर तक रहे, टूटे तो क्षण-भर में टूट जाये। तुम्हीं बताओ, किसी मुसलमान ने जबरदस्ती मुझे अपना उच्छिष्ट भोजन खिला दिया होता, तो तुम मुझे स्वीकार करतीं?

मर्यादा- वह ...वह...वह ...तो दूसरी बात है।

परशुराम- नहीं, एक ही बात है। जहाँ भावों का संबंध है, वहाँ तर्क और न्याय से काम नहीं चलता। यहाँ तक कि अगर कोई कह दे कि तुम्हारे पानी को मेहतर ने छू लिया है, तब भी उसे ग्रहण करने से तुम्हें घृणा आएगी। अपने ही दिल से सोचो कि तुम्हारे साथ न्याय कर रहा हूँ या अन्याय?

मर्यादा- मैं तुम्हारी छुई चीजें न खाती, तुमसे पृथक् रहती, पर तुम्हें घर से तो न निकाल सकती। मुझे इसीलिए दुत्कार रहे हो न कि तुम घर के स्वामी हो और समझते हो कि मैं इसका पालन करता हूँ।

परशुराम- यह बात नहीं है। मैं इतना नीच नहीं हूँ।

मर्यादा- तो तुम्हारा यह अन्तिम निश्चय है।

परशुराम- हां, अन्तिम।

मर्यादा- जानते हो, इसका परिणाम क्या होगा?

परशुराम- जानता भी हूँ और नहीं भी जानता।

मर्यादा- मुझे वासुदेव को ले जाने दोगे?

परशुराम- वासुदेव तो मेरा पुत्र है।

मर्यादा- उसे एक बार प्यार कर लेने दोगे?

परशुराम- अपनी इच्छा से नहीं, तुम्हारी इच्छा हो तो दूर से देख सकती हो।

मर्यादा- तो जाने दो, न देखूंगी। समझ लूंगी कि विधवा भी हूँ और बाँझ भी। चलो मन! अब इस घर में तुम्हारा निर्वाह नहीं है। चलो, जहाँ भाग्य ले जाए।

□□□

नैराश्य-लीला

पंडित हृदयनाथ अयोध्या के एक सम्मानित पुरुष थे। धनवान तो नहीं, लेकिन खाने-पीने से खुश थे। कई मकान थे, उन्हीं के किराये पर गुजर होता था। इधर किराए बढ़ गए थे, जिससे उन्होंने अपनी सवारी भी रख ली थी। बहुत विचारशील आदमी थे, अच्छी शिक्षा पायी थी, संसार का काफी तर्जुबा था, पर क्रियात्मक शक्ति से वंचित थे, सब-कुछ न जानते थे। समाज उनकी आंखों में एक भयंकर भूत था, जिससे सदैव डरते रहना चाहिए। उसे जरा भी रुष्ट किया, तो फिर जान की खैर नहीं। उनकी स्त्री जागेश्वरी उनका प्रतिबिम्ब थी। पति के विचार उसके विचार और पति की इच्छा उसकी इच्छा थी। दोनों प्राणियों में कभी मतभेद न होता था। जागेश्वरी शिव की उपासक थी, हृदयनाथ वैष्णव थे, पर दान और व्रत में दोनों को समान श्रद्धा थी। दोनों धर्मनिष्ठ थे, उससे कहीं अधिक, जितना सामान्यत: शिक्षित लोग हुआ करते हैं। इसका कदाचित् यह कारण था कि एक कन्या के सिवा उनके और कोई सन्तान न थी। उसका विवाह तेरहवां वर्ष में हो गया था और माता-पिता को अब यही लालसा थी कि भगवान उसे पुत्रवती करें, तो हम लोग नवासे के नाम अपना सब-कुछ लिख-लिखा कर निश्चिंत हो जाएँ।

किन्तु विधाता को कुछ और ही मंजूर था। कैलास कुमारी का अभी गौना भी न हुआ था, वह अभी तक यह भी न जानने पाई थी कि विवाह का आशय क्या है, कि उसका सुहाग उठ गया। वैधव्य ने उसके जीवन की अभिलाषाओं का दीपक बुझा दिया।

माता और पिता विलाप कर रहे थे, घर में कुहराम मचा हुआ था, पर कैलास कुमारी भौंचक्की होकर सबके मुँह की ओर ताकती थी। उसकी समझ ही में न आता था कि यह लोग रोते क्यों हैं? माँ-बाप की इकलौती बेटी थी। माँ- बाप के अतिरिक्त वह किसी तीसरे व्यक्ति को अपने लिए आवश्यक न समझती थी। उसकी सुख-कल्पनाओं में अभी तक पति का प्रवेश न हुआ था। वह समझती थी, स्त्रियाँ पति के मरने पर इसीलिए रोती हैं कि वह उनका और उनके बच्चों का पालन करता है। मेरे घर में किस बात की कमी है? मुझे इसकी क्या चिंता है कि खाएँगे क्या, पहनेंगे क्या? मुझे जिस चीज की जरूरत होगी, बाबूजी तुरन्त ला देंगे, अम्मा से जो चीज मांगूंगी, वह दे देंगी, फिर रोऊँ क्यों? वह अपनी माँ को रोते देखती तो रोती, पति के शोक से नहीं, माँ के प्रेम से। कभी सोचती, शायद यह लोग इसलिए रोते हैं कि कहीं मैं कोई ऐसी चीज न माँग बैठूं जिसे यह दे न सकें। तो मैं ऐसी चीज माँगूँगी ही क्यों? मैं अब भी तो उनसे कुछ नहीं माँगती, वह आप ही मेरे लिए एक-न-एक चीज नित्य लाते रहते हैं। क्या मैं अब कुछ और हो जाऊंगी?

इधर माता का यह हाल था कि बेटी की सूरत देखते ही आँखों से आँसू की झड़ी लग जाती। बाप की दशा और भी करुणाजनक थी। घर में आना-जाना छोड़ दिया। सिर पर हाथ धरे कमरे में अकेले उदास बैठे रहते। उसे विशेष दु:ख इस बात का था कि सहेलियाँ भी अब उसके साथ

खेलने न आती। उसने उनके घर जाने की माता से आज्ञा माँगी, तो वह फूट-फूटकर रोने लगीं। माता-पिता की यह दशा देखी, तो उसने उनके सामने आना छोड़ दिया, बैठी किस्से-कहानियाँ पढ़ा करती। उसकी एकान्त-प्रियता का माँ-बाप ने कुछ और ही अर्थ समझा। लड़की शोक के मारे घुली जाती है, इस वज्राघात ने उसके हृदय को टुकड़े-टुकड़े कर डाला।

एक दिन हृदयनाथ ने जागेश्वरी से कहा- जी चाहता है, घर छोड़कर कहीं भाग जाऊँ। इसका कष्ट अब नहीं देखा जाता।

जागेश्वरी- मेरी तो भगवान् से यही प्रार्थना है कि मुझे संसार से उठा ले। कहां तक छाती पर पत्थर की सिल रखूँ।

हृदयनाथ- किसी भांति इसका मन बहलाना चाहिए, जिससे शोक-मय विचार आने ही न पाए। हम लोगों को दुःखी और रोते देखकर उसका दुःख और भी दारुण हो जाता है।

जागेश्वरी- मेरी तो बुद्धि काम नहीं करती।

हृदयनाथ- हम लोग यों ही मातम करते रहे तो लड़की की जान पर बन जायेगी। अब कभी-कभी उसे लेकर सैर करने चली जाया करो। कभी थियेटर दिखा दिया, कभी घर में गाना-बजाना करा दिया। इन बातों से उसका दिल बहलता रहेगा।

जागेश्वरी- मैं तो उसे देखते ही रो पड़ती हूँ। लेकिन अब जब्त करूंगी। तुम्हारा विचार बहुत अच्छा है। बिना दिल-बहलाव के उसका शोक न दूर होगा।

हृदयनाथ- मैं भी अब उससे दिल बहलाने वाली बातें किया करूंगा। कल एक सरबीं लाऊंगा, अच्छे-अच्छे दृश्य जमा करूंगा। ग्रामोफोन तो आज ही मँगवाए देता हूँ। बस, उसे हर वक्त किसी-न-किसी काम में लगाए रखना चाहिए। एकान्तवास शोक-ज्वाला के लिए समीर के समान है।

उस दिन से जागेश्वरी ने कैलास कुमारी के लिए विनोद और प्रमोद के सामान जमा करने शुरू किए। कैलासी माँ के पास आती तो उसकी आँखों में आँसू की बूंदें न देखती, होंठों पर हँसी की आभा दिखाई देती। वह मुस्कुराकर कहती- बेटी, आज थियेटर में बहुत अच्छा तमाशा होने वाला है। चलो, देख आएँ। कभी गंगा- स्नान को कहती, वहाँ माँ-बेटी किश्ती पर बैठकर नदी में जल-विहार करतीं, कभी दोनों संध्या-समय पार्क की ओर चली जातीं। धीरे-धीरे सहेलियाँ भी आने लगीं। कभी सब-की-सब बैठकर ताश खेलतीं, कभी गाती-बजाती। पंडित हृदयनाथ ने भी विनोद की सामग्रियाँ जुटायी। कैलासी को देखते ही मगन होकर बोलते- बेटी आओ, तुम्हें आज काश्मीर के दृश्य दिखाऊँ। कभी कहते, आओ आज स्विट्जरलैंड की अनुपम झाँकी और झरनों की छटा देखें। कभी ग्रामोफोन बजाकर उसे सुनाते। कैलासी इन सैर-सपाटों का खूब आनंद उठाती। इतने सुख से उसके दिन कभी न गुजरे थे।

2

इस भांति दो वर्ष बीत गए। कैलासी सैर-तमाशे की इतनी आदी हो गई कि एक दिन भी थियेटर न जाती, तो बेकली-सी होने लगती। मनोरंजन नवीनता का दास है और समानता का शत्रु।

थियेटरों के बाद सिनेमा की सनक सवार हुई। सिनेमा के बाद मिस्मेरिज्म और हिप्नोटिज्म के तमाशों की ग्रामोफोन के नए रिकार्ड आने लगे। संगत का चस्का पड़ गया। बिरादरी में कहीं उत्सव होता तो माँ-बेटी अवश्य जातीं। कैलासी नित्य इसी नशे में डूबी रहती, चलती तो कुछ गुनगुनाती हुई, किसी से बातें करती तो वही थियेटर और सिनेमा की। भौतिक संसार से अब उसे कोई वास्ता न था, अब उसका निवास कल्पना-संसार में था। दूसरे लोक की निवासिनी होकर उसे प्राणियों से कोई सहानुभूति न रही, किसी के दु:ख पर जरा भी दया न आती। स्वभाव में उच्छृंखलता का विकास हुआ, अपनी सुरुचि पर गर्व करने लगी। सहेलियों से डींगें मारती, यहाँ के लोग मूर्ख हैं, यह सिनेमा की कद्र क्या करेंगे। इसकी कद्र तो पश्चिम के लोग करते हैं। वहाँ मनोरंजन की सामग्रियाँ उतनी ही आवश्यक हैं, जितनी हवा। तभी तो वे इतने प्रसन्न-चित्त रहते हैं, मानो किसी बात की चिन्ता ही नहीं। यहाँ किसी को इसका रस ही नहीं। जिन्हें भगवान ने सामर्थ्य भी दिया है, यह भी सरेआम से मुँह ढांप कर पड़े रहते हैं। सहेलियाँ कैलासी की यह गर्व पूर्ण बातें सुनती और उसकी और भी प्रशंसा करतीं। वह उनका अपमान करने के आवेग में आप ही हास्यास्पद बन जाती थी।

पड़ोसियों में इन सैर-सपाटों की चर्चा होने लगी। लोक-सम्मति किसी की रियायत नहीं करती। किसी ने सिर पर टोपी टेढ़ी रखी और पड़ोसियों की आँखों में चुभा, कोई जरा अकड़कर चला और पड़ोसियों ने आवाजें कसी। विधवा के लिए पूजा-पाठ है, तीर्थ-व्रत है, मोटा खाना है, मोटा पहनना है। उसे विनोद और विलास, राग और रंग की क्या जरूरत? विधाता ने उसके सुख के द्वार बंद कर दिए हैं। लड़की प्यारी सही, लेकिन शर्म और हया भी तो कोई चीज है! जब माँ-बाप ही उसे सिर चढ़ाए हुए हैं, तो उसका क्या दोष? मगर एक दिन आँखें खुलेंगी अवश्य। महिलाएँ कहतीं, बाप तो मर्द है, लेकिन माँ कैसी है, उसको जरा भी विचार नहीं कि दुनिया क्या कहेगी? कोई उन्हीं की एक दुलारी बेटी थोड़े ही है। इस भांति मन बढ़ाना अच्छा नहीं।

कुछ दिनों तक तो वह खिचड़ी आपस में पकती रही। अंत को एक दिन कई महिलाओं ने जागेश्वरी के घर पदार्पण किया। जागेश्वरी ने उनका बड़ा आदर- सत्कार किया। कुछ देर तक इधर-उधर की बातें करने के बाद एक महिला बोली- महिलाएँ रहस्य की बातें करने में बहुत अभ्यस्त होती हैं- बहन, तुम मजे में हो कि हंसी-खुशी में दिन काट देती हो। हमें तो दिन पहाड़ हो जाता है। न कोई काम न धंधा, कोई कहाँ तक बातें करे?

दूसरी देवी ने आंखें मटकाते हुए कहा- अरे, तो यह तो बदे की बात है। सभी के दिन हंसी-खुशी में कटे, तो रोए कौन! यहाँ तो सुबह से शाम तक चक्की- चूल्हे ही से छुट्टी नहीं मिलती, किसी बच्चे को दस्त आ रहे हैं, तो किसी को ज्वर चढ़ा हुआ है। कोई मिठाइयों की रट लगा रहा है, तो कोई पैसों के लिए शोर मचाए हुए है। दिन भर हाय-हाय करते बीत जाता है। सारे दिन कठपुतलियों की भांति नाचती रहती हूँ।

तीसरी रमणी ने इस कथन का रहस्यमय भाव से विरोध किया- बदे की बात नहीं, वैसा दिल चाहिए। तुम्हें तो कोई राजसिंहासन पर बिठा दे तब भी तस्कीन न होगी। तब और भी हाय-हाय करोगी।

इस पर एक वृद्धा ने कहा- नौज ऐसा दिल! यह भी कोई दिल है कि घर में चाहे आग लग जाये, दुनिया में कितना ही उपहास हो रहा हो, लेकिन आदमी अपने राग-रंग में मस्त रहे। वह दिल है कि पत्थर! हम गृहिणी कहलाती हैं, हमारा काम है अपनी गृहस्थी में रत रहना। आमोद-प्रमोद में दिन काटना हमारा काम नहीं। और महिलाओं ने इस निर्दय व्यंग्य पर लज्जित होकर सिर झुका लिया। वे जागेश्वरी की चुटकियां लेना चाहती थीं, उसके साथ बिल्ली और चूहे की निर्दय क्रीड़ा करना चाहती थी। आहत को तड़पाना उनका उद्देश्य था। इस खुली हुई चोट ने उनके पर-पीड़न-प्रेम के लिए कोई गुंजाइश न छोड़ी, किन्तु जागेश्वरी को ताड़ना मिल गई। स्त्रियों के विदा होने के बाद उसने जाकर पति से यह सारी कथा सुनायी। हृदयनाथ उन पुरुषों में न थे, जो प्रत्येक अवसर पर अपनी आत्मिक स्वाधीनता का स्वाँग भरते हैं, हठधर्मी को आत्म-स्वातंत्र्य के नाम से छिपाते हैं। वह सचिंत भाव से बोले- तो अब क्या होगा?

जागेश्वरी- तुम्हीं कोई उपाय सोचो।

हृदयनाथ- पड़ोसियों ने जो आक्षेप किया है, यह सर्वथा उचित है। कैलास कुमारी के स्वभाव में मुझे एक विचित्र अन्तर दिखाई दे रहा है। मुझे स्वयं ज्ञात हो रहा है कि उसके मनबहलाव के लिए हम लोगों ने जो उपाय निकाला है, वह मुनासिब नहीं है। उनका यह कथन सत्य है कि विधवाओं के लिए यह आमोद- विनोद वर्जित है। अब हमें यह परिपाटी छोड़नी पड़ेगी।

जागेश्वरी- लेकिन कैलासी तो इन खेल-तमाशों के बिना एक दिन भी नहीं रह सकती।

हृदयनाथ -उसकी मनोवृत्तियों को बदलना पड़ेगा।

3

शनैः-शनैः यह विलासोन्माद शान्त होने लगा। वासना का तिरस्कार किया जाने लगा। पंडितजी संध्या समय ग्रामोफोन न बजाकर कोई धर्म-ग्रंथ पढ़कर सुनाते। स्वाध्याय, संयम, उपासना में माँ-बेटी रत रहने लगी। कैलासी को गुरुजी ने दीक्षा दी, मुहल्ले और बिरादरी की स्त्रियाँ आयीं, उत्सव मनाया गया।

माँ-बेटी अब किश्ती पर सैर करने के लिए गंगा न जातीं, बल्कि स्नान करने के लिए। मंदिरों में नित्य जातीं। दोनों एकादशी का निर्जल व्रत रखने लगीं। कैलासी को गुरुजी नित्य सच्चा-समय धर्मोपदेश करते। कुछ दिनों तक तो कैलासी को यह विचार-परिवर्तन बहुत कष्ट-जनक मालूम हुआ, पर धर्मनिष्ठा नारियों का स्वाभाविक गुण है, थोड़े ही दिनों में उसे धर्म से रुचि हो गई। अब उसे अपनी अवस्था का ज्ञान होने लगा था। विषय-वासना से चित्त अपने- ही-आप खिंचने लगा। 'पति' का यथार्थ आशय समझ में उगने लगा था। पति ही स्त्री का सखा मित्र, सच्चा पथ-प्रदर्शक और सच्चा सहायक है। पति-विहीन होना किसी घोर पाप का प्रायश्चित्त है। मैंने पूर्व जन्म में कोई अकर्म किया होगा। पतिदेव जीवित होते, तो मैं फिर माया में फंस जाती। प्रायश्चित्त का अवसर नहीं मिलता! गुरुजी का वचन सत्य है कि परमात्मा ने तुम्हें पूर्व-कर्मों के

प्रायश्चित्त का यह अवसर दिया है। वैधव्य यातना नहीं है, जीवोद्धार का साधन है। मेरा उद्धार त्याग, विराग, भक्ति और उपासना ही से होगा।

कुछ दिनों के बाद उसकी धार्मिक वृत्ति इतनी प्रबल हो गई कि अन्य प्राणियों से यह पृथक् रहने लगी। किसी को न छूती, महरियों से दूर रहती, सहेलियों से गले तक न मिलती, दिन में दो-दो तीन-तीन बार स्नान करती, हमेशा कोई-न- कोई धर्म-ग्रंथ पढ़ा करती। साधु-महात्माओं के सेवा-सत्कार में उसे आत्मिक सुख प्राप्त होता। जहाँ किसी महात्मा के आने की खबर पाती, उनके दर्शनों के लिए विकल हो उठती। उनकी अमृतवाणी सुनने से जी न भरता। मन संसार से विरक्त होने लगा। तल्लीनता की अवस्था प्राप्त हो गई। हृदय स्वाधीनता के लिए लालायित हो गया, यहाँ तक कि तीन ही बरसों में उसने संन्यास ग्रहण करने का निश्चय कर लिया।

माँ-बाप को यह समाचार ज्ञात हुआ तो होश उड़ गए। माँ बोली- बेटी, अभी तुम्हारी उम्र ही क्या है कि तुम ऐसी बातें सोचती हो।

कैलास कुमारी- माया-मोह से जितनी जल्दी निवृत्ति हो जाये, उतना ही अच्छा।

हृदयनाथ- क्या अपने घर में रहकर माया-मोह से मुक्त नहीं हो सकती हो? माया-मोह का स्थान मन है, घर नहीं।

जागेश्वरी- कितनी बदनामी होगी।

कैलास कुमारी- अपने को भगवान् के चरणों पर अर्पण कर चुकी, तो मुझे बदनामी की क्या चिंता?

जागेश्वरी- बेटी, तुम्हें न हो, हमको तो है। हमें तो तुम्हारा ही सहारा है। तुमने जो संन्यास ले लिया, तो हम किस आधार पर जिएँगे?

कैलास कुमारी- परमात्मा ही सबका आधार है। किसी दूसरे प्राणी का आश्रय लेना भूल है।

दूसरे दिन यह बात मुहल्ले वालों के कानों में पहुँच गई। जब कोई अवस्था असाध्य हो जाती है, तो हम उस पर व्यंग्य करने लगते हैं। यह तो होना ही था, नई बात क्या हुई? लड़कियों को इस तरह स्वच्छंद नहीं कर दिया जाता। फूले न समाते थे कि लड़की ने कुल का नाम उज्ज्वल कर दिया। पुराण पढ़ती है, उपनिषद और वेदान्त का पाठ करती है, धार्मिक समस्याओं पर ऐसी-ऐसी दलीलें करती है कि बड़े-बड़े विद्वानों की जबान बंद हो जाती है, तो अब क्यों पछताते हैं?' भद्र पुरुषों में कई दिनों तक यही आलोचना होती रही। लेकिन जैसे अपने बच्चे के दौड़ते-दौड़ते धम्म से गिर पड़ने पर हम पहले क्रोध के आवेश में उसे झिड़कियाँ सुनाते हैं, इसके बाद गोद में बिठाकर आँसू पोंछने और फुसलाने लगते हैं, उसी तरह इन भद्र ने व्यंग्य के बाद इस गुत्थी के सुलझाने का उपाय सोचना शुरू किया। सभी हृदयनाथ के पास आये और सिर झुकाकर बैठ गए। विषय का आरम्भ कैसे हो?

कई मिनट के बाद एक सज्जन ने कहा- सुना है, डॉक्टर गौड़ का प्रस्ताव आज बहुमत से स्वीकृत हो गया।

दूसरे महाशय बोले- यह लोग हिंदू-धर्म का सर्वनाश करके छोड़ेंगे।

तीसरे महानुभाव ने फरमाया- सर्वनाश तो हो ही रहा है, अब और कोई क्या करेगा! जब हमारे साधु-महात्मा, जो हिन्दू, जाति के स्तम्भ हैं, इतने पतित हो गए हैं कि भोली-भाली युवतियों को बहकाने में संकोच नहीं करते, तो सर्वनाश होने में रह ही क्या गया।

हृदयनाथ- यह विपत्ति तो मेरे सिर ही यही हुई है। आप लोगों को तो मालूम होगा।

पहले महाशय- आप ही के सिर क्यों, हम सभी के सिर पड़ी हुई है।

दूसरे महाशय- समस्त जाति के सिर कहिए।

हृदयनाथ- उद्धार का कोई उपाय सोचिए।

पहले महाशय- आपने समझाया नहीं?

हृदयनाथ- समझा के हार गया। कुछ सुनती ही नहीं।

तीसरे महाशय- पहले ही भूल हो गई। उसे इस रास्ते पर डालना ही नहीं चाहिए था।

पहले महाशय- उस पर पछताने से क्या होगा? सिर पर जो पड़ी है उसका उपाय सोचना चाहिए। आपने समाचार पत्रों में देखा होगा, कुछ लोगों की सलाह है कि विधवाओं से अध्यापकों का काम लेना चाहिए। यद्यपि मैं इसे भी बहुत अच्छा नहीं समझता, पर संन्यासिनी बनने से तो कहीं अच्छा है। लड़की अपनी आँखों के सामने तो रहेगी। अभिप्राय केवल यही है कि कोई ऐसा काम होना चाहिए, जिसमें लड़की का मन लगे। किसी अवलम्ब के बिना मनुष्य को भटक जाने की शंका सदैव बनी रहती है। जिस घर में कोई नहीं रहता, उसमें चमगादड़ बसेरा लेते हैं।

दूसरे महाशय- सलाह तो अच्छी है। मुहल्ले की दस-पाँच कक्षाएँ पढ़ने के लिए बुला ली जाएँ। उन्हें किताबें, गुड़िया आदि इनाम मिलता रहे, तो बड़े शौक से आएँगी। लड़की का मन तो लग जायेगा।

हृदयनाथ- देखना चाहिए। भरसक समझाऊंगा।

ज्यों ही यह लोग विदा हुए, हृदयनाथ ने कैलास कुमारी के सामने यह तजवीज पेश की। कैलासी को संन्यस्त के उच्च पद के सामने अध्यापिका बनना अपमानजनक जान पड़ा था। कहाँ वह महात्माओं का सत्संग, यह पर्वतों की गुफा, वह सुरम्य प्राकृतिक दृश्य, वह हिमराशि की ज्ञानमय ज्योति, वह मानसरोवर और कैलास की शुभ्र छटा, वह आत्म-दर्शन की विशाल कल्पनाएँ और कहां बालिकाओं को चिड़ियों की भांति पढ़ाना। लेकिन हृदयनाथ कई दिनों तक लगातार सेवा-धर्म का बहाल उसके हृदय पर अंकित करते रहे। सेवा ही वास्तविक संन्यास है। संन्यासी केवल अपनी मुक्ति का रक्षक होता है, सेवा-व्रतधारी अपने को परमार्थ की वेदी पर बलि दे देता है। इसका गौरव कहीं अधिक है। देखो, ऋषियों में दधीचि का जो यश है, हरिश्चन्द्र की जो कीर्ति है, उसकी तुलना और कहीं की जा सकती है। संन्यास स्वार्थ है, सेवा त्याग है, आदि। उन्होंने इस कथन की उपनिषदों और वेद-मंत्रों से पुष्टि की। यहाँ तक कि धीरे-धीर कैलासी के विचारों में परिवर्तन होने लगा। पंडितजी ने मुहल्ले वालों की लड़कियों को एकत्र

किया, पाठशाला का जन्म हो गया। नाना प्रकार के चित्र और खिलौने मँगाए। पंडितजी स्वयं कैलासी साथ लड़कियों को पढ़ाते। कन्याएँ शौक से आतीं। उन्हें यहाँ की पढ़ाई खेल मालूम होती। थोड़े ही दिनों में पाठशाला की धूम हो गई, अन्य मुहल्लों की कन्याएँ भी आने लगीं।

4

कैलास कुमारी की सेवा-प्रवृत्ति दिनोंदिन तीव्र होने लगी। दिन भर लड़कियों को लिये रहती, कभी पढ़ाती, कभी उनके साथ खेलती, कभी सीना-पिरोना सिखाती। पाठशाला ने परिवार का रूप धारण कर लिया। कोई लड़की बीमार हो जाती, तो तुरंत उसके घर जाती, उसकी सेवासुश्रूषा करती, गाकर या कहानियाँ सुनाकर उसका दिल बहलाती।

पाठशाला को खुले हुए साल-भर हुआ था। एक लड़की को, जिससे वह बहुत प्रेम करती थी, चेचक निकल आई। कैलासी उसे देखने गई। माँ-बाप ने बहुत मना किया, पर उसने न माना। कहा, तुरन्त लौट आऊंगी। लड़की की हालत खराब थी। कहां तो रोते-रोते तालू सूखता था, वहीं कैलासी को देखते ही मानो सारे कष्ट भाग गए। कैलासी एक घण्टे तक वहाँ रही। लड़की बराबर उससे बातें करती रही। लेकिन जब वह चलने को उठी, तो लड़की ने रोना शुरू किया। कैलासी मजबूर होकर बैठ गई। थोड़ी देर के बाद जब वह फिर उठी, तो फिर लड़की की यही दशा हो गई। लड़की उसे किसी तरह छोड़ती ही न थी। सारा दिन गुजर गया। रात को भी लड़की ने न आने दिया। हृदयनाथ उसे बुलाने को बार-बार आदमी भेजते, पर वह लड़की को छोड़कर न जा सकती। उसे ऐसी शंका होती थी कि मैं यहाँ से चली और लड़की हाथ से गई। उसकी माँ विमाता थी। इससे- कैलासी को उसके ममत्व पर विश्वास न होता था। इस प्रकार वह तीन दिन तक वहाँ रही। आठों पहर बालिका के सिरहाने बैठी पंखा झलती रहती। बहुत थक जाती तो दीवार से पीठ टेक लेती। चौथे दिन लड़की की हालत कुछ संभलती हुई मालूम हुई तो वह अपने घर आयी, मगर अभी स्नान भी न करने पायी थी कि आदमी पहुँचा- जल्द चलिए, लड़की रो-रोकर जान दे रही है।

हृदयनाथ ने कहा- कह दो, अस्पताल से कोई नर्स बुला लें।

कैलास कुमारी- दादा, आप व्यर्थ में झुँझलाते हैं। उस बेचारी की जान बच जाये, मैं तीन दिन नहीं, तीन महीने उसकी सेवा करने को तैयार हूँ। आखिर यह देह किस दिन काम आएगी?

हृदयनाथ- तो कन्याएँ कैसे पढ़ेगीं ?

कैलासी- दो एक दिन में वह अच्छी हो जायेगी, दाने मुरझाने लगे हैं, तब तक आप जरा लड़कियों की देखभाल करते रहें।

हृदयनाथ- यह बीमारी छूत से फैलती है।

कैलासी-(हँसकर) मर जाऊंगी तो आपके सिर से एक विपत्ति टल जायेगी। यह कहकर उसने उधर की राह ली। भोजन की थाली परसी रह गई।

तब हृदयनाथ ने जागेश्वरी से कहा- जान पड़ता है, बहुत जल्द यह पाठशाला भी बंद करनी पड़ेगी।

जागेश्वरी- बिना माँझी के नाव पार लगाना कठिन है। जिधर हवा पाती है, उधर ही बह जाती है।

हृदयनाथ- जो रास्ता निकालता हूँ वही कुछ दिनों के बाद किसी दलदल में फंसा देता है। अब फिर बदनामी के सामान होते नजर आ रहे है। लोग कहेंगे, लड़की दूसरों के घर जाती है और कई-कई दिन पड़ी रहती है। क्या करूँ? कह दूं लड़कियों को न पढ़ाया करो?

जागेश्वरी- इसके सिवा और हो ही क्या सकता है?

कैलास कुमारी दो दिन के बाद लौटी, तो हृदयनाथ ने पाठशाला बंद कर देने की समस्या उसके सामने रखी। कैलासी ने तीव्र स्वर से कहा- अगर आपको बदनामी का इतना भय है, तो मुझे विष दे दीजिए। इसके सिवा बदनामी से बचने का और कोई उपाय नहीं है।

हृदयनाथ- बेटी, संसार में रहकर तो संसार की-सी करनी ही पड़ेगी।

कैलासी- तो कुछ मालूम भी तो हो कि संसार मुझसे क्या चाहता है! मुझमें जीव है, चेतना है, जड़ क्यों कर बन जाऊँ! मुझसे यह नहीं हो सकता कि अपने को अभागिनी, दुखिया, समझूँ और एक टुकड़ा रोटी खाकर पड़ी रहूँ। ऐसा क्यों करूँ? संसार मुझे जो चाहे समझे, मैं अपने को अभागिनी नहीं समझती। मैं अपने आत्म-सम्मान की रक्षा आप ही कर सकती हूँ। मैं इसे अपना घोर अपमान समझती हूँ कि पग-पग पर मुझ पर शंका की जाये, नित्य कोई चरवाहा की भांति मेरे पीछे लाठी लिये घूमता रहे कि किसी खेत में न जा पड़े। यह दशा मेरे लिए असह्य है।

यह कहकर कैलास कुमारी वहाँ से चली गयी कि कहीं मुँह से अनर्गल शब्द न निकल पड़ें। इधर कुछ दिनों से उसे अपनी बेकसी का यथार्थ ज्ञान होने लगा था। स्त्री पुरुष की कितनी अधीन है, मानो स्त्री को विधाता ने इसीलिए बनाया है कि वह पुरुषों के अधीन रहे। यह सोचकर यह समाज के अत्याचार पर दाँत पीसने लगती थी।

पाठशाला तो दूसरे ही दिन से बंद हो गई, किन्तु उसी दिन से कैलास कुमारी को पुस्तकों से जलन होने लगी। जिस सुख-भोग से प्रारब्ध हमें वंचित कर देता है, उससे हमें द्वेष हो जाता है। गरीब आदमी इसीलिए तो अमीरों से जलता है और धन की निन्दा करता है। कैलासी बार-बार झुंझलाती कि स्त्री क्यों पुरुष पर इतनी अवलम्बित है? पुरुष क्यों स्त्री के भाग्य का विधायक है? स्त्री क्यों नित्य पुरुषों का आश्रय चाहे, उनका मुँह ताके? इसीलिए न कि स्त्रियों में अभिमान नहीं है, आत्मसम्मान नहीं है। नारी-हृदय के कोमल भाव, उसे कुत्ते का दुम हिलाना मालूम होने लगे। प्रेम कैसा? यह सब ढोंग है, स्त्री पुरुष के अधीन है। उसकी खुशामद न करे, सेवा न करे, तो उसका निर्वाह कैसे हो?

एक दिन उसने अपने बाल गूंथे और जूड़ा में एक गुलाब का फूल लगा लिया। माँ ने देखा तो होंठ से जीभ दबा ली। महरियों ने छाती पर हाथ रखे।

इसी दिन उसने एक रंगीन रेशमी साड़ी पहन ली। पड़ोसियों में इस पर खूब आलोचनाएँ हुईं।

उसने एकादशी का व्रत रखना छोड़ दिया, जो पिछले आठ वर्षों से रखती आयी थी। कंघी और आईने को यह अब त्याज्य न समझती थी।

सहालग के दिन आये। नित्य प्रति उसके द्वार पर से बारात निकलती। मुहल्ले की स्त्रियाँ अपनी-अपनी अटारियों पर खड़ी होकर देखतीं। वर के ढंग-रूप, आकार- प्रकार पर टीकाएँ होतीं, जागेश्वरी से भी बिना एक आंख देखे न रहा जाता। लेकिन कैलास कुमारी कभी भूलकर भी इन जलसों को न देखती। कोई बारात या विवाह की बात चलाता तो यह मुँह फेर लेती। उसकी दृष्टि में वह विवाह नहीं, भोली- भाली कन्याओं का शिकार था। बारातियों को वह शिकारियों के कुत्ते समझती। यह विवाह नहीं है स्त्री का बलिदान है।

5

तीज का व्रत आया। घरों में सफाई होने लगी। रमणियाँ इस व्रत को रखने की तैयारियाँ करने लगी। जागेश्वरी ने भी व्रत का सामान किया। नई-नई साड़ियाँ मंगायी। कैलास कुमारी की ससुराल से इस अवसर पर कपड़े, मिठाइयाँ और खिलौने आया करते थे। अबकी भी आये। यह विवाहिता स्त्रियों का व्रत है। इसका फल है, पति का कल्याण। विधवाएँ भी इस व्रत का यथोचित रीति से पालन करती हैं। पति से उनका सम्बन्ध शारीरिक नहीं वरन् आत्मिक होता है। उसका इस जीवन के साथ अंत नहीं होता, अनन्त काल तक जीवित रहता है। कैलास कुमारी अब तक वह व्रत रहती आई थी। अबकी उसने निश्चय किया, मैं व्रत न रखूँगी। माँ ने सुना तो माथा ठोक लिया। बोली- बेटी, यह व्रत रखना तुम्हारा धर्म है।

कैलास कुमारी- पुरुष भी स्त्रियों के लिए कोई व्रत रखते हैं?

जागेश्वरी- मर्दों में इसकी प्रथा नहीं है।

कैलास कुमारी- इसीलिए न कि पुरुषों को स्त्रियों की जान उतनी प्यारी नहीं, जितनी स्त्रियों को पुरुषों की जान?

जागेश्वरी- स्त्रियाँ पुरुषों की बराबरी कैसे कर सकती हैं? उनका तो धर्म है अपने पुरुष की सेवा करना।

कैलास कुमारी- मैं इसे अपना धर्म नहीं समझती। मेरे लिए अपनी आत्मा की रक्षा के सिवा और कोई धर्म नहीं।

जागेश्वरी- बेटी, गजब हो जायेगा, दुनिया क्या कहेगी?

कैलास कुमारी- फिर वही दुनिया? अपनी आत्मा के सिवा मुझे किसी का भय नहीं।

हृदयनाथ ने जागेश्वरी से यह बातें सुनीं, तो चिंता-सागर में डूब गए। इन बातों का क्या आशय? क्या आत्मसम्मान का भाव जाग्रत हुआ है या नैराश्य की क्रूर कीड़ा है? धनहीन प्राणी को जब कष्ट-निवारण का कोई उपाय नहीं रह जाता, तो वह लज्जा को त्याग देता है। निस्संदेह

नैराश्य ने यह भीषण रूप धारण किया है। सामान्य दशाओं में नैराश्य अपने यथार्थ रूप में आता है, पर गर्वशील प्राणियों में यह परिमार्जित रूप ग्रहण कर लेता है। यह हृदयगत कोमल भावों का अपहरण कर लेता है- चरित्र में अस्वाभाविक विकास उत्पन्न कर देता है-मनुष्य लोक-लाज और उपहास की ओर से उदासीन हो जाता है, नैतिक बंधन टूट जाते हैं। यह नैराश्य की अन्तिम अवस्था है।

हृदयनाथ इन्हीं विचारों में मग्न थे कि जागेश्वरी ने कहा- अब क्या करना होगा?

हृदयनाथ- क्या बताऊं।

जागेश्वरी- कोई उपाय है?

हृदयनाथ- बस, एक ही उपाय है, पर उसे जबान पर नहीं ला सकता।

□□□

कौशल

पंडित बालक राम शास्त्री की धर्मपत्नी माया को बहुत दिनों से एक हार की लालसा थी और वह सैकड़ों ही बार पंडितजी से उसका आग्रह कर चुकी थी किन्तु पंडितजी हीला-हवाला करते रहते थे। यह तो साफ-साफ न कहते थे कि मेरे पास रुपये नहीं हैं- इससे उनके पराक्रम में बट्टा लगता था- तर्कनाओं की शरण लिया करते थे। गहनों से कुछ लाभ नहीं, एक तो धातु अच्छी नहीं मिलती, उस पर सोनार रुपये के आठ-आठ आने कर देता है, और सबसे बड़ी बात यह कि घर में गहने रखना चोरों को न्यौता देना है। घड़ी भर के श्रृंगार के लिए इतनी विपत्ति सिर पर लेना मूर्खों का काम है। बेचारी माया तर्क-शास्त्र न पढ़ी थी, इन युक्तियों के सामने निरुत्तर हो जाती थी। पड़ोसिनों को देख-देखकर उसका जी ललचा करता था, पर दु:ख किससे कहे? यदि पंडितजी ज्यादा मेहनत करने के योग्य होते तो यह मुश्किल आसान हो जाती। पर वे आलसी जीव थे, अधिकांश समय भोजन और विश्राम में व्यतीत किया करते थे। पत्नी जी की कटूक्तियाँ सुननी मंजूर थीं, लेकिन निद्रा की मात्रा में कटौती न कर सकते थे।

एक दिन पंडितजी पाठशाला से आये तो देखा कि माया के गले में सोने का हार विराज रहा है। हार की चमक से उसकी मुख-ज्योति चमक उठी थी। उन्होंने उसे कभी इतनी सुन्दर न समझा था। पूछा-शुद्ध हार किसका है?

माया बोली- पड़ोस में जो बाबूजी रहते हैं, उन्हीं की स्त्री का है। आज उनसे मिलने गई थी, यह हार देखा, बहुत पसन्द आया। तुम्हें दिखाने के लिए पहनकर चली आयी। बस, ऐसा ही एक हार मुझे बनवा दो।

पंडितजी- दूसरे की चीज नाहक माँग लायी। कहीं चोरी हो जाये तो हार तो बनवाना ही पड़े, ऊपर से बदनामी भी हो।

माया- मैं तो ऐसा ही हार लूंगी। 20 तोले का है।

पंडित- फिर वही जिद।

माया- जब सभी पहनती हैं, तो मैं ही क्यों न पहनूँ?

पंडित -सब कुएँ में गिर पड़ें, तो तुम भी कुएँ में गिर पड़ोगी। सोचो तो, इस वक्त इस हार के बनवाने में 600 रु. लगेंगे। अगर 1 रु. प्रति सैकड़ा भी ब्याज रख लिया जाये तो 5 वर्ष में 600 रु. के लगभग 1000 रु. हो जाएँगे। लेकिन 5 वर्ष में तुम्हारा हार मुश्किल से 300 रु. का रह जायेगा। इतना बड़ा नुकसान उठाकर हार पहनने में क्या सुख? यह हार वापस कर दो, भोजन करो और आराम से पड़ी रहो- यह कहते हुए पंडित जी बाहर चले गये।

रात को एकाएक माया ने शोर मचाकर कहा- चोर! चोर! हाय, घर में चोर! मुझे घसीटे लिये जाते हैं।

पंडितजी हकबकाकर उठे और बोले- कहां, कहाँ? दौड़ो, दौड़ो।

माया- मेरी कोठरी में गया है। मैंने उसकी परछाई देखी।

पंडित- लालटेन लाओ, जरा मेरी लकड़ी उठा लेना।

माया- मुझसे तो मारे डर के उठा नहीं जाता।

कई आदमी बाहर से बोले- कहां हैं पंडितजी, कोई सेंध पड़ी है क्या?

माया- नहीं, नहीं, खपरैल पर से उतरे हैं। मेरी नींद खुली तो कोई मेरे ऊपर झुका हुआ था। हाय राम! यह तो हार ही ले गया! पहने-पहने सो गई थी! मुये ने गले से निकाल लिया। हाय भगवान!

पंडित- तुमने हार उतार क्यों न दिया था?

माया- मैं क्या जानती थी कि आज ही यह मुसीबत सिर पड़ने वाली है, हाय भगवान्!

पंडित- अब हाय-हाय करने से क्या होगा? अपने कर्मों को रोओ। इसीलिए कहा करता था कि सब घड़ी बराबर नहीं जाती। न जाने कब क्या हो जाये। अब आयी समझ में मेरी बात! देखो और कुछ तो नहीं ले गया?

पड़ोसी लालटेन लिये आ पहुँचे। घर का कोना-कोना देखा।

करियाँ देखीं, छत पर चढ़कर देखा, अगवाड़े-पिछवाड़ा देखा, शौच-गृह में झाँका, कहीं चोर का पता न था।

एक पड़ोसी- किसी जानकार आदमी का काम है।

दूसरा पड़ोसी- बिना घर के भेदिए के कभी चोरी होती ही नहीं। और कुछ तो नहीं ले गया?

माया- और तो कुछ नहीं गया। बरतन सब पड़े हुए हैं। संदूक भी बंद पड़े हुए हैं। निगोड़े को ले ही जाना था तो मेरी चीजें ले जाता। पराई चीज ठहरी। भगवान्, उन्हें कौन मुँह दिखाऊंगी।

पण्डित- अब गहने का मजा मिल गया न?

माया- हाय, भगवान्, यह अपजस बदा था।

पंडित- कितना समझा के हार गया, तुम न मानी, न मानी! बात की बात में 600 रु. निकल गए! अब देखूँ भगवान् कैसे लाज रखते हैं।

माया- अभागे मेरे घर का एक-एक तिनका चुन ले जाते, तो मुझे इतना दु:ख न होता। अभी बेचारी ने नया ही बनवाया था।

पंडित- खूब मालूम है, 20 तोले का था?

माया- 20 ही तोले का तो कहती थीं।

पंडित- बधिया बैठ गई, और क्या?

माया- कह दूँगी, घर में चोरी हो गई। क्या जान लेंगी? अब उनके लिए कोई चोरी थोड़े ही करने जायेगा।

पंडित- तुम्हारे घर से चीज गई, तुम्हें देनी पड़ेगी। उन्हें इससे क्या प्रयोजन कि चोर ले गया या तुमने उठाकर रख लिया। पतियाएँगी ही नहीं।

माया- तो इतने रुपये कहीं से आएँगे?

पंडित- कहीं-न-कहीं से तो आएँगे ही, नहीं तो लाज कैसे रहेगी, मगर की तुमने बड़ी भूल।

माया- भगवान् से मँगनी की चीज भी न देखी गई। मुझे काल ने घेरा था, नहीं तो घड़ी-भर गले में डाल लेने से ऐसा कौन-सा बड़ा सुख मिल गया? मैं हूँ ही अभागिनी।

पंडित- अब पछताने और अपने को कोसने से क्या फायदा? अब चुप होकर बैठो। पड़ोसिन से कह देना, घबराओ नहीं, तुम्हारी चीज जब तक लौटा न देंगे, तब तक हमें चैन न आएगी।

पंडित बालक राम को अब नित्य यही चिन्ता रहने लगी कि किसी तरह हार बने। यों अगर टाट उलट देते, तो कोई बात न थी। पड़ोसिन को सन्तोष ही करना पड़ता, ब्राह्मण से डांढ़ कौन लेता, पंडितजी ब्राह्मणत्व के गौरव को इतने सस्ते दामों न बेचना चाहते थे। आलस्य धनोपार्जन में दत्तचित्त हो गए।

छह महीने तक उन्होंने दिन-को-दिन और रात-को रात नहीं जाना। दोपहर को सोना छोड़ दिया। रात को भी बहुत देर तक जागते। पहले केवल एक पाठशाला में पढ़ाया करते थे। इसके सिवा वह ब्राह्मण के लिए खुले हुए एक सौ एक व्यवसायों में सभी को निंदनीय समझते थे। पर अब पाठशाला से आकर संध्या समय एक जगह 'भागवत की कथा' कहने जाते, वहाँ से लौटकर 11-12 बजे रात तक जन्म- कुंडलियां, वर्ष-फल आदि बनाया करते। प्रात:काल मंदिर में 'दुर्गा जी का पाठ' करते। माया पंडितजी का अध्यवसाय देख-देखकर कभी-कभी पछताती कि कहीं- से-कहीं मैंने यह विपत्ति सिर पर ली। कहीं बीमार पड़ जाएं, तो लेने के देने पड़ें। उनका शरीर क्षीण होते देखकर उसे यह चिंता व्यथित करने लगी। यहाँ तक कि पाँच महीने गुजर गए।

एक दिन संध्या समय वह दिया-बत्ती करने जा रही थी कि पंडितजी आये, जेब से एक पुड़िया निकालकर उसके सामने फेंक दी और बोले-लो, आज तुम्हारे ऋण से मुक्त हो गया।

माया ने पुड़िया खोली, तो उसमें सोने का हार था, उसकी चमक-दमक, उसकी सुंदर बनावट देखकर उसके अन्तस्तल में गुदगुदी-सी होने लगी। मुख पर आनन्द की आभा दौड़ गई। उसने कातर नेत्रों से देखकर पूछा- खुश होकर दे रहे हो या नाराज होकर?

पंडित- इससे क्या मतलब? ऋण तो चुकाना ही पड़ेगा, चाहे खुशी से हो या नाखुशी से।

माया- यह ऋण नहीं।

पंडित- और क्या है?

माया- बदला भी नहीं है।

पंडित- फिर क्या है?

माया- तुम्हारी... निशानी!

पंडित- तो क्या ऋण के लिए दूसरा हार बनवाना पड़ेगा?

माया- नहीं-नहीं, वह हार चोरी नहीं गया था। मैंने झूठ-झूठ शोर मचाया था।

पंडित - सच

माया- हाँ सच कहती हूँ।

पंडित- मेरी कसम?

माया- तुम्हारे चरण छूकर कहती हूँ।

पंडित- तो तुमने मुझसे कौशल किया था?

माया- हाँ ।

पंडित- तुम्हें मालूम है, तुम्हारे कौशल का मुझे क्या? देना पड़ा?

माया- 600 रु. से ऊपर?

पंडित- बहुत ऊपर! इसके लिए मुझे अपने आत्मस्वातंत्र्य का बलिदान करना पड़ा

□□□

स्वर्ग की देवी

भाग्य की बात! शादी-विवाह में आदमी का क्या अख्तियार। जिससे ईश्वर ने, या उसके नायबों-ब्राह्मणों-ने तय कर दी, उससे हो गई। बाबू भारतदास ने लीला के लिए सुयोग्य वर खोजने में कोई कसर नहीं उठा रखी। लेकिन जैसा घर-वर चाहते थे, वैसा न पा सके। वह लड़की को सुखी देखना चाहते थे, जैसा हर एक पिता का धर्म है, किन्तु इसके लिए उनकी समझ में सम्पत्ति ही सबसे जरूरी चीज थी। चरित्र या शिक्षा का आजकल के जमाने में मूल्य ही क्या है? सम्पत्ति के साथ शिक्षा भी हो, तो क्या पूछना! ऐसा घर उन्होंने बहुत ढूंढ़ा, पर न मिला। ऐसे घर हैं ही कितने, जहाँ दोनों पदार्थ मिलें? दो-चार घर मिले भी तो अपनी बिरादरी के न थे। बिरादरी भी मिली, तो जायजा न मिला, जायजा भी मिला, तो शर्तें तय न हो सकीं। इस तरह मजबूर होकर भारतदास को लीला का विवाह लाला संतसरन के लड़के सीतासरन से करना पड़ा। अपने बाप का इकलौता बेटा था, थोड़ी-बहुत शिक्षा भी पायी थी, बातचीत सलीके से करता था, मामले-मुकदमे समझता था और जरा दिल का रंगीला भी था। सबसे बड़ी बात यह थी कि रूपवान, बलिष्ठ, प्रसन्न-मुख, साहसी आदमी था, मगर विचार वही बाबा आदम के जमाने के थे। पुरानी जितनी बातें हैं, सब अच्छी, नई जितनी बातें हैं, सब खराब। जायदाद के विषय में जमींदार साहब नए-नए दफों का व्यवहार करते थे, वहाँ अपना कोई अख्तियार न था, लेकिन सामाजिक प्रथाओं के कट्टर पक्षपाती थे। सीतासरन अपने बाप को जो करते या कहते देखता, वही खुद भी कहता और करता। उसमें खुद सोचने की शक्ति ही न थी। बुद्धि की मंदता बहुधा सामाजिक अनुदारता के रूप में प्रकट होती है।

2

लीला ने जिस दिन घर में पाँव रखा, उसी दिन उसकी परीक्षा शुरू हुई। वे सभी काम, जिसकी उसके घर में तारीफ होती थी, यहाँ वर्जित थे। उसे बचपन से ताजी हवा पर जान देना सिखाया था, यहाँ उसके सामने मुँह खोलना भी पाप था। बचपन से सिखाया गया था कि रोशनी जीवन है, यहाँ रोशनी के दर्शन भी दुर्लभ थे। घर पर अहिंसा, क्षमा और दया ईश्वरीय गुण बताए गए थे, यहाँ इसका नाम लेने की भी स्वाधीनता न थी। संतसरन बड़े तीखे, गुस्सेवर आदमी थे, नाक पर मक्खी न बैठने देते। धूर्तता और छल-कपट से ही उन्होंने जायदाद पैदा की थी और उसी को अपने जीवन का मंत्र समझते थे। उनकी पत्नी उनसे भी दो अंगुल ऊँची थीं। मजाल क्या कि बहू अपनी अँधेरी कोठरी के द्वार पर खड़ी हो जाये या कभी छत पर टहल सके। प्रलय आ जाता, आसमान सिर पर उठा लेतीं। उन्हें बकने का मर्ज था। दाल में नमक का जरा तेज हो जाना, उन्हें दिन-भर बकने के लिए काफी बहाना था। मोटी-ताजी महिला थीं, छींट का घाघरेदार लहँगा पहने, पानदान बगल में रखे, गहनों से लदी हुई, सारे दिन बरोठे में माची कर बैठी रहती थीं।

क्या मजाल कि घर में उनकी इच्छा के विरुद्ध एक पत्ती भी हिल जाये। बहू की नई-नई आदतें देख-देख जला करती थीं। अब काहे को आबरू रहेगी? मुंडेर पर खड़ी होकर झाँकती है। मेरी लड़की ऐसी दीदा-दिलेर होती, तो गला घोंट देती। न-जाने इसके देश में कौन लोग बसते हैं! गहने नहीं पहनती। जब देखो, नंगी-बुची बनी बैठी रहती है। यह भी कोई अच्छे लच्छन हैं। लीला के पीछे सीतासरन पर भी फटकार पड़ती। तुझे भी चाँदनी में सोना अच्छा लगता है, क्यों? तू भी अपने को मर्द कहेगा? यह मर्द कैसा कि औरत उसके कहने में न रहे। दिन- भर घर में घुसा रहता है। मुँह में जबान नहीं है? समझाता क्यों नहीं

सीतासरन कहता- अब, जब कोई मेरे समझाने से माने तब तो?

माँ- मानेगी क्यों नहीं, तू मर्द है कि नहीं, मर्द वह चाहिए कि कड़ी निगाह से देखे तो औरत काँप उठे।

सीतासरन- तुम तो समझाती ही रहती हो।

माँ- मेरी उसे क्या परवाह? समझती होगी, बुढ़िया चार दिन में मर जायेगी, तब मैं मालकिन हो ही जाऊंगी।

सीतासरन- मैं भी तो उसकी बातों का जवाब नहीं दे पाता। देखती नहीं हो, कितनी दुर्बल हो गई है। वह रंग ही नहीं रहा। उस कोठरी में पड़े-पड़े उसकी दशा बिगड़ती जाती है।

बेटे के मुँह से ऐसी बातें सुन, माता आग हो जाती और सारे दिन जलती, कभी भाग्य को कोसती कभी समय को।

सीतासरन माता के सामने तो ऐसी बातें करता, लेकिन लीला के सामने जाते ही उसकी मति बदल जाती थी। वह वही बातें करता, जो लीला को अच्छी लगती। यहाँ तक कि दोनों वृद्धा की हँसी उड़ाते। लीला को इस घर में और कोई सुख न था। यह सारे दिन कुढ़ती रहती। कभी चूल्हे के सामने न बैठी थी, पर यहाँ पसेरियों आटा थोपना पड़ता, मजूरों और टहलुओं के लिए भी रोटियाँ पकानी पड़तीं। कभी-कभी वह तवे के सामने बैठी घंटों रोती। यह बात न थी कि यह लोग कोई महाराज-रसोइया न रख सकते हों, पर घर की पुरानी प्रथा यही थी कि बहू खाना पकाये और उस प्रथा का निभाना जरूरी था। सीतासरन को देखकर लीला का संतप्त हृदय एक क्षण के लिए शान्त हो जाता था।

गर्मी के दिन थे और संध्या का समय। बाहर हवा चलती भीतर, देह झुकती थी। लीला कोठी में बैठी एक किताब देख रही थी कि सीतासरन ने आकर कहा- यहाँ तो बड़ी गर्मी है, बाहर बैठो।

लीला- यह गर्मी उन तानों से अच्छी है, जो अभी सुनने पड़ेंगे।

सीतासरन- आज अगर बोली, तो मैं भी बिगड़ जाऊंगा।

लीला- तब तो मेरा घर में रहना भी मुश्किल हो जायेगा।

सीतासरन- बला से, अलग ही रहेंगे।

लीला- मैं तो मर भी जाऊँ, तो भी अलग न रहूँ। वह जो कुछ कहती-सुनती हैं, अपनी समझ से मेरे भले ही के लिए कहती-सुनती हैं। उन्हें मुझसे कुछ दुश्मनी थोड़े ही है। हां, हमें उनकी बातें अच्छी न लगें, यह दूसरी बात है। उन्होंने खुद वह सब कष्ट झेले हैं जो वह मुझे झेलवाना चाहती हैं। उनके स्वास्थ्य पर उन कष्टों का जरा, भी असर नहीं पड़ता। यह इस 65 वर्ष की उम्र में मुझसे कहीं टाँठी हैं। फिर उन्हें कैसे मालूम हो कि इन कष्टों रो स्वास्थ्य बिगड़ सकता है?

सीतासरन ने उसके मुरझाए हुए मुख की ओर करुण नेत्रों से देखकर कहा- तुम्हें इस घर में आकर बहुत दु:ख सहना पड़ा। यह घर तुम्हारे योग्य न था। तुमने पूर्व-जन्म में जरूर कोई पाप किया होगा।

लीला ने पति के हाथों से खेलते हुए कहा- यहाँ न आती, तो तुम्हारा प्रेम कैसे पाती?

3

पाँच साल गुजर गए। लीला दो बच्चों की माँ हो गई। एक लड़का था, दूसरी लड़की। लड़के का नाम जानकीसरन रखा गया और लड़की का नाम कामिनी। दोनों बच्चे घर को गुलज़ार किए रहते थे। लड़की दादा से हिली-मिली रहती थी, तो लड़का दादी से। दोनों शोख और शरीर थे। गाली दे बैठना, मुँह चिढ़ा देना तो उनके लिए मामूली बात थी। दिन-भर खाते और आये-दिन बीमार पड़े रहते। लीला ने खुद सभी कष्ट सह लिये थे, पर बच्चों में बुरी आदतों का पड़ना उसे बहुत बुरा मालूम होता था, किन्तु उसकी कौन सुनता था? बच्चों की माता होकर उसकी अब गणना ही न रही थी। जो कुछ थे, बच्चे थे। वह कुछ न थी। उसे किसी बच्चे को डाँटने का भी अधिकार न था, सास फाड़ खाती थी।

सबसे बड़ी आपत्ति यह थी कि उसका स्वास्थ्य अब और भी खराब हो गया था। प्रसव-काल में उसे ये सभी अत्याचार सहने पड़े, जो अज्ञान, मूर्खता और अंधविश्वास ने सौर की रक्षा के लिए गढ़ रखे हैं। उस काल-कोठरी में, जहाँ न हवा का गुजर था, न प्रकाश का, न सफाई का, चारों ओर दुर्गंध, सील और गंदगी भरी हुई थी, उसका कोमल शरीर सूख गया। एक बार जो कसर रह गई थी, वह दूसरी बार पूरी हो गई। चेहरा पीला पड़ तथा, आंखें धँस गई। ऐसा मालूम होता, बदन में खून ही नहीं रहा। सूरत ही बदल गई।

गर्मियों के दिन थे। एक तरफ आम पके, दूसरी तरफ खरबूजे। इन दोनों फसलों की ऐसी अच्छी फसल पहले कभी न हुई थी। अबकी इनमें इतनी मिठास न-जाने कहां से आ गई थी कि कितना ही खाओ, मन न भरे। संतसरन के इलाके से आम और खरबूजे के टोकरे भरे चले आते थे। सारा घर खूब उछल- उछल खाता था। बाबू साहब पुरानी हड्डी के आदमी थे। सवेरे एक सैकड़े आमों का नाश्ता करते, फिर पसेरी-भर खरबूजे चट कर जाते। मालकिन उनसे पीछे रहने वाली न थी। उन्होंने तो एक वक्त का भोजन ही बंद कर दिया। अनाज सड़ने वाली चीज नहीं। आज नहीं, कल खर्च हो जायेगा। आम और खरबूजे तो एक दिन भी नहीं ठहर सकते। शुदनी थी और क्या। यों ही हर साल दोनों चीजों की रेलमपेल होती थी, पर किसी को कभी कोई शिकायत न होती थी। कभी पेट में गिरानी मालूम तो हड़ की फेंकी मार ली। एक दिन बाबू

संतसरन के पेट में मीठा- मीठा दर्द होने लगा। आपने उसकी परवाह न की। आम खाने बैठ गए। सैकड़ा पूरा करके उठे ही थे कि कै हुई। गिर पड़े। फिर तो तिल-तिल पर कै और दस्त...होने लगे। हैजा हो गया। शहर से डॉक्टर बुलाए गए, लेकिन उनके आने के पहले ही बाबू साहब चल बसे थे। रोना-पीटना मच गया। संध्या होते-होते लाश घर से निकली। लोग दाह-क्रिया करके आधी रात को लौटे, तो मालकिन को भी कै और दस्त हो रहे थे। फिर दौड़-धूप शुरू हुई, लेकिन सूर्य निकलते-निकलते वह भी सिधार गईं। स्त्री-पुरूष जीवन-पर्यन्त एक दिन के लिए भी अलग न हुए थे। संसार से भी साथ-साथ गये। सूर्यास्त के समय पति ने प्रस्थान किया, सूर्योदय के समय पत्नी ने।

लेकिन मुसीबत का अंत न हुआ था। लीला तो संस्कार की तैयारियों में लगी थी, मकान की सफाई की तरफ किसी ने ध्यान न दिया। तीसरे दिन दोनों बच्चे दादा-दादी के लिए रोते-रोते बैठके में जा पहुँचे। वहाँ एक आले पर खरबूजा कटा हुआ पड़ा था, दो-तीन कलमी आम और कटे रखे थे। इन पर मक्खियाँ भिनक रही थीं। जानकी ने एक तिपाई पर चढ़कर दोनों चीजें उतार लीं और दोनों ने मिलकर खायी। शाम होते-होते दोनों को हैजा हो गया और, दोनों माँ-बाप को रोता छोड़, चल बसे। घर में अँधेरा हो गया। तीन दिन पहले जहाँ चारों तरफ चहल- पहल थी, वहाँ अब सन्नाटा छाया हुआ, किसी के रोने की आवाज भी सुनायी न देती थी। रोता ही कौन? ले-दे-के कुल दो प्राणी रह गए थे और उन्हें रोने की सुधि न थी।

4

लीला का स्वास्थ्य पहले भी कुछ अच्छा न था, अब तो वह और भी बेजान हो गई। उठने-बैठने की शक्ति भी न रही। हरदम खोयी-सी रहती, न कपड़े-लत्ते की सुधि थी, न खाने-पीने की। उसे न घर से वास्ता था, न बाहर से। जहाँ बैठती, वहीं बैठी रह जाती। महीनों कपड़े न बदलती, सिर में तेल न डालती। बच्चे ही उसके प्राणों के आधार थे। जब वही न रहे, तो मरना और जीना बराबर था। रात- दिन यही मनाया करती कि भगवान्! यहाँ से ले चलो। सुख-दु:ख सब भुगत चुकी। अब सुख की लालसा नहीं है, लेकिन बुलाने से मौत किसी को आयी है?

सीतासरन भी पहले तो बहुत रोया-धोया, यहाँ तक कि घर छोड़कर भागा जाता था, लेकिन ज्यों-ज्यों दिन गुजरते थे, बच्चों का शोक उसके दिल से मिटता जाता था। सन्तान का दु:ख जो कुछ होता है माता ही को होता है। धीरे-धीरे उसका जी सँभल गया। पहले की भांति मित्रों के साथ हंसी-दिल्लगी होने लगी। यारों ने और भी चंग पर चढ़ाया। अब घर का मालिक था, जो चाहे कर सकता था। कोई उसका हाथ रोकने वाला न था। सैर-सपाटे करने लगा। कहीं तो लीला को रोते देख, उसकी आंखें सजल हो जाती थीं, कहाँ अब उसे उदास और शोकग्रस्त देख कर झुंझला उठता। जिन्दगी रोने ही के लिए तो नहीं है। ईश्वर ने बच्चे दिये थे, ईश्वर ही ने छीन लिये। क्या बच्चों के पीछे प्राण दे देना होगा? लीला यह बातें सुनकर भौंचक्की रह जाती। पिता के मुँह से ऐसे शब्द निकल सकते हैं? संसार में ऐसे प्राणी भी हैं?

होली के दिन थे। मर्दाने में गाना-बजाना हो रहा था। मित्रों की दावत का भी सामान किया गया था। अंदर लीला जमीन पर पड़ी हुई रो रही थी। त्यौहारों के दिन उसके रोते ही कटते थे। आज बच्चे होते, तो अच्छे-अच्छे कपड़े पहने कैसे उछलते-फिरते! वही न रहे, तो कहाँ की तीज और कहाँ के त्यौहार।

सहसा सीतासरन ने आकर कहा- क्या दिन-भर रोती ही रहोगी ? जरा कपड़े तो बदल डालो, आदमी बन जाओ। यह क्या तुमने अपनी गत बना रखी है?

लीला- तुम जाओ अपनी महफ़िल में बैठो, तुम्हें मेरी क्या फिक्र पड़ी है।

सीतासरन- क्या दुनिया में और किसी के बच्चे नहीं मरते? तुम्हारे ही सिर यह मुसीबत आयी है?

लीला- यह बात कौन नहीं जानता? अपना-अपना दिल ही तो है। उस पर किसी का बस है?

सीतासरन- मेरे साथ भी तो तुम्हारा कुछ कर्तव्य है?

लीला ने कौतूहल से पति को देखा, मानो उसका आशय नहीं समझी। फिर मुँह फेरकर रोने लगी।

सीतासरन- मैं अब इस मनहूसियत का अंत कर देना चाहता हूँ। अगर अपने दिल पर काबू नहीं है, तो मेरा भी अपने दिल पर काबू नहीं है। मैं अब जिंदगी-भर मातम नहीं मना सकता।

लीला- तुम राग-रंग मनाते हो, मैं तुम्हें मना तो नहीं करती! मैं रोती हूँ तो क्यों नहीं रोने देते?

सीतासरन- मेरा घर रोने के लिए नहीं है।

लीला- अच्छी बात है, तुम्हारे घर में न रोऊंगी।

5

लीला ने देखा, मेरे स्वामी मेरे हाथों से निकले जा रहे हैं। उन पर विषय का भूत सवार हो गया है और कोई समझाने वाला नहीं। वह अपने होश में नहीं हैं। मैं क्या करूँ? अगर मैं चली जाती हूँ तो थोड़े ही दिनों में सारा घर मिट्टी में मिल जायेगा और इनका वही हाल होगा, जो स्वार्थी मित्रों के चंगुल में फंसे हुए नौजवान युवकों का होता है। कोई कुलटा घर में आ जायेगी और इनका सर्वनाश कर देगी। ईश्वर! मैं क्या करूँ? अगर इन्हें कोई बीमारी हो जाती, तो क्या मैं उस दशा में इन्हें छोड़कर चली जाती? कभी नहीं। मैं तन-मन से इनकी सेवा- शुश्रूषा करती, ईश्वर से प्रार्थना करती, देवताओं की मनौतियाँ करती। माना इन्हें शारीरिक रोग नहीं है, लेकिन मानसिक रोग अवश्य है। जो आदमी रोने की जगह हँसे और हँसने की जगह रोए, उसके दीवाना होने में क्या सन्देह है! मेरे चले जाने से इनका सर्वनाश हो जायेगा। इन्हें बचाना मेरा धर्म है।

हां, अपना शोक भूल जाना होगा। रोना, रोना तो तकदीर में लिखा ही है, लेकिन हँस-हँसकर। अपने भाग्य से लड़ूंगी। जो जाते रहे, उनके नाम को रोने के सिवा और कर ही क्या सकती हूँ लेकिन जो है उसे न जाने दूँगी। आ, ऐ टूटे हुए हृदय! आज तेरे टुकड़ों को जमा करके एक

समाधि बनाऊं और अपने शोक को उसके हवाले कर दूँ। ओ रोने वाली आँखें, आओ और मेरे आँसुओं को अपनी विहंसित छटा में छिपा लो। आओ मेरे आभूषणों, मैंने बहुत दिनों तक तुम्हारा अपमान किया, मेरा अपराध क्षमा करो। तुम मेरे भले दिनों के साथी हो, तुमने मेरे साथ बहुत विहार किए हैं, अब इस संकट में मेरा साथ दो, मगर देखो, दगा न करना, मेरे भेदों को छिपाए रखना!

लीला सारी रात बैठी अपने मन से यही बातें करती रही। उधर मर्दाने में धमा-चौकड़ी मची हुई थी। सीतासरन नशे में चूर कभी गाता था, कभी तालियाँ बजाता था। उसके मित्र लोग भी उसी रंग में रँगे हुए थे। मालूम होता था, इनके लिए भोग-विलास के सिवा और कोई काम नहीं है।

पिछले पहर को महफिल में सन्नाटा हो गया। हू-हा की आवाजें बंद हो गई। लीला ने सोचा, क्या लोग कहीं चले गये, या सो गए? एकाएक सन्नाटा क्यों छा गया। जाकर देहली पर खड़ी हो गई और बैठक में झाँककर देखा, सारी देह में एक ज्वाला-सी दौड़ गई। मित्र लोग विदा हो गए थे। समाजियों का पता न था। केवल एक रमणी मसनद पर लेटी हुई थी और सीतासरन उसके सामने झुका हुआ उससे बहुत धीरे-धीरे बातें कर रहा था। दोनों के चेहरों और आँखों से उनके मन के भाव साफ झलक रहे थे। एक की आँखों में अनुराग था, दूसरी की आँखों में कटाक्ष। एक भोला-भाला हृदय एक मायाविनी के हाथों लुटा जाता था। लीला की सम्पत्ति को उसकी आंखों के सामने एक छलिनी चुराए लिये जाती थी।

लीला को ऐसा क्रोध आया कि इसी समय चलकर इस कुलटा को आड़े हाथों लूँ ऐसा दुत्कारुं कि वह भी याद करे, खड़े-खड़े निकाल दूँ। वह पत्नी- भाव जो बहुत दिनों से सो रहा था, जाग उठा और उसे विकल करने लगा, पर उसने जब्त किया। वेग से दौड़ती हुई तृष्णाएं अकस्मात् न रोकी जा सकती थीं। वह उलटे पाँव भीतर लौट आयी और मन को शान्त करके सोचने लगी- वह रूप- रंग में, हाव-भाव में, नखरे-तिल्ले में उस दुष्टा की बराबरी नहीं कर सकती। बिलकुल चाँद का टुकड़ा है, अंग-भंग में स्फूर्ति भरी हुई है, पोर-पोर में मद छलक रहा है। उसकी आँखों में कितनी तृष्णा है, तृष्णा नहीं, बल्कि ज्वाला! लीला उसी वक्त आईने के सामने गयी। आज कई महीनों के बाद उसने आईने में अपनी सूरत देखी। उसके मुख से एक आह निकल गई। शोक ने उसकी कायापलट कर दी थी। उस रमणी के सामने यह ऐसी लगती थी, जैसे गुलाब के सामने जूही का फूल।

6

सीतासरन का खुमार शाम को टूटा। आंखें खुलीं तो सामने लीला को खड़ी मुस्कुराते देखा। उसकी अनोखी छवि आंखों में समा गई। ऐसे खुश हुए, मानो बहुत दिनों के वियोग के बाद उससे भेंट हुई हो। उसे क्या मालूम था कि यह रूप धरने के लिए लीला ने कितने आँसू बहाए हैं, केशों में यह फूल गूंथने से पहले आंखों से कितने मोती लुटाए हैं। उन्होंने एक नवीन प्रेमोत्साह से उठकर उसे गले लगा लिया और मुस्कुराकर बोले- आज तो तुमने बड़े-बड़े शस्त्र सजा रखे हैं, कहीं भागूं ?

लीला ने अपने हृदय की ओर उँगली दिखाकर कहा- यहाँ आ बैठो। बहुत आगे फिरते हो, अब तुम्हें बाँधकर रखूंगी। बाग की बहार का आनन्द तो उठा चुके, अब इस अँधेरी कोठरी को भी देख लो।

सीतासरन ने लज्जित होकर कहा- उसे अँधेरी कोठरी मत कहो लीला वह प्रेम का मानसरोवर है।

इतने में बाहर से किसी मित्र के आने की खबर आई। सीतासरन चलने लगे, तो लीला ने उनका हाथ पकड़कर कहा- मैं न जाने दूँगी।

सीतासरन- अभी आता हूँ।

लीला- मुझे डर लगता है, कहीं तुम चले न जाओ।

सीतासरन बाहर आये तो मित्र महाशय बोले- आज दिन-भर सोते ही रहे क्या? बहुत खुश नजर आते हो। इस वक्त तो वहाँ चलने की ठहरी थी न? तुम्हारी राह देख रही है।

सीतासरन- चलने को तो तैयार हूँ लेकिन लीला जाने नहीं देती।

मित्र- निरे गाउदी ही रहे। आ गये फिर बीबी के पंजे में! फिर किस बिरते पर गरमाये थे?

सीतासरन- लीला ने घर से निकाल दिया था, तब आश्रय ढूंढ़ता फिरता था। अब उसने द्वार खोल दिये और खड़ी बुला रही है।

मित्र- अजी, यहाँ वह आनंद कहाँ? घर को लाख सजाओ, तो क्या बाग हो जायेगा?

सीतासरन- भई, घर बाग नहीं हो सकता, पर स्वर्ग हो सकता है। मुझे इस वक्त अपनी क्षुद्रता पर जितनी लज्जा आ रही है, वह मैं ही जानता हूँ। जिस सन्तान- शोक में उसने अपने शरीर को घुला डाला और अपने रूप-लावण्य को मिटा दिया, उसी शोक को केवल मेरा एक इशारा पाकर उसने भुला दिया। ऐसा भुला दिया, मानो कभी शोक हुआ ही नहीं। मैं जानता हूँ वह बड़े-से-बड़े कष्ट सह सकती है। मेरी रक्षा उसके लिए आवश्यक है। जब अपनी उदासीनता के कारण उसने मेरी दशा बिगड़ती देखी, तो अपना सारा शोक भूल गई। आज मैंने उसे अपने आभूषण पहनकर मुस्कुराते देखा, तो मेरी आत्मा पुलकित हो उठी। मुझे ऐसा मालूम हो रहा है कि वह स्वर्ग की देवी है और केवल मुझ-जैसे दुर्बल प्राणी की रक्षा करने के लिए भेजी गई है। मैंने उसे जो कठोर शब्द कहे, वे अगर अपनी सारी सम्पत्ति बेचकर भी मिल सकते, तो लौटा लेता । लीला वास्तव में स्वर्ग की देवी है।

□□□

आधार

सारे गाँव में मथुरा का-सा गठीला जवान न था। कोई बीस बरस की उमर थी। मसें भींग रही थीं। गाएं चराता, दूध पीता, कसरत करता, कुश्ती लड़ता और सारे दिन बाँसुरी बजाता हाट में विचरता था। ब्याह हो गया था, पर अभी कोई बाल- बच्चा न था। घर में कई हल की खेती थी, कई छोटे-बड़े भाई थे। वे सब मिल- जुलकर खेती-बारी करते थे। मथुरा पर सारे घर को गर्व था। उसे सबसे अच्छा भोजन मिलता और सबसे कम काम करना पड़ता। जब उसे जांघिया-लँगोट, नाल या मुग्दर के लिए रुपए-पैसे की जरूरत पड़ती, तो तुरंत दे दिये जाते थे। सारे घर की यही अभिलाषा थी कि मथुरा पहलवान हो जाये और अखाड़े में अपने से सवाए को पछाड़े। इस लाड़-प्यार से मथुरा जरा टर्रा ही गया था। गायें किसी के खेत में पड़ी हैं और आप अखाड़े में डंड लगा रहा है। कोई उलाहना देता तो उसकी त्यौरियां बदल जाती। गरज कर कहता-जो मन में आये कर लो, मथुरा तो अखाड़ा छोड़कर गाय हाँकने न जाएँगे। पर उसका डीलडौल देखकर किसी को उससे उलझने की हिम्मत न पड़ती थी। लोग गम खा जाते थे।

गर्मियों के दिन थे, ताल-तलैया सूखी पड़ी थी। जोरों की लू चलने लगी थी। गाँव में कहीं से एक साँड़ आ निकला और गऊओं के साथ हो लिया। सारे दिन तो गऊओं के साथ रहता, रात को बस्ती में घुस आता और खूंटे से बँधे बैलों को सींगों से मारता। कभी किसी की गीली दीवार सींगों से खोद डालता, कभी घर का कूड़ा सींगों से उड़ाता। कई किसानों ने साग-भाजी लगा रखी थी, सारे दिन सींचते-सींचते मरते थे। यह साँड़ रात को उन हरे-भरे खेतों में पहुँच जाता और खेत-का-खेत तबाह कर देता। लोग उसे डंडों से मारते, गाँव के बाहर भगा आते, लेकिन जरा देर में फिर गायों में पहुँच जाता। किसी की अक्ल काम न करती थी कि इस संकट को कैसे टाला जाये। मथुरा का घर गाँव के बीच में था, इसलिए उसके बैलों को साँड़ से कोई हानि न पहुँची थी। गाँव में उपद्रव मचा हुआ था और मथुरा को जरा भी चिन्ता न थी।

आखिर जब धैर्य का अन्तिम बन्धन टूट गया, तो एक दिन लोगों ने जाकर मथुरा को घेरा और बोले- भाई, कहो तो गाँव में रहें, कहो तो निकल जायें? जब खेती ही न बचेगी, तो रहकर क्या करेंगे? तुम्हारी गायों के पीछे हमारा सत्यानाश हुआ जाता है और तुम अपने रंग में मस्त हो। मगर भगवान ने तुम्हें बल दिया है, तो इससे दूसरों की रक्षा करनी चाहिए, यह नहीं कि सबको पीसकर पी जाओ। साँड़ तुम्हारी गायों के कारण आता है और उसे भगाना तुम्हारा काम है, लेकिन तुम कानों में तेल डाले बैठे हो, मानो तुम से कुछ मतलब ही नहीं।

मथुरा को उनकी दशा पर दया आ गई। बलवान मनुष्य प्राय: दयालु होता है। बोला- अच्छा जाओ, हम आज साँड़ को भगा देंगे।

एक आदमी ने कहा- दूर तक भगाना, नहीं तो फिर लौट आएगा।

मथुरा ने लाठी कंधे पर रखते हुए उत्तर दिया- अब लौटकर न आएगा।

2

चिलचिलाती दोपहरी थी और मथुरा सांड़ को भगाये लिये जाता था। दोनों पसीने में तर थे। साँड़ बार-बार गांव की ओर घूमने की चेष्टा करता, लेकिन मथुरा उसका इरादा ताड़ कर दूर से ही उसकी राह छेंक-लेता। साँड़ क्रोध से उन्मत्त होकर कभी- कभी पीछे मुड़कर मथुरा पर जोर करना चाहता, लेकिन उस समय मथुरा सामना बचाकर बगल से ताबड़तोड़ इतनी लाठियां जमाता की सांड़ को फिर भागना पड़ता। कभी दोनों अरहर के खेतों में दौड़ते, कभी झाड़ियों में, अरहर की खूंटों से मथुरा के पाँव लहूलुहान हो रहे थे, झाड़ियों से धोती फट गई थी, पर उसे इस समय साँड़ का पीछा करने के सिवा और कोई सुधि न थी। गांव पर गांव आते थे और निकल जाते थे। मथुरा ने निश्चय कर लिया इसे नदी-पार लगाए बिना दम न लेगा। उसका कंठ सूख रहा था और आंखें लाल हो गई थीं, रोम-रोम से चिनगारियाँ-सी निकल रही थीं, दम उखड़ गया था। लेकिन वह एक क्षण के लिए भी दम न लेता था। दो-दो ढाई घंटे की दौड़ के बाद जाकर नदी नजर आयी। यहीं हार-जीत का फैसला होने वाला था? यहीं दोनों खिलाड़ियों को अपने दाँव-पेंच के जौहर दिखाने थे। साँड़ सोचता था, अगर नदी में उतरा, तो यह मार ही डालेगा, एक बार जान लड़ा कर लौटने की कोशिश करनी चाहिए। मथुरा सोचता था, अगर यह लौट पड़ा, तो इतनी मेहनत व्यर्थ हो जायेगी और गाँव के लोग मेरी हँसी उड़ाएंगे। दोनों अपनी-अपनी घात में थे। साँड़ ने बहुत चाहा कि तेज दौड़कर आगे निकल जाऊँ और वहाँ से पीछे को फिरूं, पर मथुरा ने उसे मुड़ने का मौका न दिया। उसकी जान इस वक्त सुई की नोंक पर थी, एक हाथ भी चूका और प्राण गये, जरा पैर फिसला और फिर उठना नसीब न होगा। आखिर मनुष्य ने पशु पर विजय पायी और साँड़ को लदी में घुसने के सिवा और कोई उपाय न सूझा। मथुरा भी उसके पीछे नदी में पैठ गया और इतने डंडे लगाए कि उसकी लाठी टूट गई।

3

जब मथुरा को जोरों की प्यास लगी। उसने नदी में मुँह लगा दिया और इस तरह ही हौंक-हौंक कर पानी पीने लगा, मानो सारी नदी पी जायेगा। उसे अपने जीवन में कभी पानी इतना अच्छा न लगा था और न कभी उसने इतना पानी पिया था। मालूम नहीं, पाँच सेर पी गया या दस सेर, लेकिन पानी गरम था, प्यास न बुझी, जरा देर में फिर नदी में मुँह लगा दिया और इतना पानी पिया कि पेट में साँस लेने की भी जगह न रही। तब गीली धोती कंधे पर डालकर घर की ओर चला।

लेकिन दस-पांच ही पग चला होगा कि पेट में मीठा-मीठा दर्द होने लगा। उसने सोचा, दौड़कर पानी पीने से ऐसा दर्द अक्सर हो जाता है जरा देर में ठीक हो जायेगा। लेकिन दर्द बढ़ने लगा और मथुरा का आगे जाना मुश्किल हो गया। वह एक पेड़ के नीचे बैठ गया और दर्द से बेचैन होकर जमीन पर लोटने लगा। कभी पेट को दबाता, कभी खड़ा हो जाता, कभी बैठ जाता, पर

दर्द बढ़ता ही जाता था। अन्त में उसने जोर-जोर से कराहना और रोना शुरू किया, पर वहां कौन बैठा था, जो उसकी खबर लेता? दूर तक कोई गाँव नहीं, न आदमी, न आदमजाद, बेचारा दोपहरी के सन्नाटे में तड़प-तड़प कर मर गया। हम कड़े-से-कड़ा घाव सह सकते हैं, लेकिन जरा-सा भी व्यतिक्रम नहीं सह सकते। यही देव का-सा जवान, जो कोसों तक साँड़ को भगाता चला आया था, तत्त्वों के विरोध का एक वार भी न सह सका। कौन जानता था कि यह दौड़ उसके लिए मौत की दौड़ होगी। कौन जानता था कि मौत ही साँड़ का रूप पकड़कर उसे यों नचा रही है, कौन जानता था कि वह जल, जिसके बिना उसके प्राण ओठों पर आ रहे थे, उसके लिए विष का काम करेगा।

संध्या समय उसके घरवाले उसे ढूंढ़ते हुए आये। देखा तो यह अनन्त विश्राम में मग्न था।

4

एक महीना गुजर गया। गाँव वाले अपने काम-धंधे में लगे। घरवालों ने रो-धोकर सब्र किया, पर अभागिनी विधवा के आँसू कैसे पोंछते? वह हरदम रोती रहती। आँखें चाहे बन्द भी हो जाती, पर हृदय नित्य रोता रहता था। इस घर में अब कैसे निर्वाह होगा? किस आधार पर जिऊंगी? अपने लिए जीना या तो महात्माओं को आता है या लम्पटों ही को। अनूपा को यह कला क्या मालूम? उसके लिए तो जीवन का एक आधार चाहिए था, जिसे वह अपना सर्वस्व समझे, जिसके लिए वह जिये, जिस पर वह घमण्ड करे। घरवालों को यह गवारा न था कि वह कोई दूसरा घर करे। इसमें बदनामी थी। इसके सिवा ऐसी सुशील, घर के कामों में ऐसी कुशल, लेन-देन के मामले में इतनी चतुर और रंगरूप की ऐसी सराहनीय स्त्री का किसी दूसरे के घर पड़ जाना ही उन्हें असह्य था। उधर अनूपा के मैके वाले एक जगह बातचीत पक्की कर रहे थे। जब सब बातें तय हो गई, तो एक दिन अनूपा का भाई उसे विदा कराने आ पहुँचा।

अब तो घर में खलबली मची। इधर से कहा गया, हम विदा न करेंगे। भाई ने कहा, हम बिना विदा कराए मानेंगे नहीं। गाँव के आदमी जमा हो गए, पंचायत होने लगी। यह निश्चय हुआ कि अनूपा पर छोड़ दिया जाये। उसका जी चाहे चली जाये, जी चाहे रहे। यहाँ गाँव वालों को विश्वास था कि अनूपा इतनी जल्द दूसरा घर करने पर राजी न होगी, दो-चार बार, वह ऐसा कह भी चुकी थी। लेकिन इस वक्त जो पूछा गया, तो वह जाने को तैयार थी। आखिर उसकी विदाई का सामान होने लगा। डोली आ गई। गाँव-भर की स्त्रियाँ उसे देखने आयीं। अनूपा उठकर अपनी सास के पैरों पर गिर पड़ी और हाथ जोड़कर बोली- अम्मा, कहा- सुना माफ करना। जी में तो था कि इसी घर में पड़ी रहूँ पर भगवान को मंजूर नहीं है।

यह कहते-कहते उसकी जबान बंद हो गई।

सास करुणा से विह्वल हो उठी। बोली- बेटी, जहाँ जाओ, वहाँ सुखी रहो। हमारे भाग्य ही फूट गए, नहीं तो क्यों तुम्हें इस घर से जाना पड़ता। भगवान का दिया और सब-कुछ है, पर उन्होंने जो नहीं दिया, उसमें अपना क्या बस! आज तुम्हारा देवर सयाना होता, तो बिगड़ी बात बन

जाती। तुम्हारे मन में बैठे तो को अपना समझो, पोलो-पोसो, बड़ा हो जायेगा, तो सगाई कर दूंगी।

यह कहकर उसने अपने सबसे छोटे लड़के वासुदेव से पूछा- क्यों रे! भाभी से सगाई करेगा?

वासुदेव की उम्र पाँच साल से अधिक न थी। अबकी उसका ब्याह होने वाला था। बातचीत हो चुकी थी। बोला- तब तो दूसरे के घर न जायेगी न?

मां- नहीं, जब तेरे साथ ब्याह हो जायेगा तो क्यों जायेगी?

वासुदेव- तब मैं करूंगा।

माँ- अच्छा, उससे पूछ, तुझसे ब्याह करेगी।

वासुदेव अनूपा की गोद में जा बैठा और शरमाते हुआ बोला- हमसे ब्याह करेगी?

यह कहकर वह हँसने लगा, लेकिन अनूपा की आँखें डबडबा गईं। वासुदेव को छाती से लगाती हुई बोली- अम्मा, दिल से कहती हो?

सास- भगवान जानते हैं!

अनूपा- तो आज से यह मेरे हो गए?

सास- हाँ? सारा गाँव देख रहा है।

अनूपा- तो भैया से कह दो, घर जाएं, मैं उनके साथ नहीं जाऊंगी।

अनूपा को जीवन के लिए किसी आधार की जरूरत थी। यह आधार मिल गया। सेवा मनुष्य की स्वाभाविक वृत्ति है। सेवा ही उसके जीवन का आधार है।

अनूपा ने वासुदेव को पालना-पोसना शुरू किया। उसे उबटन और तेल लगाती, दूध-रोटी मल-मल कर खिलाती। आप तालाब नहाने जाती तो उसे भी नहलाती। खेत में जाती तो उसे भी साथ ले जाती। थोड़े ही दिनों में वह उससे इतना हिल- मिल गया कि एक क्षण के लिए भी उसे न छोड़ता। माँ को भूल गया। कुछ खाने को जी चाहता तो अनूपा से माँगता, खेल में मार खाता, तो रोता हुआ अनूपा के पास आता। अनूपा ही उसे सुलाती, अनूपा ही जगाती, बीमार हो तो अनूपा ही गोद में लेकर बदलू वैद्य के घर जाती, वही दवाएँ पिलाती।

गाँव के स्त्री-पुरूष उसकी यह प्रेम-तपस्या देखते और दाँतों उँगली दबाते। पहले बिरले ही किसी को उस पर विश्वास था। लोग समझते थे, साल-दो-साल में इसका जी ऊब जायेगा और किसी तरफ का रास्ता लेगी, इस दुधमुंहे बालक के नाम पर कब तक बैठी रहेगी, लेकिन यह सारी आशंकाएँ निर्मूल निकली। अनूपा को किसी ने अपने व्रत से विचलित होते न देखा। जिस हृदय में सेवा का स्रोत बह रहा हो- स्वाधीन सेवा का- उसमें वासनाओं के लिए कहाँ स्थान? वासना का वार निर्मम, आशाहीन, आधारहीन प्राणियों ही पर होता है। चोर की अँधेरे ही में चलती है, उजाले में नहीं।

वासुदेव को भी कसरत का शौक था। उसकी शक्ल-सुरत मथुरा से मिलती- जुलती थी, डीलडौल भी वैसा ही था। उसने फिर अखाड़ा जगाया और उसकी बाँसुरी की ताने फिर खेतों में गूँजने लगीं।

इस भांति 13 बरस गुजर गए। वासुदेव और अनूपा में सगाई की तैयारी होने लगी।

5

लेकिन अब अनूपा वह अनुपा न थी, जिसने 14 वर्ष पहले वासुदेव को पति भाव से देखा था, अब उस भाव का स्थान मातृ-भाव ने ले लिया था। इधर कुछ दिनों से वह एक गहरे सोच में डूबी रहती थी। सगाई के दिन ज्यों-ज्यों निकट आते थे, उसका दिल बैठा जाता था। अपने जीवन में इतने बड़े परिवर्तन की कल्पना ही से उसका कलेजा दहल उठता था। जिसे बालक की भांति पाला-पोसा उसे, पति बनाते हुए लज्जा से उसका मुख लाल हो जाता था।

द्वार पर नगाड़ा बज रहा था। बिरादरी के लोग जमा थे। घर में गाना हो रहा था। आज सगाई की तिथि थी।

सहसा अनूपा ने जाकर सास से कहा- अम्मा, मैं तो लाज के मारे मरी जाती हूँ।

सास ने भौंचक्की होकर पूछा- क्यों बेटी, क्या है?

अनुपा- सगाई न करूंगी।

सास- कैसी बात करती है बेटी? सारी तैयारी हो गई। लोग सुनेंगे तो क्या कहेंगे?

अनूपा- जो चाहें कहें, जिसके नाम पर 14 वर्ष बैठी रही, उसी के नाम पर अब भी बैठी रहूँगी। मैंने समझा था, मर्द के बिना औरत से रहा न जाता होगा। मेरी तो भगवान ने इज्जत-आबरू से निबाह दी। जब नई उमर के दिन कट गए, तो अब कौन चिन्ता है। वासुदेव की सगाई कोई लड़की खोजकर कर दें। जैसे अब तक उसे पाला, उसी तरह अब उसके बाल-बच्चों को पालूंगी।

□□□

एक आंच की कसर

सारे नगर में महाशय यशोदानंद का बयान हो रहा था। नगर ही में नहीं, समस्त प्रान्त में उनकी कीर्ति गायी जाती थी, समाचार पत्रों में टिप्पणियाँ हो रही थीं, मित्रों के प्रशंसापूर्ण पत्रों का ताँता लगा हुआ था। समाज-सेवा इसको कहते हैं। उन्नत विचार के लोग ऐसा ही करते हैं। महाशय जी ने शिक्षित समुदाय का मुख उन्नत कर दिया। अब कौन यह कहने का साहस कर सकता है हमारे नेता केवल बात के धनी हैं, काम के धनी नहीं। महाशय जी चाहते तो अपने पुत्र के लिए उन्हें कम-से-कम 20 हजार रुपये दहेज में मिलते, उस पर खुशामद पाते। मगर लाला साहब ने सिद्धान्त के सामने धन की रत्ती बराबर परवाह न की और अपने पुत्र का विवाह बिना एक पाई दहेज लिये स्वीकार किया। वाह! वाह! हिम्मत हो तो ऐसी हो, सिद्धान्त-प्रेम हो तो ऐसा हो, आदर्श-पालन हो तो ऐसा हो। वाह-वाह रे सच्चे वीर, अपनी माता के सच्चे सपूत, तूने वह कर दिखाया, जो कभी किसी ने न किया था। हम बड़े गर्व से तेरे सामने मस्तक नवाते हैं।

महाशय यशोदानंद के दो पुत्र थे। बड़ा लड़का पढ़-लिखकर फाजिल हो चुका था। उसी का विवाह हो रहा था और जैसा हम देख चुके हैं, बिना कुछ दहेज लिये। आज वर का तिलक था। शाहजहाँ पुर के महाशय स्वामी दयाल तिलक लेकर आने वाले थे। शहर के गणमान्य सज्जनों को निमंत्रण दे दिये गए थे। वे लोग जमा हो गए थे। महफ़िल सजी हुई थी। एक प्रवीण सितारिया अपना कौशल दिखाकर लोगों को मुग्ध कर रहा था। दावत का सामान भी तैयार था। मित्रगण यशोदानंद को बधाइयाँ दे रहे थे।

एक महाशय बोले- तुमने तो यार कमाल कर दिया।

दूसरे- कमाल! यह कहिए कि झंडे गाड़ दिए। अब तक जिसे देखा, मंच पर व्याख्यान झाड़ते ही देखा। जब काम करने का अवसर आता था, तो लोग दुम दबा लेते थे।

तीसरे- कैसे-कैसे बहाने गढ़े जाते हैं- साहब, हमें तो दहेज से सख्त नफरत है। यह मेरे सिद्धान्त के विरुद्ध है, पर करूँ क्या, बच्चे की अम्मी नहीं मानती। कोई अपने बाप पर फेंकता है, कोई और किसी खुर्राट पर।

चौथे- अजी, कितने तो ऐसे बेहया हैं, जो साफ-साफ कह देते हैं कि हमने लड़के की शिक्षा-दीक्षा में जितना खर्च किया है, वह हमें मिलना चाहिए। मानो उन्होंने यह रुपये किसी बैंक में जमा किए थे।

पांचवें- खूब समझ रहा हूँ आप लोग मुझ पर छींट उड़ा रहे हैं। इसमें लड़के वालों का ही सारा दोष है या लड़की वाले का भी है?

पहले- लड़की वाले का क्या दोष है? सिवा इसके की वह लड़की का बाप है?

दूसरे- सारा दोष ईश्वर का है, जिसने लड़कियाँ पैदा की। क्यों?

पांचवें- मैं यह नहीं कहता। न सारा दोष लड़की वाले का है, न सारा दोष लड़के वालों का। दोनों ही दोषी हैं। अगर लड़की वाला कुछ न दे, तो उसे यह शिकायत करने का तो कोई अधिकार नहीं है कि डाल क्यों नहीं लाये, सुन्दर जोड़े क्यों नहीं लाये, बाजे-गाजे और धूमधाम के साथ क्यों नहीं आए? बताइए!

चौथे -हाँ आपका यह प्रश्न गौर करने के लायक है। मेरी समझ में तो ऐसी दशा में लड़के के पिता से यह शिकायत न होनी चाहिए।

पाँचवें- तो यों कहिए कि दहेज की प्रथा के साथ ही डाल, गहने और जोड़ों की प्रथा भी त्याज्य है। केवल दहेज को मिटाने का प्रयत्न करना व्यर्थ है।

यशोदानंद- यह भी lame excuse[1] है। मैंने दहेज नहीं लिया है, लेकिन क्या डाला गहने न ले जाऊंगा।

पहने- महाशय आपकी बात निराली है। आप अपनी गिनती हम दुनिया वालों के साथ क्यों करते हैं? आपका स्थान तो देवताओं के साथ है।

दूसरे- 20 हजार की रकम छोड़ दी? क्या बात है!

यंशोदानंद- मेरा तो यह निश्चय है कि हमें सदैव Principles[2] पर स्थिर रहना चाहिए। Principal[3] के सामने money[4] की कोई Value[5] नहीं है। दहेज की कुप्रथा पर मैंने खुद कोई व्याख्यान नहीं दिया, शायद कोई नोट तक नहीं लिखा। हाँ Conference[6] में इस प्रस्ताव को Second[7] कर चुका हूँ और इसलिए मैं अपने को उस प्रस्ताव से बँधा हुआ पाता हूँ। मैं उसे तोड़ना भी चाहूँ तो आत्मा न तोड़ने देगी। मैं सत्य कहता हूँ यह रुपये ले लूँ तो मुझे इतनी मानसिक वेदना होगी कि शायद मैं इस आघात से बच ही न सकूँ।

पाँचवें- अब की conference आपको सभापति न बनाए तो उसका घोर अन्याय है।

यशोदानंद- मैंने अपनी duty[8] कर दी, उसका recognition[9] हो या न हो, मुझे इसकी परवा नहीं।

इतने में खबर हुई कि महाशय स्वामी दयाल आ पहुँचे। लोग उनका अभिवादन करने को तैयार हुए। उन्हें सोफा पर ला बिठाया और तिलक का संस्कार आरम्भ हो गया। स्वामी दयाल ने एक ढाक के पत्तल पर नारियल, सुपारी, चावल, पान आदि वस्तुएँ वर के सामने रखीं। ब्राह्मणों ने मंत्र पढ़े, हवन हुआ और वर के माथे पर तिलक लगा दिया गया। तुरन्त घर की स्त्रियों ने मंगलाचरण गाना शुरू किया। यहाँ महफिल में महाशय यंशोदानंद ने एक चौकी पर खड़े होकर दहेज की कुप्रथा पर व्याख्यान देना शुरू किया। व्याख्यान पहले से लिखकर तैयार कर लिया गया था। उन्होंने दहेज की ऐतिहासिक व्याख्या की थी। पूर्वकाल में दहेज का नाम भी न था। महाशयों! कोई जानता ही न था कि दहेज या ठिहरौनी किस चिड़िया का नाम है। सत्य मानिए कोई जानता ही न था ठिहरौनी है क्या चीज, पशु या पक्षी, आसमान में या जमीन में, खाने में या पीने में। बादशाही जमाने में इस प्रथा की बुनियाद पड़ी। हमारे युवक सेनाओं में सम्मिलित होने लगे। वह वीर लोग थे, सेवाओं में जाना गर्व की बात समझते थे। माताएँ अपने दुलारे को अपने हाथ से शस्त्रों से सजाकर रणक्षेत्र में भेजती थी। इस भांति युवकों की संख्या कम होने लगी और

लड़कों का मोल-तोल शुरू हुआ। आज यह नौबत आ गई है कि मेरी इस तुच्छ, महातुच्छ सेवा पर पत्रों में टिप्पणियाँ हो रही हैं, मानो मैंने कोई असाधारण काम किया है। मैं कहता हूँ अगर आप संसार में जीवित रहना चाहते हैं, तो इस प्रथा का तुरन्त अन्त कीजिए।

एक महाशय ने शंका की- क्या इसका अन्त किए बिना हम सब मर जाएँगे?

यंशोदानंद- अगर ऐसा होता तो क्या पूछना था, लोगों को दण्ड मिल जाता और वास्तव में ऐसा ही होना चाहिए। यह ईश्वर का अत्याचार है कि ऐसे लोभी, धन पर गिरने वाले, बुर्दा-फरोश, अपनी सन्तान का विक्रय करने वाले नराधम जीवित हैं और सुखी हैं। समाज उनका तिरस्कार नहीं करता। मगर वह सब बुर्दा-फरोश हैं इत्यादि।

व्याख्यान बहुत लम्बा और हास्य से भरा हुआ था। लोगों ने खूब वाह-वाह की। अपना वक्तव्य समाप्त करने के बाद उन्होंने अपने छोटे लड़के परमानंद को, जिसकी अवस्था कोई 7 वर्ष की थी, मंच पर खड़ा किया। उसे उन्होंने एक छोटा-सा व्याख्यान लिखकर दे रखा था। दिखाना चाहते थे कि इस कुल के छोटे बालक भी कितने कुशाग्र-बुद्धि के हैं। सभा-समाजों में बालकों से व्याख्यान दिलाने की प्रथा है ही, किसी को कौतूहल न हुआ। बालक बड़ा सुन्दर, होनहार, हँसमुख था। मुस्कराता हुआ मंच पर आया और जेब से एक कागज निकालकर बड़े गर्व के साथ उच्च स्वर में पढ़ने लगा-

प्रिय बंधु,

नमस्कार।

आपके पत्र से विदित होता है कि आपको मुझ पर विश्वास नहीं है। मैं ईश्वर को साक्षी करके निवेदन करता हूँ कि निर्दिष्ट धन आपकी सेवा में इतनी गुप्त रीति से पहुँचेगा कि किसी को लेश मात्र भी सन्देह न होगा। हां, केवल एक जिज्ञासा करने की दृष्टता करता हूँ। इस व्यापार को गुप्त रखने से आपको जो सम्मान और प्रतिष्ठा-लाभ होगा, और मेरे निकटवर्ती बंधुओं में मेरी जो जिन्दा की जायेगी, उसके उपलब्ध में मेरे साथ क्या रिआयत होगी? मेरा विनीत अनुरोध है कि 25 में से 5 निकालकर मेरे साथ न्याय किया जाये।

महाशय यंशोदानंद घर में मेहमानों के लिए भोजन डालने का आदेश करने गये थे। निकले तो यह वाक्य उनके कान में पड़ा- '25 में से 5 निकालकर मेरे साथ न्याय कीजिए।' चेहरा फक हो गया, झटपट लड़के के पास गये, कागज उसके हाथ से छीन लिया और बोले- नालायक, यह क्या पढ़ रहा है, यह तो किसी मुवक्किल का खत है, जो उसने अपने मुकदमे के बारे में लिखकर दिया था।

एक महाशय- पढ़ने दीजिए, इस तहरीर में जो लुत्फ़ है, वह किसी दूसरी तहरीर में न होगा।

दूसरी- जादू वह, जो सिर पर चढ़के बोले!

तीसरे- अब जलसा बरखास्त कीजिए। मैं तो चला।

चौथे- यहाँ भी चलन्तू हुए।

यंशोदानंद- बैठिएगा, पत्तल लगाए जा रहे हैं।

पहले- बेटा परमानंद, जरा यहाँ तो आना, तुमने यह कागज कहाँ पाया?

परमानंद- बाबूजी ही ने तो लिखकर अपनी मेज़ के अंदर रख दिया था। मुझसे कहा था कि इसे पढ़ना। अब फालतू मुझसे खफा हो रहे हैं।

यंशोदानंद- वह यह कागज था सुअर! मैंने तो मेज़ के ऊपर रख दिया था। तूने ड्राअर में से क्यों यह कागज निकाला?

परमानंद- मुझे, मेज़ पर नहीं मिला।

यंशोदानंद- तो मुझसे क्यों नहीं कहा, ड्राअर क्यों खोला? देखो, आज ऐसी खबर लेता हूँ कि तुम भी याद करोगे।

पहले- यह आकाशवाणी है।

दूसरे- इसी को लीडरी कहते है कि अपना उल्लू भी सीधा करो और नेकीनाम भी बनो।

तीसरा- शर्म आनी चाहिए। यह त्याग से मिलता है, धोखेबाज़ी से नहीं।

चौथा- मिल तो गया था, पर एक आंच की कसर रह गई।

पाँचवें- ईश्वर पाखंडियों को यों ही दण्ड देता है।

यह कहते हुए लोग उठ खड़े हुए। यशोदानंद समझ गए कि भंडा फूट गया, अब रंग न जमेगा। बार-बार परमानन्द को कुपित नेत्रों से देखते थे और डंडा तौलकर रह जाते थे। इस शैतान ने आज जीती-जिताई बाजी खो दी, मुँह में कालिख लग गई, सिर नीचा हो गया। गोली मार देने का काम किया है।

उधर रास्ते में मित्र-वर्ग यों टिप्पणियाँ करते जा रहे थे-

एक- ईश्वर ने मुँह में कैसी कालिमा लगायी कि हयादार होगा तो अब सूरत न दिखाएगा।

दूसरा- ऐसे-ऐसे धनी, मानी, विद्वान लोग ऐसे पतित हो सकते हैं, मुझे तो यही आश्चर्य है। लेना है तो खुले खजाने लो, कौन तुम्हारा हाथ पकड़ता है, यह क्या कि माल भी चुपके-चुपके उड़ाओ और यश भी कमाओ।

तीसरा- मक्कार का मुँह काला।

चौथा- यंशोदानंद पर दया आ रही है। बेचारे ने इतनी धूर्तता की, उस पर भी कलई खुल ही गई। बस, एक आंच की कसर रह गई।

□□□

माता का हृदय

माधवी की आँखों में सारा संसार अँधेरा हो रहा था। कोई अपना मददगार न दिखाई देता था। कहीं आशा की झलक न थी। उस निर्धन घर में यह अकेली पड़ी रोती थी और कोई आँसू पोंछने वाला न था। उसके पति को मरे हुए 22 वर्ष हो गए थे। घर में कोई सम्पत्ति न थी। उसने न-जाने किन तकलीफों से अपने बच्चे को पाल-पोस कर बढ़ा किया था। वही जवान बेटा आज उसकी गोद से छीन लिया गया था और छीनने वाले कौन थे? अगर मृत्यु ने छीना होता तो वह सब्र कर लेती। मौत से किसी को द्वेष नहीं होता। मगर स्वार्थियों के हाथों यह अत्याचार असह्य हो रहा था। इस घोर संतापों की दशा में उसका जी रह-रहकर इतना विकल हो जाता कि इसी समय चलूँ और उस अत्याचारी से इसका बदला लूँ जिसने उस पर यह निष्ठुर आघात किया है। जाऊं या मर जाऊँ। दोनों में ही सन्तोष हो जायेगा। कितना सुंदर, कितना होनहार बालक था। यही उसके पति की निशानी, उसके जीवन का आधार, उसकी उम्र भर की कमाई थी। वही लड़का इस वक्त जेल में पड़ा न जाने क्या-क्या तकलीफें झेल रहा होगा। और उसका अपराध क्या था? कुछ नहीं। सारा मुहल्ला उस पर जान देता था। विद्यालय के अध्यापक उस पर जान देते थे। अपने-बेगाने, सभी तो उसे प्यार करते थे। कभी उसकी कोई शिकायत सुनने में नहीं आयी। ऐसे बालक की माता होने पर अन्य माताएँ उसे बधाई देती थीं। कैसा सबल, कैसा उदार, कैसा परमार्थी। खुद भूखों सो रहे, मगर क्या मजाल कि द्वार पर आने वाले अतिथि को रूखा जवाब दे। ऐसा बालक क्या इस योग्य था कि जेल में जाता। उसका अपराध यही था, वह कभी-कभी सुनने वालों को, अपने दुखी भाइयों का दुखड़ा सुनाया करता था, अत्याचार से पीड़ित प्राणियों की मदद के लिए हमेशा तैयार रहता था। क्या यही उसका अपराध था? दूसरों की सेवा करना भी अपराध है? किसी अतिथि को आश्रय देना भी अपराध है?

इस युवक का नाम आत्मानंद था। दुर्भाग्यवश उसमें वे सभी सद्गुण थे, जो जेल का द्वार खोल देते हैं। वह निर्भीक था, स्पष्टवादी था, साहसी था, स्वदेश- प्रेमी था, निःस्वार्थ था, कर्तव्यपरायण था। जेल जाने के लिए इन्हीं गुणों की जरूरत है। स्वाधीन प्राणियों के लिए ये गुण स्वर्ग का द्वार खोल देते हैं। पराधीन के लिए नरक के। आत्मानंद के सेवा-कार्य ने, उसकी वक्ताओं ने और उसके राजनीतिक लेखों ने उसे सरकारी कर्मचारियों की नजरों में चढ़ा दिया था। सारा पुलिस-विभाग नीचे-से-ऊपर तक उससे सतर्क रहता था, सबकी निगाह उस पर लगी रहती थीं। आखिर जिले में एक भयंकर डाके ने उन्हें इच्छित अवसर प्रदान कर दिया। आत्मानंद के घर की तलाशी हुई, कुछ पत्र और लेख मिले, जिन्हें पुलिस ने डाके का बीजक सिद्ध किया। लगभग 20 युवकों की एक टोली फांस ली गई। आत्मानन्द इसका मुखिया ठहराया गया। शहादत हुई। इस बेकारी और निगरानी के जमाने में आत्मा से ज्यादा सस्ती और कौन वस्तु हो सकती है! बेचने को और किसी के पास रह ही क्या गया है? नाममात्र का प्रलोभन देकर अच्छी-से-अच्छी

शहादत मिल सकती हैं, और पुलिस के हाथों में पड़कर तो निकृष्ट-से-निकृष्ट गवाही भी देव-वाणी का महत्त्व प्राप्त कर लेती हैं। शहादत मिल गईं, महीने-भर तक मुकदमा चला। मुकदमा क्या चला, एक स्वाँग चलता रहा और सारे अभियुक्तों को सजाएँ दे दी गईं। आत्मानंद को सबसे कठोर दण्ड मिला, 8 वर्ष का कठोर कारावास! माधवी रोज कचहरी जाती, एक कोने में बैठी सारी कार्रवाई देखा करती। मानवीय चरित्र कितना दुर्बल, कितना निर्दय, कितना नीच है, इसका उसे तब तक अनुमान भी न हुआ था। जब आत्मानंद को सजा सुना दी गई और वह माता को प्रणाम करके सिपाहियों के साथ चला, तो माधवी मूर्च्छित होकर जमीन पर गिर पड़ी। दो-चार दयालु सज्जनों ने उसे एक ताँगे पर बैठाकर घर तक पहुँचाया। जब से वह होश में आई है, उसके हृदय में भूचाल-सा उठ रहा है। किसी तरह धैर्य नहीं होता। उस घोर आत्मवेदना की दशा में अब उसे अपने जीवन का केवल एक लक्ष्य दिखाई देता है, और वह है इस अत्याचार का बदला।

अब तक पुत्र उसके जीवन का आधार था। अब शत्रुओं से बदला लेना ही उसके जीवन का आधार होगा। जीवन में अब उसके लिए कोई आशा न थी। इस अत्याचार का बदला लेकर वह अपना जन्म सफल समझेगी। इस अभागे नर- पिशाच बाग़ची ने जिस तरह उसे रक्त के आंसू लाए? हैं, उसी भांति वह भी उसे रुलाएगी। नारी-हृदय कोमल है, लेकिन केवल अनुकूल दशा में, जिस दशा में पुरुष दूसरों को दबाता है, स्त्री शील और विनय की देवी हो जाती है। लेकिन जिसके हाथों अपना सर्वनाश हो गया हो, उसके प्रति स्त्री को पुरुष से कम घृणा और क्रोध नहीं होता। अन्तर इतना ही है कि पुरुष शस्त्रों से काम लेता है, स्त्री कौशल से।

रात भागती जाती थी और माधवी उठने का नाम न लेती थी। उसका दु:ख प्रतिकार के आवेश में विलीन होता जाता था। यहाँ तक कि इसके सिवा उसे और किसी बात की याद ही न रही। उसने सोचा, कैसे यह काम होगा? कभी घर से नहीं निकली। वैधव्य के 22 साल इसी घर में कट गए, लेकिन अब निकलूंगी। जबरदस्ती निकलूंगी, भिखारिन बनूँगी, टहलनी बनूँगी, झूठ बोलूँगी, सब कुकर्म करूंगी। सत्कर्म के लिए संसार में स्थान नहीं। ईश्वर ने निराश होकर कदाचित् इसकी ओर से मुँह फेर लिया है। तभी तो यहाँ ऐसे-ऐसे अत्याचार होते हैं और पापियों को दण्ड नहीं मिलता। अब इन्हीं हाथों से उसे दण्ड दूँगी।

2

संध्या का समय था। लखनऊ के एक सजे हुए बँगले में मित्रों की महफ़िल जमी हुई थी। गाना-बजाना हो रहा था। एक तरफ आतिशबाजियां रखी हुई थीं। दूसरे कमरे में मेजों पर खाना चुना जा रहा था। चारों तरफ पुलिस के कर्मचारी नजर आते थे। यह पुलिस के सुपरिंटेंडेंट मिस्टर बाग़ची का बँगला है। कई दिन हुए, उन्होंने एक मार्के का मुकदमा जीता था। अफसरों ने खुश होकर उनकी तरक्की कर दी थी और उसी की खुशी में यह उत्सव मनाया जा रहा था। यहाँ आये दिन ऐसे उत्सव होते रहते थे। मुफ्त के गवैये मिल जाते थे, मुफ्त की आतिशबाजी, फल, मेवे और मिठाइयाँ आधे दामों पर बाजारों से आ जाती थीं और चट दावत हो जाती थी। दूसरों के

जहाँ सौ लगते, यहाँ इनका दस से काम चल जाता था। दौड़-धूप करने को सिपाहियों की फौज थी ही। और यह मार्के का मुकदमा क्या था? वही, जिसमें निरपराध युवकों को बनावटी शहादत से जेल में ठूंस दिया था।

गाना समाप्त होने पर लोग भोजन करने बैठे। बेगार के मजदूर और पल्लेदार जो बाजार से दावत और सजावट के सामान लाये थे, रोते या दिल में गालियाँ देते चले गये, पर एक बुढ़िया अभी तक द्वार पर बैठी हुई थी। अन्य मजदूरों की तरह वह गुनगुना कर काम न करती थी। हुक्म पाते ही खुश दिल मजदूर की तरह दौड़-दौड़कर हुक्म बजा लाती थी। यह माधवी थी, जो इसी समय मजूरनी का वेष धारण करके अपना घातक संकल्प पूरा करने आयी थी।

मेहमान चले गये। महफिल उठ गई। दावत का सामान समेट दिया गया। चारों ओर सन्नाटा छा गया, लेकिन माधवी अभी तक यहीं बैठी थी।

सहसा मिस्टर बाग़ची ने पूछा- बुड्ढी, तू यहाँ क्यों बैठी है? तुझे कुछ खाने को मिल गया?

माधवी- हाँ हुजूर, मिल गया।

बाग़ची- तो जाती क्यों नहीं?

माधवी- कहाँ जाऊँ सरकार, मेरा कोई घर-द्वार थोड़े ही है। हुकुम हो तो यहीं पड़ रहूँ। पाव-भर आटे की परवस्ती हो जाये हुजूर।

बाग़ची- नौकरी करेगी?

माधवी- क्यों न करूंगी सरकार, यही तो चाहती हूँ।

बागची- लड़का खिला सकती है?

माधवी- हाँ हुजूर, यह मेरे मन का काम है।

बागची- अच्छी बात है। तू आज ही से रह। जा, घर में देख, जो काम बताएं वह कर।

3

एक महीना गुजर गया। माधवी इतना तन-मन से काम करती है कि सारा घर उससे खुश है। बहू जी का मिजाज़ बहुत ही चिड़चिड़ा है। वह दिन-भर खाट पर पड़ी रहती हैं और बात-बात पर नौकरों पर झल्लाया करती है। लेकिन माधवी उनकी घुड़कियों को भी सहर्ष सह लेती है। अब तक मुश्किल से कोई दाई एक सप्ताह से अधिक ठहरी न थी। माधवी ही का कलेजा ऐसा है कि जली-कटी सुनकर भी मुख पर मैल नहीं आने देती।

मिस्टर बाग़ची के कई लड़के हो चुके थे, पर यही सबसे छोटा बच्चा बच रहा था। बच्चे पैदा तो हृष्ट-पुष्ट होते, किन्तु जन्म लेते ही उन्हें एक-न-एक रोग लग जाता था और कोई दो-चार महीने, कोई साल-भर जीकर चल देते थे। माँ- बाप, दोनों इस शिशु पर प्राण देते थे। उसे जरा

जुकाम भी हो, तो दोनों विकल हो जाते। स्त्री-पुरूष दोनों शिक्षित थे, पर बच्चे की रक्षा के लिए टोना-टोटका, दुआ-तावीज़, जंतर-मंतर, एक से भी उन्हें इनकार न था।

माधवी से यह बालक इतना हिल गया कि एक क्षण के लिए भी उसकी गोद से न उतरता। वह कहीं एक क्षण के लिए चली जाती, तो रो-रोकर दुनिया सिर पर उठा लेता। वह सुलाती, तो सोता, यह दूध पिलाती, तो पीता, वह खिलाती, तो खेलता, उसी को वह अपनी माता समझता। माधवी के सिवा उसके लिए संसार में और कोई अपना न था। बाप को तो यह दिन भर में केवल दो-चार बार देखता और समझता, यह कोई परदेशी आदमी है। मां आलसी और कमजोरी के मारे उसे गोद में लेकर चल न सकती थी। उसे यह अपनी रक्षा का भार सँभालने के योग्य न समझता था, और नौकर-चाकर उसे गोद में लेते, तो इतनी बेदर्दी से कि उसके कोमल अंगों में पीड़ा होने लगती थी। कोई उसे ऊपर उछाल देता था, यहाँ तक कि अबोध का कलेजा मुँह को आ जाता था। उन सबों से वह डरता था। केवल माधवी जो उसके स्वभाव को समझती थी। वह जानती थी कि कब क्या करने से बालक प्रसन्न होगा, इसीलिए बालक को भी उससे प्रेम था।

माधवी ने समझा था, यहाँ कंचन बरसता होगा, लेकिन उसे यह देखकर कितना विस्मय हुआ कि बड़ी मुश्किल से महीने का खर्च पूरा पड़ता है। नौकरों से एक-एक पैसे का हिसाब लिया जाता था और बहुधा आवश्यक वस्तुएँ भी टाल दी जाती थीं। एक दिन माधवी ने कहा- बच्चे के लिए कोई तेज गाड़ी क्यों नहीं मँगवा देतीं? गोद में उसकी बाढ़ मारी जाती है।

मिसेज बाग़ची ने कुंठित होकर कहा- कहाँ से मँगवा दूं। कम-से-कम 50-60 रुपये में आएगी। इतने रुपये कहां हैं?

माधवी- मालकिन, आप भी ऐसा कहती हैं।

मिसेज बाग़ची - झूठ नहीं कहती। बाबूजी की पहली स्त्री से पाँच लड़कियाँ और हैं। सब इस समय इलाहाबाद के एक स्कूल में पढ़ रही हैं। बड़ी की उम्र 15-16 वर्ष से कम न होगी। आधा वेतन तो उधर ही चला जाता है। फिर उनकी शादी की भी तो चिन्ता है। पाँचों के विवाह में कम-से-कम 25 हजार रुपये लगेंगे। इतने रुपये कहाँ से आएँगे? मैं चिंता के मारे मरी जाती हूँ। मुझे कोई दूसरी बीमारी नहीं है, केवल यही चिन्ता का रोग है।

माधवी- घूस भी तो मिलती है।

मिसेज बाग़ची- बूढ़ी, ऐसी कमाई से बरकत नहीं होती। यही क्यों, सच पूछो तो इसी घूस ने हमारी यह दुर्गति कर रखी है। क्या जाने, औरों को कैसे हजम होती है। यहाँ तो जब ऐसे रुपये आते हैं, तो कोई-न-कोई नुकसान भी अवश्य हो जाता है। एक आता है तो दो लेकर जाता है। बार-बार मना करती हूँ, हराम की कौड़ी घर में न लाया करो, लेकिन मेरी कौन सुनता है?

बात यह थी कि माधवी को बालक से स्नेह होता जाता था। उसके अमंगल की कल्पना भी न कर सकती थी। वह अब उसी की नींद सोती और उसी की नींद जागती थी। अपने सर्वनाश की बात याद करके एक क्षण के लिए उसे बाग़ची पर क्रोध तो हो आता था और घाव फिर हरा हो जाता था, पर मन पर कुत्सित भावों का आधिपत्य न था। घाव भर रहा था, केवल ठेस लगने से

दर्द हो जाता था। उसमें स्वयं टीस या जलन न थी। इस परिवार पर अब उसे दया आती थी। सोचती, बेचारे यह छीन-झपट न करें, तो कैसे गुजर हो! लड़कियों का विवाह कहां से करेंगे! स्त्री को जब देखो, बीमार ही रहती। उस पर बाबूजी को एक बोतल शराब भी रोज चाहिए। यह लोग तो स्वयं अभागे हैं। जिसके घर में 5-5 कुंवारी कन्याएं हों, बालक हो-होकर मर जाते हों, घरनी सदा बीमार रहती हो, स्वामी शराब का लती हो, उस पर तो यों ही ईश्वर का कोप है। इनसे तो मैं अभागिनी ही अच्छी।

4

दुर्बल बालकों के लिए बरसात बुरी बला है। कभी खाँसी है, कभी ज्वर, कभी दस्त। जब हवा में ही शीत भरी हो, तो कोई कहां तक बचाए। माधवी एक दिन अपने घर चली गयी थी। बच्चा रोने लगा तो माँ ने एक नौकर को दिया, इसे बाहर से बहला ला। नौकर ने बाहर ले जाकर हरी-हरी घास पर बैठा दिया। पानी बरसकर निकल गया था। भूमि गीली हो रही थी। कहीं-कहीं पानी भी जमा हो गया था। बालक को पानी में छपके लगाने से प्यारा और कौन खेल हो सकता है। खूब प्रेम से उमंग-उमंग कर पानी में लोटने लगा। नौकर बैठा और आदमियों के साथ गपशप करता रहा। इस तरह घण्टों गुजर गए। बच्चे ने खूब सर्दी खायी। घर आया तो उसकी नाक बह रही थी। रात को माधवी ने आकर देखा तो बच्चा खाँस रहा था। आधी रात के करीब उसके गले में खुरखुर की आवाज निकलने लगी। माधवी का कलेजा सन से हो गया। स्वामिनी को जगाकर बोली- देखो तो बच्चे को क्या हो गया है। क्या सदी-वर्दी तो नहीं लग गई? ही, सर्दी ही तो मालूम होती है।

स्वामिनी हकबकाकर उठ बैठी और बालक की खुरखुराहट सुनी, तो पाँव तले से जमीन निकल गई। यह भयंकर आवाज उसने कई बार सुनी थी और उसे खूब पहचानती थी। व्यग्र होकर बोली- जरा आग जलाओ। थोड़ा-सा चोकर लाकर एक पोटली बनाओ, सेंकने से लाभ होता है। इन नौकरों से तंग आ गई। आज कहार जरा देर के लिए बाहर ले गया था, उसी ने सर्दी में छोड़ दिया होगा।

सारी रात दोनों बालक को सेंकती रहीं। किसी तरह सवेरा हुआ। मिस्टर बाग़ची को खबर मिली, तो सीधे डॉक्टर के यहाँ दौड़े। खैरियत इतनी थी कि जल्द एहतियात की गई। तीन दिन में बच्चा अच्छा हो गया, लेकिन इतना दुर्बल हो गया था कि उसे देखकर डर लगता था। सच पूछो तो माधवी की तपस्या ने बालक को बचाया। माता सोती, पिता सो जाता, किन्तु माधवी की आँखों में नींद न थी। खाना-पीना तक भूल गई। देवताओं की मनौतियाँ करती थी, बच्चे की बलाएं लेती थी, बिलकुल पागल हो गई थी। यह वही माधवी है, जो अपने सर्वनाश का बदला लेने आयी थी। अपकार की जगह उपकार कर रही थी। विष पिलाने आयी थी, सुधा पिला रही थी। मनुष्य में देवता कितना प्रबल है।

प्रात:काल का समय था। मिस्टर बाग़ची शिशु के पालने के पास बैठे हुए थे। स्त्री के सिर में पीड़ा हो रही थी। वह चारपाई पर लेटी हुई थी और माधवी समीप बैठी बच्चे के लिए दूध गरम

कर रही थी। सहसा बाग़ची ने कहा- बूढ़ी, हम जब तक जिएंगे, तुम्हारा यश जाएंगे। तुमने बच्चे को जिला लिया।

स्त्री- यह देवी बनकर हमारा कष्ट निवारण करने के लिए आ गयी। यह न होती तो न-जाने क्या होता। बूढ़ी, तुमसे मेरी एक विनती है। यों तो मरना- जीना प्रारब्ध के हाथ है, लेकिन अपना-अपना औरा भी बड़ी चीज है। मैं अभागिनी हूँ। अबकी तुम्हारे ही पुण्य-प्रताप से बच्चा सँभल गया। मुझे डर लग रहा है कि ईश्वर इसे हमारे हाथ से छीन न लें। सच कहती हूँ मुझे इसको गोद में लेते डर लगता है। इसे तुम आज से अपना बच्चा समझो। तुम्हारा होकर शायद बच जाये, हम अभागे हैं। हमारा होकर इस पर नित्य कोई-न-कोई संकट आता रहेगा। आज से तुम इसकी माता हो जाओ। तुम इसे अपने घर ले जाओ। जहाँ चाहे ले जाओ। तुम्हारी गोद में देकर मुझे फ़िर कोई चिन्ता न रहेगी। वास्तव में तुम्हीं इसकी माता हो। मैं तो राक्षसी हूँ।

माधवी- बहू जी, भगवान सब कुशल करेंगे, क्यों जी इतना छोटा करती हो?

मिस्टर बाग़ची- नहीं-नहीं बूढ़ी माता, इसमें कोई हर्ज नहीं है। मैं मस्तिष्क से तो इन बातों को ढकोसला ही समझता हूँ लेकिन हृदय से इन्हें दूर नहीं कर सकता। मुझे स्वयं मेरी माताजी ने एक धोबिन के हाथ बेच दिया था। मेरे तीन भाई मर चुके थे। मैं जो बच गया तो माँ-बाप ने समझा, बेचने ही से इसकी जान बच गई। तुम इस शिशु को पालो-पोसो। इसे अपना पुत्र समझो। खर्च हम बराबर देते रहेंगे। इसकी कोई चिन्ता मत करना। कभी-कभी जब हमारा जी चाहेगा, आकर देख लिया करेंगे। हमें विश्वास है कि तुम इसकी रक्षा हम लोगों से कहीं अच्छी तरह कर सकती हो। मैं कुकर्मी हूँ। जिस पेशे में हूँ उसमें कुकर्म किए बगैर काम नहीं चल सकता। झूठी शहादतें बनानी ही पड़ती हैं, निरपराधों को फंसाना ही पड़ता है। आत्मा इतनी दुर्बल हो गई है कि प्रलोभन में पड़ ही जाता हूँ। जानता हूँ कि बुराई का अंत बुरा ही होता है, पर परिस्थिति से मजबूर हूँ। अगर न करूँ तो आज नालायक बनाकर निकाल दिया जाऊँ। अंग्रेज हजारों भूल करें, कोई नहीं पूछता। हिन्दुस्तानी एक भूल भी कर बैठे, तो सारे अफसर उसके सिर हो जाते हैं। हिन्दुस्तानियों को तो कोई बड़ा पद न मिले, वही अच्छा। पद पाकर तो उसकी आत्मा का पतन हो जाता है। उनको अपनी हिन्दुस्तानियत का दोष मिटाने के लिए कितनी ही ऐसी बातें करनी पड़ती हैं, जिनका अंग्रेज के दिल में कभी खयाल ही नहीं पैदा हो सकता। तो बोलो, स्वीकार करती हो?

माधवी गदगद होकर बोली- बाबूजी आपकी इच्छा है तो भी जो कुछ बन पड़ेगा, आपकी सेवा कर दूँगी। भगवान बालक को अमर करें, मेरी तो उनसे यही बिनती है।

माधवी को ऐसा मालूम हो रहा था कि स्वर्ग के द्वार सामने खुले हैं और स्वर्ग की देवियाँ उसे आंचल फैलाकर आशीर्वाद दे रही हैं मानों उसके अन्तस्तल में प्रकाश की लहरें-सी उठ रही हैं। इस स्नेहमय सेवा में कितनी शान्ति थी।

बालक अभी तक चादर ओढ़े सो रहा था। माधवी ने दूध गरम हो जाने पर उसे झूले पर से उठाया, तो चिल्ला पड़ी। बालक की देह ठंडी हो गई थी और मुख पर वह पीलापन आ गया था,

जिसे देखकर कलेजा हिल जाता है, कंठ से आह निकल आती है और आँखों से आँसू बहने लगते हैं। जिसने उसे एक बार देखा है, फिर कभी नहीं भूल सकता। माधवी ने शिशु को गोद से चिपटा लिया, हालांकि नीचे उतार देना चाहिए था।

कुहराम मच गया। माँ बच्चे को गले से लगाए रोती थी, पर उसे जमीन पर न सुलाती थी। क्या बातें हो रही थीं और क्या हो गया। मौत को धोखा देने में आनन्द आता है। वह उस वक्त कभी नहीं आती, जब लोग उसकी राह देखते होते हैं। रोगी जब संभल जाता है, जब वह पथ्य लेने लगता है, उठने-बैठने लगता है, घर-भर खुशियाँ मनाने लगता है, सबको विश्वास हो जाता है कि संकट टल गया, उस वक्त घात में बैठी हुई मौत सिर पर आ जाती है। यही उसकी निष्ठुर लीला है।

आशाओं के बाग लगाने में हम कितने कुशल हैं। यहाँ हम रक्त के बीज बोकर सुधा के फल खाते हैं। अग्नि से पौधों को सींचकर शीतल छाँह में बैठते हैं। हाय मंद बुद्धि।

दिन-भर मातम होता रहा, बाप रोता था, माँ तड़पती थी और माधवी बारी- बारी से दोनों को समझाती थी। यदि अपने प्राण देकर वह बालक को जिला सकती, तो इस समय अपना धन्य भाग्य समझती। वह अहित का संकल्प करके यहाँ आयीं थी और आज जब उसकी मनोकामना पूरी हो गई और उसे खुशी से फूला न समाना चाहिए था, उसे उससे कहीं घोर पीड़ा हो रही थी, जो अपने पुत्र की जेल-यात्रा से हुई थी। रुलाने आयी थी और खुद रोती जा रही थी। माता का हृदय दया का आगार है। उसे जलाओगे तो उसमें से दया की ही सुमन निकलती है, पीसो तो दया का ही रस निकलता है। वह देवी है। विपत्ति की क्रूर लीलाएँ भी उस स्वच्छ और निर्मल स्रोत कोमलिन नहीं कर सकतीं।

□□□

परीक्षा

नादिरशाह की सेना ने दिल्ली में कत्लेआम कर रखा है। गलियों में खून की नदियाँ बह रही हैं। चारों तरफ हाहाकार मचा हुआ है। बाजार बंद हैं। दिल्ली के लोग घरों के द्वार बंद किये जान की खैर मना रहे हैं। किसी की जान सलामत नहीं है। कहीं घरों में आग लगी हुई है, कहीं बाजार लुट रहा है; कोई किसी की फरियाद नहीं सुनता। रईसों की बेगमें महलों से निकाली जा रही हैं और उनकी बेहुरमती की जाती है। ईरानी सिपाहियों की रक्तपिपासा किसी तरह नहीं बुझती। मानव हृदय की क्रूरता, कठोरता और पैशाचिकता अपना विकरालतम रूप धारण किये हुए हैं। इसी समय नादिरशाह ने बादशाही महल में प्रवेश किया।

दिल्ली उन दिनों भोगविलास की केंद्र बनी हुई थी। सजावट और तकल्लुफ के सामानों से रईसों के भवन भरे रहते थे। स्त्रियों को बनाव-सिंगार के सिवा कोई काम न था। पुरुषों को सुख-भोग के सिवा और कोई चिंता न थी। राजनीति का स्थान शेरो-शायरी ने ले लिया था। समस्त प्रान्तों से धन खिंच-खिंचकर दिल्ली आता था और पानी की भाँति बहाया जाता था। वेश्याओं की चाँदी थी। कहीं तीतरों के जोड़ होते थे, कहीं बटेरों और बुलबुलों की पालियाँ ठनती थीं। सारा नगर विलास-निद्रा में मग्न था। नादिरशाह शाही महल में पहुँचा तो वहाँ का सामान देखकर उसकी आँखें खुल गयीं। उसका जन्म दरिद्र-घर में हुआ था। उसका समस्त जीवन रणभूमि में ही कटा था। भोगविलास का उसे चसका न लगा था। कहाँ रणक्षेत्र के कष्ट और कहाँ यह सुख-साम्राज्य। जिधर आँख उठती थी, उधर से हटने का नाम न लेती थी।

संध्या हो गयी थी। नादिरशाह अपने सरदारों के साथ महल की सैर करता और अपनी पसंद की चीजों को बटोरता हुआ दीवाने-खास में आकर कारचोबी मसनद पर बैठ गया, सरदारों को वहाँ से चले जाने का हुक्म दे दिया, अपने सब हथियार खोलकर रख दिये और महल में दरोगा को बुलाकर हुक्म दिया- मैं शाही बेगमों का नाच देखना चाहता हूँ। तुम इसी वक्त उनको सुंदर वस्त्रभूषणों से सजाकर मेरे सामने लाओ। खबरदार, जरा भी देर न हो ! मैं कोई उज्र या इनकार नहीं सुन सकता।

2

दारोगा ने यह नादिरशाही हुक्म सुना तो होश उड़ गये। वह महिलाएँ जिन पर कभी सूर्य की दृष्टि भी नहीं पड़ी कैसे इस मजलिस में आयेंगी ! नाचने का तो कहना ही क्या ! शाही बेगमों का इतना अपमान कभी न हुआ था। हा नरपिशाच ! दिल्ली को खून से रँगकर भी तेरा चित्त शांत नहीं हुआ ! मगर नादिरशाह के सम्मुख एक शब्द भी जबान से निकालना अग्नि के मुख में कूदना था। सिर झुकाकर आदाब बजा लाया और आकर रनिवास में सब बेगमों को

नादिरशाही हुक्म सुना दिया; उसके साथ ही यह इत्तला भी दे दी कि जरा भी ताम्मुल न हो, नादिरशाह कोई उज्र या हीला न सुनेगा ! शाही खानदान पर इतनी बड़ी विपत्ति कभी नहीं पड़ी; पर इस समय विजयी बादशाह की आज्ञा को शिरोधार्य करने के सिवा प्राण-रक्षा का अन्य कोई उपाय नहीं था।

बेगमों ने यह आज्ञा सुनी तो हतबुद्धि-सी हो गयीं। सारे रनिवास में मातम-सा छा गया। वह चहल-पहल गायब हो गयी। सैकड़ों हृदयों से इस अत्याचारी के प्रति एक शाप निकल गया। किसी ने आकाश की ओर सहायतायाचक लोचनों से देखा, किसी ने खुदा और रसूल को सुमिरन किया; पर ऐसी एक महिला भी न थी जिसकी निगाह कटार या तलवार की तरफ गयी हो। यद्यपि इनमें कितनी ही बेगमों के नसों में राजपूतानियों का रक्त प्रवाहित हो रहा था; पर इंद्रियलिप्सा ने 'जौहर' की पुरानी आग ठंडी कर दी थी। सुखभोग की लालसा आत्म-सम्मान का सर्वनाश कर देती है। आपस में सलाह करके मर्यादा की रक्षा का कोई उपाय सोचने की मुहलत न थी। एक-एक पल भाग्य का निर्णय कर रहा था। हताश होकर सभी ललनाओं ने पापी के सम्मुख जाने का निश्चय किया। आँखों से आँसू जारी थे, दिलों से आहें निकल रही थीं; पर रत्न-जटित आभूषण पहने जा रहे थे, अश्रु-सिंचित नेत्रों में सुरमा लगाया जा रहा था और शोक-व्यथित हृदयों पर सुगंध का लेप किया जा रहा था। कोई केश गूँथती थी, कोई माँगों में मोतियाँ पिरोती थी। एक भी ऐसे पक्के इरादे की स्त्री न थी, जो ईश्वर पर अथवा अपनी टेक पर, इस आज्ञा का उल्लंघन करने का साहस कर सके।

एक घंटा भी न गुजरने पाया था कि बेगमात पूरे-के-पूरे आभूषणों से जगमगाती, अपने मुख की कांति से बेले और गुलाब की कलियों को लजाती, सुगंध की लपटें उड़ाती, छमछम करती हुई दीवाने-खास में आकर नादिरशाह के सामने खड़ी हो गयीं।

3

नादिरशाह ने एक बार कनखियों से परियों के इस दल को देखा और तब मसनद की टेक लगाकर लेट गया। अपनी तलवार और कटार सामने रख दीं। एक क्षण में उसकी आँखें झपकने लगीं। उसने एक अँगड़ाई ली और करवट बदल ली। जरा देर में उसके खर्राटों की आवाजें सुनायी देने लगीं। ऐसा जान पड़ा कि वह गहरी निद्रा में मग्न हो गया है। आध घंटे तक वह पड़ा सोता रहा और बेगमें ज्यों-की-त्यों सिर नीचा किये दीवार के चित्रों की भाँति खड़ी रहीं। उनमें दो-एक महिलाएँ जो ढीठ थीं, घूँघट की ओट से नादिरशाह को देख भी रही थीं और आपस में दबी जबान में कानाफूसी कर रही थीं- कैसा भयंकर स्वरूप है ! कितनी रणोन्मत्त आँखें हैं ! कितना भारी शरीर है ! आदमी काहे को है, देव है !

सहसा नादिरशाह की आँखें खुल गयीं। परियों का दल पूर्ववत् खड़ा था। उसे जागते देखकर बेगमों ने सिर नीचे कर लिये और अंग समेटकर भेंड़ों की भाँति एक-दूसरे से मिल गयीं। सबके दिल धड़क रहे थे कि अब यह जालिम नाचने-गाने को कहेगा, तब कैसे क्या होगा ! खुदा इस

जालिम से समझे ! मगर नाचा तो न जायगा। चाहे जान ही क्यों न जाय। इससे ज्यादा जिल्लत अब न सही जायगी।

सहसा नादिरशाह कठोर शब्दों में बोला- ऐ खुदा की बंदियो, मैंने तुम्हारा इम्तहान लेने के लिए बुलाया था और अफसोस के साथ कहना पड़ता है कि तुम्हारी निसबत मेरा जो गुमान था, वह हर्फ-ब-हर्फ सच निकला। जब किसी कौम की औरतों में ग़ैरत नहीं रहती तो वह कौम मुरदा हो जाती है।

देखना चाहता था कि तुम लोगों में अभी कुछ ग़ैरत बाकी है या नहीं। इसलिए मैंने तुम्हें यहाँ बुलाया था। मैं तुम्हारी बेहुरमती नहीं करना चाहता था। मैं इतना ऐश का बंदा नहीं हूँ, वरना आज भेड़ों के गल्ले चराता होता। न इतना हवसपरस्त हूँ, वरना आज फारस में सरोद और सितार की ताने सुनता होता, जिसका मजा मैं हिंदुस्तानी गाने से कहीं ज्यादा उठा सकता हूँ। मुझे सिर्फ तुम्हारा इम्तहान लेना था। मुझे यह देखकर सच्चा मलाल हो रहा है कि तुममें ग़ैरत का जौहर बाकी न रहा। क्या यह मुमकिन न था कि तुम मेरे हुक्म को पैरों तले कुचल देतीं ? जब तुम यहाँ आ गयीं तो मैंने तुम्हें एक और मौका दिया। मैंने नींद का बहाना किया। क्या यह मुमकिन न था कि तुममें से कोई खुदा की बंदी इस कटार को उठाकर मेरे जिगर में चुभा देती। मैं कलामेपाक की कसम खाकर कहता हूँ कि तुम में से किसी को कटार पर हाथ रखते देखकर मुझे बेहद खुशी होती, मैं उन नाजुक हाथों के सामने गरदन झुका देता ! पर अफसोस है कि आज तैमूरी खानदान की एक बेटी भी यहाँ ऐसी नहीं निकली जो अपनी हुरमत बिगाड़ने पर हाथ उठाती ! अब यह सल्तनत जिंदा नहीं रह सकती। इसकी हस्ती के दिन गिने हुए हैं। इसका निशान बहुत जल्द दुनिया से मिट जाएगा। तुम लोग जाओ और हो सके तो अब भी सल्तनत को बचाओ वरना इसी तरह हवस की गुलामी करते हुए दुनिया से रुखसत हो जाओगी।

तेंतर

आखिर वही हुआ, जिसकी आशंका थी, जिसकी चिंता में घर के सभी लोग और विशेषत: प्रसूता पड़ी हुई थी। तीन पुत्रों के पश्चात् कन्या का जन्म हुआ। माता सौर में सूख गई, पिता बाहर आंगन में सूख गए और पिता की वृद्धा माता सौर-द्वार पर सूख गई। अनर्थ, महा-अनर्थ! भगवान ही कुशल करें तो हो। यह पुत्री नहीं, राक्षसी है। इस अभागिनी को इसी घर में आना था! आना ही था तो कुछ दिन पहले क्यों न आयी? भगवान सातवें शत्रु के घर भी तेंतर का जन्म न दें।

पिता का नाम था पण्डित दामोदर दत्त, शिक्षित आदमी थे। शिक्षा विभाग ही में नौकर भी थे, मगर इस संस्कार को कैसे मिटा देते, जो परंपरा से हृदय में जमा हुआ था, कि तीसरे बेटे की पीठ पर होने वाली कन्या अभागिनी होती है- या पिता को लेती है या माता को, या अपने को। उसकी वृद्धा माता लगी नवजात कन्या को पानी पी-पीकर कोसने, कलमुंही है कलमुंही। न जाने क्या करने आयी है। यों ही किसी बाँझ के घर जाती तो उसके दिन फिर जाते।

दामोदर दत्त दिल में तो घबराए हुए थे, पैर माता को समझाने लगे- अम्मा, तेंतर-बेंतर कुछ नहीं, भगवान की जो इच्छा होती है, वही होता है। ईश्वर चाहेंगे तो सब कुशल ही होगा। गाने वालियों को बुला लो, नहीं लोग कहेंगे, तीन बेटे हुए तो कैसे फूली फिरती थीं, एक बेटी हो गई तो घर में कुहराम मच गया।

माता-अरे बेटा, तुम क्या जानो इन बातों को। मेरे सिर तो बीत चुकी है, प्राण नहीं में समाया हुआ है। तेंतर ही के जन्म से तुम्हारे दादा का देहान्त हुआ। तभी से तेंतर का नाम सुनते ही मेरा कलेजा काँप उठता है।

दामोदर- इस कष्ट के निवारण का भी तो कोई उपाय होगा?

माता- उपाय बताने को तो बहुत हैं। पंडितजी से पूछो तो कोई-न-कोई उपाय बता देंगे, पर इससे कुछ होता नहीं। मैंने कौन-से अनुष्ठान नहीं किए, पर पण्डितजी की तो मुट्ठियाँ गरम हुई, यहाँ जो सिर पर पड़ना था, वह पड़ ही गया। अब टके के पंडित रह गाए हैं। यजमान मरे या जिए, उनकी बला से, उनकी दक्षिणा मिलनी चाहिए। (धीरे से) लड़की दुबली-पतली भी नहीं है। तीनों लड़कों से हृष्ट-पुष्ट। बड़ी-बड़ी आँखें हैं, पतले-पतले लाल-लाल होंठ हैं, जैसे गुलाब का पत्ता। गोरा-चिट्ठा रंग है, लम्बी-सी नाक। कलमुंही नहलाते समय रोयी भी नहीं, टुकुर-टुकुर ताकती रही, यह सब लच्छन कुछ अच्छे थोड़े ही हैं।

दामोदर दत्त के तीनों लड़के साँवले थे। कुछ विशेष रूपवान भी न थे। लड़की के रूप का बखान सुनकर उनका चित्त कुछ प्रसन्न हुआ। बोले-अम्मा, तुम भगवान का नाम लेकर गाने वालियों को बुला भेजो, गाना-बजाना होने दो। भाग्य में जो कुछ है, यह तो होगा ही।

माता- जी तो हुलसता नहीं, करूँ क्या।

दामोदर- गाना न होने से कष्ट का निवारण तो होगा नहीं, कि हो जायेगा? अगर इतने सस्ते जान छूटे, तो न कराओ गाना।

माता- बुलाए लेती हूँ बेटा! जो कुछ होना था, वह तो हो गया।

इतने में दाई ने सौर में से पुकार कर कहा-बहू जी कहती हैं, गाना-वाना कराने का काम नहीं है।

माता- भला, उनसे कहो बैठी रहें, बाहर निकलकर मनमानी करेंगी। बारह ही दिन हैं, बहुत दिन हैं, बहुत इतराती फिरती थी- यह न करूंगी, वह न करूंगी, देवी क्या है, देवता क्या है, मर्दों की बातें सुनकर यही रट लगाने लगती थीं, तो अब चुपके से बैठती क्यों नहीं। मेमें तो तेंतर को अशुभ नहीं मानती और सब बातों में मेमों की बराबरी करती हैं, तो इस बात में भी करें।

यह कहकर माताजी ने नाइन को भेजा कि जाकर गानेवालियों को बुला ला, पड़ोस में भी कहती जाना।

सवेरा होते ही बड़ा लड़का सोकर उठा और आँखें मलता हुआ आकर दादी से पूछने लगा- बड़ी अम्मा, कल अम्मा को क्या हुआ?

माता- लड़की तो हुई है!

बालक खुशी से उछलकर बोला- ओ-हो-हो, पैजनियाँ पहन-पहनकर छुन-छुन चलेगी, जरा मुझे दिखा दो दादी जी।

माता- अरे क्या सौर में जायेगा, पागल हो गया है क्या?

लड़के की उत्सुकता न मानी। सौर के द्वार पर जाकर खड़ा हो गया और बोला- अम्मा, जरा बच्ची को मुझे दिखा दो।

दाई ने कहा- बच्ची अभी सोती है।

बालक- जरा दिखा दो, गोद में लेकर।

दाई ने कन्या उसे दिखा दी, तो वहाँ से दौड़ता हुआ अपने छोटे भाइयों के पास पहुँचा और उन्हें जगा-जगाकर खुशखबरी सुनायी।

एक बोला- नन्ही-सी होगी।

बड़ा- बिलकुल नन्ही-सी। बस, जैसी बड़ी गुड़िया! ऐसी भोली है कि क्या किसी साहब की लड़की होगी। यह लड़की मैं लूँगा।

सबसे छोटा बोला- हमको भी दिखा दो।

तीनों मिलकर लड़की को देखने आये और वहाँ से बगलें बजाते उछलते- कूदते बाहर आये।

बड़ा- देखा, कैसी है?

मझला- कैसी आँखें बंद किए पड़ी थी।

छोटा- इसे हमें तो देना।

बड़ा- खूब! द्वार पर बारात आएगी, हाथी, घोड़े, बाजे, आतिशबाजी।

मझला और छोटा ऐसे मगन हो रहे थे, मानो यह मनोहर दृश्य आँखों के सामने है। उनके सरल नेत्र मनोल्लास से चमक रहे थे।

मझला बोला- फुलवारियाँ भी होंगी।

छोटा- अम बी फूल लेंगे।

2

छठी भी हुई, बरही भी हुई, गाना-बजाना, खाना-खिलाना, देना-दिलाना सब-कुछ हुआ, पर रस्म पूरी करने के लिए, दिल से नहीं, खुशी से नहीं। लड़की दिन- दिन दुर्बल और अस्वस्थ होती जाती थी। माँ उसे दोनों वक्त अफीम खिला देती और बालिका दिन और रात नशे में बेहोश पड़ी रहती। जरा भी नशा उतरता तो भूख से विकल होकर रोने लगती। माँ कुछ ऊपरी दूध पिलाकर अफीम खिला देती। आश्चर्य की बात तो यह थी कि अबकी उसकी छाती में दूध ही नहीं उतरा। यों भी उसे दूध देर में उतरता था, पर लड़कों की बेर उसे नाना प्रकार की दूध-वर्द्धक औषधियाँ खिलाई जातीं, बार-बार शिशु को छाती से लगाया जाता, यहाँ तक कि दूध उतर ही आता था, पर इस बार यह आयोजनाएँ न की गईं। फूल- सी बच्ची कुम्हलाती जाती थी। माँ तो कभी उसकी ओर ताकती भी न थी। हां बाई कभी चुटकियाँ बजाकर पुचकारती तो शिशु के मुख पर ऐसी दयवीय, ऐसी करुण वेदना अंकित दिखाई देती कि वह आँखें पोंछती हुई चली जाती थी। बहू से कुछ कहने-सुनने का साहस न पड़ता था। बड़ा लड़का सिद्धू बार-बार कहता- अम्मा बच्ची को दो, तो बाहर से खिला लाऊँ। पर माँ उसे झिड़क देती थी।

तीन-चार महीने हो गए। दामोदर दत्त रात को पानी पीने उठे तो देखा कि बालिका जाग रही है। सामने ताख पर मिट्टी-तेल का दीपक जल रहा था, लड़की टकटकी बाँधे उसी दीपक की ओर देखती थी, और अपना अँगूठा चूसने में मग्न थी। चुभ-चुभ की आवाज आ रही थी। उसका मुख मुरझाया हुआ था, पर वह न रोती थी, न हाथ-पैर फेंकती थी, बस अँगुली पीने में ऐसी मग्न थी, मानों उसमें सुधा-रस भरा हुआ है। वह माता के स्तनों की ओर मुँह भी नहीं फेरती थी, मानो उसका उन पर कोई अधिकार नहीं, उसके लिए वहाँ कोई आशा नहीं। बाबू साहब को उस पर दया आयी। इस बेचारी का मेरे घर जन्म लेने में क्या दोष है? मुझ पर या इसकी माता पर जो कुछ भी पड़े, उसमें इसका क्या अपराध? हम कितनी निर्दयता कर रहे हैं कि एक कल्पित अनिष्ट के कारण उसका इतना तिरस्कार कर रहे हैं। माना कि कुछ अमंगल हो भी जाये, तो भी क्या उसके भय से इसके प्राण ले लिये जाएँगे? अगर अपराधी है, तो मेरा प्रारब्ध है। इस नन्हें-से बच्चे के प्रति हमारी कठोरता क्या ईश्वर को अच्छी लगती होगी? उन्होंने उसे गोद में उठा

लिया और उसका मुख चूमने लगे। लड़की को कदाचित पहली बार सच्चे स्नेह का ज्ञान हुआ। वह हाथ-पैर उछाल कर 'गूं-गूं' करने लगी और दीपक की ओर हाथ फैलाने लगी। उसे जीवन-ज्योति-सी मिल गई।

प्रात:काल दामोदर दत्त ने लड़की को गोद में उठा लिया और बाहर लाये। स्त्री ने बार-बार कहा- उसे पड़ी रहने दो, ऐसी कौन-सी बड़ी सुन्दर है, अभागिन रात-दिन तो प्राण खाती रहती है, मर भी नहीं जाती कि जान छूट जाये, किन्तु दामोदर दत्त ने न माना। उसे बाहर लाये और अपने बच्चों के साथ बैठकर खिलाने लगे। उनके मकान के सामने थोड़ी-सी जमीन पड़ी हुई थी। पड़ोस के किसी आदमी की एक बकरी उसमें आकर चरा करती थी। इस समय भी वह चर रही थी। बाबू साहब ने बड़े लड़के से कहा- सिद्धू, जरा उस बकरी को पकड़ो, तो इसे दूध पिलाएं, शायद भूखी है बेचारी। देखो, तुम्हारी नन्ही-सी बहन है न? इसे रोज हवा में खिलाया करो।

सिद्धू को दिल्लगी हाथ आयी। उसका छोटा आई भी दौड़ा। दोनों ने घेरकर बकरी को पकड़ा और उसका कान पकड़े हुए सामने लाये। पिता ने शिशु का मुँह बकरी के थन में लगा दिया। लड़की चुभलाने लगी और एक क्षण में दूध की धार उसके मुँह में जाने लगी, मानो टिमटिमाते दीपक में तेल पड़ जाये। लड़की का मुँह खिल उठा। आज शायद पहली बार उसकी क्षुधा तृप्त हुई थी। वह पिता की गोद में हुमक-हुमक कर खेलने लगी। लड़कों ने भी उसे खूब नचाया-कुदाया। उस दिन से सिद्धू को मनोरंजन का एक नया विषय मिल गया। बालकों को बच्चों से बहुत प्रेम होता है। अगर किसी घोंसले में चिड़िया का बच्चा दिख जाए, तो बार-बार वहाँ जायेंगे। देखेंगे कि माता बच्चे को कैसे दाना चुगाती है। बच्चा कैसे चोंच खोलता है, कैसे दाना लेते समय पैरों को फड़फड़ा कर चें-चें करता है। आपस में बड़े गम्भीर भाव से उसकी चर्चा करेंगे, अपने अन्य साथियों को ले जाकर उसे दिखाएँगे। सिद्धू ताक में लगा रहता, ज्यों ही माता भोजन बनाने या स्नान करने जाती, तुरन्त बच्ची को लेकर आता और बकरी को पकड़कर उसके थन से शिशु का मुँह लगा देता, कभी-कभी दिन में दो-दो तीन-तीन बार पिलाता। बकरी को भूसी-चोकर खिलाकर ऐसा परचा लिया कि वह स्वयं चोकर के लोभ से चली आती और दूध देकर चली जाती। इस भांति कोई एक महीना गुजर गया, लड़की हृष्ट-पुष्ट हो गई, मुख पुष्प के समान विकसित हो गया। आँखें जाग उठीं, शिशु काल की सरल आभा मन को हरने लगी।

माता उसे देख-देखकर चकित होती थी। किसी से कुछ कह तो न सकती, पर दिल में उसे आशंका होती थी कि अब यह मरने की नहीं, हमीं लोगों के सिर जाएगी। कदाचित ईश्वर इसकी रक्षा कर रहे हैं, तभी तो दिन-दिन निखरती आती है, नहीं अब तक तो ईश्वर के घर पहुँच गई होती।

3

मगर दादी माता से कहीं ज्यादा चिंतित थी। उसे श्रम होने लगा कि वह बच्ची को खूब दूध पिला रही है, साँप को पाल रही है। शिशु की ओर आँख उठाकर भी न देखती । यहाँ तक कि एक दिन कह ही बैठी-लड़की का बड़ा छोह करती हो? हाँ भाई, माँ हो कि नहीं, तुम न छोह करोगी तो करेगा कौन?

'अम्मा जी, ईश्वर जानते हैं, जो मैं इसे दूध पिलाती होऊँ?'

'अरे, तो मैं मना थोड़े ही करती हूँ। मुझे क्या गरज पड़ी है कि मुफ्त में अपने ऊपर पाप लूँ, कुछ मेरे सिर तो जायेगी नहीं।'

'अब आपको विश्वास ही न आये तो कोई क्या करे?'

'मुझे पागल समझती हो, यह हवा पी-पीकर ऐसी हो रही है?'

'भगवान जाने अम्मा मुझे तो आप ही आश्चर्य होता है।'

बहू ने बहुत निर्दोषिता जताई, किन्तु वृद्धा सास को विश्वास न आया। उसने समझा, यह शंका को विरुद्ध समझती है, मानो मुझे इस बच्ची से कोई बैर है। उसके मन में यह भाव अंकुरित होने लगा कि इसे कुछ हो जाये, तब यह समझे कि मैं झूठ नहीं कहती थी। यह जिन प्राणियों को अपने प्राणों से भी प्रिय समझती थी, उन्हीं लोगों की अमंगल कामना करने लगी, केवल इसलिए कि मेरी शंकाएँ सत्य हो जायें। वह यह तो नहीं चाहती थी कि कोई मर जाये, पर इतना अवश्य चाहती थी कि किसी बहाने से मैं चेता दूँ कि देखा, तुमने मेरा कहा न माना, यह उसी का फल है।

उधर सास की ओर से ज्यों-ज्यों यह द्वेष-भाव प्रकट होता था, बहू का कन्या के प्रति स्नेह बढ़ता था। ईश्वर से मनाती रहती थी कि किसी भांति एक साल कुशल से कट जाता तो इनसे पूछती। कुछ लड़की का भोला-भाला चेहरा, कुछ अपने पति का प्रेम-वात्सल्य देखकर भी उसे प्रोत्साहन मिलता था। विचित्र दशा हो रही थी, न दिल खोलकर प्यार ही कर सकती थी, न सम्पूर्ण रीति से निर्दय होते ही बनता था। न हंसते बनता था, न रोते।

इस भांति दो महीने और गुजर गए और कोई अनिष्ट न हुआ। तब तो वृद्धा सारा के पेट में चूहे दौड़ने लगे। बहू को दो-चार दिन ज्वर भी नहीं आ जाता कि मेरी शंका की मर्यादा रह जाये, पुत्र भी किसी दिन पैर-गाड़ी पर से नहीं गिर पड़ता, न बहू के मैके ही से किसी के स्वर्गवास की सुनावनी आती है। एक दिन दामोदर दत्त ने खुले तौर पर कह ही दिया कि अम्मा, यह सब ढकोसला है, तेंतर लड़कियाँ क्या दुनिया में होती ही नहीं, तो सबके माँ-बाप मर ही जाते हैं? अन्त में उसने अपनी शंकाओं को यथार्थ सिद्ध करने की एक तरकीब सोच निकाली। एक दिन दामोदर दत्त स्कूल से आये, तो देखा कि अम्मा जी खाट पर अचेत पड़ी हुई हैं, स्त्री अँगीठी में आग रखे उनकी छाती सेंक रही है और कोठरी के द्वार और खिड़कियाँ बन्द हैं। घबराकर कहा-अम्मा, क्या हुआ है?

स्त्री- दोपहर ही से कलेजे में एक शूल उठ रहा है, बेचारी बहुत तड़प रही है।

दामोदर- मैं जाकर डॉक्टर साहब को बुला लाऊँ? देर करने से शायद रोग बढ़ जाये। अम्मा जी, कैसी तबीयत है?

माता ने आँखें खोली और कराहते हुए बोली- बेटा, तुम आ गये? अब न बचूँगी, हाय भगवान, अब न बचूंगी। जैसे कोई कलेजे में बरछी चुभा रहा हो। ऐसी पीड़ा कभी न हुई थी। इतनी उम्र बीत गई, ऐसी पीड़ा नहीं हुई।

स्त्री- यह कलमुंही छोकरी न जाने किस मनहूस घड़ी में पैदा हुई।

सास- बेटा, सब भगवान करते हैं, वह बेचारी तो क्या जाने! देखो, मैं मर जाऊँ तो उसे कष्ट मत देना। अच्छा हुआ, मेरे सिर आयी। किसी के सिर तो जाती ही, मेरे ही सिर सही। हाय भगवान, अब न बचूंगी।

दामोदर- जाकर डॉक्टर बुला लाऊँ? अभी लौटा आता हूँ।

माताजी को केवल अपनी बात की मर्यादा निभानी थी, रुपये न खर्च कराने थे। बोली- नहीं बेटा, डॉक्टर के पास जाकर क्या करोगे? अरे, वह कोई ईश्वर है? डॉक्टर क्या अमृत पिला देगा, दस-बीस वह भी ले जायेगा। डॉक्टर- वैद्य से कुछ न होगा। बेटा, तुम कपड़े उतारो, मेरे पास बैठकर भागवत पढ़ो। अब न बचूँगी, हाय राम!

दामोदर- तेंतर बुरी चीज है। मैं समझता था कि ढकोसला-ही-ढकोसला है।

स्त्री- इसी से मैं उसे मुँह नहीं लगाती थी।

माता- बेटा, बच्चों को आराम से रखना, भगवान तुम लोगों को सुखी रखे। अच्छा हुआ, मेरे ही सिर गयी, तुम लोगों के सामने मेरा परलोक हो जायेगा। कहीं किसी दूसरे के सिर जाती, तो क्या होता राम। भगवान ने मेरी विनती सुन ली। हाथ! हाय!

दामोदर दत्त को निश्चय हो गया कि अब अम्मा न बचेंगी। बड़ा दुःख हुआ। उनके मन की बात होती, तो वह माँ के बदले तेंतर को न स्वीकार करते। जिस जननी ने जन्म दिया, नाना प्रकार के कष्ट झेलकर उनका पालन-पोषण किया, अकाल वैधव्य को प्राप्त होकर भी उनकी शिक्षा का प्रबंध किया, उसके सामने एक दुधमुंही बच्ची का क्या मूल्य था, जिसके हाथ का एक गिलास पानी भी वह न जानते थे। शोकातुर हो कपड़े उतारे और माँ के सिरहाने बैठकर भागवत की कथा सुनाने लगे।

रात को बहू भोजन बनाने चली, तो सास से बोली- अम्मा जी, तुम्हारे लिए थोड़ा-सा साबूदाना छोड़ दूँ?

माता ने व्यंग्य करके कहा- बेटी, अन्न बिना मारो, भला साबूदाना मुझसे खाया जायेगा, जाओ, थोड़ी पूरियाँ छान लो। पड़े-पड़े जो कुछ इच्छा होगी, खा लूँगी। कचौरियाँ भी बना लेना। मरती हूँ तो भोजन को तरस-तरस क्यों मरूँ? थोड़ी मलाई भी मँगवा लेना, चौक की हो। फिर थोड़ी खाने आऊंगी बेटी! थोड़े- से केले मँगवा लेना, कलेजे के दर्द में केले खाने से आराम होता है।

भोजन के समय पीड़ा शान्त हो गई, लेकिन आधे घण्टे बाद फिर जोर से होने लगी। आधी रात के समय कहीं जाकर उनकी आँख लगी। एक सप्ताह तक उनकी यही दशा रही, दिन-भर पड़ी कराह करती, बस भोजन के समय जरा वेदना कम हो जाती। दामोदर दत्त सिरहाने बैठे

पंखा झलते और मातृ-वियोग के आगत शोक से रोते। घर की महरी ने मुहल्ले-भर में यह खबर फैली दी। पड़ोसिने देखने आयीं और सारा इल्जाम उसी बालिका के सिर गया।

एक ने कहा- यह तो कहो, बड़ी कुशल हुई कि बुढ़िया के सिर गई, नहीं तो तेंतर माँ-बाप, दो में से एक को लेकर तभी शान्त होती है। दैव न करे कि किसी के घर तेंतर का जन्म हो।

दूसरी बोली- मेरे तो तेंतर का नाम सुनते ही रोंगटे खड़े हो जाते हैं। भगवान बाँझ रखे, पर तेंतर न दे।

एक सप्ताह के बाद वृद्धा का कष्ट निवारण हुआ, मरने में कोई कसर न थी, यह तो कहो, पुरुखों का पुण्य-प्रताप था। ब्राह्मणों को गो-दान दिया गया। दुर्गा- पाठ हुआ, तब कहीं जाके संकट कटा।

□□□

नैराश्य

बाज आदमी अपनी स्त्री से इसलिए नाराज रहते हैं कि उसके लड़कियाँ ही क्यों होती हैं, लड़के क्यों नहीं होते। वह जानते हैं कि इसमें स्त्री का दोष नहीं है, या है तो उतना ही जितना मेरा, फिर भी जब देखिए, स्त्री से रूठे रहते हैं, उसे अभागिनी कहते हैं और सदैव उसका दिल दुखाया करते हैं। निरुपमा उन्हीं अभागिनी स्त्रियों में थीं और घमण्डी लाल त्रिपाठी उन्हीं अत्याचारी पुरुषों में। निरुपमा के तीन बेटियाँ लगातार हुई थी और वह सारे घर की निगाहों से गिर गई थी। सास-ससुर की अप्रसन्नता की तो उसे विशेष चिन्ता न थी, वे पुराने जमाने के लोग थे, जब लड़कियाँ गर्दन का बोझ और पूर्वजन्मों का पाप समझी जाती थीं। हां, उसे दु:ख अपने पतिदेव की अप्रसन्नता का था, जो पढ़े-लिखे आदमी होकर भी उसे जली-कटी सुनाते रहते थे। प्यार करना तो दूर रहा, निरुपमा से सीधे मुँह बात न करते, -कई दिनों तक घर ही में न आते और आते भी तो कुछ इस तरह खिंचे-तने हुए रहते कि निरुपमा थर-थर काँपती रहती थी, कहीं गरज न उठें। घर में धन का अभाव न था, पर निरुपमा को कभी यह साहस न होता था कि किसी सामान्य वस्तु की इच्छा भी प्रकट कर सके। वह समझती थी, मैं यथार्थ में अभागिनी हूँ नहीं तो क्या भगवान मेरी कोख में लड़कियाँ ही रचते। पति की एक मृदु मुस्कान के लिए, एक मीठी बात रहे लिए उसका हृदय तड़प कर रह जाता था। यहाँ तक कि वह अपनी लड़कियों को प्यार करते हुए सकुचाती थी कि लोग कहेंगे, पीतल की नथ पर इतना गुमान करती है। जब त्रिपाठी जी के घर में अपने आने का समय होता, तो किसी-न-किसी बहाने से वह लड़कियों को उनकी आँखों से दूर कर देती थी। सबसे बड़ी विपत्ति यह थी कि त्रिपाठी जी ने धमकी दी थी कि अब अगर कन्या हुई तो मैं घर छोड़कर निकल जाऊंगा, इस नरक में क्षण-भर भी न ठहरूंगा। निरुपमा को वह चिंता और भी खाए जाती थी।

वह मंगल का व्रत रखती थी, रविवार, निर्जला एकादशी और न जाने कितने व्रत करती थी। स्नान-पूजा तो नित्य का नियम था, पर किसी अनुष्ठान से मनोकामना न पूरी होती थी। नित्य अवहेलना, तिरस्कार, उपेक्षा, अपमान सहते-सहते उसका चित्त संसार से विरक्त होता जाता था। जहाँ कान एक मीठी बात के लिए, आँखें एक प्रेम-दृष्टि के लिए, हृदय एक आलिंगन के लिए तरस-कर रह जाए, घर में अपनी कोई बात न पूछे, वहाँ जीवन से क्यों न अरुचि हो जाए?

एक दिन घोर निराशा की दशा में उसने अपनी बड़ी भाभी को एक पत्र लिखा। उसके एक-एक अक्षर से असह्य-वेदना टपक रही थी। भाभी ये उत्तर दिया- तुम्हारे भैया जल्द तुम्हें विदा कराने जायेंगे। यहाँ आजकल एक सच्चे महात्मा आये हुए हैं, जिनका आशीर्वाद कभी निष्फल नहीं जाता। यहाँ कई संतानहीन स्त्रियाँ उनके आशीर्वाद से पुत्रवती हो गईं। पूर्ण आशा है कि तुम्हें भी उनका आशीर्वाद कल्याणकारी होगा।

निरुपमा ने यह पत्र पति को दिखाया। त्रिपाठी जी उदासीन भाव से बोले- सृष्टि-रचना महात्माओं के हाथ का काम नहीं, ईश्वर का काम है।

निरुपमा - हाँ, लेकिन महात्माओं में भी तो कुछ सिद्धि होती है।

घमंडी लाल- हां, होती है, पर ऐसे महात्माओं के दर्शन दुर्लभ हैं।

निरुपमा- मैं तो इस महात्मा के दर्शन करूंगी।

घमंडी लाल- चली जाना।

निरुपमा -जब बांझिनी के लड़के हुए, तो मैं क्या उनसे भी गयी-गुजरी हूँ?

घमंडी लाल- कह तो दिया भाई, चली जाना। यह करके भी देख लो। मुझे तो ऐसा मालूम होता है, पुत्र का मुख देखना हमारे भाग्य में ही नहीं है।

2

कई दिन बाद निरुपमा अपने भाई के साथ मैके गयी। तीनों पुत्रियाँ भी साथ थीं। भाभी ने उन्हें प्रेम से गले लगाकर कहा- तुम्हारे घर के आदमी बड़े निर्दयी हैं। ऐसे गुलाब के फूलों की-सी लड़कियाँ पाकर भी तकदीर को रोते हैं। तुम्हें भारी हों, तो मुझे दे दो। जब ननद और भाभी भोजन करने बैठी, तो निरुपमा ने कहा- वह महात्मा कहां रहते हैं?

भाभी - ऐसी जल्दी क्या है, बता दूँगी।

निरुपमा- है नगीच ही न?

भाभी- बहुत नगीच। जब कहोगी, उन्हें बुला दूँगी।

निरुपमा- तो क्या तुम लोगों पर बहुत प्रसन्न हैं?

भाभी- दोनों वक्त यही भोजन करते हैं। यहीं रहते हैं।

निरुपमा- जब घर ही वैद्य, तो मरिये क्यों? आज मुझे उनके दर्शन करा देना।

भाभी- भेंट क्या दोगी?

निरुपमा- मैं किस लायक हूँ?

भाभी- अपनी सबसे छोटी लड़की दे देना।

निरुपमा- चलो, गाली देती हो।

भाभी- अच्छा यह न सही, एक बार उन्हें प्रेमालिंगन करने देना।

निरुपमा- भाभी, मुझसे ऐसी हँसी करोगी, तो मैं चली जाऊंगी।

भाभी- वह महात्मा बड़े रसिया हैं।

निरुपमा -तो चूल्हे में जाएं। कोई दुष्ट होगा।

भाभी- उनका आशीर्वाद तो इसी शर्त पर मिलेगा। वह और कोई भेंट स्वीकार ही नहीं करते।

निरुपमा- तुम तो यों बातें कर रही हो, मानो उनकी प्रतिनिधि हो।

भाभी- हां, वह यह सब विषय मेरे ही द्वारा तय किया करते हैं। मैं ही भेंट लेती हूँ, मैं ही आशीर्वाद देती हूँ, मैं ही उनके हितार्थ भोजन कर लेती हूँ।

निरुपमा- तो यह कहो कि तुमने मुझे बुलाने के लिए यह हीला निकाला है।

भाभी- नहीं, उनके साथ ही तुम्हें कुछ ऐसे गुर बता दूँगी, जिससे तुम अपने घर आराम से रहो।

इसके बाद दोनों सखियों में कानाफूसी होने लगी। जब भाभी चुप हुई तो निरुपमा बोली- और जो कहीं कहीं कन्या ही हुई तो?

भाभी- तो क्या! कुछ दिन तो शान्ति और सुख से जीवन कटेगा। यह दिन तो कोई लौटा न लेगा। पुत्र हुआ तो कहना ही क्या, पुत्री हुई तो फिर कोई नई युक्ति निकाली जायेगी। तुम्हारे घर के जैसे अक्ल के दुश्मनों के साथ ऐसी ही चालें चलने में गुजारा है।

निरुपमा- मुझे तो संकोच मालूम होता है।

भाभी- त्रिपाठी जी को दो-चार दिन में पत्र लिख देना कि महात्माजी के दर्शन हुए और उन्होंने मुझे वरदान दिया है। ईश्वर ने चाहा, तो उसी दिन से तुम्हारी मान-प्रतिष्ठा होने लगेगी। घमंडी लाल दौड़े हुए आएँगे और तुम्हारे ऊपर प्राण निछावर करेंगे। कम-से-कम साल-भर तो चैन की वंशी बजाना। इसके बाद देखी जायेगी। निरुपमा-पति से कपट करूँ, तो पाप न लगेगा?

भाभी- ऐसे स्वार्थियों से कपट करना पुण्य है।

3

तीन-चार महीने के बाद निरुपमा अपने घर आयी। घमंडी लाल उसे विदा कराने गये थे। सलहज ने महात्माजी का रंग और भी चोखा कर दिया। बोली- ऐसा तो किसी को देखा ही नहीं कि इन महात्माजी ने वरदान दिया हो और वह पूरा न हो गया हो। हां, जिसका भाग्य ही फूट जाये, उसे कोई क्या कर सकता है?

घमंडी लाल प्रत्यक्ष तो वरदान और आशीर्वाद की उपेक्षा ही करते रहे, इन बातों पर विश्वास करना आजकल संतोषजनक मालूम होता है, पर उनके दिल पर असर जरूर हुआ।

निरुपमा की खातिरदारियाँ होनी शुरू हुई। जब वह गर्भवती हुई, तो सबके दिलों में नई-नई आशाएँ हिलोरें लेने लगीं। सास, जो उठते गाली और बैठते व्यंग्य से बातें करती थी, अब उसे पान की तरह पालती-बेटी, तुम रहने दो, मैं ही रसोई बना लूँगी, तुम्हारा सिर दुखने लगेगा। कभी निरुपमा कलसे का पानी या कोई चारपाई उठाने लगती, तो सास दौड़ती- बहू रहने दो, मैं आती हूँ। तुम कोई भारी चीज मत उठाया करो। लड़कियों की बात और होती है, उन पर किसी बात का असर नहीं होता। लड़के तो गर्भ ही में मान करने लगते हैं। अब निरुपमा के लिए दूध का

उठौना किया गया, जिसमें बालक पुष्ट और गोरा हो। घमंडी लाल वस्त्राभूषण पर उतारू हो गए। हर महीने में एक न एक नई चीज लाते। निरुपमा का जीवन इतना सुखमय कभी न था। उस समय भी नहीं, जब यह नयी-नवेली वधू थी।

महीने गुजरने लगे। निरुपमा को अनुभूत लक्षणों से विदित होने लगा कि यह भी कन्या ही है, पर वह इस भेद को गुप्त रखती थी। सोचती, सावन की धूप है, इसका क्या भरोसा! जितनी चीज धूप में सुखानी हो सुखा लो, फिर तो घटा छाएगी ही। बात-बात पर बिगड़ती। वह कभी इतनी मानशीला न थी। पर घर में कोई चूं तक न करता कि कहीं बहू का दिल न दुखे, नहीं बालक को कष्ट होगा। कभी-कभी निरुपमा केवल घरवालों को जलाने के लिए अनुष्ठान करती, उसे उन्हें जलाने में मजा आता था। वह सोचती, तुम स्वार्थियों को जितना जलाओ, उतना अच्छा, तुम मेरा आदर इसलिए करते हो न कि मैं बच्चा जनूंगी, जो तुम्हारे कुल का नाम चलाएगा। मैं कुछ नहीं हूँ बालक ही सब-कुछ है। मेरा अपना कोई महत्त्व नहीं, जो कुछ है, वह बालक के नाते। यह मेरे पति हैं। पहले इन्हें मुझसे कितना प्रेम था, तब इतने संसार-लोलुप न हुए थे। अब क्या प्रेम केवल स्वार्थ का स्वाँग है। मैं भी पशु हूँ जिसे दूध के लिए चारा-पानी दिया जाता है। खैर यही सही, इस वक्त तो तुम मेरे काबू में आये हो। जितने गहने बन सके, बनवा लूँ। इन्हें तो छीन न लोगे।

इस तरह दस महीने पूरे हो गए। निरुपमा की दोनों ननदें ससुराल से बुलायी गईं। बच्चे के लिए पहले ही से सोने के गहने बनवा लिए गए, दूध के लिए एक सुंदर दुधारू गाय मोल ले ली गई। घमंडी लाल उसे हवा खिलाने को एक छोटी- सी सेजगाड़ी लाये। जिस दिन निरुपमा को प्रसव-वेदना होने लगी, द्वार पर पंडितजी मुहूर्त देखने के लिए बुलाए गए। एक मीर-शिकार बन्दूक छोड़ने को बुलाया गया, गायने मंगल-गान के लिए बटोर ली गईं। घर में से तिल-तिल पर खबर मँगाई जाती थी, क्या हुआ? लेडी डॉक्टर भी बुलायी गई। बाजे वाले हुक्म के इन्तजार में बैठे थे। पामर भी अपनी सारंगी लिये 'जच्चा मान करे नंदलाल सो' का तान सुनाने को तैयार बैठा था।

सारी तैयारियाँ, सारी आशाएँ, सारा उत्साह, सारा समारोह एक शब्द पर अवलम्बित। ज्यों-ज्यों देर होती थी, लोगों में उत्सुकता बढ़ती जाती थी। घमंडी लाल अपने मनोभावों को छिपाने के लिए एक समाचार पत्र देख रहे थे, मानो उन्हें लड़का या लड़की, दोनों ही बराबर हैं। मगर उनके बूढ़े पिताजी इतने सावधान न थे। उनकी बाँछें खिली जाती थी, हँस-हँसकर सबसे बात कर रहे थे और पैसों की एक थैली को बार-बार उछालते थे।

मीर-शिकार ने कहा- मालिक से अबकी पगड़ी-दुपट्टा लूँगा।

पिताजी ने खिलकर कहा- अबे कितनी पगड़ियाँ लेगा? इतनी बेभाव की दूँगा कि सर के बाल गंजे हो जायेंगे।

पामर बोला- सरकार से अब की कुछ जीविका लूँगा।

पिताजी खिलकर बोले- अबे कितना खाएगा, खिला-खिलाकर पेट फाड़ दूँगा।

सहसा महरी घर में से निकली। कुछ घबराई-सी थी। वह अभी कुछ बोलने भी न पाई थी कि मीर-शिकार ने बंदूक फायर कर ही तो दी। बंदूक छूटने की देर थी कि रोशन चौकी की तान भी छिड़ गई, पामर भी कमर कसकर नाचने को खड़ा हो गया।

महरी- अरे, तुम सब-के-सब भंग या गए हो क्या?

मीर-शिकार- क्या हुआ, क्या?

महरी- हुआ क्या, लड़की ही तो फिर हुई है।

पिताजी- लड़की हुई है?

यह कहते-कहते वह कमर थाम कर बैठ गए, मानो वज्र गिर पड़ा। घमंडी लाल कमरे से निकल आये और बोले- जाकर लेडी डॉक्टर से तो पूछ। अच्छी तरह देख ले। देखा न सुना, चल खड़ी हुई।

महरी- बाबूजी, मैंने तो आँखों देखा है।

घमंडी लाल- कन्या ही है?

पिता- हमारी तकदीर ही ऐसी है बेटा! जाओ रे, सबके सब! तुम सभी के भाग्य में कुछ पाना न लिखा था, तो कहां से पाते? भाग जाओ। सैकड़ों रुपये पर पानी फिर गया, सारी तैयारी मिट्टी में मिल गई।

घमंडी लाल- उस महात्मा से पूछना चाहिए। मैं आज डाक से जरा बच्चू की खबर लेता हूँ।

पिता- धूर्त है, धूर्त?

घमंडी लाल- मैं उनकी सारी धूर्तता निकाल दूँगा। मारे डंडों के खोपड़ी न तोड़ दूँ तो कहिएगा, चांडाल कहीं का। उसके कारण मेरे सैकड़ों रुपये पर पानी फिर गया। यह सेजगाड़ी, यह गाय, यह पालना, सोने के गहने किसके सिर पटकूं? ऐसे ही उसने कितनों को ठगा होगा। एक दफा बच्चू की मरम्मत हो जाती, तो ठीक हो जाते।

पिताजी- बेटा, उसका दोष नहीं, अपने भाग्य का दोष है।

घमंडी लाल- उसने क्यों कहा कि ऐसा नहीं होगा। औरतों से इस पाखंड के लिए कितने ही रुपये ऐंठे होंगे। यह सब उन्हें उगलना पड़ेगा, नहीं तो पुलिस में मुकदमा दर्ज करा दूंगा। कानून में पाखंड का भी तो दण्ड है। मैं पहले ही चौंका था कि हो-न-हो पाखंडी है, लेकिन मेरी सलहज ने धोखा दिया, नहीं तो मैं ऐसे पाखंडियों के पंजे में कब आने वाला था? एक ही सुअर है।

पिताजी- बेटा, सब्र करो। ईश्वर को जो कुछ मंजूर था, वह हुआ। लड़का- लड़की दोनों ही ईश्वर की देन हैं। जहाँ तीन हैं, यहाँ एक और सही।

पिता और पुत्र में तो यह बातें होती रहीं। पामर, मीर-शिकार आदि ने अपने- अपने डंडे सँभाले और अपनी राह चले। घर में मातम-सा छा गया। लेडी डॉक्टर भी विदा कर दी गई। सौर

में जच्चा और दाई के सिवा कोई न रहा। वृद्धा माता तो इतनी हताश हुईं कि उसी वक्त अटवास-खटवास लेकर पड़ रहीं ।

जब बच्चे की बरही हो गई, तो घमंडी लाल स्त्री के पास गये और संतोष भाव से बोले-फिर लड़की हो गई

निरुपमा- क्या करूँ, मेरा क्या बस ?

घमंडी लाल- उस पापी धूर्त ने बड़ा चकमा दिया।

निरुपमा- अब क्या कहूं, मेरे भाग्य ही में न होगा, नहीं तो वहाँ कितनी औरतें बाबाजी को रात-दिन घेरे रहती थी। वह किसी से कुछ लेते तो कहती कि धूर्त हैं, कसम ले लो, जो मैंने एक कौड़ी भी उन्हें दी हो।

घमंडी लाल- उसने लिया, या न लिया, यहाँ तो दिवाला निकल गया, मालूम हो गया, तक़दीर में पुत्र नहीं लिखा है। कुल का नाम डूबना ही है तो क्या आज डूबा, क्या दस साल बाद डूबा। अब कहीं चला जाऊंगा, गृहस्थी में कौन-सा सुख रखा है।

वह बहुत देर तक खड़े-खड़े अपने भाग्य को रोते रहे, पर निरुपमा ने सिर तक न उठाया।

निरुपमा के सिर फिर वही विपत्ति आ पड़ी, फिर वही ताने, वही अपमान, वही अनादर, वही छीछालेदर। किसी को चिन्ता न रहती कि खाती-पीती है या नहीं, अच्छी है या बीमार, दुखी है या सुखी। घमंडी लाल यद्यपि कहीं न गये, पर निरुपमा को यह धमकी प्राय: मिलती ही रहती थी। कई महीने यों ही गुजर गये, तो निरुपमा ने फिर भाभी को लिखा कि तुमने और भी मुझे विपत्ति में डाल दिया। इससे तो पहले ही भली थी। अब तो कोई बात भी नहीं पूछता कि मरती है या जीती है। अगर यही दशा रही, तो स्वामी जी चाहे संन्यास लें या न लें, लेकिन मैं संसार को अवश्य त्याग दूंगी।

भाभी यह पत्र पाकर परिस्थिति समझ गई। अबकी उसने निरुपमा को बुलाया नहीं। जानती थी कि लोग विदा ही न करेंगे। पति को लेकर स्वयं आ पहुँची। उसका नाम सुकेशी था। बड़ी मिलनसार, चतुर, विनोद शील स्त्री थी। आते ही आते निरुपमा की गोद में कन्या देखी तो बोली-अरे यह क्या ?

सास- भाग्य है और क्या !

सुकेशी- भाग्य कैसा ? इसने महात्माजी की बात भुला दी होगी। ऐसा तो हो ही नहीं सकता कि यह मुँह से जो कुछ कह दें, यह न हो। क्योंजी, तुमने मंगल का व्रत रखा ?

निरुपमा- बराबर, एक व्रत भी न छोड़ा ।

सुकेशी- पाँच ब्राह्मणों को मंगल के दिन भोजन कराती रही ?

निरुपमा- यह तो उन्होंने नहीं कहा था।

सुकेशी- तुम्हारा सिर! मुझे खूब याद है, मेरे सामने उन्होंने बहुत जोर देकर कहा था। तुमने सोचा होगा, ब्राह्मणों को भोजन कराने से क्या होता है। यह न समझा कि कोई अनुष्ठान सफल नहीं होता, जब तक विधिवत् उसका पालन न किया जाये।

सास- इसने कभी इसकी चर्चा ही नहीं की, नहीं, तो पाँच क्या, दस ब्राह्मणों को जिमा देती। तुम्हारे धर्म से कमी नहीं है।

सुकेशी- कुछ नहीं, भूल गई और क्या। रानी, बेटे का मुँह यों देखना नसीब नहीं होता। बड़े-बड़े जप-तप करने पड़ते हैं, तुम मंगल के एक व्रत ही से घबरा गई?

सास- अभागिनी है और क्या!

घमंडी लाल- ऐसी कौन-सी बड़ी बातें थीं, जो याद न रहीं? यह खुद हम लोगों को जलाना चाहती है।

सास- वही तो कहूँ कि महात्मा की बात कैसे निष्फल हुई। यहाँ सात बरसों तक 'तुलसी माई' को जोत चढ़ाया, जब जाके बच्चे का जन्म हुआ।

घमंडीलाल- इन्होंने समझा था, दाल-भात का खाना है।

सुकेशी- खैर, अब जो हुआ, सो हुआ। कल मंगलवार है, फिर व्रत रखो और अबकी सात ब्राह्मणों को जिमाओ। देखें, कैसे महात्माजी की बात नहीं पूरी होती।

घमंडी लाल- व्यर्थ है, इनके किए कुछ न होगा।

सुकेशी- बाबूजी, आप विद्वान्, समझदार होकर इतना दिल छोटा करते हैं। अभी आप की उम्र ही क्या है। कितने पुत्र लीजिएगा? नाकों दम न हो जाये तो कहिएगा।

सास- बेटी, दूध-पूत से भी किसी का मन भरा है।

सुकेशी- ईश्वर ने चाहा तो आप लोगों का मन भर जायेगा। मेरा तो भर गाया।

घमंडी लाल- सुनती हो महारानी, अबकी कोई गोलमाल मत करना। अपनी भाभी से सब ब्योरा अच्छी तरह पूछ लेना।

सुकेशी- आप निश्चिंत रहें, मैं याद करा दूँगी, क्या भोजन करना होगा, कैसे रहना होगा, कैसे स्नान करना होगा, यह सब सिखा दूँगी और अम्मा जी आज के अठारह मास बाद आपसे कोई भारी इनाम लूंगी।

सुकेशी एक सप्ताह यहाँ रही और निरुपमा को खूब सिखा-पढ़ाकर चली गयी।

4

निरुपमा का एक वर्ष फिर चमका, घमंडी लाल अबकी इतने आश्वस्त हुए कि भविष्य ने भूत को भुला दिया। निरुपमा फिर बांदी से रानी हुई, सास फिर उसे पान की भांति पालने लगी, लोग उसका मुँह जोहने लगे।

दिन गुजरने लगे, निरुपमा कभी कहती, अम्मा जी, आज मैंने स्वप्न देखा कि एक वृद्धा स्त्री ने आकर मुझे पुकारा और एक नारियल देकर बोली- यह तुम्हें दिये जाती हूँ। कभी कहती, अम्मा जी अबकी न जाने क्यों, मेरे दिल में बड़ी-बड़ी उमंगें पैदा हो रही हैं, जी चाहता है खूब गाना सुनूं, नदी में खूब स्नान करूँ, हरदम नशा-सा छाया रहता है, सास सुनकर मुस्कुराती और कहती- बहू ये शुभ लक्षण हैं।

निरुपमा चुपके-चुपके माजनू मँगाकर खाती और अपने आलस नेत्रों से ताकते हुए घमंडी लाल से पूछती- मेरी आँखें लाल हैं क्या?

घमंडी लाल खुश होकर कहते- मालूम होता है, नशा चढ़ा हुआ है। ये शुभ लक्षण हैं।

निरुपमा को सुगंधों से कभी इतना प्रेम न था, फूलों के गजरों पर अब वह जान देती थी।

घमंडी लाल अब नित्य सोते समय उसे महाभारत की वीर कथाएँ पढ़कर सुनाते, कभी गुरु गोविन्दसिंह की कीर्ति का वर्णन करते। अभिमन्यु की कथा से निरुपमा को बड़ा प्रेम था। पिता अपने आने वाले पुत्र को वीर-संस्कारों से परिपूर्ण कर देना चाहता था।

एक दिन निरुपमा ने पति से कहा- नाम क्या रखोगे?

घमंडी लाल- यह तो तुमने खूब सोचा। मुझे तो इसका ध्यान ही न रहा था। ऐसा नाम होना चाहिए, जिससे शौर्य और तेज टपके। सोचो कोई नाम।

दोनों प्राणी नामों की व्याख्या करने लगे। जोरावरलाल से लेकर हरिश्चन्द्र तक सभी नाम गिनाए गए, पर उस असामान्य बालक के लिए कोई नाम न मिला। अंत में पति ने कहा-तेज बहादुर कैसा नाम है?

निरुपमा- बस-बस, यही नाम मुझे पसंद है।

घमंडीलाल- नाम तो बढ़िया है। तेगबहादुर की कीर्ति सुन ही चुकी हो। नाम का आदमी पर बड़ा असर होता है।

निरुपमा- नाम ही तो सब-कुछ है। दमड़ी, छकौड़ी, घुरहू, कतवारू जिसके नाम देखे, उसे भी 'यथा नाम तथा गुण' ही पाया। हमारे बच्चे का नाम होगा तेगबहादुर।

5

प्रसव-काल आ पहुँचा। निरुपमा को मालूम था कि क्या होने वाला है, लेकिन बाहर मंगलाचरण का पूरा सामान था। अबकी किसी को लेशमात्र भी सन्देह न था। नाच- गाने का प्रबन्ध किया गया था। एक शामियाना खड़ा किया गया था और मित्रगण उसमें बैठे खुश-गप्पियाँ कर रहे थे। हलवाई कड़ाह से पूरियाँ और मिठाइयाँ निकाल रहा था। कई बोरे अनाज के रखे हुए थे कि शुभ समाचार पाते ही भिक्षुओं को बांटे जाएँ। एक क्षण का भी विलम्ब न हो, इसलिए बोरों के मुँह खोल दिए गए थे।

लेकिन निरुपमा का दिल प्रतिक्षण बैठा जाता था। अब क्या होगा? तीन साल किसी तरह कौशल से कट गए और मजे में कट गए, लेकिन अब विपत्ति सिर पर मँडरा रही है। हाय! कितनी परवशता है! निरपराध होने पर भी यह दंड! अगर भगवान की इच्छा है कि मेरे गर्भ से कोई पुत्र न जन्म ले, तो मेरा क्या दोष! लेकिन कौन सुनता है? मैं ही अभागिनी हूँ, मैं ही त्याज्य हूँ, मैं ही कलमुँही हूँ इसीलिए न कि परवश हूँ! क्या होगा? अभी एक क्षण में यह सारा आनन्दोत्सव शोक में डूब जायेगा, मुख पर बौछारें पड़ने लगेंगी, भीतर से बाहर तक मुझी को कोसेंगे। सास-ससुर का भय नहीं, लेकिन स्वामीजी शायद फिर मेरा मुँह न देखें, शायद निराश होकर घर-बार त्याग दें। चारों तरफ अमंगल-ही-अमंगल है। मैं अपने घर की, अपनी संतान की दुर्दशा देखने के लिए क्यों जीवित हूँ! कौशल बहुत हो चुका, अब उससे कोई आशा नहीं। मेरे दिल में कैसे-कैसे अरमान थे। अपनी प्यारी बच्चियों का लालन-पालन करती, उन्हें ब्याहती, उनके बच्चों को देखकर सुखी होती। पर आह! यह सब अरमान खाक में मिले जाते हैं। भगवान! तुम्हीं अब इनके पिता हो, तुम्हीं इनके रक्षक हो। मैं तो अब जाती हूँ।

लेडी डॉक्टर ने कहा- हाय! फिर लड़की है।

भीतर-बाहर कुहराम मच गया, पिट्टस पड़ गई। घमंडी लाल ने कहा- जहन्नुम में जाये ऐसी जिंदगी, मौत भी नहीं आ जाती।

उनके पिता भी बोले- अभागिनी है, वज्र अभागिनी।

भिक्षुकों ने कहा- रोओ अपनी तकदीर को, हम कोई दूसरा द्वार हेरते हैं। अभी यह शोकोद्गार शांत न होने पाया था कि लेड़ी डॉक्टर ने कहा- माँ का हाल अच्छा नहीं है। वह अब नहीं बच सकती। उसका दिल बन्द हो गया है।

□□□

दंड

संध्या का समय था। कचहरी उठ गई थी। अहलकार और चपरासी जेबें खनखनाते घर जा रहे थे। मेहतर कूड़े टटोल रहा था कि शायद कहीं पैसे-पैसे मिल जायें। कचहरी के बरामदों में सांड़ों ने वकीलों की जगह ले ली थी। पेड़ों के नीचे मुहर्रिरों की जगह कुत्ते बैठे नजर आते थे। इसी समय एक बूढ़ा आदमी, फटे-पुराने कपड़े पहने, लाठी टेकता हुआ, जज साहब के बँगले पर पहुँचा और सायबान में खड़ा हो गया। जज साहब का नाम था मिस्टर जी. सिन्हा। अरदली ने दूर ही से ललकारा- कौन सायबान में खड़ा है? क्या चाहता है?

बूढ़ा- गरीब ब्राह्मण हूँ भैया, साहब से भेंट होगी?

अरदली- साहब तुम जैसों से नहीं मिला करते?

बूढ़े ने लाठी पर अकड़कर कहा- क्यों आई, हम सड़े हैं या डाकू-चोर हैं, कि हमारे मुँह में कुछ लगा हुआ है?

अरदली- भीख माँगकर मुकदमा लड़ने आये होगे?

बूढ़ा- तो कोई पाप किया है? अगर घर बेचकर मुकदमा नहीं लड़ते, तो कुछ बुरा करते हैं? यहाँ तो मुकदमा लड़ते-लड़ते उम्र बीत गई, लेकिन घर का पैसा नहीं खर्च किया। मियाँ की जूती, मियाँ के सिर करते हैं। दस भले-मानसों से माँगकर एक को दे दिया। चलो छुट्टी हुई। गाँव-भर नाम से काँपता है। किसी ने जरा भी टिर-पिर की और मैंने अदालत में दावा दायर किया।

अरदली- किसी बड़े आदमी से पाला नहीं पड़ा अभी?

बूढ़ा- अजी, कितने ही बड़ों को बड़े घर भिजवा दिया, तुम हो किस फेर में। हाईकोर्ट तक जाता हूँ सीधा। कोई मेरे मुँह क्या आएगा बेचारा। गाँठ से तो कौड़ी जाती नहीं, फिर डर क्यों? जिसकी जिस चीज पर दाँत लगाए, अपना करके छोड़ा। सीधे न दिया तो अदालत में घसीट लाये और रगेद-रगेद कर मारा, अपना क्या बिगड़ता है। तो साहब से इत्तला करते हो कि मैं ही पुकारूं?

अरदली ने देखा, यह आदमी यों जाने वाला नहीं, तो जाकर साहब से उसकी इत्तला की। साहब ने हुलिया पूछा और खुश होकर कहा- फौरन बुला लो।

अरदली- हुजूर, बिलकुल फटे हाल है।

साहब- गुदड़ी ही में लाल होते हैं। जाकर भेज दो।

मिस्टर सिन्हा अधेड़ आदमी थे, बहुत ही शान्त, बहुत ही विचारशील। बातें बहुत कम करते थे। कठोरता और असभ्यता, जो शासन का अंग समझी जाती है, उनको छू भी नहीं गई थी। न्याय और दया के देवता मालूम होते थे। निगाह ऐसी बारीक पायी थी कि सूरत देखते ही आदमी पहचान ज़ाते थे। डील-डौल देवों का-सा था और रंग आबनूस का-सा। आराम-कुर्सी पर लेटे हुए पेचवान पी रहे थे। बूढ़े ने जाकर सलाम किया।

सिन्हा- तुम हो जगत पांडे ? आओ बैठो। तुम्हारा मुकदमा तो बहुत ही कमजोर है। भले आदमी, जाल भी न करते बना?

जगत- ऐसा न कहें हुजूर, गरीब आदमी हूँ मर जाऊंगा।

सिन्हा-किसी वकील-मुख्तार से सलाह भी न ले ली?

जगत- अब तो सरकार की सरन में आया हूँ।

सिन्हा- सरकार क्या मिसिल बदल देंगे या नया कानून गढ़ेगे? तुम गच्चा खा गए। मैं कभी कानून के बाहर नहीं जाता। जानते हो न, अपील से कभी मेरी तजबीज रद्द नहीं होती?

जगत- बड़ा धरम होगा सरकार! (सिन्हा के पैरों पर गिन्नियों की एक पोटली रखकर) बड़ा दुखी हूँ सरकार।

सिन्हा- (मुस्कराकर) यहाँ भी अपनी चालबाजी से नहीं चूकते? निकालो अभी और। ओस से प्यास नहीं बुझती। भला, दहाई तो पूरी करो।

जगत- बहुत तंग हूँ दीनबंधु।

सिन्हा- डालो, डालो कमर में हाथ। भला, कुछ मेरे नाम की लाज तो रखो। जगत-लुट जाऊंगा सरकार!

सिन्हा- लुटे तुम्हारे दुश्मन, जो इलाका बेचकर लड़ते हैं। तुम्हारे यजमानों का भगवान भला करें, तुम्हें किस बात की कमी है।

मिस्टर सिन्हा इस मामले में जरा भी रियायत न करते थे। जगत ने देखा कि यहाँ काइयाँपन से काम न चलेगा, तो चुपके से पाँच गिन्नियाँ और निकाली। लेकिन उन्हें मिस्टर सिन्हा के पैरों पर रखते समय उसकी आँखों से आंसू निकल आया। यह उसकी बरसों की कमाई थी। बरसों पेट काटकर, तन जलाकर, मन बाँधकर, झूठी गवाहियाँ देकर उसने यह थाती संचय कर पायी थीं। उसका हाथों से निकलना प्राण निकलने से कम दुखदायी न था।

जगत पांडे के चले जाने के बाद, करीब 9 बजे रात को, जज साहब के बंगले पर एक ताँगा आकर रुका और उस पर से पंडित सत्यदेव उतरे, जो राजा साहब शिवपुर के मुख्तार थे।

मिस्टर सिन्हा ने मुस्कराकर कहा- आप शायद अपने इलाके में गरीबों को न रहने देंगे। इतना जुल्म!

सत्यदेव- गरीब परवर, यह कहिए कि गरीबों के मारे अब इलाके में हमारा रहना मुश्किल हो रहा है। आप जानते हैं, सीधी उँगली घी नहीं निकलता। जमींदार को कुछ-न-कुछ सख्ती करनी ही पड़ती है, मगर अब यह हाल है कि हमने जरा चूं भी कीं तो उन्हीं गरीबों की त्यौरियाँ बदल जाती हैं। सब मुफ्त में जमीन जोतना चाहते हैं। लगान मांगिए तो फौजदारी का दावा करने को तैयार। अब इसी जगत पांडे को देखिए। गंगा की कसम है हुजूर, सरासर झूठा दावा है। हुजूर से कोई बात छिपी तो रह नहीं सकती। अगर जगत पांडे यह मुकदमा जीत गया, हमें बोरियां-बंधना छोड़कर भागना पड़ेगा। अब हुजूर ही बसाएं तो बस सकते हैं। राजा साहब ने हुजूर को सलाम कर कहा है और अर्ज की है कि इस मामले में जगत पांडे की ऐसी खबर लें कि वह भी याद करे।

मिस्टर सिन्हा ने भवें सिकोड़ कर कहा- कानून मेरे घर तो नहीं बनता?

सत्यदेव- हुजूर के हाथ में सब कुछ है।

यह कहकर गिन्नियों की एक गड्डी निकालकर मेज़ पर रख दी। मिस्टर सिन्हा ने गड्डी को आंखों से देखकर कहा- इन्हें मेरी तरफ से राजा साहब की नजर कर दीजिएगा। आखिर आप कोई वकील तो करेंगे ही। उसे क्या दीजिएगा?

सत्यदेव- यह तो हुजूर के हाथ में है। जितनी ही पेशियाँ होंगी, उतना ही खर्च भी बढ़ेगा।

सिन्हा- मैं चाहूं, तो महीनों लटका सकता हूँ।

सत्यदेव- हां, इससे कौन इनकार कर सकता है।

सिन्हा-पाँच पेशियाँ भी हुई, तो आपके कम-से-कम एक हजार उड़ जाएंगे, आप यहाँ उसका आधा पूरा कर दीजिए, तो एक ही पेशी में बारा-न्यारा हो जाये। आधी रकम बच जाये।

सत्यदेव ने 10 गिन्नियाँ और निकालकर मेज़ पर रख दीं और घमंड के साथ बोले- कुछ हो तो राजा साहब से कह दूं, आप इत्मीनान रखें, साहब की कृपादृष्टि हो गई है।

मिस्टर सिन्हा ने तीव्र स्वर में कहा- जी नहीं, यह कहने की जरूरत नहीं। मैं किसी शर्त पर यह रकम नहीं ले रहा हूं। मैं करूँगा वही, जो कानून की मंशा होगी। कानून के खिलाफ जौ भर नहीं जा सकता। यही मेरा उसूल है। आप लोग मेरी खातिर करते हैं, यह आपकी शराफत है। मैं उसे अपना दुश्मन समझता हूं, जो मेरा ईमान खरीदना चाहे। मैं कुछ लेता हूँ, सच्चाई का इनाम समझकर लेता हूं।

2

जगत पांडे को पूरा विश्वास था कि मेरी जीत होगी, लेकिन तजवीज़ सुनी तो होश उड़ गए। दावा खारिज हो गया। उस पर खर्च की खपत अलग। मेरे साथ यह चाल! अगर लाला साहब को इसका मजा न चखा दिया तो ब्राह्मण नहीं। हैं किस फेर में? सारा रोब भुला दूंगा। यहाँ गाढ़ी

कमाई के रुपये हैं। कौन पचा सकता है? हाड़ फोड़-फोड़कर निकालेंगे। द्वार पर सिर पटक-पटक कर मर जाऊंगा।

उसी दिन संध्या को जगत पांडे ने मिस्टर सिन्हा के बंगले के सामने आसन जमा दिया। वहाँ बरगद का एक घना वृक्ष था। मुकदमे वाले वहीं सत्तू चबेना खाते और दोपहर उसी की छाँह में काटते थे। जगत पांडे उनसे मिस्टर सिन्हा की दिल खोलकर जिन्दा करता। न कुछ खाता न पीता, बस लोगों को अपनी राम कहानी सुनाया करता। जो सुनता, वह जज साहब को चार खोटी-खरी कहता- आदमी नहीं पिशाच है। इसे तो ऐसी जगह मारे, जहाँ पानी न मिले। रुपये के रुपये लिये, ऊपर से खर्चे समेत डिग्री कर दी। यही करना था तो रुपये काहे को निगले थे? यह है हमारे भाई -बंदों का हाल। यह अपने कहलाते हैं। इनसे तो अंग्रेज ही अच्छे। इस तरह की आलोचनाएँ दिन-भर हुआ करतीं। जगत पांडे के आस-पास आठों पहर जमघट लगा रहता था।

इस तरह चार दिन बीत गये और मिस्टर सिन्हा के कानों में भी बात पहुँची। अन्य रिश्वती कर्मचारियों की तरह वह भी हेकड़ आदमी थे। ऐसे निर्द्वन्द्व रहते, मानों उनमें यह बुराई छू तक नहीं गई है। जब वह कानून से जौ-भर भी न टलते थे, तो उन पर रिश्वत का सन्देह हो ही क्यों कर सकता था, और कोई करता भी तो उसकी मानता कौन? ऐसे चतुर खिलाड़ी के विरुद्ध कोई जाने की कार्रवाई कैसे होती? मिस्टर सिन्हा अपने अफसरों से भी खुशामद का व्यवहार न करते। इससे हुक्काम भी उनका बहुत आदर करते थे। मगर जगत पांडे ने वह मंत्र मारा था, जिसका उनके पास कोई उत्तर न था। ऐसे बाँगड़ आदमी से आज तक उन्हें साबिका न पड़ा था। अपने नौकरों से पूछते- बूढ़ा क्या कर रहा है! नौकर लोग अपनापन जताने के लिए झूठ के पुल बांध देते- हुजूर कहता था, भूत बनकर लगूंगा, मेरी वेदी बने तो सही, जिस दिन मरूंगा,उस दिन एक-एक के सौ जगत पांडे होंगे।

मिस्टर सिन्हा पक्के नास्तिक थे, लेकिन ये बातें सुन-सुनकर सशंक हो जाते, और उनकी पत्नी तो थर-थर काँपने लगतीं। वह नौकरों से बार-बार कहतीं, उससे जाकर पूछो, क्या चाहता है। जितने रुपये चाहे ले ले, हमसे जो माँगे वह देंगे, बस यहाँ से चला जाये। लेकिन मिस्टर सिन्हा आदमियों को इशारे से मना कर देते थे। उन्हें अभी तक आशा थी कि भूख-प्यास से व्याकुल होकर बूढ़ा चला जायेगा। इससे अधिक यह भय था कि मैं जरा भी नरम पड़ा और नौकरों ने मुझे उल्लू बनाया।

छठे दिन मालूम हुआ कि जगत पांडे अबोल हो गया है, उससे हिला तक नहीं जाता, चुपचाप पड़ा आकाश की ओर देख रहा है। शायद आज रात को दम निकल जाये। मिस्टर सिन्हा ने लम्बी साँस ली और गहरी चिन्ता में डूब गए। पत्नी ने आँखों में आँसू भरकर आग्रहपूर्वक कहा- तुम्हें मेरे सिर की कसम। जाकर किसी तरह इस बला को टालो। बूढ़ा मर गया, तो हम कहीं के न रहेंगे। अब रुपये का मुँह मत देखो। दो-चार हजार भी देने पड़े, तो देकर उसे मनाओ। तुमको जाते शर्म आती हो, तो मैं चली जाऊँ।

सिन्हा- जाने का इरादा तो मैं कई दिन से कर रहा हूँ लेकिन जब देखता हूँ वहाँ भीड़ लगी रहती है, इससे हिम्मत नहीं पड़ती। सब आदमियों के सामने तो मुझसे न जाया जायेगा, चाहे

कितनी ही बड़ी मुसीबत क्यों न आ पड़े। तुम दो- चार हजार को कहती हो, मैं दस-पाँच हजार देने को तैयार हूँ। लेकिन वहाँ जा नहीं सकता। न जाने, किस बुरी साइत में मैंने इसके रुपये लिये। जानता कि यह इतना फसाद खड़ा करेगा, तो फाटक में घुसने ही न देता। देखने में तो ऐसा सीधा मालूम होता था कि गऊ है। मैंने पहली बार आदमी पहचानने में धोखा खाया।

पत्नी- तो मैं ही चली जाऊँ? शहर की तरफ से आऊंगी और सब आदमियों को हटाकर अकेले में बात करूंगी। किसी को खबर न होगी कि कौन है। इसमें तो कोई हर्ज नहीं है।

मिस्टर सिन्हा ने संदिग्ध भाव से कहा- ताड़ने वाले ताड़ ही जायेंगे, चाहे तुम कितना ही छिपाओ।

पत्नी- ताड़ जायेंगे, ताड़ जायें, अब इससे कहाँ तक डरूं? बदनामी अभी क्या कम हो रही है, जो और हो जायेगी? सारी दुनिया जानती है कि तुमने रुपये लिये हैं। यों ही कोई किसी पर प्राण नहीं देता। फिर अब व्यर्थ की ऐंठ क्यों करो?

मिस्टर सिन्हा अब मर्मवेदना को न दबा सके। बोले- प्रिय, यह व्यर्थ की ऐंठ नहीं है। चोर को अदालत में बेंत खाने से उतनी लज्जा नहीं आती, स्त्री को कलंक से उतनी लज्जा नहीं आती, जितनी किसी हाकिम को अपनी रिश्वत का परदा खुलने से आती है। वह जहर खाकर मर जायेगा, पर संसार के सामने अपना परदा न खोलेगा। अपना सर्वनाश देख सकता है, पर वह अपमान नहीं सह सकता। जिंदा खाल खिंचने या कोल्हू. में पेरे जाने के सिवा और कोई ऐसी स्थिति नहीं है, जो उसे अपना अपराध स्वीकार करा सके। इसका तो मुझे जरा भी भय नहीं है कि ब्राह्मण भूत बनकर हमको सताएगा या हमें उसकी वेदी बनाकर पूजनी पड़ेगी। यह भी जानता हूँ कि पाप का दंड भी बहुधा नहीं मिलता, लेकिन हिन्दू होने के कारण संस्कारों की शंका कुछ-कुछ बनी हुई है। ब्रह्म-हत्या का कलंक सिर पर लेते हुए आत्मा काँपती है। बस, इतनी बात है। मैं आज रात को मौका देखकर जाऊंगा और इस संकट को काटने के लिए जो कुछ हो सकेगा, करूंगा। खातिर जमा रखो।

3

आधी रात बीत चुकी थी। मिस्टर सिन्हा घर से निकले और अकेले जगत पांडे को मनाने चले। बरगद के नीचे बिलकुल सन्नाटा था। अंधकार ऐसा था, मानो निशा देवी यहीं शयन कर रही है। जगत पांडे की साँस जोर-जोर से चल रही थी, मानो मौत जबरदस्ती घसीटे लिये जाती हो। मिस्टर सिन्हा के रोएँ खड़े हो गए। बुड्ढा कहीं मर तो नहीं रहा है? जेब से लालटेन निकाली और जगत के समीप जाकर बोले- पांडेजी, कहो क्या हाल है?

जगत पांडे ने आँखें खोलकर देखा और उठने की असफल चेष्टा करके बोला- मेरा हाल पूछते हो? देखते नहीं हो, मर रहा हूँ।

सिन्हा- तो इस तरह क्यों प्राण देते हो?

जगत- यही इच्छा है, तो मैं क्या करूँ?

सिन्हा- मेरी तो इच्छा नहीं। हां, तुम अलबत्ता मेरा सर्वनाश करने पर तुले हुए हो। आखिर मैंने तुम्हारे डेढ़ सौ रुपए ही तो लिये हैं। इतने ही रुपये के लिए तुम इतना बड़ा अनुष्ठान कर रहे हो।

जगत- डेढ़ सौ रुपये की बात नहीं है। तुमने मुझे मिट्टी में जो मिला दिया। मेरी डिग्री हो गई होती, तो मुझे दस बीघे जमीन मिल जाती और सारे इलाके में नाम हो जाता। तुमने मेरे डेढ़ सौ नहीं लिये, मेरे पाँच हजार बिगाड़ दिए। पूरे पाँच हजार। लेकिन यह घमण्ड न रहेगा, याद रखना। कहे देता हूँ सत्यानाश हो जाएगा । इस अदालत में तुम्हारा राज्य है, लेकिन भगवान के दरबार में विप्रो ही का राज्य है। विप्र का धन लेकर कोई सुखी नहीं रह सकता।

मिस्टर सिन्हा ने बहुत खेद और लज्जा प्रकट की, बहुत अनुनय-विनय से काम लिया और अंत में पूछा- सच बतलाओ पांडे, कितने रुपये पा जाओ तो यह अनुष्ठान छोड़ दो?

जगत पांडे इस बार जोर लगाकर उठ बैठे और बड़ी उत्सुकता से बोले- पाँच हजार से कौड़ी कम न लूँगा।

सिन्हा-पाँच हजार तो बहुत होते हैं। इतना जुल्म न करो।

जगत- नहीं, इससे कम न लूंगा।

यह कहकर जगत पांडे फिर लेट गया। उसने ये शब्द इतने निश्चयात्मक भाव से कहे थे कि मिस्टर सिन्हा को और कुछ कहने का साहस न हुआ। रुपये लाने घर चले, लेकिन घर पहुँचते-पहुँचते नीयत बदल गई। डेढ़ सौ के बदले पाँच हजार देते कष्ट हुआ। मन में कहा- मरता है, मर जाने दो, कहाँ की ब्रह्म-हत्या और कैसा पाप! यह सब पाखंड है। बदनामी न होगी? सरकारी मुलाजिम तो यों ही बदनाम होते हैं, यह कोई नई बात थोड़े ही है। बचा कैसे उठ बैठे थे। समझा होगा, उल्लू फंसा। अगर छह दिन के- उपवास करने से पाँच हजार मिलें, तो मैं महीने में कम-से-कम पाँच मर्तबा यह अनुष्ठान करूँ। पाँच हजार नहीं, कोई मुझे एक ही हजार दे दे। यहाँ तो महीने भर नाक रगड़ता हूँ तब जाकर 600 रु. के दर्शन होते हैं। नोंच-खसोट से भी शायद ही किसी महीने में इससे ज्यादा मिलता हो। बैठा मेरी राह देख रहा होगा। लेना रुपये, मुँह मीठा हो जायेगा।

वह चारपाई पर लेटना चाहते थे कि उनकी पत्नी जी आकर खड़ी हो गईं। उनके सिर के बाल खुले हुए थे, आंखें सहमी हुई, रह-रहकर काँप उठती थीं। मुँह से शब्द न निकलता था। बड़ी मुश्किल से बोलीं- आधी रात तो हो गई होगी? तुम जगत पांडे के पास चले जाओ। मैंने अभी ऐसा बुरा सपना देखा कि अभी तक कलेजा धड़क रहा है, जान संकट में पड़ी हुई है। जाकर किसी तरह उसे टालो।

मिस्टर सिन्हा- वहीं से तो चला आ रहा हूँ। मुझे तुमसे ज्यादा फिक्र है। अभी आकर खड़ा ही हुआ था कि तुम आयी।

पत्नी- अच्छा! तो तुम गये थे! क्या बातें हुईं, राजी हुआ?

सिन्हा- पाँच हजार रुपये माँगता है!

पत्नी- पाँच हजार!

सिन्हा- कौड़ी कम नहीं कर सकता और मेरे पास इस वक्त एक हजार से ज्यादा न होंगे।

पत्नी ने एक क्षण सोचकर कहा- जितना माँगता है उतना ही दे दो, किसी तरह गला तो छूटे। तुम्हारे पास रुपये न हों, तो मैं दे दूँगी। अभी से सपने दिखाई देने लगे हैं। मरा तो प्राण कैसे बचेंगे! बोलता-बालता है न?

मिस्टर सिन्हा अगर आबनूस थे, तो उनकी पत्नी चंदन। सिन्हा उनके गुलाम थे, उनके इशारों पर चलते थे। पत्नी जी भी पति-शासन में कुशल थी। सौंदर्य और अज्ञान में अपवाद है। सुंदरी कभी भोली नहीं होती। वह पुरुष के मर्मस्थल पर आसन जमाना जानती है।

सिन्हा- तो लाओ देता आऊँ, लेकिन आदमी बड़ा चग्घड़ है, कहीं रुपये लेकर सबको दिखाता फिरा तो?

पत्नी- इसको इसी वक्त यहाँ से भगाना होगा।

सिन्हा- तो निकालो, दे ही दूँ। जिंदगी में यह बात भी याद रहेगी।

पत्नी ने अविश्वास के भाव से कहा- चलो, मैं भी चलती हूँ। इस वक्त कौन देखता है।

पत्नी से अधिक पुरुष के चरित्र का ज्ञान और किसी को नहीं होता। मिस्टर सिन्हा की मनोवृत्तियों को उनकी पत्नी जी खूब जानती थीं। कौन जाने, रास्ते में रुपये कहीं छिपा दें और कह दें, दे आये। या कहने लगें, रुपये लेकर भी नहीं टलता, तो मैं क्या करूँ। जाकर संदूक से नोटों के पुलिंदे निकाले और उन्हें चादर में छिपाकर मिस्टर सिन्हा के साथ चलीं। सिन्हा के मुँह पर झाड़ू-सी फिरी हुई थी। लालटेन लिए पछताते चले जाते थे। 5000 रु. निकले जाते। फिर इतने रुपये कब मिलेंगे, कौन जानता है! इससे तो कहीं अच्छा था कि दुष्ट मर ही जाता। बला से बदनामी होती, कोई मेरी जेब से रुपये तो न छीन लेता। ईश्वर करे, मर गया हो।

अभी दोनों आदमी फाटक ही तक आये थे कि देखा, जगत पांडे लाठी टेकता चला आता है। उसका स्वरूप इतना डरावना था, मानो श्मशान से कोई मुर्दा भागा आता हो।

इनको देखते ही जगत पांडे बैठ गया और हांफता हुआ बोला- बड़ी देर हुई, आये?

पत्नी जी बोलीं- महाराज, हम तो आ ही रहे थे, तुमने क्यों कष्ट किया? रुपये लेकर सीधे घर चले जाओगे न?

जगत- हां-हाँ। सीधा घर जाऊंगा। कहां हैं रुपये देखूं।

पत्नी जी ने नोटों का पुलिंदा बाहर निकाला और लालटेन दिखाकर बोली- गिन लो। पूरे 5,000 रु. हैं। पांडे ने पुलिन्दा लिया और बैठकर उसे उलट-पुलट कर देखने लगा। उसकी आँखें एक नए प्रकाश से चमकने लगीं। हाथों में नोटों को तौलता हुआ बोला- पूरे पाँच हजार हैं?

पत्नी- पूरे, गिन लो!

जगत- पाँच हजार में दो टोकरी भर जायेगी! (हाथों से बताकर) इतने सारे हुए पाँच हजार.

सिन्हा- क्या अब भी तुम्हें विश्वास नहीं आता?

जगत- हैं, पूरे हैं, पूरे पाँच हजार! तो अब जाऊँ, भाग जाऊँ?

यह कहकर वह पुलिंदा लिये कई कदम लड़खड़ाता हुआ चला, जैसे कोई शराबी, और तब धम से जमीन पर गिर पड़ा। मिस्टर सिन्हा लपक कर उठाने दौड़े, तो देखा उसकी आँखें पथरा गई हैं और मुख पीला पड़ गया है। बोले-पांडे-पांडे, क्या कहीं चोट आ गई?

पांडे ने एक बार मुँह खोला, जैसे मरती हुई चिड़िया सिर लटकाकर चोंच खोल देती है। जीवन का अन्तिम धागा भी टूट गया। होंठ खुले हुए थे और नोटों का पुलिंदा छाती पर रखा हुआ था। इतने में पत्नी जी भी आ पहुँची और शव देखकर चौंक पड़ी।

पत्नी- इसे क्या हो गया?

सिन्हा- मर गया, और क्या हो गया?

पत्नी-(सिर पीटकर) मर गया! हाय भगवान! अब कहां जाऊँ।

यह कहकर वह बंगले की ओर बड़ी तेजी से चलीं, मिस्टर सिन्हा ने भी नोटों का पुलिंदा शव की छाती पर से उठा लिया और चले।

पत्नी- ये रुपये अब क्या होंगे?

सिन्हा-किसी धर्म-कार्य में दे दूँगा ।

पत्नी- घर में मत रखना, खबरदार! हाय भगवान।

4

दूसरे दिन सारे शहर में खबर मशहूर हो गई-जगत पांडे ने जज साहब पर जान दे दी। उसका शव उठा तो हजारों आदमी साथ थे। मिस्टर सिन्हा को खुल्लम- खुल्ला गालियाँ दी जा रही थीं।

संध्या समय मिस्टर सिन्हा कचहरी से आकर मन मारे बैठे थे कि नौकरों ने आकर कहा- सरकार, हमको छुट्टी दी जाये! हमारा हिसाब कर दीजिए। हमारी बिरादरी के लोग धमकाते हैं कि तुम जज साहब की नौकरी करोगे, तो हुक्का- पानी बंद हो जायेगा।

सिन्हा ने झल्लाकर कहा- कौन धमकाता है?

कहार- किसका नाम बताएँ सरकार? सभी तो कह रहे हैं।

रसोइया- हुजूर, मुझे तो लोग धमकाते हैं कि मंदिर में न घुसने पाओगे।

सिन्हा- एक महीने की नोटिस दिये बगैर तुम नहीं जा सकते।

साईस- हुजूर, बिरादरी से बिगाड़ करके हम लोग कहाँ जाएँगे? हमारा आज से इस्तीफा है। हिसाब जब चाहे कर दीजिएगा ।

मिस्टर सिन्हा ने बहुत धमकाया, फिर दिलासा देने लगे, लेकिन नौकरों ने एक न सुनी। आधे घण्टे के अंदर सबों ने अपना-अपना रास्ता लिया। मिस्टर सिन्हा दाँत पीसकर रह गए, लेकिन हाकिमों का काम कब रुकता है? उन्होंने उसी वक्त कोतवाल को खबर दी और कई आदमी बेगार में पकड़ आये। काम चल निकला।

उसी दिन से मिस्टर सिन्हा और हिन्दू समाज में खींच-तान शुरू हुई। धोबी ने कपड़े धोना बंद कर दिया। ग्वाले ने दूध लाने में आनाकानी की। नाई ने हजामत बनानी छोड़ी। इन विपत्तियों पर पत्नी जी का रोना-धोना और भी गजब था। इन्हें रोज भयंकर स्वप्न दिखाई देते। रात को एक कमरे से दूसरे में जाते प्राण निकलते थे। किसी का जरा सिर भी दुखता, तो नहों में जान समा जाती। सबसे बड़ी मुसीबत यह थी कि अपने सम्बन्धियों ने भी आना-जाना छोड़ दिया। एक दिन साले आये, मगर बिना पानी पिये चले गये। इसी तरह एक बहनोई का आगमन हुआ। उन्होंने पान तक न खाया। मिस्टर सिन्हा बड़े धैर्य से यह सारा तिरस्कार सहते जाते थे। अब तक उनकी आर्थिक हानि न हुई थी। गरज के बावले झक मारकर आते ही थे और नजर-नजराना मिलता ही था। फिर विशेष चिन्ता का कोई कारण न था।

लेकिन बिरादरी से बैर करना पानी में रहकर मगर से बैर करना है। कोई- न-कोई ऐसा अवसर अवश्य ही आ जाता है, जब हमको बिरादरी के सामने सिर झुकाना पड़ता है। मिस्टर सिन्हा को भी साल के अन्दर ही ऐसा अवसर आ पड़ा। यह उनकी पुत्री का विवाह था। यही वह समस्या है, जो बड़े-बड़े हेकड़ों का घमंड चूर-चूर कर देती है। आप किसी के आने-जाने की परवाह न करें, हुक्का-पानी, भोज- भात, मेल-जोल किसी बात की परवाह न करें, मगर लड़की का विवाह तो न टलने वाली बला है। उससे बचकर आप कहां जाएँगे।

मिस्टर सिन्हा को इस बात का दगदगा तो पहले ही था कि त्रिवेणी के विवाह में बाधाएँ पड़ेंगी, लेकिन उन्हें विश्वास था कि द्रव्य की अपार शक्ति इस मुश्किल को हल कर देगी। कुछ दिन तक उन्होंने जानबूझकर टाला कि शायद इस आँधी का जोर कुछ कम हो जाए, लेकिन जब त्रिवेणी का सोलहवाँ साल समाप्त हो गया, तो दाल-मटोल की गुंजाइश न रही। संदेशे भेजने लगे, लेकिन जहाँ संदेशिया जाता, वही जवाब मिलता- हमें मंजूर नहीं। जिन घरों में साल-भर पहले उनका सन्देशा पाकर लोग अपने भाग्य को सराहते, वहाँ से अब सूखा जवाब मिलता था- हमें मंजूर नहीं। मिस्टर सिन्हा धन का लोभ देते, जमीन नजर करने को कहते, लड़के को विलायत भेजकर ऊँची शिक्षा दिलाने का प्रस्ताव करते, किन्तु उनके सारे आयोजनों का एक ही जवाब मिलता था- हमें मंजूर नहीं।

ऊँचे घरानों का यह हाल देखकर मिस्टर सिन्हा उन घरानों में सन्देश भेजने लगे, जिनके साथ पहले बैठकर भोजन करने में भी उन्हें संकोच होता था, लेकिन यहाँ भी यही जवाब मिला- हमें मंजूर नहीं। यहाँ तक कि कई जगह वह खुद दौड़- दौड़कर गये, लोगों की मिन्नतें कीं, पर यही जवाब मिला- साहब, हमें मंजूर नहीं। शायद बहिष्कृत घरानों में उनका सन्देश स्वीकार कर लिया जाता, पर मिस्टर सिन्हा जान बूझकर मक्खी न निगलना चाहते थे। ऐसे लोगों से संबंध न करना चाहते थे, जिनका बिरादरी में कोई स्थान न था। इस तरह एक वर्ष बीत गया।

मिसेज सिन्हा चारपाई पर पड़ी कराह रही थीं, त्रिवेणी भोजन बना रही थी और मिस्टर सिन्हा पत्नी के पास चिंता में डूबे हुए थे। उनके हाथ में एक खत था, बार-बार उसे देखते और कुछ सोचने लगते थे। बड़ी देर के बाद रोहिणी ने अपनी आंखें खोलीं और बोलीं- अब न बचूँगी। पांडे मेरी जान लेकर छोड़ेगा। हाथ में कैसा कागज है?

सिन्हा- यंशोदानंद के पास से खत आया है। पाजी को यह खत लिखते हुए शर्म नहीं आयी? मैंने इसकी नौकरी लगाई, इसकी शादी करवाई और आज उसका मिज़ाज इतना बढ़ गया है कि अपने छोटे आई की शादी मेरी लड़की से करना पसंद नहीं करता। अभागे के भाग्य खुल जाते।

पत्नी- भगवान, अब ले चलो। यह दुर्दशा नहीं देखी जाती। अंगूर खाने का जी चाहता है, मँगवाए हैं कि नहीं?

सिन्हा- मैं खुद जाकर लेता आया था।

यह कहकर उन्होंने तश्तरी में अंगूर भरकर पत्नी के पास रख दिये। वह उठा-उठाकर खाने लगीं। जब तश्तरी खाली हो गई तो बोलीं- अब किसके यहाँ सन्देश भेजोगे?

सिन्हा- किसके यहाँ बताऊँ! मेरी समझ में तो अब कोई ऐसा आदमी नहीं रह गया। ऐसी बिरादरी में रहने से तो यह हजार दर्जा अच्छा है कि बिरादरी के बाहर रहूँ। मैंने एक ब्राह्मण से रिश्वत ली। इससे मुझे इनकार नहीं। लेकिन कौन रिश्वत नहीं लेता? अपने गौ पर कोई नहीं चूकता। ब्राह्मण नहीं, खुद ईश्वर ही क्यों न हों, रिश्वत खाने वाले उन्हें भी चूरा लेंगे। रिश्वत देने वाला अगर निराश होकर अपने प्राण दे देता है, तो मेरा क्या अपराध? अगर कोई मेरे फैसले से नाराज होकर जहर खा ले, तो मैं क्या कर सकता हूँ। इस पर भी मैं प्रायश्चित्त करने को तैयार हूँ। बिरादरी जो दण्ड दे, उसे स्वीकार करने को तैयार हूँ। सबसे कह चुका हूँ मुझसे जो प्रायश्चित्त चाहो, करा लो, पर कोई नहीं सुनता। दंड अपराध के अनुकूल होना चाहिए, नहीं तो यह अन्याय है। अगर किसी मुसलमान का छुआ भोजन खाने के लिए बिरादरी मुझे काले पानी भेजना चाहे, तो मैं उसे कभी न मानूँगा। फिर अपराध अगर है तो मेरा है। मेरी लड़की ने क्या अपराध किया है! मेरे अपराध के लिए लड़की को दंड देना सरासर न्याय-विरुद्ध है।

पत्नी -मगर करोगे क्या? कोई पंचायत क्यों नहीं करते?

सिन्हा- पंचायत में भी तो बिरादरी के मुखिया लोग ही होंगे, उनसे मुझे न्याय की आशा नहीं। वास्तव में इस तिरस्कार का कारण ईर्ष्या है। मुझे देखकर सब जलते हैं और इसी बहाने से मुझे नीचा दिखाना चाहते हैं। मैं इन लोगों को खूब समझता हूँ।

पत्नी-मन की लालसा मन ही में रह गई। यह अरमान लिये संसार से जाना पड़ेगा। भगवान की जैसी इच्छा। तुम्हारी बातों से मुझे डर लगता है कि मेरी बच्ची की न-जाने क्या दशा होगी। मगर तुमसे मेरी अन्तिम विनय यही है कि बिरादरी के बाहर न जाना, नहीं तो परलोक में भी मेरी आत्मा को शान्ति न मिलेगी। यह शोक मेरी जान ले रहा है। हाय, मेरी बच्ची पर न-जाने क्या विपत्ति आने वाली है।

यह कहते कहते मिसेज सिन्हा की आँखों से आँसू बहने लगे। मिस्टर सिन्हा ने उनको दिलासा देते हुए कहा- इसकी चिंता मत करो प्रिय। मेरा आशय केवल यह था कि ऐसे भाव मेरे मन में आया करते हैं। तुमसे सच कहता हूँ बिरादरी के अन्याय से कलेजा छलनी हो गया है।

पत्नी- बिरादरी को बुरा मत कहो। बिरादरी का डर न हो, तो आदमी न- जाने क्या-क्या उत्पात करे। बिरादरी को बुरा न कहो। (कलेजे पर हाथ रखकर) यहाँ बड़ा दर्द हो रहा है। यंशोदानंद ने भी कोरा जवाब दे दिया। किसी करवट चैन नहीं आता। क्या करूँ भगवान।

सिन्हा- डॉक्टर को बुलाऊँ?

पत्नी- तुम्हारा जी चाहे बुला लो, लेकिन मैं बचूँगी नहीं। जरा तिब्बी को बुला लो, प्यार कर लूँ जी डूबा जाता है। मेरी बच्ची! हाय मेरी बच्ची।

□□□

धिक्कार

ईरान और यूनान में घोर संग्राम हो रहा था। ईरानी दिन-दिन बढ़ते जाते थे और यूनान के लिए संकट का सामना था। देश के सारे व्यवसाय बंद हो गये थे, हल की मुठिया पर हाथ रखने वाले किसान तलवार की मुठिया पकड़ने के लिए मजबूर हो गये, डंडी तौलने वाले भाले तौलते थे। सारा देश आत्म-रक्षा के लिए तैयार हो गया था। फिर भी शत्रु के कदम दिन-दिन आगे ही बढ़ते आते थे। जिस ईरान को यूनान कई बार कूचल चुका था, वही ईरान आज क्रोध के आवेग की भांति सिर पर चढ़ आता था। मर्द तो रणक्षेत्र में सिर कटा रहे थे और स्त्रियां दिन-दिन की निराशाजनक खबरें सुनकर सूखी जाती थीं। क्योंकर लाज की रक्षा होगी? प्राण का भय न था, सम्पत्ति का भय न था, भय था मर्यादा का। विजेता गर्व से मतवाले होकर यूनानी ललनाओं को घूरेंगे, उनके कोमल अंगों को स्पर्श करेंगे, उनको कैद कर ले जायेंगे! उस विपत्ति की कल्पना ही से इन लोगों के रोयें खड़े हो जाते थे।

आखिर जब हालत बहुत नाजुक हो गयी तो कितने ही स्त्री-पुरुष मिलकर डेल्फी के मंदिर में गये और प्रश्न किया—देवी, हमारे ऊपर देवताओं की यह वक्र-दृष्टि क्यों है? हमसे ऐसा कौन-सा अपराध हुआ है? क्या हमने नियमों का पालन नहीं किया, कुरबानियां नहीं कीं, व्रत नहीं रखे? फिर देवताओं ने क्यों हमारे सिरों से अपनी रक्षा का हाथ उठा लिया?

पुजारिन ने कहा—देवताओं की असीम कृपा भी देश को द्रोही के हाथ से नहीं बचा सकती। इस देश में अवश्य कोई-न-कोई द्रोही है। जब तक उसका वध न किया जायेगा, देश के सिर से यह संकट न टलेगा।

'देवी, वह द्रोही कौन है?

'जिस घर से रात को गाने की ध्वनि आती हो, जिस घर से दिन को सुगंध की लपटें आती हों, जिस पुरुष की आंखों में मद की लाली झलकती हो, वही देश का द्रोही है।'

लोगों ने द्रोही का परिचय पाने के लिए और कितने ही प्रश्न किये; पर देवी ने कोई उत्तर न दिया।

2

यूनानियों ने द्रोही की तलाश करनी शुरू की। किसके घर में से रात को गाने की आवाजें आती हैं। सारे शहर में संध्या होते स्यापा-सा छा जाता था। अगर कहीं आवाजें सुनायी देती थीं तो रोने की; हंसी और गाने की आवाज कहीं न सुनायी देती थी।

दिन को सुगंध की लपटें किस घर से आती हैं? लोग जिधर जाते थे, किसे इतनी फुरसत थी कि घर की सफाई करता, घर में सुगंध जलाता; धोबियों का अभाव था अधिकांश लड़ने के लिए चले गये थे, कपड़े तक न धुलते थे; इत्र-फुलेल कौन मलता!

किसकी आंखों में मद की लाली झलकती है? लाल आंखें दिखाई देती थी; लेकिन यह मद की लाली न थी, यह आंसुओं की लाली थी। मदिरा की दुकानों पर खाक उड़ रही थी। इस जीवन ओर मृत्यु के संग्राम में विलास की किसे सूझती! लोगों ने सारा शहर छान मारा लेकिन एक भी आंख ऐसी नजर न आयी जो मद से लाल हो।

कई दिन गुजर गये। शहर में पल-पल पर रणक्षेत्र से भयानक खबरें आती थीं और लोगों के प्राण सूख जाते थे।

आधी रात का समय था। शहर में अंधकार छाया हुआ था, मानो श्मशान हो। किसी की सूरत न दिखाई देती थी। जिन नाट्यशालाओं में तिल रखने की जगह न मिलती थी, वहां सियार बोल रहे थे। जिन बाजारों में मनचले जवान अस्त्र-शस्त्र सजायें ऐंठते फिरते थे, वहां उल्लू बोल रहे थे। मंदिरों में न गाना होता था न बजाना। प्रासादों में अंधकार छाया हुआ था।

एक बूढ़ा यूनानी जिसका इकलौता लड़का लड़ाई के मैदान में था, घर से निकला और न-जाने किन विचारों की तरंग में देवी के मंदिर की ओर चला। रास्ते में कहीं प्रकाश न था, कदम-कदम पर ठोकरें खाता था; पर आगे बढ़ता चला जाता। उसने निश्चय कर लिया कि या तो आज देवी से विजय का वरदान लूंगा या उनके चरणों पर अपने को भेंट कर दूंगा।

3

सहसा वह चौंक पड़ा। देवी का मंदिर आ गया था। और उसके पीछे की ओर किसी घर से मधुर संगीत की ध्वनि आ रही थी। उसको आश्चर्य हुआ। इस निर्जन स्थान में कौन इस वक्त रंगरेलियां मना रहा है। उसके पैरों में पर लग गये, मंदिर के पिछवाड़े जा पहुंचा।

उसी घर से जिसमें मंदिर की पुजारिन रहती थी, गाने की आवाजें आती थीं! वृद्ध विस्मित होकर खिड़की के सामने खड़ा हो गया। चिराग तले अंधेरा! देवी के मंदिर के पिछवाड़े य अंधेर?

बूढ़े ने द्वार झांका; एक सजे हुए कमरे में मोमबत्तियां झाड़ों में जल रही थीं, साफ-सुथरा फर्श बिछा था और एक आदमी मेज पर बैठा हुआ गा रहा था। मेज पर शराब की बोतल और प्यालियां रखी हुई थीं। दो गुलाम मेज के सामने हाथ में भोजन के थाल खड़े थे, जिसमें से मनोहर सुगंध की लपटें आ रही थीं।

बूढ़े यूनानी ने चिल्लाकर कहा—यही देशद्रोही है, यही देशद्रोही है!

मंदिर की दीवारों ने दुहराया—द्रोही है!

बगीचे की तरफ से आवाज आयी—द्रोही है!

मंदिर की पुजारिन ने घर में से सिर निकालकर कहा—हां, द्रोही है!

यह देशद्रोही उसी पुजारिन का बेटा पासोनियस था। देश में रक्षा के जो उपाय सोचे जाते, शत्रुओं का दमन करने के लिए जो निश्चय किय जाते, उनकी सूचना यह ईरानियों को दे दिया करता था। सेनाओं की प्रत्येक गति की खबर ईरानियों को मिल जाती थी और उन प्रयत्नों को विफल बनाने के लिए वे पहले से तैयार हो जाते थे। यही कारण था कि यूनानियों को जान लड़ा देने पर भी विजय न होती थी। इसी कपट से कमाये हुये धन से वह भोग-विलास करता था। उस समय जब कि देश में घोर संकट पड़ा हुआ था, उसने अपने स्वदेश को अपनी वासनाओं के लिए बेच दिया। अपने विलास के सिवा और किसी बात की चिंता न थी, कोई मरे या जिये, देश रहे या जाये, उसकी बला से। केवल अपने कुटिल स्वार्थ के लिए देश की गरदन में गुलामी की बेड़ियां डलवाने पर तैयार था। पुजारिन अपने बेटे के दुराचरण से अनभिज्ञ थी। वह अपनी अंधेरी कोठरी से बहुत कम निकलती, वहीं बैठी जप-तप किया करती थी। परलोक-चिंतन में उसे इहलोक की खबर न थी, मनेन्द्रियों ने बाहर की चेतना को शून्य-सा कर दिया था। वह इस समय भी कोठरी के द्वार बंद किये, देवी से अपने देश के कल्याण के लिए वन्दना कर रही थी कि सहसा उसके कानों में आवाज आयी—यही द्रोही है, यही द्रोही है!

उसने तुरंत द्वार खोलकर बाहर की ओर झांका, पासोनियम के कमरे से प्रकाश की रेखाएं निकल रही थीं और उन्हीं रेखाओं पर संगीत की लहरें नाच रही थीं। उसके पैर-तले से जमीन-सी निकल गयी, कलेजा धक्-से हो गया। ईश्वर! क्या मेरा बेटा देशद्रोही है?

आप-ही-आप, किसी अंत:प्रेरणा से पराभूत होकर वह चिल्ला उठी—हां, यही देशद्रोही है!

4

यूनानी स्त्री-पुरूषों के झुंड-के-झुंड उमड़ पड़े और पासोनियस के द्वार पर खड़े होकर चिल्लाने लगे-यही देशद्राही है!

पासोनियस के कमरे की रोशनी ठंडी हो गयी, संगीत भी बंद था; लेकिन द्वार पर प्रतिक्षण नगरवासियों का समूह बढ़ता जाता था और रह-रह कर सहस्त्रों कंठो से ध्वनि निकलती थी—यही देशद्रोही है!

लोगों ने मशालें जलायी और अपने लाठी-डंडे संभाल कर मकान में घुस पड़े। कोई कहता था—सिर उतार लो। कोई कहता था—देवी के चरणों पर बलिदान कर दो। कुछ लोग उसे कोठे से नीचे गिरा देने पर आग्रह कर रहे थे।

पासोनियस समझ् गया कि अब मुसीबत की घडी सिर पर आ गयी। तुरंत जीने से उतरकर नीचे की ओर भागा। और कहीं शरण की आशा न देखकर देवी के मंदिर में जा घुसा।

अब क्या किया जाये? देवी की शरण जाने वाले को अभय-दान मिल जाता था। परम्परा से यही प्रथा थी? मंदिर में किसी की हत्या करना महापाप था।

लेकिन देशद्रोही को इसने सस्ते कौन छोडता? भांति-भांति के प्रस्ताव होने लगे—

'सूअर का हाथ पकडकर बाहर खींच लो।'

'ऐसे देशद्रोही का वध करने के लिए देवी हमें क्षमा कर देंगी।'

'देवी, आप उसे क्यों नहीं निगल जाती?'

'पत्थरों से मारों, पत्थरो से; आप निकलकर भागेगा।'

'निकलता क्यों नहीं रे कायर! वहां क्या मुंह में कालिख लगाकर बैठा हुआ है?'

रात भर यही शोर मचा रहा और पासोनियस न निकला। आखिर यह निश्चय हुआ कि मंदिर की छत खोदकर फेंक दी जाये और पासोनियस दोपहर की धूप और रात की कडाके की सरदी में आप ही आप अकड जाये। बस फिर क्या था। आन की आन में लोगों ने मंदिर की छत और कलस ढा दिये।

अभगा पासोनियस दिन-भर तेज धूप में खड़ा रहा। उसे जोर की प्यास लगी; लेकिन पानी कहां? भूख लगी, पर खाना कहां? सारी जमीन तवे की भांति जलने लगी; लेकिन छांह कहां? इतना कष्ट उसे जीवन भर में न हुआ था। मछली की भांति तडपता था ओर चिल्ला-चिल्ला कर लोगों को पुकारता था; मगर वहां कोई उसकी पुकार सुनने वाला न था। बार-बार कसमें खाता था कि अब फिर मुझसे ऐसा अपराध न होगा; लेकिन कोई उसके निकट न आता था। बार-बार चाहता था कि दीवार से टकरा कर प्राण दे दे; लेकिन यह आशा रोक देती थी कि शायद लोगों को मुझ पर दया आ जाये। वह पागलों की तरह जोर-जोर से कहने लगा—मुझे मार डालो, मार डालो, एक क्षण में प्राण ले लो, इस भांति जला-जला कर न मारो। ओ हत्यारों, तुमको जरा भी दया नहीं।

दिन बीता और रात—भयंकर रात—आयी। ऊपर तारागण चमक रहे थे मानो उसकी विपत्ति पर हंस रहे हों। ज्यों-ज्यों रात बीतती थी देवी विकराल रूप धारण करती जाती थी। कभी वह उसकी ओर मुंह खोलकर लपकती, कभी उसे जलती हुई आंखो से देखती। उधर क्षण-क्षण सरदी बढती जाती थी, पासोनियस के हाथ-पांव अकडने लगे, कलेजा कांपने लगा। घुटनों में सिर रखकर बैठ गया और अपनी किस्मत को रोने लगा। कुरते की खींचकर कभी पैरों को छिपाता, कभी हाथों को, यहां तक कि इस खींचातानी में कुरता भी फट गया। आधी रात जाते-जाते बर्फ गिरने लगी। दोपहर को उसने सोचा गरमी ही सबसे कष्टदायक है। ठंड के सामने उसे गरमी की तकलीफ भूल गयी।

आखिर शरीर में गरमी लाने के लिए एक हिमकत सूझी। वह मंदिर में इधर-उधर दौडने लगा। लेकिन विलासी जीव था, जरा देर में हांफ कर गिर पड़ा।

5

प्रात:काल लोगों ने किवाड खोले तो पासोनिसय को भूमि पर पड़े देखा। मालूम होता था, उसका शरीर अकड गया है। बहुत चीखने-चिल्लाने पर उसने आखें खोली; पर जगह से हिल न सका। कितनी दयनीय दशा थी, किंतु किसी को उस पर दया न आयी। यूनान में देशद्रोह सबसे बडा अपराध था और द्रोही के लिए कहीं क्षमा न थी, कहीं दया न थी।

एक—अभी मरा है?

दूसरा—द्रोहियों को मौत नहीं आती!

तीसरा—पडा रहने दो, मर जायेगा!

चौथा—मक्र किये हुए है?

पांचवा—अपने किये की सजा पा चुका है, अब छोड देना चाहिए!

सहसा पासोनियस उठ बैठा और उद्दण्ड भाव से बोला—कौन कहता है कि इसे छोड देना चाहिए! नहीं, मुझे मत छोडना, वरना पछताओगे! मैं स्वार्थी दूं; विषय-भोगी हूं, मुझ पर भूलकर भी विश्वास न करना। आह! मेरे कारण तुम लोगों को क्या-क्या झेलना पडा, इसे सोचकर मेरा जी चाहता है कि अपनी इंद्रियों को जलाकर भस्म कर दूं। मैं अगर सौ जन्म लेकर इस पाप का प्रायश्चित करूं, तो भी मेरा उद्धार न होगा। तुम भूलकर भी मेरा विश्वास न करो। मुझे स्वयं अपने ऊपर विश्वास नहीं। विलास के प्रेमी सत्य का पालन नहीं कर सकते। मैं अब भी आपकी कुछ सेवा कर सकता हूं, मुझे ऐसे-ऐसे गुप्त रहस्य मालूम हैं, जिन्हें जानकर आप ईरानियों का संहार कर सकते है; लेकिन मुझे अपने ऊपर विश्वास नहीं है और आपसे भी यह कहता हूं कि मुझ पर विश्वास न कीजिए। आज रात को देवी की मैंने सच्चे दिल से वंदना की है और उन्होनें मुझे ऐसे यंत्र बताये हैं, जिनसे हम शत्रुओं को परास्त कर सकते हैं, ईरानियों के बढते हुए दल को आज भी आन की आन में उड़ा सकते है। लेकिन मुझे अपने ऊपर विश्वास नहीं है। मैं यहां से बाहर निकल कर इन बातों को भूल जाऊंगा। बहुत संशय हैं, कि फिर ईरानियों की गुप्त सहायता करने लगूं। इसलिए मुझ पर विश्वास न कीजिए।

एक यूनानी—देखो-देखो क्या कहता है?

दूसरा—सच्चा आदमी मालूम होता है।

तीसरा—अपने अपराधों को आप स्वीकार कर रहा है।

चौथा—इसे क्षमा कर देना चाहिए और यह सब बातें पूछ लेनी चाहिए।

पांचवा—देखो, यह नहीं कहता कि मुझे छोड़ दो। हमको बार-बार याद दिलाता जाता है कि मुझ पर विश्वास न करो!

छठा—रात भर के कष्ट ने होश ठंडे कर दिये, अब आंखे खुली है।

पासोनियस—क्या तुम लोग मुझे छोड़ने की बातचीत कर रहे हो? मैं फिर कहता हूं, मैं विश्वास के योग्य नहीं हूं। मैं द्रोही हूं। मुझे ईरानियों के बहुत-से भेद मालूम हैं, एक बार उनकी सेना में पहुंच जाऊं तो उनका मित्र बनकर सर्वनाश कर दूं, पर मुझे अपने ऊपर विश्वास नहीं है।

एक यूनानी—धोखेबाज इतनी सच्ची बात नहीं कह सकता!

दूसरा—पहले स्वार्थांध हो गया था; पर अब आंखे खुली हैं!

तीसरा—देखद्रोही से भी अपने मतलब की बातें मालूम कर लेने में कोई हानि नहीं है। अगर वह अपने वचन पूरे करे तो हमें इसे छोड़ देना चाहिए।

चौथा—देवी की प्रेरणा से इसकी कायापलट हुई है।

पांचवां—पापियों में भी आत्मा का प्रकाश रहता है और कष्ट पाकर जाग्रत हो जाता है। यह समझना कि जिसने एक बार पाप किया, वह फिर कभी पुण्य कर ही नहीं सकता, मान-चरित्र के एक प्रधान तत्व का अपवाद करना है।

छठा—हम इसको यहां से गाते-बजाते ले चलेंगे। जन-समूह को चकमा देना कितना आसान है। जनसत्तावाद का सबसे निर्बल अंग यही है। जनता तो नेक और बद की तमीज नहीं रखती। उस पर धूर्तों, रंगे-सियारों का जादू आसानी से चल जाता है। अभी एक दिन पहले जिस पासोनियस की गरदन पर तलवार चलायी जा रही थी, उसी को जलूस के साथ मंदिर से निकालने की तैयारियां होने लगीं, क्योंकि वह धूर्त था और जानता था कि जनता की कील क्योंकर घुमायी जा सकती है।

एक स्त्री—गाने-बजाने वालों को बुलाओ, पासोनियस शरीफ है।

दूसरी—हां-हां, पहले चलकर उससे क्षमा मांगो, हमने उसके साथ जरूरत से ज्यादा सख्ती की।

पासोनियस—आप लोगों ने पूछा होता तो मैं कल ही कल ही सारी बातें आपको बता देता, तब आपको मालूम होता कि मुझे मार डालना उचित है या जीता रखना।

कई स्त्री-पुरूष—हाय-हाय हमसे बडी भूल हुई। हमारे सच्चे पासोनियस!

सहसा एक वृद्धा स्त्री किसी तरफ से दौडती हुई आयी और मंदिर के सबसे ऊंचे जीने पर खडी होकर बोली—तुम लोगों को क्या हो गया है? यूनान के बेटे आज इतने ज्ञानशून्य हो गये हैं कि झूठे और सच्चे में विवेक नहीं कर सकते? तुम पासोनियस पर विश्वास करते हो? जिस

पासोनियस ने सैकड़ों स्त्रियों और बालकों को अनाथ कर दिया, सैकडों घरों में कोई दिया जलाने वाला न छोड़ा, हमारे देवताओं का, हमारे पुरूषों का, घोर अपमान किया, उसकी दो-चार चिकनी-चुपड़ी बातों पर तुम इतने फूल उठे। याद रखो, अब की पासोनियस बाहर निकला तो फिर तुम्हारी कुशल नही। यूनान पर ईरान का राज्य होगा और यूननी ललनाएं ईरानियों की कुदृष्टि का शिकार बनेंगी। देवी की आज्ञा है कि पासोनियस फिर बाहर न निकलने पाये। अगर तुम्हें अपना देश प्यारा है, अपनी माताओं और बहनों की आबरू प्यारी है तो मंदिर के द्वार को चिन दों। जिससे देशद्रोही को फिर बाहर न निकलने और तुम लोगों को बहकाने का मौका न मिले। यह देखो, पहला पत्थर मैं अपने हाथों से रखती हूं।

लोगों ने विस्मित होकर देखा—यह मंदिर की पुजारिन और पासोनियस की माता थी।

दम के दम में पत्थरों के ढेर लग गये और मंदिर का द्वार चुन दिया गया। पासोनियस भीतर दांत पीसता रह गया।

वीर माता, तुम्हें धन्य है! ऐसी ही माता से देश का मुख उज्ज्वल होता है, जो देश-हित के सामने मातृ-स्नेह की धूल-बराबर परवाह नहीं करतीं! उनके पुत्र देश के लिए होते हैं, देश पुत्र के लिए नहीं होता।

***

लैला

यह कोई न जानता था कि लैला कौन है, कहां से आयी है, और क्या करती है? एक दिन लोगों ने एक अनुपम सुन्दरी को तेहरान के चौक में अपने डफ़ पर हाफिज़ की यह गज़ल झूम-झूमकर गाते सुना-

रसीद मुजरा कि ऐयामे गम न ख्वाहद मांद,
चुना न माँद, चुनीं नीज़ हम न ख्वाहद मांद।

और सारा तेहरान उस पर फिदा हो गया। यही लैला थी।

लैला के रूप-लालित्य की कल्पना करनी हो, तो उषा की प्रफुल्ल लालिमा की कल्पना कीजिए, तब नील गगन स्वर्ण-प्रकाश से रंजित हो जाता है, बहार की कल्पना कीजिए, जब बाग में रंग-रंग के फूल खिलते हैं और बुलबुलें गाती हैं।

लैला के स्वर-लालित्य की कल्पना करनी हो, तो उस घण्टी की अनवरत ध्वनि की कल्पना कीजिए, जो निशा की स्तब्धता में ऊटों की गर्दनों में बजती हुई सुनाई देती है, या उस बाँसुरी की ध्वनि की, जो मध्याह्न की आलस्यमयी शान्ति में किसी वृक्ष की छाया में लेटे हुए चरवाहे के मुख से निकलती है।

जिस वक्त लैला मस्त होकर गाती थी, उसके मुख पर एक स्वर्गीय आभा झलकने लगती थी। वह काव्य, संगीत, सौरभ और सुषमा की एक मनोहर प्रतिमा थी, जिसके सामने छोटे और बड़े, अमीर और गरीब, सभी के सिर झुक जाते थे। सभी मंत्र-मुग्ध हो जाते थे, सभी सिर धुनते थे। वह उस आने वाले समय का सन्देश सुनाती थी, जब देश में सन्तोष और प्रेम का साम्राज्य होगा, जब द्वन्द्व और संग्राम का अन्त हो जायेगा। यह राजा को जगाती और कहती, यह विलासिता कब तक, यह ऐश्वर्य-भोग कब तक? वह प्रजा की सोई हुई अभिलाषाओं को जगाती, उनकी हृत्तन्त्रियों को अपने स्वरों से कम्पित कर देती। वह उन अमर वीरों की कीर्ति सुनाती, जो दीनों की पुकार सुनकर विकल हो जाते थे, उन विदुषियों की महिमा गाती, जो कुल-मर्यादा पर मर मिटी थीं। उसकी अनुरक्त ध्वनि सुनकर लोग दिलों को थाम लेते थे, तड़प जाते थे।

सारा तेहरान लैला पर फिदा था। दलितों के लिए वह आशा का दीपक थी, रसिकों के लिए जन्नत की हूर, धनियों के लिए आत्मा की जागृति और सत्ताधारियों के लिए दया और धर्म का सन्देश। उसकी भौंह के इशारे पर जनता आग में कूद सकती थी। जैसे चैतन्य जड़ को आकर्षित कर देता है, उसी भांति लैला ने जनता को आकर्षित कर लिया था।

और यह अनुपम सौंदर्य सुधा की भांति पवित्र, हिम के समान निष्कलंक और नव कुसुम की भांति अनिन्द्य था। उसके लिए प्रेम-कटाक्ष, एक भेदभरी मुसकान, एक रसीली अदा पर क्या न

हो जाता-कंचन के पर्वत खड़े हो जाते, ऐश्वर्य उपासना करता, रियासतें पैर की धूल चाटतीं, कवि कट जाते, विद्वान् घुटने टेकते, लेकिन लैला किसी की ओर आँख उठा कर भी न देखती थी। वह एक वृक्ष की छाँह में खड़ी रहती, भिक्षा माँगकर खाती और अपनी हृदय-वीणा के राग अलापती थी। वह कवि की सूक्ति की भांति केवल आनन्द और प्रकाश की वस्तु थी, भोग की नहीं। वह ऋषियों के आशीर्वाद की प्रतिमा थी, कल्याण में डूबी हुई, शान्ति में रंगी हुई, कोई उसे स्पर्श न कर सकता था, उसे मोल न ले सकता था।

2

एक दिन संध्या समय तेहरान का शहजादा नादिर घोड़े पर सवार उधर से निकला। लैला गा रही थी। नादिर ने घोड़े की चाल रोक ली और देर तक आत्मविस्मृति की दशा में खड़ा सुनता रहा। गज़ल का पहला शेर यह था-

मरा दर्देस्त अन्दर दिल, अगर गोयम जवाँ सोजद,
वगैर दम दरकशम, तरसन कि मगजो उस्तख्वां सोजद।

फिर वह घोड़े से उतरकर वहीं जमीन पर बैठ गया और सिर झुकाए रोता रहा। तब वह उठा और लैला के पास जाकर उसके कदमों पर सिर रख दिया। लोग अदब से इधर-उधर हट गए।

लैला ने पूछा- तुम कौन हो?

नादिर- तुम्हारा गुलाम!

लैला- मुझसे क्या चाहते हो?

नादिर- आपकी खिदमत करने का हुक्म। मेरे झोंपड़े को अपने कदमों से रोशन कीजिए।

लैला- यह मेरी आदत नहीं।

शहजादा वहीं फिर बैठ गया और लैला फिर गाने लगी। लेकिन गला थर्राने लगा, मानो वीणा का कोई तार टूट गया हो। उसने नादिर की ओर करुण नेत्रों से देखकर कहा- तुम यहाँ मत बैठो।

कई आदमियों ने कहा- लैला, हमारे हुजूर शहजादा नादिर हैं।

लैला बेपरवाही से बोली- बड़ी खुशी की बात है। लेकिन यहाँ शहजादों का क्या काम?- उनके लिए महल हैं, महफ़िलें हैं और शराब के दौर हैं। मैं उनके लिए गाती हूँ जिनके दिल में दर्द है। उनके लिए नहीं, जिनके दिल में शौक हैं।

शहजादा ने उन्मत्त भाव से कहा- लैला, मैं तुम्हारी एक तान पर अपना सब-कुछ निसार कर सकता हूँ। मैं शील का गुलाम था, लेकिन तुमने दर्द का मजा चखा दिया।

लैला फिर गाने लगी, लेकिन आवाज काबू में न थी, मानो वह उसका गला ही न था।

लैला ने डफ कंधे पर रख लिया और अपने डेरे की ओर चली। श्रोता अपने- अपने घर चले। कुछ लोग उसके पीछे-पीछे उस वृक्ष तक आये, जहाँ वह विश्राम करती थी। जब वह अपनी झोंपड़ी के द्वार पर पहुँची, तब सभी आदमी विदा हो चुके थे। केवल एक आदमी झोंपड़ी से कई हाथ पर चुपचाप खड़ा था।

लैला ने पूछा-तुम कौन हो?

नादिर ने कहा- तुम्हारा गुलाम नादिर।

लैला- तुम्हें मालूम नहीं कि मैं अपने अमन के गोशे में किसी को नहीं आने देती?

नादिर- यह तो देख ही रहा हूँ।

लैला- फिर क्यों बैठे हो?

नादिर- उम्मीद दामन पकड़े हुए है।

लैला ने कुछ देर के बाद फिर पूछा- कुछ खाकर आये हो?

नादिर- अब तो न भूख है, न प्यास।

लैला- आओ, आज तुम्हें गरीबों का खाना खिलाऊं। इसका मजा भी चख लो।

नादिर इनकार न कर सका। आज उसे बाजरे की रोटियों में अभूतपूर्व स्वाद मिला। वह सोच रहा था कि विश्व के इस विशाल भवन में कितना आनन्द है। उसे अपनी आत्मा में विकास का अनुभव हो रहा था।

जब वह खा चुका, तब लैला ने कहा- अब जाओ। आधी रात से ज्यादा गुजर गई।

नादिर ने आँखों में आँसू भरकर कहा- नहीं लैला, अब मेरा आसन भी यहीं जमेगा।

नादिर दिन-भर लैला के नगमे सुनता, गलियों में, सड़कों पर जहाँ वह जाती, उसके पीछे-पीछे जाता रहता। रात को उसी पेड़ के नीचे जाकर पड़ा रहता। बादशाह ने समझाया, मलका ने समझाया, उमरा ने मिन्नतें कीं, लेकिन नादिर के सिर से लैला का सौदा न गया। जिन हालों लैला रहती थी, उन हालों वह भी रहता था। मलका उसके लिए अच्छे-से-अच्छे खाने बनाकर भेजती, लेकिन नादिर उसकी ओर देखता भी न था।

लेकिन लैला के संगीत में अब वह सुधा न थी। वह टूटे हुए तारों का राग था, जिसमें न वह लोच था, न वह जादू, न वह असर। वह अब भी गाती थी, सुनने वाले अब भी आते थे, लेकिन अब वह अपना दिल खुश करने को नहीं, उनका दिल खुश करने को गाती थी और सुनने वाले विह्वल होकर नहीं, उसको खुश करने के लिए आते थे।

इस तरह छह महीने गुजर गए।

एक दिन लैला गाने न गयी। नादिर ने कहा- क्यों लैला, आज गाने न चलोगी? लैला ने कहा-अब कभी न जाऊंगी। सच कहना, तुम्हें अब भी मेरे जाने में पहले ही का-सा मजा आता है?

नादिर बोला- पहले से कहीं ज्यादा।

लैला- लेकिन और लोग तो अब नहीं पसंद करते।

नादिर- हाँ मुझे इसका ताज्जुब है।

लैला- ताज्जुब की बात नहीं। पहले मेरा दिल खुला हुआ था, उसमें सबके लिए जगह थी, यह सबको खुश कर सकता था। उसमें से जो आवाज निकलती थी, वह सबके दिलों में पहुँचती थी। अब तुमने उसका दरवाजा बंद कर दिया। अब वहाँ सिर्फ तुम हो, इसलिए उसकी आवाज तुम्हीं को पसंद आती है। यह दिल अब तुम्हारे सिवा और किसी के काम का नहीं रहा। चलो, आज तक तुम मेरे गुलाम थे, आज से मैं तुम्हारी लौंडी होती हूँ। चलो, मैं तुम्हारे पीछे-पीछे चलूँगी। आज तुम मेरे मालिक हो। थोड़ी-सी आग लेकर इस झोंपड़े में लगा दो। इस डफ को उसी में जला दूँगी।

3

तेहरान में घर-घर आनंदोत्सव हो रहा था। आज शहजादा नादिर लैला को ब्याह कर लाया था। बहुत दिनों के बाद उसके दिल की मुराद पूरी हुई थी। सारा तेहरान शहजादे पर जान देता था और उसकी खुशी में शरीक था। बादशाह ने तो अपनी तरफ से मुनादी करवा दी थी कि इस शुभ अवसर पर धन और समय का अपव्यय न किया जाये, केवल लोग मस्जिदों में जमा होकर खुदा से दुआ माँगे कि वर और वधू चिरंजीवी हों और सुख से रहें। लेकिन अपने प्यारे शाहजादे की शादी में धन और धन से अधिक मूल्यवान समय का मुँह देखना किसी को गवारा न था। रइसों ने महफिल सजायी, चिराग जलाए, बाजे बजवाए, गरीबों ने अपनी डफलियाँ संभाली और सड़कों पर घूम-घूमकर उछलते-कूदते फिरे।

संध्या समय शहर के सारे अमीर और रईस शहजादे को बधाई देने के लिए दीवाने-खास में जमा हुए। शहजादा इत्रों से महकता, रत्नों से चमकता और मनोल्लास से खिलता हुआ आकर खड़ा हो गया।

काजी ने अर्ज की- हुजूर पर खुदा की बरकत हो।

हजारों आदमियों ने कहा- आमीन!

शहर की ललनाएँ भी लैला को मुबारकबाद देने आयीं। लैला बिलकुल सादे कपड़े पहने थी। आभूषणों का कहीं नाम न था।

एक महिला ने कहा- आपका सुहाग सदा सलामत रहे।

हजारों कणों से ध्वनि निकली- आमीन।

4

कई साल गुजर गए। नादिर अब बादशाह था और लैला उसकी मलिका। ईरान का शासन इतने सुचारु रूप से कभी न हुआ था। दोनों ही प्रजा के हितैषी थे, दोनों ही उसे सुखी और सम्पन्न देखना चाहते थे। प्रेम ने वे सभी कठिनाइयाँ दूर कर दीं, जो लैला को पहले शंकित करती रहती थीं। नादिर राज-सत्ता का वकील था, लैला प्रजा-सत्ता की, लेकिन व्यावहारिक रूप से उनमें कोई भेद न पड़ता था। कभी यह दब जाता, कभी वह हट जाती। उनका दाम्पत्य-जीवन आदर्श था। नादिर लैला का रुख देखता था, लैला नादिर का। काम से अवकाश मिलता, तो दोनों बैठकर कभी गाते-बजाते, कभी नदियों की सैर करते, कभी किसी वृक्ष की छाँह में बैठे हुए हाफिज की गज़ले पढ़ते और झूमते। न लैला में अब उतनी सादगी थी, न नादिर में अब उतना तकल्लुफ था। नादिर का लैला पर एकाधिपत्य था, जो साधारण बात थी। जहाँ बादशाहों की महलसरा में बेगमों के मुहल्ले बसते थे, दर्जनों और कोड़ियों से उनकी गणना होती थी। वहाँ लैला अकेली थी। उन महलों में अब शफाखाने, मदरसे और पुस्तकालय थे। जहाँ महलसरा का वार्षिक व्यय करोड़ों तक पहुँचता था, वहाँ अब हजारों से आगे न बढ़ता था। शेष रुपये प्रजाहित के कामों में खर्च कर दिये जाते थे। यह सारी कतर-ब्योंत लैला- ने की थी। बादशाह नादिर था, पर अख्तियार लैला के हाथों में था।

सब-कुछ था, किन्तु प्रजा सन्तुष्ट न थी। उसका असन्तोष दिन-पर-दिन बढ़ता जाता था। राज सत्तावादियों को भय था कि अगर यही हाल रहा, तो बादशाहत के मिट जाने में सन्देह नहीं। जमशेद का लगाया हुआ वृक्ष, जिसने हजारों सदियों से आँधी और तूफान का मुकाबला किया, अब एक हसीना के नाजुक, पर कातिल हाथों जड़ से उखड़ा जा रहा है। उधर प्रजा-सत्तावादियों को लैला से जितनी आशाएँ थीं, सभी दुराशा सिद्ध हो रही थीं। वे कहते, अगर ईरान इस चाल से तरक्की के रास्ते पर चलेगा, तो इससे पहले कि वह अपने मंजिलें-मकसूद पर पहुँचे, कयामत आ जायेगी। दुनिया हवाई जहाज पर बैठी उड़ी जा रही है और हम अभी ठेलों पर बैठने से भी डरते हैं कि कहीं इस की हरकत से दुनिया में भूचाल न आ जाये। दोनों दलों में आये-दिन लड़ाइयां होती रहती थी। न नादिर के समझाने का असर अमीरों पर होता था, न लैला के समझाने का गरीबों पर। सामन्त नादिर के खून के प्यासे हो गए, प्रजा लैला की जानी दुश्मन।

5

राज्य में तो यह अशान्ति फैली हुई थी, विद्रोह की आग दिलों में सुलग रही थी और राजभवन में प्रेम का शान्तिमय राज्य था, बादशाह और मलका दोनों प्रजा- सन्तोष की कल्पना में मग्न थे।

रात का समय था। नादिर और लैला अपनी आरामगाह में बैठे शतरंज की बाजी खेल रहे थे। कमरे में कोई सजावट न थी, केवल एक जाजिम बिछी हुई थी।

नादिर ने लैला का हाथ पकड़कर कहा- बस, अब यह ज्यादती नहीं, तुम्हारी चाल हो चुकी। यह देखो, तुम्हारा एक प्यादा पिट गया।

लैला- अच्छा, यह शह। आपके सारे पैदल रखे रह गए और बादशाह पर शह पड़ गई। इसी पर दावा था।

नादिर- तुम्हारे साथ हारने में जो मजा है, वह जीतने में नहीं।

लैला- अच्छा, तो गोया आप मेरा दिल खुश कर रहे हैं। शह बचाइए, नहीं दूसरी चाल में मात होती है।

नादिर-(अर्दब देकर) अच्छा, अब सँभल जाना, तुमने मेरे बादशाह की तौहीन की है। एक बार मेरा फर्जी उठा, तो तुम्हारे प्यादों का सफाया कर देगा।

लैला- वसत की भी खबर है! यह शह, लाइए। फर्जी अब कहिए। अबकी मैं न करूंगी, कहे देती हूँ। आपको दो बार छोड़ दिया, अबकी हरगिज न छोड़ूंगी।

नादिर-जब तक मेरे पास मेरा दिलराम (घोड़ा) है, बादशाह को कोई गम नहीं।

लैला- अच्छा, यह शह? लाइए अपने दिलराम को! कहिए, अब तो मात हुई?

नादिर- हाँ जानेमन, अब मात हो गई। जब मैं ही तुम्हारी अदाओं पर निसार हो गया, तब मेरा बादशाह कब बच सकता था?

लैला- बातें न बनाइए, चुपके से इस फरमान पर दस्तखत कर दीजिए, जैसा आपने वादा किया था।

यह कहकर लैला ने एक फरमान निकाला, जिसे उसने खुद अपने मोती के से अक्षरों में लिखा था। इसमें अच्छा का आयात-कर घटाकर आधा कर दिया गया था। लैला प्रजा को भूली न थी, वह अब भी उनकी हित-कामना में संलग्न रहती थी। नादिर ने इस शर्त पर फरमान पर दस्तखत करने का वचन दिया था कि लैला उसे शतरंज में तीन बार मात करे। वह सिद्धहस्त खिलाड़ी था, उसे लैला जानती थी, पर यह शतरंज की बाजी न थी, केवल विनोद था। नादिर ने मुस्कुराते हुए फरमान पर हस्ताक्षर कर दिये। कलम के एक चिह्न से प्रजा को पाँच करोड़ वार्षिक कर्ज से मुक्ति हो गई। लैला का मुख गर्व से आसक्त हो गया। जो काम बरसों के आंदोलन से न हो सकता था, वह प्रेम-कटाक्षों से कुछ ही दिनों में पूरा हो गया।

यह सोचकर वह फूली न समाती थी कि जिस वक्त यह फरमान सरकारी पत्रों में प्रकाशित हो जायेगा और व्यवस्थापिका सभा में लोगों को इसके दर्शन होंगे, उस वक्त प्रजावादियों को कितना आनन्द होगा। लोग मेरा यश जाएंगे और मुझे आशीर्वाद देंगे।

नादिर प्रेम-मुग्ध होकर उसके चन्द्रमुख की ओर देख रहा था, मानो उसका वश होता तो सौंदर्य की इस प्रतिमा को हृदय में बिठा लेता।

6

सहसा राज्य-भवन के द्वार पर शोर मचने लगा। एक क्षण में मालूम आ कि जनता का टीड्डी दल, अस्त्र-शस्त्र से संतुलित, राजद्वार पर खड़ा दीवारों की तोड़ने की चेष्टा कर रहा है। प्रतिक्षण

शोर बढ़ता जाता था और ऐसी आशंका होती थी कि क्रोधोन्मत्त जनता द्वारों को तोड़कर भीतर घुस आयेगी। फिर ऐसा मालूम हुआ कि कुछ लोग सीढ़ियां लगाकर दीवार पर चढ़ रहे हैं। लैला लज्जा और ग्लानि से सिर झुकाए खड़ी थी। उसके मुख से एक शब्द भी न निकलता था। क्या यही वह जनता है, जिसके कष्टों की कथा कहते हुए उसकी वीणा उन्मत्त हो जाती थी? यही यह अशक्त, दलित, क्षुधा-पीड़ित, अत्याचार की वेदना से तड़पती हुई जनता है, जिस पर वह अपने को अर्पण कर चुकी थी?

नादिर भी मौन खड़ा था, लेकिन लज्जा से नहीं क्रोध से। उसका मुख तमतमा उठा था, आँखों से चिनगारियाँ निकल रही थी, बार-बार होंठ दबाता और तलवार के कब्जे पर हाथ रखकर रह जाता था। वह बार-बार लैला की ओर संतप्त नेत्रों से देखता था। जरा से इशारे की देर थी। उसका हुक्म पाते ही उसकी सेना इस विद्रोही दल को यों भगा देगी, जैसे आँधी पत्तों को उड़ा देती है। पर लैला से आँखें न मिलती थी।

आखिर वह अधीर होकर बोला- लैला, मैं राज-सेना को बुलाना चाहता हूँ। क्या कहती हो?

लैला ने दीनतापूर्ण नेत्रों से देखकर कहा- जरा ठहर जाइए, पहले इन लोगों से पूछिए कि चाहते क्या हैं?

यह आदेश पाते ही नादिर छत पर चढ़ गया, लैला भी उसके पीछे ऊपर आ पहुँची। दोनों अब जनता के सम्मुख आकर खड़े हो गए। मशालों के प्रकाश में लोगों ने उन दोनों को छत पर खड़े देखा, मानो आकाश से देवता उतर आये हों, सहस्रों कण्ठों से ध्वनि निकली-यह खड़ी है, वह खड़ी है, लैला यह खड़ी है! यह वह जनता थी, जो लैला के मधुर संगीत पर मस्त हो जाया करती थी।

नादिर ने उच्च स्वर से विद्रोहियों को सम्बोधित किया- ऐ ईरान की बदनसीब रिआया! तुमने शाही महल को क्यों घेर रखा है? क्यों बगावत का झण्डा खड़ा किया है। क्या मेरा और अपने खुदा का बिलकुल खौफ नहीं? क्या तुम नहीं जानते कि अपनी आँखों के एक इशारे से तुम्हारी हस्ती को खाक में मिला सकता हूँ। मैं तुम्हें हुक्म देता हूँ कि एक लम्हे के अन्दर यहाँ से चले जाओ, वरना कलामे-पाक की कसम, मैं तुम्हारे खून की नदी बहा दूँगा।

एक आदमी ने, जो विद्रोहियों का नेता मालूम होता था, सामने आकर कहा- हम उस वक्त तक न जायेंगे, जब तक शाही महल लैला से खाली न हो जायेगा।

नादिर ने बिगड़ कर कहा- ओ नाशुक्र, खुदा से डरो! तुम्हें अपनी मलका की शान में ऐसी बेअदबी करते हुए शर्म नहीं आती! जब से लैला तुम्हारी मलका हुई है, उसने तुम्हारे साथ कितनी रिआयतें की हैं! क्या उन्हें तुम बिलकुल भूल गए? जालिमों, यह मलका है, पर वही खाना खाती है, जो तुम कुत्तों को खिला देते हो, वही कपड़े पहनती है, जो तुम फकीरों को दे देते हो। आकर महलसरा में देखो, तुम इसे अपने झोपड़ों ही की तरह तकल्लुफ और सजावट से खाली पाओगे। लैला तुम्हारी मलका होकर भी फकीरों की जिन्दगी बसर करती है, तुम्हारी

खिदमत में हमेशा मस्त रहती है। तुम्हें उसके कदमों की खाक माथे पर लगानी चाहिए, आँखों का सुरमा बनाना चाहिए। ईरान के तख्त पर कभी ऐसी गरीबों पर जान देने वाली, उनके दर्द में शरीक होनेवाली, गरीबों पर अपने को निसार करने वाली मलका ने कदम नहीं रखे और उसकी शान में तुम ऐसी बेहूदा बातें करते हो! अफसोस! मुझे मालूम हो गया कि तुम जाहिल, इनसानियत से खाली और कमीने हो। तुम इसी काबिल हो कि तुम्हारी गर्दन, कुंद छुरी से काटी जायें, तुम्हें पैरों तले रौंदा जाये।

नादिर ने बात भी पूरी न कर पायी थी कि विद्रोहियों ने एक स्वर से चिल्लाकर कहा- लैला, लैला हमारी दुश्मन है, हम उसे अपनी मलका की सूरत में नहीं देख सकते।

नादिर ने जोर से चिल्लाकर कहा- जालिमों, जरा खामोश हो जाओ, यह देखो वह फरमान है, जिस पर लैला ने अभी-अभी मुझसे जबरदस्ती दस्तखत कराए हैं। आज से गल्ले का महसूल घटाकर आधा कर दिया गया है और तुम्हारे सिर से महसूल का बोझ पाँच करोड़ कम हो गया है।

हजारों आदमियों ने शोर मचाया- यह महसूल बहुत पहले बिलकुल माफ हो जाना चाहिए था। हम एक कौड़ी नहीं दे सकते। लैला, लैला, हम उसे अपनी मलका की सूरत में नहीं देख सकते।

अब बादशाह क्रोध से काँपने लगा। लैला ने सजल नेत्र होकर कहा- अगर रिआया की यही मरजी है कि मैं फिर डफ बजा-बजाकर गाती फिरूं तो मुझे कोई उज्र नहीं। मुझे यकीन है कि मैं अपने गाने से एक बार फिर इनके दिल पर हुकूमत कर सकती हूँ।

नादिर ने उत्तेजित होकर कहा- लैला, मैं रिआया की तुनुकमिजाजियों का गुलाम नहीं। इससे पहले कि मैं तुम्हें अपने पहलू से जुदा करूँ, तेहरान की गलियाँ खून से लाल हो जायेंगी। मैं इन बदमाशों को इनकी शरारत का मजा चखाता हूं।

नादिर ने मीनार पर चढ़कर खतरे का घंटा बजाया। सारे तेहरान में उसकी आवाज गूंज उठी, पर शाही फौज का एक भी सिपाही न नजर आया।

नादिर ने दोबारा घंटा बजाया, उसका- आकाश-मंडल उसकी झंकार से कम्पित हो गया, तारागण काँप उठे, पर एक भी सैनिक न निकला।

नादिर ने तब तीसरी बार घंटा बजाया, पर उसका भी उत्तर केवल एक क्षीण प्रतिध्वनि ने दिया, मानो किसी मरने वाले की अन्तिम प्रार्थना के शब्द हों।

नादिर ने माथा पीट लिया। समझ गया कि बुरे दिन आ गए। अब भी लैला को जनता के दुराग्रह पर बलिदान करके वह अपनी राजसत्ता की रक्षा कर सकता था, पर लैला उसे प्राणों से प्रिय थी। उसने छत पर आकर लैला का हाथ पकड़ लिया और उसे लिये हुए सदर फाटक से निकला। विद्रोहियों ने एक विजय-ध्वनि के साथ उनका स्वागत किया, पर सब-के-सब किसी गुप्त प्रेरणा के वश रास्ते से हट गए।

दोनों चुपचाप तेहरान की गलियों में होते हुए चले जाते थे। चारों ओर अन्धकार था। दुकानें बंद थीं। बाजारों में सन्नाटा छाया हुआ था। कोई घर से बाहर न निकलता था। फकीरों ने भी मस्जिदों में पनाह ले ली थी। पर इन दोनों प्राणियों के लिए कोई आश्रय न था! नादिर की कमर में तलवार थी, लैला के हाथ में डफ था। यही उनके विशाल ऐश्वर्य का विलुप्त चिह्न था।

7

पूरा साल गुजर गया। लैला और नादिर देश-विदेश की खाक छानते फिरते थे। समरकन्द और बुखाना, बगदाद और हलब, काहरा और अदन, ये सारे देश उन्होंने छान डाले। लैला का डफ फिर जादू करने लगा, उसकी आवाज सुनते ही शहर में हलचल मच जाती, आदमियों का मेला लग जाता, आवभगत होने लगती, लेकिन ये दोनों यात्री कहीं एक दिन से अधिक न ठहरते थे। न किसी से कुछ माँगते, न किसी के द्वार पर जाते। केवल रूखा-सूखा भोजन कर लेते और कभी किसी वृक्ष के नीचे, कभी किसी पर्वत की गुफा में और कभी सड़क के किनारे रात काट देते थे।

संसार के कठोर व्यवहार ने उन्हें विरक्त कर दिया था, उसके प्रलोभन से कोसों भागते थे। उन्हें अनुभव हो गया था कि यहाँ जिसके लिए प्राण अर्पण कर दो, वही अपना शत्रु हो जाता है, जिसके साथ भलाई करो, वही बुराई पर कमर बाँधता है, यहाँ किसी से दिल न लगाना चाहिए। उनके पास बड़े-बड़े रईसों के निमन्त्रण आते, उन्हें एक दिन अपना मेहमान बनाने के लिए लोग हजारों मिन्नतें करते, पर लैला किसी की न सुनती थी। नादिर को अब तक कभी-कभी बादशाहत की सनक सवार हो जाती, वह चाहता कि गुप्त रूप से शक्ति-संग्रह करके तेहरान पर चढ़ जाऊं और बागियों को परास्त करके अखंड राज्य करूँ, पर लैला की उदासीनता देखकर उसे किसी से मिलने-जुलने का साहस न होता था। लैला उसकी प्राणेश्वरी थी, यह उसी के इशारों पर चलता था।

उधर ईरान में भी अराजकता फैली हुई थी। जनसत्ता से तंग आकर रईसों ने भी फौजें जमा कर ली थी और दोनों दलों में आये दिन संग्राम होता रहता था। पूरा साल गुजर गया और खेत न जुते-, देश में भीषण अकाल पड़ा हुआ था, व्यापार शिथिल था, खजाना खाली। दिन-दिन जनता की शक्ति घटती जाती थी और रईसों का जोर बढ़ता जाता था। आखिर यहाँ तक नौबत पहुँची कि जनता ने हथियार डाल दिये और रईसों ने राज्य-भवन पर अपना अधिकार जमा लिया। प्रजा के नेताओं को फाँसी दे दी गई, कितने ही कैद कर लिये गए और जनसत्ता का अंत हो गया। शक्तिवादियों को अब नादिर की याद आयी। यह बात अनुभव से सिद्ध हो गई थी कि देश में प्रजातन्त्र स्थापित करने की क्षमता का अभाव है। प्रत्यक्ष के लिए प्रमाण की जरूरत न थी। इस अवसर पर राजसत्ता ही देश का उद्धार कर सकती थी। यह भी मानी हुई बात थी, लैला और नादिर को जनसत्ता से विशेष प्रेम न होगा। वे सिंहासन पर बैठकर रईसों ही के हाथ में कठपुतली

बने रहेंगे, और रईसों को प्रजा पर मनमाने अत्याचार करने का अवसर मिलेगा । अतएव आपस में लोगों ने सलाह की और प्रतिनिधि नादिर को मना लाने के लिए रवाना हुए।

8

संध्या का समय था। लैला और नादिर दमिश्क में एक वृक्ष के नीचे बैठे हुए थे। आकाश पर लालिमा छायी हुई थी और उससे मिली हुई पर्वत मालाओं की श्याम रेखा ऐसी मालूम हो रही थी, मानो कमल-दल मुरझा गया हो। लैला उल्लसित नेत्रों से प्रकृति की यह शोभा देख रही थी। नादिर मलिन और चिन्तित भाव से लेटा हुआ सामने सुदूर प्रान्त की ओर तृषित नेत्रों से देख रहा था, मानो इस जीवन से तंग आ गया है।

सहसा बहुत दूर गर्द उड़ती हुई दिखाई दी, और एक क्षण में ऐसा मालूम हुआ कि कुछ आदमी घोड़ों पर सवार चले आ रहे हैं। नादिर उठ बैठा और गौर से देखने लगा कि ये कौन आदमी हैं। अकस्मात् वह उठकर खड़ा हो गया। उसका मुख-मण्डल दीपक की भांति चमक उठा। जर्जर शरीर में एक विचित्र स्फूर्ति दौड़ गई। वह उत्सुकता से बोला- लैला, ये तो ईरान के आदमी हैं, कलामे-पाक की कसम, ये ईरान के आदमी हैं। इनके लिबास से साफ जाहिर हो रहा है।

लैला ने भी उन यात्रियों की ओर देखा और चिंतित होकर बोली- अपनी तलवार सँभाल लो, शायद उसकी जरूरत पड़े।

नादिर- नहीं लैला, ईरान के लोग इतने कमीने नहीं हैं कि अपने बादशाह पर तलवार उठाएँ।

लैला- पहले मैं भी यही समझती थी।

सवारों ने समीप आकर घोड़े रोक लिये और उतरकर बड़े अदब से नादिर को सलाम किया। नादिर बहुत जब्त करने पर भी अपने मनोवेग को न रोक सका, दौड़कर उनके गले से लिपट गया। वह अब बादशाह न था, ईरान का एक मुसाफिर था। बादशाहत मिट गई थी, पर इंसानियत रोम-रोम में भरी हुई थी। वे तीनों आदमी इस समय ईरान के विधाता थे। इन्हें वह खूब पहचानता था। उनकी स्वामिभक्ति की कई बार परीक्षा ले चुका था। उन्हें लाकर अपने बोरे पर बैठाना चाहा, लेकिन वे जमीन ही पर बैठे। उनकी दृष्टि में वह बोरा इस समय सिंहासन था, जिस पर अपने स्वामी के सम्मुख वे कदम न रख सकते थे। बातें होने लगीं। ईरान की दशा अत्यन्त शोचनीय थी। लूट-भार का बाजार गर्म था, न कोई व्यवस्था थी, न व्यवस्थापक थे। अगर यही दशा रही, तो शायद बहुत जल्द उसकी गर्दन में पराधीनता का जुआ पड़ जाये। देश अब नादिर को ढूँढ रहा था। उसके सिवा कोई दूसरा उस डूबते हुए बेड़े को पार न लगा सकता था। इसी आशा से ये लोग उसके पास आये थे।

नादिर ने विरक्त भाव से कहा- एक बार इज्जत ली, क्या अबकी जान लेने की सोची है? मैं बड़े आराम से हूँ। आप मुझे परेशान न करें।

सरदारों ने आग्रह करना शुरू किया- हम हुजूर का दामन न छोड़ेंगे, यहाँ अपनी गर्दनों पर छुरी फेरकर हुजूर के कदमों पर जान दे देंगे। जिन बदमाशों ने आपको परेशान किया था, अब

उनका कहीं निशान भी नहीं रहा, हम लोग उन्हें फिर कभी सिर न उठाने देंगे, सिर्फ हुजूर की आड़ चाहिए।

नादिर ने बात काटकर कहा- साहबों, अगर आप मुझे इस इरादे से ईरान का बादशाह बनाना चाहते हैं, तो माफ करिए। मैंने इस सफर में रिआया की हालत का गौर से मुलाहजा किया है और इस नतीजे पर पहुँचा हूँ कि सभी मुल्कों से उनकी हालत खराब है। वे रहम के काबिल हैं। ईरान में मुझे कभी ऐसे मौके न मिले थे। मैं रिआया को अपने दरबारियों की आँखों से देखता था। मुझसे आप लोग यह उम्मीद न रखें कि रिआया को लूटकर आपकी जेबें भरूंगा। यह अजाब अपनी गर्दन पर नहीं ले सकता। मैं इनसाफ का मीजान बराबर रखूँगा और इसी शर्त पर ईरान चल सकता हूँ।

लैला ने मुस्कुराकर कहा- तुम रिआया का कसूर माफ कर सकते हो, क्योंकि उसकी तुमसे कोई दुश्मनी न थी। उसके दाँत तो मुझ पर थे। मैं उसे कैसे माफ कर सकती हूँ?

नादिर ने गम्भीर भाव से कहा- लैला, मुझे यकीन नहीं आता कि तुम्हारे मुँह से ऐसी बातें सुन रहा हूँ।

लोगों ने समझा, अभी इन्हें भड़काने की जरूरत ही क्या है। ईरान में चलकर देखा जायेगा। दो-चार मुखबिर से रिआया के नाम पर ऐसे उपद्रव खड़े करा देंगे कि इनके ये सारे खयाल पलट जायेंगे। एक सरदार ने अर्ज़ की- माजल्लाह! हुजूर क्या फरमाते हैं? क्या हम इतने नादान हैं कि हुजूर को इंसाफ के रास्ते से हटाना चाहेंगे? इंसाफ ही बादशाह का जौहर है और हमारी दिली आरजू है कि आपका इनसाफ नौशेरबां को भी शर्मिन्दा कर दे। हमारी मंशा सिर्फ यह थी कि आइंदा से हम रिआया को कभी ऐसा मौका न देंगे कि वह हुजूर की शान में बेअदबी कर सके। हम अपनी जानें हुजूर पर निसार करने के लिए हाजिर रहेंगे।

सहसा ऐसा मालूम हुआ कि सारी प्रकृति संगीतमय हो गई है। पर्वत और वृक्ष, तारे और चाँद, वायु और जल, सभी एक स्वर से गाने लगे। चाँदनी की निर्मल छटा में, वायु के नीरव प्रहार में संगीत की तरंगें उठने लगीं। लैला अपना डफ बजा-बजाकर गा रही थी। आज मालूम हुआ, ध्वनि ही सृष्टि का मूल है। पर्वतों पर देवियाँ निकल-निकलकर नाचने लगीं, आकाश पर देवता नृत्य करने लगे। संगीत ने एक नया संसार रच डाला।

उसी दिन से जब कि प्रजा ने राजभवन के द्वार पर उपद्रव मचाया था और लैला के निर्वासन पर आग्रह किया था, लैला के विचारों में क्रान्ति हो गई थी। जन्म से ही उसने जनता के साथ सहानुभूति करना सीखा था। वह राज कर्मचारियों को प्रजा पर अत्याचार करते देखती थी और उसका कोमल हृदय तड़प उठता था। तब धन, ऐश्वर्य और विलास से उसे घृणा होने लगती थी, जिसके कारण प्रजा को इतने कष्ट भोगने पड़ते हैं। वह अपने में किसी ऐसी शक्ति का आह्वान करना चाहती थी, जो आततायियों के हृदय में दया और प्रजा के हृदय में अभय का संचार करे।

उसकी बाल-कल्पना उसे एक सिंहासन पर बिठा देती, जहाँ यह अपनी न्याय- नीति से संसार में युगान्तर उपस्थित कर देती। कितनी रातें उसने यही स्वप्न देखने में काटी थी। कितनी बार वह

अन्याय-पीड़ितों के सिरहाने बैठकर रोयी थी, लेकिन जब एक दिन ऐसा आया कि उसके स्वर्ण-स्वप्न आंशिक रीति से पूरे होने लगे, तब उसे एक नया और कठोर अनुभव हुआ। उसने देखा कि प्रजा इतनी सहनशील, इतनी दीन और दुर्बल नहीं है, जितना वह समझती थी। इसकी अपेक्षा उसमें ओछेपन, अविचार और अशिष्टता की मात्रा कहीं अधिक थी। वह सद्व्यवहार की कद्र करना नहीं जानती, शक्ति पाकर उसका सदुपयोग नहीं कर सकती। उसी दिन से उसका दिल जनता से फिर गया था।

जिस दिन नादिर और लैला ने फिर तेहरान में पदार्पण किया, सारा नगर उनका अभिवादन करने के लिए निकल पड़ा। शहर पर आतंक छाया हुआ था, चारों ओर से करुण रुदन की ध्वनि सुनाई देती थी। अमीरों के मुहल्ले में श्री लोटती-फिरती थी, गरीबों के मुहल्ले उजड़े हुए थे। उन्हें देखकर कलेजा फटा जाता था। नादिर रो पड़ा, लेकिन लैला के ओठों पर निष्ठुर, निर्दय हास्य अपनी छटा दिखा रहा था।

नादिर के सामने अब एक विकट समस्या थी। वह नित्य देखता कि मैं जो करना चाहता हूँ वह नहीं होता और जो नहीं करना चाहता, वह होता है, और इसका कारण लैला है, पर कुछ कह न सकता था। लैला उसके हर एक काम में हस्तक्षेप करती रहती थी। वह जनता के उपकार और उद्धार के लिए जो विधान करता, लैला उसमें कोई-न-कोई विघ्न अवश्य डाल देती, और उसे चुप रह जाने के सिवा और कुछ न सूझता। लैला के लिए उसने एक बार राज्य का त्याग कर दिया था। तब आपत्ति-काल ने लैला की परीक्षा न की थी। इतने दिनों की विपत्ति में उसे लैला के चरित्र का जो अनुभव प्राप्त हुआ था, वह इतना सुखद, इतना मनोहर, इतना सरस था कि वह लैला-मय हो गया था। लैला ही उसका स्वर्ग थी, उसके प्रेम में रत रहना ही उसकी परम अभिलाषा थी। इस लैला के लिए वह अब क्या कुछ न कर सकता था? प्रजा की और साम्राज्य की उसके सामने क्या हस्ती थी?

इस भांति तीन साल बीत गए, प्रजा की दशा दिन-दिन बिगड़ती ही गई।

9

एक दिन नादिर शिकार खेलने गया और साथियों से अलग होकर जंगल में भटकता फिरा, यहाँ तक कि रात हो गई और साथियों का पता न चला। घर लौटने का भी रास्ता न जानता था। आखिर खुदा करा नाम लेकर एक तरफ चला कि कहीं तो कोई गाँव या बस्ती का नाम-निशान मिलेगा। वहाँ रात-भर पड़ा रहूँगा। सवेरे लौट जाऊंगा। चलते-चलते जंगल के दूसरे सिरे पर उसे एक गाँव नजर आया, जिसमें मुश्किल से तीन-चार घर होंगे। हों, एक मस्जिद अलबत्ता बनी हुई थी। मस्जिद में एक दीपक टिमटिमा रहा था, पर किसी आदमी या आदमजाद का निशान न था। आधी रात से ज्यादा बीत चुकी थी, इसीलिए किसी को कष्ट देना भी उचितं न था।

नादिर ने घोड़े को एक पेड़ से बाँध दिया और उसी मस्जिद में रात काटने की ठानी। वहाँ एक फटी-सी चटाई पड़ी हुई थी। उसी पर लेट गया। दिन-भर का थका था, लेटते ही नींद आ गई। मालूम नहीं, वह कितनी देर तक सोता रहा, पर किसी की आहट पाकर चौंका। क्या देखता है

कि एक बूढ़ा आदमी बैठा नमाज पढ़ रहा है। नादिर को आश्चर्य हुआ कि इतनी रात गये, कौन नमाज पढ़ रहा है। उसे यह खबर न थी कि रात गुजर गयी और यह फजर की नमाज है। वह पड़ा-पड़ा देखता रहा। वृद्ध पुरुष ने नमाज अदा की, फिर वह छाती के सामने अंजलि जोड़कर खुदा से दुआ माँगने लगा। दुआ के शब्द सुनकर नादिर का खून सर्द हो गया। वह दुआ उसके राज्यकाल की ऐसी तीव्र, ऐसी वास्तविक, ऐसी शिक्षाप्रद आलोचना थी, जो आज तक किसी ने न की थी। उसे अपने जीवन में अपना अपयश सुनने का अवसर प्राप्त हुआ। वह यह तो जानता था कि मेरा शासन आदर्श नहीं है, लेकिन उसने कभी यह कल्पना न की थी कि प्रजा की विपत्ति इतनी असह्य हो गई है। दुआ यह थी-

'ऐ खुदा! तू ही गरीबों का मददगार और बेकसों का सहारा है। तू इस जालिम बादशाह के जुल्म देखता है और तेरा कहर उस पर नहीं गिरता। यह बेदीन काफिर एक हसीन औरत की मुहब्बत में अपने को इतना भूल गया है कि न आँखों से देखता है, न कानों से सुनता है। अगर देखता है, तो उसी औरत की आँखों से, सुनता है तो उसी औरत के कानों से। अब यह मुसीबत नहीं सही जाती। या तो तू उस जालिम को जहन्नुम पहुँचा दे, या हम बेकसों को दुनिया से उठा ले। ईरान उसके जुल्म से तंग आ गया है और तू ही उसके सिर से इस बला को टाल सकता है।'

बूढ़े ने तो अपनी छड़ी सँभाली और चलता हुआ, लेकिन नादिर मृतक की भांति वहीं पड़ा रहा, मानो उस पर बिजली गिर पड़ी हो।

10

एक सप्ताह तक नादिर दरबार में न आया, न किसी कर्मचारी को अपने पास आने की आज्ञा दी। दिन के-दिन अंदर पड़ा सोचा करता कि क्या करूँ? नाम- मात्र को कुछ खा लेता। लैला बार-बार उसके पास जाती और कभी उसका सिर अपनी जाँघ पर रखकर, कभी उसके गले में बांहें डालकर छूती-तुम क्यों इतने उदास और मलिन ही! नादिर उसे देखकर रोने लगता, पर मुँह से कुछ न कहता। यश या लैला, यही उसके सामने कठिन समस्या थी। उसके हृदय में भीषण द्वन्द्व मचा रहता और यह कुछ निश्चय न कर सकता था। यश प्यारा था, पर लैला उससे भी प्यारी थी। वह बदनाम होकर जिंदा रह सकता था, पर लैला के बिना वह जीवन की कल्पना ही न कर सकता था। लैला उसके रोम-रोम में व्याप्त थी।

अन्त में उसने निश्चय कर लिया- लैला मेरी है, मैं लैला का हूँ। न मैं उससे अलग, न वह मुझसे जुदा। जो कुछ वह करती है, मेरा है, जो कुछ मैं करता हूँ उसका है। यहाँ मेरा और तेरा भेद ही कहाँ? बादशाहत नश्वर है, प्रेम अमर। हम अनंत काल तक एक-दूसरे के पहलू में बैठे हुए स्वर्ग के सुख भोगेंगे। हमारा प्रेम अनंत काल तक आकाश में तारे की भांति चमकेगा।

नादिर प्रसन्न होकर उठा। उसका मुख-मंडल विजय की लालिमा से रंजित हो रहा था। आँखों में शौर्य टपका पड़ता था। वह लैला के प्रेम का प्याला पीने जा रहा था, जिसे एक सप्ताह से

उसने मुँह नहीं लगाया था। उसका हृदय उसी उमंग से उछल पड़ता था जो आज से पाँच साल पहले उठा करती थीं। प्रेम की नींद कभी नहीं उतरती।

लेकिन लैला की आरामगाह के द्वार बंद थे और उसका डफ जो द्वार पर नित्य एक खूंटी से लटका रहता था, गायब था। नादिर का कलेजा सन्न-से हो गया। द्वार बंद रहने का आशय तो यह हो सकता था कि लैला बाग में होगी, लेकिन डफ कहीं गया? सम्भव है, डफ लेकर बाग में गयी हो, लेकिन यह उदासी क्यों छायी है? यह हसरत क्यों बरस रही है?

नादिर ने काँपते हुए हाथों से द्वार खोल दिया। लैला अंदर न थी। पलँग बिछा हुआ था, शमा जल रही थी, वजू का पानी रखा था। नादिर के पाँच थर्राने लगे। क्या लैला रात को भी नहीं सोयी? कमरे की एक-एक वस्तु में लैला की याद थी, उसकी तसवीर थी, उसकी महक थी, लेकिन लैला न थी। मकान सूना मालूम होता था, ज्योतिहीन नेत्र।

नादिर का दिल भर गया। उसकी हिम्मत न पड़ी कि किसी से कुछ पूछे। हृदय इतना कातर हो गया कि हतबुद्धि की भांति वहीं फर्श पर बैठकर बिलख- बिलख कर रोने लगा। जब जरा आंसू थमे, तब उसने बिस्तर को सूंघा कि शायद लैला के स्पर्श की कुछ गंध आये, लेकिन खस और गुलाब की महक के सिवा और कोई सुगंध न थी।

सहसा उसे तकिए के नीचे से बाहर निकला हुआ एक कागज का टुकड़ा दिखाई दिया। उसने एक हाथ से कलेजे को सँभालकर टुकड़ा निकाल लिया और सहमी हुई आँखों से उसे देखा। एक निगाह में सब कुछ मालूम हो गया। वह नादिर की किस्मत का फैसला था। नादिर के मुँह से निकला, हाय लैला! और वह मूर्च्छित होकर जमीन पर गिर पड़ा। लैला ने पुर्जे में लिखा था- 'मेरे प्यारे नादिर, तुम्हारी लैला तुमसे जुदा होती है। हमेशा के लिए। मेरी तलाश मत करना, तुम मेरा सुराग न पाओगे। मैं तुम्हारी मुहब्बत की लौंडी थी, तुम्हारी बादशाहत की भूखी नहीं। आज एक हफ्ते से देख रही हूँ तुम्हारी निगाह फिरी हुई है। तुम मुझसे नहीं बोलते, मेरी तरफ आंख उठाकर नहीं देखते। मुझसे बेजार रहते हो। मैं किन-किन अरमानों से तुम्हारे पास जाती हूँ और कितनी मायूस होकर लौटती हूँ इसका तुम अन्दाज नहीं कर सकते। मैंने इस सजा के लायक कोई काम नहीं किया। और जो कुछ किया है, तुम्हारी ही भलाई के खयाल से। एक हफ्ता मुझे रोते गुजर गया। मुझे मालूम हो रहा है कि अब मैं तुम्हारी नजरों से गिर गई, तुम्हारे दिल से निकाल दी गई। आह! ये पाँच साल हमेशा याद रहेंगे, हमेशा तड़पाते रहेंगे! यही डफ लेकर आयी थी, वही लेकर जाती हूँ। पाँच साल मुहब्बत के मजे उठाकर जिंदगी-भर के लिए हसरत का दास लिए जाती हूँ, लैला मुहब्बत की लौंडी थी, जब मुहब्बत न रही, तब लैला क्यों कर रहती? रुख़सत!'

□□□

मुक्तिधन

भारतवर्ष में जितने व्यवसाय हैं, उन सबमें लेन-देन का व्यवसाय सबसे लाभदायक है। आम तौर पर सूद की दर 25 रु. सैकड़ा सालाना है। प्रचुर स्थावर या जंगम सम्पत्ति पर 12 रु. सैकड़े सालाना सूद लिया जाता है। इससे कम ब्याज पर रुपया मिलना प्राय: असंभव है। बहुत कम ऐसे व्यवसाय हैं, जिनमें 15 रु. सैकड़े से अधिक लाभ हो और वह भी बिना किसी झंझट के। उस पर नजराने की रकम अलग, लिखाई अलग, दलाली अलग, अदालत का खर्चा अलग। ये सब रकम भी किसी-न-किसी तरह महाजन ही की जेब में जाती हैं। यही कारण है कि यहाँ लेन-देन का धंधा इतनी तरक्की पर है। वकील, डॉक्टर, सरकारी कर्मचारी, जमींदार, कोई भी, जिसके पास कुछ फालतू धन हो, वह व्यवसाय कर सकता है। अपनी पूँजी के सदुपयोग का यह सर्वोत्तम साधन है।

लाला दाऊदयाल भी इसी श्रेणी के महाजन थे। वह कचहरी में मुख्तारगिरी करते थे और जो कुछ बचत होती थी, उसे 25-30 रुपये सैकड़ा वार्षिक ब्याज पर उठा देते थे। उनका व्यवहार अधिकतर निम्न श्रेणी के मनुष्यों से ही रहता था। उच्च वर्ण वालों से वह चौकन्ने रहते थे, उन्हें अपने यहाँ फटकने ही न देते थे। उनका कहना था (और प्रत्येक व्यवसायी पुरुष उसका समर्थन करता है) कि ब्राह्मण, क्षत्रिय या कायस्थ को रुपये देने से यह कहीं अच्छा है कि रुपया कुएँ में डाल दिया जाये। इनके पास रुपये लेते समय तो अतुल सम्पत्ति होती है, लेकिन रुपये हाथ में आते ही वह सारी सम्पत्ति गायब हो जाती है। उस पर पत्नी, पुत्र या भाई का अधिकार हो जाता है अथवा यह प्रकट होता है कि उस सम्पत्ति का अस्तित्व ही न था। इनकी कानूनी व्यवस्थाओं के सामने बड़े-बड़े नीतिशास्त्र के विद्वान् भी मुँह की आ जाते हैं।

लाला दाऊदयाल एक दिन कचहरी से घर आ रहे थे। रास्ते में उन्होंने एक विचित्र घटना देखी। एक मुसलमान खड़ा अपनी गाय बेच रहा था, और कई आदमी उसे घेरे खड़े थे। कोई उसके हाथ में रुपये रखे देता था, कोई उसके हाथ से गाय की पगहा छीनने की चेष्टा करता था, किन्तु वह गरीब मुसलमान एक बार उन ग्राहकों के मुँह की ओर देखता था और कुछ सोचकर पगहा को और भी सख्ती से पकड़ लेता था। गाय मोहिनी-रूप थी। छोटी-सी गर्दन, भारी पुट्ठे और दूध से भरे हुए थन थे। पास ही एक सुन्दर, बलिष्ठ बछड़ा गाय की गर्दन से लगा हुआ खड़ा था। मुसलमान बहुत क्षुब्ध और दु:खी मालूम होता था। वह करुण नेत्रों से गाय की ओर देखता और दिल मसोस कर रह जाता था। दाऊदयाल गाय को देखकर रीझ गए। पूछा- क्यों जी, यह गाय बेचते हो? क्या नाम है तुम्हारा? मुसलमान ने दाऊदयाल को देखा, तो प्रसन्नमुख उनके समीप जाकर बोला-, ही हुजूर, बेचता हूँ।

दाऊदयाल- कहां से लाये हो? तुम्हारा नाम क्या है?

मुसलमान- नाम तो है रहमान। पचौली में रहता हूँ।

दाऊ- दूध देती है?

मुसलमान- हां हुजूर, एक बेला में तीन सेर दुह लीजिए। अभी दूसरा ही तो बेला है। इतनी सीधी है कि बच्चा भी दुह ले। बच्चे पैर के पास खेलते रहते हैं, पर क्या मजाल कि सिर भी हिला दे।

दाऊ- कोई तुम्हें यहाँ पहचानता है?

मुख्तार- साहब को शुबहा हुआ कि कहीं चोरी का माल न हो।

मुसलमान- नहीं हुजूर, गरीब आदमी हूँ, मेरी किसी से जान-पहचान नहीं है।

दाऊ- क्या दाम माँगते हो?

रहमान ने 50 रुपए बतलाए। मुख्तार साहब को 30 रु. का माल जंचा। कुछ देर तक दोनों ओर से मोल-भाव होता रहा। एक को रुपयों की गरज थी और दूसरे को गाय की चाह। सौदा पटने में कोई कोताही न हुई। 35 रु. पर सौदा तय हो गया।

रहमान ने सौदा तो चुका लिया, पर अब भी वह मोह के बंधन में पड़ा हुआ था। कुछ देर तक सोच में डूबा खड़ा रहा, फिर गाय को लिये मंद गति से दाऊदयाल के पीछे-पीछे चला। तब एक आदमी ने कहा- अबे हम 36 रु. देते हैं। हमारे साथ चल।

रहमान- नहीं देते तुम्हें, क्या कुछ जबरदस्ती है?

दूसरे आदमी ने कहा- हमसे 40 रु. ले ले, अब तो खुश हुआ।

यह कहकर उसने रहमान के हाथ से गाय को ले लेना चाहा, मगर रहमान ने हामी न भरी। आखिर उन सबने निराश होकर अपनी राह ली।

रहमान जब जरा दूर निकल आया, तो दाऊदयाल से बोला- हुजूर, आप हिन्दू हैं, इसे लेकर आप पालेंगे, इसकी सेवा करेंगे। ये सब कसाई हैं, इनके हाथ मैं 50 रु. की भी कभी न बेचता। आप बड़े मौके से आ गए, नहीं तो ये सब जबरदस्ती गाय को छीन ले जाते। बड़ी विपत्ति में पड़ गया हूँ सरकार, तब यह गाय बेचने निकला हूं। नहीं तो घर की इस लक्ष्मी को कभी न बेचता। इसे अपने हाथों से पाला-पोसा है। कसाइयों के हाथ कैसे बेच देता? सरकार इसे जितनी ही खली देंगे, उतना ही यह दूध देगी। भैंस का दूध भी इतना मीठा और गाढ़ा नहीं होता। हुजूर से एक अरज और है, अपने चरवाहे को डाँट दीजिएगा कि इसे मारे-पीटे नहीं।

दाऊदयाल ने चकित होकर रहमान की ओर देखा। भगवान! इस श्रेणी के मनुष्य में भी इतना सौजन्य, इतनी सहृदयता है! यहाँ तो बड़े-बड़े तिलक- त्रिपुण्डधारी महात्मा कसाइयों के हाथ गायों को बेच जाते हैं, एक पैसे का घाटा भी नहीं उठाना चाहते। और यह गरीब 5 रु. का घाटा सहकर इसलिए मेरे हाथ गाय बेच रहा है कि यह किसी कसाई के हाथ न पड़ जाये। गरीबों में भी इतनी समझ हो सकती है।

उन्होंने घर आकर रहमान को रुपये दिये। रहमान ने रुपये गाँठ में बाँधे, एक बार फिर गाय को प्रेम-भरी आँखों से देखा और दाऊदयाल को सलाम करके चला गया।

रहमान एक गरीब किसान था और गरीब के सभी दुश्मन होते हैं। जमींदार ने इजाफा-लगान का दावा दायर किया था। उसी की जवाबदेही करने के लिए रुपयों की जरूरत थी। घर में बैलों के सिवा और कोई सम्पत्ति न थी। यह इस गाय को प्राणों से भी प्रिय समझता था, पर रुपयों की कोई तदवीर न हो सकी, तो विवश होकर गाय बेचनी पड़ी।

2

पचौली में मुसलमानों के कई घर थे। अबकी कई साल के बाद हज का रास्ता खुला था। पाश्चात्य महासमर के दिनों में राह बंद थी। गाँव के कितने ही स्त्री- पुरुष हज करने चले। रहमान की माता भी हज के लिए तैयार हुई। रहमान बोली- बेटा, इतना सवाब करो। बस, मेरे दिल में यही एक अरमान बाकी है। इस अरमान को लिये हुए क्यों दुनिया से जाऊँ, खुदा तुमको इस नेकी की सजा (फल) देगा। मातृ-भक्ति ग्रामीणों का विशिष्ट गुण है। रहमान के पास इतने रुपये कहां थे कि हज के लिए काफी होते, पर माता की आज्ञा कैसे टालता? सोचने लगा,. किसी से उधार ले लूँ। कुछ अबकी ऊख पर फेर कर दे दूँगा, कुछ, अगले साल चुका दूँगा। अल्लाह के फजल से ऊख ऐसी हुई है कि कभी न हुई थी। यह माँ की दुआ ही का असर है। मगर किससे लूँ? कम से कम 200 रु. हों, तो काम चले। किसी महाजन से जान-पहचान भी तो नहीं है। यहाँ जो दो-एक बनिये लेन- देन करते हैं, वे तो असामियों की गर्दन ही रेतते हैं। चलूँ लाला दाख्वयाल के पास। इन सबसे तो वही अच्छे हैं। सुना है, वादे पर रुपये लेते हैं, किसी तरह नहीं छोड़ते । लोनी चाहे दीवार को छोड़ दे, दीमक चाहे लकड़ी को छोड़ दे, पर वादे पर रुपये न मिले, तो वह असामियों को नहीं छोड़ते। बात पीछे करते हैं, नालिश पहले। हां, इतना है कि असामियों की आँख में धूल नहीं झोंकते, हिसाब- किताब साफ रखते हैं। कई दिन वह इसी सोच-विचार में पड़ा रहा कि उनके पास जाऊँ या न जाऊँ। अगर कहीं वादे पर रुपये न पहुँचे, तो बिना नालिश किए न मानेंगे। घर-बार, बैल-बछिया, सब नीलाम करा लेंगे। लेकिन जब कोई वश न चला, तो हारकर दाऊदयाल के ही पास गया और रुपये कर्ज माँगे।

दाऊ- तुम्हीं ने तो मेरे हाथ गाय बेची थी न?

रहमान- हाँ हुजूर!

दाऊ- रुपये तो तुम्हें दे दूँगा, लेकिन मैं वादे पर रुपये लेता हूँ। अगर वादा पूरा न किया, तो तुम जानो। फिर मैं जरा भी रिआयत न करूंगा। बताओ, कब दोगे?

रहमान ने मन में हिसाब लगाकर कहा-सरकार, दो साल की मियाद रख ले।

दाऊ-अगर दो साल में न दोगे, तो ब्याज की दर 32 रु. सैकड़े हो जायेगी। तुम्हारे साथ इतनी सहूलियत करूंगा कि नालिश न करूंगा।

रहमान- जो चाहे कीजिएगा। हुजूर के हाथ में ही तो हूँ।

रहमान को 200 रु. के 180 रु. मिले। कुछ लिखाई कट गई, कुछ नजराना निकल गया, कुछ दलाली में आ गया। घर आया थोड़ा-सा गुड़ रखा हुआ था। उसे बेचा और स्त्री को समझा-बुझाकर माता के साथ हज को चला।

3

मियाद गुजर जाने पर लाला दाऊदयाल ने तकाजा किया। एक आदमी रहमान के घर भेजकर उसे बुलाया और कठोर स्वर से बोले- क्या अभी दो साल नहीं पूरे हुए। लाओ, रुपये कहाँ हैं?

रहमान ने बड़े दीन भाव से कहा- हुजूर, बड़ी गर्दिश में हूँ। अम्मा जब से हज करके आयी हैं, तभी से बीमार पड़ी हुई हैं। रात-दिन उन्हीं की दवा-दारू में दौड़ते गुजरता है। जब तक जीती हैं, हुजूर सेवा कर लूँ। पेट का धंधा तो जिन्दगी- भर लगा रहेगा। अबकी कुछ फसल नहीं हुई हुजूर। ऊख पानी बिना सूख गई। सन खेत में पड़े-पड़े सूख गया। ढोने की मोहलत न मिली। रबी के लिए खेत जोत न सका, परती पड़े हुए हैं। अल्लाह ही जानता है, किस मुसीबत से दिन कट रहे हैं। हुजूर के रुपये कौड़ी-कौड़ी अदा करूंगा, साल-भर की और मोहलत दीजिए। अम्मा अच्छी हुई और मेरे सिर से बला टली।

दाऊदयास ने कहा- 32 रु. सैकड़े ब्याज हो जायेगा।

रहमान ने जवाब दिया- जैसी हुजूर की मरजी।

रहमान यह वादा करके घर आया तो देखा, माँ का अन्तिम समय आ पहुँचा है। प्राण-पीड़ा हो रही है। दर्शन बदे थे, सो हो गए। माँ ने बेटे को एक बार वात्सल्य दृष्टि से देखा, आशीर्वाद दिया और परलोक सिधारी। रहमान अब तक गर्दन तक पानी में था, अब पानी सिर पर आ गया।

इस वक्त पड़ोसियों से कुछ उधार लेकर दफन-कफन का प्रबंध किया, किन्तु मृत आत्मा की शान्ति और परितोष के लिए जकात और फातिहे की जरूरत थी, कब्र बनवानी जरूरी थी, बिरादरी का खाना, गरीबों को खैरात, कुरान की तलावत और ऐसे कितने ही संस्कार करने परमावश्यक थे।

मातृ-सेवा का इसके सिवा अब और कौन-सा अवसर हाथ आ सकता था। माता के प्रति समस्त सांसारिक और धार्मिक कर्तव्यों का अंत हो रहा था। फिर तो माता की स्मृति-मात्र रह जायेगी, संकट के समय फरियाद सुनाने के लिए! मुझे खुदा ने सामर्थ्य दी होती, तो इस वक्त क्या कुछ न करता, लेकिन अब क्या अपने पड़ोसियों से भी गया-गुजरा हूँ।

उसने सोचना शुरू किया, रुपये लाऊँ कहां से? अब तो लाला दाऊदयाल भी न देंगे। एक बार उनके पास जाकर देखूँ तो सही, कौन जाने, मेरी विपत्ति का हाल सुनकर उन्हें दया आ जाये। बड़े आदमी हैं, कृपा-दृष्टि हो गई, तो सौ- दो-सौ उनके लिए कौन बड़ी बात है।

इस भांति मन में सोच-विचार करता हुआ यह लाला दाऊदयाल के पास चला। रास्ते में एक-एक कदम मुश्किल से उठता था। कौन मुँह लेकर जाऊँ? अभी तीन ही दिन हुए हैं, साल-भर में पिछले रुपये अदा करने का वादा करके आया हूँ। अब जो 200 रु. और मागूंगा, तो वह क्या

कहेंगे। मैं ही उनकी जगह पर होता, तो कभी न देता। उन्हें जरूर सन्देह होगा कि यह आदमी नीयत का बुरा है। कहीं दुत्कार दिया, घुड़कियाँ दीं, तो? पूछें, तेरे पास ऐसी कौन-सी बड़ी जायदाद, जिस पर रुपये की थैली दे दूँ तो क्या जवाब दूँगा? जो जायदाद है, वह यही दोनों हाथ हैं। इसके सिवा यहाँ क्या है? घर को कोई सेंत भी न पूछेगा। खेत है, तो जमींदार के, उन पर अपना कोई काबू ही नहीं। बेकार जा रहा हूँ। वहाँ धक्के खाकर निकलना पड़ेगा, रही-सही आबरू भी मिट्टी में मिल जायेगी।

परन्तु इन निराशाजनक शंकाओं के होने पर भी वह धीरे-धीरे आगे चला जाता था, जैसे कोई अनाथ विधवा थाने फ़रियाद करने जा रही हो।

लाला दाऊदयाल कचहरी से आकर अपने स्वभाव के अनुसार नौकरों पर बिगड़ रहे थे- द्वार पर पानी क्यों नहीं छिड़का, बरामदे में कुर्सियाँ क्यों नहीं निकाल रखीं? इतने में रहमान सामने जाकर खड़ा हो गया।

लाला साहब झल्लाए तो बैठे थे, रुष्ट होकर बोले- तुम क्या करने आये हो जी? क्यों मेरे पीछे पड़े हो? मुझे इस वक्त बातचीत करने की फुरसत नहीं

रहमान कुछ न बोल सका। वह डाँट सुनकर इतना हताश हुआ कि उलटे पैरों लौट पड़ा। हुई न वही बात! यही सुनने तो मैं आया था। मेरी अक्ल पर पत्थर पड़ गए थे।

दाऊदयाल को कुछ दया आ गई। जब रहमान बरामदे के नीचे उतर गया, तो बुलाया। जरा नर्म होकर बोले- कैसे आये थे जी, क्या कुछ काम था?

रहमान- जी हां सरकार, यों ही सलाम करने चला आया था।

दाऊदयाल- एक कहावत है-'सलामे रोस्ताई बेगरज नेस्त'-किसान बिना मतलब के सलाम नहीं करता। क्या मतलब है, कहो।

रहमान फूट-फूट कर रोने लगा। दाऊदयाल ने अटकल से समझ लिया। इसकी माँ मर गई। पूछा--क्यों रहमान, तुम्हारी माँ सिधार तो नहीं गई?

रहमान- हाँ हुज़ूर, आज तीसरा दिन है।

दाऊदयास- रो न, रोने से क्या फायदा? सब्र करो, ईश्वर को मंजूर था, वह हुआ। ऐसी मौत पर राज न करना चाहिए। तुम्हारे हाथों उनकी मिट्टी ठिकाने लग गई। अब और क्या चाहिए।

रहमान- हुजूर, कुछ अर्ज करने आया हूँ मगर हिम्मत नहीं पड़ती। अभी पिछला ही पड़ा हुआ है, अब और किस मुँह मांगू? लेकिन अल्लाह जानता है, कहीं से एक पैसा मिलने की उम्मीद नहीं और काम ऐसा आ पड़ा है कि अगर न करूँ, तो जिंदगी-भर पछतावा रहेगा। आपसे कुछ कह नहीं सकता। आगे आप मालिक हैं। यह समझकर दीजिए कि कुएँ में डाल रहा हूँ। जिंदा रहूँगा तो एक- एक कौड़ी मय सूद के अदा कर दूँगा । मगर इस घड़ी नहीं न कीजिएगा।

दाऊ- तीन सौ तो हो गए। दो सौ फिर माँगते हो। दो साल में कोई सात सौ रुपये हो जायेंगे। इसकी खबर है या नहीं?

रहमान- गरीबपरवर! अल्लाह दे, तो दो बीघे ऊख में पाँच सौ आ सकते हैं। अल्लाह ने चाहा, तो मियाद के अंदर आपकी कौड़ी-कौड़ी अदा कर दूँगा। दाऊदयाल ने दो-सौ रुपये फिर दे दिये। जो लोग उनके व्यवहार से परिचित थे, उन्हें उनकी इस रिआयत पर बड़ा आश्चर्य होता था।

4

खेती की हालत अनाथ बालक की-सी है। जल और वायु अनुकूल हुए तो अनाज के ढेर लग गए। इनकी कृपा न हुई, तो लहलहाते हुए खेत कपटी मित्र की भांति दगा दे गए। ओला और पाला, सूखा और बाढ़, टिड्डी और लाही, दीमक और आँधी से प्राण बचे, तो फसल खलिहान में आयी। और खलिहान से आग और बिजली दोनों ही का बैर है। इतने दुश्मनों से बची तो फसल, नहीं तो फैसला? रहमान ने कलेजा तोड़कर मेहनत की। दिन को दिन और रात को रात न समझा। बीवी-बच्चे दिलोजान से लिपट गए। ऐसी ऊख लगी कि हाथी घुसे, तो समा जाये। सारा गाँव दांतों उँगली दबाता था। लोग रहमान से कहते - यार, अबकी तुम्हारे पौ-बारह हैं। हारे दर्जे सात सौ कहीं नहीं गए। अबकी बेड़ा पार है। रहमान सोचा करता, अबकी ज्यों ही गुड़ के रुपये हाथ आये, सब-के-सब ले जाकर लाला दाऊदयाल के कदमों पर रख दूँगा। अगर वह उसमें से खुद दो-चार रुपये निकालकर देंगे, तो में लूँगा, नहीं तो अबकी साल और चूनी-चाकर खाकर काट दूँगा।

मगर भाग्य के लिखे की कौन मिटा सकता है? अगहन का महीना था, रहमान खेत की मेड़ पर बैठा रखवाली कर रहा था। ओढ़ने को केवल एक पुरानी गाढ़े की चादर थी, इसलिए ऊख के पत्ते जला दिये थे। सहसा हवा का एक ऐसा झोंका आया कि जलते हुए पत्ते उड़कर खेत में जा पहुँचे। आग लग गई। गाँव के लोग आग बुझाने दौड़े, मगर आग की लपटें टूटते तारों की भांति खेत के एक हिस्से से उड़कर दूसरे सिर पर जा पहुँचती थीं, सारे उपाय व्यर्थ हुए। पूरा खेत जलकर राख का ढेर हो गया, और खेत के साथ ही रहमान की सारी अभिलाषाएँ नष्ट-भ्रष्ट हो गईं। गरीब की कमर टूट गई। दिल बैठ गया। हाथ-पाँव ढीले हो गए। परोसी हुई थाली सामने से छिन गई। घर आया, तो दाऊदयाल के रुपयों की फिक्र सिर पर सवार हुई। अपनी कुछ फिक्र न थी। बाल-बच्चों की भी फिक्र न थी। भूखों मरना और नंगे रहना तो किसान का काम ही है। फिक्र थी, कर्ज की। दूसरा साल बीत रहा है। दो-चार दिन में लाला दाऊदयाल का आदमी आता होगा। उसे कौन मुँह दिखाऊंगा? चलकर उन्हीं से चिरौरी करूँ कि साल-भर की मोहलत और दीजिए। लेकिन साल-भर में तो सात सौ के नौ सौ हो जावेंगे। कहीं नालिश कर दी, तो हजार ही समझो। साल-भर में ऐसी क्या हुर बरस जायेगी। बेचारे कितने भले आदमी हैं, दो सौ रुपये उठाकर दे दिये। खेत भी तो ऐसे नहीं कि बै-रिहन करके आबरू बचाऊँ। बैल भी ऐसे कौन-से तैयार हैं कि दो-चार सौ मिल जाये। आधे भी तो नहीं रहे। अब इज्जत खुदा के हाथ है। मैं तो अपनी- सी करके देख चुका।

सुबह का वक्त था। वह अपने खेत की मेड़ पर खड़ा अपनी तबाही का दृश्य देख रहा था। देखा, दाऊदयाल का चपरासी कंधे पर लाठी रखे चला आ रहा है। प्राण सूख गए। खुदा, अब तू

ही इस मुश्किल को आसान कर। कहीं आते- ही-आते गालियाँ न देने लगे। या मेरे अल्लाह! कहीं छिप जाऊँ?

चपरासी ले समीप आकर कहा-रुपये लेकर देजा नहीं चाहते? मियाद कल गुज़र गई। जानते हो न सरकार को? एक दिन की भी देर हुई और उन्होंने नालिश ठोकी। बेभाव की पड़ेगी।

रहमान काँप उठा। बोला- यहाँ का हाल तो देख रहे हो न?

चपरासी-यहाँ हाल-हवाल सुनने का काम नहीं। ये चकमे किसी और को देना। सात सौ रुपये ले चलो और चुपके से गिनकर चले आओ।

रहमान- जमींदार, सारी ऊख जल गई। अल्लाह जानता है, अबकी कौड़ी- काड़ी बेवाक कर देता।

चपरासी- मैं यह कुछ नहीं जानता। तुम्हारी ऊख का किसी ने ठेका नहीं लिया। अभी चलो। सरकार बुला रहे हैं।

यह कहकर चपरासी उसका हाथ पकड़कर घसीटता हुआ चला। गरीब को घर में जाकर पगड़ी बाँधने का मौका न दिया।

5

पाँच कोस रास्ता कट गया, और रहमान ने एक-बार भी सिर न उठाया, बस, रह-रहकर 'या अली मुश्किलकुशा' उसके मुँह से निकल जाता था। उसे अब इसी नाम का भरोसा था। वही जप हिम्मत को सँभाले हुए था, नहीं तो शायद वह यहीं गिर पड़ता। वह नैराश्य की उस दशा को पहुँच गया था, जब मनुष्य की चेतना नहीं, उपचेतना उसका शासन करती है।

दाऊदयाल द्वार पर टहल रहे थे। रहमान जाकर उनके कदमों पर गिर पड़ा और बोला- खुदावंद, बड़ी विपत्त पड़ी हुई है। अल्लाह जानता है, कहीं का नहीं रहा!

दाऊ- क्या सब ऊख जल गई?

रहमान- हुजूर सुन चुके हैं क्या? सरकार, जैसे किसी ने खेत में झाड़ू लगा दी हो। गाँव के ऊपर ऊख लगी हुई थी गरीबपरवर, यह दैवी आफत न पड़ी होती, तो और तो नहीं कह सकता, हुजूर से उरिन हो जाता।

दाऊ- अब क्या सलाह है? देते हो कि नालिश ही कर दूँ?

रहमान- हुजूर मालिक हैं, जो चाहे करें। मैं तो इतना ही जानता हूँ कि हुजूर के रुपये सिर पर हैं और मुझे कौड़ी-कौड़ी देनी है। अपनी सोची नहीं होती। दो बार वादे किए, दोनों बार झूठा पड़ा। अब वादा न करूंगा, जब जो कुछ मिलेगा, लाकर हुजूर के कदमों पर रख दूँगा । मेहनत-मजूरी से, पेट और तन काटकर, जिस तरह हो सकेगा, आपके रुपये भरूंगा।

दाऊदयाल ने मुस्कुराकर कहा- तुम्हारे मन में इस वक्त सबसे बड़ी कौन- सी आरजू है?

रहमान- यही हुजूर, कि आपके रुपये अदा हो जायें। सच कहता हूँ हुजूर, अल्लाह जानता है।

दाऊ- अच्छा, तो समझ लो कि मेरे रुपये अदा हो गए।

रहमाज- अरे हुजूर, यह कैसे समझ लूँ! यहाँ न दूंगा, तो वहाँ तो देने पड़ेंगे।

दाऊ- नहीं रहमान, अब इसकी फिक्र मत करो। मैं तुम्हें आजमाता था।

रहमान- सरकार, ऐसा न कहें। इतना बोझ सिर पर लेकर न मरूंगा।

दाऊ- कैसा बोझ जी, मेरा तुम्हारे ऊपर कुछ आता ही नहीं। अगर कुछ आता भी हो, तो मैंने माफ कर दिया, यहाँ भी, वहाँ भी। अब तुम मेरे एक पैसे के भी देनदार नहीं हो। असल में मैंने तुमसे जो कर्ज लिया था, वही अदा कर रहा हूँ। मैं तुम्हारा कर्जदार हूँ तुम मेरे कर्जदार कहीं हो। तुम्हारी गाय अब तक मेरे पास है। उसने मुझे कम-से-कम आठ सौ रुपये का दूध दिया है! दो बछड़े नफे में अलग। अगर तुमने यह गाय कसाइयों को दे दी होती, तो मुझे इतना फायदा क्यों कर होता? तुमने उस वक्त पाँच रुपये का नुकसान उठाकर गाय मेरे हाथ बेची थी। वह शराफत मुझे याद है। उस एहसान का बदला चुकाना मेरी ताकत से बाहर है। जब तुम इतने गरीब और नादान होकर एक गाय की जान के लिए पाँच रुपये का नुकसान उठा सकते हो, तो मैं तुम्हारी सौगुनी हैसियत रख कर अगर चार-पाँच सौ रुपये माफ कर देता हूँ तो कोई बड़ा काम नहीं कर रहा हूँ। तुमने भले ही जानकर मेरे ऊपर कोई एहसान न किया हो, पर असल में वह मेरे धर्म पर एहसान था। मैंने भी तो तुम्हें धर्म के काम ही के लिए रुपये दिये थे। बस, हम-तुम दोनों बराबर हो गए। तुम्हारे दोनों बछड़े मेरे यहाँ हैं, जी चाहे लेते जाओ, तुम्हारी खेती के काम आएँगे। तुम सीधे और शरीफ आदमी हो, मैं तुम्हारी मदद करने को हमेशा तैयार रहूँगा। इस वक्त भी तुम्हें रुपयों की जरूरत हो, तो जितने चाहो, ले सकते हो।

रहमान को ऐसा मालूम हुआ कि उसके सामने कोई फरिश्ता बैठा हुआ है। मनुष्य उदार हो, तो फरिश्ता है, और नीच हो, तो शैतान। ये दोनों मानवी वृत्तियों ही के नाम हैं। रहमान के मुँह से धन्यवाद के शब्द भी न निकल सके। बड़ी मुश्किल से आँसुओं को रोककर बोला-हुजूर को इस नेकी का बदला खुदा देगा। मैं तो आज से अपने को आपका गुलाम ही समझूँगा।

दाऊ- नहीं जी, तुम मेरे दोस्त हो।

रहमान- नहीं हुजूर, गुलाम।

दाऊ- गुलाम छुटकारा पाने के लिए जो रुपये देता है, उसे मुक्तिधन कहते हैं। तुम बहुत पहले मुक्तिधन अदा कर चुके। अब भूलकर भी यह शब्द मुँह से न निकालना।

□□□

दीक्षा

जब मैं स्कूल में पढ़ता था, गेंद खेलता था और अध्यापक महोदयों की घुड़कियाँ खाता था, अर्थात जब मेरी किशोरावस्था थी न ज्ञान का उदय हुआ था और न बुद्धि का विकास। उस समय मैं टेंपरेंस एसोसिएशन (नशा-निवारणी सभा) का उत्साहित सदस्य था। नित्य उसके जलसों में शरीक होता, उसके लिए चन्दा वसूल करता। इतना ही नहीं, व्रतधारी भी था और इस व्रत के पालन का अटल संकल्प कर चुका था। प्रधान महोदय ने मेरे दीक्षा लेते समय जब पूछा- 'तुम्हें विश्वास है कि जीवन-पर्यन्त इस व्रत पर अटल रहोगे?' तो मैंने निश्शंक भाव से उत्तर दिया- 'हाँ मुझे पूर्ण विश्वास है।' प्रधान ने मुस्कुराकर प्रतिज्ञा-पत्र मेरे सामने रख दिया। उस दिन मुझे कितना आनन्द हुआ था। गौरव से सिर उठाए घूमता-फिरता था। कई बार पिताजी से भी बे-अदबी कर बैठा, क्योंकि वह संध्या समय थकान मिटाने के लिए एक गिलास पी लिया करते थे। मुझे यह असह्य था। कहूँगा ईमान की। पिताजी ऐब करते थे, पर हुनर के साथ। ज्यों ही जरा-सा सरूर आ जाता, आँखों में सुर्खी की आभा झलकने लगती कि व्यालू करने बैठ जाते-बहुत ही सूक्ष्मआहारी थे-और फिर रात-भर के लिए माया-मोह के बंधनों से मुक्त हो जाते। मैं उन्हें उपदेश देता था। उनसे वाद-विवाद करने पर उतारू हो जाता था। एक बार तो मैंने गजब कर डाला था। उनकी बोतल और गिलास को पत्थर पर इतनी जोर से पटका कि भगवान कृष्ण ने कंस को भी इतनी जोर से न पटका होगा। घर में काँच के टुकड़े-टुकड़े हो गए और कई दिनों तक नग्न चरणों से फिरने-वाली स्त्रियों के पैरों से खून बहा, पर मेरा उत्साह तो देखिए! पिता की तीव्र दृष्टि की भी परवाह न की।

पिताजी ने आकर अपनी संजीवन-प्रदायिनी बोतल का यह शोक समाचार सुना, तो सीधे बाजार गये और एक क्षण में ताक के शून्य-स्थान की फिर पूर्ति हो गई। मैं देवासुर-संग्राम के लिए कमर कसे बैठा था, मगर पिताजी के मुख पर लेश-मात्र भी मैल न आया। उन्होंने मेरी ओर उत्साहपूर्ण दृष्टि से देखा-अब मुझे अबूझ होता है कि यह आत्मोल्लास, विशुद्ध सत्कामना और अलौकिक स्नेह से परिपूर्ण थी-और मुस्करा दिए। उसी तरह मुस्कराए, जैसे कई मास पहले प्रधान महोदय मुस्कराए थे। अब उनके मुस्कराने का आशय समझ रहा हूँ उस समय न समझ सका था। बस, इतनी ही ज्ञान की वृद्धि हुई है। उस मुस्कान में कितना व्यंग्य था, मेरे बाल-व्रत का कितना उपहास और मेरी सरलता पर कितनी दया थी, अब उसका मर्म समझा हूँ।

मैं कॉलेज में अपने व्रत पर दृढ़ रहा। मेरे कितने ही मित्र इतने संयमशील न थे। मैं आदर्श-चरित्र समझा जाता था। कॉलेज में उस संकीर्णता का निर्वाह कहां? बुद्ध बना दिया जाता, कोई मुल्ला की पदवी देता, कोई नासेह कहकर मजाक उड़ाता। मित्रगण व्यंग्य-भाव में कहते-'हाय अफसोस, तूने पी ही नहीं।' सारांश यह कि यहाँ मुझे उदार बनना पड़ा। मित्रों को कमरे में

चुसकियां लगाते देखता, और बैठा रहता। भंग घुटती और मैं देखा करता। लोग आग्रहपूर्वक कहते- 'अजी, जरा लो भी।' तो विनीत भाव से कहता- 'क्षमा कीजिए, यह मेरे सिस्टम को सूट नहीं करती।' सिद्धान्त के बदले अब मुझे शारीरिक असमर्थता का बहाना करना पड़ा। यह सत्याग्रह का जोश, जिसने पिता की बोतल पर हाथ साफ किया था, गायब हो गया था। यहाँ तक कि एक बार जब कॉलेज के चौथे वर्ष में मेरे लड़का पैदा होने की खबर मिली, तो मेरी उदारता की हद हो गई। मैंने मित्रों के आग्रह से मजबूर होकर उनकी दावत की और अपने हाथों से डाल-डालकर उन्हें पिलायी। उस दिन साखी बनने में हार्दिक आनन्द मिल रहा था। उदारता वास्तव में सिद्धान्त से गिर जाने, आदर्श से च्यूत हो जाने का ही दूसरा नाम है। अपने मन को समझाने के लिए युक्तियों का अभाव कभी नहीं होता। संसार में सबसे आसान काम अपने को धोखा देना है। मैंने खुद तो नहीं पी, पिला दी, इसमें मेरा क्या नुकसान? दोस्तों की दिलशिकनी तो नहीं की? मजा तो तभी है कि दूसरों को पिलाए और खुद न पिए।

खैर, कॉलेज से मैं बेदाग निकल आया। अपने शहर में वकालत शुरू की। सुबह से आधी रात तक चक्की में जुतना पड़ता। वे कॉलेज के सैर-सपाटे, आमोद- विनोद, सब स्वप्न हो गए। मित्रों की आमद-रफ्त बंद हुई, यहाँ तक कि छुट्टियों में भी दम मारने की फुरसत न मिलती। जीवन-संग्राम कितना विकट है, इसका अनुभव हुआ। इसे संग्राम कहना ही भ्रम है। संग्राम की उमंग, उत्तेजना, वीरता और जय-ध्वनि यहाँ कहां? यह संग्राम नहीं, ठेलमठेल, धक्का-पेल है। यहाँ 'चाहे धक्के खायें, मगर तमाशा घुसकर देखें' की दशा है। माशूक का वस्ल कहाँ, उसकी चौखट को घूमना, दरबान की गालियाँ खाना और अपना-सा मुँह लेकर चले आना। दिन-भर बैठे-बैठे अरुचि हो जाती। मुश्किल से दो चपातियां आती और मन में कहता-'क्या इन्हीं दो चपातियों के लिए यह सिर-मग्जन और यह दीदा-रेजी है! मरो, खपो और व्यर्थ के लिए। इसके साथ यह अरमान भी था कि अपनी मोटर हो, विशाल भवन हो, थोड़ी-सी जमींदारी हो, कुछ रुपये बैंक में हों, पर यह सब हुआ भी, तो मुझे क्या? सन्तान उनका सुख भोगेगी, मैं तो व्यर्थ ही मरा। मैं तो खजाने का साँप ही रहा। नहीं, यह नहीं हो सकता। मैं दूसरों के लिए ही प्राण न दूँगा, अपनी मेहनत का मजा खुद भी चखूंगा। क्या करूँ? कहीं सैर करने चलूँ? नहीं, मुवक्किल सब तितर-बितर हो जायेंगे! ऐसा नामी वकील तो हूँ नहीं कि मेरे बगैर काम ही न चले और कतिपय नेताओं की भांति असहयोग-व्रत धारण करने पर भी कोई बड़ा शिकार देखूँ तो झपट पड़ूं। यहाँ तो पिद्दी, बटेर, हारिल इन्हीं सब पर निशाना मारना है। फिर क्या रोज थियेटर जाया करूं? फिजूल है। कहीं दो बजे रात को सोना नसीब होगा, बिना मौत मर जाऊंगा। आखिर मेरे हमपेशा और भी तो हैं? वे क्या करते हैं, जो उन्हें बराबर खुश और मस्त देखता हूँ? मालूम होता है, उन्हें कोई चिन्ता ही नहीं है। स्वार्थ-सेवा अंग्रेजी शिक्षा का प्राण है। पूर्व, सन्तान के लिए, यश के लिए, धर्म के लिए मरता है, पश्चिम, अपने लिए। पूर्व में घर का स्वामी सबका सेवक होता है, वह सबसे ज्यादा काम करता, दूसरों को खिलाकर खाता, दूसरों को पहनाकर पहनता है, पश्चिम में वह सबसे अच्छा खाना, अच्छा पहनना अपना अधिकार समझता है। परिवार सर्वोपरि है, वहाँ व्यक्ति सर्वोपरि है। हम बाहर से पूर्व और भीतर से पश्चिम हैं। हमारे सत्आदर्श दिन-दिन लुप्त होते जा रहे हैं।

मैंने सोचना शुरू किया, इतने दिनों की तपस्या से मुझे क्या मिल गया? दिन-भर छाती फाड़कर काम करता हूँ आधी रात को मुँह ढाँप कर सो रहता हूँ। यह भी कोई जिन्दगी है? कोई सुख नहीं, मनोरंजन का कोई सामान नहीं, दिन- भर काम करने के बाद टेनिस क्या खाक खेलूंगा? हवाखोरी के लिए भी तो पैरों बूता चाहिए! ऐसे जीवन को रसमय बनाने के लिए केवल एक ही उपाय है- आत्मविस्मृति, जो एक क्षण के लिए मुझे संसार की चिन्ताओं से मुक्त कर दे। मैं अपनी परिस्थिति को भूल जाऊँ, अपने को भूल जाऊँ, जरा हंसू जरा कहकहा मारूं, जरा मन में स्फूर्ति आए। केवल एक ही बूटी है, जिसमें ये गुण हैं, और यह मैं जानता हूँ। कहाँ की प्रतिज्ञा, कहाँ का व्रत? वे बचपन की बातें थी। उस समय क्या जानता था कि मेरी यह हालत होगी? तब स्फूर्ति का बाहुल्य था, पैरों में शक्ति थी, घोड़े पर सवार होने की क्या जरूरत थी? तब जवानी का नशा था। अब वह कहां? यह भावना मेरे पूर्व संचित समय की जड़ों को हिलाने लगी। वह नित्य नई-नई युक्तियों से सशक्त होकर आती थी। क्यों, क्या तुम्हीं सबसे अधिक बुद्धिमान हो? सब तो पीते हैं। जजों को देखो, इजलास छोड़कर जाते और पी आते हैं।

प्राचीन काल में ऐसे व्रत जिन्न जाते थे, जब जीविका इतनी प्राणघातक न थी। लोग हंसेगे ही न कि बड़े व्रतधारी की दुम बने थे, आखिर आ गए न चक्कर में! हँसने दो, मैंने नाहक व्रत लिया। उसी व्रत के कारण इतने दिनों की तपस्या करनी पड़ी। नहीं पी, तो कौन-सा बड़ा आदमी हो गया, कौन सम्मान पा लिया? पहले किताबों में पढ़ा करता था, यह हानि होती है, वह हानि होती है, मगर कहीं तो नुकसान होते नहीं देखता। हां, पियक्कड़, बद-मस्त हो जाने की बात और है। उस तरह तो अच्छी-से-अच्छी वस्तु का सदुपयोग भी हानिप्रद होता है। ज्ञान भी जब सीमा से बाहर हो जाता है, तो नास्तिकता के क्षेत्र में जा पहुँचता है! पीना चाहिए एकान्त में, चेतना को जागृत करने के लिए, सुलाने के लिए नहीं। बस पहले दिन जरा-जरा झिझक होगी। फिर किसका डर है? ऐसी आयोजना करनी चाहिए कि लोग मुझे जबरदस्ती पिला दें, जिसमें अपनी शान बनी रहे। जब एक दिन प्रतिज्ञा टूट जायेगी, तो फिर मुझे अपनी सफाई पेश करने की जरूरत न रहेगी, घरवालों के सामने भी आँखें नीची न करनी पड़ेगी।

2

मैंने निश्चय किया, यह अभिनय होली के दिन हो। इस दीक्षा के लिए इससे उत्तम मुहूर्त कौन होगा? होली पीने-पिलाने का दिन है। उस दिन मस्त हो जाना क्षम्य है। पवित्र होली अगर हो सकती है, तो पवित्र चोरी, पवित्र रिश्वत-सितानी भी हो सकती है।

होली आयी, अबकी बहुत इन्तजार के बाद आयी। मैंने दीक्षा लेने की तैयारी शुरू की। कई पीने वालों को निमन्त्रित किया। केलनर की दुकान से विहस्की और शैम्पेन मंगवाईं, लेमनेड, सोडा, बर्फ, गजक, अमीरा, तंबाकू वगैरह सब सामान मंगवा कर लैस कर दिया। कमरा बहुत बड़ा न था। कानूनी किताबों की आलमारियां हटवा दीं, फर्श बिछवा दिया और शाम को मित्रों का इन्तजार करने लगा, जैसे चिड़िया पंख फैलाए बहेलियों को बुला रही हो।

मित्रगण एक-एक करके आने लगे। नौ बजते-बजते सब-के-सब आ विराजे। उनमें कई तो ऐसे थे, जो चुल्लू में उल्लू हो जाते थे, पर कितने ही कुम्भज ऋषि के अनुयायी थे। पूरे समुद्र-सोख, बोतल-की-बोतल गटगटा जायें और आँखों में सुर्खी न आये! मैंने बोतल, गिलास और गजक की तश्तरियां सामने लाकर रखीं।

एक महाशय बोले-चार, बर्फ और सोडे के बगैर लुत्फ़ न आएगा।

मैंने उत्तर दिया-मँगवा रखा है, भूल गया था।

एक- तो फिर बिस्मिल्लाह हो।

दूसरा- साकी कौन होगा?

मैं- यह खिदमत मेरे सुपुर्द कीजिए।

मैंने प्यालियाँ भर-भरकर देनी शुरू कीं और यार लोग पीने लगे। हू-हक का बाजार गर्म हुआ, अश्लील हास-परिहास की आँधी-सी चलने लगी, पर मुझे कोई न पूछता था। खूब, अच्छा उल्लू बना! शायद मुझसे कहते हुए सकुचाते हैं। कोई मजाक से भी नहीं कहता, मानो मैं वैष्णव हूँ। इन्हें कैसे इशारा करूँ। आखिर, सोचकर बोला-मैंने तो कभी पी ही नहीं।

एक मित्र- क्यों नहीं पी? ईश्वर के यहाँ आपको इसका जवाब देना पड़ेगा। दूसरा- फरमाइए जनाब, फरमाइए, फरमाइए, क्या जवाब दीजिएगा? मैं ही उसकी तरफ से पूछता हूँ- क्यों नहीं पीते?

मैं- अपनी तबीयत, नहीं जी चाहता।

दूसरा- यह तो कोई जवाब नहीं। कोदों देकर वकालत पास की थी क्या?

तीसरा- जवाब दीजिए, जवाब। दीजिए, दीजिए। आपने समझा क्या है, ईश्वर को आपने ऐसा-वैसा समझ लिया है क्या?

दूसरा- आपको कोई धार्मिक आपत्ति है?

मैंने कहा- हो सकता है।

तीसरा- वाह रे धर्मात्मा! क्यों न हो, आप बड़े धर्मात्मा हैं। जरा आपकी दुम देखूँ?

मैं- क्या धर्मात्मा आदमियों के दुम होती है?

चौथा- और क्यों किसी के एक हाथ की, किसी के दो हाथ की। आप हैं किस फेर में? दुमदारों के सिवा आज धर्मात्मा है ही कौन? हम सब पापात्मा हैं। तीसरा-धर्मात्मा वकील, ओ-हो, धर्मात्मा वेश्या, ओ-हो!

दूसरा- धार्मिक आपत्ति तो आपको हो ही नहीं सकती। वकील होना धार्मिक विचारों से शून्य होने का चिह्न है।

मैं- भाई, मुझे सूट नहीं करती।

तीसरा- अब मार लिया, मूजी को मार लिया, आपको सूट नहीं करती। मैं सूट करा दूं।

दूसरा- क्या किसी डॉक्टर ने मना किया है?

मैं- नहीं।

तीसरा- वाह-वाह आप खुद ही डॉक्टर बन गए। अमृत आपको सूट नहीं करता! अरे धर्मात्माजी, एक बार पी के देखिए।

दूसरा- मुझे आपके मुँह से यह सुनकर आश्चर्य हुआ। भाईजी, यह दवा है, महौषधि है यही सोम-रस है। कहीं आपने टेंपरेंस की प्रतिज्ञा तो नहीं ले ली है?

मैं-मान लीजिए, ली हो, तो?

तीसरा-तो आप बुद्ध हैं, सीधे-सीधे कोरे बुद्ध!

चौथा-को-

जाम चलने को है सब, अहले-नजर बैठे हैं,
आंख साकी न चुराना, हम इधर बैठे हैं।

दूसरा-हम सभी टेंपरेंस के प्रतिज्ञाधारी हैं, पर जब वह हम ही नहीं रहे, तो वह प्रतिज्ञा कहाँ रही? हमारे नाम वहीं हैं, पर हम वहां वहीं हैं। जहाँ लड़कपन की बातें गई, वहीं वह प्रतिज्ञा भी गयी।

मैं- आखिर इससे फायदा क्या है?

दूसरा- यह तो पीने ही से मालूम हो सकता है। एक प्याली पीजिए, फायदा न मालूम हो, तो फिर न पीजिएगा।

तीसरा- मारा, मारा, अब मूजी को, पिलाकर छोड़ेंगे!

चौथा-.

ऐसे मय-ख्वार हैं दिन रात पिया करते हैं
हम तो सोते में तेरा नाम लिया करते हैं।

पहला- तुम लोगों से न बनेगा, मैं पिलाना जानता हूँ।

यह महाशय मोटे-ताजे आदमी थे। मेरा टेंटुआ दबाया और प्याली मुँह से लगा दी। मेरी प्रतिज्ञा टूट गई, दीक्षा मिल गई, मुराद पूरी हुई, किन्तु बनावटी क्रोध से बोला-आप लोग अपने साथ मुझे भी ले डूबे।

दूसरा- मुबारक हो, मुबारक!

तीसरा- मुबारक, मुबारक, सौ-सौ-बार मुबारक!

3

नवदीक्षित मनुष्य बड़ा धर्मपरायण होता है। मैं संध्या समय दिन-भर की वाग्वितंडा से छुटकारा पाकर जब एकान्त में, अथवा दो-चार मित्रों के साथ बैठकर प्याले- पर-प्याले चढ़ाता, तो चित्त उल्लसित हो उठता था। रात को निद्रा खूब आती थी, पर प्रात:काल अंग-अंग में पीड़ा होती, अंगड़ाई आतीं, मस्तिष्क शिथिल हो जाता, यही जी चाहता कि आराम से पलंग पर लेटा रहूँ। मित्रों ने सलाह दी कि खुमारी उतारने के लिए सवेरे भी एक पैग पी लिया जाये, तो अति उत्तम है। मेरे मन में भी बात बैठ गई। मुँह-हाथ धोकर पहले संध्या किया करता था। अब मुँह- हाथ धोकर चट अपने कमरे के एकान्त में बोतल लेकर बैठ जाता। मैं इतना जानता था कि नशीली चीजों का चस्का बुरा होता है, आदमी धीरे-धीरे उनका दास हो जाता है। यहाँ तक कि वह उसके बगैर कुछ काम ही नहीं कर सकता, परन्तु ये बातें जानते हुए भी मैं उनके वशीभूत होता जाता था। यहाँ तक नौबत पहुँची कि नशे के बगैर मैं कुछ काम ही न कर सकता। जिस आमोद के लिए मुँह लगाया था, वह साल ही भर में मेरे लिए जल और वायु की भांति अत्यन्त आवश्यक हो गई। अगर कभी किसी मुकदमे में बहस करते-करते देर हो जाती, तो ऐसी थकावट चढ़ती थी, मानो मंजिलों चला हूँ। उस दशा में घर आता, तो अनायास ही बात-बात पर झुँझलाता। कहीं नौकर को डाँटता, कहीं बच्चों को पीटता, कहीं स्त्री पर गरम होता। यह सब कुछ था, पर मैं कतिपय अन्य शराबियों की भांति नशा आते ही दून की न लेता था, अनर्गल बातें न करता था, हल्ला न मचाता था, न मेरे स्वास्थ्य पर ही मदिरा-सेवन का कुछ बुरा असर नजर अता था।

बरसात के दिन थे। नदी-नाले बढ़े हुए थे। हुक्काम बरसात में भी दौरे करते हैं। उन्हें अपने भत्ते से मतलब। प्रजा को कितना कष्ट होता है, इससे उन्हें कुछ सरोकार नहीं। मैं एक मुकदमें में दौरे पर गया। अनुमान किया था कि संध्या तक लौट आऊंगा।, मगर नदियों का चढ़ाव-उतार पड़ा, दस बजे पहुंचने के बदले शाम को पहुँचा। जज-साहब मेरी प्रतीक्षा कर रहे थे। मुकदमा पेश हुआ, लेकिन बहस खतम होते-होते रात के नौ बज गए। मैं अपनी हालत क्या कहूँ? जी चाहता था, जज साहब को नोंच जाऊँ। कभी अपने प्रतिपक्षी वकील की दाढ़ी नोंचने को जी चाहता था, जिसने बरबस बहस को इतना बढ़ाया। कभी जी चाहता था, अपना सिर पीट लूँ। मुझे सोच लेना चाहिए था कि आज रात को देर हो गई, तो? जज मेरा गुलाम तो है नहीं कि जो मेरी इच्छा हो, वही हो। न खड़े रहा जाता, न बैठे। छोटे-मोटे पियक्कड़ मेरी दुर्दशा की कल्पना नहीं कर सकते।

खैर, नौ बजते-बजते मुकदमा समाप्त हुआ, पर अब जाऊँ कहीं? बरसात की रात, कोसों तक आबादी का पता नहीं। घर लौटना कठिन ही नहीं, असम्भव। आसपास भी कोई ऐसा गाँव नहीं, जहाँ यह संजीवनी मिल सके। गाँव हो भी, तो वहाँ जाये कौन? वकील कोई थानेदार नहीं कि किसी को बेगार में भेज दे। बड़े संकट में पड़ा हुआ था। मुवक्किल चले गए, दर्शक चले गए, बेगार चले गए। मेरा प्रतिद्वन्द्वी मुसलमान चपरासी के दस्तरखान में शरीक होकर डाक-बँगले के बरामदे में पड़ा रहा, पर मैं क्या करूँ? यहाँ तो प्राणान्त-सा हो रहा था। वहीं बरामदे में टाट पर बैठा हुआ अपनी किस्मत को रो रहा था, न नींद आती थी कि इस कष्ट को भूल जाऊँ

और अपने को उसी की गोद में सौंप दूँ। गुस्सा अलबत्ते था कि वह दूसरा वकील कितनी मीठी नींद से सो रहा है, मानो ससुराल में सुख- सेज पर सोया हुआ है।

इधर तो मेरा यह बुरा हाल था, उधर डाक-बँगले में साहब बहादुर गिलास- पर-गिलास चढ़ा रहे थे। शराब के डालने की मधुर ध्वनि मेरे कानों में आकर चित्त को और भी व्याकुल कर देती। मुझसे बैठे न रहा गया। धीरे-धीरे चिक के पास गया और अंदर झाँकने लगा। आह! कैसा जीवनप्रद दृश्य था। सफेद बिल्लौर के गिलास में बर्फ और सोडावाटर के अलंकृत, वरुण-मुख कामिना शोभायमान थी, मुँह में पानी भर आया। उस समय कोई मेरा चित्र उतारता तो लोलुपता के चित्रण से बाजी मार ले जाता। साहब की आंखों में सुर्खी थी, मुँह पर सुर्खी थी। एकान्त में बैठा पीता और मानसिक उल्लास की लहर में एक अंग्रेजी गीत गाता था। कहीं वह स्वर्ग का सुख और कहाँ यह मेरा नरक-भोग! कई बार प्रबल इच्छा हुई कि साहब के पास चलकर एक गिलास माँगूँ पर डर लगता था कि कहीं शराब के बदले ठोकरें मिलने लगे, तो यहाँ कोई फरियाद सुनने वाला भी नहीं है।

मैं वहाँ तब तक खड़ा रहा, जब तक साहब का भोजन समाप्त न हो गया। मनचाहे भोजन और सुरा-सेवन के उपरान्त उसने खानसामा को मेज़ साफ करने के लिए बुलाया। खानसामा वहीं मेज़ के नीचे बैठा ऊंख रहा था। उठा और प्लेट लेकर बाहर निकला, तो मुझे देखकर चौंक पड़ा। मैंने शीघ्र ही उसको आश्वासन दिया-डरो मत, डरो मत, मैं हूँ।

खानसामा ने चकित होकर कहा- आप हैं वकील साहब! क्या हुजूर यहाँ खड़े थे?

मैं- हाँ? जरा देखता था कि ये सब कैसे खाते-पीते हैं। बहुत शराब पीता

खामसामा- अजी कुछ पूछिए मत। दो बोतल दिन-रात में साफ कर डालता है। 20 रु. रोज की शराब पी जाता है। दौरे पर चलता है, तो चार दर्जन बोतलों से कम साथ नहीं रखता।

मैं- मुझे भी कुछ आदत है, पर आज न मिली।

खानसामा- तब तो आपको बड़ी तकलीफ हो रही होगी?

मैं- क्या करूँ, यहाँ तो कोई दुकान भी नहीं है। समझता था, जल्दी से मुकदमा हो जायेगा, घर लौट जाऊंगा। इसीलिए कोई सामान साथ न लाया।

खामसामा- मुझे तो अफीम की आदत है। एक दिन न मिले, तो बावला हो जाता हूँ। अमल वाले चाहे कुछ न मिले, अमल मिल जाये, तो उसे कोई फिक्र नहीं, खाना चाहे तीन दिन में मिले ।

मैं- वही हाल है भाई, भुगत रहा हूँ। ऐसा मालूम होता है, बदन में जान ही नहीं है।

खानसामा- हुजूर को कम-से-कम एक बोतल साथ रख लेनी चाहिए थी। जेब में डाल लेते।

मैं- इतनी ही तो भूल हुई भाई, नहीं तो रोना काहे का था।

खानसामा- नींद भी न आती होगी?

मैं- कैसी नींद, दम लबों पर है, न जाने रात कैसे गुजरेगी।

मैं चाहता था, खानसामा अपनी तरफ से मेरी अग्नि को शान्त करने का प्रस्ताव करे, जिसमें मुझे लज्जित न होना पड़े। पर खानसामा भी चट था। बोला- अल्लाह का नाम लेकर सो जाइए, नींद कब तक न आएगी।

मैं- नींद तो न आएगी। हां, मर भले ही जाऊंगा। क्या साहब बोतलें गिनकर रखते हैं? गिनते तो क्या होंगे?

खानसामा- अरे हुजूर, एक ही बड़ी है। बोतल पूरी नहीं होती, तो उस पर निशान बना देता है। मजाल है कि एक बूंद भी कम हो जाये।

मैं-बड़ी मुसीबत है, मुझे तो एक गिलास चाहिए। बस, इतनी ही चाहता हूँ कि नींद आ जाये। जो इनाम कहो, वह दूँ।

खानसामा- इनाम तो हुजूर देंगे ही, लेकिन खौफ यही है कि कहीं भाँप गया, तो फिर मुझे जिंदा न छोड़ेगा।

मैं- यार, लाओ। अब ज्यादा सब्र की ताव नहीं है।

खानसामा- आपके लिए जान हाजिर है, पर एक बोतल 10 रु. में आती है। मैं कल किसी बेगार से मँगाकर तादाद पूरी कर दूँगा ।

मैं- एक बोतल थोड़े ही पी जाऊंगा।

खानसामा- साथ लेते जाइयेगा हुजूर! आधी बोतल खाली मेरे पास रहेगी, तो उसे फौरन शुबहा हो जायेगा। बड़ा शक्की है, मेरा मुँह सूंघता रहता है कि इसने पी न ली हो।

मुझे 20 रु. मेहनताना के मिले थे। दिन-भर की कमाई का आधा देते हुए कष्ट तो हुआ, पर दूसरा उपाय ही क्या था? चुपके से 10 रु. निकालकर खानसामा के हवाले किए। उसने एक बोतल अंग्रेजी शराब ला दी। बर्फ और सोडा भी लेता आया। मैं वहीं अँधेरे में बोतल खोलकर अपना परितप्त आत्मा को सुधा-जल से सिंचित करने लगा।

क्या जानता था कि विधना मेरे लिए कोई दूसरा ही षड्यंत्र रच रहा है, विष पिलाने की तैयारियाँ कर रहा है।

4

नशे की नींद का पूछना ही क्या? उस पर किसकी की आधी बोतल चढ़ा गया था। दिन चढ़े तक सोता रहा। कोई आठ बजे झाड़ू लगाने वाले मेहतर ने जगाया, तो नींद खुली। शराब की बोतल और गिलास सिरहाने रखकर छतरी से छिपा दिया था। ऊपर से अपना गाउन डाल दिया था। उठते-ही सिरहाने निगाह गई। बोतल और गिलास का पता न था। कलेजा धक हो गया। खानसामा को खोजने लगा कि उसने तो नहीं उठाकर रख दिया। इस विचार से उठा और

टहलता हुआ डाक-बँगले के पिछवाड़े गया, जहाँ नौकरों के लिए अलग कमरे बने हुए थे, पर यहाँ का भयंकर दृश्य देखकर आगे कदम बटाने का साहस न हुआ।

साहब खानसामा का कान पकड़े हुए खड़े थे। शराब की बोतलें अलग-अलग रखी हुई थीं। साहब एक, दो, तीन करके गिनते थे और खानसामा से पूछते थे, एक बोतल और कहां गया?-खानसामा कहता था-हुजूर, खुदा मेरा मुँह काला करे, जो मैंने कुछ भी दयाल-फसल की हो।

साहब- हम क्या झूठ बोलता है? 29 बोतल नहीं था?

खानसामा- हुजूर, खुदा की कसम, मुझे नहीं मालूम, कितनी बोतलें थी। इस पर साहब ने खानसामा के कई तमाचे लगाए। फिर कहा-तुम गिने, तुम न बताएगा, तो हम तुमको जान से मार डालेगा। हमारा कुछ नहीं हो सकता। हम हाकिम है, और हाकिम लोग हमारा दोस्त है। हम तुमको अभी-अभी मार डालेगा, नहीं तो बतला दे, एक बोतल कहाँ गया?

मेरे प्राण सूख गए। बहुत दिनों के बाद ईश्वर की याद आयी। मन-ही-मन गोवर्द्धनधारी का स्मरण करने लगा। अब लाज तुम्हारे हाथ है! भगवान! तुम्हीं बचाओ तो नैया बच सकती है, नहीं तो मझधार में डूबी जाती है! अंग्रेज है, न जाने क्या मुसीबत ढा दे। भगवन्! खानसामा का मुँह बंद कर दो, उसकी वाणी हर लो, तुमने बड़े-बड़े द्रोहियों और दुष्टों की रक्षा की है। अजामिल को तुम्हीं ने तारा था। मैं भी द्रोही हूँ, द्रोहियों का द्रोही हूँ। मेरा संकट हरो। अबकी जान बची, तो शराब की ओर आँख न उठाऊंगा।

मार के आगे भूत भागता है!। मुझे प्रति क्षण यह शंका होती थी कि कहीं यह लोकोक्ति चरितार्थ न हो जाये। कहीं खानसामा खुल न पड़े, नहीं तो फिर मेरी खैर नहीं। राजद छिन जाने का, चोरी का मुकदमा चल जाने का अथवा जज साहब से तिरस्कृत किए जाने का इतना भय न था, जितना साहब के पदाघात का लक्ष्य बनने का। जालिम हंटर लेकर दौड़ न पड़े। यों मैं इतना नहीं हूँ हृष्ट-पुष्ट और साहसी मनुष्य हूँ। कॉलेज में खेल-कूद के लिए पारितोषिक पा चुका हूँ। अब भी बरसात में दो महीने मुगदर फेर लेता हूँ लेकिन उस समय भय के मारे मेरा बुरा हाल था। मेरे नैतिक बल का आधार पहले ही नष्ट हो चुका था। चोर में बल कहां? मेरा मान, मेरा भविष्य, मेरा जीवन खानसामा के केवल एक शब्द पर निर्भर था-केवल एक शब्द पर! किसका जीवन-सूत्र इतना क्षीण, इतना जर्जर होगा!

मैं मन-ही-मन प्रतिज्ञा कर रहा था-शराबियों की तोबा नहीं, सच्ची, दृढ़ प्रतिज्ञा-कि इस संकट से बचा, तो फिर शराब न पीऊंगा । मैंने अपने मन को चारों ओर से बाँध रखने के लिए, उसके कुतर्कों का द्वार बंद करने के लिए एक भीषण शपथ खायी।

मगर हाय रे दुर्दैव! कोई सहाय न हुआ। न गोवर्द्धनधारी ने सुध ली, न नरसिंह अटवाल ने। वे सब सतयुग में आया करते थे। न प्रतिज्ञा कुछ काम आयी, न शपथ का कुछ असर हुआ! मेरे भाग्य या दुर्भाग्य में जो कुछ बदा था, वह होकर रहा। विधवा ने मेरी प्रतिज्ञा सुदृढ़ रखने के लिए शपथ को यथेष्ट न समझा।

खानसामा बेचारा अपना बात का धनी था। थप्पड़ खाए, ठोकर आयी, दाढ़ी नुचवायी, पर न खुला । बड़ा सत्यवादी, वीर पुरुष था। मैं शायद ऐसी दशा में इतना अटल न रह सकता शायद पहले ही थप्पड़ में उगल देता। उसकी ओर से मुझे जो घोर शंका हो रहा थी, वह जिल्लत सिद्ध हुई। जब तक जिऊंगाा, उस वीरात्मा का गुणानुवाद करता रहूँगा।

पर मेरे ऊपर दूसरी ही ओर से वज्रपात हुआ।

5

खानसामा पर जब मार-धाड़ का कुछ असर न हुआ, तो साहब उनके कान पकड़े हुए डाक-बँगले की तरफ चले। मैं उन्हें आते देख, चटपट सामने बरामदे में आ बैठा और ऐसा मुँह बना लिया, मानो कुछ जानता ही नहीं। साहब ने खानसामा को लाकर मेरे सामने खड़ा कर दिया। मैं भी उठकर खड़ा हो गया। उस समय यदि कोई मेरे हृदय को चीरता, तो रक्त की एक बूंद भी न निकलती।

साहब ने मुझसे पूछा- वेल वकील साहब, तुम शराब पीता है?

मैं इनकार न कर सका।

'तुमने रात शराब पी थीं?'

मैं इनकार न कर सका।

तुमने मेरे इस खानसामा से शराब ली थी?'

मैं इनकार न कर सका।

'तुमने रात को शराब पीकर बोतल और गिलास अपने सिर के नीचे छिपाकर रखा था?'

मैं इनकार न कर सका। मुझे भय था कि खानसामा न कहीं खुल पड़े, पर उलटे मैं ही खुल पड़ा।

'तुम जानता है, यह चोरी है?'

मैं इनकार न कर सका।

'हम तुमको मुअत्तल कर सकता है, तुम्हारा सनद छीन सकता है, तुमको जेल भेज सकता है।'

यथार्थ ही था।

'हम तुमको ठोकरों से मारकर गिरा सकता है। हमारा कुछ नहीं हो सकता!' यथार्थ ही था।

'तुम काला आदमी वकील बनता है, हमारे खानसामा से चोरी का शराब लेता है। तुम सुअर! लेकिन हम तुमको वही सजा देगा, जो तुम पसन्द करो। तुम क्या चाहता है?'

मैंने काँपते हुए कहा -हुजूर, माफी चाहता हूँ।

'नहीं, हम सजा पूछता है! '

'जो हुजूर मुनासिब समझें।'

'अच्छा, वही होगा।'

यह कहकर उस निर्दयी, नरपिशाच ने दो सिपाहियों को बुलवाया और उनसे मेरे दोनों हाथ पकड़वा दिये। मैं मौन धारण किए इस तरह सिर झुकाए वहां रहा, जैसे कोई लड़का अध्यापक के सामने बेंत खाने को खड़ा होता है। इसने मुझे क्या दंड देने का विचारा है? कहीं मेरी मुश्कें तो न कसवाएगा या कान पकड़कर उठा-बैठी तो न कराएगा। देवताओं से सहायता मिलने की कोई आशा तो न थी, पर अदृश्य का आवाहन करने के अतिरिक्त और उपाय ही क्या था!

मुझे सिपाहियों के हाथों में छोड़कर साहब दफ्तर में गये और यहाँ से मोहर छापने की स्याही और ब्रश लिए हुए निकले। अब मेरी आँखों से अश्रुपात होने लगा। यह घोर अपमान और थोड़ी-सी शराब के लिए! यह भी दुगुने दाम देने पर!

साहब ब्रश से मेरे मुँह में कालिमा पोत रहे थे, वह कालिमा, जिसे धोने के लिए ढेरों साबुन की जरूरत थी और मैं भीगी बिल्ली की भांति खड़ा था। उन दोनों यमदूतों को भी मुझ पर दया न आती थी। दोनों हिन्दुस्तानी थे, पर उन्हीं के हाथों मेरी यह दुर्दशा हो रही थी। इस देश को स्वराज्य मिल चुका!

साहब कालिख पोतते और हँसते जाते थे। यहाँ तक कि आँखों के सिवा तिल-भर भी जगह न बची! थोड़ी-सी शराब के लिए आदमी से वनमानुष बनाया जा रहा था। दिल में सोच रहा था, यहाँ से जाते-ही-जाते बच्चा पर मानहानि की नालिश कर दूँगा, या किसी बदमाश से कह दूँगा, इजलास ही पर बच्चा की जूतों से खबर ले।

मुझे वनमानुष बनाकर साहब ने मेरे हाथ छुड़वा दिये और ताली बजाता हुआ मेरे पीछे दौड़ा। नौ बजे का समय था। कर्मचारी, मुवक्किल, चपरासी सभी आ गए थे। सैकड़ों आदमी जमा थे। मुझे न जाने क्या शामत सूझी कि वहाँ से भागा। यह उस प्रहसन का सबसे करुणाजनक दृश्य था। आगे-आगे मैं दौड़ा जाता था, पीछे-पीछे साहब और अन्य सैकड़ों आदमी तालियाँ बजाते 'लेना, लेना, जाने न पावे' का गुल मचाते दौड़े आते थे, -मानो किसी बंदर को भगा रहे हों।

लगभग एक मील तक यह दौड़ रही। वह तो कहो, मैं कसरती आदमी हूँ बचकर निकल आया, नहीं तो मेरी न-जाने और क्या दुर्गति होती। शायद मुझे गधे पर बिठाकर घुमाना चाहता था। जब सब पीछे रह गए, तो मैं एक नाले के किनारे बेदम होकर बैठ रहा। अब मुझे सूझी कि यहाँ कोई आया, तो पत्थरों से मारे बिना न छोड़ूँगा, चाहे उलटी पड़े या सीधी, किन्तु मैंने नाले में मुँह धोने की चेष्टा नहीं की। जानता था, पानी से यह कालिमा न छूटेगी। यही सोचता रहा कि इस अंग्रेज पर कैसे अभियोग चलाऊँ? यह तो छिपाना ही पड़ेगा कि मैंने इसके खानसामा से चोरी की शराब ली। मगर यह बात साबित हो गई, तो उलटा मैं ही जेल जाऊंगा। क्या हर्ज है, इतना छिपा दूँगा। शत्रुता का कारण कुछ और ही दिखा दूँगा, पर मुकदमा जरूर चलाना चाहिए।

जाऊँ कहीं? यह कालिमा-मंडित मुँह किसे दिखाऊं हाय! बदमाश को कालिख ही लगानी थी, तो क्या तवे में कालिख न थी, लैम्प में कालिख न थी? कम- से-कम छूट तो जाती। जितना अपमान हुआ है, वहीं तक रहता। अब तो मैं माने अपने कुकृत्य का स्वयं ढिंढोरा पीट रहा हूं। दूसरा होता, तो इतनी दुर्गति पर डूब मरता।

गनीमत यही थी कि अभी तक रास्ते में किसी से मुलाकात नहीं हुई थी। नहीं तो उसे कालिमा-संबंधी प्रश्नों का क्या उत्तर देता? जब जरा थकान कम हुई, तो मैंने सोचा, यहाँ कब तक बैठा रहूँगा। लाओ, एक बार यत्न करके देखूँ तो, शायद स्याही छूट जाये। मैंने बालू मुँह पर रगड़ना शुरू किया। देखा, तो स्याही छूट रही थी। उस समय मुझे जितना आनंद हुआ, कौन कल्पना कर सकता है! फिर तो मेरा हौसला बढ़ा। मैंने मुँह को इतना रगड़ा कि कई जगह चमड़ा तक छिल गया, किन्तु वह कालिमा छुड़ाने के लिए मुझे इस समय बड़ी-से-बड़ी पीड़ा भी तुच्छ जान पड़ती थी। यद्यपि मैं नंगे सिर था, केवल कुर्ता और धोती पहने हुए था, पर यह कोई अपमान की बात नहीं। गाऊन, अचकन, पगड़ी, डाक- बँगले ही में रह गई, इसकी मुझे चिन्ता न थी। कालिख तो छूट गई।

लेकिन कालिमा छूट जाती है, पर उसका दाग दिल से कभी नहीं मिटता। इस घटना को हुए आज बहुत दिन हो गए हैं। पूरे पाँच साल हुए, मैंने शराब का नाम नहीं लिया, पीने की कौन कहे। कदाचित् सन्मार्ग पर लाने के लिए वह ईश्वरीय विधान था। कोई युक्ति, कोई तर्क, चुटकी मुझ पर इतना स्थायी प्रभाव न डाल सकती थी। सुफल को देखते हुए तो मैं यही कहूँगा कि जो कुछ हुआ, बहुत अच्छा हुआ। वही होना चाहिए था, पर उस समय दिल पर जो गुजरी थी, उसे याद करके आज भी नींद उचट जाती है।

अब विपत्ति-कथा को क्यों तूल दूँ। पाठक स्वयं अनुमान कर सकते हैं। खबर तो फैल गई, किन्तु मैंने झेंपने और शरमाने के बदले बेहयाई से काम लेना अधिक अनुकूल समझा। अपनी बेवकूफी पर हँसता था और बेधड़क अपनी दुर्दशा की कथा कहता था। हां, चालाकी यह की कि उसमें कुछ थोड़ा-सा अपनी तरफ से बढ़ा दिया, अर्थात् रात को जब मुझे नशा चढ़ा, तो मैं बोतल और गिलास लिये साहब के कमरे में घुस गया था और उसे कुरसी से पटककर खूब मारा था। इस क्षेपक से मेरी दलित, अपमानित, मर्दित आत्मा को थोड़ी-सी तसल्ली होती थी। दिल पर तो जो कुछ गुजरी, वह दिल ही जानता है।

सबसे बड़ा भय मुझे यह था कि कहीं यह बात मेरी पत्नी के कानों तक न पहुँचे, नहीं तो उन्हें बड़ा दु:ख होगा। मालूम नहीं, उन्होंने सुना या नहीं, पर कभी मुझसे इसकी चर्चा नहीं की।

□□□

क्षमा

मुसलमानों को स्पेन देश पर राज्य करते कई शताब्दियाँ बीत चुकी थी। कलीसाओं की जगह मस्जिदें बनती जाती थीं, घंटों की जगह अजान की आवाजें सुनाई देती थीं। गरनाता और अलहमरा में वे समय की नश्वर गति पर हँसने वाले प्रासाद बन चुके थे, जिनके खंडहर अब तक देखने वालों को अपने पूर्व ऐश्वर्य की झलक दिखाते हैं। ईसाइयों के गण्य-मान्य स्त्री और पुरुष मसीह की शरण छोड़कर इस्लामी भ्रातृत्व में सम्मिलित होते जाते थे, और आज तक इतिहासकारों को यह आश्चर्य है कि ईसाइयों का निशान वहाँ क्यों कर बाकी रहा। जो ईसाई नेता अब तक मुसलमानों के सामने सिर न झुकाते थे, और अपने देश में स्वराज्य स्थापित करने का स्वप्न देख रहे थे, उनमें एक सौदागर दाऊद भी था। दाऊद विद्वान् और साहसी था। वह अपने इलाके में इस्लाम को कदम न जमाने देता था। दीन और निर्धन ईसाई विद्रोही देश के अन्य प्रान्तों से आकर उसके शरणागत होते थे और यह बड़ी उदारता से उनका पालन-पोषण करता था। मुसलमान दाऊद से सशंक रहते थे। वे धर्म-बल से उस पर विजय न पाकर उसे शस्त्र-बल से परास्त करना चाहते थे, पर दाऊद कभी उनका सामना न करता। हां, जहाँ कहीं ईसाइयों के मुसलमान होने की खबर पाता, वहाँ हवा की तरह पहुँच जाता और तर्क या विनय से उन्हें अपने धर्म पर अचल रहने की प्रेरणा करता। अंत में मुसलमानों ने चारों तरफ से घेरकर उसे गिरफ्तार करने की तैयारी की। सेनाओं ने उसके इलाके को घेर लिया। दाऊद को प्राण-रक्षा के लिए अपने संबंधियों के साथ भागना पड़ा। वह घर से भागकर गरनाता में आया, जहाँ उन दिनों इस्लामी राजधानी थी। वहाँ सबसे अलग रहकर वह अच्छे दिनों की प्रतीक्षा में जीवन व्यतीत करने लगा। मुसलमानों के गुप्तचर उसका पता लगाने के लिए बहुत सिर मारते थे, उसे पकड़ लाने के लिए बड़े-बड़े इनामों की विज्ञप्ति निकाली जाती थी, पर दाऊद की टोह न मिलती थी।

2

एक दिन एकान्तवास से उकताकर दाऊ गरनाता के एक बाग में सैर करने चला गया। संध्या हो गई थी। मुसलमान नीची अबाएँ पहने, बड़े-बड़े अमामे सिर बाँधे, कमर से तलवार लटकाए रविशों में टहल रहे थे। स्त्रियाँ सफेद बुर्के ओढ़े, जरी की जूतियाँ पहने, बेंचों और कुर्सियों पर बैठी हुई थीं। दाऊद सबसे अलग हरी- हरी घास पर लेटा हुआ सोच रहा था कि वह दिन कब आएगा, जब हमारी जन्म- भूमि इन अत्याचारियों के पंजे से छूटेगी! वह अतीत काल की कल्पना कर रहा था, जब ईसाई स्त्री और पुरुष इन रविशों में टहलते होंगे, जब यह स्थान ईसाइयों के परस्पर वाग्विलास से गुलज़ार होगा।

सहसा एक मुसलमान युवक आकर दाऊद के पास बैठ गया। वह उसे सिर से पाँव तक अपमानजनक दृष्टि से देखकर बोला-क्या- अभी तक तुम्हारा हृदय इसलाम की ज्योति से प्रकाशित नहीं हुआ?

दाऊद ने गम्भीर भाव से कहा- इसलाम की ज्योति पर्वत-श्रृंगों को प्रकाशित कर सकती है। अँधेरी घाटियों में उसका प्रवेश नहीं हो सकता।

उस मुसलमान अरब का नाम जमाल था। यह आक्षेप सुनकर तीखे स्वर में बोला- इससे तुम्हारा क्या मतलब?

दाऊद- इससे मेरा मतलब यही है कि ईसाइयों में जो लोग उच्च श्रेणी के हैं, ये जागीरों और राज्याधिकारों के लोभ तथा राजदंड के भय से इसलाम की शरण आ सकते हैं, पर दुर्बल और दीन ईसाइयों के लिए इसलाम में वह आसमान की बादशाहत कहीं है, जो हजरत मसीह के दामन में उन्हें नसीब होगी! इसलाम का प्रचार तलवार के बल से हुआ है, सेवा के बल से नहीं।

जमाल अपने धर्म का अपमान सुनकर तिलमिला उठा। गरम होकर बोला- यह सर्वथा मिथ्या है। इसलाम की शक्ति उसका आन्तरिक मातृत्व और साम्य है, तलवार नहीं।

दाऊद- इसलाम ने धर्म के नाम पर जितना रक्त बहाया है, उसमें उसकी सारी मस्जिदें डूब जायेंगी।

जमाल- तलवार ने सदा सत्य की रक्षा की है।

दाऊद ने अविचलित भाव से कहा- जिसको तलवार का आश्रय लेना पड़े, वह सत्य ही नहीं।

जमाल जातीय गर्व से उन्मत्त होकर बोला- जब तक मिथ्या के भक्त रहेंगे, तब तक तलवार की जरूरत भी रहेगी।

दाऊद- तलवार का मुँह ताकने वाला सत्य ही मिथ्या है।

अरब ने तलवार के कब्जे पर हाथ रखकर कहा- खुदा की कसम, अगर तुम निहत्थे न होते, तो इसलाम की तौहीन करने का मजा चखा देता।

दाऊद ने अपनी में छाती में छिपाई हुई कटार निकालकर कहा- नहीं, मैं निहत्था नहीं हूँ। मुसलमानों पर जिस दिन इतना विश्वास करूंगा, उस दिन ईसाई न रहूँगा। तुम अपने दिल के अरमान निकाल लो।

दोनों ने तलवारें खींच लीं। एक दूसरे पर टूट पड़े। अरब की भारी तलवार ईसाई की हलकी कटार के सामने शिथिल हो गई। एक सर्प की भांति फन से चोट करती थी, दूसरी नागिन, की भांति उड़ती थी। एक लहरों की भांति लपकती थी, दूसरी जल की मछलियों की भांति चमकती थी। दोनों योद्धाओं में कुछ देर तक चोटें होती रहीं। सहसा एक बार नागिन उछलकर अरब के अन्तस्तल में जा पहुँची। वह भूमि पर गिर पड़ा।

3

जमाल के गिरते ही चारों तरफ से लोग दौड़ पड़े। वे दाऊद को घेरने की चेष्टा करने लगे। दाऊद ने देखा, लोग तलवारें लिये दौड़े चले आ रहे हैं। प्राण लेकर भागा, पर जिधर जाता था, सामने बाग की दीवार रास्ता रोक लेती थी। दीवार ऊँची थी, उसे फांदना मुश्किल था। यह जीवन और मृत्यु का संग्राम था। कहीं शरण की आशा नहीं, कहीं छिपने का स्थान नहीं। उधर अरबों की रक्त-पिपासा प्रतिक्षण तीव्र होती जाती थी। यह केवल एक अपराधी को दंड देने की चेष्टा न थी, जातीय अपमान का बदला था। एक विजित ईसाई की यह हिम्मत कि अरब पर हाथ उठाए। ऐसा अनर्थ।

जिस तरह पीछा करने वाले कुत्तों के सामने गिलहरी इधर-उधर दौड़ती है, किसी मृदा पर चढ़ने की बार-बार चेष्टा करती है, पर हाथ-पाँव फूल जाने के कारण बार-बार गिर पड़ती है, यही दशा दाऊद की थी।

दौड़ते-दौड़ते उसका दम फूल गया, पैर मन-मन भर के हो गए। कई बार जी में आया, इन सब पर टूट पड़े और जितने महँगे प्राण बिक सकें, उतने महँगे बेचे, पर शत्रुओं की संख्या देखकर हतोत्साह हो जाता था।

लेना, दौड़ना, पकड़ना का शोर मचा हुआ था। कभी-कभी पीछा करने वाले इतने निकट आ जाते थे कि मालूम होता था, अब संग्राम का अन्त हुआ, वह तलवार पड़ी, पर पैरों की एक ही गति, एक कावा, एक कन्नी उसे खून की प्यासी तलवारों से बाल-बाल बचा लेती थी।

दाऊद को अब इस संग्राम में खिलाड़ियों का-सा आनंद आने लगा। यह निश्चय था कि उसके प्राण नहीं बच सकते, मुसलमान दया करना नहीं जानते, इसलिए उसे अपने दाँव-पेंच में मजा आ रहा था। किसी वार से बचकर उसे अब इसकी खुशी न होती थी कि उसके प्राण बच गए, बल्कि इसका आनंद होता था कि उसने कातिल को कैसा जिच किया।

सहसा उसे अपनी दाहिनी ओर बाग की दीवार कुछ नीची नजर आई। आह! यह देखते ही उसके पैरों में एक नई शक्ति का संचार हो गया, धमनियों में नया रक्त दौड़ने लगा। वह हिरन की तरह उस तरफ दौड़ा और एक छलाँग में बाग के उस पार पहुँच गया। जिंदगी और मौत में सिर्फ एक कदम का फासला था। पीछे मृत्यु थी और आगे जीवन का विस्तृत क्षेत्र। जहाँ तक दृष्टि जाती थी, झाड़ियां ही नजर आती थीं। जमीन पथरीली थी, कहीं ऊँची, कहीं नीची। जगह-जगह पत्थर की शिलाएँ पड़ी हुई थी। दाऊद एक शिला के नीचे छिपकर बैठ गया।

दम-भर में पीछा करने वाले भी वहाँ आ पहुँचे और इधर-उधर झाड़ियों में, वृक्षों पर, गड्ढों में, शिलाओं के नीचे तलाश करने लगे। एक अरब उस चट्टान पर आकर खड़ा हो गया, जिसके नीचे दाऊद छिपा हुआ था। दाऊद का कलेजा धक-धक कर रहा था। अब जान गयी। अरब ने जरा नीचे को झाँका और प्राणों का अंत हुआ! संयोग-केवल संयोग पर उसका जीवन निर्भर था। दाऊद ने साँस रोक ली, सन्नाटा खींच लिया। एक निगाह पर उसकी जिंदगी और मौत में कितना सामीप्य है।

मगर अरबों को इतना अवकाश कहाँ था कि वे सावधान होकर शिलाओं के नीचे देखते। वहाँ तो हत्यारे को पकड़ने की जल्दी थी। दाऊद के सिर से बला टल गई। वे इधर-उधर ताक-झाँककर आगे बढ़ गए।

4

अँधेरा हो गया। आकाश में तारे निकल आये और तारों के साथ दाऊद भी शिला के नीचे से निकला। लेकिन देखा, तो उस समय भी चारों तरफ हलचल मची हुई है, शत्रुओं का दल मशालें लिये झाड़ियों में घूम रहा है, नाकों पर भी पहरा है, कहीं निकल भागने का रास्ता नहीं है। दाऊ एक वृक्ष के नीचे खड़ा होकर सोचने लगा कि अब क्यों कर जान बचे। उसे अपनी जान की वैसी परवाह न थी। वह जीवन के -दुख सब भोग चुका था। अगर उसे जीवन की लालसा थी, तो केवल यही कि इस संग्राम का अन्त क्या होगा? मेरे देशवासी हतोत्साह हो जाएँगे या अदम्य धैर्य के साथ संग्राम क्षेत्र में अटल रहेंगे?

जब रात अधिक बीत गई और शत्रुओं की घातक चेष्टा कम न होती दीख पड़ी, तो दाऊद खुदा का नाम लेकर झाड़ियों से निकला दबे-पाँव, वृक्षों की आड़ में, आदमियों की नजर बचाता हुआ, एक तरफ को चला। वह इन झाड़ियों से निकलकर बस्ती में पहुँच जाना चाहता था। निर्जनता किसी की आड़ नहीं कर सकती। बस्ती का जनबाहुल्य स्थान आड़ है।

कुछ दूर तक तो दाऊद के मार्ग में कोई बाधा न उपस्थित हुई। वन के वृक्षों ने उसकी रक्षा की, किन्तु जब यह असमतल भूमि से निकलकर समतल भूमि पर आया, तो एक अरब की निगाह उस पर पड़ गई। उसने ललकारा। दाऊद भागा। कातिल भागा जाता है। यह आवाज हवा में एक ही बार गूंजी और क्षण भर में चारों तरफ से अरबों ने उसका पीछा किया। सामने बहुत देर तक आबादी का नामोनिशान न था। बहुत दूर पर एक धुंधला-सा दीपक टिमटिमा रहा था। किसी तरह वहाँ तक पहुँच जाऊँ! वह उस की ओर इतनी तेजी से दौड़ रहा था, मानो वहाँ पहुंचते ही अभय पा जायेगा। आशा उसे उड़ाए लिये जाती थी। अरबों का समूह छूट गया, मसालों की ज्योति निष्प्रभ हो गई, केवल तारागण उसके साथ दौड़े चले आते थे। अन्त में वह आशामय दीपक सामने आ पहुँचा। एक छोटा-सा फूल का मकान था। एक बूढ़ा अरब जमीन पर बैठा हुआ रहेल पर कुरान रखे, उसी दीपक के मंद प्रकाश में पढ़ रहा था। दाऊद आगे न जा सका। उसकी हिम्मत ने जवाब दे दिया। वह वहीं शिथिल होकर गिर पड़ा। रास्ते की थकान घर पहुँचने पर मालूम होती है।

अरब ने उठकर पूछा- तू कौन है?

दाऊद- एक गरीब ईसाई। मुसीबत में फंस गया हूँ। अब आप ही शरण दें, तो मेरे प्राण बच सकते हैं।

अरब- खुदा-पाक तेरी मदद करेगा। तुझ पर क्या मुसीबत पड़ी हुई है? दाऊद- डरता हूँ कहीं कह दूँ तो आप भी मेरे खून के प्यासे न हो जायें।

अरब- अब तू मेरी शरण में आ गया, तो तुझे मुझसे कोई शंका न होनी चाहिए। हम मुसलमान हैं, जिसे एक बार अपनी शरण में लेते हैं, उसकी जिंदगी- भर रक्षा करते हैं।

दाऊद- मैंने एक मुसलमान युवक की हत्या कर डाली है।

वृद्ध अरब का सुख क्रोध से विकृत हो गया, बोला-उसका नाम?

दाऊद- उसका नाम जमाल था।

अरब सिर पकड़कर वहीं बैठ गया। उसकी आँखें सुर्ख हो गई, गर्दन की नसें तन गई, मुख पर अलौकिक तेजस्विता की आभा दिखाई दी, नथने फड़कने। ऐसा मालूम होता था कि उसके मन में भीषण द्वन्द्व हो रहा है और वह समस्त विचार-शक्ति से अपने मनोभावों को दबा रहा है। दो-तीन मिनट तक वह इसी उग्र अवस्था में बैठा धरती की ओर ताकता रहा। अंत को अवरुद्ध कंठ से बोला-नहीं-नहीं, शरणागत की रक्षा करनी ही पड़ेगी। आह! जालिम! तू जानता है, मैं कौन हूं?? मैं उसी युवक का अभागा पिता हूँ जिसकी आज तूने इतनी निर्दयता से हत्या की है। तू जानता है, तूने मुझ पर कितना बड़ा अत्याचार किया है? तूने मेरे खानदान का निशान मिटा दिया है। मेरा चिराग गुल कर दिया! आह! जमाल मेरा इकलौता बेटा था। मेरी सारी अभिलाषाएँ उसी पर निर्भर थीं। यह मेरी आँखों का उजाला, मुझ अंधे का सहारा, मेरे जीवन का आधार, मेरे जर्जर शरीर का प्राण था। अभी-अभी उसे कब्र की गोद में लिटाकर आया हूँ। आह! मेरा शेर आज खाक के नीचे सो रहा है। ऐसा दिलेर, ऐसा दिलदार, ऐसा सजीला जवान मेरी कौम में दूसरा न था। जालिम, तुझे उस पर तलवार चलाते जरा भी दया न आयी। तेरा पत्थर का कलेजा जरा भी न पसीजा। तू जानता है, मुझे इस वक्त तुझ पर कितना गुस्सा आ रहा है? मेरा जी चाहता है कि अपने दोनों हाथों से तेरी गर्दन पकड़कर इस तरह दबाऊँ कि तेरी जबान बाहर निकल आये, तेरी आँखें कौड़ियों की तरह बाहर निकल पड़ें। पर नहीं, तूने मेरी शरण ली है, कर्त्तव्य मेरे हाथों को बाँधे हुए हैं, क्योंकि हमारे रक्त पाक ने हिदायत की है, कि जो अपनी पनाह में आये, उस पर हाथ न उठाओ। मैं नहीं चाहता कि नबी के हुक्म को तोड़कर दुनिया के साथ अपनी आकबत भी बिगाड़ लूँ। दुनिया तूने बिगाड़ी, दीन अपने हाथों बिगाड़ू? नहीं। सब्र करना मुश्किल है, पर सब्र करूंगा ताकि नबी के सामने आँखें नीची न करनी पड़े। आ, घर आ। तेरा पीछा करने वाले दौड़े आ रहे हैं। तुझे देख लेंगे, तो फिर मेरी सारी मिन्नत-सलामत तेरी जान न बचा सकेगी। तू नहीं जानता कि अरब लोग खून कभी माफ नहीं करते।

यह कहकर अरब ने दाऊद का हाथ पकड़ लिया, और उसे घर में ले जाकर एक कोठरी में छिपा दिया। वह घर से बाहर निकला ही था कि अरबों का एक दल उसके द्वार आ पहुँचा।

एक आदमी ने पूछा- क्यों शेख हसन, तुमने इधर से किसी को भागते देखा है?

'हां? देखा है।'

'उसे पकड़ क्यों न लिया? वही तो जमाल का कातिल था! '

'यह जानकर भी मैंने उसे छोड़ दिया।'

ऐं! गजब खुदा का! यह तुमने क्या किया? जमाल हिसाब के दिन हमारा दामन पकड़ेगा, तो हम क्या जवाब देंगे?'

'तुम कह देना कि तेरे बाप ने तेरे कातिल को माफ कर दिया।'

'अरब ने कभी कातिल का खून नहीं माफ किया।'

'यह तुम्हारी जिम्मेदारी है, मैं उसे अपने सिर क्यों लूँ?'

अरबों ने शेख हसन से ज्यादा हुज्जत न की, क़ातिल की तलाश में दौड़े। शेख हसन फिर चटाई पर बैठकर कुरान पढ़ने लगा, लेकिन उसका मन पढ़ने में न लगता था। शत्रु से बदला लेने की प्रवृत्ति अरबों की प्रवृत्ति में बद्धमूल होती थी। खून का बदला खून था। इसके लिए खून की नदियाँ बह जाती थी, कबीले- के-कबीले मर मिटते थे, शहर के शहर वीरान हो जाते थे। उस प्रवृत्ति पर विजय पाना शेख हसन को असाध्य-सा प्रतीत हो रहा था।

बार-बार प्यारे पुत्र की सूरत उसकी आँखों के आगे फिरने लगती थी, बार- बार उसके मन में प्रबल उत्तेजना होती थी कि चलकर दाऊद के खून से अपने क्रोध की आग बुझाऊं। अरब वीर होते थे। कटना-मरना उनके लिए कोई असाधारण बात न थी। मरने वालों के लिए वे आँसुओं की कुछ बूंदे बहाकर फिर अपने काम में प्रवृत्त हो जाते थे। वे मृत व्यक्ति की स्मृति को केवल उसी दशा में जीवित रखते थे, जब उसके खून का बदला लेना होता था।

अन्त, को शेख हसन अधीर हो उठा। उनको भय हुआ कि अब मैं अपने ऊपर काबू नहीं रख सकता। उसने तलवार म्यान से निकाल ली और दबे पाँव उस कोठरी के द्वार पर आकर खड़ा हो गया, जिसमें दाऊद छिपा हुआ था। तलवार को दामन में छिपाकर उसने धीरे से द्वार खोला। दाऊद टहल रहा था। बूढ़े अरब का रौद्र रूप देखकर दाऊ उसके मनोवेग को ताड़ गया। उसे बूढ़े से सहानुभूति हो गई। उसने सोचा, यह धर्म का दोष नहीं, जाति का दोष नहीं। मेरे पुत्र की किसी ने हत्या की होती, तो कदाचित मैं भी उसके खून का प्यासा हो जाता। यही मानव प्रकृति है।

अरब ने कहा- दाऊद, तुम्हें मालूम है, बेटे की मौत का कितना गम होता है।

दाऊ- इसका अनुभव तो नहीं है, पर अनुमान कर सकता हूँ। अगर मेरी जान से आपके उस गम का एक हिस्सा भी मिट सके, तो लीजिए, यह सिर हाजिर है। मैं इसे शौक से आपकी नजर करता हूँ। आपने दाऊद का नाम सुना होगा?

अरब- क्या पीटर का बेटा?

दाऊद- जी हां, मैं वही बदनसीब दाऊद हूँ। मैं केवल आपके बेटे का घातक ही नहीं, इस्लाम का दुश्मन हूँ। मेरी जान लेकर आप जमाल के खून का बदला ही न लेंगे, बल्कि अपने जाति और धर्म की सच्ची सेवा भी करेंगे।

शेख हसन ने गम्भीर भाव से कहा- दाऊद, मैंने तुम्हें माफ किया। मैं जानता हूँ मुसलमानों के हाथ ईसाइयों को बहुत तकलीफें पहुँची हैं, मुसलमानों ने उन पर बड़े-बड़े अत्याचार किए हैं, उनकी स्वाधीनता हर ली है। लेकिन यह इस्लाम का नहीं, मुसलमानों का कसूर है। विजय-गर्व

ने मुसलमानों की मति हर ली है। हमारे पाक नबी ने यह शिक्षा नहीं दी थी, जिस पर आज हम चल रहे हैं। वह स्वयं क्षमा और दया का सर्वोच्च आदर्श हैं। मैं इस्लाम के नाम को बट्टा न लगाऊंगा। मेरी ऊंटनी ले लो और रातों-रात जहाँ तक भागा जाये, भागो। कहीं एक क्षण के लिए भी न ठहरना। अरबों को तुम्हारी बू भी मिल गई, तो तुम्हारी जान की खैरियत नहीं। जाओ, तुम्हें खुदा-ए-पाक घर पहुँचाये। बूढ़े शेख हसन और उसके बेटे जमाल के लिए खुदा से दुआ किया करना।

दाऊद खैरियत से घर पहुँच गया, किन्तु अब वह दाऊद न था, जो इस्लाम को जड़ से खोदकर फेंक देना चाहता था। उसके विचारों में गहरा परिवर्तन हो गया था। अब वह मुसलमानों का आदर करता और इस्लाम का नाम इज्जत से लेता था।

□□□

मनुष्य का परम धर्म

होली का दिन है। लड्डू के भक्त और रसगुल्ले के प्रेमी पंडित मोटेराम शास्त्री अपने आंगन में एक टूटी खाट पर सिर झुकाए, चिंता और शोक की मूर्ति बने बैठे हैं। उनकी सहधर्मिणी उनके निकट बैठी हुई उनकी ओर सच्ची सहवेदजा की दृष्टि से ताक रही हैं और अपनी मृदु वाणी से पति की चिंता को शांत करने की चेष्टा कर रही है।

पंडितजी बहुत देर तक चिन्ता में डूबे रहने के पश्चात्- उदासीन भाव से बोले- नसीबा ससुरा न जाने कहीं जाकर सो गया। होली के दिन भी न जागा।

पंडिताइन- दिन ही बुरे आ गए हैं। इहां तो जौन दिन से तुम्हारा हुक्म पावा, ओही घड़ी ते साँझ-सबेरे दोनों जून सूरजनारायन से यही वरदान मांगा करित हैं कि कहूँ से बुलौवा आवै। सैकड़न दिया तुलसी माई का चढ़ाया, मुदा सब सोय गए। गाढ़ परे कोऊ काम नाहीं आवत है।

मोटेराम- कुछ नहीं, ये देवी-देवता सब नाम के हैं। हमारे बखत पर काम आयें, तब हम जानें कि हैं कोई देवी-देवता। सेंत-मेंत में मालपुआ और हलुवा खाने वाले तो बहुत हैं।

पंडिताइन- का सहर-भर माँ अब कोऊ भलमनई नाहीं रहा? सब मरि गए?

मोटेराम- सब मर गए, बल्कि सड़ गए। दस-पाँच हैं तो साल-भर में दो एक बार जीते हैं। वह भी बहुत हिम्मत की, तो रुपये की तीन सेर मिठाई खिला दी। मेरा बस चलता, तो इन सभी को सीधे कालेपानी भिजवा देता। यह सब इसी अरियासमाज की करनी है।

पंडिताइन- तुमहूँ तो घर माँ बैठे रहत हो। अब ई जमाने में कोई ऐसन दानी नहीं है कि घर बैठे नेवता भेज देय। कभूँ-कभूँ जुबाज लड़ा दिया करौ।

मोटेराम- तुम कैसे जानती हो कि मैंने जबान नहीं लड़ाई? ऐसा कौन रईस इस शहर में है, जिसके यहां जाकर मैंने आशीर्वाद न दिया हो, मगर कौन ससुरा सुनता है। सब अपने-अपने रंग में मस्त हैं।

इतने में पंडित चिन्तामणि जी ने पदार्पण किया है। यह पंडित मोटेराम जी के परम मित्र थे। हां, अवस्था कुछ कम थी और उसी के अनुकूल उनकी तोंद भी कुछ उतनी प्रतिभाशाली न थी।

मोटेराम- कहो मित्र, क्या समाचार लाये? है कहीं डौल?

चिन्तामणि- डौल नहीं, अपना सिर है! अब वह नसीबा ही नहीं रहा।

मोटेराम- घर ही से आ रहे हो?

चिन्तामणि- भाई, हम तो साधू हो जायेंगे। जब इस जीवन में कोई सुख ही नहीं रहा, तो जीकर क्या करेंगे? अब बताओ कि आज के दिन उत्तम पदार्थ न मिले, तो कोई क्यों कर जिए।

मोटेराम- हाँ भाई, बात तो यथार्थ कहते हो।

चिन्तामणि- तो अब तुम्हारा किया कुछ न होगा? साफ-साफ कहो, हम संन्यास ले लें।

मोटेराम- नहीं मित्र, घबराओ मत। जानते नहीं हो, बिना मरे स्वर्ग नहीं मिलता। तर माल खाने के लिए कठिन तपस्या करनी पड़ती है। हमारी राय है कि चलो, इसी समय गंगातट पर चलें और वहाँ व्याख्यान दें। कौन जाने, किसी सज्जन की आत्मा जाग्रत हो जाये।

चिन्तामणि- हां, बात तो अच्छी है, चलो चलें।

दोनों सज्जन उठकर गंगाजी की ओर चले। प्रात:काल था, सहस्त्रों मनुष्य स्नान कर रहे थे। कोई पाठ करता था। कितने ही लोग पंडों की चौकियों पर बैठे तिलक लगा रहे थे। कोई-कोई तो गीली धोती ही पहने घर जा रहे थे।

दोनों महात्माओं को देखते ही चारों तरफ से 'नमस्कार', 'प्रणाम' और 'पालागन' की आवाजें आने लगी। दोनों मित्र इन अभिवादनों का उत्तर देते गंगातट पर जा पहुँचे और स्नानादि में प्रवृत्त हो गए। तत्पश्चात् एक पंडे की चौकी पर भजन गाने लगे। यह एक ऐसी विचित्र घटना थी कि सैकड़ों आदमी कौतूहलवश आकर एकत्रित हो गए। जब श्रोताओं की संख्या कई सौ तक पहुँच गई, तो पंडित मोटेराम गौरवयुक्त भाव से बोले- सज्जनों, आपको ज्ञात है कि जब ब्रह्मा ने इस असार संसार की रचना की, तो ब्राह्मणों को अपने मुख से निकाला। किसी को इस विषय में शंका तो कहीं है? '

श्रोतागण- नहीं महाराज, आप सर्वथा सत्य कहते हो। आपको कौन काट सकता है?

मोटेराम-तो ब्राह्मण ब्रह्मा के मुख से निकले, यह निश्चय है। इसलिए मुख मानव शरीर का श्रेष्ठतम भाग है। अतएव मुख को सुख पहुँचाना, प्रत्येक प्राणी का परम कर्तव्य है। है या नहीं? कोई काटता है हमारे वचन को? सामने आये। हम उसे शास्त्र का प्रमाण दे सकते हैं।

श्रोतागण- महाराज, आप ज्ञानी पुरुष हो। आपको काटने का साहस कौन कर सकता है?

मोटेराम- अच्छा, तो जब यह निश्चय हो गया कि मुख को सुख देना प्रत्येक प्राणी का परम धर्म है, तो क्या यह देखना कठिन है कि जो लोग मुख से विमुख हैं, वे दु:ख के भागी हैं। कोई काटता है इस वचन को?

श्रोतागण- महाराज, आप धन्य हो, आप न्याय-शास्त्र के पंडित हो।

मोटेराम- अब प्रश्न यह होता है कि मुख को सुख कैसे दिया जाये? हम कहते हैं- जैसी तुममें श्रद्धा हो, जैसी तुममें सामर्थ्य हो। इसके अनेक प्रकार हैं। देवताओं के गुण गाओ, ईश्वर-वंदना करो, सत्संग करो और कठोर वचन न बोलो। इन बातों से सुख को सुख प्राप्त होगा। किसी को विपत्ति में देखो तो उसे ढाढस दो। इससे मुख को सुख होगा, किन्तु इस सब उपायों से श्रेष्ठ, सबसे उत्तम, सबसे उपयोगी एक और ही ढंग है। कोई आप में ऐसा है, जो उसे बतला दे? है, कोई बोले।

श्रोतागण- महाराज, आपके सम्मुख कौन मुँह खोल सकता है? आप ही बताने की कृपा कीजिए।

मोटेराम- अच्छा, तो हम चिल्लाकर, गला फाड़-फाड़कर कहते हैं कि वह इन सब विधियों से श्रेष्ठ हैं-उसी भांति, जैसे चन्द्रमा समस्त नक्षत्रों में श्रेष्ठ है। श्रोतागण-महाराज, अब विलम्ब न कीजिए। यह कौन-सी विधि है?

मोटेराम- अच्छा सुनिए, सावधान होकर सुनिए। वह विधि है मुख को उत्तम पदार्थों का भोजन करवाना, अच्छी-अच्छी वस्तु खिलाना। कोई काटता है हमारी बात को? आये, हम उसे वेद-मन्त्रों का प्रमाण दें।

एक मनुष्य ने शंका की-यह समझ में नहीं आता कि सत्य भाषण से मिष्ठ-भक्षण क्यों कर मुख के लिए अधिक सुखकारी हो सकता है?

कई मनुष्यों ने कहा- हाँ-हाँ हमें भी यही शंका है। महाराज, इस शंका का समाधान कीजिए।

मोटेराम- और किसी को कोई शंका है? हम बहुत प्रसन्न होकर उसका निवारण करेंगे। सज्जनों, आप पूछते हैं कि उत्तम पदार्थों का भोजन करना और कराना क्यों कर सत्य भाषण से अधिक सुखदायी है। मेरा उत्तर है कि पहला रूप प्रत्यक्ष है और दूसरा अप्रत्यक्ष। उदाहरण कल्पना कीजिए कि मैंने कोई अपराध किया। यदि हाकिम मुझे बुलाकर नम्रतापूर्वक समझाए कि पंडितजी, आपने यह अच्छा काम नहीं किया, आपको ऐसा उचित नहीं था, तो उसका यह दंड मुझे सुमार्ग पर लाने में सफल न होगा। सज्जनों, मैं ऋषि नहीं हूँ मैं दीन-हीन मायाजाल में फंसा हुआ प्राणी हूँ। मुझ पर इस दंड का कोई प्रभाव न होगा। मैं हाकिम के सामने से हटते ही फिर उसी कुमार्ग पर चलने लगूँगा। मेरी बात समझ में आती है? कोई उसे काटता है?

श्रोतागण- महाराज! आप विद्यासागर हो, आप पंडितों के भूषण हो। आप तो धन्य हैं।

मोटेराम- अच्छा, अब उसी उदाहरण पर फिर विचार करो। हाकिम ने बुलाकर तत्क्षण कारागार में डाल दिया और वहाँ मुझे नाना प्रकार के कष्ट दिए गए। अब जब मैं छूटूगां, तो बरसों तक यातनाओं की याद करता रहेगा और संभवत: कुमार्ग को त्याग दूँगा। आप पूछेंगे, ऐसा क्यों है? दंड दोनों ही हैं, तो क्यों एक का प्रभाव पड़ता है और दूसरे का नहीं? इसका कारण यही है कि एक का रूप प्रत्यक्ष है और दूसरे का गुप्त। समझे आप लोग?

श्रोतागण- धन्य हो कृपानिधान! आपको ईश्वर ने बड़ी बुद्धि-सामर्थ्य दी है।

मोटेराम- अच्छा, तो अब आपका प्रश्न होता है उत्तम पदार्थ किसे कहते हैं? मैं इसकी विवेचना करता हूँ। जैसे भगवान् ये नाना प्रकार के रंग नेत्रों के विनोदार्थ बनाए, उसी प्रकार मुख के लिए भी अनेक रसों की रचना की, किन्तु इन समस्त रसों में श्रेष्ठ कौन है? यह अपनी-अपनी रुचि है। देवतागण इसी रस पर सम्मुख होते हैं, यहाँ तक कि सच्चिदानंद, सर्वशक्तिमान् भगवान को भी मिष्ठ पाकों ही से अधिक रुचि हैं। कोई ऐसे देवता का नाम बता सकता है, जो नमकीनजन्मकील वस्तुओं को ग्रहण करता हो? है, जो कोई ऐसी एक भी दिव्य ज्योति का नाम बता सके? कोई नहीं है। इसी भांति खट्टे, कड़वे और चरपरे, कसैले पदार्थों से देवताओं को भी प्रीति नहीं है।

श्रोतागण- महाराज, आपकी बुद्धि अपरम्पार है।

मोटेराम- तो यह सिद्ध हो गया कि मीठा पदार्थ सब पदार्थों में श्रेष्ठ हैं। अब आपका पुन: प्रश्न उठता है कि क्या समग्र मीठी वस्तुओं से मुख को समान आनन्द प्राप्त होता है। यदि मैं कह दूँ हां, तो आप चिल्ला उठोगे कि पंडितजी तुम बावले हो, इसलिए मैं कहूंगा, 'नहीं' और बारम्बार 'नहीं'। सब मीठे पदार्थ समान रोचकता नहीं रखते। गुड और चीनी में बहुत भेद है। इसलिए मुख को सुख देने के लिए हमारा परम कर्तव्य है कि हम उत्तम-से-उत्तम मिष्ठ पाकों का सेवन करें और कराएँ। मेरा अपना विचार है कि यदि आपके थाल में जौनपुर की इमरतियां, आगरे के मोतीचूर, मथुरा के पेड़े, बनारस की कलाकंद, लखनऊ के रसगुल्ले, अयोध्या के गुलाब-जामुन और दिल्ली का हलुआ-सोहन हों, तो वह ईश्वर-भोग के योग्य हैं। देवतागण उस पर मुग्ध हो जाएँगे। और जो साहसी, पराक्रमी जीव ऐसे स्वादिष्ट थाल ब्राह्मणों को जिमाएगा, उसे सदेह स्वर्गधाम प्राप्त होगा। यदि आपको श्रद्धा है, तो हम आपसे अनुरोध करेंगे कि अपना धर्म अवश्य पालन कीजिए, नहीं तो मनुष्य बनने का नाम न लीजिए।

पंडित मोटेराम का भाषण समाप्त हो गया। तालियाँ बजने लगी। कुछ सज्जनों जे इस काल-वर्षा और धर्मोपदेश से मुग्ध होकर उन पर फूलों की वर्षा की। तब पंडित चिन्तामणि ने अपनी वाणी को विभूषित किया-

'सज्जनों, आपने मेरे परम मित्र पंडित मोटेरामजी का प्रभावशाली व्याख्यान सुना और मेरे खड़े होने की आवश्यकता न थी, परन्तु जहाँ मैं उनसे और सभी विषयों में सहमत हूँ वहाँ उनसे मुझे थोड़ा मतभेद भी है। मेरे विचार में यदि आपके थाल में केवल जौनपुर की इमरतियाँ हों, तो यह पंचमेल मिठाइयों से कहीं सुखवर्द्धक, कहीं स्वादपूर्ण और कहीं कल्याणकारी होगा। इसे मैं शास्त्रोक्त सिद्ध कर सकता हूं।'

मोटेरामजी ने सरोष होकर कहा- तुम्हारी यह कल्पना मिथ्या है। आगरे के मोतीचूर और दिल्ली के हलुवा-सोहन के सामने जौनपुर की इमरतियों की तो कोई गणना ही नहीं है।

चिन्तामणि- प्रमाण से सिद्ध कीजिए।

मोटेराम- प्रत्यक्ष के लिए प्रमाण?

चिन्तामणि-यह तुम्हारी मूर्खता है।

मोटेराम- तुम जन्म-भर खाते ही रहे, किन्तु खाना न आया।

इस पर चिन्तामणि ने अपनी आसनी मोटेराम पर चलाई। शास्त्री जी ने वार खाली कर दिया और चिन्तामणि की ओर मस्त हाथी के समान झपटे, किन्तु उपस्थित सज्जनों ने दोनों महात्माओं को अलग-अलग कर दिया।

□□□

गुरुमंत्र

घर के कलह और निमंत्रणों से पंडित चिन्तामणिजी के चित्त में वैराग्य उत्पन्न हुआ और उन्होंने संन्यास ले लिया, तो उनके परम मित्र पंडित मोटेराम शास्त्री ने उपदेश दिया- मित्र, हमारा अच्छे-अच्छे साधु-महात्माओं से सत्संग रहा है। यह जब किसी भलेमानस के द्वार पर जाते हैं, तो गिड़गिड़ाकर हाथ नहीं फैलाते और झूठमूठ आशीर्वाद नहीं देने लगते कि 'नारायण तुम्हारा चोला मस्त रखे, तुम सदा सुखी रहो।' यह तो भिखारियों का दस्तूर है। संत लोग द्वार पर जाते ही कड़ककर हाँक लगाते हैं, जिससे घर के लोग चौंक पड़ें और उत्सुक होकर द्वार की ओर दौड़े। मुझे दो-चार वाणियाँ मालूम हैं, जो चाहे ग्रहण कर लो। गुदड़ी बाबा कहा करते थे- 'मरें तो पाँचों मरें।' यह ललकार सुनते ही लोग उनके पैरों पर गिर पड़ते थे। सिद्ध भगत की हाँक बहुत उत्तम थी- 'जाओ, पियो, चैन करो, पहने गहना, पर बाबाजी के सोंटे से डरते रहना। जगा बाबा कहा करते थे- दे तो दे, नहीं दिला दे, खिला दे, पिला दे, सुला दे।' यह समझ लो कि तुम्हारा आदर- सत्कार बहुत कुछ तुम्हारी हाँक के ऊपर है। और क्या कहूँ? भूलना मत। हम और तुम बहुत दिनों साथ रहे, सैकड़ों भोज साथ खाए। जिस नेवते में हम और तुम दोनों पहुँचते थे, तो लाग डाट से एक दो पत्तल और उड़ा जाते थे। तुम्हारे बिना अब मेरा रंग न जमेगा, ईश्वर तुम्हें सदा सुगन्धित वस्तु दिखाए।

चिन्तामणि को इन वाणियों में एक भी पसंद न आयी। बोले-मेरे लिए कोई वाणी सोचो।

मोटेराम- अच्छा, यह वाणी कैसी है कि 'न दोगे तो हम चढ़ बैठेंगे।'

चिंतामणि- हाँ यह मुझे पसंद है। तुम्हारी आज्ञा हो, तो इसमें काट-छाँट करूँ।

मोटेराम- हाँ, हां, करो।

चिन्तामणि- अच्छा, तो इसे इस भांति रखो-न देगा तो हम चढ़ बैठेंगे।

मोटेराम-(उछलकर) नारायण जानता है, यह वाणी अपने रंग में निराली है। भक्ति ने तुम्हारी बुद्धि को चमका दिया है। भला, एक बार ललकार कर कहो तो देखें कैसे कहते हो।

चिन्तामणि ने दोनों कान उँगलियों से बंद कर लिये और अपनी पूरी शक्ति से चिल्लाकर बोले- न देगा तो चढ़ बैठूंगा। यह जादू ऐसा आकाशभेदी था कि मोटेराम भी सहसा चौंक पड़े। चमगादड़ घबराकर वृक्षों पर से उड़ गए, कुत्ते भौंकने लगे।

मोटेराम- मित्र, तुम्हारी वाणी सुनकर मेरा तो कलेजा काँप उठा। ऐसी ललकार कहीं सुनने में न आयी, तुम सिंह की भांति गरजते हो। वाणी तो निश्चित हो गई, अब कुछ दूसरी बातें बताता हूँ, कान देकर सुनो। साधुओं की भाषा हमारी बोलचाल से अलग होती है। हम किसी को आप

कहते हैं, किसी को तुम। साधु लोग छोटे- बड़े, अमीर-गरीब, बूढ़े-जवान, सबको तू कहकर पुकारते हैं। माई और बाबा से सदैव उचित व्यवहार करते रहना। यह भी याद रखो कि सादी हिंदी कभी मत बोलना, नहीं तो मरम खुल जायेगा। टेढ़ी हिंदी बोलना। यह कहना कि 'माई मुझको कुछ खिला दे' साधुजनों की भाषा में ठीक नहीं है। पक्का साधु इसी बात को यों कहेगा- माई मेरे को भोजन करा दे, तेरे को बड़ा धर्म होगा।

चिन्तामणि- मित्र, हम तेरे को कहां तक जस गायें। तुमने मेरे साथ बड़ा उपकार किया है।

यों उपदेश देकर मोटेराम विदा हुए। चिंतामणि आगे बढ़े तो क्या देखते हैं कि एक गाँजे-भाँग की दुकान के सामने कई जटाधारी महात्मा बैठे हुए गाँजे के दम लगा रहे हैं। चिंतामणि को देखकर एक महात्मा ने अपनी जयकार सुनायी- चल-चल, जल्दी ले के चल, नहीं तो अभी करता हूँ बेकल।

एक दूसरे साधु ने कड़ककर कहा-अ-रा-रा-रा-धम, आय पहुँचे हम, अब क्या है गम।

तभी यह कड़ाका आकाश में गूंज ही रहा था कि तीसरे महात्मा ने गरज कर अपनी वाणी सुनाई- देस बंगाला, जिसको देखा न भाला, चटपट भर ले प्याला। चिन्तामणि जी से अब न रहा गया। उन्होंने भी कड़ककर कहा- न देगा तो चढ़ बैठूंगा।

यह सुनते ही साधुजन ने चिन्तामणि का सादर अभिवादन किया। तत्क्षण गाँजे की चिलम भरी गई और उसे सुलगाने का भार पंडितजी पर पड़ा। बेचारे बड़े असमंजस में पड़े। सोचा, अगर चिलम नहीं लेता, तो अभी सारी कलई खुल जायेगी। विवश होकर चिलम ले ली, किन्तु जिसने कभी गाँजा न पिया हो, वह बहुत चेष्टा करने पर भी दम नहीं लगा सकता। उन्होंने आंखें बंद करके अपनी समझ में तो बड़े जोर से दम लगाया। चिलम हाथ से छूटकर गिर पड़ी, आंखें निकल आईं, मुँह से फिचकुर निकल आया, मगर न तो मुँह से धुएँ के बादल निकले, न चिलम ही सुलगी। उसका यह कच्चापन उन्हें साधु-समाज से च्युत करने के लिए काफी था। दो-तीन साधु झल्लाकर आगे बढ़े और बड़ी निर्दयता से उनका हाथ पकड़कर उठा लिया।

एक महात्मा- तेरे को धिक्कार है!

दूसरे महात्मा- तेरे को लाज नहीं आती? साधु बना है, मूर्ख।

पंडितजी लज्जित होकर समीप की एक हलवाई की दुकान के सामने जा बैठे और साधु-समाज ने खंजड़ी बजा-बजाकर यह भजन गाना शुरू किया-

माया है संसार संवलिया, माया है संसार,
धर्माधर्म सभी कुछ मिथ्या, यही ज्ञान व्यवहार,
संवलिया, माया है संसार।
गांजे, भंग को वर्जित करते, है उन पर धिक्कार,
संवलिया, माया है संसार।

□□□

सौभाग्य के कोड़े

लड़के क्या अमीर के हों, क्या गरीब के, विनोदी हुआ ही करते हैं। उनकी चंचलता बहुधा उनकी दशा और स्थिति की परवाह नहीं करती। नथुवा के मां-बाप, दोनों मर चुके थे। अनाथों की भांति वह राय भोलानाथ के द्वार पर पड़ा रहता था। रायसाहब दयाशील पुरुष थे। कभी-कभी उसे एक-आधा पैसा दे देते, खााने को भी घर में इतना झूठा बचता था कि ऐसे-ऐसे कई अनाथ पल सकते थे। पहनने को भी उनके लड़कों के उतारे मिल जाते थे, इसलिए नथुवा अनाथ होने पर भी दु:खी नहीं था। रायसाहब ने उसे एक ईसाई के पंजे से छुड़ाया था। उन्हें इसकी परवाह न हुई कि मिशन में उसकी शिक्षा होगी, आराम से रहेगा, उन्हें यह मंजूर था कि वह हिन्दू रहे। अपने घर के जूठे भोजन को वह मिशन के भोजन से कहीं पवित्र समझते थे। उनके कमरों की सफाई मिशन पाठशाला की पढ़ाई से कहीं बढ़कर थी। हिन्दू रहे, चाहे जिस दशा में रहे। ईसाई हुआ तो फिर सदा के लिए हाथ से निकल गया।

नथुवा को बस रायसाहब के बँगले में झाड़ू लगा देने के सिवाय और कोई काम न था। भोजन करके खेलता-फिरता था। कर्मानुसार ही उसकी वर्ण-व्यवस्था भी हो गई। घर के अन्य नौकर-चाकर उसे भंगी कहते थे और नथुवा को इसमें कोई एतराज न होता था। नाम का स्थिति पर क्या असर पड़ सकता है, इसकी उस गरीब को कुछ खबर न थी। भंगी बनने में कुछ हानि भी न थी। उसे झाड़ू देते समय कभी पैसे पड़े मिल जाते, कभी कोई और चीज। इससे वह सिगरेट लिया करता था। नौकरों के साथ उठने-बैठने से उसे बचपन ही में तम्बाकू, सिगरेट और पान का चस्का पड़ गया।

राय साहब के घर में यों तो बालकों और बालिकाओं की कमी न थी, दर्जनों भांजे-भतीजे पड़े रहते थे, पर उनकी निज की संतान केवल एक पुत्री थी, जिसका नाम रत्ना था। रत्ना को पढ़ाने के लिए दो मास्टर थे, एक मेमसाहब अंग्रेजी पढ़ाने आया करती थीं। रायसाहब की यह हार्दिक अभिलाषा थी कि रत्ना सर्वगुण-संस्कारीरी हो और जिस घर में जाये, उसकी लक्ष्मी बने। वह उसे अन्य बालकों के साथ न रहने देते। उसके लिए अपने बँगले में दो कमरे अलग कर दिये थे, एक पढ़ने के लिए, दूसरा सोने के लिए। लोग कहते हैं, लाड़-प्यार से बच्चे जिद्दी और शरीर हो जाते हैं। रत्ना इतने लाड़-प्यार पर भी बड़ी सुशील बालिका थी। किसी नौकर को 'रे' न पुकारती, किसी भिखारी तक को न दुत्कारती। नथुवा को वह पैसे, मिठाइयाँ दे दिया करती थी। कभी-कभी उससे बातें भी कर लिया करती थी। इससे वह लौंडा उसके मुँह लग गया था।

एक दिन नथुवा रत्ना के सोने के कमरे में झाड़ू लगा रहा था। रत्ना दूसरे कमरे में मेम साहब से अंग्रेजी में पढ़ रही थी। नथुबा की शामत जो आयी तो झाड़ू लगाते-लगाते उसके मन में यह इच्छा हुई कि रत्ना के पलंग पर सोऊँ। कैसी उजली चादर बिछी हुई है, गद्दा कितना नरम और

मोटा है, कैसा सुन्दर दुशाला है। रत्ना इस गद्दे पर कितने आराम से सोती है, जैसे चिड़िया के बच्चे घोंसले में। तभी तो रत्ना के हाथ इतने गोरे और कोमल हैं। मालूम होता है, देह में रुई भरी हुई है। यहाँ कौन देखता है, यह सोचकर उसने पैर फर्श पर पोंछे और चटपट पलंग पर आकर लेट गया और दुशाला ओढ़ लिया। गर्व और आनन्द से उसका हृदय पुलकित हो गया। वह मारे खुशी के दो-तीन बार पलंग पर उछल पड़ा। उसे ऐसा मालूम हो रहा था, मानो मैं रुई में लेटा हूँ। जिधर करवट लेता था, देह अंगुल भर नीचे धंस जाती थी। यह स्वर्गीय सुख मुझे कहाँ नसीब! मुझे भगवान ने रायसाहब का बेटा क्यों न बनाया? सुख का अनुभव होते ही उसे अपनी दशा का वास्तविक ज्ञान हुआ और चित्त क्षुब्ध हो गया। एकाएक राय साहब किसी जरूरत से कमरे में आये, तो नथुवा को रत्ना के पलंग पर लेटे देखा। मारे क्रोध के जल उठे। बोले- क्यों बे सुअर, तू यहां क्या कर रहा है?

नथुवा ऐसा घबराया, मानो नदी में पैर फिसल पड़े हों। चारपाई से कूदकर अलग खड़ा हो गया और फिर झाड़ू हाथ में ले ली ।

रायसाहब ने फिर पूछा- वहां क्या कर रहा था, बे?

नथुआ- कुछ तो नहीं सरकार।

रायसाहब- अब तेरी इतनी हिम्मत हो गई है कि रत्ना की चारपाई पर सोए? नमक-हराम कहीं का! लाना मेरा हंटर।

हंटर मँगवाकर रायसाहब ने नथुवा को खूब पीटा। बेचारा हाथ जोड़ता था, पैरों पड़ता था, मगर रायसाहब का क्रोध शान्त होने का नाम न लेता था। सब नौकर जमा हो गए और नथुवा के जले पर नमक छिड़कने लगे। रायसाहब का क्रोध और भी बढ़ा। हंटर हाथ से फेंककर ठोकरों से मारने लगे। रत्ना ने यह रोना सुना तो दौड़ी हुई आयी और यह समाचार सुनकर बोली- दादाजी, बेचारा मर जायेगा, अब इस पर दया कीजिए।

रायसाहब- मर जायेगा, उठवा कर फेंक दूंगा। इसे बदमाशी का मजा तो मिल जायेगा।

रत्ना- मेरी ही चारपाई थी न, मैं उसे क्षमा करती हूँ।

रायसाहब- जरा देखो तो अपनी चारपाई की गत। पाजी के बदन की मैल भर गयी होगी। भला, इसे सूझी क्या? क्यों बे, तुझे सूझी क्या?

यह कहकर रायसाहब फिर लपके, मगर नथुवा आकर रत्ना के पीछे दुबक गया। इसके सिवा और कहीं शरण न थी। रत्ना ने रोककर कहा-दादाजी, मेरे कहने से अब इसका अपराध क्षमा कीजिए।

रायसाहब -क्या कहती हो रत्ना, ऐसे अपराधी कहीं क्षमा किए जाते हैं। खैर, तुम्हारे कहने से छोड़ देता हूं, नहीं तो आज जान लेकर छोड़ता। सुन बे, नथुवा, अपना भला चाहता है तो फिर यहां न आना। इसी दम निकल जा, सुअर नालायक! नथुवा प्राण छोड़कर भागा। पीछे फिरकर न देखा। सड़क पर जाकर खड़ा हो गया। यहाँ रायसाहब उसका कुछ नहीं कर सकते थे। यहाँ

सब लोग उनकी मुँह-देखी तो न कहेंगे। कोई तो कहेगा कि लड़का ही था, भूल ही हो गई? तो क्या प्राण ले लीजिएगा? यहाँ मारे तो देखूँ गाली देकर भाग लूंगा, फिर कौन मुझे पा सकता है? इस विचार से उसकी हिम्मत बँधी। बँगले की तरफ मुँह करके जोर से बोला-यहाँ आओ तो देखें, और फिर भागा कि कहीं रायसाहब ने सुन न लिया हो।

नथुवा थोड़ी ही दूर गया था कि रत्ना की मेम साहिबा अपने टमटम पर सवार आती हुई दिखाई दीं। उसने समझा, शायद मुझे पकड़ने आ रही हैं। फिर भागा, किन्तु जब पैरों में दौड़ने की शक्ति न रही तो खड़ा हो गया। उसने मन में कहा- यह मेरा क्या कर लेंगी, मैंने उनका कुछ नहीं बिगाड़ा है? एक क्षण में मेम साहिबा आ पहुँची और टमटम रोककर बोली- नाथू कहाँ जा रहे हो?

नथुवा- कहीं नहीं।

मेम.- रायसाहब के यहाँ फिर जायेगा तो वह मारेंगे। क्यों नहीं मेरे साथ चलता? मिशन में आराम से रह। आदमी हो जायेगा। '

नथुवा- किरस्तान तो न बनाओगी?

मेम.- किरस्तान क्या भंगी से भी बुरा है पागल।

नथुवा- न भैया, किरस्तान न बनूँगा।

बेशक- तेरा जी चाहे न बनना, कोई जबरदस्ती थोड़े ही बना देगा।

नथुवा थोड़ी देर तक टमटम के साथ चला, पर उसके मन में संशय बना हुआ था। सहसा वह उतर गया। मेम साहिबा ने पूछा- क्यों, चलता क्यों नहीं?

नथुवा- मैंने सुना है, मिशन में जो कोई जाता है, किरस्तान हो जाता है। मैं न जाऊंगा। आप झाँसा देती हैं।

मेम.- अरे पागल, वहाँ तुझे पढ़ाया जायेगा, किसी की चाकरी न करनी पड़ेगी। शाम को खेलने की छुट्टी मिलेगी। कोट-पतलून पहनने को मिलेगा।' चल के दो-चार दिन देख तो ले!

नथुवा ने इस प्रलोभन का उत्तर न दिया। एक गली से होकर भागा। जब टमटम दूर निकल गया, तो यह निश्चिंत होकर सोचने लगा- कहां जाऊँ? कहीं कोई सिपाही पकड़कर थाने न ले जाए। मेरी बिरादरी के लोग तो वहाँ रहते हैं। क्या वह मुझे अपने घर न रखेंगे? कौन बैठकर खाऊंगा, काम तो करूँगा। बस, किसी को पीठ पर रहना चाहिए। आज कोई मेरी पीठ पर होता, तो मजाल थी कि रायसाहब मुझे यों मारते। सारी बिरादरी जमा हो जाती, घेर लेती, घर की सफाई बंद हो जाती, कोई द्वार पर झाडू तक न लगाता। सारी राय साहबी निकल जाती। यह निश्चय करके यह घूमता-घामता भंगियों के मुहल्ले में पहुँचा। शाम हो गई थी, कई भंगी एक पेड़ के नीचे चटाइयों पर बैठे शहनाई और तबला बजा रहे थे। वह नित्य इसका अभ्यास करते थे। यह उनकी जीविका थी। गान-विद्या की यहाँ जितनी छीछालेदर हुई है, उतनी और कहीं न हुई

होगी! नथुवा जाकर वहाँ खड़ा हो गया। उसे बहुत ध्यान से सुनते देखकर एक भंगी ने पूछा- कुछ गाता है?

नथुवा- अभी तो नहीं गाता, पर सिखा दोगे तो गाने लगूँगा।

भंगी- बहाना मत कर, बैठ, कुछ गाकर सुना, मालूम तो हो कि तेरे गला भी है या नहीं। गला ही न होगा तो क्या कोई सिखाएगा।

नथुवा मामूली बाजार के लड़कों की तरह कुछ-न-कुछ गाना जानता ही था, रास्ता चलता तो कुछ-न-कुछ गाने लगता था। तुरंत गाने लगा। उस्ताद ने सुना, जौहरी था, समझ गया, यह काँच का टुकड़ा नहीं। बोला- कहां रहता है?

नथुवा ने अपनी रामकहानी सुनायी, परिचय हो गया। उसे आश्रय मिल गया और विकास का वह अवसर मिल गया, जिससे यह भूमि से आकाश पर पहुँचा।

2

तीन साल उड़ गए, नथुवा के गाने की सारे शहर में धूम मच गई। और वह केवल एक गुणी नहीं था। गाना, शहनाई बजाना, पखावज, सारणी, तम्बूरा, सितार-सभी कलाओं में दक्ष हो गया। उस्तादों को भी उसकी चमत्कारिक बुद्धि पर आश्चर्य होता था।। ऐसा मालूम होता था कि उसने पहले की पढ़ी हुई विद्या दुहरा ली है। लोग दस-दस सालों तक सितार बजाना सीखते रहते हैं और नहीं आता, नथुवा को एक महीने में उसके तारों का ज्ञान हो गया। ऐसे कितने ही रत्न पड़े हुए हैं, जो किसी पारखी से भेंट न होने के कारण मिट्टी में मिल जाते हैं।

संयोग से इन्हीं दिनों ग्वालियर में एक संगीत-सम्मेलन हुआ। देश-देशांतरों के संगीत के आचार्य निमन्त्रित हुए। उस्ताद पूरे को न्यौता मिला। नथुवा इन्हीं का शिष्य था। उस्ताद ग्वालियर चले तो नाथू को भी साथ लेते गये। एक सप्ताह तक ग्वालियर में बड़ी धूमधाम रही। नाथूराम ने वहाँ खूब नाम कमाया। उसे सोने का तमगा इनाम मिला। ग्वालियर के संगीत-विद्यालय के अध्यक्ष ने उस्ताद घूरे से आग्रह किया, नाथूराम को संगीत-विद्यालय में दाखिला करा दो। यहाँ संगीत के साथ उसकी शिक्षा भी हो जायेगी। घूरे को मानना पड़ा। नाथूराम भी राजी हो गया।

नाथूराम ने पाँच वर्षों में विद्यालय की सर्वोच्च उपाधि प्राप्त कर ली। इसके साथ-साथ भाषा, गणित और विज्ञान में उसकी बुद्धि ने अपनी प्रखरता का परिचय दिया। अब वह समाज का भूषण था। कोई उससे न पूछता था.. कौन जाति हो? उसका रहन-सहन, तौर-तरीका अब गायकों का-सा नहीं, शिक्षित समुदाय का- सा था। अपने सम्मान की रक्षा के लिए वह ऊँचे वर्ण वालों का-सा आचरण रखने लगा। मदिरा-मांस त्याग दिया, नियमित रूप से संध्योपासना करने लगा। कोई कुलीन ब्राह्मण भी इतना आचार-विचार न करता होगा। नाथूराम का तो पहले ही नाम हो चुका था। अब उसका कुछ और सुसंस्कार हुआ। वह ना.रा.आचार्य मशहूर हो गया। साधारण लोग 'आचार्य' ही कहा करते थे। राज-दरबार से उसे अच्छा वेतन मिलने लगा। 18 वर्ष की आयु में इतनी ख्याति विरले ही किसी गुणी को नसीब होती है। लेकिन ख्याति-प्रेम वह

प्यास है जो कभी नहीं बुझती, वह अगस्त ऋषि की भांति सागर को पीकर भी शान्त नहीं होती। महाशय आचार्य ने यूरोप को प्रस्थान किया। वह पाश्चात्य संगीत पर भी अधिकृत होना चाहते थे। जर्मनी के सबसे बड़े संगीत-विद्यालय में दाखिल हो गए और पाँच वर्षों के निरंतर परिश्रम और उद्योग के बाद आचार्य की पदवी लेकर इटली की सैर करते हुए ग्वालियर लौट पाये और उसके एक ही सप्ताह के बाद मदन कम्पनी ने उन्हें तीन हजार रुपये मासिक वेतन पर अपनी सब शाखाओं का निरीक्षक नियुक्त किया। यह यूरोप जाने के पहले ही हजारों रुपये जमा कर चुके थे। यूरोप में भी ओपेराओ और नाट्यशालाओं में उनकी खूब आवभगत हुई थी। कभी-कभी एक-एक दिन में इतनी आमदनी हो जाती थी, जितनी यहीं के बड़े-से-बड़े गवैयों को बरसों में भी नहीं होती। लखनऊ से विशेष प्रेम होने के कारण उन्होंने वहीं निवास करने का निश्चय किया।

3

आचार्य महाशय लखनऊ पहुँचे, तो उनका चित्त गदगद हो गया। यहीं उनका बचपन बीता था। यहीं एक दिन वह अनाथ थे। यहीं गलियों में कनकौए लूटते फिरते थे। यही बाजारों में पैसे माँगते-फिरते थे। आह! यही उन पर हंटरों की मार पड़ी थी, जिसके निशान अब तक बने थे। अब यह दाग उन्हें सौभाग्य की रेखाओं से भी प्रिय लगते। यथार्थ में वह कोड़ों की मार उनके लिए शिव का वरदान थी। रायसाहब के प्रति अब उनके दिल में क्रोध या प्रतिकार लेश मात्र भी न था। उनकी बुराइयाँ भूल गई थीं, भलाइयां याद रह गई थीं, और रत्ना तो उन्हें दया और वात्सल्य की मूर्ति-सी याद आती। विपत्ति पुराने घावों को बढ़ाती है, सम्पत्ति उन्हें भर देती है। गाड़ी से उतरे तो उनकी छाती धड़क रही थी। 10 वर्ष का बालक 23 वर्ष का जवान, शिक्षित भद्र युवक हो गया था। उसकी माँ भी उसे देखकर न कह सकती थी कि यह मेरा नथुवा है। लेकिन उसकी कायापलट की अपेक्षा नगर की कायापलट और भी विस्मयकारी थी। यह लखनऊ नहीं, कोई दूसरा ही नगर था।

स्टेशन से बाहर निकलते ही देखा कि शहर के कितने ही छोटे-बड़े आदमी उनका स्वागत करने को खड़े हैं। उनमें एक युवती रमणी भी थी, जो रत्ना से बहुत मिलती थी। लोगों ने उनसे हाथ मिलाया और रत्ना ने उनके गले में फूलों का हार डाल दिया। यह विदेश में भारत का नाम रोशन करने का पुरस्कार था। आचार्य के पैर डगमगाने लगे, ऐसा जान पड़ता था, अब नहीं खड़े रह सकते। यह वही रत्ना है। भोली-भाली बालिका ने सौंदर्य, लज्जा, गर्व और विजय की देवी का रूप धारण कर लिया है। उनकी हिम्मत न पड़ी कि रत्ना की तरफ सीधी आँखों देख सके।

लोगों से हाथ मिलाने के बाद वह उस बँगले में आये, जो उनके लिए पहले ही से सजाया गया था। उसको देखकर व चौंक पड़े। यह वही बँगला था, जहाँ रत्ना के साथ वह खेलते थे, सामान भी वही था, तस्वीरें वही, कुर्सियाँ और मेज़ वही, शीशे के आलात वही, यहाँ तक कि फर्श भी वही था। उसके अंदर कदम रखते हुए आचार्य महाशय के हृदय में कुछ वही भाव जागृत हो रहे थे, जो किसी देवता के मंदिर में जाकर धर्मपरायण हिन्दू के हृदय में होते हैं। वह रत्ना के

शयनागार में पहुँचे, तो उनके हृदय में ऐसी ऐंठन हुई कि आँसू बहने लगे- यह वही पलंग है, वही बिस्तर और यही फर्श, उन्होंने अधीर होकर पूछा- यह किसका बँगला है?

कम्पनी का मैनेजर साथ था, बोला- एक राय भोलानाथ हैं, उन्हीं का है।

आचार्य-रायसाहब कहां गये?

मैनेजर- खुदा जाने कहां गये। यह बँगला कर्ज की इल्लत में नीलाम हो रहा था। मैंने देखा, हमारे थियेटर से करीब है, अधिकारियों से खतोकिताबत की और इसे कम्पनी के नाम खरीद लिया। 40 हजार में यह बँगला सामान समेत लिया गया है।

आचार्य- मुफ्त मिल गया, तुम्हें रायसाहब की कुछ खबर नहीं?

मैनेजर- सुना था कि कहीं तीर्थ करने गये थे, खुद जाने लौटे या नहीं। आचार्य महाशय जब शाम को सावधान होकर बैठे तो एक आदमी से पूछा- क्यों जी, उस्ताद घूरे का भी हाल जानते हो? उनका नाम बहुत सुना है।

आदमी ने सकरुण भाव से कहा-खुदावन्द! उनका हाल कुछ न पूछिए, शराब पीकर घर आ रहे थे, रास्ते में बेहोश सड़क पर गिर पड़े। उधर से एक मोटर लारी आ रही थी। ड्राइवर ने देखा नहीं, लारी उनके ऊपर से निकल गई। सुबह को लाश मिली। खुदावंद, अपने फन में एक था। अब उनकी मौत से लखनऊ वीरान हो गया। अब ऐसा कोई नहीं रहा, जिस पर लखनऊ को घमण्ड हो। नथुवा नाम के एक लड़के को उन्होंने कुछ सिखाया था उन्हें उससे हम लोगों को उम्मीद थी कि उस्ताद का नाम जिंदा रखेगा, पर वह यहाँ से ग्वालियर चला गया, फिर पता नहीं कि कहां गया।

आचार्य महाशय के प्राण सूखे जाते थे कि अब बात खुली, अब खुली। दम रुका हुआ था, जैसे कोई तलवार लिये सिर पर खड़ा हो। बारे, कुशल हुई, घड़ा चोट खाकर भी बच गया।

4

आचार्य महाशय उस घर में रहते थे, किन्तु उसी तरह जैसे कोई नई बहू अपनी ससुराल में रहे। उनके हृदय से पुराने संस्कार न मिटते थे। उनकी आत्मा इस यथार्थ को स्वीकार न करती कि अब यह मेरा घर है। वह जोर से हँसते तो सहसा चौंक पड़ते। मित्रवर आकर शोर मचाते, तो उन्हें एक अज्ञात शंका होती थी। लिखने-पढ़ने के कमरे में शायद वह सोते, तो उन्हें रात-भर नींद न आती। यह खयाल दिल में जमा हुआ था कि यह पढ़ने-लिखने का कमरा है। बहुत अच्छा होने पर भी वह पुराने सामान को बदल न सकते थे। और रत्ना के शयनागार को तो उन्होंने फिर कभी नहीं खोला। वह ज्यों-का-त्यों बंद पड़ा रहता था। उसके अंदर जाते हुए उनके पैर थरथराने लगते थे। उस पलंग पर सोने का ध्यान ही उन्हें नहीं आया।

लखनऊ में कई बार उन्होंने विश्वविद्यालय में अपने संगीत-नैपुण्य का चमत्कार दिखाया। किसी राजा-रईस के घर अब यह गाने न जाते थे, चाहे कोई उन्हें लाखों रुपये ही क्यों न दे, यह उनका प्रण था। लोग अलौकिक गान सुनकर अलौकिक आनन्द उठाते थे।

एक दिन प्रात:काल आचार्य महाशय संध्या से उठे थे कि राय भोलानाथ उनसे मिलने आये। रत्ना भी उनके साथ थी। आचार्य महाशय पर रोब छा गया। बड़े-बड़े यूरोपी थियेटरों में भी। उनका हृदय इतना भयभीत न हुआ था। उन्होंने जमीन तक झुककर रायसाहब को सलाम किया। भोलानाथ उनकी नम्रता से कुछ विस्मित-से हो गए। बहुत दिन हुए, जब लोग उन्हें सलाम किया करते थे। अब तो जहां जाते थे, हँसी उड़ाई जाती थी। रत्ना भी लज्जित हो गई।

रायसाहब ने कातर नेत्रों से इधर-उधर देखकर कहा- आपको यह जगह तो पसंद आयी होगी।

आचार्य-जी हां, इससे उत्तम स्थान की तो मैं कल्पना ही नहीं कर सकता। भोलानाथ- यह मेरा ही बँगला है। मैंने ही इसे बनवाया और मैंने ही इसे बिगाड़ भी दिया।

रत्ना ने झेंपते हुए कहा- दादाजी, इन बातों से क्या फायदा ?

भोलानाथ- फायदा नहीं है बेटी, नुकसान भी नहीं। सज्जनों से अपनी विपत्ति कहकर चित्त शान्त होता है। महाशय, यह मेरा ही बँगला है, 'या यों कहिए कि था। 50 हजार सालाना इलाके से मिलते थे। पर कुछ आदमियों की संगत में सट्टे का चस्का पड़ गया। दो-तीन बार ताबड़तोड़ बाजी हाथ आई, हिम्मत खुल गई। लाखों के वारे-न्यारे होने लगे, किन्तु एक ही घाटे में सारी कसर निकल गई। बधिया बैठ गई। सारी जायदाद खो बैठा। सोचिए, पच्चीस लाख का सौदा था। कौड़ी चित्त पड़ती तो आज इस बँगले का कुछ और ही ठाठ होता, नहीं तो अब पिछले दिनों को याद कर-करके हाथ मलता हूँ। मेरी रत्ना को आपके गाने से बड़ा प्रेम है। जब देखो आप ही की चर्चा किया करती है। इसे मैंने बी.ए.तक पढ़ाया है।

रत्ना का चेहरा शर्म से लाल हो गया। बोली-दादाजी, आचार्य महाशय मेरा हाल जानते हैं। इनको मेरे परिचय की जरूरत नहीं। महाशय, क्षमा कीजिएगा, पिताजी उस घाटे के कारण कुछ अव्यवस्थित चित्त-से हो गए हैं। यह कभी-कभी इस बंगले को देखने आया करें। इससे उनके आंसू पूछ जायेंगे। उन्हें इस विचार से संतोष होगा कि मेरा कोई मित्र इसका स्वामी है। बस, यही कहने के लिए यह आपकी सेवा में आये हैं।

आचार्य ने विनयपूर्ण शब्दों में कहा- इसके पूछने की जरूरत नहीं है। घर आपका है, जिस वक्त जी चाहे, शौक से आये, बल्कि आपकी इच्छा हो तो आप इसमें रह सकते हैं, मैं अपने लिए कोई दूसरा स्थान ठीक कर लूंगा।

रायसाहब ने धन्यवाद दिया और चले गये। वह दूसरे-तीसरे दिन यहाँ जरूर आते और घण्टों बैठे रहते। रत्ना भी उनके साथ अवश्य आती फिर यह एक बार प्रतिदिन आने लगे।

एक दिन उन्होंने आचार्य महाशय को एकान्त में ले जाकर पूछा- क्षमा कीजिएगा, आप अपने बाल-बच्चों को नहीं बुला लेते ? अकेले तो आपको बहुत कष्ट होता होगा।

आचार्य- मेरा तो अभी विवाह नहीं हुआ और न करना चाहता हूँ।

यह कहते ही आचार्य महाशय ने आँखें नीची कर लीं।

भोलानाथ- वह क्यों, विवाह से आपको क्यों द्वेष है?

आचार्य- कोई विशेष कारण तो नहीं बता सकता, इच्छा ही तो है।

भोलानाथ- आप ब्राह्मण हैं?

आचार्यजी का रंग उड़ गया। सशंक होकर बोले- यूरोप की यात्रा के बाद वर्णभेद नहीं रहता। जन्म से चाहे जो कुछ हूँ कर्म से तो शूद्र ही हूँ।

भोलानाथ- आपकी नम्रता को धन्य है, संसार में ऐसे सज्जन लोग भी पड़े हैं। मैं भी कर्मों ही से वर्ण मानता हूँ। नम्रता, शील, विजय, आचार, धर्मनिष्ठा, यह सब ब्राह्मणों के गुण हैं और मैं आपको ब्राह्मण ही समझता हैं। जिसमें यह गुण नहीं, यह ब्राह्मण नहीं, कदापि नहीं। रत्ना को आपसे बहुत प्रेम है। आज तक कोई पुरुष उसकी आंखों में नहीं जंचता, किन्तु आपने उसे-वशीभूत कर लिया। इस धृष्टता को क्षमा कीजिएगा, आपके माता-पिता ...

आचार्य- मेरे माता-पिता तो आप ही हैं। जन्म किसने दिया, यह मैं नहीं जानता। मैं बहुत छोटा था, तभी उनका स्वर्गवास हो गया।

रायसाहब-आह! वह आज जीवित होते, तो आपको देखकर उनकी गज भर की छाती होती। ऐसे सपूत बेटे कहाँ होते हैं।

इतने में रत्ना एक कागज लिये हुए आयी और रायसाहब से बोली- दादाजी आचार्य महाशय काव्य-रचना भी करते हैं, मैं इनकी मेज़ पर से यह उठा लायी हूँ। सरोजिनी नायडू के सिवा ऐसी कविता मैंने और कहीं नहीं देखी।

आचार्य ने छिपी हुई निगाहों से एक बार रत्ना को देखा और झेंपते हुए बोले- यों ही कुछ लिख लिया था। मैं काव्य-रचना क्या जानूं?

5

प्रेम से दोनों विह्वल हो रहे थे। रत्ना गुणों पर मोहित थी, आचार्य उसके मोह के वशीभूत थे। अगर रत्ना उनके रास्ते में न आती, तो कदाचित् वह उससे परिचित भी न होते। किन्तु प्रेम की फैली हुई बाँहों का आकर्षण किस पर न होगा? ऐसा हृदय कहां है, जिसे प्रेम जीत न सके?

आचार्य महाशय बड़ी दुविधा में पड़े हुए थे। उनका दिल कहता था, जिस क्षण रत्ना पर मेरी असलियत खुल जायेगी, उसी क्षण वह मुझसे सदैव के लिए मुँह फेर लेगी। वह कितनी ही उदार हो, जाति के बंधन को कितना ही कष्टमय समझती हो, किन्तु उस घृणा से मुक्त नहीं हो सकती, जो स्वभावत: मेरे प्रति उत्पन्न होगी । मगर इस बात को जानते हुए भी उनकी हिम्मत न पड़ती थी कि अपना वास्तविक स्वरूप खोलकर दिखा दें। आह! यदि घृणा ही तक होती तो कोई बात

न थी, मगर उसे दु:ख होगा, पीड़ा होगी, उसका हृदय विदीर्ण हो जायेगा, उस दशा में न जाने क्या कर बैठे। उसे इस अज्ञात दशा में रखे हुए प्रणय-पाश को दृढ़ करना उन्हें परले सिरे की नीचता प्रतीत होती थी। वह कपट है, दगा है, जो प्रेमाचरण में सर्वथा निषिद्ध है। इस संकट में पड़े हुए वह कुछ निश्चय न कर सकते थे कि क्या करना चाहिए। उधर रायसाहब की आमदोरफ्त दिनोंदिन बढ़ती जाती थी। उनके मन की बात एक-एक शब्द से झलकती थी। रत्ना का आना-जाना बन्द होता जाता था, जो उनके आशय को और भी प्रकट करता था। इस प्रकार तीन-चार महीने व्यतीत हो गए। आचार्य महाशय सोचते, यह वही रायसाहब हैं, जिन्होंने केवल रत्ना की चारपाई पर जरा देर लेटे रहने के लिए मुझे मारकर घर से निकाल दिया था। जब उन्हें मालूम होगा कि मैं वहीं अनाथ, अछूत, आश्रयहीन बालक हूँ तो उन्हें कितनी आत्मवेदना, कितनी अपमान-पीड़ा, कितनी लज्जा, कितनी दुराशा, कितना पश्चात्ताप होगा।

एक दिन रायसाहब ने कहा- विवाह की तिथि निश्चित कर लेनी चाहिए। इस लग्न में मैं इस ऋण से उऋण हो जाना चाहता हूँ।

आचार्य महाशय ने बात का मतलब समझकर भी प्रश्न किया-कैसी तिथि?

रायसाहब- यही रत्ना के विवाह की। मैं कुंडली का तो कायल नहीं, पर विवाह तो शुभ मुहूर्त में ही होगा।

आचार्य भूमि की ओर ताकते रहे, कुछ न बोले।

रायसाहब- मेरी अवस्था तो आपको मालूम ही है। कुश-कन्या के सिवा और किसी योग्य नहीं हूँ। रत्ना के सिवा और कौन है, जिसके लिए उठा रखता। आचार्य महाशय विचारों में मग्न थे।

रायसाहब-रत्ना को आप स्वयं जानते हैं। आपसे उसकी प्रशंसा करनी व्यर्थ है। वह अच्छी है या बुरी है उसे आपको स्वीकार करना पड़ेगा।

आचार्य महाशय की आँखों से आंसू बह रहे थे।

रायसाहब- मुझे पूरा विश्वास है कि आपको ईश्वर ने उसी के लिए यहाँ भेजा है। मेरी ईश्वर से यही याचना है कि तुम दोनों का जीवन सुख से कटे। मेरे लिए इससे ज्यादा खुशी की और कोई बात नहीं हो सकती। इस कर्तव्य से मुक्त होकर इरादा है, कुछ दिन भागवत-भजन करूँ। गौण रूप से आप ही उस फल के भी अधिकारी होंगे।

आचार्य ने अवरुद्ध कंठ से कहा- महाशय, आप मेरे पिता तुल्य हैं, पर मैं इस योग्य कदापि नहीं हूँ।

रायसाहब ने उन्हें गले लगाते हुए कहा- बेटा, तुम सवगुर्ण-सम्पन्न हो। तुम समाज के भूषण हो। मेरे लिए यह महान गौरव की बात है तुम-जैसा दामाद पाऊँ। मैं आज तिथि आदि ठीक करके कल आपको बताऊंगा।

यह कहकर रायसाहब उठ खड़े हुए। आचार्य कुछ कहना चाहते थे, पर मौका न मिला, या यों कहो हिम्मत न पड़ी। इतना मनोबल न था, घृणा सहन करने की इतनी शक्ति न थी।

6

विवाह महीना-भर हो गया। रत्ना के आने से पति-गृह में उजाला हो गया है। और पति हृदय पवित्र। सागर में कमल खिल गया। रात का समय था। आचार्य महाशय भोजन करके लेटे हुए थे उसी पलंग पर, जिसने किसी दिन उन्हें घर से निकलवाया था, जिसने उसके भाग्य-चक्र को परिवर्तित कर दिया।

महीना-भर से वह अवसर ढूँढ रहे हैं कि वह रहस्य रत्ना से बतला दूँ। उनका संस्कारों से दबा हुआ हृदय यह नहीं मानता कि मेरा सौभाग्य मेरे गुणों ही का अनुगृहीत है। वह अपने रुपये को भट्ठी में पिघलाकर उसका मूल्य जानने की चेष्टा कर रहे हैं। किन्तु अवसर नहीं मिलता। रत्ना ज्यों ही सामने आ जाती है, वह मंत्रमुग्ध से हो जाते हैं। बाग में रोने कौन जाता है, रोने के लिए तो अँधेरी कोठी ही चाहिए।

इतने में रत्ना मुस्कराती हुई कमरे में आयी। दीपक की ज्योति मंद पड़ गयी।

आचार्य ने मुस्कराकर कहा-अब चिराग बंद कर दूँ न?

रत्ना बोली- क्यों, क्या मुझसे शर्म आती है।

आचार्य- हाँ वास्तव में शर्म आती है।

रत्ना- इसलिए कि मैंने तुम्हें जीत लिया?

आचार्य- नहीं, इसलिए कि मैंने तुम्हें धोखा दिया।

रत्ना- तुममें धोखा देने की शक्ति नहीं है।

आचार्य- तुम नहीं जानती। मैंने तुम्हें बहुत बड़ा धोखा दिया है।

रत्ना- सब जानती हूँ।

आचार्य- सब जानती हो, मैं कौन हूँ?

रत्ना- खूब जानती हूँ। बहुत दिनों से जानती हूँ। जब हम तुम दोनों इसी बगीचे में खेला करते थे। मैं तुमको मारती थी और तुम रोते थे। मैं तुमको अपनी झूठी मिठाइयाँ देती थी और तुम दौड़कर लेते थे, तब भी मुझे तुमसे प्रेम था, हां, वह दया के रूप में व्यक्त होता था।

आचार्य ने चकित होकर कहा- रत्ना, यह जानकर भी तुमने ...

रत्ना- हाँ, जानकर ही। न जानती तो शायद न करती।

आचार्य- यह वही चारपाई है।

रत्ना- और मैं घाते में।

आचार्य ने उसे गले लगाकर कहा- तुम क्षमा की देवी हो।

रत्ना ने उत्तर दिया-मैं तुम्हारी चेरी हूँ।

आचार्य- रायसाहब भी जानते हैं?

रत्ना- नहीं, उन्हें नहीं मालूम है। उनसे भूलकर भी न कहना, नहीं तो वह आत्मघात कर लेंगे।

आचार्य- वह कोड़े अभी तक याद हैं।

रत्ना- अब पिताजी के पास उसका प्रायश्चित करने के लिए कुछ नहीं रह गया। क्या अब भी तुम्हें सन्तोष नहीं हुआ?

□□□

विचित्र होली

होली का दिन था, मिस्टर ए. बी. क्रास शिकार खेलने गए हुए थे। साईस, अर्दली, मेहतर, भिश्ती, ग्वाला, धोबी सब होली मना रहे थे। सबों ने साहब के जाते ही खूब गहरी भंग चढ़ायी थी और इस समय बगीचे में बैठे हुए होली, फाग गा रहे थे। पर रह-रहकर बँगले के फाटक की तरफ झाँक लेते थे कि साहब आ तो नहीं रहे हैं। इतने में शेख नूरअली -आकर खड़े हो गए।

साईस ने पूछा- कहो खानसामाजी, साहब ?कब तक आएँगे ?

नूरअली बोला- उनका जब जी चाहे आयें, मेरा आज इस्तीफा है। अब इनकी नौकरी न करूंगा।

अर्दली ने कहा- ऐसी नौकरी फिर न पाओगे। चार पैसे ऊपर की आमदनी है। नाहक छोड़ते हो।

नूरअली- अजी, लानत भेजो! अब मुझसे गुलामी न होगी। यह हमें जूतों से ठुकराएं और हम इनकी गुलामी करें! आज यहाँ से डेरा कूच है। आओ, तुम लोगों की दावत करूँ। चले आओ कमरे में, आराम से मेज़ पर डट आओ, वह- वह बोतलें पिलाऊँ कि जिगर ठंडा हो जाये ?

साईस- और जो कहीं साहब आ जायें ?

नूरअली- वह अभी नहीं आने के। चले आओ।

साहबों के नौकर प्राय: शराबी होते हैं। जिस दिन से साहब के यहाँ गुलामी लिखायी, उसी दिन से यह बला उनके सिर पड़ जाती है। जब मालिक स्वयं बोतल- की-बोतल उड़ेल जाता हो, तो भला नौकर क्यों चूकने लगे? यह निमन्त्रण पाकर सबके-सब खिल उठे। भंग का नशा चढ़ा ही हुआ था। ढोल-मजीरे छोड़-छोड़कर नूरअली के साथ चले और साहब के जाने के कमरे में कुर्सियों पर आ बैठे। नूरअली ने हस्की की बोतल खोलकर ग्लास भरे और चारों ने चढ़ाना शुरू कर दिया। ठर्रा पीने वालों ने जब यह मजेदार चीजें पायीं तो ग्लास चढ़ाने लगे। खानसामा भी उत्तेजित करता जाता था। जरा देर में सबों के सिर फिर गए। भय जाता रहा। एक ने होली छेड़ी, दूसरे ने सुर मिलाया। गाना होने लगा। नूरअली ने ढोल-मजीरा लाकर रख दिया। यहीं मजलिस जम गई। गाते-गाते एक उठकर नाचने लगा। दूसरा उठा यहाँ तक कि सब-के-सब कमरे में चौकड़ियाँ भरने लगे। हू हक मचने लगा। कबीर, फाग, चौपाल, जाली-गलौज, मारपीट, बारी-बारी सबका नम्बर आया। सब ऐसे निडर हो गए थे, मानो अपने घर में हैं। कुर्सियों उलट गई। दीवारों की तसवीरें टूट गईं। एक ने मेज़ उलट दी। दूसरे ने रिकाबियों को गेंद बनाकर उछालना शुरू किया।

यहाँ यही हंगामा मचा हुआ था कि शहर के रईस लाला उजागरमल का आगमन हुआ। उन्होंने यह कौतुक देखा तो चकराए। खानसामा से पूछा-यह क्या गोलमाल है। शेखजी साहब देखेंगे तो क्या कहेंगे?

नूरअली -साहब का हुक्म ही ऐसा है तो क्या करें। आज उन्होंने अपने नौकरों की दावत की है, उनसे होली खेलने को भी कहा है। सुनते हैं, लाल साहब के यहाँ से हुक्म आया है कि रियाया के साथ खूब रब्त-जब्त रखो, उनके त्यौहारों में शरीक हो। तभी तो यह हुक्म दिया है, नहीं तो इनके मिज़ाज ही न मिलते थे। आइए, तशरीफ रखिए। निकालूँ कोई मजेदार चीज? अभी हाल में विलायत से पार्सल आया है।

राय उजागरमल बड़े उदार विचारों के मनुष्य थे। अंग्रेजी दावतों में बेधड़क शरीक होते थे, रहन-सहज भी अंग्रेजी ही था और यूनियन क्लब के तो यह एकमात्र कर्ता ही थे। अंग्रेजों से उनकी खूब छनती। और मिस्टर क्रॉस तो उनके परम मित्र ही थे। जिलाधीश से, चाहे वह कोई हो, सदैव उनकी घनिष्ठता रहती थी। नूरअली की बातें सुनते ही एक कुर्सी पर बैठ गए और बोले- अच्छा! यह बात है? तो हां, फिर निकालो कोई मजेदार चीज! कुछ गजक भी हो।

नूरअली- हुजूर, आपके लिए सब-कुछ हाजिर है।

लाला साहब कुछ तो घर ही से पीकर चले थे, यहाँ कई ग्लास चढ़ाए तो जबान लड़खड़ाते हुए बोले- क्यों नूरअली, आज साहब होली खेलेंगे।

नूरअली- जी हां।

उजागर- लेकिन मैं रंग-वंग तो लाया नहीं। भेजो चटपट किसी को, मेरी कोठी से रंग-पिचकारी वगैरह लाये। साईस से- क्यों घसीटे, आज तो बड़ी बहार है।

घसीटे- खूब अबीर लगाऊंगा।

ग्वाला- खूब गुलाल उड़ाऊंगा।

धोबी-बोतल-पर-बोतल चढ़ाऊंगा।

अरदली-खूब कबीरें सुनाउँन्गा।

उजागर-आज साहब के साथ मेरी होली मचेगी।

नूरअली- अच्छा, सब लोग सँभल जाओ। साहब की मोटर आ रही है। सेठजी, यह लीजिए, मैं दौड़कर रंग-पिचकारी लाया, बस एक चौताल छेड़ दीजिए और जैसे ही साहब कमरे में आयें, उन पर पिचकारी छोड़िए और दूसरे से, तुम लोग भी उनके मुँह में गुलाल मलो। साहब मारे खुशी के फूल जाएँगे। यह लो, मोटर हाते में उस गया। होशियार!

2

मिस्टर क्रास अपनी बंदूक हाथ में लिये मोटर से उतरे और लगे आदमियों को बुलाने, पर वहाँ तो जोरों से चौताल हो रहा था., सुनता कौन है। चकराए यह मामला क्या है। क्या सब मेरे बँगले में गा रहे हैं? क्रोध से भरे हुए बँगले में दाखिल हुए, तो डाइनिंग-रूम (भोजन करने के कमरे) में से गाने की आवाज उस रही थी। अब क्या था? जामे से बाहर हो गए। चेहरा विकृत हो गया। हंटर उतार लिया और डाइनिंग-रूम की ओर चले, लेकिन अभी एक क़दम दरवाजे के बाहर ही था कि सेठ उजागरमल ने पिचकारी छोड़ी। सारे कपड़े तर हो गए। आँखों में भी रंग घुस गया। आंखें पोंछ ही रहे थे कि साईस, ग्वाला सब-के-सब दौड़े और साहब को पकड़कर उनके मुँह में रग मलने लगे। धोबी ने तेल और कालिख का पाउडर लगा दिया!

साहब के क्रोध की सीमा न रही। हंटर लेकर सबों को अन्धाधुन्ध पीटने लगा। बेचारे सोचे हुए थे कि साहब खुश होकर इनाम देंगे। हंटर पड़े तो नशा हिरन हो गया। कोई इधर भागा, कोई उधर। सेठ उजागरलाल ने यह रंग देखा, तो ताड़ गए कि नूरअली ने झाँसा दिया। एक कोने में दुबक रहे। जब कमरा नौकरों से खाली हो गया, तो साहब उनकी ओर बड़े 1 लाला साहब के होश उड़ गए। तेजी से कमरे के बाहर निकले और सिर पर पैर रखकर बेतहाशा भागे । साहब उनके पीछे दौड़े । सेठजी की फिटन द्वार पर खड़ी थी। घोड़े ने धम-थम खटपट सुनी तो चौंका। कनौतियाँ खड़ी की और फिटन को लेकर भागा। विचित्र दृश्य था। आगे- आगे फिटन, उसके पीछे सेठ उजागरलाल, उनके पीछे हंटरधारी मिस्टर क्रॉस। तीनों बगटूट दौड़े चले जाते थे। सेठजी एक बार ठोकर खाकर गिरे, पर साहब के पहुंचते-पहुंचते सँभल उठे। हाते के बाहर सड़क तक घुड़दौड़ रही। अंत में साहब रुक गए। मुँह में कालिख लगाए अब और आगे जाना हास्यजनक मालूम हुआ। यह विचार भी हुआ कि सेठजी को काफी सजा मिल चुकी। अपने नौकरों की खबर लेना भी जरूरी था। लौट गए।

सेठ उजागरलाल की जान-में-जान आई। बैठकर हाँफने लगे। घोड़ा भी ठिठक गया। कोचवान ने उतरकर उन्हें सँभाला और गोद में उठाकर गाड़ी पर बैठा दिया।

3

लाला उजागरलाल शहर के सहयोगी समाज के नेता थे। उन्हें अंग्रेजों की आयी शुभकामनाओं पर पूर्ण विश्वास था। अंग्रेजी राज्य की तामीली, माली और मुल्की तरक्की के राग गाते रहते थे। अपनी सभ्यताओं में असहयोगियों को खूब फटकार करते थे। अंग्रेजों में इधर उनका आदर-सम्मान विशेष रूप से होने लगा। कई बड़े-बड़े ठेके के, जो पहले अंग्रेज ठेकेदारों को ही मिला करते थे, उन्हें दे दिये गए थे। सहयोग ने उनके मान और धन को खूब बढ़ाया था, अतएव मुँह से चाहे वह असहयोग की निन्दा करें, पर मन में उसकी उन्नति चाहते थे। उन्हें यकीन था कि असहयोग एक हवा है, जब तक चलती रहे, उसमें अपने गीले कपड़े सुखा लें। वह असहयोगियों के कृत्यों का खूब बढ़ा-चढ़ाकर बयान किया करते थे और अधिकारियों के कृत्यों इन गढ़ी हुई बातों पर विश्वास करते देखकर दिल में उन पर खूब हंसते थे। ज्यों-ज्यों सम्मान बढ़ता था, उनका आत्माभिमान भी बढ़ता था। यह अब पहले की भांति भीरू न थे। गाड़ी पर बैठे

और जरा साँस आना बंद हुआ तो इस घटना की विवेचना करने लगे। अवश्य नूरअली ने धोखा दिया, उसकी असहयोगियों से भी मिली भगत है। यह लोग होली खेलते, तो इनका इतना क्रोधोन्मत होना इसके सिवा और क्या बतलाता है कि हमें यह लोग कुत्तों से बेहतर नहीं समझते। इनको अपने प्रभुत्व का कितना घमंड है! यह मेरे पीछे हंटर लेकर दौड़े! अब विदित हुआ कि यह जो मेरा थोड़ा-बहुत सम्मान करते थे, वह केवल धोखा था। मन में वह हमें अब भी नीच और कमीना समझते हैं। लाल-रंग कोई बाण नहीं था। हम बड़े दिनों में गिरजे जाते हैं, इन्हें डालियाँ देते हैं। यह हमारा त्यौहार नहीं है। पर यह जरा-सा रंग छोड़ देने पर इतना बिगड़ उठा! हां! इतना अपमान! मुझे उनके सामने ताल ठोकर खड़ा हो जाना चाहिए था। भागना कायरता है। इसी से यह सब शेर हो जाते हैं। कोई सन्देह नहीं कि यह सब हमें मिलाकर असहयोगियों को दबाना चाहते हैं। इनकी यह विनयशीलता और सज्जनता केवल अपना मतलब गांठने के लिए है। इनकी निरंकुशता, इनका गर्व वही है, जरा भी अन्तर नहीं।

सेठजी के हृदयगत भावों ने उग्र रूप धारण किया। मेरी यह अधोगति! अपने अपमान की याद रह-रहकर उनके चित्त को विह्वल कर रही थी। यह मेरे सहयोग का फल है। मैं इसी योग्य हूँ। मैं उनकी सौहार्द्रपूर्ण बातें सुन-सुनकर फूला न समाता था। मेरी मंद बुद्धि को इतना भी न सूझता था कि स्वाधीन और पराधीन में कोई मेल नहीं हो सकता। मैं असहयोगियों की उदासीनता पर हँसता था। अब मालूम हुआ कि वे हास्यास्पद नहीं हैं, मैं स्वयं निन्दनीय हूँ।

वह अपने घर न जाकर सीधे कांग्रेस कमेटी के कार्यालय की ओर लपके। यहाँ पहुँचे तो एक विराट सभा देखी। कमेटी ने शहर के छूत-अछूत, छोटे-बड़े, सबको होली का आनन्द मनाने के लिए निमंत्रित किया था। हिंदू-मुसलमान साथ-साथ बैठे हुए प्रेम से होली खेल रहे थे। फल-भोज का भी प्रबंध किया गया था। इस समय व्याख्यान हो रहा था। सेठजी गाड़ी से तो उतरे, पर सभा-स्थल में जाते संकोच होता था। ठिठकते हुए धीरे से जाकर एक ओर खड़े हो गए। उन्हें देखकर लोग चौंक पड़े। सब-के-सब विस्मित होकर उनकी ओर ताकने लगे। यह खुशामदियों के आचार्य आज यहाँ कैसे आ पड़े? इन्हें तो किसी सहयोगी सभा में राज-भक्ति का प्रस्ताव पास करना चाहिए था। शायद भेद लेने आये हैं कि लोग क्या कर रहे हैं। उन्हें चिढ़ाने के लिए लोगों ने कहा-कांग्रेस की जय!

उजागरलाल ने उच्च स्वर में कहा-असहयोग की जय!

फिर ध्वनि हुई-खुशामदियों की जय!

सेठजी ने उच्च स्वर से कहा जी-हुजूरों की क्षय!

यह कहकर यह समस्त उपस्थित जनों को विस्मय में डालते हुए मंच पर जा पहुँचे और गम्भीर भाव से बोले सज्जनों, मित्रों! मैंने अब तक आपसे असहयोग किया था, उसे क्षमा कीजिए। मैं सच्चे दिल से आपसे क्षमा माँगता हूँ। मुझे घर का भेदी, जासूस या विभीषण न समझिए। आज मेरी आंखों के सामने से परदा हट गया। आज इस पवित्र प्रेममयी होली के दिन मैं आपसे प्रेमालिंगन करने आया हूँ। अपनी विशाल उदारता का आचरण कीजिए। आपसे द्रोह

करने का आज मुझे दंड मिल गया। जिलाधीश ने आज मेरा घोर अपमान किया। मैं वहाँ से हंटरों की मार खाकर आपकी शरण आया हूँ। मैं देश का द्रोही था, जाति का शत्रु था। मैंने अपने स्वार्थ के वश, अपने अविश्वास के वश देश का बड़ा अहित किया, खूब कांटे बोए। उनका स्मरण करके ऐसा जी चाहता है कि हृदय के टुकड़े-टुकड़े कर दूँ। (एक आवाज)-हाँ अवश्य कर दीजिए, आपसे न बने तो मैं तैयार हूँ। (प्रधान की आवाज)- यह कटु वाक्यों का अवसर नहीं है। नहीं, आपको यह कष्ट उठाने की जरूरत नहीं, मैं स्वयं यह काम भली-भांति कर सकता हूँ पर अभी मुझे बहुत कुछ प्रायश्चित्त करना है, जाने कितने पापों की पूर्ति करनी है। आशा करता हूँ कि जीवन के बचे हुए दिन इसी प्रायश्चित्त करने में, यही मुँह की कालिमा धोने में कांटू। आपसे केवल इतनी ही प्रार्थना है कि मुझे आत्मसुधार का अवसर दीजिए, मुझ पर विश्वास कीजिए और मुझे अपना दीन सेवक समझिए। मैं आज से अपना तन, मन, धन, सब आप पर अर्पण करता हूँ।

□□□

मुक्ति-मार्ग

सिपाही को अपनी लाल पगड़ी पर, सुंदरी को अपने गहनों पर और वैद्य को आपने सामने बैठे हुए रोगियों पर जो घमंड होता है, वही किसान को अपने खेतों को लहराते हुए देखकर होता है। झींगुर अपने ऊख के खेतों को देखता, तो उस पर नशा छा जाता। तीन बीघे ऊख थी। इसके 600 रु. तो अनायास ही मिल जायेंगे। और, जो कहीं भगवान ने डाँड़ी तेज कर दी, तो फिर क्या पूछना। दोनों बैल बुड्ढे हो गए। अबकी नई गोई बटेसर के मेले से ले आएगा। कहीं दो बीघे खेत और मिल गए, तो लिखा लेगा। रुपयों की क्या चिन्ता है। बनिये अभी से उसकी खुशामद करने लगे थे। ऐसा कोई न था, जिससे उसने गाँव में लड़ाई न की हो। वह अपने आगे किसी को कुछ समझता ही न था।

एक दिन संध्या के समय वह अपने बेटे को गोद में लिये मटर की फलियां तोड़ रहा था। इतने में उसे भेड़ों का एक झुण्ड अपनी तरफ आता दिखाई दिया। वह अपने मन में कहने लगा-इधर से भेड़ों के निकलने का रास्ता न था। क्या खेत की मेड़ पर से भेड़ों का झुण्ड नहीं जा सकता था? भेड़ों को इधर से लाने की क्या जरूरत? ये खेत को कुचलेंगी, चरेगी। इसका डाँड़ कौन देगा? मालूम होता है, बुद्धू ू गड़रिया है। बच्चा को घमंड हो गया है, तभी तो खेतों के बीच से भेड़ें लिये चला आता है। जरा इसकी ढिठाई तो देखो! देख रहा है कि मैं खड़ा हूँ, फिर भी भेड़ों को लौटाता नहीं। कौन मेरे साथ कभी रिआयत की है कि मैं इसकी मुरव्वत करूँ? अभी एक भेड़ मोल मांगू तो पाँच ही रुपये सुनाएगा। सारी दुनिया में चार रुपये के कम्बल बिकते हैं, पर यह पाँच रुपये से नीचे की बात नहीं करता।

इतने में भेड़ें खेत के पास आ गई। झींगुर ने ललकार कर कहा- अरे, ये भेड़ कहां लिये आते हो?

बुद्धू नम्र भाव से बोला- महतो, डाँड़ पर से निकल जायेंगी। घूमकर जाऊंगा, तो कोरा-भर का चक्कर पड़ेगा।

झींगुर- तो तुम्हारा चक्कर बचाने के लिए मैं अपना खेत क्यों कुचलाऊं? डांड ही पर से ले जाना है, तो और खेतों के डीह से क्यों नहीं ले गए? क्या मुझे कोई चूड़-चमार समझ लिया है या धन का घमण्ड हो गया है? लौटाओ इनको!

बुद्धू- महतो, आज निकल जाने दो। फिर कभी इधर से आऊँ, तो जो सजा चाहे देना।

झींगुर- कह दिया कि लौटाओ इन्हें! गर एक भेड़ भी मेंड़ पर आयी, तो समझ लो, तुम्हारी खैर नहीं।

बुद्धू- महतो, अगर तुम्हारी एक मेंड़ भी किसी भेड़ के पैरों-तले आ जाये, तो मुझे बैठाकर सौ गालियाँ देना।

बुद्धू, बातें तो बड़ी नम्रता से कर रहा था, किन्तु लौटने में अपनी हेठी समझता था। उसने मन में सोचा, इसी तरह जरा-जरा-सी धमकियों पर भेड़ों को लौटाने लगा, तो फिर मैं भेड़ें चरा चुका। आज लौट जाऊं, तो कल को कहीं निकलने का रास्ता ही न मिलेगा। सभी रोब जमाने लगेंगे।

बुद्धू भी पोढ़ा आदमो था। 12 कोड़ी भेड़ें थी। उन्हें खेतों में बिठाने के लिए काफी रात आठ आने कोड़ी मजदूरी मिलती थी, इसके उपरान्त दूध बेचता था, ऊन के कंबल बनाता था। सोचने लगा- इतने। गरम हो रहे हैं, मेरा कर ही क्या लेंगे? कुछ इनका दबेल तो हूँ नहीं। भेड़ों ने जो हरी-हरी पत्तियां देखीं, तो अधीर हो गई। खेत में घुस पड़ी। उन्हें डंडों से मार-मारकर खेत के किनारे से हटाता था और वे इधर-उधर से निकलकर खेत में जा पड़ती थीं।

झींगुर ने आग होकर कहा- तुम मुझसे हेकड़ी जमाने चले हो, तुम्हारी सारी हेकड़ी निकाल दूंगा?

बुद्धू- तुम्हें देखकर चौंकती हैं। तुम हट जाओ, तो मैं सबको निकाल ले जाऊँ। झींगुर ने लड़के को तो गोद से उतार दिया और अपना डंडा सँभालकर भेड़ों पर पिल पड़ा। धोबी भी इतनी निर्दयता से अपने गधे को न पीटता होगा। किसी भेड़ की टाँग, किसी की कमर टूटी। सबने बें-बें का शोर मचाना शुरू किया। बुद्धू चुपचाप खड़ा अपनी सेना का विध्वंस अपनी आँखों से देखता रहा। वह न भेड़ों को हाँकता था, न झींगुर से कुछ कहता था, बस खड़ा तमाशा देखता रहा। दो मिनट में झींगुर ने इस सेना को अपने अमानुषिक पराक्रम से मार भगाया। मेष-दल का संहार करके विजयगर्व से बोला- अब सीधे चले जाओ! फिर इधर से आने का नाम न लेना ।

बुद्धू ने आहत भेड़ों की ओर देखते हुए कहा- झींगुर, तुमने यह अच्छा काम नहीं किया। पछताओगे।

2

केले को काटना भी इतना आसान नहीं, जितना किसान से बदला लेना। उसकी सारी कमाई खेतों में रहती है या खलिहानों में। कितनी ही दैविक और भौतिक आपदाओं के बाद कहीं अनाज घर में आता है। और जो कहीं इन आपदाओं के साथ विद्रोह ने भी सन्धि कर ली, तो बेचारा किसान कहीं का नहीं रहता।

झींगुर ने घर आकर दूसरों से इस संग्राम का वृत्तान्त कहा, तो लोग समझाने लगे-झींगुर, तुमने बड़ा अनर्थ किया। जानकर अनजान बनते हो। बुद्धू को जानते नहीं, कितना झगड़ालू आदमी है। अब भी कुछ नहीं बिगड़ा। जाकर उसे मना लो, नहीं तो तुम्हारे साथ सारे गाँव पर आफत आ जायेगी। झींगुर की समझ में बात आयी। पछताने लगा कि मैंने कहाँ-से-कहां उसे रोका। अगर भेड़ें थोड़ा-बहुत चर ही जातीं, तो कौन मैं उजड़ा जाता था। वास्तव में हम किसानों का कल्याण

दबे रहने में ही है। ईश्वर को भी हमारा सिर उठाकर चलना अच्छा नहीं लगता। जी तो बुद्धू के घर जाने को न चाहता था, किन्तु दूसरों के आग्रह से मजबूर होकर चला। अगहन का महीना था, कुहरा पड़ रहा था। चारों ओर अन्धकार छाया हुआ था। गाँव से बाहर निकला ही था कि सहसा अपने ऊख के खेत की ओर अग्नि की ज्वाला देखकर चौंक पड़ा। छाती धड़कने लगी। खेत में आग लगी हुई थी। बेतहाशा दौड़ा। मनाता जाता था कि मेरे खेत में न हो। पर ज्यों-ज्यों समीप पहुँचता था, यह आशामय भ्रम शान्त होता जाता था। वह अनर्थ हो ही गया, जिसके निवारण के लिए वह घर से चला था। हत्यारे ने आग लगा ही दी, और मेरे पीछे सारे गाँव को चौपट किया। उसे ऐसा जान पड़ता था कि वह खेत आज बहुत समीप आ गया है, मानो बीच के परती खेतों का अस्तित्व ही नहीं रहा। अंत में जब वह खेत पर पहुँचा, तो आग प्रचंड रूप धारण कर चुकी थी।

झींगुर ने 'हाय-हाथ' मचाना शुरू किया। गाँव के लोग दौड़ पड़े और खेतों से अरहर के पौधे उखाड़कर आग को पीटने लगे। अनिल-मालव संग्राम का भीषण दृश्य उपस्थित हो गया। एक पहर तक हाहाकार मचा रहा। कभी एक प्रबल होता था, कभी दूसरा। अग्नि-पक्ष के योद्धा मर-मरकर जी उठते थे और द्विगुण शक्ति से, रणोंन्मत्त होकर, अस्त्र-प्रहाह करने लगते थे। मानव-पक्ष में जिस योद्धा की कीर्ति सबसे उज्ज्वल थी, वह बुद्धू कमर तक धोती चढ़ाए, प्राण हथेली पर लिये, अग्नि राशि में कूद पड़ता था, और शत्रुओं को परास्त करके, बाल-बाल बचकर, निकल आता था। अन्त में मानव-दल की विजय हुई, किन्तु ऐसी विजय, जिस पर हार भी हँसती। गाँव-भर की ऊख जलकर भस्म हो गई, और ऊख के साथ सारी अभिलाषाएँ भी भस्म हो गई।

3

आग किसने लगायी, यह खुला हुआ भेद था, पर किसी को कहने का साहस न था। कोई सबूत नहीं। प्रमाणहीन तर्क का मूल्य ही क्या! झींगुर को घर से निकलना मुश्किल हो गया। जिधर जाता, ताने सुनने पड़ते। लोग प्रत्यक्ष कहते थे-यह आग तुमने लगवायी। तुम्हीं ने हमारा सर्वनाश किया। तुम्हीं मारे घमंड के धरती पर पैर न रखते थे। आप-के-आप गये, अपने साथ गाँव-भर को डूबो दिया। बुद्धू को न छेड़ते तो आज क्यों यह दिन देखना पड़ता? झींगुर को अपनी बरबादी का इतना दु:ख न था, जितना इन जली-कटी बातों का। दिन-भर घर में बैठा रहता। पूस का महीना आया। जहाँ सारी रात कोल्हू चला करते थे, गुड़ की सुगंध उड़ती रहती थी, भट्ठियाँ जलती रहती थीं और लोग भट्ठियों के सामने बैठे हुक्का पिया करते थे, वहाँ सन्नाटा छाया हुआ था। ठंड के मारे लोग साँझ ही से किवाड़ बंद करके पड़े रहते और झींगुर को कोसते। माघ और भी कष्टदायक था। ऊख केवल धनदाता ही नहीं, किसानों का जीवनदाता भी है। उसी के सहारे किसानों का जाड़ा कटता है। गरम रस पीते हैं, ऊख की पत्तियाँ तापते हैं, उसके अगोड़े पशुओं को खिलाते हैं। गाँव के सारे कुत्ते, जो रात को भट्ठियों की राख में सोया करते थे, ठण्ड से मर गए। कितने ही जानवर चारे के अभाव से चल बसे। शीत का प्रकोप हुआ और सारा गाँव

खाँसी-बुखार में ग्रस्त हो गया। और यह सारी विपत्ति झींगुर की करनी थी-अभागे, हत्यारे झींगुर की।

झींगुर ने सोचते-सोचते निश्चय किया कि बुद्धू की दशा भी अपनी ही-सी बनाऊंगा। उसके कारण मेरा सर्वनाश हो गया और वह चैन की वंशी बजा रहा है। मैं भी उसका सर्वनाश करूंगा।

जिस दिन इस घातक कलह का बीजारोपण हुआ, उसी दिन से बुद्धू ने इधर आना छोड़ दिया था। झींगुर ने उससे रब्त-जब्त बढ़ाना शुरू किया। वह-बुद्ध को दिखाना चाहता था कि तुम्हारे ऊपर मुझे बिलकुल सन्देह नहीं है। एक दिन कम्बल लेने के बहाने गया, फिर दूध लेने के बहाने गया। बुद्ध उसका खूब आदर-सत्कार करता। चिलम तो आदमी दुश्मन को भी पिला देता है, वह उसे बिना दूध और शरबत पिये न आने देता।

झींगुर आजकल एक सन लपेटने वाली कल में मजदूरी करने जाया करता था। बहुधा कई-कई दिनों की मजदूरी इकट्ठी मिलती थी। बुद्धू ही की तत्परता से झींगुर का रोजाना खर्च चलता था। अतएव झींगुर वे खूब रब्त-जब्त बढ़ा लिया। एक दिल बुद्धू ने पूछा-क्यों झींगुर, अगर अपनी ऊख जलाने वाले को पा जाओ, तो क्या करोगे? सच कहना।

झींगुर ने गम्भीर भाव से कहा- मैं उससे कहूंगा भैया, तुमने जो कुछ किया, बहुत अच्छा किया। मेरा घमंड तोड़ दिया, आदमी बना दिया।

बुद्धू- मैं जो तुम्हारी जगह होता, तो उसका घर जलाए न मानता। झींगुर- बार दिन की जिंदगी में बैर-विरोध बढ़ने से क्या फायदा? मैं तो बरबाद हुआ ही, अब उसे बरबाद करके क्या पाऊंगा?

बुद्धू- बस, यही आदमी का धर्म है। पर भाई क्रोध के बस में होकर बुद्धि उलटी हो जाती है।

4

फागुन का महीना था। किसान ऊख बोने के लिए खेतों को तैयार कर रहे थे। बुद्धू का बाजार गरम था। भेड़ों की लूट मची हुई थी। दो-चार आदमी नित्य द्वार पर खड़े खुशामदें किया करते। बुद्धू किसी से सीधे मुँह बात न करता। भेड़ रखने की पीस दोगुना कर दी थी। अगर कोई एतराज करता तो बेलाग कहता- तो भैया, भेड़ें तुम्हारे गले तो नहीं लगाता हूँ। जी न चाहे, मत रखो। लेकिन मैंने जो कह दिया है, उससे एक कौड़ी भी कम नहीं हो सकती। गरज थी, लोग इस लड़ाई पर भी उसे घेरे ही रहते थे, माने पंडे किसी यात्री के पीछे पड़े हों।

लक्ष्मी का आकार तो बहुत बड़ा नहीं, और वह भी समयानुसार छोटा-बड़ा होता रहता है। यहाँ तक कि कभी वह अपना विराट आकार समेटकर उसे कागज के चंद अक्षरों में छिपा लेती है। कभी-कभी तो मनुष्य की जिह्वा पर जा बैठती है, आकार का लोप हो जाता है। किन्तु उनके रहने को बहुत स्थान की जरूरत होती है। वह आयी, और घर बढ़ने लगा। छोटे घर में उससे नहीं रहा जाता। बुद्ध का घर भी बढ़ने लगा। द्वार पर बरामदा डाला गया दो की जगह छह

कोठरियाँ बनवाई गईं। यों कहिए कि मकान नए सिरे से बनने लगा। किसी किसान से लकड़ी माँगी, किसी से खपरों का आँवा लगाने के लिए उपले, किसी से बाँस और किसी से सरकंडे। दीवार की उठवायी देनी पड़ी। यह भी नकद नहीं, भेड़ों के बच्चों के रूप में। लक्ष्मी का यह प्रताप है। सारा काम बेगार में हो गया। मुफ्त में अच्छा-खासा घर तैयार हो गया। गृह-प्रवेश के उत्सव की तैयारियाँ होने लगीं।

इधर झींगुर दिन-भर मजदूरी करता, तो कहीं आधा पेट अन्न मिलता। बुद्धू के घर कंचन बरस रहा था। झींगुर जलता था, तो क्या बुरा करता था? यह अन्याय किससे सहा जाएगा?

एक दिन वह टहलता हुआ चमारों के टीले की तरफ चला गया। हरिहर को पुकारा। हरिहर ने आकर 'राम-राम' की और चिलम भरी । दोनों पीने लगे। यह चमारों का मुखिया बड़ा दुष्ट आदमी था। सब किसान इससे थरथर काँपते थे।

झींगुर ने चिलम पीते-पीते कहा- आजकल फाग-वाग नहीं होता क्या? सुनाई नहीं देता।

हरिहर- फाग क्या हो, पेट के धंधे से छुट्टी ही नहीं मिलती। कहो, तुम्हारी आजकल कैसी निभती है?

झींगुर- क्या निभती है! नकटा जिया बुरे हवाल। दिन-भर कल में मजदूरी करते हैं, तो चूल्हा जलता है। चाँदी तो आजकल बुद्धू की है। रखने को ठौर नहीं मिलता। नया घर बना, भेड़ें और ली हैं! अब गृह-प्रवेश की धूम है। सातों गाँवों में सुपारी जायेगी।

हरिहर- लक्ष्मी मैया आती हैं, तो आदमी की आंखों में सील आ जाता है। पर उसको देखो, धरती पर पैर नहीं रखता बोलता है, तो ऐंठ कर ही बोलता है।

झींगुर-क्यों न ऐंठे, इस गाँव में कौन है उसकी टक्कर का। पर यार, यह अनीति तो नहीं देखी जाती। भगवान दे, तो सिर झुकाकर चलना चाहिए। यह नहीं कि अपने बराबर किसी को समझे ही नहीं। उसकी हींग सुनता हूँ तो बदन में आग लग जाती है। कल का बानी आज का सेठ। चला है हमीं से लड़ने। अभी कल लँगोटी लगाए खेतों में कौए छकाया करता था, आज उसका आसमान में दिया जलता है।

हरिहर- कहो, तो कुछ उतजोग करूँ?

झींगुर- क्या करोगे इसी डर से तो वह गाय-भैंस नहीं पालता।

हरिहर- भेड़े तो हैं?

झींगुर- क्या, बगला मारे पखना हाथ।

हरिहर- फिर तुम्हीं सोचो।

झींगुर- ऐसी जुगत निकाली कि फिर पनपने न पाये।

इसके बाद फुस-फुस करके बातें होने लगीं। यह एक रहस्य है कि भलाइयों में जितना द्वेष होता है, बुराइयों में उतना ही प्रेम । विद्वान्, विद्वान को देखकर, साधु, साधु को देखकर और

कवि, कवि को देखकर जलता है। एक दूसरे की सूरत नहीं देखना चाहता। पर जुआरी, जुआरी को देखकर, शराबी, शराबी को देखकर, चोर, चोर को देखकर सहानुभूति दिखाता है, सहायता करता है। एक पंडितजी अगर अँधेरे में ठोकर खाकर गिर पड़ें, तो दूसरे पंडितजी उन्हें उठाने के बदले दो ठोकरें और लगाएँगे कि यह फिर उठ ही न सके। पर एक चोर पर आफत आयी देख, दूसरा चोर उसकी मदद करता है। बुराई से सब घृणा करते हैं, इसलिए बुरों में परस्पर प्रेम होता है। भलाई की सारा संसार प्रशंसा करता है, इसीलिए भलों में विरोध होता है। चोर को मारकर चोर क्या पाएगा ? घृणा। विद्वान् का अपमान करके विद्वान क्या पाएगा ? यश !

झींगुर और हरिहर ने सलाह कर ली। षड्यंत्र रचने की विधि सोची गई। उसका स्वरूप, समय और क्रम ठीक किया गया। झींगुर चला, तो अकड़ा जाता था। मार लिया दुश्मन को, अब कहाँ जाता है।

दूसरे दिन झींगुर काम पर जाने लगा, तो पहले बुद्ध के घर पहुँचा। बुद्ध ने पूछा- क्यों आज नहीं गये क्या ?

झींगुर-जा तो रहा हूँ। यही कहने आया था कि मेरी बछिया को अपनी भेड़ों के साथ क्यों नहीं चरा दिया करते। बेचारी खूंटे से बँधी-बँधी मरी जाती है। न घास, न चारा, क्या खिलाएं।

बुद्धू- भैया, मैं गाय-भैंस नहीं रखता। चमारों को जानते हो, एक ही हत्यारे होते हैं। इसी हरिहर ने मेरी दो गायों को मार डाला। न जाने क्या खिला देता है। तब से कान पकड़े कि अब गाय-भैंस न पालूंगा। लेकिन तुम्हारी एक ही बछिया है, उसका कोई क्या करेगा ? जब चाहो, पहुँचा दो।

यह कहकर बुद्धू अपने गृहोत्सव का सामान उसे दिखाने लगा। घी, शक्कर, मैदा, तरकारी सब रखा था। केवल सत्यनारायण की कथा की देर थी। झींगुर की आंखें खुल गई। ऐसी तैयारी न उसने स्वयं कभी की थी और न किसी को करते देखा था। मजदूरी करके घर लौटा, तो सबसे पहला काम जो उसने किया, वह अपनी बछिया को बुद्धू के घर पहुँचाना था। उसी रात को बुद्धू के यहीं सत्यनारायण की कथा हुई ! ब्रह्मभोज भी किया गया। सारी रात विप्रो का आगत-स्वागत करते गुजरी। भेड़ों के झुँड में जाने का अवकाश ही न मिला। प्रातःकाल भोजन करके उठा ही था (क्योंकि रात का भोजन सवेरे मिला) कि एक आदमी ने आकर खबर दी- बुद्धू तुम यहाँ बैठे हो, उधर भेड़ों में बछिया मरी पड़ी है। भले आदमी उसकी पगहा भी नहीं खोली थी।

बुद्धू ने सुना, और मानो ठोकर लग गई। झींगुर भी भोजन करके वहीं बैठा था। बोला- हाय, हाय, मेरी बछिया। चलो, जरा देखूँ तो। मैंने तो पगहा नहीं लगायी थी। उसे भेड़ों में पहुँचाकर अपने घर चला गया था। तुमने यह पगहा कब लगा दी ?

बुद्धू- भगवान जाने, जो मैंने उसकी पगहा देखी भी हो ? मैं तो तब से भेड़ों में गया ही नहीं।

झींगुर- जाते न, तो पगहा कौन लगा देता ? गये होंगे, याद न आती होगी।

एक ब्राह्मण- मरी तो भेड़ों में ही न? दुनिया तो यही कहेगी कि बुद्ध की असावधानी से उसकी मृत्यु हुई। पगहा किसी की हो।

हरिहर- मैंने कल साँझ को इन्हें भेड़ों में बछिया को बाँधते देखा था।

बुद्ध- मुझे?

हरिहर- तुम नहीं लाठी कंधे पर रखे बछिया को बाँध रहे थे?

बुद्धू- बड़ा सच्चा है तू! तूने मुझे बछिया को बाँधते देखा था?

हरिहर- तो मुझ पर काहे को बिगड़ते हो भाई? तुमने नहीं बाँधी, नहीं सही।

ब्राह्मण- इसका निश्चय करना होगा। गोहत्या का प्रायश्चित्त करना पड़ेगा। कोई हंसी-ठट्ठा है।

झींगुर- महाराज, कुछ जान-बूझकर तो बाँधी नहीं।

ब्राह्मण- इससे क्या होता है? हत्या इसी तरह लगती है, कोई गाय को मारने नहीं जाता।

झींगुर- हाँ गायों को खोलना-बाँधना है तो जोखिम का काम।

ब्राह्मण- शास्त्रों में इसे महापाप कहा है। गाय की हत्या ब्राह्मण की हत्या से कम नहीं।

झींगुर- हाँ फिर गाय तो ठहरी ही है। इसी से न इनका मान होता है। जो माता, सो गाय। लेकिन महाराज, एक चूक हो गई। कुछ ऐसा कीजिए कि थोड़े में बेचारा निपट जाये।

बुद्धू खड़ा सुन रहा था कि अनायास मेरे सिर हत्या मढ़ी जा रही है। झींगुर की कूटनीति भी समझ रहा था। मैं लाख कहूँ मैंने बछिया नहीं बाँधी, मानेगा कौन? लोग यही कहेंगे कि प्रायश्चित्त से बचने के लिए ऐसा कह रहा है।

ब्राह्मण देवता को भी उसका प्रायश्चित्त कराने में कल्याण होता था। भला, ऐसे अवसर पर कब चूकने वाले थे। फल यह हुआ कि बुद्धू को हत्या लग गई। ब्राह्मण भी उससे जले हुए थे। कसर निकालने की घात मिली। तीन मास का भिक्षा- दंड दिया, फिर सात तीर्थ-स्थानों की यात्रा, उस पर 500 विप्रो का भोजन और 5 गायों का दान। बुद्धू ने सुना, तो बधिया बैठ गई। रोने लगा, तो दंड घटाकर दो मास कर दिया। इसके सिवा कोई रिआयत न हो सकी। कहीं अपील, न फरियाद! बेचारे को यह दंड स्वीकार करना पड़ा।

बुद्धू ने भेड़ें ईश्वर को सौंपी। लड़के छोटे थे। स्त्री अकेली क्या-क्या करती? गरीब जाकर द्वारों पर खड़ा होता और मुँह छिपाए हुए कहता- गाय की बाछी दिया वनवास। भिक्षा तो मिल जाती, किन्तु भिक्षा के साथ दो-चार कठोर अपमानजनक शब्द भी सुनने पड़ते। दिन को जो कुछ पाता, वही शाम को किसी पेड़ के नीचे बनाकर खा लेता और वहीं पड़ा रहता। कष्ट की तो उसे परवाह न थी, भेड़ों के साथ दिन-भर चलता ही था, पेड़ के नीचे सोता ही था, भोजन भी इससे कुछ ही अच्छा मिलता था, पर लज्जा थी भिक्षा माँगने की। विशेष करके जब कोई कर्कशा यह व्यंग्य कर देती थी कि रोटी कमाने का अच्छा ढंग निकाला है, तो हार्दिक वेदना होती थी। पर करे क्या?

दो महीने के बाद वह घर लौटा। बाल बढ़े हुए थे। दुर्बल इतना, मानो 60 वर्ष का बूढ़ा हो। तीर्थयात्रा के लिए रुपयों का प्रबंध करना था, गड़रियों को कौन महाजन कर्ज दे! भेड़ों का भरोसा क्या? कभी-कभी रोग फैलता है, तो रात-भर में दल-का-दल साफ हो जाता है। उस पर जेठ का महीना, जब भेड़ों से कोई आमदनी होने की आशा नहीं। एक तेली राजी भी हुआ तो दो आने रुपया ब्याज पर। आठ महीने में ब्याज मूल के बराबर हो जाएगा। यहाँ कर्ज लेने की हिम्मत न पड़ी। इधर दो महीनों में कितनी ही भेड़ें चोरी चली गई थी। लड़के चराने ले जाते थे। दूसरे गाँव वाले चुपके से एक-दो भेड़ें किसी खेत या घर में छिपा देते और पीछे मारकर खा जाते। लड़के बेचारे एक तो पकड़ न सकते, और जो देख भी लेते, तो लड़े क्यों कर। सारा गाँव एक हो जाता था। एक महीने में तो भेड़ें आधी भी न रहेगी। बड़ी विकट समस्या थी। विवश होकर बुद्धू ने एक बूचड़ को बुलाया, और सब भेड़ें उसके हाथ बेच डालीं। 500 रु. हाथ लगे। उसमें से 200 रु. लेकर तीर्थयात्रा करने गया। शेष रुपये ब्रह्मभोज आदि के छोड़ गया।

बुद्धू के जाने पर उसके घर में दो बार सेंध लगी। पर यह कुशल हुई कि जगहग हो जाने के कारण रुपए बच गए।

5

सावन का महीना था। चारों ओर हरियाली छाई हुई थी। झींगुर के बैल न थे। खेत बटाई पर दे दिये थे। बुद्धू प्रायश्चित्त से निवृत्त हो गया था और उसके साथ ही माया के फंदे से भी। न झींगुर के पास कुछ था, न बुद्धू के पास। कौन किससे जलता और किस लिए जलता।

सन की कल बंद हो जाने के कारण झींगुर अब बेलदारी का काम करता था। शहर में एक विशाल धर्मशाला बन रही थी। हजारों मजदूर काम करते थे। झींगुर भी उन्हीं में था। सातवें दिन मजदूरी के पैसे लेकर घर आता था और रात- भर रहकर सवेरे फिर चला जाता था।

बुद्धू भी मजदूरी की टोह में यहीं पहुँचा। जमादार ने देखा, दुर्बल आदमी है, कठिन काम तो इससे हो न सकेगा, कारीगरों को गाय देने के लिए रख लिया। बुद्धू सिर पर तसला रखे गारा लेने गया, तो झींगुर को देखा। राम-राम' हुई, झींगुर ने गारा भर दिया, बुद्ध उठा लाया। दिन-भर दोनों चुपचाप अपना-अपना काम करते रहे।

संध्या समय झींगुर ने पूछा- कुछ बनाओगे न?

बुद्धू- नहीं तो खाऊंगा क्या?

झींगुर- मैं तो एक जून चबेना कर लेता हूँ। एक जून सत्तू पर काट देता हूँ। कौन झंझट करे?

बुद्धू- इधर-उधर लकड़ियों पड़ी हुई हैं, बटोर लाओ। आटा मैं घर से लेता आया हूँ। घर ही पिसवा लिया था। यहाँ तो बड़ा महँगा मिलता है। इसी-पत्थर की चट्टान पर आटा गूंथ लेता हूँ। तुम तो मेरा बनाया खाओगे नहीं, इसलिए तुम्हीं रोटियों सेंको, मैं बना दूंगा।

झींगुर- तवा भी तो नहीं है?

बुद्धू- तवे बहुत हैं। यही गारे का तसला माँजे लेता हूँ।

आग जली, आटा गूंथा गया। झींगुर ने कच्ची-पक्की रोटियां बनायी। बुद्ध पानी लाया। दोनों ने लाल मिर्च और नमक से रोटियों खायी। फिर चिलम भरी गई। दोनों आदमी पत्थर की सिलों पर लेटे और चिलम पीले लगे।

बुद्धू ने कहा- तुम्हारी ऊख में आग मैंने लगायी थी।

झींगुर ने विनोद के भाव से कहा- जानता हूँ।

थोड़ी देर के बाद झींगुर बोला- बछिया मैंने ही बाँधी थी, और हरिहर ने उसे कुछ खिला दिया था।

बुद्धू ने भी वैसे ही भाव से कहा- जानता हूँ।

फिर दोनों सो गए।

□□□

डिक्री के रुपये

नईम और कैलास में इतनी शारीरिक, मानसिक, नैतिक और सामाजिक अभिन्नता थी, जितनी दो प्राणियों में हो सकती है। नईम दीर्घकाय विशाल रूप था, कैलास बाग का कोमल पौधा। नईम को क्रिकेट और फुटबाल, सैर और शिकार का व्यसन था, कैलास को पुस्तकावलोकन का। नईम एक विनोदी, वाक्चतुर, निर्द्वंद्व, हास्य प्रिय, विलासी युवक था, उसे कल की चिंता कभी न सताती। विद्यालय उसके लिए क्रीड़ा का स्थान था और कभी-कभी बेंच पर खड़े होने का। इसके प्रतिकूल कैलास एक एकांत प्रिय, आलसी, व्यायाम से कोसों भागने वाला, आमोद-प्रमोद से दूर रहने वाला, चिन्ताशील, आदर्शवादी जीव था। वह भविष्य की कल्पनाओं से विकल रहता था। नईम एक सुसम्पन्न, उच्च पदाधिकारी पिता का एकमात्र पुत्र था। कैलास एक साधारण व्यवसाई के कई पुत्रों में से एक। उसे पुस्तकों के लिए काफी धन न मिलता था, माँग-मांग कर काम निकाला करता था। एक के लिए जीवन आनन्द का स्वप्न था, और दूसरे के लिए विपत्तियों का बोझ। पर इतनी विषमताओं के होते हुए भी उन दोनों में घनिष्ठ मैत्री और निस्वार्थ विशुद्ध प्रेम था। कैलास मर जाता, पर नईम का अनुग्रह-पात्र न बनता और नईम मर आता, पर कैलास से बेअदबी न करता। नईम की खातिर से कैलास कभी-कभी स्वच्छ, निर्मल वायु का सुख उठा लिया करता। नईम के लिए राज्यपद का द्वारर खुला हुआ था, भविष्य कोई अपार सागर न था। कैलास को अपने हाथों कुआं खोदकर पानी पीना था, भविष्य एक भीषण संग्राम था, जिसके कारण मात्र से उसका चित्त अशान्त हो उठता था।

2

कॉलेज से निकलने के बाद नईम को शासन-विभाग में एक उच्च पद प्राप्त हो गया, यद्यपि वह तीसरी श्रेणी में पास हुआ। कैलास प्रथम श्रेणी में पास हुआ था, किन्तु उसे बरसों एड़ियां रगड़ने, खाक छानने और कुएँ झांकने पर भी कोई काम न मिला। यहाँ तक कि विवश होकर उसे अपनी कलम का आश्रय लेना पड़ा। उसने एक समाचार पत्र निकाला। एक ने राज्याधिकार का रास्ता लिया, जिसका लक्ष्य धन था और दूसरे ने सेवा-मार्ग का सहारा लिया, जिसका परिणाम ख्याति और कष्ट और कभी-कभी कारागार होता है। नईम को उसके दफ्तर के बाहर कोई न जानता था, किन्तु वह बँगले में रहता, हवा गाड़ी पर हवा आता, थियेटर देखता और गर्मियों में नैनीताल की सैर करता था। कैलास को सारा संसार जानता था, पर उसके रहने का मकान कच्चा था, सवारी के लिए अपने पाँव। बच्चों के लिए दूध भी मुश्किल से मिलता। साग-भाजी में काट-कपट करना पड़ता था। नईम के लिए सबसे बड़े सौभाग्य की बात यह थी कि उसके केवल एक पुत्र था, पर कैलाश के लिए. सबसे बड़ी दुर्भाग्य की बात उसकी सन्तान-वृद्धि थी, जो उसे पनपने न देती थी। दोनों मित्रों में पत्र-व्यवहार होता रहता था। कभी-कभी दोनों में

मुलाकात भी हो जाती थी। नईम कहता था- यार, तुम्हीं अच्छे हो, देश और जाति की कुछ सेवा तो कर रहे हो। यहाँ तो पेट-पूजा के सिवा और किसी काम के न हुए। पर यह पेट-पूजा उसने कई दिनों की कठिन तपस्या से हृदयंगम कर पायी थी, और उसके प्रयोग के लिए अवसर ढूंढ़ता रहता था।

कैलास खूब समझता था कि यह केवल नईम की विनयशीलता है। यह मेरी कुदशा से दु:खी होकर मुझे इस उपाय से सांत्वना देना चाहता है। इसलिए वह अपनी वास्तविक स्थिति को उससे छिपाने का विफल प्रयत्न किया करता था।

विष्णुपुर की रियासत में हाहाकार मचा हुआ था। रियासत का मैनेजर अपने बँगले में, दोपहर के समय, सैकड़ों आदमियों के सामने, कत्ल कर दिया गया था। यद्यपि खूनी भाग गया था, पर अधिकारियों को संदेह था कि कुँवर साहब की दुष्प्रेरणा से ही यह हत्याभिनय हुआ है। कुँवर साहब अभी बालिग न हुए थे। रियासत का प्रबंध कोर्ट ऑफ वार्ड द्वारा होता था। मैनेजर पर कुँवर साहब की देख-रेख का भार भी था। विलास प्रिय कुँवर को मैनेजर का हस्तक्षेप बहुत- ही बुरा मालूम होता था। दोनों में बरसों से मनमुटाव था। यहाँ तक कि कई बार प्रत्यक्ष कटु वाक्यों की नौबत भी आ पहुँची थी। अतएव कुँवर साहब पर सन्देह होना स्वाभाविक ही था। इस घटना का अनुसन्धान करने के लिए जिले के हाकिम ने मिर्जा नईम को नियुक्त किया। किसी पुलिस कर्मचारी द्वारा तहकीकात कराने में कुँवर साहब के अपमान का भय था।

नईम को अपने भाग्य-निर्माण का स्वर्ण सुयोग प्राप्त हुआ। वह न त्यागी था, न ज्ञानी। सभी उसके चरित्र की दुर्बलता से परिचित थे। अगर कोई न जानता था, तो हुक्काम लोग। कुँवर साहब ने मुँह-माँगी मुराद पायी। नईम जब पहुँचा, तो उसका असामान्य आदर-सत्कार हुआ। भेंट चढ़ने लगीं, अर्दली से पेशकार, साईस, बावर्ची खिदमतगार, सभी के मुँह तर और मुट्ठियाँ गरम होने लगी। कुंवर साहब को हवाली-मवाली रात-दिन घेरे रहते, मानो दामाद ससुराल आया हो।

एक दिन प्रात:काल कुँवर साहब की माता आकर नईम के सामने हाथ बाँधकर खड़ी हो गई। नईम लेटा हुआ हुक्का पी रहा था। तय, संयम और वैधव्य की यह तेजस्वी प्रतिमा देखकर उठ बैठा।

रानी उसकी ओर वात्सल्य पूर्ण लोचनों से देखती हुई बोलीं- हुजूर, मेरे बेटे का जीवन आपके हाथ में है। आप ही उसके भाग्य-विधाता हैं। आपको उसी की सौगन्ध है, जिसके आप सुयोग्य पुत्र हैं, मेरे लाज की रक्षा कीजिएगा। मैं तन, मन, धन आपके चरणों पर अर्पण करती हूँ।

स्वार्थ ने दया के संयोग से नईम को पूर्ण रीति से वशीभूत कर लिया।

3

उन्हीं दिनों कैलास नईम से मिलने आया। दोनों मित्र बड़े तपाक से गले मिले। नईम ने बातों-बातों में यह सम्पूर्ण वृतान्त कह सुनाया और कैलास पर अपने कृत्य का औचित्य सिद्ध करना चाहा।

कैलास ने कहा- मेरे विचार में पाप सदैव पाप है, चाहे वह किसी आवरण में मंडित हो।

नईम- और मेरा विचार है कि अगर गुनाह से किसी की जान बचती हो, तो वह ऐब सवाब है। कुँवर साहब अभी नौजवान आदमी हैं। बहुत ही होनहार बुद्धिमान, उदार और सहृदय हैं। आप उनसे मिलें तो खुश हो जाएँ। उनका स्वभाव अत्यन्त विनम्र है। मैनेजर, जो यथार्थ में दुष्ट प्रकृति का मनुष्य था, बरबस कुँवर साहब को दिक किया करता था। यहाँ तक कि एक मोटरकार के लिए रुपए न स्वीकार किए, न सिफारिश की। मैं यह नहीं कहता कि कुँवर साहब का यह कार्य स्तुत्य है, लेकिन बहस यह है कि उनको अपराधी सिद्ध करके उन्हें काले-पानी की हवा खिलाई जाए, या निरपराध सिद्ध करके उनकी प्राण-रक्षा की जाए। और भाई, तुमसे तो कोई परदा नहीं है, पूरे 20 हजार रुपये की थैली है। बस, मुझे अपनी रिपोर्ट में यह लिख देना होगा कि व्यक्तिगत वैमनस्य के कारण यह दुर्घटना हुई है, राजा साहब का इससे कोई सम्पर्क नहीं। जो शहादतें मिल सकीं, उन्हें मैंने गायब कर दिया। मुझे इस कार्य के लिए नियुक्त करने में अधिकारियों की एक मसलहत थी। कुँवर साहब हिन्दू, हैं, इसलिए किसी हिन्दू कर्मचारी को नियुक्त न करके जिलाधीश ने यह भार मेरे सिर रखा। यह साम्प्रदायिक विरोध मुझे निस्पृह सिद्ध करने के लिए काफी है। मैंने दो-चार अवसरों पर कुछ तो हुक्काम की प्रेरणा से और कुछ स्वेच्छा से मुसलमानों के साथ पक्षपात किया, जिससे यह मशहूर हो गया है कि मैं हिन्दुओं का कट्टर दुश्मन हूँ। हिन्दू, लोग तो मुझे पक्षपात का पुतला समझते हैं। यह श्रम मुझे आक्षेपों से बचाने के लिए काफी है। बताओ, तकदीरवर हूँ कि नहीं ?

कैलास- अगर कहीं बात खुल गई तो ?

नईम- तो यह मेरी समझ का फेर, मेरे अनुसंधान का दोष, मानव प्रकृति के एक अटल नियम का उज्ज्वल उदाहरण होगा। मैं कोई सर्वज्ञ तो हूँ नहीं। मेरी नियत पर आँच न आने पाएगी। मुझ पर रिश्वत लेने का सन्देह न हो सकेगा। आप इसके व्यावहारिक कोण पर न जाइए, केवल इसके नैतिक कोण पर निगाह रखिए। यह कार्य नीति के अनुकूल है या नहीं ? आध्यात्मिक सिद्धांतों को न खींच लाइएगा, केवल नीति के सिद्धान्तों से इसकी विवेचना कीजिए।

कैलास-इसका एक अनिवार्य फल यह होगा कि दूसरे रईसों को भी ऐसे दुष्कृत्यों की उत्तेजना मिलेगी। धन से बड़े-से-बड़े पापों पर परदा पड़ सकता है। इस विचार के फैलने का फल कितना भयंकर होगा, इसका आप स्वयं अनुमान कर सकते हैं।

नईम- जी नहीं, मैं यह अनुमान नहीं कर सकता। रिश्वत अब भी 90 फीसदी अभियोगों पर परदा डालती है। फिर भी पाप का भय प्रत्येक हृदय में है। दोनों मित्रों में देर तक इस विषय पर तर्क-वितर्क होता रहा, लेकिन कैलास का न्याय-विचार नईम के हास्य और व्यंग्य से पेश न पा सका।

4

विष्णुपुर के हत्या-कांड पर समाचार पत्रों में आलोचना होने लगी। सभी पत्र एक स्वर से राय साहब को ही लांछित करने और गवर्नमेंट को राजा साहब से अनुचित पक्षपात करने का दोष

लगाते थे, लेकिन इसके साथ यह भी लिख देते थे कि अभी यह अभियोग विचाराधीन है, इसलिए इस पर टीका नहीं की जा सकती।

मिर्जा नईम ने अपनी खोज को सत्य का रूप देखे के लिए पूरा एक महीना व्यतीत किया। अब जबकि रिपोर्ट प्रकाशित हुई, तो राजनैतिक क्षेत्र में विप्लव मच गया। जनता के सन्देह की पुष्टि हो गई।

कैलास के सामने अब एक जटिल समस्या उपस्थित हुई। अभी तक उसने इस विषय पर एकमात्र मौन धारण कर रखा था। वह यह निश्चय न कर सकता था कि क्या लिखूं। गवर्नमेंट का पक्ष लेना अपनी अन्तरात्मा को पददलित करना था, आत्म-स्वातंत्र्य का बलिदान करना था। पर मौन रहना और भी अपमानजनक था। अंत को जब सहयोगियों में दो-चार ने उसके ऊपर सांकेतिक रूप से आक्षेप करा शुरू किया कि उसका मौन निरर्थक नहीं है, तब उसके लिए तटस्थ रहना असह्य हो गया। उसके वैयक्तिक तथा जातीय कर्तव्य में घोर संगम होने लगा। उस मैत्री को, जिसके अंकुर पच्चीस वर्ष पहले हृदय में अंकुरित हो गये थे, और अब जो एक सघन, विशाल वृक्ष का रूप धारण कर चुकी हृदय से निकालना, हृदय को चीरना था। यह मित्र, जो उसके दु:ख में दुखी और सुख में सुखी होता था, जिसका उदार हृदय नित्य उसकी सहायता के लिए तत्पर रहता था, जिसके घर में जाकर वह अपनी चिंताओं को भूल जाता था, जिसके प्रेमालिंगन में वह अपने कष्टों को विसर्जित कर दिया करता था, जिसके दर्शन मात्र ही से उसे आश्वासन, दृढ़ता तथा मनोबल प्राप्त होता था, उसी मित्र की जड़ खोदनी पड़ेगी। यह बुरी साइत थी, जब मैंने सम्पादकीय क्षेत्र में पदार्पण किया, नहीं तो आज इस धर्म-संकट में क्यों पड़ता। कितना घोर विश्वासघात होगा। विश्वास मैत्री का मुख्य अंग है। नईम ने मुझे अपना विश्वासपात्र बनाया है, मुझसे कभी परदा नहीं रखा। उसके उन गुप्त रहस्यों को प्रकाश में लाना उसके प्रति कितना घोर अन्याय होगा। नहीं, मैं मैत्री को कलंकित न करूंगा, उसकी निर्मल कीर्ति पर धब्बा न लगाऊंगा, मैत्री पर वज्राघात न करूंगा। ईश्वर वह दिन न लाए कि मेरे हाथों नईम का अहित हो। मुझे पूर्ण विश्वास है कि यदि मुझ पर कोई संकट पड़े, तो नईम मेरे लिए प्राण तक दे देने को तैयार हो जाएगा। उसी मित्र को मैं संसार के सामने अपमानित करूं, उसकी गर्दन पर कुठार चलाऊँ। भगवान, मुझे वह दिन न दिखाना

लेकिन जातीय कर्तव्य का पक्ष भी निरस्त्र न था। पत्र का सम्पादक परंपरागत नियमों के अनुसार जाति का सेवक है। वह जो कुछ देखता है, जाति की विराट दृष्टि से देखता है। वह जो कुछ विचार करता है, उस पर भी जातीयता की छाप लगी होती है। नित्य जाति के विस्तृत विचार-क्षेत्र में विचरण करते रहने से व्यक्ति का महत्त्व उसकी दृष्टि में अत्यन्त संकीर्ण हो जाता है, वह व्यक्ति को क्षुद्र, तुच्छ, नगण्य कहने लगता है। व्यक्ति की जाति पर बलि देना उसकी नीति का प्रथम अंग है। यहां तक कि यह बहुधा अपने स्वार्थ को भी जाति पर वार देता है। उसके जीवन का लक्ष्य महान आत्माओं का अनुगामी होता है, जिन्होंने राष्ट्रों का निर्माण किया है, उनकी कीर्ति अमर हो गई है, जो दलित राष्ट्रों की उद्धारक हो गई है। यह यथाशक्ति कोई काम ऐसा नहीं कर सकता, जिससे उसके पूर्वजों की उज्ज्वल विरदावली में कालिमा लगने का

भय हो। कैलास राजनीतिक क्षेत्र में बहुत कुछ यश और गौरव प्राप्त कर चुका था। उसकी सम्मति आदर की दृष्टि से देखी जाती थी। उसके निर्भीक विचारों ने, उसकी निष्पक्ष टीकाओं ने उसे संपादक-मंडली का प्रमुख नेता बना दिया था। अतएव इस अवसर पर मैत्री का निर्वाह केवल उसकी नीति और आदर्श के विरुद्ध नहीं, उसके मनोगत भावों के भी विरुद्ध था। इसमें उसका अपमान था, आत्मपतन था, भीरुता थी। यह कर्त्तव्य-पथ से विमुख होना और राजनीतिक क्षेत्र से सदैव के लिए बहिष्कृत हो जाना था। एक व्यक्ति की, चाहे वह मेरा कितना ही आत्मीय क्यों न हो, राष्ट्र के सामने क्या हस्ती। नईम के बनने या बिगड़े से राष्ट्र पर कोई असर न पड़ेगा। लेकिन शासन की निरंकुशता और अत्याचार पर परदा डालना राष्ट्र के लिए भयंकर सिद्ध हो सकता है। उसे इसकी परवाह न थी कि मेरी आलोचना का प्रत्यक्ष कोई असर होगा या नहीं। संपादक की दृष्टि में अपनी सम्मति सिंहनाद के समान प्रतीत होती है कि मेरी लेखनी शासन को कम्पायन कर देगी, विश्व को हिला देगी। शायद सारा संसार मेरी कलम की सरसराहट से थर्रा उठे, मेरे विचार प्रकट होते ही युगान्तर उपस्थित कर देंगे। नईम मेरा मित्र है, किन्तु राष्ट्र मेरा हित है। मित्र के पद की रक्षा के लिए क्या अपने इष्ट पर प्राणघातक आघात करूँ?

कई दिनों तक कैलास के व्यक्तिगत और सम्पादक के कर्तव्यों में संघर्ष होता रहा। अंत को जाति ने व्यक्ति को परास्त कर दिया। उसने निश्चय किया कि मैं इस रहस्य का यथार्थ स्वरूप दिखा दूंगा। शासन के अनुत्तरदायित्व को जनता के सामने खोलकर रख दूंगा। शासन-विभाग के कर्मचारियों की स्वार्थ-लोलुपता का नमूना दिखा दूंगा, दुनिया को दिखा दूँगा कि सरकार किनकी आंख से देखती है, किनके कानों से सुनती है। उसकी अक्षमता, उसकी अयोग्यता और उसकी दुर्बलता को प्रमाणित करने का इससे बढ़कर और कौन-सा उदाहरण मिल सकता है? नईम मेरा मित्र है, तो हो, जाति के सामने यह कोई चीज नहीं है। उसकी हानि के भय से मैं राष्ट्रीय कर्तव्य से क्यों मुँह फेर लूं, अपनी आत्मा के क्यों दूषित करूँ, अपनी स्वाधीनता को क्यों कलंकित करूँ? आह, प्राणों से प्रिय नईम मुझे क्षमा करना, आज तुम जैसे मित्ररत्न को मैं अपने कर्तव्य की बलि-वेदी पर भेंट करता हूँ। मगर तुम्हारी जगह अगर मेरा पुत्र होता, तो उसे भी कर्तव्य की बलि-वेदी पर भेंट कर देता।

दूसरे दिन कैलास ने इस घटना की मीमांसा शुरू की। जो कुछ उसने नईम से सुना था, यह सब एक लेखमाला के रूप में प्रकाशित करने लगा। घर का भेदी लंका ढाहे। अन्य सम्पादकों को जहाँ अनुमान, तर्क और युक्ति के आधार पर अपना मन स्थिर करना पड़ता था, और इसलिए वे कितनी ही अनर्गल अपवाद-पूर्ण बातें लिख डालते थे, यहाँ कैलास की टिप्पणियाँ प्रत्यक्ष प्रमाणों से युक्त होती थीं। वह पते-पते की बातें कहता था और उस निर्भीकता के साथ, जो दिव्य अनुभव का निर्देश करती थीं। उसके लेखों में विस्तार कम, पर सार अधिक होता था। उसने नईम को भी न छोड़ा, उसकी स्वार्थ-लिप्सा का खूब खाका उड़ाया। यहाँ तक कि वह धन की संख्या भी लिख दी, जो इस कुत्सित व्यापार पर परदा डालने के लिए उसे दी गई थी। सबसे मजे की बात यह थी कि उसने नईम से एक राष्ट्रीय गुप्तचर की मुलाकात का भी उल्लेख किया, जिसने नईम को रुपये लेते हुए देखा था। अन्त में गवर्नमेंट को भी चैलेंज किया कि जो इसमें साहस हो, तो मेरे प्रमाणों को झूठा साबित कर दे। इतना ही नहीं, उसने वह वार्तालाप भी

अक्षरशः प्रकाशित कर दिया, जो उसके और नईम के बीच हुआ था। रानी का नईम के पास आना, उसके पैरों पर गिरना, कुंवर साहब का नईम के पास नाना प्रकार के तोहफे लेकर आना, इन सभी प्रसंगों ने उसके लेखों में एक जासूसी उपन्यास का मजा पैदा कर दिया था ।

इन लेखों ने राजनीतिक क्षेत्र में हलचल मचा दी। पत्र-संपादक को अधिकारियों पर निशाने लगाने के ऐसे अवसर बड़े सौभाग्य से मिलते हैं। जगह-जगह शासन की इस करतूत की निन्दा करने के लिए सभाएं होने लगीं। कई सदस्यों ने व्यवस्थापक सभा में इस विषय पर प्रश्न करने की घोषणा की। शासकों को कभी ऐसी मुंह की न खानी पड़ी थी। आखिर उन्हें अपनी मानरक्षा के लिए इसके सिवा और कोई उपाय न सूझा कि वे मिर्जा नईम को कैलास पर मानहानि का अभियोग चलाने के लिए विवश करें।

5

कैलास पर इस्तगासा दायर हुआ। मिर्जा नईम की ओर से सरकार पैरवी करती थी। कैलास स्वयं अपनी पैरवी कर रहा था। न्याय के प्रमुख संरक्षकों (वकील- बैरिस्टरों) ने किसी अज्ञात कारण से उसकी पैरवी करना अस्वीकार किया। न्यायाधीश को, हारकर कैलास को कानून की सनद न रखते हुए भी, अपने मुकदमे की पैरवी करने की आज्ञा देनी पड़ी। महीनों अभियोग चलता रहा। जनता में सनसनी फैल गई। रोज हजारों आदमी अदालत में एकत्र होते थे। बाजारों में अभियोग की रिपोर्ट पढ़ने के लिए समाचार पत्रों की लूट होती थी। चतुर पाठक पढ़े हुए पत्रों से घड़ी रात खाते-जाते दोगुना पैसे खड़े कर लेते थे, क्योंकि उस समय तक पत्र- विक्रेताओं के पास कोई पत्र न बचने पाता था। जिन बातों का आज पहले गिने- गिनाए पत्र-ग्राहकों को था, उन पर अब जनता की टिप्पणियाँ होने लगीं।

नईम की मिट्टी कभी इतनी खराब न हुई थी, गली-गली, घर-घर उसी की चर्चा थी। जनता का क्रोध उसी पर केन्द्रित हो गया था । वह दिन भी स्मरणीय रहेगा, जब दोनों सच्चे, एक दूसरे पर प्राण देने वाले मित्र अदालत में आमने-सामने खड़े हुए और कैलास ने मिर्जा नईम से जिरह करनी शुरू की। कैलास को ऐसा मानसिक कष्ट हो रहा था, मानो वह नईम- की गर्दन पर तलवार चलाने जा रहा है। और नईम के लिए तो अग्नि-परीक्षा थी। दोनों के मुख उदास थे, एक का आत्मग्लानि से, दूसरे का भय से। नईम प्रसन्न रहने की चेष्टा करता था, कभी- कभी सूखी हँसी भी हँसता था, लेकिन कैलास-आह, उस गरीब के दिल पर जो गुजर रही थी, उसे कौन जान सकता।

कैलास ने पूछा- आप और मैं साथ पढ़ते थे, इसे आप स्वीकार करते हैं?

नईम- अवश्य स्वीकार करता हूँ।

कैलास- हम दोनों में इतनी घनिष्ठता थी कि हम आपस में कोई परदा न रखते थे, इसे आप स्वीकार करते हैं?

नईम- अवश्य स्वीकार करता हूँ।

कैलास- जिन दिनों आप इस मामले की जाँच कर रहे थे, मैं आपसे मिलने गया था, इसे भी आप स्वीकार करते हैं?

नईम- अवश्य स्वीकार करते हैं।

कैलास- क्या उस समय आपने मुझसे यह नहीं कहा था कि कुँवर साहब की प्रेरणा से यह हत्या हुई है?

नईम- कदापि नहीं।

कैलास- आपके मुख से ये शब्द नहीं निकले थे कि बीस हजार रुपये की थैली है?

नईम जरा भी न झिझका, जरा भी संकुचित न हुआ। उसकी जबान में लेशमात्र भी लुकनत न हुई, वाणी में जरा भी थरथराहट न आई। उसके मुख पर अशान्ति, अस्थिरता या असमंजस का कोई भी चिह्न न दिखाई दिया। वह अविचल खड़ा रहा। कैलास ने बहुत डरते-डरते यह प्रश्न किया था। उसको भय था कि नईम इसका कुछ जवाब न दे सकेगा। कदाचित् रोने लगेगा। लेकिन नईम ने निश्शंक भाव से कहा- सम्भव है। आपने स्वप्न में मुझसे ये बातें सुनी हों।

कैलास एक क्षण के लिए दंग हो गया। फिर उसने विस्मय से नईम की ओर नजर डालकर कहा- क्या आपने यह नहीं बताया कि मैंने दो-चार अवसरों पर मुसलमानों के साथ पक्षपात किया है, और इसलिए मुझे हिन्दू-विरोधी समझकर अनुसंधान का भार सौंपा गया है?

नईम जरा भी न झिझका। अविचल, स्थिर और शान्त भाव से बोला-आपकी कल्पना-शक्ति वास्तव में आश्चर्यजनक है। बरसों तक आपके साथ रहने पर भी मुझे यह विदित न हुआ था कि आपमें घटनाओं का आविष्कार करने की ऐसी चमत्कारपूर्ण शक्ति है।

कैलास ने और कोई प्रश्न नहीं किया। उसे अपने पराभव का दुःख न था, दुःख था नईम की आत्मा के पतन का। वह कल्पना भी न कर सकता था कि कोई मनुष्य अपने मुंह से निकली हुई बात को इतनी ढिठाई से अस्वीकार कर सकता है, और वह भी उसी आदमी के मुँह पर, जिससे वह बात कही गई हो। यह मानवी दुर्बलता की पराकाष्ठा है। वह नईम, जिसका अंदर और बाहर एक था, जिसके विचार और व्यवहार में भेद न था, जिसकी वाणी आंतरिक भावों का दर्पण थी, यह सरल, आत्माभिमानी, सत्यभक्त नईम इतना धूर्त, ऐसा मक्कार हो सकता है। क्या दासता के सांचे में ढलकर मनुष्य अपना मनुष्यत्व खो बैठा है? क्या यह दिव्य गुणों के रूपान्तरित करने का यंत्र है?

अदालत ने नईम को 20 हजार रुपयों की डिक्री दे दी। कैलास पर वज्रपात हो गया।

6

इस निश्चय पर राजनीतिक संसार में फिर कुहराम मचा। सरकारी पक्ष में पत्रों ने कैलास को धूर्त कहा, जन-पक्षवालों ने नईम को शैतान बनाया। नईम के दुस्साहस ने न्याय की दृष्टि में चाहे उसे निरपराध सिद्ध कर दिया हो, पर जनता की दृष्टि में तो उसे और भी गिरा दिया। कैलास के

पास सहानुभूति के पत्र और तार आने लगे। पत्रों में उसकी निर्भीकता और सत्य-निष्ठा की प्रशंसा होने लगी। जगह-जगह सभाएं और जलसे हुए और न्यायालय के निश्चय पर असंतोष प्रकट किया गया, किन्तु सूखे बादलों से पृथ्वी की तृप्ति तो नहीं होती? रुपये कहां से आयें और यह भी एकदम से 20 हजार।

आदर्श-पालन का यही मूल्य है, राष्ट्र-सेवा महँगा सौदा है। 20 हजार! इतने रुपये तो कैलास ने शायद स्वप्न में भी न देखे हों और अब देने पड़ेंगे। कहाँ से देगा? इतने रुपयों के सूद से ही वह जीविका की चिन्ता से मुक्त हो सकता था। उसे अपने पत्र में अपनी विपत्ति का रोना रोकर चंदा एकत्र करने से घृणा थी। मैंने अपने ग्राहकों की अनुमति लेकर इस शेर से मोरचा नहीं लिया था। मैनेजर की वकालत करने के लिए किसी ने मेरी गर्दन नहीं दबाई थी। मैंने अपना कर्तव्य समझकर ही शासकों को चुनौती दी। जिस काम के लिए मैं अकेला जिम्मेदार हूं उसका भार अपने ग्राहकों पर क्यों डालूं यह अन्याय है।

सम्भव है, जनता में आंदोलन करने से दो-चार हजार रुपये हाथ आ जाएँ लेकिन यह सम्पादकीय आदर्श के विरुद्ध 'है। इससे मेरी शान में बट्टा लगता है। दूसरों को यह कहने का क्यों अक्सर दूँ कि और के माथे फुलौड़ियां खायीं, तो क्या बड़ा जंग जीत लिया! जब जानते कि अपने बल-बूते पर गरजते! निर्भीक आलोचना का सेहरा तो मेरे सिर बँधा, उसका मूल्य दूसरों से क्यों वसूल करूँ? मेरा पत्र बंद हो जाए, मैं पकड़कर कैद हो जाऊँ, मेरा मकान कुर्क कर लिया जाए, बरतन-भांडे नीलाम हो जाएं, यह सब मुझे मंजूर है। जो कुछ सिर पड़ेगी, भुगत लूँगा, पर किसी के सामने हाथ न फैलाऊंगा।

सूर्योदय का समय था। पूर्व दिशा से प्रकाश की छटा ऐसे दौड़ी चली आती थी, जैसे आँखों में आँसुओं की धारा। ठंडी हवा कलेजे पर यों लगती थी, जैसे किसी के करुण क्रन्दन की ध्वनि। सामने का मैदान दु:खी हृदय की भांति ज्योति के बाणों से बिंध रहा था। घर में वह निस्तब्धता छायी थी, जो गृहस्वामी के गुप्त रुदन की सूचना देती है। न बालकों का शोरगुल और न माता की शान्ति प्रसारिणी शब्द-ताड़ना। जब दीपक बुझ रहा हो, तो घर में प्रकाश कहां से आये? यह आशा का प्रभाव नहीं, शोक का प्रभाव था, क्योंकि आज ही कुर्क-अमीन कैलास की सम्पत्ति को नीलाम करने के लिए आने वाला था।

उसने अंतर्वेदना से विकल होकर कहा-आह! आज मेरे सार्वजनिक जीवन का अंत हो जाएगा। जिस भवन का निर्माण करने में अपने जीवन के 25 वर्ष लगा दिये, वह आज नष्ट-भ्रष्ट हो जाएगा। पत्र की गर्दन पर छुरी फिर जाएगी, मेरे पैरों में उपहास और अपमान की बेड़ियाँ पड़ जाएँगी, मुख में कालिमा लग जाएगी, यह शान्ति-कुटीर उजड़ जाएगी, यह शोकाकुल परिवार किसी मुरझाए हुए फूल की पंखुड़ियों की भांति बिखर जाएगा। संसार में उसके लिए कहीं आश्रय नहीं है। जनता की स्मृति चिरस्थायी नहीं होती, अल्पकाल में मेरी सेवाएँ विस्मृति के अंधकार में लीन हो जाएँगी। किसी को मेरी सुध भी न रहेगी, कोई मेरी विपत्ति पर आँसू बहाने वाला भी न होगा।

सहसा उसे याद आया कि आज के लिए अभी अग्रलेख लिखना है। आज अपने सुहृद पाठकों को सूचना दूँ कि यह इस पत्र के जीवन का अन्तिम दिवस है, उसे फिर आपकी सेवा में पहुंचने का सौभाग्य न प्राप्त होगा। हमसे अनेक भूलें हुई होंगी, आज हम उनके लिए आपसे क्षमा माँगते हैं। आपने हमारे प्रति जो संवेदना और सहृदयता प्रकट की है, उसके लिए हम सदैव आपके कृतज्ञ रहेंगे। हमें किसी से कोई शिकायत नहीं है। हमें इस अकाल मृत्यु का दु:ख नहीं है, क्योंकि यह सौभाग्य उन्हीं को प्राप्त होता है, जो अपने कर्तव्य-पथ पर अविचल रहते हैं। दु:ख यही है कि हम जाति के लिए इससे अधिक बलिदान करने में समर्थ न हुए। इस लेख को आदि से अंत तक सोचकर वह कुर्सी से उठा ही था कि किसी के पैरों की आहट मालूम हुई। गर्दन उठाकर देखा, तो मिर्जा नईम था। वही हँसमुख चेहरा, वही मृदु मुसकान, वही क्रीड़ामय नेत्र। आते ही कैलास के गले लिपट आया।

कैलास ने गर्दन छुड़ाते हुए कहा- क्या मेरे घाव पर नमक छिड़कने, मेरी लाश को पैरों से ठुकराने आये हो?

नईम ने उसकी गर्दन को और जोर से दबाकर कहा- और क्या, मुहब्बत के यही तो मजे हैं।

कैलास- मुझसे दिल्लगी न करो। भरा बैठा हूं, मार बैठूंगा।

नईम की आंखें सजल हो गई। बोला- आह जालिम, मैं तेरी जबान से यही कटु वाक्य सुनने के लिए तो विकल हो रहा था। जितना चाहे कोसो, खूब गालियाँ दो, मुझे इसमें मधुर संगीत का आनन्द आ रहा है।

कैलास-और अभी जब अदालत का कुर्क-अमीन मेरा घर-बार नीलाम करने आएगा, तो क्या होगा? बोलो, अपनी जान बचाकर तो अलग हो गए?

नईम- हम दोनों मिलकर खूब तालियाँ बजाएँगे, और उसे बब्बर की तरह बचाएंगे।

कैलास- तुम अब पिटोगे मेरे हाथों से! जालिम, तुझे मेरे बच्चों पर भी दया न आई?

नईम- तुम भी तो चले मुझी से जोर आजमाने। कोई समय था, जब बाजी तुम्हारे हाथ रहती थी। अब मेरी बारी है। तुमने मौका-महल तो देखा नहीं, मुझ पर पिल पड़े।

कैलास- सरासर सत्य की उपेक्षा करना मेरे सिद्धान्त के विरुद्ध था।

नईम-और सत्य का गला घोंटना मेरे सिद्धान्त के अनुकूल।

कैलास- अभी एक पूरा परिवार तुम्हारे गले मढ़ दूँगा, तो अपनी किस्मत को रोओगे। देखने में तुम्हारा आधा भी नहीं हूँ लेकिन सन्तानोत्पत्ति में तुम-जैसे तीन पर भारी हूँ। पूरे सात हैं, कम न बेश।

नईम- अच्छा लाओ, कुछ खिलाते-पिलाते हो, या तकदीर का मरसिया ही गाए जाओगे? तुम्हारे सिर की कसम, बहुत भूखा हूँ। घर से बिना खाए ही चल पड़ा।

कैलास-जहाँ आज सोलहों दंड एकादशी है। सब-के-सब शोक में बैठे उसी अदालत के जल्लाद की राह देख रहे हैं। साले-पीले का क्या जिक्र? तुम्हारे बैग में कुछ हो, तो निकालो, आज साथ बैठकर खा लें, फिर तो जिन्दगी भर का रोना है ही।

नईम- फिर तो ऐसी शरारत न करोगे?

कैलास- वाह, यह तो अपने रोम-रोम में व्याप्त हो गई है। जब तक सरकार पशु-बल से हमारे ऊपर शासन करती रहेगी, हम उसका विरोध करते रहेंगे। खेद यही है कि अब मुझे इसका अवसर ही न मिलेगा। किन्तु तुम्हें 2000 में से 20 रु. भी न मिलेंगे। यहाँ रद्दियों के ढेर के सिवा और कुछ नहीं है।

नईम- अजी, मैं तुमसे 20 हजार रुपये की जगह उसका पाँच गुना अधिक वसूल कर करूंगा। तुम हो किस फेर में?

कैलास-मुँह धो रखिए

नईम- मुझे रुपयों की जरूरत है। आओ, कोई समझौता कर लो।

कैलास- कुँवर साहब के 20 हजार रुपये डकार गए, फिर भी अभी सन्तोष नहीं हुआ? बदहजमी हो जायेगी।

नईम- धन से धन की भूख बढ़ती है, तृप्ति नहीं होती। जाओ, कुछ मामला कर लो! सरकारी कर्मचारियों द्वारा मामला करने में और भी जेरबारी होगी।

कैलास- अरे, तो क्या मामला कर लूँ? यहाँ कागजों के सिवा और कुछ हो भी तो।

नईम- मेरा ऋण चुकाने-भर को बहुत है। अच्छा, इसी बात पर समझौता कर लो कि मैं जो चीज चाहूँ ले लूँ। फिर रोना मत।

कैलास- अजी, तुम सारा दफ्तर सिर पर उठा ले जाओ, घर उठा ले जाओ मुझे पकड़ ले जाओ, और मीठे टुकड़े खिलाओ । कसम ले लो, जो जरा भी चूं करूँ।

नईम- नहीं, मैं सिर्फ एक चीज चाहता हूँ सिर्फ एक चीज!

कैलास के कौतूहल की कोई सीमा न रही। सोचने लगा, मेरे पास ऐसी कौन-सी बहुमूल्य वस्तु है? कहीं मुझसे होने को तो न कहेगा? यही धर्म एक चीज है, जिसका मूल्य एक से असंख्य तक रखा जा सकता है। जरा देखूँ तो हजरत क्या कहते हैं?

उसने पूछा- क्या चीज?

नईम- मिसेज कैलास से एक मिनट तक एकान्त में बातचीत करने की आज्ञा। कलाम ने अपने के सिर एक चपत जमाकर कहा- फिर वही शरारत! सैकड़ों बार तो देख चुके हो, ऐसी कौन-सी इन्द्र की अप्सरा है!

नईम- वह कुछ भी हो, मामला करते तो करो, मगर याद रखना, एकान्त की शर्त है।

कैलास- मंजूर है। फिर जो डिक्री के रुपये माँगे गए, तो नोंच ही खाऊंगा।

नईम- हाँ मंजूर है।

कैलास- (धीरे से) मगर यार, नाजुक-मिज़ाज स्त्री है, कोई बेहूदा मजाक न कर बैठना।

नईम- जी, इन बातों में मुझे आपके उपदेश की जरूरत नहीं। मुझे उनके कमरे में ले तो चलिए?

कैलास- सिर नीचे किए रहना।

नईम- अजी, आँखों में पट्टी बाँध दो।

कैलास के घर में परदा न था। उमा चिन्ता-मग्न बैठी हुई थी। सहसा नईम और कैलास को देखकर चौंक पड़ी। बोली-आइए मिर्जा जी। अब की तो बहुत दिनों में याद किया।

कैलास नईम को वहीं छोड़कर कमरे से बाहर निकल आया। लेकिन परदे की आड़ से छिपकर देखने लगा कि इनमें क्या बातें होती है। उसे कुछ बुरा खयाल न था, केवल कौतूहल था।

नईम- हम सरकारी आदमियों को इतनी फुरसत कहाँ? डिक्री के रुपये वसूल करने थे, इसीलिए चला आया हूँ।

उमा कहाँ तो मुस्करा रही थी, कहां रुपये का नाम सुनते ही उसका चेहरा फक हो गया। गम्भीर स्वर में बोली- हम लोग स्वयं इसी चिन्ता में पड़े हुए हैं। कहीं रुपये मिलने की आशा नहीं है, और उन्हें जनता से अपील करते संकोच होता है।

नईम- अजी, आप कहती क्या हैं? मैंने सब रुपये पाई-पाई वसूल कर लिये।

उमा ने चकित होकर कहा-सच! उनके पास रुपये कहां थे?

नईम- उनकी हमेशा से यही आदत है। आपसे कह रखा होगा, मेरे पास कौड़ी नहीं है। लेकिन मैंने चुटकियों में वसूल कर लिया! आप उठिए, खाने का इन्तजाम कीजिए।

उमा- रुपये भला क्या दिये होंगे मुझे एतबार नहीं आता।

नईम- आप सरल हैं और वह एक ही काईयाँ। उसे तो मैं ही खूब जानता हूँ। अपनी दरिद्रता के दुखड़े गा-गाकर आपको चकमा दिया करता होगा।

कैलास मुस्कराते हुए कमरे में आये और बोले- अच्छा, अब निकलिए बाहर। यहाँ भी अपनी शैतानी से बाज न आये?

नईम- रुपयों की रसीद तो लिख दूँ?

उमा- तुमने रुपये दे दिये? कहां मिले?

कैलास- फिर कभी बतला दूंगा। उठिए हजरत!

उमा- बताते क्यों नहीं, कहाँ मिले? मिर्जा जी से कौन परदा है?

कैलास- नईम, तुम उमा के सामने मेरी तौहीन करना चाहते हो?

नईम-तुमने सारी दुनिया के सामने मेरी तौहीन नहीं की?

कैलास-तुम्हारी तौहीन की, तो उसके लिए 20 हजार रु. नहीं देने पड़े?

नईम- मैं भी उसी टकसाल के रु. दे दूंगा। उमा, मैं रु. पा गया। इन बेचारे का परदा ढका रहने दो।

□□□

शतरंज के खिलाड़ी

वाजिदअली शाह का समय था। लखनऊ विलासिता के रंग में डूबा हुआ था। छोटे-बड़े, अमीर-गरीब, सभी विलासिता में डूबे हुए थे। कोई नृत्य और गान की मजलिस सजाता था, तो कोई अफीम की पीनक ही के मजे लेता था। जीवन के प्रत्येक विभाग में आमोद-प्रमोद का प्रावधान था। शासन-विभाग में, साहित्य क्षेत्र में, सामाजिक व्यवस्था में, कला-कौशल में, उद्योग-धंधों में, आहार-विहार में सर्वत्र विलासिता व्याप्त हो रही थी। कर्मचारी विषय-वासना में, कविगण प्रेम और विरह के वर्णन में, कारीगर कलाबत्तू और चिकन बनाने में, व्यवसायी सुरमे में, इत्र, मस्सी और उबटन का रोजगार करने में लिप्त थे। सभी की आँखों में विलासिता का मद छाया हुआ था। संसार में क्या हो रहा है इसकी किसी को खबर न थी। बटेर लड़ रहे हैं। तीतरों की लड़ाई के लिए पाली बदी जा रही है। कहीं चौरस बिछी हुई है। पौ बारह का शोर मचा हुआ है। कहीं शतरंज का घोर संग्राम छिड़ा हुआ है। राजा से लेकर रंक तक इसी धुन में मस्त थे। यहाँ तक कि फकीरों को पैसे मिलते तो वे रोटियाँ न लेकर अफीम खाते या मादक पीते। शतरंज, ताश, गंजीफा खेलने में बुद्धि तीव्र होती है, विचार शक्ति का विकास होता है, पेचीदा मसलों को सुलझाने की आदत पड़ती है, ये दलीलें जोर के साथ पेश की जाती थीं। (इस संप्रदाय के लोगों से दुनिया अब भी खाली नहीं है।) इसलिए अगर मिर्जा सज्जादअली और मीर रौशनअली अपना अधिकांश समय बुद्धि-तीव्र करने में व्यतीत करते थे तो किसी विचारशील पुरुष को क्या आपत्ति हो सकती थी? दोनों के पास मौरूसी जागीरें थीं, जीविका की कोई चिंता न थी। घर में बैठे चखौतियाँ करते। आखिर और करते ही क्या?

प्रात:काल दोनों मित्र नाश्ता करके बिसात बिछाकर बैठ जाते, मुहरे सज जाते और लड़ाई के दाँवपेंच होने लगते थे। फिर खबर न होती थी कि कब दोपहर हुई, कब तीसरा पहर, कब शाम। घर के भीतर से बार-बार बुलावा आता था- 'खाना तैयार है।' यहाँ से जवाब मिलता, 'चलो आते हैं, दस्तरख्वान बिछाओ।' यहाँ तक कि बावर्ची विवश होकर कमरे ही में खाना रख जाता था और दोनों मित्र दोनों काम साथ-साथ करते थे मिर्जा सज्जादअली के घर में कोई बड़ा-बूढ़ा न था, इसलिए उन्हीं के दीवानखाने में बाजियाँ होती थीं; मगर यह बात न थी कि मिर्जा के घर के और लोग उसके इस व्यवहार से खुश हों। घरवाली का तो कहना ही क्या, मुहल्ले वाले घर के नौकर-चाकर तक नित्य द्वेषपूर्ण टिप्पणियाँ किया करते थे- 'बड़ा मनहूस खेल है। घर को तबाह कर देता हैं खुदा न करे किसी को इसकी चाट पड़े। आदमी दीन-दुनिया किसी के काम का नहीं रहता, न घर का, न घाट का। बुरा रोग है। यहाँ तक कि मिर्जा की बेगम साहबा को इससे इतना द्वेष था कि अवसर खोज-खोजकर पति को लताड़ती थीं। पर उन्हें इसका अवसर मुश्किल से मिलता था। वह सोचती रहती थीं, तब तक उधर बाजी बिछ जाती थी। और रात को जब सो जाती थीं, तब कहीं मिर्जा जी भीतर आते थे। हाँ, नौकरों पर वह अपना गुस्सा उतारती रहती थीं-

'क्या पान माँगे हैं? कह दो आकर ले जाएँ। खाने की भी फुर्सत नहीं है? ले जाकर खाना सिर पर पटक दो, खाएँ चाहें कुत्ते को भी फुर्सत नहीं है? ले जाकर खान सिर पर पटक दो, खाएँ चाहें कुत्ते को खिलावें।' पर रूबरू वह भी कुछ न कह सकती थीं। उनको अपने पति से उतना मलाल न था, जितना मीर साहब से। उन्होंने उसका नाम मीर बिगाड़ रख छोड़ा था। शायद मिर्जा जी अपनी सफाई देने के लिए सारा इल्ज़ाम मीर साहब ही के सिर थोप देते थे।

एक दिन बेगम साहबा के सिर में दर्द होने लगा। उन्होंने लौंडी से कहा, 'जाकर मिर्जा साहब को बुला ला। किसी हकीम के यहाँ से दवा लाएँ। दौड़, जल्दी कर।' लौंडी गई तो मिर्जा ने कहा, 'चल अभी आते हैं।' बेगम साहबा का मिजाज गरम था। इतनी तसल्ली कहाँ कि उनके सिर में दर्द हो और पति शतरंज खेलता रहे। चेहरा सुर्ख हो गया। लौंडी से कहा, 'जाकर कह, अभी चलिए नहीं तो वह आप ही हकीम के यहाँ चली जाएँगी।' मिर्जा जी बड़ी दिलचस्प बाजी खेल रहे थे; दो ही किश्तों में मीर साहब की मात हुई जाती थी, झुँझलाकर बोले, 'क्या ऐसा दम लबों पर है? जरा सब्र नहीं होता?'

मीर-जी हाँ, जाकर सुन ही आइए न। औरतें नाजुक-मिजाज होती हैं।

मिर्जा-जी हाँ, चला क्यों न जाऊँ। दो किश्तों में आपकी मात होती है।

मीर-जनाब, इस भरोसे न रहिएगा। वह चाल सोची है कि आपके मुहरे धरे रहें, और मात हो जाए। पर जाइए, सुन आइए, क्यों ख्वामह-ख्वाह उनका दिल दुखाइएगा?

मिर्जा-इसी बात पर मात ही करके जाऊँगा।

मीर-मैं खेलूँगा ही नहीं। आप जाकर सुन आइए।

मिर्जा-अरे यार, जाना ही पड़ेगा हकीम के यहाँ। सिर दर्द खाक नहीं है, मुझे परेशान करने का बहाना है।

मीर-कुछ भी हो; उसकी खातिर तो करनी ही पड़ेगी।

मिर्जा-अच्छा, एक चाल और चल लूँ।

मीर-हरगिज नहीं, जब तक आप सुन न आवेंगे, मैं मुहरों में हाथ न लगाऊँगा।

मिर्जा साहब मजबूर होकर अंदर गए तो बेगम साहबा ने त्योतियाँ बदलकर, लेकिन कराहते हुए कहा, तुम्हें निगोड़ी शतरंज इतनी प्यारी है। चाहे कोई मर ही जाए, पर उठने का नाम नहीं लेते। नौज कोई तुम जैसा आदमी हो!

मिर्जा-क्या कहूँ, मीर साहब मानते ही न थे। बड़ी मुश्किल से पीछा छुड़ाकर आया हूँ।

बेगम-क्या जैसे वह खुद निखट्टू हैं, वैसे ही सबको समझते हैं? उनके भी बाल-बच्चे हैं, या सबका सफाया कर डाला हैं?

मिर्जा-बड़ा लती आदमी है। जब आ जाता है तब मजबूर होकर मुझे खेलना ही पड़ता है।

बेगम-दुत्कार क्यों नहीं देते?

मिर्जा-बराबर का आदमी है, उम्र में, दर्जे में, मुझसे दो अंगुल ऊँचे। मुलाहिजा करना ही पड़ता है।

बेगम-तो मैं ही दुत्कार देती हूँ। नाराज हो जाएँगे, हो जाएँ। कौन किसी की रोटियाँ चला देता है। रानी रूठेंगी, अपना सुहाग लेंगी। हिरिया, बाहर से शतरंज उठा ला। मीर साहब से कहना, मियाँ अब न खेलेंगे, आप तशरीफ ले जाइए।

मिर्जा-हाँ-हाँ, कहीं ऐसा गजब भी न करना। जलील करना चाहती हो क्या; ठहर हिरिया, कहाँ जाती है?

बेगम-जाने क्यों नहीं देते? मेरे ही खून पिए, जो उसे रोके। अच्छा उसे रोका, मुझे रोको तो जानूँ।

वह कहकर बेगम साहबा झल्लाई हुई दीवानखाने की तरफ चलीं। मिर्जा बेचारे का रंग उड़ गया। बीवी की मिन्नतें करने लगे, 'खुदा के लिए, तुम्हें हजरत हुसैन की कसम। मेरी ही मैयत देखे, जो उधर जाए।' लेकिन बेगम ने एक न मानी। दीवानखाने के द्वार तक चली गई। पर एकाएक परपुरुष के सामने जाते हुए पाँव बंध से गए। भीतर झाँका, संयोग से कमरा खाली था; मीर साहब ने दो-एक मुहरे इधर-उधर कर दिए थे और अपनी सफाई बताने के लिए बाहर टहल रहे थे। फिर क्या था, बेगम ने अंदर पहुँचकर बाजी उलट दी; मुहरे कुछ तख्त के नीचे फेंक दिए, कुछ बाहर और किवाड़ अंदर से बंद करके कुंडी लगा दी। मीर साहब दरवाजे पर तो थे ही, मुहरें बाहर फेंके जाते देख, चूड़ियाँ की झनक भी कान में पड़ी। फिर दरवाजा बंद हुआ, तो समझ गए बेगम साहबा बिगड़ गई। घर की राह ली।

मिर्जा ने कहा, तुमने गजब किया।

बेगम-अब, मीर साहब इधर आए तो खड़े-खड़े निकलवा दूँगी। इतनी लौ खुदा में लगाते तो क्या गरीब हो जाते? आप तो शतरंज खेलें और मैं यही चूल्हे-चक्की की फिक्र में सिर खपाऊँ। बोले, जाते हो हकीम साहब के यहाँ कि अब भी ताम्मुल है?'

मिर्जा घर से निकले तो हकीम के घर जाने के बदले मीर साहब के घर पहुँचे और सारा वृतांत कहा। मीर साहब बोले, 'मैंने तो जब मुहरें बाहर आते देखे, तभी ताड़ गया। फौरन भागा। बड़ी गुस्सेवर मालूम होती हैं। मगर आपने उन्हें यो सिर चढ़ा रखा है यह मुनासिब नहीं। उन्हें इससे क्या मतलब कि आप बाहर क्या करते हैं। घर का इंतजाम करना उनका काम है, दूसरी बातों से उन्हें क्या सरोकार?

मिर्जा-खैर, यह तो बताइए, अब कहाँ जमाव होगा?

मीर-इसका क्या गम? इतना बड़ा घर पड़ा हुआ है? बस यहीं जमे।

मिर्जा-लेकिन बेगम साहब को कैसे मनाऊँगा? जब घर पर बैठता रहता था तब तो वह इतना बिगड़ती थीं, यहाँ बैठक होगी तो शायद जिंदा न छोड़ेगी।

मीर-अजी बकने भी दीजिए, दो-चार रोज में आप ही ठीक हो जाएँगी। हाँ, आप इतना कीजिए कि आज से जरा तन जाइए।

2

मीर साहब की बेगम ने किसी अज्ञात कारण से उनका घर से दूर रहना ही उपयुक्त समझती थीं। इसलिए वह उनके शतरंज-प्रेम की कभी आलोचना न करतीं बल्कि कभी-कभी मीर साहब को देर हो जाती तो याद दिला देती थीं। इन कारणों से मीर साहब को भ्रम हो गया था कि मेरी स्त्री अत्यंत विनयशील और गंभीर है। लेकिन जब दीवानखाने में बिसात बिछने लगी, और मीर साहब दिन भर घर में रहने लगे तो उन्हें बड़ा कष्ट होने लगा। उनकी स्वाधीनता में बाधा पड़ गई। दिन-भर दराजे पर झाँकने को तरस जातीं।

उधर नौकरों में काना-फूसी होने लगी। अब तक दिन-भर पड़े-पड़े मक्खियाँ मारा करते थे। घर में चाहे कोई आवे, चाहे कोई जाए, इनसे कुछ मतलब न था। आठों पहर की धौंस हो गई। कभी पान लाने का हुक्म होता, कभी मिठाई लाने का। और हुक्का तो किसी प्रेमी के हृदय की भाँति नित्य जलता ही रहता था। वे बेगम साहब से जा-जाकर कहते, हुजूर, मियाँ की शतरंज तो हमारे जी का जंजाल हो गई। दिन भर दौड़ते-दौड़ते पैरों में छाले पड़ गए। यह भी कोई खेल है कि सुबह को बैठे तो शाम ही कर दी। घड़ी आध घड़ी दिल-बहलाव के लिए खेल लेना बहुत है। खैर, हमें तो कोई शिकायत नहीं, हुजूर के गुलाम हैं, जो हुक्म होगा बजा ही लावेंगे; मगर यह खेल मनहूस है। इसका खेलनेवाला कभी पनपता नहीं, घर पर कोई न कोई आफत जरूर आती है। यहाँ तक कि यही चर्चा होती रहती है। हुजूर का नमक खाते हैं। अपने आका की बुराई सुन-सुनकर रंज होता है। मगर क्या करें? इस पर बेगम साहिबा कहती- मैं तो खुद इसको पसंद नहीं करती, पर वह किसी को सुनते ही नहीं, क्या किया जाए?

मुहल्ले में दो-चार पुराने जमाने के लोग थे। वे आपस में भाँति-भाँति के अमंगल की कल्पनाएँ करने लगे, अब खैरियत नहीं है। जब हमारे रईसों का यह हाल है, तो मुल्क का खुदा ही हाफिज। यह बादशाहत शतरंज के हाथों तबाह होगी। आसार बुरे हैं।

राज्य में हाहाकार मचा हुआ था। प्रजा दिन-दहाड़े लूटी जाती थी। कोई फरियाद सुननेवाला न था। देहातों की सारी दौलत लखनऊ में खिंची चली आती थी, और वह वेश्याओं में, भांडों में और विलासता के अन्य अंगों की पूर्ति में उड़ जाती थी। अँगरेजी कंपनी का ऋण दिन-पर-दिन बढ़ता जाता था। कमली दिन-दिन भोग कर भारी होती जाती थी। देश में सुव्यवस्था न होने के कारण वार्षिक कर भी न वसूल होता था। रेजीडेंट बार-बार चेतावनी देता था, पर यहाँ तो लोग विलासिता के नशे में चूर थे। किसी के कानों पर जूँ न रेंगती थी।

खैर, मीर साहब के दीवानखाने में शतरंज होते कई महीने गुजर गए। नए-नए नक्शे हल किए जाते, नए-नए किले बनाए जाते, नित नई व्यूह रचना होती, कभी-कभी खेलते-खेलते भीड़ हो जाती। तू-तू मैं-मैं तक की नौबत आ जाती। पर शीघ्र ही दोनों में मेल हो जाता। कभी-कभी ऐसा भी होता कि बाजी उठा दी जाती, मिर्जा जी रूठकर अपने घर चले जाते, मीर साहब अपने घर

में बैठते। पर रात-भर की निद्रा के साथ सारा मनोमालिन्य शांत हो जाता था। प्रात:काल दोनों मित्र दीवानखाने में आ पहुँचते थे।

एक दिन दोनों मित्र शतरंज की दलदल में गोते खा रहे थे कि इतने में घोड़े पर सवार एक बादशाही फौज का अफसर मीर साहब का नाम पूछता हुआ आ पहुँचा। मीर साहब के होश उड़ गए। यह क्या बला सिर पर आई? यह तलबी किसलिए हुई? अब खैरियत नहीं नजर आती। घर के दरवाजे बंद कर लिए। नौकर से बोले, कह दो, घर में नहीं हैं।

सवार-घर में नहीं, तो कहाँ हैं?

नौकर-यह मैं नहीं जानता। क्या काम है?

सवार-काम तुझे क्या बतलाऊँ? हुजूर में तलबी है, शायद फौज के लिए कुछ सिपाही माँगे गए हैं। जागीरदार हैं कि दिल्लगी? मोरचे पर जाना पड़ेगा तो आटे-दाल का भाव मालूम हो जाएगा।

नौकर-अच्छा तो जाइए, कह दिया जाएगा।

सवार-कहने की बात नहीं। कल मैं खुद आऊँगा। साथ ले जाने का हुक्म हुआ है।

सवार चला गया। मीर साहब की आत्मा काँप उठी। मिर्जा जी से बोले, कहिए जनाब, अब क्या होगा?

मिर्जा-बड़ी मुसीबत है। कहीं मेरी भी तलबी न हो।

मीर-कम्बख्त कल आने की कह गया है।

मिर्जा-आफत है, और क्या। कहीं मोरचे पर जाना पड़ता तो बेमौत मरे।

मीर-बस, यह एक तदबीर है कि घर पर मिलें ही नहीं कल से गोमती पर कहीं वीराने में नक्शा जमे। वहाँ किसे खबर होगी? हजरत आकर लौट जाएँगे।

मिर्जा-वल्लाह, आपको खूब सूझी! इसके सिवा कोई तदबीर नहीं है।

इधर मीर साहब की बेगम उस सवार से कह रही थी, तुमने खूब धत्ता बताई।

उसने जवाब दिया, ऐसे गावदियों को तो चुटकियों पर नचाता हूँ। इनकी सारी अक्ल और हिम्मत तो शतरंज ने चर ली। अब भूलकर भी घर न रहेंगे।

3

दूसरे दिन दोनों मित्र मुँह-अँधेरे निकल खड़े होते। बगल में एक छोटी-सी दरी दबाए, डिब्बे में गिलोरियाँ भरे, गोमती पार कर एक पुरानी वीरान मसजिद में चले जाते, जिसे शायद नवाब आसफउद्दौला ने बनवाया था। रास्ते में तंबाकू, चिलम और मददिया ले लेते और मसजिद में पहुँच, दरी बिछा, हुक्का भर, शतरंज खेलने बैठ जाते थे। फिर उन्हें दीन-दुनिया की फिक्र न रहती थी। 'किश्त', 'शह' आदि दो-एक शब्दों के सिवा मुँह से और कोई वाक्य नहीं निकलता

था। कोई योगी भी समाधि में इतना एकाग्र न होता। दोपहर को जब भूख मालूम होती तो दोनों मित्र किसी नानबाई की दुकान पर जाकर खाना खा आते और एक चिलम हुक्का पीकर फिर संग्राम-क्षेत्र में डट जाते। कभी-कभी उन्हें भोजन का भी खयाल न रहता था।

इधर देश की राजनीति दशा भयंकर होती जा रही थी। कंपनी की फौजें लखनऊ की तरफ़ बढ़ी चली आती थीं। शहर में हलचल मची हुई थी। लोग बाल-बच्चों को ले-लेकर देहातों में भाग रहे थे। पर हमारे दोनों खिलाड़ियों को इसकी जरा भी फिक्र न थी। वे घर से आते तो गलियों में से होकर। डर था कि कहीं किसी बादशाही मुलाजिम की निगाह न पड़ जाए, नहीं तो बेगार में पकड़े जाएँ। हजारों रुपए सालाना की जागीर मुफ्त में ही हजम करना चाहते थे।

एक दिन दोनों मित्र मसजिद के खंडहर में बैठे हुए शतरंज खेल रहे थे। मिर्जा की बाजी कुछ कमजोर थी। मीर साहब उन्हें किश्त पर किश्त दे रही थे। इतने में कंपनी के सैनिक आते हुए दिखाई दिए। यह गोरों की फौज थी, जो लखनऊ पर अधिकार जमाने के लिए आ रही थी।

मीर साहब बोले, अँगरेजी फौज आ रही है खुदा खैर करे।

मिर्जा-आने दीजिए, किश्त बचाइए। लो यह किश्त!

मीर-जरा देखना चाहिए; यहीं आड़ में खड़े हो जाएँ।

मिर्जा-देख लीजिएगा, जल्दी क्या है, फिर किश्त!

मीर-तोपखाना भी है। कोई पाँच हजार आदमी होंगे। कैसे जवान हैं। लाल बंदरों से मुँह हैं। सूरत देखकर खौफ होता है।

मिर्जा-जनाब हीले न कीजिए। ये चकमे किसी और को दीजिएगा, यह किश्त!

मीर-आप भी अजीब आदमी हैं। यहाँ तो शहर पर आफत हुई है और आपको किश्त की सूझी है। कुछ इसकी खबर है कि शहर घिर गया तो घर कैसे चलेंगे?

मिर्जा-जब चलने का वक्त आएगा तो देखी जाएगी, यह किश्त, बस अबकी शह में मात है।

फौज निकल गई। दस बजे का समय था। फिर बाजी बिछ गई। मिर्जा बोले आज खाने की कैसी ठहरेगी?

मीर-अजी, आज तो रोजा है। क्या आपको भूख ज्यादा मालूम होती है?

मिर्जा-जी नहीं। शहर में जाने क्या हो रहा है?

मीर-शहर में कुछ न हो रहा होगा। लोग खाना खा-खाकर आराम से सो रहे होंगे। हुजूर नवाब भी ऐशगाह में होंगे।

दोनों सज्जन फिर जो खेलने बैठे तो तीन बज गए। अब की मिर्जा की बाजी कमजोर थी। चार का गजर बज रहा था कि फौज की वापसी की आहट मिली। नवाब वाजिदअली शाह पकड़ लिए गए थे और उन्हें किसी अज्ञात स्थान को लिए जा रही थी। शहर में न कोई हलचल थी, न मार-काट। एक बूँद भी खून नहीं गिरा था। आज तक किसी स्वाधीन देश के राजा की पराजय

इतनी शांति से, इस तरह खून बहे बिना न हुई होगी। यह अहिंसा न थी, जिस पर देवगण प्रसन्न होते हैं। यह कायरपन था, जिस पर बड़े से बड़े कायर आँसू बहाते हैं। अवध के विशाल देश के नबाव बंदी बना चला जाता था और लखनऊ ऐश की नींद में मस्त था। यह राजनीतिक अध:पतन की चरम सीमा थी।

मिर्जा ने कहा, हुजूर नवाब को जालिमों ने कैद कर लिया है।

मीर-होगा, यह लीजिए शह।

मिर्जा-जनाब, जरा ठहरिए। इस वक्त इधर तबीयत नहीं लगती। बेचारे नवाब साहब इस वक्त खून के आँसू रो रहे होंगे।

मीर-रोया ही चाहें, यह ऐश वहाँ कहाँ नसीब होगा? यह किश्त।

मिर्जा-किसी के दिन बराबर नहीं जाते। कितनी दर्दनाक हालत है।

मीर-हाँ, सो तो है ही, यह लो फिर किश्त! बस अब की किश्त में मात है। बच नहीं सकते।

मिर्जा-खुदा की कसम, आप बड़े बेदर्द हैं।

इतना हादसा देखकर भी आपको दुख नहीं होता। हाय! गरीब वाजिद अली शाह मीर-पहले अपने बादशाह को तो बचाइए, फिर नवाब का मातम कीजिएगा। यह किश्त और मात। लगाना हाथ।

बादशाह को लिए हुए सेना सामने से निकल गई। उनके जाते ही मिर्जा ने फिर बाजी बिछा ली। हार की चोट बुरी होती है। मीर ने कहा, आइए! नवाब के मातम में एक मरसिया कह डालें। लेकिन मिर्जा की राज्यभक्ति अपनी हार के साथ लुप्त हो चुकी थी। वह हार का बदला चुकाने के लिए अधीर हो गए थे।

4

शाम हो गई। खंडहर में चमगादड़ों ने चीखना शुरू किया। अबाबीलें आ-आकर अपने घोसलों में चिपटीं। पर दोनों खिलाड़ी डटे हुए थे। मानो दोनों खून के प्यासे सूरमा आपस में लड़ रहे हों। मिर्जा जी तीन बाजियाँ लगातार हार चुके थे; इस चौथी बाजी का रंग भी अच्छा न था। वह बार-बार जीतने का दृढ़निश्चय कर संभलकर खेलते थे लेकिन एक न एक चाल बेढब आ पड़ती थी, जिससे बाजी खराब हो जाती थी। हर बार हार के साथ प्रतिकार की भावना और उग्र होती जाती थी। उधर मीर साहब मारे उमंग के गजलें गाते थे; चुटकियाँ लेते थे, मानो कोई गुप्त धन पा गए हों। मियाँ सुनसुनकर झुँझलाते और हार की झेंप मिटाने के लिए उनकी दाद देते थे। ज्यों-ज्यों बाजी कमजोर पड़ती थी, धैर्य हाथ से निकलता जाता था। यहाँ तक कि वह बात-बात पर झुँझलाने लगे। 'जनाब, आप चाल न बदला कीजिए। यह क्या कि चाल चले और फिर उसे बदल दिया। जो कुछ चलना है एक बार चल दीजिए। यह आप मुहरे पर ही क्यों हाथ रखे रहते हैं। मुहरें छोड़ दीजिए। जब तक आपको चाल न सूझे, मुहर छुइए ही नहीं। आप एक-एक चाल

आध-आध घंटे में चलते हैं। इसकी सनद नहीं। जिसे एक चाल चलने में पाँच मिनट से ज्यादा लगे उसकी मात समझी जाए। फिर आपने बात बदली? चुपके से मुहरा वहीं रख दीजिए।

मीर साहब का फरजी पिटता था, बोले मैंने चाल चली ही कब थी?

मिर्जा-आप चाल चल चुके हैं। मुहरा वहीं रख दीजिए-उसी घर में।

मीर-उसमें क्यों रखूँ? हाथ से मुहरा छोड़ा कब था?

मिर्जा-मुहरा आप कयामत तक न छोड़ें, तो क्या चाल ही न होगी? फरजी पिटते देखा तो धाँधली करने लगे।

मीर-धाँधली आप करते हैं। हार-जीत तकदीर से होती है। धांधली करने से कोई नहीं जीतता।

मिर्जा-तो इस बाजी में आपकी मात हो गई।

मीर-मुझे क्यों मात होने लगी?

मिर्जा-तो आप मुहरा उसी घर में रख दीजिए, जहाँ पहले रखा था।

मीर-वहाँ क्यों रखूँ? नहीं रखता।

मिर्जा-क्यों न रखिएगा? आपको रखना होगा।

तकरार बढ़ने लगी। दोनों अपनी-अपनी टेक पर अड़े थे। न यह दबता, न वह। अप्रासंगिक बातें होने लगीं। मिर्जा बोले किसी ने खानदान में शतरंज खेली होती तब तो इसके कायदे जानते। वे तो हमेशा घास छीला किए, आप शतरंज क्या खेलिएगा? रियासत और ही चीज है। जागीर मिल जाने ही से कोई रईस नहीं हो जाता।

मीर-क्या! घास आपके अब्बाजान छीलते होंगे। यहाँ तो पीढ़ियों से शतरंज खेलते चले आते हैं।

मिर्जा-अजी जाइए भी, गाजीउद्दीन हैदर के यहाँ बाबर्ची का काम करते-करते उम्र गुजर गई। आज रईस बनने चले हैं। रईस बनना कुछ दिल्लगी नहीं।

मीर-क्या अपने बुजुर्गों पर कालिख लगाते हो, वे ही बावर्ची का काम करते होंगे। यहाँ तो हमेशा बादशाह के दस्तरख्वान पर खाना खाते चले आए हैं।

मिर्जा- अरे चल चरकटे, बहुत बढ़कर बातें न कर!

मीर-जबान संभालिए, वर्ना बुरा होगा। मैं ऐसी बातें सुनने का आदी नहीं हूँ। यहाँ तो किसी ने आँखें दिखाईं कि उसकी आँखें निकाली। है हौसला?

मिर्जा- आप मेरा हौसला देखना चाहते हैं, तो फिर आइए, आज दो-दो हाथ हो जाएँ, इधर या उधर।

मीर-तो यहाँ तुमसे दबने वाला कौन है?

दोनों दोस्तों ने कमर से तलवारें निकाल लीं। नवाबी जमाना था। सभी तलवार, पेशकब्ज, कटार वगैरह बाँधते थे। दोनों विलासी थे, पर कायर न थे। उनमें राजनीतिक भावों का अध:पतन हो गया था। बादशाह के लिए क्यों मरे? पर व्यक्तिगत वीरता का अभाव न था। दोनों ने पैंतरे बदले, तलवारें चमकीं, छपाछप की आवाजें आई। दोनों जख्मी होकर गिरे, और दोनों ने वहीं तड़प-तड़पकर जानें दीं। अपने बादशाह के लिए उनकी आँखों से एक बूंद आँसू न निकला, उन्होंने शतरंज के वजीर की रक्षा में प्राण दे दिए।

अँधेरा हो चला था। बाजी बिछी हुई थी। दोनों बादशाह अपने-अपने सिंहासनों पर बैठे मानो इन वीरों की मृत्यु पर रो रहे थे।

चारों तरफ सन्नाटा छाया हुआ था। खंडहर की टूटी हुई मेहराबें, गिरी हुई दीवारें और धूल-धूसरित मीनारें इन लाशों को देखती और सिर धुनती थीं।

***

वज्रपात

दिल्ली की गलियाँ दिल्ली-निवासियों के रुधिर से प्लावित हो रही हैं। नादिरशाह की सेना ने सारे नगर में आतंक मचा रखा है। जो कोई सामने आ जाता है, उसे उनकी तलवार के घाट उतरना पड़ता है। नादिरशाह का प्रचंड क्रोध किसी भांति शान्त ही नहीं होता। रक्त की वर्षा भी उसके कोप की आवाज को नहीं बुझा सकती।

नादिरशाह दरबारे-आम में तख्त पर बैठा हुआ है। उसकी आंखों से जैसे ज्वालाएं निकल रही हैं। दिल्ली वालों की इतनी हिम्मत कि उसके सिपाहियों का अपमान करे। उन कापुरुषों की यह मजाल। यही काफिर तो उसकी सेना की एक ललकार पर रण-क्षेत्र से निकल भागे थे! नगर-निवासियों का आर्तनाद सुन-सुनकर स्वयं सेना के दिल काँप जाते हैं, मगर नादिरशाह की क्रोधाग्नि शांत नहीं होती। यहाँ तक कि उसका सेनापति उनके सम्मुख जाने का साहस नहीं कर सकता। वीर पुरुष दयालु होते हैं। असहायों पर, दुर्बलों पर, स्त्रियों, पर उन्हें क्रोध नहीं आता। इन पर क्रोध करना वे अपनी शान के खिलाफ समझते हैं, किन्तु निष्ठुर नादिरशाह की वीरता दया-शून्य थी।

दिल्ली का बादशाह सिर झुकाए नादिरशाह के पास बैठा हुआ था। हरमसरा में विलास करने वाला बादशाह नादिरशाह की अविनयपूर्ण बातें सुन रहा था, पर मजाल न थी कि जबान खोल सके। उसे अपनी ही जान के लाले पड़े हुए थे, पीड़ित प्रजा की रक्षा कौन करे? वह सोचता था, मेरे मुँह से कुछ निकले और यह मुझी को डाँट बैठे, तो।

अंत को जब सेना की पैशाचिक क्रूरता पराकाष्ठा को पहुँच गई, तो मुहम्मदशाह के वजीर से न रहा गया। वह कविता का मर्मज्ञ था, खुद भी कवि था। जान पर खेलकर नादिरशाह के सामने पहुँचा और यह शेर पढ़ा-

कसे न मांद कि दीगर व तेग़े बाज कुशी,
नजर कि जिन्दा कुनी ख़ल्करा व बाज कुशी।

अर्थात् मेरी निगाहों की तलवार से कोई नहीं बचा। अब यही उपाय है कि मुर्दों को कि फिर जिलाकर कत्ल कर।

शेर ने दिल पर चोट की। पत्थर में भी सुराख होते हैं, पहाड़ों में भी हरियाली होती है, पाषाण हृदयों में भी रस होता है। इस शेर ने पत्थर को पिघला दिया। नादिरशाह ने सेनापति को बुलाकर कत्लेआम बंद करने का हुक्म दिया। एकदम तलवारें म्यान में चली गई। कातिलों के उठे हुए हाथ उठे ही रह गए। जो सिपाही जहाँ था, वहीं बुत बन गया।

शाम हो गई थी। नादिरशाह शाही बाग में सैर कर रहा था। बार-बार वही शेर पढ़ता और झूमता-,

कसे न मांद कि दीगर व तेग़े नाज़ कुशी,
मगर कि जिन्दा कुनी खल्करा व बाज कुशी।

2

दिल्ली का खजाना लुट रहा है। शाही महल पर पहरा है। कोई अंदर से बाहर या बाहर से अंदर आ जा नहीं सकता। बेगमें भी अपने महलों से बाहर बाग में निकलने की हिम्मत नहीं कर सकतीं। महज खजाने पर ही आफत नहीं आयी हुई है, सोने-चाँदी के बरतनों, बेशकीमती तस्वीरों और आराइश की अन्य सामग्रियों पर भी हाथ साफ किया जा रहा है। नादिरशाह तख्त पर बैठा हुआ हीरे और जवाहरात के ढेरों को गौर से देख रहा है, पर वह चीज नजर नहीं आती, जिसके लिये मुद्दत से उसका चित्त लालायित हो रहा था। उसने मुगले-आजम नाम के हीरे की प्रशंसा, उसकी करामातों की चर्चा सुनी थी-उसको धारण करने वाला मनुष्य दीर्घजीवी होता है, कोई रोग उसके निकट नहीं आता, उस रत्न में पुत्रदायिनी शक्ति है, इत्यादि।

दिल्ली पर आक्रमण करने के जहाँ और अनेक कारण थे, वहाँ इस रत्न को प्राप्त करना भी एक कारण था। सोने-चाँदी के ढेरों और बहुमूल्य रत्नों की चमक-दमक से उसकी आँखें भले ही चौंधिया जाएँ पर हृदय उल्लसित न होता था। उसे तो मुगले-आजम की धुन थी और मुगले-आजम का वहां कहीं पता न था। वह क्रोध से उन्मत्त होकर शाही मन्त्रियों की ओर देखता और अपने अफसरों को झिड़कियाँ देता था, पर अपना अभिप्राय खोलकर न कह सकता था। किसी की समझ में न आता था कि यह इतना आतुर क्यों हो रहा है। यह तो खुशी से फूले न समाने का अवसर है। अतुल सम्पत्ति सामने पड़ी हुई है,. संख्या में इतनी सामर्थ्य नहीं कि उनकी गणना कर सके। संसार का कोई भी महीपति इस विपुल धन का एक अंश भी पाकर अपने को भाग्यशाली समझता, परन्तु यह पुरुष, जिसने इस धनराशि का शतांश भी पहले कभी आँखों से न देखा होगा, जिसकी उम्र भेड़ें चराने में ही गुजरी, क्यों इतना उदासीन है। आखिर जब रात हुई, बादशाह का खजाना खाली हो गया और उस रत्न के दर्शन न हुए, तो नादिरशाह की क्रोधाग्नि फिर भड़क उठी। उसने बादशाह के मंत्री को-उसी मन्त्री को, जिसकी काव्य-मर्मज्ञता ने प्रजा के प्राण बचाए थे-एकान्त में बुलाया और कहा-मेरा गुस्सा तुम देख चुके हो! अगर फिर उसे नहीं देखना चाहते, तो लाजिमी है कि मेरे साथ काबिल सफाई का बर्ताव करो, वरना दोबारा यह शोला भड़का, तो दिल्ली की खैरियत नहीं।

वजीर- जहाँपनाह, गुलामों से तो कोई ख़ता सरजद नहीं हुई। खजाने की सब कुंजियाँ जनाबे-आली सिपहसालार के हवाले कर दी हैं।

जाहिर- तुमने मेरे साथ दगा की है।

वजीर-(त्यौरी चढ़ाकर) आपके हाथ में तलवार है और हम कमजोर हैं, जो चाहे फरमाएं, पर इल्जाम के तसलीम करने में मुझे उज्र है।

नादिर- क्या उसके सबूत की जरूरत है?

वजीर- जी हां, क्योंकि दगा की सजा कत्ल है और कोई विला सबब अपने कत्ल पर रजामंद न होगा।

नादिर- इसका सबूत मेरे पास है, हालांकि नादिर ने कभी किसी को सबूत नहीं दिया। वह अपनी मरजी का बादशाह है और किसी को सबूत देना अपनी शान के खिलाफ समझता है। पर यहाँ जाती मुआमिला है। तुमने मुगले-आजम हीरा क्यों छिपा दिया?

वजीर के चेहरे का रंग उड़ गया। वह सोचने लगा। यह हीरा बादशाह को जान से भी ज्यादा अज़ीज़ है। वह इसे एक क्षण भी अपने पास से जुदा नहीं करते। उनसे क्यों कर कहूँ? उन्हें कितना सदमा होगा! मुल्क गया, खजाना गया, इज्जत गयी। बादशाही की एक निशानी उनके पास रह गई है। उनसे कैसे कहूं? मुमकिन है, वह गुस्से में आकर इसे कहीं फेंक न दें, या तुड़वा डालें। इंसान की आदत है कि वह अपनी चीज दुश्मन को देने की अपेक्षा उसे नष्ट कर देना अच्छा समझता है। बादशाह, बादशाह हैं। मुल्क न सही, अधिकार न सही, सेवा न सही, पर जिन्दगी भर की स्वेच्छाचारिता एक दिल में नहीं मिट सकती। यदि नादिर को हीरा न मिला, तो यह न जाने दिल्ली पर क्या सितम ढाए। आह। उसकी कल्पना ही से रोमांच हो जाता है। खुदा न करे, दिल्ली को फिर यह दिन देखना पड़े।

सहसा नादिर ने पूछा- तुम्हारे जवाब का मुन्तजिर हूँ? क्या यह तुम्हारी दशा का काफी सबूत नहीं है?

वजीर- जहाँपनाह, हीरा बादशाह सलामत को जान से ज्यादा अज़ीज़ है। वह उसे हमेशा अपने पास रखते हैं।

नादिर- झूठ मत बोलो, हीरा बादशाह के लिए है, बादशाह हीरा के लिए नहीं। बादशाह को हीरा जान से ज्यादा अज़ीज़ है-का मतलब सिर्फ इतना है कि यह बादशाह का बहुत अज़ीज़ है, और यह कोई वजह नहीं कि मैं उस हीरे को उनसे न लूँ। अगर बादशाह यों न देंगे, तो मैं जानता हूँ कि मुझे क्या करना होगा। तुम जाकर इस मुआमिले में नाजुकफहमी से काम लो, जो तुमने कल दिखाई थी। आह! कितना ला-जवाब शेर था-

कसे न मांद कि दीगर न तेगे नाज़ कुशी,
मगर कि जिंदा कुनी ख़लकर व बाज कुशी।

3

मन्त्री सोचता हुआ चला कि यह समस्या क्यों कर हल करूँ? बादशाह के दीवानखाने में पहुँचा तो देखा, बादशाह उसी हीरे को हाथ में लिए चिन्ता में मग्न बैठे हुए हैं।

बादशाह को इस वक्त इसी हीरे की फिक्र थी। लुटे हुए पथिक की भांति वह अपनी यह लकड़ी हाथ से न देना चाहता था। वह जानता था कि नादिर को इस हीरे की खबर है। वह यह भी जानता था कि खजाने में इसे न पाकर उसके क्रोध की सीमा न रहेगी। लेकिन सब कुछ जानते हुए भी, वह हीरे को हाथ से न जाने देना चाहता था। अंत में उसने निश्चय किया, मैं इसे न दूँगा, चाहे मेरी जान ही पर क्यों न बन जाये। रोगी की इस अन्तिम साँस को न निकलने दूँगा। हाय, कहां छिपाऊं इतना बड़ा मकान है कि उसमें एक नगर समा सकता है, पर इस नन्हीं-सी चीज के लिए कहीं जगह नहीं, जैसे किसी सुरक्षित स्थान में रखकर क्यों न इसे किसी ऐसी जगह रख दूँ जहाँ किसी का खयाल ही न पहुँचे। कौन अनुभव कर सकता है कि मैंने हीरे को अपनी सुराही में रखा होगा? अच्छा, हुक्के की फर्शी में क्यों न डाल दूँ? फरिश्तों को खबर भी न होगी।

यह निश्चय करके उसने हीरे को फर्शी में डाल दिया। पर तुरन्त ही शंका हुई कि ऐसे बहुमूल्य रत्न को इस जगह रखना उचित नहीं। कौन जाने, जालिम को मेरी यह गुड़गुड़ी ही पसंद आ जाए। उसने तुरन्त गुड़गुड़ी का पानी तश्तरी में उड़ेल दिया और हीरे को निकाल लिया। पानी की दुर्गंध उड़ी पर इतनी हिम्मत न पड़ती थी कि खिदमतगार बुलाकर पानी फिकवा दे। भय होता था, कहीं वह ताड़ न जाए।

वह इसी दुविधा में पड़ा हुआ था कि मन्त्री ने आकर बंदगीं की। बादशाह को उस पर पूरा विश्वास था, किंतु उसे अपनी क्षुद्रता पर इतनी लज्जा आती कि वह इस रहस्य को उस पर भी प्रकट कर न सका। गुमसुम होकर उसकी ओर ताकने लगा।

मन्त्री ने बात छेड़ी- आज खजाने में हीरा न मिला, तो नादिर बहुत झल्लाया। कहने लगा, तुमने मेरे साथ दगा की है, मैं शहर लुटवा लूँगा, कत्लेआम कर दूँगा, सारे शहर को खाक सियाह कर डालूँगा। मैंने कहा, जनाबे-आली को अख्तियार है, जो चाहें करें। पर हमने खजाने की सब कुंजियाँ आपके सिपहसालार को दे दी हैं। वह कुछ साफ-साफ तो कहता न था, बस कनायों में बातें कर रहा था और भूखे गीदड़ की तरह इधर-उधर बौखलाया फिरता था कि किसे पाए और नोंच खाए।

मुहम्मदशाह- मुझे तो उसके सामने बैठते हुए ऐसा खौफ मालूम होता है, गोया किसी शेर का सामना हो, जालिम की आंखें कितनी तुंद और गजबनाक हैं। आदमी क्या है, शैतान है। खैर, मैं भी उधेड़बुन में पड़ा हुआ हूँ कि इसे क्यों कर छिपाऊँ। सलतनत जाय गम नहीं पर इस हीरे को उस वक्त तक न दूंगा, जब तक कोई मेरी गर्दन पर सवार होकर इसे छीन न ले।

वजीर-खुदा न करे कि हुजूर के दुश्मनों को यह जिल्लत करनी पड़े। मैं एक तरकीब बतलाऊँ। हुजूर इसे अपने अमामे (पगड़ी) में रख लें। वहाँ तक उसके रिश्तों का भी खयाल न पहुँचेगा।

मुहम्मदशाह- (उछलकर) वल्लाह, तुमने खूब सोचा, वाकई तुम्हें खूब सूझी। हजरत इधर-उधर टटोलने के बाद अपना-सा मुँह लेकर रह जाएंगे। मेरे अमामे को कौन देखेगा? इसी से तो

मैंने तुम्हें लुकमान का खिताब दिया है। बस, यही तय रहा। कहीं तुम जरा देर पहले आ जाते, तो मुझे इतना दर्द-सर न उठाना पड़ता।

4

दूसरे दिन दोनों बादशाहों में सुलह हो आई। वजीर नादिरशाह के कदमों पर गिर पड़ा और अर्ज की-अब इस डूबती हुई किश्ती को आप ही पार लगा सकते हैं, वरना इसका अल्लाह ही वली है! हिन्दुओं ने सिर उठाना शुरू कर दिया है। मराठे, राजपूत, सिख, सभी अपनी-अपनी ताकतों को मुकम्मिल कर रहे हैं। जिस दिन उनमें मेल-मिलाप हुआ, उसी दिन यह नाव भँवर में पड़ जाएगी और दो-चार चक्कर खाकर हमेशा के लिए नीचे बैठ जाएगी।

नादिरशाह को ईरान से चले अर्से हो गया था। वहाँ से रोजाना बागियों की बगावत की खबरें आ रही थीं। नादिरशाह जल्द वहाँ लौट जाना चाहता था। इस समय उसे दिल्ली में अपनी सल्लनत कायम करने का अवकाश न था, सुलह पर राजी हो गया। संधिपत्र पर दोनों बादशाहों ने हस्ताक्षर कर दिये।

दोनों बादशाहों ने एक ही साथ नमाज पढ़ी, एक ही दस्तरख्वान पर खाना खाया, एक ही हुक्का पिया और एक दूसरे से गले मिलकर अपने-अपने स्थान को चले।

मुहम्मदशाह खुश था। राज्य बच जाने की उतनी खुशी न थी, जितनी हीरे के बच जाने की।

मगर नादिरशाह हीरा न पाकर भी दु:खी न था। सबसे हँस-हँसकर बातें करता था, मानो शील और विनय का साक्षात अवतार हो।

5

प्रात:काल है, दिल्ली में नौबतें बज रही हैं। खुशी की महफ़िल सजायी जा रही हैं। तीन दिन पहले यहाँ रक्त की नदी बही थी। आज आनन्द की लहरें उठ उठी हैं। आज नादिरशाह दिल्ली से रुख़सत हो रहा है।

अशर्फियों से लदे हुए ऊंटों की कतार शाही महल के सामने रवाना होने को तैयार खड़ी है। बहुमूल्य वस्तुएँ गाड़ियों में लदी हुई हैं। दोनों तरफ की फौजें गले मिल रही हैं। अभी कल दोनों पक्ष एक दूसरे के खून के प्यासे थे, आज भाई-भाई हो रहे हैं।

नादिरशाह तख्त पर बैठा हुआ है। मुहम्मदशाह भी उसी तख्त पर उसकी बगल में बैठे हुए हैं। यहाँ भी परस्पर प्रेम का व्यवहार है। नादिरशाह ने मुस्कुराकर कहा- खुदा करे, यह सुलह हमेशा कायम रहे और लोगों के दिलों से इन खूनी दिनों की याद मिट जाए।

मुहम्मदशाह- मेरी तरफ से ऐसी कोई बात न होगी, जो सुलह को खतरे में डाले। मैं खुदा से यह दोस्ती कायम रखने के लिए हमेशा दुआ करता रहूँगा।

नादिरशाह- सुलह की जितनी शर्तें थी, सब पूरी हो चुकी, सिर्फ एक बात बाकी है। मेरे यहाँ दस्तूर है कि सुलह के वक्त अमामे बदल दिये जाते हैं। इसके बगैर सुलह की कार्रवाई पूरी नहीं होती। आइए, हम लोग भी अपने-अपने अमामे बदल लें। लीजिए, यह मेरा अमामा हाजिर है।

यह कहकर नादिर ने अपना अमामा उतारकर मुहम्मदशाह की तरफ बढ़ाया। बादशाह के हाथों के तोते उड़ गए। समझ गया, मुझसे दगा की गई। दोनों तरफ के शूर-सामंत सामने खड़े थे। न कुछ कहते बनता था, न सुनते। बचने का कोई उपाय न था और न कोई उपाय सोच निकालने का अवसर ही। कोई जवाब न सूझा। इनकार की गुंजाइश न थी। मन मसोस कर रह गया। चुपके, से अमामा सिर से उतारा और नादिरशाह की तरफ बढ़ा दिया। हाथ काँप रहे थे, आँखों में क्रोध और विषाद के आंसू भरे हुए थे। मुख पर हलकी-सी मुस्कराहट झलक रही थी- वह मुस्कराहट, जो अश्रुपात से भी कहीं अधिक करुण और व्यथापूर्ण होती है। कदाचित् अपने प्राण निकालकर देने में भी उसे इससे अधिक पीड़ा न होती।

6

नादिरशाह पहाड़ों और नदियों को लाँघता हुआ ईरान को चला जा रहा था। 77 ऊंटों और इतनी ही बैलगाड़ियों की कतार देख-देखकर उसका हृदय बाँसों उछल रहा था। वह बार-बार खुदा को धन्यवाद देता था, जिसकी असीम कृपा से आज उसकी कीर्ति को उज्ज्वल बनाया था। अब वह केवल ईरान ही का बादशाह नहीं हिन्दुस्तान जैसे विस्तृत प्रदेश का भी स्वामी था। पर सबसे ज्यादा उसे खुशी उसे मुगले आजम हीरा पाने की थी, जिसे बार-बार देखकर भी उसकी आंखें तृप्त न होती थी। सोचता था, जिस समय में दरबार में यह रत्न धारण करके आऊंगा।, सबकी आंखें झपक जाएँगी, लोग आश्चर्य से चकित रह जाएँगे।

उसकी सेना अन्न-जल के कठिन कष्ट भोग रही थी। सरहदों की विद्रोही सेनाएँ पीछे से उसको दिक कर रही थीं। नित्य दस-बीस आदमी मर जाते या मारे जाते थे, पर नादिरशाह को ठहरने की फुरसत न थी। वह भागा-भागा चला जा रहा था।

ईरान की स्थिति बड़ी भयंकर थी। शाहजादा खुद विद्रोह शान्त करने के लिए गया हुआ था, पर विद्रोह दिन-दिन उग्र रूप धारण करता जाता था। शाही सेना कई युद्धों में परास्त हो चुकी थी। हर घड़ी यही भय होता था कि कहीं वह स्वयं शत्रुओं के बीच घिर न जाए।

पर वाह रे प्रताप! शत्रुओं ने ज्यों ही सुना कि नादिरशाह ईरान आ पहुँचा, त्यों ही उनके हौसले पस्त हो गए। उसका सिंहनाद सुनते ही उनके हाथ-पाँव फूल गए। इधर नादिरशाह ने तेहरान में प्रवेश किया, उधर विद्रोहियों ने शहजादे से सुलह की प्रार्थना की, शरण में आ गए। नादिरशाह ने यह शुभ समाचार सुना, तो उसे निश्चय हो गया कि यह सब उसी हीरे की करामात है। यह उसी का चमत्कार है, जिसने शत्रुओं का सिर झुका दिया, हारी हुई बाजी जिता दी।

शाहजादा विजयी होकर घर लौटा, तो प्रजा ने बड़े समारोह से उसका स्वागत और अभिवादन किया। सारा तेहरान दीपावली की ज्योति से जगमगा उठा। मंगल गान की ध्वनि से सब गली और कूचे गूंज उठे।

दरबार सजाया गया। शायरों ने कसीदे सुनाए। नादिरशाह ने गर्व से उठकर शहजादे के ताज को मुगले-आजम हीरे से अंलकृत कर दिया। चारों ओर 'मरहबा! महरबा' की आवाजें बुलंद हुई। शहजादे के मुख की कांति हीरे के प्रकाश से दूनी दमक उठी। पितृ-स्नेह से हृदय पुलकित हो उठा। नादिर-वह नादिर, जिसने दिल्ली में खून की नदी बहायी थी-पुत्र-प्रेम से फूला न समाता था। उसकी आँखों से गर्व और हार्दिक उल्लास के आंसू बह रहे थे।

7

सहसा बंदूक की आवाज आयी-धांय! धांय! दरबार हिल उठा। लोगों के कलेजे दहल उठे। हाय! वज्रपात हो गया! हाथ रे दुर्भाग्य! बंदूक की आवाजें कानों में गूंज ही रही थीं कि शाहजादा कटे हुए पेड़ की तरह गिर पड़ा, साथ ही वह रत्नजटित मुकुट भी नादिरशाह के पैरों के पास आ गिरा।

नादिरशाह ने उन्मत्त की भांति हाथ उठाकर कहा- कातिलों को पकड़ो। साथ ही शोक से विह्वल होकर वह शहजादा के प्राणहीन शरीर पर गिर पड़ा। जीवन की सारी अभिलाषाओं का अंत हो गया।

लोग कातिलों की तरफ दौड़े। फिर धाँय-धांय की आवाज आई और दोनों कातिल, गिर पड़े। उन्होंने आत्महत्या कर ली। वे दोनों विद्रोही-पक्ष के नेता थे।

हाय रे मनुष्य के मनोरथ। तेरी भित्ति कितनी अस्थिर है! बालू की दीवार तो वर्षा में गिरती है, पर तेरी दीवार बिना पानी-मुंह के ढह जाती है। आँधी में दीपक का कुछ भरोसा किया जा सकता है, पर तेरा नहीं। तेरी अस्थिरता के आगे बालकों का घरौंदा अचल पर्वत है, वेश्या का प्रेम सती की प्रतिज्ञा की भांति अटल! नादिरशाह को लोगों ने लाश पर से उठाया। उसका करुण क्रंदन हृदयों को हिलाए देता था। सभी की आँखों से आंसू बह रहे थे। होनहार कितना प्रबल, कितना निष्ठुर, कितना निर्दयी और कितना निर्मम है।

नादिरशाह ने हीरे को जमीन से उठा लिया। एक बार उसे विषादपूर्ण नेत्रों से देखा। फिर मुकुट को शहजादे के सिर पर रख दिया और वजीर से कहा- यह हीरा इसी लाश के साथ दफन होगा।

रात का समय था। तेहरान में मातम छाया हुआ था। कहीं दीपक या अग्नि का प्रकाश न था। न किसी ने दिया जलाया और न भोजन बनाया। अफीमचियों की चिलमें भी आज ठंडी हो रही थी। मगर कब्रिस्तान में मशालें रोशन थीं-शहजादे की अन्तिम क्रिया हो रही थी।

जब फातिमा खत्म हुआ, नादिरशाह ने अपने हाथों से मुकुट को लाश के साथ कब्र में रख दिया। राज और संगतराश हाजिर थे। उसी वक्त कब्र पर पत्थर और चूने का मकान बनने लगा।

नादिर एक महीने तक एक क्षण के लिए भी वहाँ से न हटा। वहीं सोता था, वहीं से राज्य का कार्य करता था। उसके दिल में यह बात बैठ गई थी कि मेरा अहित इसी हीरे के कारण हुआ। यही मेरे सर्वनाश और अचानक वज्रपात का कारण है।

□□□

सत्याग्रह

हिज एक्सेलेंसी वाइसराय बनारस आ रहे थे। सरकारी कर्मचारी छोटे से बड़े तक, उनके स्वागत की तैयारियाँ कर रहे थे। इधर कांग्रेस ने शहर में हड़ताल मनाने की सूचना दे दी थी। इससे कर्मचारियों में बड़ी हलचल थी। एक ओर सड़कों पर झंडियां लगाई जा रही थीं, सफाई हो रही थी, पंडाल बन रहा था, दूसरी ओर फौज और पुलिस के सिपाही संगीने चढ़ाए शहर की गलियों में और सड़कों पर कवायद करते फिरते थे। कर्मचारियों की सिरतोड़-कोशिश थी कि हड़ताल न होने पाए, मगर कांग्रेसियों की धुन थी कि हड़ताल हो, और जरूर हो। अगर कर्मचारियों को पशु-बल का जोर है, तो हमें नैतिक बल का भरोसा, इस बार दोनों की परीक्षा हो जाए कि मैदान किसके हाथ रहता है।

घोड़े पर सवार मजिस्ट्रेट सुबह से शाम तक दुकानदारों को धमकियाँ देता फिरता कि एक-एक को जेल भिजवा दूंगा, बाजार लुटवा दूँगा, यह करूंगा और वह करूंगा दुकानदार हाथ बाँधकर कहते-हुजूर बादशाह हैं, विधाता हैं, जो चाहें कर सकते हैं। पर हम क्या करें ? कांग्रेस वाले हमें जीता न छोड़ेंगे। हमारी दुकानों पर धरने देंगे, हमारे ऊपर बाल बढ़ाएंगे, कुएँ में गिरेंगे, उपवास करेंगे। कौन जाने, दो-चार प्राण ही दे दें, तो हमारे मुँह पर सदैव के लिए कालिख पुत जाएगी। हुजूर उन्हीं कांग्रेस वालों को समझाएं, तो हमारे ऊपर बड़ा एहसान करें। हड़ताल न करने से हमारी कुछ हानि थोड़े ही होगी। देश के बड़े-बड़े आदमी आवेंगे, हमारी दुकानें खुली रहेंगी, तो एक के दो लेंगे, महंगे सौदे बेचेंगे, पर करें क्या, इन शैतानों से कोई बस नहीं चलता।

राय हरनंदन साहब, राजा लालचन्द्र और खाँ बहादुर मौलवी, महमूद अली तो कर्मचारियों से भी ज्यादा बेचैन थे। मजिस्ट्रेट के साथ-साथ और अकेले भी कोशिश करते थे। अपने मकान पर बुलाकर दुकानदारों को समझाते, अनुनय- विजय करते, आँखें दिखाते, इक्के-बग्घी वालों को धमकाते, मजदूरों की खुशामद करते, पर कांग्रेस के मुट्ठी-भर आदमियों का कुछ ऐसा आतंक छाया हुआ था कि कोई इनकी सुनता ही न था। यहाँ तक कि पड़ोस की कुंजड़िन ने भी निर्भय होकर कह दिया-हुजूर, चाहे मार डालो पर दुकान न खुलेगी। नाक न कटवाऊंगी। सबसे बड़ी चिंता यह थी कि कहीं पंडाल बनाने वाले मजदूर, बढ़ई, लोहार वगैरह काम न छोड़ दें, नहीं तो अनर्थ हो जाएगा। राय साहब ने कहा- हुजूर, दूसरे शहरों से दुकानदार बुलवाएं और एक बाजार अलग खोलें।

खाँ साहब ने फरमाया- वक्त इतना कम रह गया है कि दूसरा बाजार तैयार नहीं हो सकता। हुजूर कांग्रेस वालों को गिरफ्तार कर लें, या उनकी जायदाद बन्द कर लें, फिर देखिए कैसे काबू में नहीं आते।

राजा साहब बोले- पकड़-धकड़ से तो लोग और झल्लाएँगे। कांग्रेस से हुजूर कहें कि तुम हड़ताल बंद कर दो, तो सबको सरकारी नौकरी दे दी जाएगी। उसमें अधिकांश बेकार लोग भरे पड़े हैं, यह प्रलोभन पाते ही फूल उठेंगे।

मगर मजिस्ट्रेट को कोई राय न जँची। यहाँ तक कि वाइसराय के आने में तीन दिन और रह गए।

2

आखिर राजा साहब को एक युक्ति सूझी। क्यों न हम लोग भी नैतिक बल का प्रयोग करें? आखिर कांग्रेस वाले धर्म और नीति के नाम पर ही तो यह तूमार बाँधते हैं। हम लोग भी उन्हीं का अनुकरण करें, शेर को उसकी माँद में पछाड़ें। कोई ऐसा आदमी पैदा करना चाहिए, जो व्रत करे कि दुकानें न खुलीं, तो मैं प्राण दे दूँगा। यह जरूरी है कि वह ब्राह्मण हो और ऐसा, जिसको शहर के लोग मानते हों, आदर करते हों। मध्य सहयोगियों के मन में भी यह बात बैठ गई, उछल पड़े। राय साहब ने कहा- बस, अब पड़ाव मार लिया। अच्छा, ऐसा कौन पण्डित है, पण्डित गदाधर शर्मा?

राजा- जी नहीं, उसे कौन मानता है? खाली समाचार पत्रों में लिखा करता है। शहर के लोग उसे क्या जानें?

राय साहब- दमड़ी ओझा तो है इस ढंग का?

राजा- जी नहीं, कॉलेज के विद्यार्थियों के सिवा उसे और कौन जानता है?

राय साहब- पंडित मोटेराम शास्त्री?

राजा- बस, बस। आपने खूब सोचा। बेशक वह है इस ढंग का। उसी को बुलाना चाहिए। विद्वान है, धर्म-कर्म से रहता है। चतुर भी है। वह अगर हाथ में आ जाए, तो फिर बाजी हमारी है।

राय साहब ने तुरंत पंडित मोटेराम के घर सन्देशा भेजा। उस समय शास्त्री जी पूजा पर थे। यह पैगाम सुनते ही जल्दी से पूजा समाप्त की और चले। राजा साहब ने बुलाया है, धन्य भाग! धर्मपत्नी से बोले- आज चन्द्रमा कुछ बली मालूम होते हैं। कपड़े लाओ, देखूँ क्यों बुलाया है?

स्त्री ने कहा- भोजन तैयार है, करते जाओ। न जाने कब लौटने का अवसर मिले।

किन्तु शास्त्री जी ने आदमी को इतनी देर खड़ा रखना उचित न समझा। जाड़े के दिन थे। हरी बनात की अचकन पहनी, जिस पर लाल शंजाफ लगी हुई थी। गले में एक खरी दुपट्टा डाला। फिर सिर पर बनारसी साफा बाँधा। लाल चौड़े किनारे की रेशमी धोती पहनी और खड़ाऊं पर चले। उनके मुख से ब्रह्म-तेज टपकता था। दूर ही से मालूम होता था कि कोई महात्मा आ रहे हैं। रास्ते में जो मिलता, सिर झुकाता। कितने ही दुकानदारों ने खड़े होकर पैलगी की। आज काशी का नाम इन्हीं की बदौलत चल रहा है, वहीं तो और कौन रह गया है? कितना नम्र स्वभाव है।

बालकों से हँसकर बातें करते हैं। इस ठाट से पंडितजी राजा साहब के मकान पर पहुंचे। तीनों मित्रों ने खड़े होकर उनका सम्मान किया। खाँ बहादुर बोले- कहिए पंडितजी, मिज़ाज तो अच्छे हैं? अल्लाह आप नुमाइश में रखने के काबिल आदमी हैं। आपका वजन तो दस मन से कम न होगा?

राय साहब- एक मन इल्म के लिए दस मन अक्ल चाहिए। उसी क़ायदे से एक मन अक्ल के लिए दस मन का जिस्म जरूरी है, नहीं तो उसका बोझा कौन उठाए?

राजा साहब- आप लोग इसका मतलब नहीं समझ सकते। बुद्धि एक प्रकार का नजला है, जब दिमाग में नहीं समाती, तो जिस्म में आ जाती है।

खाँ साहब- मैंने तो बुजुर्गों की जबानी सुना है कि मोटे आदमी अक्ल के दुश्मन होते हैं।

राय साहब- आपका हिसाब कमजोर था, वरना आपकी समझ में इतनी बात जरूर आ जाती कि अक्ल और जिस्म में 1 और 10 की निस्बत है, तो जितना ही मोटा आदमी होगा, उतना ही उसकी अक्ल का वजन भी ज्यादा होगा।

राजा साहब- इससे यह साबित हुआ कि जितना ही मोटा आदमी, उतनी ही मोटी उसकी अक्ल।

मोटेराम- जब मोटी अक्ल की बदौलत राज-दरबार में पूछ होती है, तो मुझे पतली अक्ल लेकर क्या करना है?

हास-परिहास के बाद राजा साहब ने वर्तमान समस्या पंडितजी के सामने उपस्थित की और उसके निवारण का जो उपाय सोचा था, वह भी प्रकट किया। बोले- बस, यह समझ लीजिए कि इस साल आपका भविष्य पूर्णतया अपने हाथों में है। शायद किसी आदमी को अपने भाग्य-निर्णय का ऐसा महत्त्वपूर्ण अवसर न मिला होगा। हड़ताल न हुई, तो और तो कुछ नहीं कह सकते, आपको जीवन- भर किसी के दरवाजे जाने की जरूरत न होगी। बस, ऐसा कोई व्रत ठानिए कि शहर वाले थर्रा उठें। कांग्रेस वालों ने धर्म की आड़ लेकर इतनी शक्ति बढ़ाई है। बस, ऐसी कोई युक्ति निकालिए कि जनता के धार्मिक भावों को चोट पहुँचे।

मोटेराम ने गम्भीर भाव से उत्तर दिया- यह तो कोई ऐसा कठिन काम नहीं है। मैं तो ऐसे-ऐसे अनुष्ठान कर सकता हूँ कि आकाश से जल की वर्षा करा दूं, मरी के प्रकोप को भी शान्त करा दूं। अन्न का भाव घटा-बढ़ा दूँ? कांग्रेस वालों को परास्त कर देना तो कोई बड़ी बात नहीं। अंग्रेजी पढ़े-लिखे महानुभाव समझते हैं कि जो काम हम कर सकते हैं, वह कोई नहीं कर सकता। पर गुप्त विद्याओं का उन्हें ज्ञान ही नहीं।

खाँ साहब- तब तो जनाब, यह कहना चाहिए कि आप दूसरे खुदा हैं। हमें क्या मालूम था कि आप में कुदरत है, नहीं तो इतने दिनों तक क्यों परेशान होते?

मोटेराम- साहब, मैं गुप्त-धन का पता लगा सकता हूँ। पितरों को बुला सकता हूँ केवल गुणग्राहक चाहिए। संसार में गुणियों का अभाव नहीं, गुणज्ञों का ही अभाव हैं- गुन ना हिरानो, गुनगाहक हिरानो है।

राजा- भला, इस अनुष्ठान के लिए आपको क्या भेंट करना होगा?

मोटेराम- जो कुछ आपकी श्रद्धा हो।

राजा- कुछ बतला सकते हैं कि यह कौन-सा अनुष्ठान होगा?

मोटेराम- अनशन-व्रत के साथ मंत्रों का जप होगा। सारे शहर में हलचल न मचा दूँ तो मोटेराम नहीं।

राजा- तो फिर कब से?

मोटेराम- आज ही हो सकता है। हां, पहले देवताओं के आवाहन के निमित्त थोड़े से रुपये दिला दिजिए।

रुपये की कमी ही क्या थी? पंडितजी को रुपये मिल गये और वह खुश- खुश घर आये। धर्मपत्नी को सारा समाचार कहा। उसने चिंतित होकर कहा- तुमने नाहक यह रोग अपने सिर लिया! भूख न बरदाश्त हुई, तो? सारे शहर में भद्द हो जाएगी, लोग हँसी उड़ायेंगे। रुपये लौटा दो।

मोटेराम ने आश्वासन देते हुए कहा- भूख कैसे न बर्दाश्त होगी? मैं ऐसा मूर्ख थोड़े ही हूँ कि यों ही जा बैठूंगा। पहले मेरे भोजन का प्रबंध करो। इमरतियां, लड्डू, रसगुल्ले मंगाओ। पेट-भर भोजन कर लूँ फिर आध सेर मलाई खाऊंगा, उसके ऊपर आध सेर बादाम की तह जमाऊंगा। बची-खुची कसर मलाई वाले दही से पूरी कर लूंगा। फिर देखूँगा, भूख क्यों कर पास फटकती है? तीन दिन तक तो साँस ही न ली जाएगी, भूख की कौन चलावे। इतने में तो सारे शहर में खलबली मच जाएगी। भाग्यसूर्य उदय हुआ है, इस समय आगा-पीछा करने से पछताना पड़ेगा। बाजार न बंद हुआ, तो समझ लो मालामाल हो जाऊंगा, नहीं तो यहाँ गाँठ से क्या जाता है! सौ रुपये तो हाथ लग ही गए।

इधर तो भोजन का प्रबंध हुआ, उधर पंडित मोटेराम ने डोंडी पिटवा दी कि संध्या-समय टाउनहाल के मैदान में पंडित मोटेराम देश की राजनीतिक समस्या पर व्याख्यान देंगे, लोग अवश्य आएँ। पंडितजी सदैव राजनीतिक विषयों से अलग रहते थे। आज वह इस विषय पर कुछ बोलेंगे, सुनना चाहिए। लोगों को उत्सुकता हुई। पंडितजी का शहर में बड़ा मान था। नियत समय पर कई हजार आदमियों की भीड़ लग गई। पंडितजी घर से अच्छी तरह तैयार होकर पहुँचे। पेट इतना भरा था कि चलना कठिन था। ज्यों ही यह वहाँ पहुँचे दर्शकों ने खड़े होकर उन्हें साष्टांग दंडवत-प्रणाम किया।

मोटेराम बोले- नगरवासियों, व्यापारियों, सेठों और महाजनों! मैंने सुना है, तुम लोगों ने कांग्रेस वालों के कहने में आकर बड़े लाट साहब के शुभागमन के अवसर पर हड़ताल करने

का निश्चय किया है? यह कितनी बड़ी कृतघ्नता है? वह चाहें, तो आज तुम लोगों को तोप के मुँह पर उड़वा दें, सारे शहर को खुदवा डालें। राजा हैं, हंसी-ठट्ठा नहीं। वह तर्क देते जाते हैं, तुम्हारी दीनता पर दया करते हैं और तुम गायों की तरह हत्या के बल खेत चरने को तैयार हो। लाट साहब चाहें तो आज रेल बंद कर दें। तब बताओ, क्या करोगे? तुम उनसे भागकर कहां जा सकते हो? है कहीं ठिकाना? इसलिए जब इस देश में और उन्हीं के अधीन रहना है, तो इतना उपद्रव क्यों फैलाते हो? याद रखो, तुम्हारी जान उनकी मुट्ठी में है! ताऊन के कीड़े फैला दें, तो सारे नगर में हाहाकार मच जाए। तुम झाड़ू से आँधी को रोकने चले हो? खबरदार, जो किसी ने बाजार बंद किया, नहीं कहे देता हूँ अन्न-जल बिना प्राण दे दूँगा।

एक आदमी ने शंका की-महाराज, आपके प्राण निकलते-निकलते महीने भर से कम न लगेगा। तीन दिन में क्या होगा?

मोटेराम ने गरजकर कहा- प्राण शरीर में नहीं रहता, ब्रह्मांड में रहता है। मैं चाहूँ तो योग बल से अभी प्राण त्याग कर सकता हूँ। मैंने तुम्हें चेतावनी दे दी, अब तुम जानो, तुम्हारा काम जाने। मेरा कहना मानोगे, तो तुम्हारा कल्याण होगा। न मानोगे, हत्या लगेगी, संसार में कहीं मुँह न दिखा सकोगे। बस, यह लो, मैं यहीं आसन जमाता हूँ।

3

शहर में यह समाचार फैला, तो लोगों के होश उड़ गए। अधिकारियों की इस नई चाल ने उन्हें हतबुद्धि-सा कर दिया। कांग्रेस के कर्मचारी तो अब भी कहते थे कि यह सब पाखंड है। राजभक्तों ने पंडित को कुछ दे-दिलाकर यह स्वाँग खड़ा किया है। जब और कोई बस न चला, फौज, पुलिस, कानून सभी युक्तियों से हार गए, तो यह नई माया रची है। यह और कुछ नहीं, राजनीति का दिवाला है। नहीं, पंडितजी ऐसे कहां के देशसेवक थे, जो देश की दशा से दु:खी होकर व्रत ठानते? इन्हें भूखों मरने दो, दो दिन में बोल जाएँगे। इस नई चाल की जड़ अभी से काट देनी चाहिए! कहीं यह चाल सफल हो गई, तो समझ लो, अधिकारियों के हाथ में एक नया अस्त्र आ जाएगा और वह सदैव इसका प्रयोग करेंगे। जनता समझदार इतनी तो है नहीं कि इन रहस्यों को समझे। गीदड़-भभकी में आ जाएगी।

लेकिन नगर के बनिए-महाजन, जो प्राय: धर्म-भीरु होते हैं, ऐसे घबरा गए कि उन पर इन बातों का कुछ असर ही न होता था। वे कहते थे- साहब, आप लोगों के कहने से सरकार के बुरे बने, नुकसान उठाने को तैयार हुए, रोजगार छोड़ा, कितनों के दिवाले हो गए, अफसरों को मुँह दिखाने लायक नहीं रहे। पहले जाते थे, अधिकारी लोग 'आइए सेठजी' कहकर सम्मान करते थे, अब रेलगाड़ियों में धक्के खाते हैं, पर कोई नहीं सुनता। आमदनी चाहे कुछ हो या न हो, बहियों की तौल देखकर कर (टैक्स) बढ़ा दिया जाता है। यह सब सहा, और सहेंगे, लेकिन धर्म के मामले में हम आप लोगों का नेतृत्व नहीं स्वीकार कर सकते। जब एक विद्वान्, कुलीन, धर्मनिष्ठ ब्राह्मण हमारे ऊपर अन्न-जल त्याग कर रहा है, तब हम क्यों कर भोजन करके टाँगें फैलाकर सोएँ? कहीं मर गया, तो भगवान के सामने क्या जवाब देंगे?

सारांश यह कि कांग्रेस वालों की एक न चली। व्यापारियों का एक डेपुटेशन 9 बजे रात को पंडितजी की सेवा में उपस्थित हुआ। पंडितजी ने आज भोजन तो खूब डटकर किया था, लेकिन डटकर भोजन करना उनके लिए कोई असाधारण बात न थी। महीने में प्राय: 20 दिन वह अवश्य ही न्यौता पाते थे और निमंत्रण में डटकर भोजन करना एक स्वाभाविक बात है। अपने सहभोजियों की देखा देखी, लागडाँट की धुन में, या गृहस्वामी के सविनय आग्रह से और सबसे बढ़कर पदार्थों की उत्कृष्टता के कारण, भोजन मात्रा से अधिक हो ही जाता है। पंडितजी की जठराग्नि ऐसी परीक्षाओं में उत्तीर्ण होती रहती थी। अतएव इस समय भोजन का समय आने से उनकी नीयत कुछ डावाँडोल हो रही थी। यह बात नहीं कि वह भूख से व्याकुल थे। लेकिन भोजन का समय आ जाने पर अगर पेट अफरा हुआ न हो, अजीर्ण न हो गया हो, तो मन में एक प्रकार की भोजन की चाह होने लगती है।

शास्त्री जी की इस समय यही दशा हो रही थी। जी चाहता था, किसी खोमचे वाले को पुचकार कर कुछ ले लेते, किन्तु अधिकारियों ने उनकी शरीर-रक्षा के लिए वहाँ कई सिपाहियों को तैनात कर दिया था। वे सब हटने का नाम न लेते थे। पंडितजी की विशाल बुद्धि इस समय यही समस्या हल कर रही थी कि इन यमदूतों को कैसे टालूं? खामख्वाह इन पाजियों को यहाँ खड़ा कर दिया। मैं कोई कैदी तो हूं नहीं कि भाग जाऊंगा।

अधिकारियों ने शायद यह व्यवस्था इसलिए कर रखी थी कि कांग्रेस वाले जबरदस्ती पंडितजी को वहाँ से भगाने की चेष्टा न कर सकें। कौन जाने, वे क्या चाल चलें। ऐसे अनुचित और अपमानजनक व्यवहारों से पंडितजी की रक्षा करना अधिकारियों का कर्तव्य था।

वह अभी इस चिंता में थे कि व्यापारियों का डेपुटेशन आ पहुंचा। पंडितजी कुहनियों के बल लेटे हुए थे, संभल बैठे । नेताओं ने उनके चरण छूकर कहा- महाराज, हमारे ऊपर आपने क्यों यह कोप किया है? आपकी जो आज्ञा हो, वह हम शिरोधार्य करते हैं। आप उठिए, अन्न-जल ग्रहण कीजिए। हमें नहीं मालूम था कि आप सचमुच यह व्रत ठानने वाले हैं, कहीं तो हम पहले ही आपसे विनती करते। आप कृपा कीजिए, दस बजने का समय है। हम आपका वचन कभी न टालेंगे।

मोटेराम- ये कांग्रेस वाले तुम्हें मटियामेट करके छोड़ेंगे! आप तो डूबते ही हैं, तुम्हें भी अपने साथ ले डूबेगें? बाजार बंद रहेगा, तो इसके तुम्हारा ही टोटा होगा, सरकार को क्या? तुम नौकरी छोड़ दोगे, आप भूखों मरोगे, सरकार को क्या? तुम जेल जाओगे, आप चक्की पीसोगे, सरकार को क्या? न जाने इन सबको क्या सनक सवार हो गई है कि अपनी नाक काटकर दूसरों का असगुन मनाते हैं। तुम इन कुपन्थियों के कहने में न आओ। क्यों दुकानें खुली रखोगे?

सेठ- महाराज, जब तक शहर-भर के आदमियों की पंचायत न हो जाए, तब तक हम इसका बीमा कैसे ले सकते हैं। कांग्रेस वालों ने कहीं लूट मचवा दी, तो कौन हमारी मदद करेगा? आप उठिए, भोजन खाइए। हम कल पंचायत करके आपकी सेवा में जैसा कुछ होगा, डाल देंगे।

मोटेराम- तो फिर पंचायत करके आना।

डेपुटेशन जब निराश होकर लौटने लगा, तो पंडितजी ने कहा- किसी के पास सुँघनी तो नहीं है?

एक महाशय ने डिबिया निकालकर दे दी।

लोगों के जाने के बाद मोटेराम ने पुलिस वालों से पूछा- तुम यहाँ क्यों खड़े हो?

सिपाहियों जे कहा- साहब का हुक्म है, क्या करें?

मोटेराम- यहाँ से चले जाओ।

सिपाही- आपके कहने से चले जाएँ? कल नौकरी छूट जाएगी, तो आप खाने को देंगे?

मोटेराम- हम कहते हैं, चले जाओ, नहीं तो हम ही यहाँ से चले जाएँगे। हम कोई कैदी हैं, जो तुम घेरे खड़े हो?

सिपाही- चले क्यों जाइएगा, मजाल है।

मोटेराम- मजाल क्यों नहीं है बे! कोई जुर्म किया है?

सिपाही- अच्छा जाओ तो देखें?

पंडितजी ब्रह्मतेज में आकर उठे और एक सिपाही को इतनी जोर से धक्का दिया कि वह कई कदम पर जा गिरा। दूसरे सिपाहियों की हिम्मत छूट गई। पंडितजी को उन सबने थल-थल समझ लिया था, पराक्रम देखा, तो चुपके से सटक गये।

मोटेराम अब लगे इधर-उधर नजरें दौड़ाने कि कोई खोमचेवाला नजर आ जाए, उससे कुछ लें। किन्तु ध्यान आ गया, कहीं उसने किसी से कह दिया, तो लोग तालियाँ बजाने लगेंगे। नहीं, ऐसी चतुराई से काम करना चाहिए कि किसी को कानों कान खबर न हो। ऐसे ही संकटों में तो बुद्धिबल का परिचय मिलता है। एक क्षण में उन्होंने इस कठिन प्रश्न को हल कर लिया।

दैवयोग से उसी समय एक खोमचेवाला जाता दिखाई दिया। 11 बज चुके थे, चारों तरफ सन्नाटा छा गया था। पंडितजी ने बुलाया- खोमचे वाले, ओ खोमचे वाले!

खोमचेवाला- कहिए क्या दूँ? भूख लग आयी न। अन्न-जल छोड़ना साधुओं का काम है, हमारा-आपका नहीं।

मोटेराम- अबे क्या कहता है? यहाँ क्या किसी साधु से कम हैं? चाहे, तो महीनों पड़े रहे और भूख-प्यास न लगे। तुझे तो केवल इसलिए बुलाया है कि जरा अपनी कुप्पी मुझे दे। देखूँ तो वहाँ क्या रेंग रहा है। मुझे भय होता है कि साँप न हो।

खोमचे वाले ने उतारकर दे दी। पंडितजी उसे लेकर इधर-उधर जमीन पर कुछ खोजने लगे। इतने में कुप्पी उनके हाथ से छूटकर गिर पड़ी और बुझ गई। सारा तेल बह गया। पंडितजी ने उसमें एक ठोकर और लगाई कि बचा-खुचा तेल भी बह जाए ।

खोमचेवाला-(कुप्पी को हिलाकर) महाराज, इसमें तो जरा भी तेल नहीं बचा। अब तक चार पैसे का सौदा बेचता, आपने यह खटराग बढ़ा दिया।

मोटेराम- भैया, हाथ ही तो है, कुप्पी गिरी, तो अब क्या हाथ काट डालूँ? यह लो पैसे, जाकर कहीं से तेल भरा लो।

खोमचेवाला-(पैसे लेकर) तो अब तेल भरवा कर मैं यहाँ थोड़े ही आऊंगा।

मोटेराम- खोमचा रखे जाओ, लपक कर थोड़ा तेल ले लो, कहीं कोई साँप काट लेगा तो तुम्हीं पर हत्या पड़ेगी। कोई जानवर है जरूर। वह रेंगता है। गायब हो गया। दौड़ जाओ पकड़े, तेल लेके आओ, मैं तुम्हारा खोमचा देखता रहूँगा। डरते हो तो अपने रुपए लेते जाओ।

खोमचे वाला बड़े धर्मसंकट में पड़ा। खोमचे से पैसे निकालता है तो भय है कि पंडितजी अपने दिल में बुरा न मानें। सोचें, मुझे बेईमान समझ रहा है। छोड़कर जाता है तो कौन जाने, इनकी नीयत क्या हो। किसी की नीयत सदा ठीक नहीं रहती। अंत को उसने यही निश्चय किया कि खोमचा यहीं छोड़ दूँ जो कुछ तकदीर में होगा, वह होगा। यह उधर बाजार की तरफ चला, इधर पंडितजी ने खोमचे पर निगाह दौड़ाई, तो बहुत हताश हुए। मिठाई बहुत कम बच रही थी। पाँच-छह चीजें थीं, मगर किसी में दो अंदद से ज्यादा निकालने की गुंजाइश न थी। भांडा फूट जाने का खटका था। पंडितजी जे सोचा- इतने से क्या होगा? केवल क्षुधा और प्रबल हो जाएगी, शेर के मुँह खून लग जाएगा। गुनाह बेलज्जत है। अपनी जगह पर जा बैठे। लेकिन दम-भर के बाद प्यास ने फिर जोर किया। सोचा, कुछ तो ढाढस हो ही जाएगा। आहार कितना ही सूक्ष्म हो, फिर भी आहार ही है। उठ, मिठाई निकाली, पर पहला ही लड्डू मुँह में रखा था कि देखा, खोमचेवाला तेल की कुप्पी जलाए कदम बढ़ाता चला आ रहा है। उसके पहुँचने के पहले मिठाई का समाप्त हो जाना अनिवार्य था। एक साथ दो चीजें मुँह में रखीं। अभी चुबला ही रहे थे कि वह निशाचर दस कदम और आगे बढ़ आया। एक साथ चार चीजें मुँह में डालीं और अधकुचली ही निगल गए। अभी छह अदद और थीं, और खोमचे वाला फाटक तक आ चुका था। सारी-की-सारी मिठाई मुँह में डाल ली। अब न चबाते बनता है, न उगलते। वह शैतान मोटरकार की तरह कुप्पी चमकाता हुआ चला ही आता था। जब वह बिलकुल सामने आ गया, तो पंडितजी ने जल्दी से सारी मिठाई निगल ली। मगर आखिर आदमी ही थे, कोई मगर तो थे नहीं। आँखों में पानी भर आया, गला रुंध गया शरीर में रोमांच हो आया, जोर से खाँसने लगे। खोमचे वाले ने तेल की कुप्पी बढ़ाते हुए कहा- यह लीजिए, देख लीजिए, चले तो हैं आप उपवास करने, पर प्राणों का मन में डर है। आपको क्या चिन्ता, प्राण भी निकल जाएंगे, तो सरकार बाल-बच्चों की परवस्ती करेगी।

पंडितजी को क्रोध तो ऐसा आया कि इस पाजी को खोटी-खरी सुनाते, लेकिन गले से आवाज न निकली। कुप्पी चुपके से ले ली और झूठ-मूठ कुछ इधर-उधर देखकर लौटा दी।

खोमचे वाला- आपको क्या पड़ी, जो चले सरकार का पच्छ करने? कहीं कल दिन-भर पंचायत होगी, तो रात तक कुछ तय होगा। तब तक तो आपकी आँखों में तितलियाँ उड़ने लगेगी।

यह कहकर वह चला गया और पंडितजी भी थोड़ी देर तक खाँसने के बाद सो रहे।

4

दूसरे दिन सवेरे ही व्यापारियों ने मिसकोट करनी शुरू की। उधर कांग्रेस वालों में भी हलचल मची। अमन-सभा के अधिकारियों ने भी काज खड़े किए। यह तो इन भोले-भाले बनियों को धमकाने की अच्छी तरकीब हाथ आयी। पंडित-समाज ने अलग एक सभा की और उसमें यह निश्चय किया कि पंडित मोटेराम को राजनीतिक मामलों में पड़ने का कोई अधिकार नहीं। हमारा राजनीति से क्या संबंध? गरज, सारा दिन इसी वाद-विवाद में कट गया और किसी ने पंडितजी की खबर न ली। लोग खुल्लमखुल्ला कहते थे कि पंडितजी ने एक हजार रुपये सरकार से लेकर यह अनुष्ठान किया है।

बेचारे पंडितजी ने रात तो लोट-पोट कर काटी, पर उठे तो शरीर मुरदा-सा जान पड़ता था। खड़े होते थे, तो आँखें तिलमिलाने लगती थीं, सिर में चक्कर आ जाता था। पेट में जैसे कोई बैठा हुआ कुरेद रहा हो। सड़क की तरफ आँखें लगी हुई थीं कि लोग मनाने तो नहीं आ रहे हैं। संध्यावंदन का समय इसी प्रतीक्षा में गया। इस समय अब के पश्चात् नित्य नाश्ता किया करते थे। आज अभी मुँह में पानी भी न गया था। न जाने वह शुभ घड़ी कब आएगी? फिर पंडितानी पर बड़ा क्रोध आने लगा। आप तो रात को भर-पेट खाकर सोयी होंगी, इस वक्त भी जलपान कर ही चुकी होंगी, पर इधर भूलकर भी न झांका कि मरे या जीते हैं। कुछ बात करने ही के बहाने से क्या थोड़ा-सा मोहनभोग बनाकर न ला सकती थीं? पर किसे इतनी चिंता है? रुपये लेकर रख लिये, फिर जो कुछ मिलेगा, वह भी रख लेंगी। मुझे अच्छा उल्लू बनाया।!

किस्सा-कौताह पंडितजी ने दिन-भर इंतजार किया, पर कोई मनाने वाला नजर न आया। लोगों के दिल में जो यह सन्देह पैदा हुआ था कि पंडितजी ने कुछ ले-देकर यह स्वाँग रचा है, स्वार्थ के वशीभूत होकर यह पाखंड खड़ा किया है, यही उनको मनाने में बाधक होता था।

5

रात के नौ बज गए थे। सेठ भोंदूमल ने, जो व्यापारी-समाज के नेता थे, निश्चयात्मक भाव से कहा- मान लिया, पंडितजी ने स्वार्थवश ही यह अनुष्ठान किया है, पर इससे वह कष्ट तो कम नहीं हो सकता, जो अन्न-जल के बिना प्राणी-मात्र को होता है। यह धर्म-विश्व है कि एक ब्राह्मण हमारे ऊपर दाना-पानी त्याग दे और हम पेट भर-भरकर चैन की नींद सोएँ। अगर उन्होंने धर्म के विरुद्ध आचरण किया है, तो उसका दंड उन्हें भोगना पड़ेगा। हम क्यों अपने कर्तव्य से मुँह फेरे।

कांग्रेस के मन्त्री ने दबी हुई आवाज से कहा- मुझे तो जो कुछ कहना था, वह मैं कह चुका। आप लोग समाज के अगुआ हैं, जो फैसला कीजिए, हमें मंजूर है। चलिए, भी आपके साथ चलूँगा। धर्म का कुछ अंश मुझे भी मिल जाएगा, पर एक विनती सुन लीजिए- आप लोग पहले मुझे वहाँ जाने दीजिए। मैं एकान्त में उनसे दस मिनट बातें करना चाहता हूँ। आप लोग फाटक पर रुके रहिएगा। जब मैं वहाँ से लौट आऊँ तो फिर जाइएगा। इसमें किसी को क्या आपत्ति हो सकती थी? प्रार्थना स्वीकृत हो गई।

मंत्री जी पुलिस-विभाग में बहुत दिनों तक रह चुके थे, मानव-चरित्र की कमजोरियों को जानते थे। वह सीधे बाजार गये और 5 रु. की मिठाई ली। उसमें मात्रा से अधिक सुगंध डालने का प्रयत्न किया, चाँदी के वरक लगवाए और एक दोने में लिये रूठे हुए ब्रह्मदेव की पूजा करने चले। एक झझर में डंडा पानी लिया और उसमें केवड़े का जल मिलाया। दोनों ही चीजों से खुशबू की लपटें उड़ रही थी। सुगंध में कितनी उत्तेजित शक्ति है, कौन नहीं जानता? इससे बिना भूखे को भूख लग जाती है, भूखे आदमी की तो बात ही क्या?

पंडितजी इस समय भूमि पर अचेत पड़े हुए थे। रात को कुछ नहीं मिला। दस-पाँच छोटी-छोटी मिठाइयों का क्या जिक्र! दोपहर को कुछ नहीं मिला। और इस वक्त भी भोजन की बेला हो गई थी। भूख में अब आशा की व्याकुलता नहीं, निराशा की शिथिलता थी। सारे अंग ढीले पड़ गये थे। यहाँ तक कि आँखें भी न खुलती थीं। उन्हें खोलने की बार चेष्टा करते, पर वे आपकी-आप बंद हो जातीं। होंठ सूख गए थे। जिंदगी का कोई चिह्न था, तो बस, उनका धीरे- धीरे कराहना। ऐसा संकट उनके ऊपर कभी न पड़ा था।

अजीर्ण की शिकायत तो उन्हें महीने में दो-चार बार हो जाती थी, जिसे यह हड़ आदि की फकियों से शान्त कर लिया करते थे, पर अजीर्णावस्था में ऐसा कभी न हुआ था कि उन्होंने भोजन छोड़ दिया हो। नगर-निवासियों को, अमन-सभा को, सरकार को, ईश्वर को, कांग्रेस को और धर्मपत्नी को जी-भरकर कोस चुके थे। किसी से कोई आशा न थी। अब इतनी शक्ति भी न रही थी कि स्वयं खड़े होकर बाजार जा सकें। निश्चय हो गया था कि आज रात को अवश्य प्राण-पखेरू उड़ जाएँगे। जीवन-सूत्र कोई रस्सी तो है वहीं कि चाहे जितने झटके तो भी, टूटने का नाम न ले।

मन्त्री ने पुकारा-शास्त्री जी।

मोटेराम ने पड़े-पड़े आंखें खोल दीं। उनमें ऐसी करुण वेदना भरी हुई थी, जैसे किसी बालक के हाथ से कौआ मिठाई छीन ले गया हो।

मन्त्री जी ने दोने की मिठाई सामने रख दी और झझर पर कुल्हड औंधा दिया। इस काम से सुचित होकर बोले-यहाँ कब तक पड़े रहिएगा?

सुगंध ने पंडितजी की इन्द्रियों पर संजीवनी का काम किया। पंडितजी उठ बैठे और बोले- देखो, कब तक निश्चय होता है।

मन्त्री-यहाँ कुछ निश्चय-विश्चय न होगा। आज दिन-भर पंचायत हुई थी, कुछ तय न हुआ। कल कहीं शाम को लाट साहब आएँगे। तब तक तो आपकी न जाने क्या दशा होगी? आपका चेहरा बिलकुल पीला पड़ गया है।

मोटेराम- यही मरना बदा होगा, तो कौन टाल सकता है? इस दोने में कलाकन्द है क्या?

मन्त्री- हाँ, तरह-तरह की मिठाइयां हैं। एक नातेदार के यहाँ बैना भेजने के लिए विशेष रीति से बनवाई हैं।

मोटेराम- जभी इनमें इतनी सुगन्ध है। जरा दोना खोलिए तो?

मन्त्री ने मुस्कराकर दोना खोल दिया और पंडितजी नेत्रों से मिठाइयां खाने लगे। अन्धा आँखें पाकर भी संसार को ऐसे तृष्णापूर्ण नेत्रों से न देखेगा। मुँह में पानी भर आया। मंत्री जी ने कहा- आपका व्रत न होता, तो दो-चार मिठाइयाँ आपको चखाता। 5 रु. सेर के दाम दिये हैं।

मोटेराम- तब तो बहुत ही श्रेष्ठ होंगी। मैंने बहुत दिन हुए, कलाकन्द नहीं खाया।

मंत्री जी- आपने भी तो बैठे-बैठाए झंझट मोल ने लिया। प्राण ही न रहेंगे तो धन किस काम आएगा?

मोटेराम- क्या करूं, फंस गया। मैं इतनी मिठाइयों का जलपान कर जाता था। (हाथ से मिठाइयों को टटोल कर) भोला की दुकान की होंगी?

मन्त्री- चखिए दो-चार?

मोटेराम- क्या चखूँ, धर्मसंकट में पड़ा हूँ।

मन्त्री- अजी चखिए भी! इस समय जो आनन्द प्राप्त होगा, वह लाख रुपये में भी नहीं मिल सकता। कोई किसी से कहने जाता है क्या?

मोटेराम- मुझे भय किसका है? मैं यहाँ दाना-पाजी बिना मर रहा हूँ और किसी को परवाह ही नहीं। तो फिर मुझे क्या डर? लाओ? इधर दोना बढ़ाओ। जाओ, सबसे कह देना, शास्त्री जी ने व्रत तोड़ दिया। भाड़ में जाए बाजार और व्यापार! यहाँ किसी की चिन्ता नहीं। जब धर्म नहीं रहा, तो मैंने ही धर्म का बीड़ा थोड़े ही उठाया है!

यह कहकर पंडितजी ने दोना अपनी तरफ खींच लिया और लगे बढ़-बढ़कर हाथ मारने। यहाँ तक कि एक पल-भर में आधा दोना समाप्त हो गया। सेठ लोग आकर फटक पर खड़े थे। मंत्री जी ने जाकर कहा- जरा चलकर तमाशा देखिए। आप लोगों को न बाजार खोलना पड़ेगा, न खुशामद करनी पड़ेगी। मैंने सारी समस्याएँ हल कर दीं। यह कांग्रेस का प्रताप है।

चाँदनी छिटकी हुई थी। लोगों ने आकर देखा, पंडितजी मिठाई ठिकाने लगाने में वैसे ही तन्मय हो रहे हैं, जैसे कोई महात्मा समाधि में मग्न हो।

भोंदूमल ने कहा- पंडितजी के चरण छूता हूँ। हम लोग तो आ ही रहे थे, आपने क्यों जल्दी की ? ऐसी तरकीब बताते कि आपकी प्रतिज्ञा भी न टूटती और कार्य भी सिद्ध हो जाता।

मोटेराम- मेरा काम सिद्ध हो गया। यह अलौकिक आनन्द है, जो धन के ढेरों से नहीं प्राप्त हो सकता। अगर कुछ श्रद्धा हो, तो इसी दुकान की इतनी ही मिठाई और मंगवा दो।

□□□

हम यह कहना भूल गए कि मन्त्री जी को मिठाई लेकर मैदान में आते समय पुलिस के सिपाही को चार आने पैसे देने पड़े थे। वह नियम-विरुद्ध था, लेकिन मंत्री जी ने इस बात पर अड़ना उचित न समझा।

-लेखक

भाड़े का टट्टू

आगरा कॉलेज के मैदान में संध्या-समय दो युवक हाथ-से-हाथ मिलाए टहल रहे थे। एक का नाम यशवन्त था, दूसरे का रमेश। यशवन्त डील-डौल का ऊंचा और बलिष्ठ था। उसके मुख पर संयम और स्वास्थ्य की कांति झलकती थी। रमेश छोटे कद और इकहरे बदन का, तेजहीन और दुर्बल आदमी था। दोनों में किसी विषय पर बहस हो रही थी।

यशवन्त ने कहा- मैं आत्मा के आगे धन का कुछ मूल्य नहीं समझता।

रमेश बोला- बड़ी खुशी की बात है।

यशवन्त- हां, देख लेना। तुम ताना मार रहे हो, लेकिन मैं दिखला दूंगा कि धन को कितना तुच्छ समझता हूँ।

रमेश- खैर, दिखला देना। मैं तो धन को तुच्छ नहीं समझता। धन के लिए आज 15 वर्षों से किताबें चाट रहा हूँ धन के लिए माँ-बाप, भाई-बहन सबसे अलग यहाँ पड़ा हूँ। न जाने अभी कितनी सलामियाँ देनी पड़ेगी, कितनी खुशामद करनी पड़ेगी। क्या इसमें आत्मा का पतन न होगा? मैं तो इतने ऊँचे आदर्श का पालन नहीं कर सकता। यहाँ तो अगर किसी मुकदमे में अच्छी रिश्वत पा जाएँ तो शायद छोड़ न सके। क्या तुम छोड़ दोगे?

यशवन्त--मैं उसकी ओर आँखें उठाकर भी न देखूँगा और मुझे विश्वास है कि तुम जितने नीच बनते हो, उतने नहीं हो।

रमेश- मैं उससे कहीं नीच हूँ जितना कहता हूँ।

यशवन्त- मुझे तो यकीन नहीं आता कि स्वार्थ के लिए तुम किसी को नुकसान पहुँचा सकोगे।

रमेश- भाई, संसार में आदर्श का निर्वाह केवल संन्यासी ही कर सकता है, मैं तो नहीं कर सकता। मैं तो समझता हूँ कि अगर तुम्हें धक्का देकर तुमसे बाजी जीत सकूँ, तो तुम्हें जरूर गिरा दूँगा। और, बुरा न मानो तो कह दूँ तुम भी मुझे जरूर गिरा दोगे। स्वार्थ का त्याग करना कठिन है।

यशवन्त- तो मैं कहूँगा कि तुम भाड़े के हो।

रमेश- और में कहूंगा कि तुम काठ के उल्लू हो।

2

यशवन्त और रमेश साथ-साथ स्कूल में दाखिल हुए और साथ-ही-साथ उपाधियाँ लेकर कॉलेज से निकले। यशवन्त कुछ मंदबुद्धि, पर बला का मेहनती था। जिस काम को हाथ में लेता, उससे

चिमट जाता उसे पूरा करके ही छोड़ता। रमेश तेज था, पर आलसी। घंटे-भर भी जमकर बैठता उसके लिए मुश्किल था। एम.ए. तक तो वह आगे रहा और यशवन्त पीछे, मेहनत बुद्धिबल से परास्त होती रही, लेकिन सिविल-सर्विस में पासा पलट गया। यशवन्त सब धंधे छोड़कर किताबों पर पिल पड़ा, घूमना-फिरना, सैर-सपाटा, सरकस-थियेटर, यार-दोस्त, सबसे मुँह मोड़कर अपनी एकान्त कुटीर में जा बैठा। रमेश दोस्तों के साथ गप-शप उड़ाता, क्रिकेट खेलता रहा। कभी-कभी मनोरंजन के तौर पर किताबें देख लेता। कदाचित् उसे विश्वास था कि अब की भी मेरी तेजी बाजी ले जाएगी। अकसर जाकर यशवन्त को दिक करता। उसकी किताब बंद कर देता, कहता, क्यों प्राण दे रहे हो? सिविल- सर्विस कोई मुक्ति तो नहीं है, जिसके लिए दुनिया से जाता तोड़ लिया जाए! यहाँ तक कि यशवन्त उसे आते देखता, तो किवाड़ बंद कर देता।

आखिर परीक्षा का दिन आ पहुँचा। यशवन्त ने सब-कुछ याद किया था, पर किसी प्रश्न का उत्तर सोचने लगता, तो उसे मालूम होता, मैंने जितना पढ़ा था, सब भूल गया। वह बहुत घबराया हुआ था। रमेश पहले से कुछ सोचने का आदी न था। सोचता, जब परचा सामने आएगा, उस वक्त देखा जाएगा। वह आत्मविश्वास से फूला-फूला फिरता था।

परीक्षा का फल निकला, तो सुस्त कछुआ तेज खरगोश से बाजी मार ले गया था।

अब रमेश की आँखें खुलीं, पर वह हताश न हुआ। योग्य आदमी के लिए यश और धन की कमी नहीं, यह उसका विश्वास था। उसने कानून की परीक्षा की तैयारी शुरू की और यद्यपि उसने बहुत ज्यादा मेहनत न की, लेकिन अव्वल दरजे में पास हुआ। यशवन्त ने उसको बधाई का तार भेजा। यह अब एक जिले का अफ़सर हो गया था।

3

दस साल गुजर गए। यशवन्त दिलोजान से काम करता था और उसके अफसर उससे बहुत प्रसन्न थे। पर अफसर जितने प्रसन्न थे, मातहत उतने ही अप्रसन्न रहते थे। वह खुद जितनी मेहनत करता था, मातहतों से भी उतनी ही मेहनत लेना चाहता था, खुद जितना बेलौस था, मातहतों को भी उतना ही बेलौस बनाना चाहता था। ऐसे आदमी बड़े कारगुजार समझे जाते हैं। यशवन्त की कारगुजारी का अफसरों पर सिक्का जमता जाता था। पाँच वर्षों में ही वह जिले का जज बना दिया गया।

रमेश इतना भाग्यशाली न था। वह जिस इजलास में वकालत करने जाता, वहीं असफल रहता। हाकिम को नियत समय पर आने में देर हो जाती, तो खुद भी चल देता और फिर बुलाने से भी न आता। कहता-अगर हाकिम वक्त की पाबंदी नहीं करता, तो मैं क्यों करूँ? क्या गरज पड़ी है कि घंटों उनके इजलास पर खड़ा उनकी राह देखा करूँ? बहस इतनी निर्भीकता से करता कि खुशामद के आदी हुक्काम की निगाहों में उसकी निर्भीकता गुस्ताख़ी मालूम होती। सहनशीलता उसे छू नहीं गई थी। हाकिम को या दूसरे पक्ष का वकील जो उसके मुँह लगता, उसकी खबर लेता था। यहाँ तक कि एक बार वह जिला-जज ही से लड़ बैठा। फल यह हुआ कि उसकी सनद छीन ली गई। किन्तु मुवक्किल के हृदय में उसका सम्मान ज्यों-का-त्यों रहा।

तब उसने आगरा-कॉलेज में शिक्षक का पद प्राप्त कर लिया। किन्तु यहाँ भी दुर्भाग्य ने साथ न छोड़ा। प्रिंसिपल से पहले ही दिन खटपट हो गयी। प्रिंसिपल का सिद्धान्त यह था कि विद्यार्थियों को राजनीति से अलग रहना चाहिए। वह अपने कॉलेज के किसी छात्र को भी किसी राजनीतिक जलसे में शरीक न होने देते। रमेश पहले ही दिन से इस आज्ञा का खुल्लमखुल्ला विरोध करने लगा। उसका कथन था कि अगर किसी को राजनीतिक जलसों में शामिल होना चाहिए, तो विद्यार्थी को, यह भी उसकी शिक्षा का एक अंग है। अन्य देशों में छात्रों ने युगान्तर उपस्थित कर दिया है, तो इस देश में क्यों उनकी जबान बंद की जाती है? इसका फल यह हुआ कि साल खतम होने के पहले ही रमेश को इस्तीफा देना पड़ा। किन्तु विद्यार्थियों पर उसका दबाव तिल-भर भी कम न हुआ।

इस भांति कुछ तो अपने स्वभाव और कुछ परिस्थितियों ने रमेश को मार-मारकर हकीम बना दिया। पहले मुवक्किलों का पक्ष लेकर अदालत से लड़ा, फिर छात्रों का पक्ष लेकर प्रिंसिपल से रार मोल ली और अब प्रजा का पक्ष लेकर सरकार को चुनौती दी। वह स्वभाव से ही निर्भीक, आदर्शवादी, सत्यभक्त तथा आत्माभिमानी था। ऐसे प्राणी के लिए प्रजा-सेवक बनने के सिवा और उपाय ही क्या था! समाचार पत्रों में वर्तमान परिस्थिति पर उसके लेख निकलने लगे। उसकी आलोचनाएँ इतनी स्पष्ट, इतनी व्यापक और इतनी मार्मिक होती थी कि शीघ्र ही उसकी कीर्ति फैल गई। लोग मान गए कि इस क्षेत्र में एक नई शक्ति का उदय हुआ है। अधिकारी लोग उसके लेख पढ़कर तिलमिला उठते थे। उसका निशानाबा इतना ठीक बैठता था कि उससे बच निकलना असम्भव था। अतिशयोक्ति तो उनके सिरों पर से सनसनाती हुई निकल जाती थीं। उनका-वे दूर से तमाशा देख सकते थे, अभिज्ञाताओं की वे उपेक्षा कर सकते थे। ये सब शस्त्र उनके पास तक पहुँचते ही न थे, रास्ते ही में गिर पड़ते थे। पर रमेश के निशाने सिरों पर बैठते और अधिकारियों में हलचल और हाहाकार मचा देते थे।

देश की राजनीतिक स्थिति चिंताजनक हो रही थी। यशवन्त अपने पुराने मित्र के लेखों को पढ़-पढ़कर काँप उठते थे। भय होता, कहीं वह कानून के पंजे में न आ जाए। बार-बार उसे संयत रहने की ताकीद करते, बार-बार मिन्नतें करते कि जरा अपने कलम को और नरम कर दो, जान-बूझकर क्यों विषधर कानून के मुँह में उँगली डालते हो? लेकिन रमेश को नेतृत्व का नशा चढ़ा हुआ था। वह इन पत्रों का जवाब तक न देता था।

पाँचवें साल यशवन्त बदलकर आगरे का जिला-जज हो गया।

4

देश की राजनीतिक दशा चिन्ताजनक हो रही थी। खुफिया-पुलिस ने एक तूफान खड़ा कर दिया था। उसकी कपोल-कल्पित कथाएँ सुन-सुनकर हुक्कामों की रूह फ़ना हो रही थी। कहीं अखबारों का मुँह बंद किया जाता था, कहीं प्रजा के नेताओं का। खुफिया पुलिस ने अपना उल्लू सीधा करने के लिए हुक्कामों के कुछ इस तरह कान भरे कि उन्हें हर एक स्वतन्त्र विचार रखने वाला आदमी खूनी और कातिल नजर आता था।

रमेश यह अंधेर देखकर चुप बैठने वाला मनुष्य न था। ज्यों-ज्यों अधिकारियों की निरंकुशता बढ़ती थी, त्यों-त्यों उसका भी जोश बढ़ता जाता था। रोज कहीं-न-कहीं व्याख्यान देता और उसके प्राय: सभी व्याख्यान विद्रोहात्मक भावों से भरे होते थे। स्पष्ट और खरी बातें कहना ही विद्रोह है। अगर किसी का राजनीतिक भाषण विद्रोहात्मक नहीं माना गया, तो समझ लो, उसने अपने आंतरिक भावों को गुप्त रखा है। उसके दिल में जो कुछ है, उसे जबान पर लाने का साहस उसमें नहीं है। रमेश ने मनोभावों को गुप्त रखना सीखा ही न था। प्रजा का नेता बनाकर जेल और फांसी से डरना क्या! जो आफत आनी हो, आये। वह सब कुछ सहने को तैयार बैठा था। अधिकारियों की आँखों में भी यही सबसे ज्यादा गड़ा हुआ था।

एक दिन यशवन्त ने रमेश को अपने यहाँ बुला भेजा। रमेश के जी में तो आया कि कह दे, तुम्हें आते क्या शर्म आती है! आखिर हो तो गुलाम ही! लेकिन फिर कुछ सोचकर कहला भेजा, कल शाम को आऊंगा। दूसरे दिन वह ठीक छह बजे यशवन्त के बंगले पर जा पहुँचा। उसने किसी से इसका जिक्र न किया। कुछ तो यह खयाल था कि लोग कहेंगे, मैं अफसरों की खुशामद करता हूँ और कुछ यह कि शायद इससे यशवन्त को कोई हानि पहुँचे।

वह यशवन्त के बंगले पर पहुँचा, तो चिराग जल चुके थे। यशवन्त ने आकर उसे गले से लगा लिया। आधी रात तक दोनों मित्रों में खूब बातें होती रहीं। यशवन्त ने इतने दिनों में नौकरी के जो अनुभव प्राप्त किए थे, सब बयान किए। रमेश को यह जानकर आश्चर्य हुआ, कि यशवन्त के राजनीतिक विचार कितने विषयों में मेरे विचारों से भी ज्यादा स्वतन्त्र हैं। उसका यह खयाल बिलकुल गलत निकला कि वह बिलकुल बदल गया होगा, वफादारी के राग अलापता होगा।

रमेश ने कहा- भले आदमी, जब इतना जले हुए हो, तो छोड़ क्यों नहीं देते नौकरी? और कुछ न सही, अपनी आत्मा की रक्षा तो कर सकोगे।

यशवन्त- मेरी चिन्ता पीछे करना, इस समय अपनी चिन्ता करो। मैंने तुम्हें सावधान करने को बुलाया है। इस वक्त सरकार की नजर में तुम बेतरह खटक रहे हो। मुझे भय है, कि तुम कहीं पकड़े न जाओ।

रमेश- इसके लिए तो तैयार बैठा हूँ।

यशवन्त- फिर आग में कूदने से लाभ ही क्या?

रमेश- हानि-लाभ देखना मेरा काम नहीं। मेरा काम तो अपने कर्तव्य का पालन करना है।

यशवन्त- हठी तो तुम सदा के हो, मगर मौका नाजुक है, संभले रहना ही अच्छा है। अगर मैं देखता कि जनता में वास्तविक जागृति है, तो तुमसे पहले मैदान में आता। पर जब देखता हूँ कि अपने ही मरे स्वर्ग देखना है, तो आगे कदम रखने की हिम्मत नहीं पड़ती।

दोनों दोस्तों ने देर तक बातें की। कॉलेज के दिन याद आये। सहपाठियों के लिए कॉलेज की पुरानी स्मृतियाँ मनोरंजन और हास्य का अविरल ओत हुआ करती हैं। अध्यापकों पर

आलोचनाएँ हुईं, कौन-कौन साथी क्या कर रहा है, इसकी चर्चा हुई। बिलकुल यही मालूम होता था कि दोनों अभी भी कॉलेज के छात्र हैं। गम्भीरता नाम को भी न थी।

रात ज्यादा हो गई। भोजन करते-करते एक बज गया। यशवन्त ने कहा- अब कहीं जाओगे, यहीं सो रहो और बातें हों। तुम तो कभी आते भी कहीं? रमेश तो रमते जोगी थे ही, खाना खाकर बातें करते-करते सो गए। नींद खुली, तो नौ बज गए थे। यशवन्त सामने खड़े मुस्करा रहे थे।

इसी रात को आगरे में भयंकर डाका पड़ गया।

5

रमेश दस बजे घर पहुँचे, तो देखा, पुलिस ने उनका मकान घेर रखा है। इन्हें देखते ही एक अफसर ने वारंट दिखाया। तुरन्त घर की तलाशी होने लगी। मालूम नहीं, क्यों कर रमेश के मेज़ की दराज में से एक पिस्तौल निकल आयी। फिर क्या था, हाथों में हथकड़ी पड़ गई। अब किसे उनके डाके में शरीक होने से इनकार हो सकता था? और भी कितने ही आदमियों पर आफत आयी। सभी प्रमुख नेता चुन लिए गए मुकदमा चलने लगा।

औरों की बात तो ईश्वर जाने, पर रमेश निरपराध था। इसका उसके पास ऐसा प्रबल प्रमाण था, जिसकी सत्यता से किसी को इनकार न हो सकता था। पर क्या वह इस प्रमाण का उपयोग कर सकता था?

रमेश ने सोचा, यशवन्त स्वयं मेरे वकील द्वारा सफाई के गवाहों में अपना नाम लिखाने का प्रस्ताव करेगा। मुझे निर्दोष जानते हुए वह कभी मुझे जेल न जाने देगा। वह इतना हृदय-शून्य नहीं है। लेकिन दिन गुजरते जाते थे और यशवन्त की ओर से इस प्रकार का कोई प्रस्ताव न होता था, और रमेश खुद संकोचवश उसका नाम लिखाते हुए डरते थे। न-जाने इसमें उसे क्या बाधा हो। अपनी रक्षा के लिए वह उसे संकट में न डालना चाहते थे।

यशवन्त हृदय-शून्य न थे, भाव-शून्य न थे, लेकिन कर्म-शून्य अवश्य थे। उन्हें अपने परम मित्र को निर्दोष मारे जाते देखकर दुःख होता था, कभी-कभी रो पड़ते थे, पर इतना साहस न होता था कि सफाई देकर उसे छुड़ा लें। न जाने अफसरों को क्या खयाल हो। कहीं यह न समझने लगें कि मैं भी षड्यन्त्रकारियों से सहानुभूति रखता हूँ। मेरा भी उनके साथ कुछ सम्पर्क है। यह मेरे हिन्दुस्तानी होने का दंड है। जानकर जहर निगलना पड़ रहा है। पुलिस ने अफसरों पर इतना आतंक जमा दिया है कि चाहे मेरी शहादत से रमेश छूट भी जाए, खुल्लमखुल्ला मुझ पर अविश्वास न किया जाए, पर दिलों से यह सन्देह क्यों कर दूर होगा कि मैंने केवल एक स्वदेश-बन्धु को छुड़ाने के लिए झूठी गवाही दी? और बन्धु भी कौन? जिस पर राज विद्रोह का अभियोग है।

इसी सोच-विचार में एक महीना गुजर गया। उधर मजिस्ट्रेट ने यह मुकदमा यशवन्त ही के इजलास में भेज दिया। डाके में कई खून हो गए थे और मजिस्ट्रेट को उतनी कड़ी सजाएँ देने का अधिकार न था, जितनी उसके विचार में दी जानी चाहिए थीं।

6

यशवन्त अब बड़े संकट में पड़ा। उसने छुट्टी लेनी चाही, लेकिन मंजूर न हुई। सिविल सर्जन अंग्रेज था। इस वजह से उसकी सनद लेने की हिम्मत न पड़ी। बला सिर पर आ पड़ी थी और उससे बचने का उपाय न सूझता था।

भाग्य की कुटिल क्रीड़ा देखिए। साथ खेले और साथ पढ़े हुए दो मित्र एक दूसरे के सम्मुख खड़े थे, केवल एक कटघरे का अन्तर था। पर एक की जान दूसरे की मुट्ठी में थी। दोनों की आँखें कभी चार न होतीं। दोनों सिर नीचा किए रहते थे। यद्यपि यशवन्त न्याय के पद पर था और रमेश मुलजिम, लेकिन यथार्थ में दशा इसके प्रतिकूल थी। यशवन्त की आत्मा लज्जा, ग्लानि और मानसिक पीड़ा से तड़पती थी, और रमेश का मुख निर्दोषिता प्रकाश से चमकता रहता था।

दोनों मित्रों में कितना अन्तर था। एक कितना उदार था, दूसरा कितना स्वार्थी। रमेश चाहता, तो भरी अदालत में उस रात की बात कह देता। लेकिन यशवन्त जानता था, रमेश फाँसी से बचने के लिए भी उस प्रमाण का आश्रय न लेगा, जिसे मैं गुप्त रखना चाहता हूँ।

जब तक मुकदमे की पेशियाँ होती रहीं, तब तक यशवन्त को असह्य मर्म- वेदना होती रही। उसकी आत्मा और स्वार्थ में नित्य संग्राम होता रहता था, पर फैसले के दिन तो उसकी वही दशा हो रही थी, जो किसी खून के अपराधी की हो। इजलास पर जाने की हिम्मत न पड़ती थी। वह तीन बजे कचहरी पहुँचा। मुलजिम अपना भाग्य-निर्णय सुनने को तैयार खड़े थे। रमेश भी आज रोज से ज्यादा उदास था। उसके जीवन-संग्राम में वह अवसर आ गया था, जब उसका सिर तलवार की धार के नीचे होगा। अब तक भय सूक्ष्म रूप में था, आज उसने स्थूल रूप धारण कर लिया था।

यशवन्त ने दृढ़ स्वर में फैसला सुनाया। जब उसके मुख से ये शब्द निकले कि रमेशचन्द्र को सात वर्ष का कठोर कारावास, तो उसका गला बँध गया, उसने तजवीज मेज़ पर रख दी। कुर्सी पर बैठकर पसीना पोंछने के बहाने आंखों में उमड़े हुए आँसुओं को पोंछा इसके आगे तजवीज उससे न पड़ी गई।

7

रमेश जेल से निकलकर पक्का क्रान्तिकारी बन गया। जेल की अँधेरी कोठरी में दिल-भर के कठिन परिश्रम के बाद वह दीनों के उपकार और सुधार के मनसूबे बाँधा करता था। सोचा, मनुष्य क्यों पाप करता है? इसलिए न कि संसार में इतनी विषमता है। कोई तो विशाल भवनों में रहता है और किसी को पेड़ की छाँह भी मयस्सर नहीं। कोई रेशम और रत्नों से मढ़ा हुआ है,

किसी को फटा वस्त्र भी नहीं। ऐसे न्याय-विहीन संसार में यदि चोरी, हत्या और अधर्म है, तो यह किसका दोष है? वह एक ऐसी समिति खोलने का स्वप्न देखा करता जिसका काम संसार से इस विषमता को मिटा देना हो।

संसार सबके लिए है और उसमें सबके सुख भोगने का समान अधिकार है। न डाका, डाका है, न चोरी, चोरी। धनी अगर अपना धन खुशी से नहीं बाँट देता, तो उसकी इच्छा के विरुद्ध बाँट लेने में क्या पाप! धनी उसे पाप कहता है, तो कहे। उनका बनाया हुआ कानून अगर दंड देना चाहता है, तो दे। हमारी अदालत भी अलग होगी। उसके सामने ये सभी मनुष्य अपराधी होंगे, जिनके पास जरूरत से ज्यादा सुख-भोग की सामग्रियाँ हैं। हम भी उन्हें दंड देंगे, हम भी उनसे कड़ी मेहनत लेंगे ।

जेल से निकलते ही उसने इस सामाजिक क्रान्ति की घोषणा कर दी। गुप्त सभा, बनने लगीं, शस्त्र जमा किए जाने लगे और थोड़े ही दिनों में डाकों का बाजार गरम हो गया। पुलिस ने उनका पता लगाना शुरू किया। उधर क्रान्तिकारियों ने पुलिस पर भी हाथ साफ करना शुरू किया। उनकी शक्ति दिन-दिन बढ़ने लगी। काम इतनी चतुराई से होता था कि किसी को अपराधियों का कुछ सुराग न मिलता।

रमेश कहीं गरीबों के लिए दवाखाने खोलता, कहीं बैंक। डाके के रुपयों से उसने इलाके खरीदना शुरू किया। जहाँ कोई इलाका नीलाम होता, वह उसे खरीद लेता। थोड़े ही दिनों में उसके अधीन एक बड़ी जायदाद हो गई। इसका नफा गरीबों के उपकार में खर्च होता था। तुर्रा यह कि सभी जानते थे, यह रमेश की करामात है, पर किसी को मुँह खोलने की हिम्मत न होती थी। सभ्य समाज की दृष्टि में रमेश से ज्यादा घृणित और कोई प्राणी संसार में न था। लोग उसका नाम सुनकर कानों पर हाथ रख लेते थे। शायद उसे प्यासे मरता देखकर कोई एक बूंद पानी भी उसके मुँह में न डालता। लेकिन किसी की मजाल न थी कि उस पर आक्षेप कर सके।

इस तरह कई साल गुजर गए। सरकार ने डाकुओं का पता लगाने के लिए बड़े-बड़े इनाम रखे। यूरोप से गुप्त पुलिस के सिद्धहस्त आदमियों को बुलाकर इस काम पर नियुक्त किया गया। लेकिन गजब के डकैत थे, जिनकी हिकमत के आगे किसी की कुछ न चलती थी।

पर रमेश खुद अपने सिद्धान्तों का पालन न कर सका। ज्यों-ज्यों दिन गुजरते थे, उसे अनुभव होता था कि मेरे अनुयायियों में असंतोष बढ़ता जाता है। उनमें भी जो ज्यादा चतुर और साहसी थे, वे दूसरों पर रोब जमाते और लुट के माल में बराबर हिस्सा न लेते थे। यहाँ तक कि रमेश से कुछ लोग जलने लगे । वह अब राजसी ठाट से रहता था। लोग कहते, उसे हमारी कमाई को यों उड़ाने का क्या अधिकार है? नतीजा यह हुआ कि आपस में फूट पड़ गई।

रात का वक्त था, काली घटा छाई थी। आज डाक गाड़ी में डाका पड़ने वाला था। प्रोग्राम पहले से तैयार कर लिया गया था। पाँच साहसी युवक इस काम के लिए चुने गए थे।

सहसा एक युवक ने खड़े होकर, कहा-बार-बार मुझे ही क्यों चुनते हैं? हिस्सा लेने वाले तो सब हैं, मैं ही क्यों बार-जार अपनी जान जोखिम में डालूं? रमेश ने दृढ़ता से कहा- इसका

निश्चय करना मेरा काम है कि किसे कहाँ भेजा जाए। तुम्हारा काम केवल मेरी आज्ञा का पालन है।

युवक- अगर मुझसे काम ज्यादा लिया जाता है, तो हिस्सा क्यों नहीं ज्यादा दिया जाता?

रमेश ने उसकी त्यौरियां देखीं और चुपके से पिस्तौल हाथ में लेकर बोले- इसका फैसला वहाँ से लौटने के बाद होगा।

युवक- मैं जाने से पहले इसका फैसला करना चाहता हूँ।

रमेश ने इसका जवाब न दिया। वह पिस्तौल से उसका काम तमाम कर देना ही चाहते थे कि युवक खिड़की से नीचे कूद पड़ा और भागा। कूदने-फांदने में उसका जोड़ न था। चलती रेलगाड़ी से फाँद पड़ना उसके बाएँ हाथ का खेल था।

वह यहाँ से सीधा गुप्त पुलिस के प्रधान के पास पहुँचा।

8

यशवंत ने भी पेंशन लेकर वकालत शुरू की थी। न्याय-विभाग के सभी लोगों से उनकी मित्रता थी। उनकी वकालत बहुत जल्द चमक उठी। यशवंत के पास लाखों रुपये थे। उन्हें पेंशन बहुत मिलती थी। वह चाहते, तो घर बैठे आनन्द से अपनी उम्र के बाकी दिल काट देते। देश और जाति की कुछ सेवा करना भी उनके लिए मुश्किल न था। ऐसे ही पुरुषों से नि:स्वार्थ सेवा की आशा की जा सकती है। पर यशवन्त ने अपनी सारी उम्र रुपये कमाने में गुजारी थी, और वह अब कोई ऐसा काम न कर सकते थे, जिसका फल रुपयों की सूरत में न मिले।

यों तो सारा सभ्य समाज रमेश से घृणा करता था, लेकिन यशवन्त सबसे बढ़ा हुआ था। कहता, अगर कभी रमेश पर मुकदमा चलेगा, तो मैं बिना फीस लिये सरकार की तरफ से पैरवी करूंगा। खुल्लमखुल्ला रमेश पर छींटे उड़ाया करता- यह आदमी नहीं शैतान है, राक्षस है, ऐसे आदमी का तो मुंह न देखना चाहिए। उफ, इसके हाथों कितने के भले घरों का सर्वनाश हो गया। कितने भले आदमियों के प्राण गये। कितनी स्त्रियाँ विधवा हो गई। कितने बालक अनाथ हो गए। आदमी नहीं पिशाच है। मेरा बस चले, इसे गोली मार दूँ जीता नुचवा दूँ।

9

सारे शहर में शोर मचा हुआ था-रमेश बाबू पकड़े गए! बात सच्ची थी। रमेश चुपचाप पकड़ा गया था। उसी युवक ने, जो रमेश के सामने कूदकर आगा था, पुलिस के प्रधान से सारा कच्चा चिट्ठा बयान कर दिया था। अपहरण और हत्या का कैसा रोमांचकारी, कैसा पैशाचिक, कैसा पापपूर्ण वृत्तान्त था।

भद्र समुदाय बगलें बजाता था। सेठों के घरों में घी के चिराग जलते थे। उनके सिर पर एक नंगी तलवार लटकी रहती थी, आज वह हट गई। अब वे मीठी नींद सो सकते थे।

अखबारों में रमेश के हथकंडे छपने लगे। वे बातें, जो अब तक मारे भय के किसी की जबान पर न आती थीं, अब अखबारों में छपने लगी। उनको पढ़कर पता चलता था कि रमेश ने कितना अंधेर मचा रखा था। कितने ही राजे और रईस उसे माहवार टैक्स दिया करते थे। उसका पुरजा पहुँचता, फलां तारीख को इतने रुपये भेज दो । फिर किसी की मजाल थी कि उसका हुक्म टाल सके? वह जनता के हित के लिए जो काम करता, उसके लिए भी अमीरों से चंदे लिये जाते थे। रकम लिखना रमेश का काम था। अमीर को बिना कान-पूंछ हिलाए यह रकम दे देनी पड़ती थी।

लेकिन भद्र समुदाय जितना ही प्रसन्न था, जनता उतनी ही दुखी थी। अब कौन पुलिस वालों के अत्याचार से उनकी रक्षा करेगा, कौन सेठों के जुल्म से उन्हें बचाएगा, कौन उनके लड़कों के लिए कला-कौशल के मदरसे खोलेगा? वे अब किसके बल कूदेंगे? यही उनका अवलम्ब था। वे अब किसका मुँह ताकेंगे? किसको अपनी फरियाद सुनाएँगे?

पुलिस शहादतें जमा कर रही थी। सरकारी वकील जोरों से मुकदमा चलाने की तैयारियाँ कर रहा था। लेकिन रमेश की तरफ से कोई वकील न खड़ा होता था। जिले भर में एक ही आदमी था, जो उसे कानून के पंजे से छुड़ा सकता था। वह था यशवन्त। लेकिन यशवन्त, जिसके नाम से कानों पर उँगली रखता था, क्या उसकी वकालत करने को खड़ा होगा? असम्भव।

रात के नौ बजे थे। यशवन्त के कमरे में एक स्त्री ने प्रवेश किया। यशवन्त अखबार पढ़ रहा था। बोला- क्या चाहती हो?

स्त्री- अपने पति के लिए एक वकील।

यशवन्त- तुम्हारा पति कौन है?

स्त्री- वही जो आपके साथ पढ़ता था, और जिस पर डाके का झूठा अभियोग चलाया जानेवाला है।

यशवन्त ने चौंक कर पूछा- तुम रमेश की स्त्री हो?

स्त्री- हाँ।

यशवन्त- मैं उनकी वकालत नहीं कर सकता।

स्त्री- आपको अख्तियार है। आप अपने जिले के आदमी हैं और मेरे पति के मित्र भी रह चुके हैं। इसलिए सोचा था, क्यों बाहर वालों को बुलाऊँ? मगर अब इलाहाबाद या कलकत्ते से ही किसी को बुलाऊंगी।

यशवन्त- मेहनताना दे सकोगी?

स्त्री ने अभिमान के साथ कहा- बड़े-बड़े वकील का मेहनताना क्या होता है?

यशवन्त- तीन हजार रुपये रोज।

स्त्री-बस! आप इस मुकदमे को ले लें, मैं आपको तीन हजार रुपए रोज दूंगी।

थशवन्त- तीन हजार रुपए रोज।

स्त्री- हाँ और यदि आपने उन्हें छुड़ा लिया, तो पचास हजार रुपये आपको इनाम के तौर पर और दूंगी।

यशवन्त के मुँह में पानी भर आया। अगर मुकदमा दो महीने भी चला, तो कम-से-कम एक लाख रुपए सीधे हो जाएँगे, पुरस्कार ऊपर से। पूरे दो लाख की गोटी है। इतना धन तो जिंदगी-भर में भी जमा न कर पाए थे। मगर दुनिया क्या कहेगी? अपनी आत्मा भी तो नहीं गवाही देती। ऐसे आदमी को कानून के पंजे से बचाना असंख्य प्राणियों की हत्या करना है। लेकिन गोटी दो लाख की है। कुछ रमेश के फंस जाने से इस जत्थे का अन्त तो हुआ नहीं जाता। उसके चेले-चपाटे तो रहेंगे ही। शायद वे अब और भी उपद्रव मचाएं। फिर मैं दो लाख की गोटी क्यों जाने दूँ? लेकिन मुझे कहीं मुँह दिखाने की जगह न रहेगी। न सही। जिसका जी चाहे खुश हो, जिसका जी चाहे नाराज। ये दो लाख तो नहीं छोड़े जाते। कुछ मैं किसी का गला तो दबाता नहीं, चोरी तो करता नहीं? अपराधियों की रक्षा करना तो मेरा काम ही है।

सहसा स्त्री ने पूछा- आप क्या जवाब देते हैं?

यशवन्त-मैं कल जवाब दूँगा। जरा सोच लूँ?

स्त्री- नहीं, मुझे इतनी फुरसत नहीं है। अगर आपको कुछ उलझन हो तो साफ-साफ कह दीजिए, मैं और प्रबंध करूँ?

यशवन्त को और विचार करने का अवसर न मिला। जल्दी का फैसला स्वार्थ ही की ओर झुकता है। यहाँ हानि की सम्भावना नहीं रहती।

यशवन्त- आप कुछ रुपए पेशगी दे सकती हैं?

स्त्री- रुपयों की मुझसे बार-बार चर्चा न कीजिए। उनकी जान के सामने रुपयों की हस्ती क्या है। आप जितनी रकम चाहें, मुझसे ले लें। आप चाहे उन्हें छुड़ा न सके, लेकिन सरकार के दाँत जरूर खट्टे कर दें।

यशवन्त- खैर, मैं ही वकील हो जाऊंगा। कुछ पुरानी दोस्ती का निर्वाह भी तो करना चाहिए।

10

पुलिस ने एड़ी-चोटी का जोर लगाया, सैकड़ों शहादतें पेश कीं। मुखबिर ने तो पूरी गाथा ही सुना दी, लेकिन यशवन्त ने कुछ ऐसी दलीलें की, शहादतों को कुछ इस तरह झूठा सिद्ध किया और मुखबिर की कुछ ऐसी खबर ली कि रमेश बेदाग छूट गए। उन पर कोई अपराध न सिद्ध हो सका। यशवन्त जैसे संयत और विचारशील वकील का उनके पक्ष में खड़े हो जाना ही इसका प्रमाण था कि सरकार ने गलती की।

संध्या का समय था। रमेश के द्वार पर शामियाना तना हुआ था। गरीबों को भोजन कराया जा रहा था। मित्रों की दावत हो रही थी। यह रमेश के छूटने का समय था। यशवन्त को चारों ओर से

धन्यवाद मिल रहे थे। रमेश को बधाइयाँ दी जा रही थीं। यशवन्त बार-बार रमेश से बोलना चाहता, लेकिन रमेश उसकी ओर से मुंह फेर लेते थे। अब तक उन दोनों में एक बात भी न हुई थी।

आखिर यशवन्त ने एक बार झुँझलाकर कहा- तुम तो मुझसे इस तरह ऐंठे हुए हो, मानो मैंने तुम्हारे साथ कोई बुराई की है।

रमेश- और आप क्या समझते हैं कि मेरे साथ भलाई की है? पहले आपने मेरे इस लोक का सर्वनाश किया था, अब की परलोक का किया। पहले न्याय किया होता, तो मेरी जिन्दगी सुधर जाती और अब जेल जाने देते, तो आकबत बन जाती।

यशवन्त- यह तो न कहोगे कि मुझे इस मामले में कितने साहस से काम लेना पड़ा।

रमेश- आपने साहस से काम नहीं लिया, स्वार्थ से काम लिया। आप स्वार्थ के भक्त हैं। मैं तो आपको 'भाड़े का टट्टू समझता हूँ। मैंने अपने जीवन का बहुत दुरुपयोग किया, लेकिन उसे आपके जीवन से बदलने को किसी दशा में भी तैयार नहीं हूँ। आप मुझसे धन्यवाद की आशा न रखें।

□□□

बाबाजी का भोग

रामधन अहीर के द्वार पर एक साधु आकर बोला- बच्चा तेरा कल्याण हो, कुछ साधु पर श्रद्धा कर।

रामधन ने जाकर स्त्री से कहा- साधु द्वार पर आये हैं, उन्हें कुछ दे दे।

स्त्री बरतन माँज रही थी और इस घोर चिन्ता में मग्न थी कि आज भोजन क्या बनेगा। घर में अनाज का एक दाना भी न था। चैत का महीना था। फिर यहाँ दोपहर ही को अन्धकार छा गया था। उपज सारी-की-सारी खलिहान से उठ गई। आधी महाजन ने ले ली, आधी जमींदार के प्यादों ने वसूल की। भूसा बेचा तो बैल के व्यापारी से गला छूटा। बस थोड़ी-सी गाँठ अपने हिस्से में आयी। उसी को पीट-पीटकर एक मन-भर दाना निकाला था। किसी तरह चैत का महीना पार हुआ। अब आगे क्या होगा, क्या बैल खाएँगे, क्या घर के प्राणी खाएँगे, यह ईश्वर ही जाने। पर द्वार पर साधु आ गया है, उसे निराश कैसे लौटाएं, अपने दिल में क्या कहेगा।

स्त्री ने कहा- क्या दे दूँ कुछ तो रहा नहीं?

रामधन- जा, देख तो मटके में, कुछ आटा-वाटा मिल जाए तो ले आ।

स्त्री ने कहा- मटके झाड़-पोंछकर तो कल ही चूल्हा जला था। क्या उसमें बरकत होगी?

रामधन- तो मुझसे तो यह न कहा जाएगा कि बाबा, घर में कुछ नहीं है। किसी के घर से माँग ला।

स्त्री- जिससे लिया, उसे देने की नौबत नहीं आयी, अब और किस मुँह से मांगू?

रामधन-देवताओं के लिए कुछ अँगौवा निकाला है न, वही ला, दे आऊँ।

स्त्री-देवताओं की पूजा कहाँ से होगी?

रामधन- देवता माँगने तो नहीं आते? समाई होगी, करना, न समाई हो, न करना।

स्त्री- अरे, तो कुछ अँगौवा भी पसेरी-दो पसेरी है? बहुत होगा तो आध सेर। इसके बाद क्या फिर कोई न आयेगा? उसे तो जवाब देना ही पड़ेगा।

रामधन- यह बला तो टलेगी, फिर देखी जाएगी।

स्त्री झुँझलाकर उठी और एक छोटी-सी हांड़ी उठा लायी, जिसमें मुश्किल से आधा सेर आटा था। वह गेहूँ का आटा बड़े यत्न से देवताओं के लिए रखा हुआ था। रामधन कुछ देर खड़ा सोचता रहा, तब आटा एक कटोरे में रखकर बाहर आया और साधु की झोली में डाल दिया।

2

महात्मा ने आटा लेकर कहा- बच्चा, अब तो साधु आज यही रमेंगे। कुछ थोड़ी- सी दाल दे, तो साधु का भोग लग जाए।

रामधन ने फिर आकर स्त्री से कहा। संयोग से दाल घर में थी। रामधन ने दाल, नमक, उपले जुटा दिये। फिर कुएँ से पानी खींच लाया। साधु ने बड़ी विधि से बाटियाँ बनायीं, दाल पकायी और आलू झोली में से निकालकर भरता बनाया। जब सब सामग्री तैयार हो गई, तो रामधन से बोले- बच्चा, भगवान के भोग के लिए कौड़ी-भर घी चाहिए। रसोई पवित्र न होगी, तो भोग कैसे लगेगा?

रामधन- बाबाजी, घी तो घर में न होगा।

साधु- बच्चा, भगवान का दिया तेरे पास बहुत है। ऐसी बातें न कह।

रामधन- महाराज, मेरे गाय-भैंस कुछ नहीं है, घी कहाँ से होगा?

साधु- बच्चा, भगवान के भंडार में सब-कुछ है, जाकर मालकिन से कहो तो? रामधन ने जाकर स्त्री से कहा- घी माँगते हां। माँगने को भीख, पर घी बिना कौर नहीं धँसता।

स्त्री- तो इसी दाल में से थोड़ी लेकर बनिए के यहाँ से ला दो। जब सब किया है, तो इतने के लिए उन्हें क्यों नाराज करते हो?

घी आ गया। साधु जी ने ठाकुरजी की पिंडी निकाली, घंटी बजायी और भोग लगाने बैठे। खूब तनकर खाया, पेट पर हाथ फेरते हुए द्वार पर लेट गए। थाली, बटली और कलछुली रामधन घर में माँजने के लिए उठा ले गया।

उस रात रामधन के घर चूल्हा नहीं जला। खाली दाल पकाकर ही पी ली। रामधन लेटा, तो सोच रहा था- मुझसे तो यही अच्छे।

□□□

विनोद

विद्यालयों में विनोद की जितनी लीलाएँ होती रहती हैं, वे यदि एकत्र की जा सके, तो मनोरंजन की बड़ी उत्तम सामग्री हाथ आए। यहाँ अधिकांश छात्र जीवन की चिन्ताओं से मुक्त रहते हैं। कितने ही तो परीक्षाओं की चिन्ता से भी बरी रहते हैं। वहाँ मटरगश्ती करने, गप्पे उड़ाने और हँसी-मजाक करने के सिवा उन्हें कोई और काम नहीं रहता। उनका क्रियाशील उत्साह कभी विद्यालय के नाट्य-मंच पर प्रकट होता है, कभी विशेष उत्सवों के अवसर पर। उनका शेष समय अपने और मित्रों के मनोरंजन में व्यतीत होता है। वहाँ जहाँ किसी महाशय ने किसी विभाग में विशेष उत्साह दिखाया (क्रिकेट, हॉकी, फुटबाल को छोड़कर) और वह विनोद का लक्ष्य बना। अगर कोई महाशय बड़े धर्मनिष्ठ हैं, संध्या और हवन में तत्पर रहते हैं, बिना नागा नमाज अदा करते हैं, तो उन्हें हास्य का लक्ष्य बनने में देर नहीं लगती। अगर किसी को पुस्तकों से प्रेम है, कोई परीक्षा के लिए बड़े उत्साह से तैयारियाँ करता है, तो समझ लीजिए कि उसकी मिट्टी खराब करने के लिए कहीं-न-कहीं अवश्य षड्यंत्र रचा जा रहा है। सारांश यह कि यहाँ निर्द्वंद्व, निरीह, खुले-दिल आदमियों के लिए कोई बाधा नहीं, उनसे किसी को शिकायत नहीं होती, लेकिन मुल्लाओं और पंडितों की बड़ी दुर्गति होती है।

महाशय चक्रधर इलाहाबाद के एक सुविख्यात विद्यालय के छात्र थे। एम. ए. क्लास में दर्शन का अध्ययन करते थे। किन्तु जैसा विद्वजनों का स्वभाव होता है, हँसी-दिल्लगी से कोसों दूर भागते थे। जातीयता के गर्व में चूर रहते थे। हिन्दू आचार-विचार की सरलता और पवित्रता पर मुग्ध थे। उन्हें नेकटाई, कॉलर, वास्कट आदि वस्त्रों से घृणा थी। सीधा-सादा मोटा कुरता और चमरौधे जूते पहनते। प्रात:काल नियमित रूप से सन्ध्या-हवन करके मस्तक पर चन्दन का तिलक भी लगाया करते थे। ब्रह्मचर्य के सिद्धान्तों के अनुसार सिर घुटाते थे, किन्तु लंबी चोटी रख छोड़ी थी। उनका कहना था कि चोटी रखने में प्राचीन आर्य ऋषियों ने अपनी सर्वज्ञता का प्रचंड परिचय दिया है। चोटी के द्वारा शरीर की अनावश्यक उषणता बाहर निकल जाती और विद्युत-प्रवाह शरीर में प्रविष्ट होता है। इतना ही नहीं, शिखा को ऋषियों ने हिन्दू, जातीयता का मुख्य लक्षण घोषित किया है। भोजन सदैव अपने हाथ से बनाते थे और वह भी बहुत सुपाच्य और सूक्ष्म। उनकी धारणा थी कि आहार का मनुष्य के नैतिक विकास पर विशेष प्रभाव पड़ता है। विजातीय वस्तुओं को हेय समझते थे। कभी क्रिकेट या हॉकी के पास न फटने थे। पाश्चात्य सभ्यता के तो वह शत्रु ही थे। यहाँ तक कि अंग्रेजी लिखने-बोलने में भी उन्हें संकोच होता था, जिसका परिणाम यह था कि उनकी अंग्रेजी कमजोर थी और वह उसमें सीधा- सा पत्र भी मुश्किल से लिख सकते थे। अगर उनको कोई व्यसन था, तो पान खाने का। इसके गुणों का समर्थन और वैद्यक ग्रन्थों से उसकी परिपुष्टि करते थे।

विद्यालय के खिलाड़ियों को इतना धैर्य कहां कि ऐसा शिकार देखें और उस पर निशाना न मारें। आपस में कानाफूसी होने लगी कि इस जंगली को सीधे रास्ते पर लाना चाहिए। कैसा पंडित बना फिरता है। किसी को कुछ समझता ही नहीं। अपने सिवा सभी को जातीय भाव से हीन समझता है। इसकी ऐसी मिट्टी पलीत करो कि सारा पाखंड भूल जाए।

संयोग से अवसर भी अच्छा मिल गया। कॉलेज खुलने के थोड़े ही दिनों बाद एक ऐंग्लो इंडियन रमणी दर्शन की क्लास में सम्मिलित हुई। वह कवि-कल्पित सभी उपमाओं का आगार थी। सेब का-सा खिला हुआ रंग, सुकोमल शरीर, सहास्य छयि और उस पर मनोहर वेश-भूषा। छात्रों को विनोद का मसाला हाथ लगा। लोग इतिहास और भाषा छोड़कर दर्शन की कक्षा में प्रविष्ट होने लगे।

सबकी आंखें उसी चन्द्रमुखी की ओर चकोर की नाईं लगी रहती थी। सब उसके कृपा-कटाक्ष के अभिलाषी थे। सभी उसकी मधुर वाणी सुनने के लिए लालायित थे। किन्तु प्रकृति का जैसा नियम है, आधारशील हृदयों पर प्रेम का जादू जब चल जाता है, तब वारा-न्यारा करके ही छोड़ता है। और लोग तो आंखें ही सेंकने में मग्न रहा करते, किन्तु पंडित चक्रधर प्रेम-वेदना से विकल और सत्य अनुराग से उज्ज्वल हो उठे। रमणी के मुख की ओर ताकते भी झेंपते थे कि कहीं किसी की निगाह न पड़ जाए तो इस तिलक और शिखा पर फबतियां उड़ने लगें। जब अवसर पाते, तो अत्यन्त विनम्र, सचेष्ट, आतुर और अनुरक्त नेत्रों से देख लेते, किन्तु आँखें चुराए और सिर झुकाए हुए कि कहीं अपना परदा न खुल जाए। दीवार से कानों को खबर न हो जाए।

मगर दाई से पेट कहाँ छिप सकता है? ताड़ने वाले ताड़ गए। यारों ने पंडितजी की मुहब्बत की निगाह पहचान ही ली। मुँह-माँगी मुराद पायी। बांछें खिल गई। दो महाशयों ने उनसे घनिष्ठता बढ़ानी शुरू कर दी। मैत्री को संघटित करने लगे। जब समझ गए कि इन पर हमारा विश्वास जम गया, शिकार पर वार करने का अवसर आ गया, तो एक रोज दोनों ने बैठकर लेडियों की शैली में पंडितजी के नाम एक पत्र लिखा-

'माई डियर चक्रधर, बहुत दिनों से विचार कर रही हूँ कि आपको पत्र लिखूँ मगर इस भय से कि बिना परिचय से ऐसा साहस करना अनुचित होगा, अब तक जब्त करती रही। पर अब नहीं रहा जाता। आपने मुझ पर न जाने क्या जादू कर दिया है कि एक क्षण के लिए भी आपकी सूरत आँखों से नहीं उतरती। आपकी सौम्य मूर्ति, प्रतिभाशाली मस्तक और साधारण पहनावा सदैव आँखों के सामने फिरा करता है। मुझे स्वभावत:: आडम्बर से घृणा है। पर यहाँ सभी को कृत्रिमता के रंग में डूबा पाती हूँ। जिसे देखिए, मेरे प्रेम में अनुरक्त है, पर मैं उन प्रेमियों के मनोभावों से परिचित हूँ। वे सब-के-सब लम्पट और शोहदे हैं। केवल आप एक ऐसे सज्जन हैं, जिनके हृदय में मुझे सद्भाव और सदनुराग की झलक दीख पड़ती है। बार-बार उत्कंठा होती है कि आपसे कुछ बातें करूँ, मगर आप मुझसे इतनी दूर बैठते हैं कि वार्तालाप का सुअवसर नहीं प्राप्त होता। ईश्वर के लिए कल से आप मेरे समीप ही बैठा कीजिए, और कुछ न सही तो आपके सामीप्य ही से मेरी आत्मा तृप्त होती रहेगी।'

इस पत्र को पढ़कर फाड़ डालिएगा और इसका उत्तर लिखकर पुस्तकालय की तीसरी आलमारी के नीचे रख दीजिएगा।

आपकी लूसी।

यह पत्र डाक में डाल दिया गया और उत्सुक नेत्रों से देखने लगे कि इसका क्या असर होता है। उन्हें बहुत लम्बा इन्तजार न करना पड़ा। दूसरे दिन कॉलेज में आकर पंडितजी को लूसी के सन्निकट बैठने की फिक्र हुई। वे दोनों महाशय, जिन्होंने उनसे आत्मीयता बढ़ा रखी थी, लूसी के निकट बैठा करते थे। एक का नाम था नईम और दूसरे का गिरिधर सहाय। चक्रधर ने आकर गिरिधर से कहा- यार, तुम मेरी जगह जा बैठो। मुझे यहाँ बैठने दो।

नईम- क्यों? आपको हसद होता है क्या?

चक्रधर- हसद-दसद की बात नहीं। वहाँ प्रोफेसर साहब का लेक्चर सुनाई नहीं देता। मैं कानों का जरा भारी हूँ।

गिरिधर- पहले तो आपको यह बीमारी न थी। यह रोग कब से उत्पन्न हो आया। नईम- और फिर प्रोफेसर साहब तो यहाँ से और भी दूर हो जाएँगे जी?

चक्रधर- दूर हो जाएँगे तो क्या, यहाँ अच्छा रहेगा। मुझे कभी-कभी झपकियाँ आ जाती हैं। सामने डर लगा रहता है कि कहीं उनकी निगाह न पड़ जाए।

गिरिधर- आपको तो झपकियाँ ही आती हैं न। यहाँ तो यही घंटा सोने का है। पूरी एक नींद लेता हूँ। फिर?

नईम- तुम भी अजीब आदमी हो। जब दोस्त होकर एक बात कहते हैं, तो उसको मानने में तुम्हें क्या एतराज? चुपके से दूसरी जगह जा बैठो।

गिरिधर- अच्छी बात है, छोड़े देता हूँ। किन्तु यह समझ लीजिएगा कि यह कोई साधारण त्याग नहीं है। मैं अपने ऊपर बहुत जब्र कर रहा हूँ। कोई दूसरा लाख रुपये भी देता, तो जगह न छोड़ता।

नईम- अरे भाई, यह जन्नत है जन्नत! लेकिन दोस्त की खातिर भी तो है कोई चीज।

चक्रधर ने कृतज्ञतापूर्ण दृष्टि से देखा और वहाँ जाकर बैठ गए। थोड़ी देर के बाद लूसी भी अपनी जगह पर आ बैठी। अब पंडितजी बार-बार उसकी ओर सापेक्ष भाव से ताकते हैं कि वह कुछ बातचीत करे, और वह प्रोफेसर का भाषण सुनने में तन्मय हो रही है। आपने समझा, शायद लज्जावश नहीं बोलती। लज्जाशीलता रमणियों का सबसे सुन्दर आभूषण भी तो है। उसके डेस्क की ओर मुँह फेर-फेरकर ताकने लगे। उसे इनके पान चबाने से शायद घृणा होती थी-बार-बार मुँह दूसरी ओर फेर लेती थी। किंतु पंडितजी इतने कुशाग्रबुद्धि न थे। इतने प्रसन्न थे, मानो सातवें आसमान पर हैं। सबको उपेक्षा की दृष्टि से देखते थे मानो प्रत्यक्ष रूप से कह रहे हैं कि तुम्हें यह सौभाग्य कहाँ नसीब? मुझ-सा प्रतापी और कौन है?

दिन तो गुजरा। संध्या-समय पंडितजी नईम के कमरे में आये और बोले- यार, एक लेटर-राइटर पत्र-व्यवहार-शिक्षक की आवश्यकता है। किसका लेटर- राइटर सबसे अच्छा है?

नईम ने गिरिधर की ओर कनखियों से देखकर कहा-लेटर-राइटर लेकर क्या कीजिएगा?

गिरिधर- फजूल है। नईम खुद किस लेटर-राइटर से कम है।

चक्रधर ने कुछ सकुचाते हुए कहा- अच्छा, कोई प्रेम-पत्र लिखना हो, तो कैसे आरम्भ किया जाए?

नईम- डार्लिंग लिखते हैं। और जो बहुत ही घनिष्ठ संबंध हो तो डियर डार्लिंग लिख सकते हैं।

चक्रधर- और समाप्त कैसे करना चाहिए?

नईम- पूरा हाल बताइए, तो खत ही न लिख दें?

चक्रधर- नहीं, आप इतना बता दीजिए, मैं लिख लूंगा।

नईम- अगर बहुत प्यारा माशूक हो, तो लिखिए- Your dying Lover, और अगर साधारण प्रेमी हो, तो लिख सकते हैं- Your forever.

चक्रधर- कुछ शुभकामना के भाव तो रहने चाहिए न?

नईम- बेशक। बिना आदाब के भी कोई खत होता है, और वह भी मुहब्बत का? माशूक के लिए आदाब लिखने में फकीरों की तरह दुआएँ देनी चाहिए! आप लिख सकते हैं- God give you everlasting grace and beauty, या May you remain happy in love and lovely.

चक्रधर- कागज पर लिख दो।

गिरिधर ने एक पत्र के टुकड़े पर कई वाक्य लिख दिये। जब भोजन करके लौटे, तो चक्रधर ने अपने किवाड़ बंद कर लिए ओर खूब बना-बनाकर पत्र लिखा। अक्षर बिगड़-बिगड़ जाते थे, इसलिए कई बार लिखना पड़ा। कहीं पिछले पहर जाकर पत्र समाप्त हुआ। तब आपने उसे इत्र में बसाया और दूसरे दिन पुस्तकालय में निर्दिष्ट स्थान पर रख दिया। यार लोग तो ताक में थे ही, पत्र उड़ा लाये और खूब मजे ले-लेकर पढ़ा।

2

तीन दिन के बाद चक्रधर को फिर एक पत्र मिला। लिखा था-

'माई डियर चक्रधर,

तुम्हारी प्रेम-पत्री मिली। बार-बार पढ़ा। आँखों में लगाया, चुम्मन किया। कितनी मनोहर महक थी। ईश्वर से यही प्रार्थना है कि हमारा प्रेम भी ऐसा ही सुरभि-सिंचित रहे। आपको शिकायत है कि मैं आपसे बातें क्यों नहीं करती। प्रिय, प्रेम बातों में नहीं, हृदय से होता है। जब मैं तुम्हारी ओर से मुंह फेर लेती हूँ तो मेरे दिल पर क्या गुजरती है, यह मैं ही जानती हूँ। एक दबी हुई ज्वाला है, जो अंदर-ही-अंदर मुझे भस्म कर रही है। आपको मालूम नहीं, कितनी आँखें हमारी

ओर एकटक ताकती रहती हैं। जरा भी संदेह हुआ, और चिर-वियोग की विपत्ति हमारे सिर पड़ी। इसलिए हमें बहुत ही सावधान रहना चाहिए। तुमसे एक याचना करती हूं, क्षमा करना। मैं तुम्हें अंग्रेजी पोशाक में देखने को बहुत उत्कंठित हो रही हूँ। यों तो तुम चाहे जो वस्त्र धारण करो, मेरी आँखों के तारे हो-विशेषकर तुम्हारा सादा कुरता मुझे बहुत ही सुन्दर मालूम होता है-फिर भी, बाल्यावस्था से जिन वस्त्रों को देखती चली आती हूँ उन पर विशेष अनुराग होना स्वाभाविक है। मुझे आशा है, तुम निराश न करोगे। मैंने तुम्हारे लिए एक वास्कट बनाया है। उसे मेरे प्रेम का तुच्छ उपहार समझकर स्वीकार करो।

तुम्हारी लूसी।

पत्र के साथ एक छोटा-सा पैकेट था। वास्कट उसी में बंद था। यारों ने आपस में चंदा करके बड़ी उदारता से इसका मूलधन एकत्र किया था। उस पर सेट-परसेंट से भी अधिक लाभ होने की संभावना थी। पंडित चक्रधर उक्त उपहार और पत्र पाकर इतने प्रसन्न हुए, जिसका ठिकाना नहीं। उसे लेकर सारे छात्रावास में चक्कर लगा आये। मित्र-बंध देखते थे, उसकी काट-छाँट की सराहना करते थे, तारीफों के पुल बाँधते थे, उसके मूल्य का अतिश्योक्तिपूर्ण अनुमान करते थे। कोई कहता था-यह सीधे पेरिस से सिलकर आया है, इस मुल्क में ऐसे कारीगर कहां, कौन, अगर कोई इस ठक्कर का वास्कट सिलवा दे, तो 100 रु. की बाजी बदता हूँ। पर वास्तव में उसके कपड़े का रंग इतना गहरा था कि कोई सुरुचि रखने वाला मनुष्य उसे पहनना पसन्द न करता। चक्रधर को लोगों ने पूर्व मुख कर के खड़ा किया, और फिर शुभ मुहूर्त में यह वास्कट उन्हें पहनाया। आप फूले न समाते थे। कोई इधर से आकर कहता- भाई तुम तो बिलकुल पहचाने नहीं जाते। चोला ही बदल दिया। अपने वक्त के यूसुफ हो। यार, क्यों न हो, तभी तो यह ठाट है। मुख कैसा दमकने लगा, मानो तपाया हुआ कुंदन है। अजी, एक वास्कट पर यह जीवन है, कहीं पूरा अंग्रेजी सूट पहल लो, तो न जाने क्या गजब हो जाए। सारी मिसें लोट-पोट हो जाएँ। गला छुड़ाना मुश्किल हो जाए।

आखिर सलाह हुई कि उनके लिए एक अंग्रेजी सूट बनवाना चाहिए। इस कला के विशेषज्ञ उनके साथ गुट बाँधकर अच्छा बनवाने चले। पंडितजी घर के सम्पन्न थे। एक अंग्रेजी दुकान से बहुमूल्य सूट लिया गया। रात को इसी उत्सव में गाना- बजाना भी हुआ। दूसरे दिन, दस बजे, लोगों ने पंडितजी को सूट पहनाया। आप अपनी उदासीनता दिखाने के लिए बोले-मुझे तो बिलकुल अच्छा नहीं लगता। आप लोगों को न जाने क्यों ये कपड़े अच्छे लगते हैं?

नईम- जरा आईने में सूरत देखिए, तो मालूम हो। खासे शहजादे मालूम पड़ते हो। तुम्हारे हुस्न पर मुझे तो इश्क है। खुदा ने तो आपको ऐसी सूरत दी, और उसे आप मोटे कपड़ों में छिपाए हुए थे।

चक्रधर को नेकटाई बांधने का ज्ञान न था। बोले- भई, इसे तो ठीक कर दो। गिरिधर सहाय ने नेकटाई इतनी कसकर बाँधी कि पंडितजी को साँस लेना भी मुश्किल हो गया। बोले- यार, बहुत तंग है।

गिरधर- इसका फैशन ही यह है, हम क्या करें। ढीली टाई ऐब में दाखिल है।

नईम- इन्होंने तो भी बहुत ढीली रखी है। मैं तो और भी कसकर बाँधता हूँ।

चक्रधर- अजी, यहाँ तो दम घुट रहा है!

नईम- और टाई की मंशा ही क्या है? इसलिए तो बाँधी जाती है कि आदमी बहुत जोर-जोर से साँस न ले सके।

चक्रधर के प्राण संकट में थे। आँखें सजल हो रही थीं, चेहरा भी सुर्ख हो गया था। मगर टाई को टीला करने की हिम्मत न पड़ती थी। खूब सज-धज से आप कॉलेज चले, तो मित्रों की एक गोल सम्मान का भाव दिखाती आपसे पीछे- पीछे चली, मानो बारातियों का समूह है। एक-दूसरे की तरफ ताकते और रूमाल मुँह में देकर हँसते थे। मगर पंडितजी को क्या खबर है। वह तो अपनी धुन में मस्त थे। अकड़-अकड़कर चलते हुए आकर क्लास में बैठ गए। थोड़ी देर के बाद लूसी भी आयी। पंडित का यह वेष देखा, तो चकित हो गई। उसके अधरों पर मुस्कान की एक अपूर्व रेखा अंकित हो गई। पंडितजी ने समझा, वह उसके उल्लास का चिह्न है। बार-बार मुस्कुराकर उसकी ओर ताकने और रहस्यपूर्ण भाव से देखने लगे, किन्तु वह लेश मात्र भी ध्यान न देती थी।

पंडितजी की जीवनचर्या, धर्मोत्साह और जातीय प्रेम में बड़े परिवर्तन होने लगे। सबसे पहले शिखा पर छुरा फिरा। अंग्रेजी फैशन के बाल कटवाए गए। लोगों ने कहा- यह क्या महाशय! आप तो फरमाते थे कि शिखा द्वारा विद्युतप्रवाह शरीर में प्रवेश करता है। अब वह किस मार्ग से जाएगा?

पंडित ने दार्शनिक भाव से मुस्कराकर कहा- मैं तुम लोगों को उल्लू बनाता था। क्या मैं इतना भी नहीं जानता कि सब पाखंड है। मुझे अंत-करण से इस पर विश्वास ही कब था, आप लोगों को धोखा देना चाहता था।

नईम- वल्लाह, आप एक ही झांसेबाज़ निकले। हम लोग आपको बछिया के ताऊ ही समझते थे, मगर आप तो आठों गाँठ कुम्मैत निकले।

चक्रधर- देखता था कि लोग कहते क्या हैं।

शिखा के साथ-साथ संध्या और हवन की भी इतिश्री हो गई। हवन कुंड कमरे में चारपाई के नीचे फेंक दिया गया। कुछ दिनों के बाद सिगरेट के जले हुए टुकड़े रखने का काम देने लगा। जिस पर बैठकर हवन किया करते थे, वह पायदान बना। अब प्रतिदिन साबुन रगड़ते, बलों में कंघी करते और सिगार पीते। यार लोग उन्हें चंग पर चढ़ाते रहते थे। यह प्रस्ताव हुआ कि इस चंडूल से वास्कट के रुपये वसूल करने चाहिए मय सूद के। फिर क्या था, लूसी का एक पत्र आ गया- 'आपके रूपान्तर से मुझे जितना आनन्द हुआ, उसे शब्दों में नहीं प्रकट कर सकती। आपसे मुझे ऐसी ही आशा थी। अब आप इस योग्य हो गए हैं कि कोई यूरोपियन लेडी आपके सहवास में अपना अपमान नहीं समझ सकती। अब आपसे प्रार्थना केवल यही है कि मुझे अपने

अनन्त और अविरल प्रेम का कोई चिह्न प्रदान कीजिए, जिसे मैं सदैव अपने पास रखूँ। मैं कोई बहुमूल्य वस्तु नहीं, केवल प्रेमोपहार चाहती हूँ।'

चक्रधर ने मित्रों से आकर पूछा- अपनी पत्नी के लिए कुछ सौगात भेजना चाहता हूँ। क्या भेजना उचित होगा।

नईम- जनाब, यह तो उसकी तालीम और मजाक पर मुनहसर है। अगर वह नए फैशन की लेडी हैं, तो कोई बेशकीमत, सुबुक वजहदार चीज या ऐसी ही कई चीजें भेजिए। मसलन, रूमाल, रिस्टवाच, लवेंडर की शीशी, फैंसी कंघी, आईना, लाकेट, ब्रुश वगैरह। और खुदा-न-खास्ता अगर गंवारु है, तो किसी दूसरे आदमी से पूछिए। मुझे गँवारिनों के मिजाज़ का इल्म नहीं।

चक्रधर- जनाब, अंग्रेजी पढ़ी हुई हैं। बड़े ऊंचे खानदान की हैं।

नईम- तो फिर मेरी सलाह पर अमल कीजिए।

संध्या समय मित्रगण चक्रधर के साथ बाजार गये और ढेर चीजें बटोर लाए। सबकी सब ऊँचे दरजे की कोई 75 रु. खर्च हुए। मगर पंडितजी ने उफ तक न की। हँसते हुए रुपये निकाले। लौटते वक्त नईम ने कहा- अफसोस, हमें ऐसी खुशमजाक बीबी न मिली।

गिरधर- जहर खा लो, जहर!

नईम- भई, दोस्तों के माने तो यही है कि एक बार हमें भी उनकी जियारत हो। क्यों पंडितजी, आप इसमें कोई हर्ज समझते हैं?

चक्रधर- माता-पिता न होते, तो कोई हर्ज न था। अभी तो मैं उन्हीं का मोहताज हूं। इतनी स्वतन्त्रता क्यों कर बरतूं?

नईम- खैर, खुदा उन्हें जल्द दुनिया से नजात दे।

रातों-रात पैकेट बना और प्रातःकाल पंडितजी उसे ले जाकर लाइब्रेरी में रख आये। लाइब्रेरी सवेरे ही खुल जाती थी। कोई अड़चन न हुई। उन्होंने इधर मुँह फेरा, उधर यारों ने माल उड़ाया और चम्पत हुए। नईम के कमरे में चंदे के हिसाब से हिस्सा-बाँट हुआ। किसी ने घड़ी पायी, किसी ने रूमाल, किसी ने कुछ। एक- एक रुपये के बदले पाँच-पाँच रुपये हाथ लगे।

3

प्रेमीजन का धैर्य अपार होता है। निराशा पर आशा होती है, पर धैर्य हाथ से नहीं छूटता। पंडितजी बेचारे विपुल धन व्यय करने के पश्चात् भी प्रेमिका से सम्भाषण का सौभाग्य न प्राप्त कर सके। प्रेमिका भी विचित्र थी, जो पत्रों में मिसरी की डली घोल देती, मगर प्रत्यक्ष में दृष्टिपात भी न करती। बेचारे बहुत चाहते थे कि स्वयं ही अग्रसर हों, पर हिम्मत न पड़ती थी। विकट समस्या थी। किंतु इससे भी वह निराश न थे। हवन-संध्या तो छोड़ ही बैठे थे। नए फैशन के बाल कट ही चुके थे। अब बहुधा अंग्रेजी ही बोलते, यद्यपि यह अशुद्ध और भ्रष्ट होती थी। रात

को अंग्रेजी मुहावरों की किताब लेकर पाठ की भांति रटते। नीचे के दरजों में बेचारे ने इतने श्रम से कभी पाठ न याद किया था। उन्हीं रटे मुहावरों को मौके-बे-मौके काम़ में लाते। दो-चार बार लूसी के सामने भी अंग्रेजी बघारने लगे, जिससे उनकी योग्यता का परदा और भी खुल गया।

किन्तु दुष्टों को अब भी उन पर न दया आई। एक दिन चक्रधर के पास लूसी का पत्र पहुँच।, जिसमें बहुत अनुनय-विनय के बाद यह इच्छा प्रकट की गई थी कि-- आपको अंग्रेजी खेल खेलते देखना चाहती हूँ। मैंने आपको कभी फुटबाल या हॉकी खेलते नहीं देखा। अंग्रेज जेंटिलमैन के लिए हॉकी, क्रिकेट आदि में सिद्धहस्त होना परमावश्यक है। मुझे आशा है, आप मेरी यह तुच्छ याचना स्वीकार करेंगे। अंग्रेजी वेष-भूषा में, बोल-चाल में, आचार-व्यवहार में, कॉलेज में अब आपका कोई प्रतियोगी नहीं रहा। मैं चाहती हूँ कि खेल के मैदान में भी आपकी सर्वश्रेष्ठता सिद्ध हो जाए। कदाचित् कभी आपको मेरे साथ लेडियों के सम्मुख खेलना पड़े, तो उस समय आपकी और आपसे ज्यादा मेरी हेठी होगी। इसलिए टेनिस अवश्य खेलिए।

दस बजे पंडितजी को यह पत्र मिला। दोपहर को ज्यों ही विश्राम की घंटी बजी कि आपने नईम से जाकर कहा- यार, जरा फुटबाल निकाल दो।

नईम फुटबाल के कप्तान भी थे। मुस्कराकर बोले- खैर तो है, इस दोपहर में फुटबाल लेकर क्या कीजिएगा? आप तो कभी मैदान की तरफ झाँकते भी नहीं। आज इस जलती-जलती धूप में फुटबाल खेलने की धुन क्यों सवार है?

चक्रधर- आपको इससे क्या मतलब? आप गेंद निकाल दीजिए। मैं गेंद में भी आप लोगों को नीचा दिखाऊंगा।

नईम- जनाब, कहीं चोट-चपेट आ जाएगी, मुफ्त में परेशान होइए। हमारे ही सिर मरहम पट्टी का बोझ पड़ेगा। खुदा के लिए इस वक्त रहने दीजिए।

चक्रधर- आखिर चोट तो मुझे लगेगी, आपका इससे क्या नुकसान होता है? आपको जरा-सा गेंद निकाल देने में इतनी आपत्ति क्यों है?

नईम ने गेंद निकाल दिया और पंडितजी उसी जलती हुई दोपहर में अभ्यास करने लगे। बार-बार गिरते थे, बार-बार तालियाँ पड़ती थीं, मगर वह अपनी धुन में ऐसे मस्त थे कि उसकी कुछ परवाह ही न करते थे। इसी बीच में आपने लूसी को आते देख लिया। और फूल गए। बार-बार पैर चलाते थे, मगर निशाना खाली जाता था, पैर पड़ते भी थे तो गेंद पर कुछ असर न होता था। और लोग आकर गेंद को एक ठोकर में आसमान तक पहुँचा देते, तो आप कहते, मैं जोर से मारूं, तो इससे भी ऊपर जाए, लेकिन फायदा क्या? लूसी दो-तीन मिनट तक खड़ी उनकी बौखलाहट पर हँसती रही। आकर नईम से बोली- वैल नईम, इस पंडित को क्या हो गया? रोज एक-न-एक स्वाँग भरा करता है। इसके दिमाग में खलल तो नहीं पड़ गया?

नईम- मालूम तो कुछ ऐसा ही होता है।

शाम को सब लोग छात्रालय में आये, तो मित्रों ने जाकर पंडितजी को बधाई दी। यार, हो बड़े खुशनसीब, हम लोग फुटबाल को कॉलेज की चोटी तक पहुँचाते रहे, मगर किसी ने तारीफ न की। तुम्हारे खेल की सबने तारीफ की, खासकर लूसी ने। वह तो कहती थी, जिस ढंग से यह खेलते हैं, उस ढंग से मैंने बहुत कम हिन्दुस्तानियों को खेलते देखा है। मालूम होता है, आक्सफोर्ड का अभ्यस्त खिलाड़ी है।

चक्रधर- और भी कुछ बोली? क्या कहा, सच बताओ?

नईम- अजी, अब साफ साफ न कहलाइए। मालूम होता है, आपने टट्टी की आड़ से शिकार खेला है। बड़े उस्ताद हो यार! हम लोग मुँह ताकते रहे और तुम मैदान मार ले गए। तभी आप रोज यह कलेवर बदला करते थे? अब भेद खुला। वाकई खुशनसीब हो।

चक्रधर- मैं उसी कायदे से गेंद में ठोकर मारता था, जैसे किताब में लिखा है।

नईम- तभी तो बाजी मार ले गए भाई। और नहीं, क्या हम आपसे किसी बात में कम हैं?

चक्रधर -बहुत बनाओ नहीं। मैं ऐसा कहीं का बड़ा रूपवान हूँ।

नईम- अजी यह तो नतीजे ही से जाहिर है। यहाँ साबुन और तेल लगाते- लगाते भोर हुआ जाता है और कुछ असर नहीं होता। मगर आपका रंग बिना हर्रे-फिटकरी के ही चोखा है।

चक्रधर- कुछ मेरे कपड़े वगैरह की निस्बत तो नहीं कहती थी?

नईम- नहीं और तो कुछ नहीं कहा। हां, इतना देखा कि जब तक खड़ी रहीं, आपकी ही तरफ उसकी टकटकी लगी हुई थी।

पंडितजी अकड़े जाते थे। हृदय फूला जाता था। जिन्होंने उनकी यह अनुपम छवि देखी, वे बहुत दिनों तक याद रखेंगे । मगर इस अतुल आनन्द का मूल्य उन्हें बहुत देना पड़ा, क्योंकि अब कॉलेज का सेशन समाप्त होने वाला था और मित्रों को पंडितजी के माथे एक बार दावत खाने की बड़ी अभिलाषा थी। प्रस्ताव होने की देर थी। तीसरे दिन उनके नाम लूसी का पत्र पहुँचा- 'वियोग के दुर्दिन आ रहे हैं, न-जाने आप कहां होंगे और मैं कहां हूंगी। मैं चाहती हूँ इस अटल प्रेम की यादगार में एक दावत हो। अगर उसका व्यय आपके लिए असह्य हो, तो मैं सम्पूर्ण भार लेने को तैयार हूँ। इस दावत में मैं और मेरी सखियाँ-सहेलियाँ निमन्त्रित होंगी, कॉलेज के छात्र और अध्यापकगण सम्मिलित होंगे। भोजन के उपरांत हम अपने वियुक्त हृदय के भावों को प्रकट करेंगे। काश, आपका धर्म, आपकी जीवन- प्रणाली और मेरे माता-पिता की निर्दयता बाधक न होती, तो हमें संसार की कोई शक्ति जुदा न कर सकती।'

चक्रधर यह पत्र पाते ही बौखला उठे। मित्रों से कहा- भाई, चलते-चलते एक बार सहभोज तो हो जाए। फिर न जाने कौन कहीं होगा मिस लूसी को भी बुलाया जाए।

यद्यपि पंडितजी के पास इस समय रुपये न थे, घरवाले उसकी फिजूलखर्ची की कई बार शिकायत कर चुके थे, मगर पंडितजी का आत्माभिमान यह कब मानता कि प्रीतिभोज का भार लूसी पर रखा जाए। वह तो अपने प्राण तक उस पर वार चुके थे। न-जाने क्या-क्या बहाने

बनाकर ससुराल से रुपये मँगवाए और बड़े समारोह से दावत की तैयारियाँ होने लगीं। कार्ड छपवाए गए, भोजन परोसने वाले के लिए नई वर्दियां बनवाई गई। अंग्रेजी और हिन्दुस्तानी, दोनों ही प्रकार के व्यंजनों की व्यवस्था की गई। अंग्रेजी खाने के लिए रॉयल होटल से बातचीत की गई। इसमें बहुत सुविधा थी। यद्यपि चीजें बहुत महँगी थीं, लेकिन झंझट से निजात हो गई, अन्यथा सारा भार नईम और उसके दोस्त गिरिधर पर पड़ता। हिन्दुस्तानी भोजन के व्यवस्थापक गिरिधर हुए।

पूरे दो सप्ताह तक तैयारियाँ हुई थीं। नईम और गिरिधर तो कॉलेज में केवल मनोरंजन के लिए थे। पढ़ना-पढ़ाना तो उनको था नहीं, आमोद-प्रमोद ही में समय व्यतीत किया करते थे। कवि-सम्मेलन की भी ठहरी। कविजनों के नाम बुलावे भेजे गए। सारांश यह कि बड़े पैमाने पर प्रीतिभोज का प्रबंध किया गया और भोज हुआ भी विराट। विद्यालय के नौकरों ने पूरियां बेली। विद्यालय के इतिहास में वह भोज चिरस्मरणीय रहेगा। मित्रों ने खूब बढ़-चढ़कर हाथ मारे। दो-तीन मिसें भी खींच बुलायी गई। मिर्जा नईम लूसी को घेर-घार कर ले ही आये। इसने भोज को और भी रसमय बना दिया।

4

किन्तु शोक, महाशोक, इस भोज का परिणाम अभागे चक्रधर के लिए कल्याणकारी न हुआ। चलते-चलाते लज्जित और अपमानित होना बदा था। मित्रों की तो दिल्लगी थी और उस बेचारे की जान पर बन रही थी। सोचा, अब तो विदा होते ही हैं, फिर मुलाकात हो या न हो। अब किस दिन के लिए सब्र करें । मन के प्रेमोद्गारों को निकाल क्यों न लें। कलेजा चीरकर दिखा क्यों न दें। और लोग तो दावत खाने में जुटे हुए थे, और वह मदनबाण-पीड़ित युवक बैठा सोच रहा था कि यह अभिलाषा क्यों कर पूरी हो? अब यह आत्म-दमन क्यों? लज्जा क्यों। विरक्ति क्यों? गुप्त रोदन क्यों? मौन-मुखापेक्षा क्यों? अन्तर्वेदना क्यों? बैठे-बैठे प्रेम को क्रियाशील बनाने के लिए मन में बल का संचार करते रहे। देवताओं का स्मरण करते, कभी ईश्वर को अपनी भक्ति की याद दिलाते। अवसर की ताक में इस भांति बैठे थे, जैसे बगुला मेंढक की ताक में बैठता है। भोज समाप्त हो गया। पान-इलायची बँट चुकी, वियोग-वार्ता हो चुकी। मिस लूसी अपनी श्रवण मधुर वाणी से हृदय में हाहाकार मचा चुकीं, और भोजशाला से निकलकर बाइसिकिल पर बैठीं। उधर कवि-सम्मेलन में इस तरह मिसरा पढ़ा गया-

कोई दीवाना बनाए कोई दीवाना बने।

इधर चक्रधर चुपके से लूसी के पीछे हो लिये और साइकिल को भयंकर वेग से दौड़ाते हुए उसे आधे रास्ते में जा पकड़ा। वह उन्हें इस व्यग्रता से दौड़े आते देखकर सहम उठी कि कोई दुर्घटना तो नहीं हो गई। बोली- वेल पंडितजी। क्या बात है? आप इतने बदहवास क्यों हैं? कुशल तो है?

चक्रधर का गला भर आया। कम्पित स्वर से बोले- अब आपसे सदैव के लिए बिछुड़ ही जाऊंगा। यह कठिन विरह-पीड़ा कैसे सही जाएगा। मुझे तो शंका है, कहीं पागल न हो जाऊँ।

लूसी ने विस्मित होकर पूछा- आपकी मंशा क्या है? आप बीमार हैं क्या?

चक्रधर- आह डियर डार्लिंग, तुम पूछती हो, मैं बीमार हूँ? मैं मर रहा हूँ प्राण निकल चुके हैं, केवल प्रेमाभिलाषा का अवलम्ब है।

यह कहकर आपने उसका हाथ पकड़ना चाहा। यह उनका उन्माद देखकर भयभीत हो गई। क्रोध में आकर बोली- आप मुझे यहाँ रोकर मेरा अपमान कर रहे हैं। इसके लिए आपको पछताना पड़ेगा।

चक्रधर- लूसी, देखो चलते-चलाते इतनी निष्ठुरता न करो। मैंने ये विरह के दिन किस तरह काटे हैं, सो मेरा दिल ही जानता है। मैं ही ऐसा बेहया हूँ कि अब तक जीता हूँ। दूसरा होता, तो अब तक चल बसा होता। बस, केवल तुम्हारी सुधामयी पत्रिकाएँ ही मेरे जीवन का एकमात्र आधार थीं।

लूसी- मेरी पत्रिकाएँ! कैसी? मैंने आपको कब पत्र लिखे! आप कोई नशा तो नहीं कर आये हैं?

चक्रधर-डियर डार्लिंग, रानी इतनी जल्द न भूल जाओ, इतनी निर्दयता न दिखाओ। तुम्हारे वे प्रेम-पत्र, जो तुमने मुझे लिखे हैं, मेरे जीवन की सबसे बड़ी सम्पत्ति रहेंगे। तुम्हारे अनुरोध से मैंने यह वेष धारण किया, अपना संध्या-हवन छोड़ा, यह आचार-व्यवहार ग्रहण किया। देखो तो जरा, मेरे हृदय पर हाथ रखकर, कैसी धड़कन हो रही है। मालूम होता है, बाहर निकल पड़ेगा। तुम्हारा यह कुटिल हास्य मेरे प्राण ही लेकर छोड़ेगा। मेरी अभिलाषाओं ...

लूसी- तुम भंग तो नहीं खा गए हो या किसी ने तुम्हें चकमा तो नहीं दिया है? मैं तुमको प्रेम-पत्र लिखती! ह-हः जरा अपनी सूरत तो देखो, खासे बनैले सुअर मालूम होते हो।

किन्तु पंडितजी अभी तक यही समझ रहे थे कि यह मुझसे विनोद कर रही है। उसका हाथ पकड़ने की चेष्टा करके बोले- प्रिय, बहुत दिनों के बाद यह सुअवसर मिला है। अब न भागने पाओगी?

लूसी को अब क्रोध आ गया। उसने जोर से एक चाँटा उनको लगाया, और सिंहनी की भांति गरज कर बोली- यू ब्लाड़ी, हट जा रास्ते से नहीं तो, अभी पुलिस को बुलाती हूँ। रास्केल।

पंडितजी चांटा खाकर चौंधिया गए। आँखों के सामने अँधेरा छा गया। मानसिक आघात पर यह शारीरिक वज्रपात। यह दुहरी विपत्ति! वह तो चाँटा मारकर हवा हो गई और वह वहीं जमीन पर बैठकर इस सम्पूर्ण वृत्तान्त की मन-ही-मन आलोचना करने लगे। चोट ने बाहर की आँखें आँसुओं से भर दी थीं, पर अंदर की आँखें खोल दी थीं। कहीं कॉलेज के लौंडों ने तो यह शरारत नहीं की? अवश्य यही बात है। आह! पाजियों ने बड़ा चकमा दिया! तभी सब-के-सब मुझे देख-देखकर हँसा करते थे। मैं भी कुछ कम-अक्लमंद हूँ, नहीं तो इनके हाथों टेसू क्यों बनता। बड़ा झाँसा दिया। उम्र-भर याद रहेगा। वहाँ से झल्लाए हुए आये और नईम से बोले- तुम बड़े दगाबाज हो, परले सिरे के धूर्त, पाजी, उल्लू, गधे, शैतान।

नईम- आखिर कोई बात भी कहिए, या गालियाँ ही देते जाइएगा?

गिरिधर- क्या बात हुई, कहीं लूसी से आपने कुछ कहा तो नहीं?

चक्रधर- उसी के पास से आ रहा हूँ चाँटा खाकर और मुँह पर कालिख लगवा कर। तुम दोनों ने मिलकर मुझे खूब उल्लू बनाया। इसकी कसर न लूँ तो मेरा नाम नहीं। मैं नहीं जानता था कि तुम लोग मित्र बनकर मेरी गर्दन पर छुरी चला रहे हो! अच्छा, जो वह गुस्से में आकर पिस्तौल चला देती, तो?

नईम- अरे यार, माशूका की घातें निराली होती हैं।

चक्रधर- तुम्हारा सिर! माशूक चाटें लगाया करते हैं। वे आँखों से तीर चलाते हैं, कटारी मारते हैं, या हाथों से मुष्ठि प्रहार करते हैं?

गिरिधर- उससे आपने क्या कहा?

चक्रधर- कहा क्या, अपनी विरह-व्यथा की गाथा सुनाता रहा। इस पर उसने ऐसा चाँटा रसीद किया कि कान भन्ना उठे। हाथ हैं उसके कि पत्थर।

गिरिधर- गजब ही हो गया। आप हैं निरे चोंच! भले आदमी, इतनी मोटी बुद्धि है तुम्हारी। हम क्या जानते थे कि आप ऐसे छिछोरे हैं, नहीं तो मजाक ही क्यों करते? अब आपके साथ हम लोगों पर भी आफत आयी। कहीं उसने प्रिंसिपल से शिकायत कर दी, तो न इधर के हुए, न उधर के। और जो कहीं अपने किसी अंग्रेज आशना से कहा, तो जान के लाले पड़ जाएँगे। बड़े बेवकूफ हो यार, निरे चोंच हो। इतना भी नहीं समझे कि यह सब दिल्लगी थी। ऐसे बड़े खूबसूरत भी तो नहीं हो।

चक्रधर- दिल्लगी तुम्हारे लिए थी, मेरी तो मौत हो गई। चिड़िया जान से गई, लड़कों का खेल हुआ। अब चुपके से मेरे पाँच सौ रुपये लौटा दीजिए, नहीं तो गर्दन ही तोड़ दूंगा।

नईम- रुपयों के बदले जो खिदमत चाहे ले तो। कहो तुम्हारी हजामत बना दें, जूते साफ कर दें, सिर सहला दें। बस, खाना देते जाना। कसम ले लो, जो जिन्दगी- भर कहीं जाऊँ या तरक्की के लिए कहूँ। माँ-बाप के सिर से तो बोझ हट जाएगा।

चक्रधर- मत जले पर नमक छिड़को जी! आप-के-आप गये, मुझे भी ले डूबे। तुम्हारी तो अँग्रेजी अच्छी है, नोट-पीटकर निकल जाओगे। मैं तो पास भी न हूंगा। बदनाम हुआ, वह अलग। पाँच सौ की चपत भी पड़ी। यह दिल्लगी है कि गला काटना? खैर, समझूंगा, और चाहे मैं न समझूँ पर ईश्वर जरूर समझेंगे।

नईम- गलती हुई भाई, मुझे अब खुद इसका अफसोस है।

गिरिधर- खैर, रोने-धोने का अभी बहुत मौका है। अब यह बतलाइए कि लूसी ने प्रिंसिपल से कह दिया तो क्या नतीजा होगा। तीनों आदमी निकाल दिये जाएँगे। नौकरी से भी हाथ धोना पड़ेगा। फिर?

चक्रधर- मैं तो प्रिंसिपल से तुम लोगों की सारी कलाई खोल दूँगा।

बईम- क्यों यार, दोस्ती के यही माने हैं?

चक्रधर- जी हां, आप जैसे दोस्तों की यही सजा है।

उधर तो रात-भर मुशायरे का बाजार गरम रहा और इधर यह त्रिमूर्ति बैठी प्राण-रक्षा के उपाय सोच रही थी। प्रिंसिपल के कानों तक बात पहुँची और आफत आयी। अंग्रेज वाली बात है, न जाने क्या कर बैठे। आखिर बहुत वाद-विवाद के पश्चात यह निश्चित हुआ कि नईम और गिरिधर प्रात:काल मिस लूसी के बँगले पर जा, उससे क्षमा-याचना करें और इस अपमान के लिए वह जो प्रायश्चित्त कहे, उसे स्वीकार करें।

चक्रधर- मैं एक कौड़ी न दूँगा।

नईम- न देना भाई, हमारी जान तो है न?

गिरिधर- जान लेकर वह चाटेगी। पहले रुपये की फिक्र कर लो। वह बिना तावान लिये न मानेगी।

नईम- भाई चक्रधर, खुदा के लिए इस वक्त दिल न छोटा करो, नहीं तो हम तीनों की मिट्टी खराब होगी। जो कुछ हुआ उसे मुआफ़ करो, अब फिर ऐसी खता न होगी।

चक्रधर- हूँ यही न होगा कि निकाल दिया जाऊंगा। दुकान खोल लूंगा। तुम्हारी मिट्टी खराब होगी। इस शरारत का मजा चखोगे। ओह! कैसा चकमा दिया है!

बहुत खुशामद और चिरौरी के बाद देवता सीधे हुए। प्रात:काल नईम लूसी के बँगले पर पहुँचे। वहाँ मालूम हुआ कि वह प्रिंसिपल के बँगले पर गयी है। अब काटो, तो बदन में लहू नहीं। या अली, तुम्हीं मुश्किल को आसान करने वाले हो, अब जान की खैर नहीं। प्रिंसिपल ने सुना तो कच्चा ही खा जाएगा, नमक तक न माँगेगा। इस कमबख्त पंडित की बदौलत अजाब में जान फंसी, इस बेहूदे को सूझी क्या? चला नाजनीन से इश्क जताने! बनविलाव की-सी तो आपकी सूरत है और ख्ब्त यह कि यह माहरू मुझ पर रीझ गई। हमें भी अपने साथ डुबोए देता है। कहीं लूसी से रास्ते में मुलाकात हो गई, तो शायद आरजू-मिन्नत करने से मान जाए, लेकिन जो वहाँ पहुँच चुकी है, तो फिर कोई उम्मीद नहीं।

वह फिर पैरगाड़ी पर बैठे और बेतहाशा प्रिंसिपल के बँगले की तरफ भागे। ऐसे तेज जा रहे थे, मानो पीछे मौत आ रही है। जरा-सी ठोकर लगती, तो हड्डी-पसली चूर-चूर हो जाती। पर शोक! कहीं लूसी का पता नहीं। आधा रास्ता निकल गया और लूसी की गर्दन तक न नजर आई। नैराश्य ने गति को मन्द कर दिया। फिर हिम्मत करके चले। बँगले के द्वार पर भी मिल गई, तो जान बच जाएगी।

सहसा लूसी दिखाई दी। नईम ने पैरों को और भी तेज चलाना शुरू किया। वह प्रिंसिपल के बँगले के दरवाजे पर पहुँच चुकी थी। एक सेकंड में वारा-न्यारा होता था, नाव डूबती थी या पार

जाती थी। हृदय उछल-उछलकर कंठ तक आ रहा था। जोर से पुकारा-मिस टरनर, हेलो मिस टरबर, जरा ठहर जाओ।

लूसी ने पीछे फिरकर देखा, नईम को पहचान कर ठहर गई और बोली- मुझसे उस पंडित की सिफारिश करने तो नहीं आये हो। मैं प्रिंसिपल से उसका शिकायत करने जा रही हूँ।

नईम- तो पहले मुझे और गिरिधर-दोनों को गोली मार दो, फिर जाना।

लूसी- बेहया लोगों पर गोली का असर नहीं होता। उसने मुझे बहुत इंसल्ट किया है।

नईम- लूसी, तुम्हारे कुसूरवार हमीं दोनों हैं। वह बेचारा पंडित तो हमारे हाथ का खिलौना था। सारी शरारत हम. लोगों की थी। कसम तुम्हारे सिर की।

लूसी- You naughty boy...

नईम- हम दोनों उसे दिल-बहलाव का एक स्वाँग बनाए हुए थे। इसकी हमें जरा भी खबर न थी कि वह तुम्हें छेड़ने लगेगा। हम तो समझते थे कि उसमें इतनी हिम्मत ही नहीं है। खुदा के लिए माफ करो, वरना हम तीनों का खून तुम्हारी गर्दन पर होगा।

लूसी- खैर, तुम कहते हो तो प्रिंसिपल से न कहूंगी, लेकिन शर्त यह है कि पंडित मेरे सामने बीस मर्तबा कान पकड़ कर उठे-बैठे और मुझे कम से कम 200 रु. तावान दे।

नईम- लूसी, इतनी बेरहमी न करो। यह समझो, उस गरीब के दिल पर क्या गुजर रही होगी। काश, अगर तुम इतनी हसीन न होतीं।

लूसी मुस्कुराकर बोली- खुशामद करना कोई तुमसे सीख ले।

नईम- तो अब वापस चलो।

लूसी- मेरी दोनों शर्तें मंजूर करते हो न?

नईम- तुम्हारी दूसरी शर्त तो हम सब मिलकर पूरी कर देंगे, लेकिन पहली शर्त सख्त है। बेचारा जहर खाकर मर जाएगा। हां उसके एवज मैं पचास दफा कान पकड़कर उठ-बैठ सकता हूँ।

लूसी- तुम छंटे हुए शोहदे हो। तुम्हें शर्म कहां, मैं उसी को सजा देना चाहती हूँ। बदमाश, मेरा हाथ पकड़ना चाहता था।

नईम- जरा भी रहम न करोगी?

लूसी- नहीं, सौ बार नहीं।

नईम लूसी को साथ लाये। पंडित के सामने दोनों शर्तें रखी आई, तो बेचारा बिलबिला उठा। लूसी के पैरों पर गिर पड़ा और सिसक-सिसक कर रोने लगा। नईम और गिरिधर भी अपने कुकृत्य पर लज्जित हुए। अंत में लूसी को दया आई। बोली- अच्छा, इन दोनों में से कोई एक शर्त मंजूर कर लो। मैं माफ कर दूँगी।

लोगों को पूरा विश्वास था कि चक्रधर रुपये वाली ही शर्त स्वीकार करेंगे। लूसी के सामने वह कभी कान पकड़कर उठा-बैठी न करेंगे। इसलिए जब चक्रधर ने कहा, मैं रुपये तो न दूँगा। हाँ बीस की जगह चालीस बार उठा-बैठी कर लूंगा तो सब लोग चकित हो गए।

नईम ने कहा- यार, क्यों हम लोगों को जलील करते हो? रुपये क्यों नहीं देते?

चक्रधर- रुपये बहुत खर्च कर चुका। अब इस चुड़ैल के लिए एक कानी कौड़ी तो खर्च करूंगा नहीं, सौ बहुत होते हैं। इसने समझा होगा, चलकर मजे से दो सौ रुपये लाऊंगी और गुलछर्रे उड़ाऊंगी। यह न होगा। अब तक रुपये खर्च करके अपनी हँसी करायी है, अब बिना खर्च किए हँसी कराऊंगा। मेरे पैरों में दर्द हो बला से, सब लोग हँसे बला से, पर इनकी मुट्ठी तो न गरम होगी।

यह कहकर चक्रधर ने कुरता उतार फेंका, धोती ऊपर चढ़ा ली और बरामदे से नीचे मैदान में उतरकर उठा-बैठी करने लगे। मुख-मंडल क्रोध से तमतमाया हुआ था, पर वह बैठकें लगाते जाते। मालूम होता था, कोई पहलवान अपना करतब दिखा रहा है। पंडित ने अगर बुद्धिमत्ता का कभी परिचय दिया, तो इसी अवसर पर। सब लोग खड़े थे, पर किसी के होठों पर हँसी न थी। सब लोग दिल में' कटे जाते थे। यहाँ तक कि लूसी को भी सिर उठाने का साहस न होता था। सिर गड़ाए बैठी थी। शायद उसे खेद हो रहा था कि मैंने नाहक यह दंड-योजना की।

बीस बार उठते-बैठते कितनी देर लगती है। पंडित ने खूब उच्च स्वर से गिन- गिनकर बीस की संख्या पूरी की और गर्व से सिर उठाए अपने कमरे में चले गये। लूसी ने उन्हें अपमानित करना चाहा था, उलटे उसी का अपमान हो गया। इस दुर्घटना के पश्चात् एक सप्ताह तक कॉलेज खुला रहा, किन्तु पंडित जी को किसी ने हँसते नहीं देखा। वह बेमन और विरक्त भाव से अपने कमरे में बैठे रहते थे। लूसी का नाम जबान पर आते झल्ला पड़ते थे।

इसी साल की परीक्षा में पंडितजी फेल हो गए, पर इस कॉलेज में फिर न आये, शायद अलीगढ़ चले गये।

□□□

www.ingramcontent.com/pod-product-compliance
Lightning Source LLC
LaVergne TN
LVHW101417051026
849519LV00005BC/1783
9789390852833